面向 21 世纪课程教材
Textbook Series for 21st Century

外国文学史

Waiguo Wenxueshi

（第三版）

下

郑克鲁　蒋承勇　主编
黄宝生　陈建华　副主编

高等教育出版社·北京

内容提要

本教材分上下两册，上册包括欧美19世纪以前的文学，下册包括欧美20世纪文学和亚非文学。近现代文学的论述较多，亚非文学占适当比例；重视艺术分析。第三版吸收近年来国内外新的研究成果，从内容上作了调整，更适应时代要求。全套教材信息量大，内容和体例较新，符合教学需要。

图书在版编目（CIP）数据

外国文学史. 下／郑克鲁，蒋承勇主编. --3 版. --北京：高等教育出版社，2015.5（2022.5重印）
ISBN 978-7-04-041886-6

Ⅰ. ①外… Ⅱ. ①郑… ②蒋… Ⅲ. ①外国文学-文学史-高等学校-教材 Ⅳ. ①I109

中国版本图书馆 CIP 数据核字（2015）第 026569 号

策划编辑	吴学先 刘新英	责任编辑	刘新英	封面设计	赵 阳	版式设计 于 婕
责任校对	杨凤玲	责任印制	高 峰			

出版发行	高等教育出版社	咨询电话	400-810-0598
社 址	北京市西城区德外大街4号	网 址	http://www.hep.edu.cn
邮政编码	100120		http://www.hep.com.cn
印 刷	河北新华第一印刷有限责任公司	网上订购	http://www.landraco.com
开 本	787mm×960mm 1/16		http://www.landraco.com.cn
印 张	24.75	版 次	1999年5月第1版
字 数	420千字		2015年5月第3版
购书热线	010-58581118	印 次	2022年5月第18次印刷
		定 价	48.00元

本书如有缺页、倒页、脱页等质量问题，请到所购图书销售部门联系调换
版权所有 侵权必究
物 料 号 41886-00

编　　委

（以姓氏笔画为序）

叶廷芳　仵从巨　刘建军　许志强
杨昌龙　汪介之　陈建华　郑克鲁
胡志明　聂珍钊　黄宝生　彭少健
董衡巽　蒋承勇　童道明　黎皓智

参 编 者

北京大学： 段若川
清华大学： 徐葆耕
复旦大学： 夏仲翼、孙建
南京大学： 陈凯先
四川大学： 龚翰熊
山东大学： 仵从巨、胡志明
中山大学： 夏茵英
中国人民大学： 曾艳兵
华东师范大学： 陈建华
东北师范大学： 刘建军
华中师范大学： 聂珍钊
陕西师范大学： 马晓翙
浙江大学： 许志强、张德明
西北大学： 杨昌龙、梅晓云
山东师范大学： 王化学、刘念兹
南京师范大学： 汪介之、杨莉馨
浙江工商大学： 蒋承勇
南昌大学： 黎皓智
广西师范大学： 梁潮
河南大学： 梁工
上海大学： 张薇
湖南师范大学： 赵炎秋
安徽师范大学： 王维昌
青岛大学： 侯传文

临沂大学： 杨中举

浙江传媒学院： 彭少健

盐城师范学院： 孔建平

上海师范大学： 王青松、方坪、田洪敏、朱宪生、刘文荣、郑克鲁、黄铁池

中国社会科学院外国文学研究所： 元文琪、叶廷芳、石海军、伊宏、吕同六、李文俊、陈中梅、张黎、郅溥浩、黄宝生、童道明、董衡巽

目　录

欧 美 文 学
下　编

导论　/　3

第一章　**20世纪欧美现实主义文学**　/　9

 第一节　概述　/　9

  一、20世纪欧美现实主义文学的形成和基本特点　/　9

  二、20世纪欧美现实主义文学在各国的发展　/　13

 第二节　劳伦斯　/　23

  一、生平和创作　/　23

  二、《虹》　/　27

 第三节　罗曼·罗兰　/　34

  一、生平和创作　/　34

  二、《约翰·克利斯朵夫》　/　36

 第四节　托马斯·曼　/　41

  一、生平和创作　/　41

  二、《布登勃洛克一家》　/　46

 第五节　布莱希特　/　49

  一、生平和创作　/　49

  二、《大胆妈妈和她的孩子们》　/　55

 第六节　菲茨杰拉德　/　59

  一、生平和创作　/　59

  二、《了不起的盖茨比》　/　62

 第七节　海明威　/　66

　　　　一、生平和创作 / 66

　　　　二、《老人与海》 / 71

　　第八节　玛格丽特·米切尔 / 76

　　　　一、生平和创作 / 76

　　　　二、《飘》 / 77

第二章　**20世纪俄苏文学** / 85

　　第一节　概述 / 85

　　　　一、"白银时代"的文学 / 85

　　　　二、十月革命至20世纪50年代初期的文学 / 87

　　　　三、20世纪50年代初期至80年代的文学 / 91

　　　　四、20世纪90年代的文学 / 94

　　第二节　高尔基 / 96

　　　　一、生平和创作 / 96

　　　　二、自传体三部曲 / 104

　　第三节　肖洛霍夫 / 108

　　　　一、生平和创作 / 108

　　　　二、《静静的顿河》 / 112

　　第四节　索尔仁尼琴 / 117

　　　　一、生平和创作 / 117

　　　　二、《癌症楼》 / 122

第三章　**现代主义文学** / 126

　　第一节　概述 / 126

　　　　一、现代主义文学的形成和基本特征 / 126

　　　　二、现代主义文学的发展 / 132

　　第二节　艾略特 / 135

　　　　一、生平和创作 / 135

　　　　二、《荒原》 / 140

　　第三节　卡夫卡 / 144

　　　　一、生平和创作 / 144

　　　　二、《变形记》 / 148

　　第四节　奥尼尔 / 151

　　　　一、生平和创作 / 151

　　　　二、《毛猿》 / 155

第五节　普鲁斯特 / 158
　　一、生平和创作 / 158
　　二、《追忆似水年华》 / 162

第六节　乔伊斯 / 168
　　一、生平和创作 / 168
　　二、《尤利西斯》 / 170

第七节　福克纳 / 176
　　一、生平和创作 / 176
　　二、《喧哗与骚动》 / 180

第四章　**后现代主义文学** / 185

　第一节　概述 / 185
　　一、后现代主义文学的基本特征 / 185
　　二、后现代主义文学的发展 / 187

　第二节　萨特 / 193
　　一、生平和创作 / 193
　　二、《禁闭》 / 198

　第三节　贝克特 / 203
　　一、生平和创作 / 203
　　二、《等待戈多》 / 206

　第四节　海勒 / 211
　　一、生平和创作 / 211
　　二、《第二十二条军规》 / 213

　第五节　加西亚·马尔克斯 / 217
　　一、生平和创作 / 217
　　二、《百年孤独》 / 219

亚 非 文 学

导论 / 229
　　一、东方文化与东方文学特质 / 229
　　二、亚非文学史的分期 / 237

第一章　**古代亚非文学** / 242

　第一节　概述 / 242
　　一、古代亚非文学的基本特征 / 242
　　二、古代亚非文学的发展 / 245

　　　　第二节　《圣经》／ 254
　　　　　　一、古希伯来民族与初期基督教 ／ 254
　　　　　　二、旧约文学 ／ 255
　　　　　　三、新约文学 ／ 260
　　　　　　四、圣经文学的特征 ／ 261
　　　　第三节　印度两大史诗 ／ 263
　　　　　　一、《摩诃婆罗多》／ 263
　　　　　　二、《罗摩衍那》／ 269
第二章　**中古亚非文学** ／ 275
　　　　第一节　概述 ／ 275
　　　　　　一、中古亚非文学的基本特点 ／ 275
　　　　　　二、中古亚非文学的发展 ／ 282
　　　　第二节　迦梨陀娑 ／ 287
　　　　　　一、生平和创作 ／ 287
　　　　　　二、《沙恭达罗》／ 290
　　　　第三节　紫式部 ／ 292
　　　　　　一、生平和创作 ／ 292
　　　　　　二、《源氏物语》／ 294
　　　　第四节　波斯文学与萨迪 ／ 301
　　　　　　一、波斯文学 ／ 301
　　　　　　二、萨迪 ／ 305
　　　　第五节　《一千零一夜》／ 307
第三章　**近现代亚非文学** ／ 317
　　　　第一节　概述 ／ 317
　　　　　　一、近现代亚非文学的基本特点 ／ 317
　　　　　　二、近现代亚非文学的发展 ／ 322
　　　　第二节　夏目漱石 ／ 328
　　　　　　一、生平和创作 ／ 328
　　　　　　二、《我是猫》／ 333
　　　　第三节　川端康成 ／ 337
　　　　　　一、生平和创作 ／ 337
　　　　　　二、《雪国》／ 343
　　　　第四节　泰戈尔 ／ 346

一、生平和创作 / 346
　　二、《吉檀迦利》 / 351
第五节　纪伯伦 / 353
　　一、生平和创作 / 353
　　二、《先知》 / 357
第六节　马哈福兹 / 360
　　一、生平和创作 / 360
　　二、《三部曲》 / 366
第七节　索因卡 / 370
　　一、生平和创作 / 370
　　二、《解释者》 / 373

三版后记 / 379

欧美文学

下编

七星本草

下

导 论

20世纪的欧美文学，由传统向现代转型并走向新的繁荣。这一时期，欧美社会进入了垄断资本主义阶段，资本主义在这些国家获得了进一步的发展。十月革命、两次世界大战、席卷欧美的经济危机、五花八门的社会思潮，使西方社会处于动荡不安之中，人们的精神文化意识发生了急剧变化。在这种历史背景下，欧美文学出现了流派林立错综、思潮更迭频繁的多元化复杂化局面，任何一种文学流派都无法像以前那样雄霸某一时期某一国家和地区的文坛。但是，从宏观角度看，20世纪的欧美文坛上存在着现代主义和现实主义两大主流，其中又以现代主义的影响更大。现代主义是一种具有"反传统"倾向的文学，它表现了欧美传统文学在新时代的转型与创新；20世纪现实主义是欧美传统文学——主要是19世纪现实主义文学——在新时代的延伸，但因其深受西方现代文化思潮和现代主义文学的影响而表现出了与传统现实主义的明显差异，显示出现实主义在20世纪的深化与拓展。从本质上看，现代主义和现实主义都是对传统文学的继承与发展，而且，在20世纪复杂多变的社会条件下，这两大文学主流无论在人文观念、美学思想还是在艺术技巧上都不是泾渭分明、相互对立的，而是既互相撞击又彼此交融，呈"你中有我，我中有你"之势。

20世纪西方文学是生长在现代非理性主义文化思潮的精神土壤中的，这种文化思潮酝酿于19世纪欧洲自由资本主义发展的历史过程中，在西方社会进入垄断资本主义后的19世纪末20世纪初普遍流行。它是对西方近代理性主义文化价值体系的反动，也是对整个资本主义文明的不满与反抗，其中凝结着现代人对自身价值与命运的深刻思考。

20世纪西方垄断资本主义是19世纪自由资本主义合乎规律的发展，它们在本质上具有同一性与延续性。在垄断资本主义阶段，"19世纪习以为常的那些资本主义剥削方式差不多被淘汰，但是这并不能掩盖一个事实，即19世纪和20世纪的资本主义奠定在一个原则之上：人把人作为工具"。① 随着时代的发展，人们不仅比以前更清楚地认识到了启蒙思想家那种人性自由、人人平等的理想的虚幻性，而且，事实还使人们看到，建立在私有制基础上的现代资本主义社会，不仅存在着不同社会集团的目的、权力、利益的矛盾与冲突，而且还把人的全部私欲、恶或内心的阴暗面激发出来，疯狂地追求自我的满足。人的这种"自由"追求常常是冲动的、进攻性的，并具有非理性的特征。从19世纪开始的"一切人反对一切人"的争夺演化为20世纪"国对国的战争"，这说明，人类自己追求和建立起来的"理性王国"陷入了可怕的非理性境地。"人道主义价值和希伯来—基督教价值，特别是其中个人的价值，因野蛮主义的恶性膨胀而受到了践踏。"② 这是资本主义"理性王国"从19世纪到20世纪合规律的发展，这种非理性也是资本主义的本质特征在同一性和延续性基础上于新的历史条件下的进一步发展。19世纪浪漫主义和现实主义时代人们深感忧虑和恐惧的人性的邪恶及其破坏力，被20世纪的两次世界大战充分证实。因此，如果说19世纪上半期人们对人的理性力量、人性善的力量仅仅表示怀疑的话，那么到了20世纪，则变成了失望甚至绝望。

　　西方当代的自然科学成就，也强化了人们的非理性意识，加深了人对自我力量评价时的悲观与失望。诚然，西方近代科学的发展，对于人们改造自然，洞察宇宙万物之本质，对于人们建立科学理性，破除宗教蒙昧主义，都起到了巨大作用。但是，科学并非万能，科学的发展无法完全解决人生的价值和意义问题；科学理性无法为人们提供人生价值判断的尺度。人不能根据科学事实去爱、去恨，从而解决精神的、情感的、道德的和信仰的种种矛盾和需求问题，因为人是具有灵魂和精神的动物，离开了对人的精神世界及对这个世界的理解、把握和认识，把科学理性当作唯一的人类知性，当作人类认识发展史的唯一真理性，也就走向了荒谬。现代西方科学的发展，不仅没有解决人的信仰、价值观和精神、情感需求问题，相反还加重了这方面的危机感。现代心理学让人看到了隐藏在理性外壳后面的本能冲动，使人洞察了潜意识那一片"黑暗世界"；生物学的"自然选择"击碎了启蒙学者所提出的"人生而平等"的自然法则，也击碎了"自由、平等、博爱"的人道主义理想，使资本主义的"自由竞争"失去了传统理性原则的制约而走向尔虞我诈、为所欲为、巧取豪夺。可见科学加深了人对自身内心宇宙复杂性的认识，科学理性摧毁了基督教宇宙观，也破坏了传统的理性主义文化价值体系，所谓"上帝死了"的根本

---

① ［美］埃利希·弗洛姆：《健全的社会》，中国文联出版公司1988年版，第91页。
② ［美］罗洛·梅：《人寻找自己》，贵州人民出版社1991年版，第34页。

含义也就在此。

"上帝"死了也即理性死了，而非理性则"复活"了；上帝死了，也即旧的文化价值体系崩溃了，而新的文化价值体系却未成型。一个没有"上帝"的世界，是人为所欲为的世界；一个失去了理性制约的时代，是非理性泛滥的时代。非理性主义思潮就是在这样的情形下蔓延开来的。"上帝"死了，却没有救活人自己，人类似乎到了在劫难逃的世界末日，于是，一种比19世纪更深重的恐惧、焦虑、痛苦乃至绝望的情绪弥漫了20世纪西方社会。"20世纪的精神病比19世纪更为严重，尽管20世纪资本主义出现了物质的兴盛。"①

事实上，"物质的兴盛"，也是催化非理性思潮，加重人的危机意识和异化感的重要因素。20世纪的西方社会由原先的生产型转化为消费型，社会的物质文明不断向前发展，然而，人的物化现象不仅未能消除，反而显得变本加厉，并呈现出新的形态。在消费型社会中，作为消费者的个人必须依靠金钱而存在，因而金钱依然是上帝。在现代资本主义经济联合体中，生产者不仅是机器的奴隶，而且是强大经济体的奴隶；机器不仅取代了人的肢体，而且取代了人的大脑，这意味着人不再是世界的主体。几个世纪来，西方人在科学理性的鼓舞与指引下，对自然强取豪夺，科学技术的新成就不断助长并实现向自然索取的欲望。但是，到了20世纪，自然也还之以空前的报复。正如日本当代文化人类学家岸根卓郎所说：人类自笛卡尔以来不断追求"无神物质科学"，直至今天，其结果，使现代科学技术取得了长足进步，甚至造出了核武器，然而，与此同时，"地球灭亡的危机"却愈加深刻化、现实化，对人类来说，幸福反而显得更加遥远了。② 在理性指导下的对物的疯狂追求从深层表现出了非理性特征；人自己创造的物质文明在有形无形中支配着人，这种支配又表现出神秘的非理性特征，文明成了人的对立面，使人变为非人——即人的主体性丧失、人的不存在、人化为虚无。在这种生存环境下，西方人深感人在自然和物质面前的渺小与软弱。人被物排挤了，人把地球送上了绞刑架，自己也就陷入了生存危机之中。所以，西方现代资本主义的物质文明给人们带来了更深重的异化感和危机感，也使人们更真切地领悟到了人类生存与发展中的非理性和荒诞感。

在20世纪这种新的精神文化氛围里，欧美文学的人文观念表现出了与传统文学的重大差异。无论是现代主义还是现实主义倾向的文学，都更注重对人的内心世界作形而上的探索，并往往以荒诞的形式加以表现。20世纪文学，

---

① ［美］埃利希·弗洛姆：《健全的社会》，中国文联出版公司1988年版，第101页。
② ［日］岸根卓郎：《文明论》，北京大学出版社1992年版，第96、158页。

特别是现代主义倾向的文学,则把传统文学业已表现的理智与情感、理性与本能欲望、灵与肉、善与恶等二元对立的母题推向深入甚至走向极端,视人的非理性为生命本体,人也就不再是"理性的动物",而是"非理性的动物",笛卡尔的"我思故我在"变成了"我要故我在"。人文主义的人是"宇宙的精华,万物的灵长"的神话破灭之后,"人"的形象失去了传统文学那种崇高美,从而沦为"非英雄"或"反英雄"。20世纪文学,特别是现代主义倾向的文学,蕴含的是一种非理性人本意识,它是对传统的以理性为核心的人本意识的一种反拨,也显示了欧美文学在人文观念上的新发展。

  19世纪浪漫主义文学在"返回自然"的追求中虽已露出了非理性的端倪,但还十分朦胧,且其深层依然未割断与自由、平等的理想和理性主义的联系。19世纪现实主义文学对自由竞争中表现出来的人性中的破坏力深感忧虑,并开始怀疑理性对这种破坏力的制约能力,但最终都在人性复归、理性战胜恶欲冲动、美战胜恶的理性主义信念中找到生存的勇气与力量。20世纪文学,特别是现代主义倾向的文学把浪漫主义的"返回自然"推向返回原始的蛮荒时代,也即回到非理性状态,以非理性的"自由"去反抗现代文明,反抗宗教理性、科学理性、政治理性和经济理性,又把19世纪现实主义文学的人道主义理想与理性原则送上了非理性的审判台。而且,在20世纪文学中,"理性"拥有了更广泛的内涵,它往往指抑制人的生命意志(特别是非理性)的一切有形和无形的力量,它被描绘成罪大恶极的刽子手,是荒诞的、不讲理的、总是与人作对的神秘力量。如卡夫卡小说中将人变成"甲虫",使人无法到达"城堡"的神秘力量,海勒笔下的不讲理的"第二十二条军规",萨特小说中导致人"恶心"又难以将其摆脱的现实存在,等等,都是"理性"力量的具体表现形态。许多作家都站在反理性的立场上描写神秘的非理性和潜意识冲动给人带来的自由感,这就是20世纪文学频频描写病态、畸形、歇斯底里、性冲动、死亡、梦境、幻觉、长篇独白、内心回忆、白日梦、痴人梦等内容的重要原因。因此,在20世纪文学,尤其是现代主义倾向的文学中,已很难听到以往文学中那种对人性美的赞歌,这正是欧美文学人文观念转型的表现。

  在对待物质文明的态度上,20世纪文学也表现出了更强烈的反抗性。在20世纪文学中,"物"被泛化为包括金钱、物质财富、科学技术、社会存在等多方面内容在内的整个物质世界,人与物的对立也被泛化为人与除了精神世界之外的整个现代化物质文明的对立,人处在被文明普遍异化的状态之中。而且,以往的传统文学在表现人与物、人与自然的关系时,着重展示人对来自"物"的异化的抵御与不接受,人虽然被物质文明这一异己力量捉弄与吞噬,但依然相信人自身的理性力量,因而仍保留着几分乐观与浪漫。即使是倡导

"返回自然"的浪漫主义作家,他们追求一种类似于"天人合一"的境界,以期缓解人与文明、人与自然的对立关系,也并不意味着抹杀人与"物"之间的差别,并不意味着人丧失对物质世界的支配权进而丧失主体性,成为"物"的奴隶。现实主义作家也一方面表现人被物异化的事实,又表现人对异化的抗拒。20世纪西方文学在表现人与物的关系时,着重表现人在物面前的无能为力和恐惧感,人已完全被物支配,物质世界已抛弃了人类,人处在一个难以理喻、无法把握和解释的陌生世界,人自己蜕变成了物,世界是荒诞的、非理性的,人类的生存失去了意义。在艾略特的《荒原》中,物质世界使人的精神世界毁灭,世界也就成了生命死寂的"荒原",人要找回自己就必须返回远古的神话时代。奥尼尔《毛猿》中的扬克象征着物质文明挤压下痛苦地寻找自身归属的现代人。他往前走,面临的是更深重的异化,往后退,则沦为禽兽;他寻找自我的过程,正是自我毁灭的过程。他的悲剧说明,科学发达、物质丰富的现代文明社会使个体的人无法存在,人的价值等于甚至低于禽兽。在尤奈斯库的《新房客》中,物威胁着人的生存,整个世界变成了物的奴仆。劳伦斯的小说描写现代文明破坏了人的天然属性,使两性关系变得畸形。品钦和冯尼格特的小说揭示了科学技术导致人类自我毁灭的悲剧。总之,20世纪文学中表现了人在物面前的软弱与渺小,人的主体性、人的心灵被"物"挤占后成了"空心人",人被自己创造的文明异化了。因此,20世纪西方文学表现的人与物质文明的矛盾,归根到底是人的生命本体与物质存在、科学理性之间的矛盾;人对物质文明与科学理性的反抗,就是对人性的一种维护,其深层蕴含着非理性人本意识,表现了一种新的人道原则。

20世纪欧美文学在人本意识上的变化,说明了20世纪欧美作家在"人"的问题的探索上的创新与深化,表明了西方文学人文观念的发展进入了新阶段。但是,这并不意味着这些作家找到了"人"的问题的终极和绝对正确的答案,也不意味着20世纪欧美现代主义和现实主义作家都是非理性的崇拜者。非理性倾向是20世纪欧美社会的时代特征,20世纪欧美文学表现非理性人本意识,正是文学对社会现实和时代精神的一种"反映"。但"反映"并不是文学与生活和人生之关系的全部,"反映"生活也并不等于认同生活。欧美作家在反映人面临异化的生存状况,并以非理性反抗异化、反抗现代文明、反抗理性主义文化价值体系时,对人的非理性本身又常常表现出忧虑、恐惧甚至否定。他们真切地体察到了人的非理性内容并视其为人的生命本体,但对于回归原始状态、获得非理性意义上的"自由"的人,又是充满忧虑的,极少有作家将非理性支配下的混乱与无序的世界作为人生的理想境界去追求。这正是20世纪欧美文学之危机意识和悲观情绪产生的深层原因,这种危机意识和悲观情绪中包含着更高的理想主义精神。在20世纪文学非理性倾向的背后,隐藏着作家们对人的处境及命运与前途的理性思考。20世纪现实主义倾向的作家,原本就保留着传统理性主义的信念,如罗曼·罗兰、高尔斯华绥、萧伯纳、肖洛霍夫等。即使是典型的现代主义作家的创作,其深层依然有着对更高意义上的理性的追求。艾略特的《荒原》中,造成"荒原"的是丧失精神与理性的肉欲,理性依然是对"荒原"世界的评判尺度;卡夫卡描写的世界之荒诞的背后,有着对更高意义上的理性的追求。尤其值得注意的是,20世纪50年代以后的欧美文学,这种追求理性的倾向更为明显。50年代前的现代主义文学中那种更高意义上的"理性",虽然较之传统的理性有明显不同,但其核心内容已露出了传统的基督教-人道主义信仰的精华与近代以来个性和科学思维相结合的趋向,这种趋向尚十分朦胧模糊。50年代后的欧美文学中,这种结合的趋向已十分明显,西方文学中的理性也就在历史发展的否定之否定后进入新的文化境界。存在主义文学中的"自由选择"和西西弗斯式的行动原则,表现了人在非理性的荒诞现实面前的高度理性意识;荒诞派戏剧中对"戈多"的等待,正是对新的"上帝"重临的期待,也即对新的理性的期待;塞林格《麦田里的守望者》的"守望者"所要守护的就是人性的纯洁,也即人成其为人的理性原则;索尔·贝娄的小说描写物质主义环境下人对善与爱的追求。可见,在经过否定之否定后,20世纪欧美文学出现了恢复对"上帝"与"理性"的崇敬与追寻的趋向。不过,如前所述,这已不是传统意义上的上帝与理性了。显然,50年代后的西方文学的人文观念,又开始朝新的方向发展了,这是传统人本意识在更高意义上的回归。

1. 非理性思潮对20世纪欧美文学有何影响?
2. 20世纪欧美文学的人文观念有何变化?

第一章　20 世纪欧美现实主义文学

第一节　概述

一、20 世纪欧美现实主义文学的形成和基本特点

这一章论述除苏联文学以外的 20 世纪欧美现实主义文学。

19 世纪末 20 世纪初，欧美各主要国家相继进入垄断资本主义阶段，其时，殖民地已经被瓜分净尽，各资本主义国家之间矛盾加剧，终于酿成第一次世界大战，以德、奥为首的同盟国和以英、法为首的协约国混战 4 年，最后以同盟国败北告终。战后签订的《凡尔赛条约》只是暂时缓和了矛盾。20 年代末到 30 年代中期的世界经济危机，波及整个欧美，经济大萧条带来了悲观主义和精神恐慌，德、意、日的法西斯势力趁机兴起。1933 年希特勒上台，1936 年西班牙法西斯分子发动叛乱。时局的发展终于导致第二次世界大战的爆发，直到 1945 年德、意、日才被击溃。第二次世界大战后建立了国际新秩序，为战后世界进入和平与发展时期创造了条件；发生了世界范围的革命与变革，一批欧亚国家走上了社会主义道路；殖民主义体系崩溃，发展中国家开始兴起。"二战"后开始冷战时期，一直延续到 80 年代末苏联解体为止。20 世纪动荡的世界格局给人类带来了两场浩劫，资本主义国家和社会主义国家的组合和分化构成这一世纪多变的世界格局。20 世纪的欧美现实主义文学不能不打上时代的深刻烙印。

20 世纪现实主义文学是 19 世纪现实主义的继续和发展。19 世纪现实主义文学形成有史以来最壮阔的文学潮流，它的影响极为深远。一些成功的创作经验必然为许多大作家所接受。他们当中有不少是跨世纪作家，深受巴尔扎克、托尔斯泰等大作家的启发和影响。20 世纪的现实主义作家接受了前辈们的批

判精神、广泛地反映社会生活和塑造典型人物等最基本的创作方法。同时他们并不故步自封，也接受新时期涌现的文学流派的新手法，以丰富传统的现实主义。他们在20世纪上半叶的文坛占据了举足轻重的地位。但是，第二次世界大战后至50年代，欧美现实主义文学出现不同程度的衰落趋势。欧美现实主义作家感到的困惑是：欧美资本主义社会从这时起再一次获得了经济繁荣，人民的生活水平由于福利的提高而得到了相应的改善，科学技术的高度发展大大改变了人们的生活条件，这种局面已迥然不同于19世纪的社会状况，他们对一片升平景象感到茫然和惶惑，认为19世纪现实主义的揭露和批判意识已经过时。揭露性和批判性的消退，造成了欧美现实主义文学的暂时衰落。大约从70年代开始，欧美现实主义文学又出现复兴的端倪，即所谓回归现象。及至80年代，有的现代派作家甚至也采用了现实主义的艺术手法来写作。这种现象对现实主义本身无疑是一种激励。一个值得注意的现象是，20世纪上半期的拉美，现实主义文学获得了迅速发展，其特点是注意本地区的自然特色和文化传统，总体上可分为革命文学、大地小说和印第安小说，它们为下半叶的"文学爆炸"奠定了基础。综观20世纪的欧美现实主义文学，人们发现，现实主义文学的生命力是强大的。可是，如果抛弃了它的优良传统，即批判性、反映现实的真实性和广阔性、塑造典型人物的艺术手法等等，而过多地吸取现代主义的艺术方法，那就会造成自身的衰微，乃至不成其为现实主义文学作品。

　　20世纪世界文学的相互影响更为直接和频繁，现实主义文学也不例外。十月革命后出现的苏联以及第二次世界大战后出现的一批社会主义国家，大力提倡现实主义的创作方法，这对欧美作家产生了重大影响。再者，苏联等国家陆续产生了一批优秀作品，这些作品在世界上具有不可忽视的声誉，对于具有正义感和不满于现实的资本主义国家的作家来说，它们起到了示范作用。由此在欧美出现了"红色的30年代"。虽然不是所有作家加入无产阶级作家的行列中来，但他们当中激进的作家往往倾向于社会主义；也有的作家只是同情社会主义，或多或少地站在人民大众一边，参加反法西斯斗争。他们往往从人道主义精神出发，争取人的精神自由和独立，反对非正义和社会黑暗；从鼓吹个人奋斗、描写摆脱低微的社会地位的人物，发展到与人民大众的斗争相结合；他们参加争取和平、抨击世界大战的斗争。尽管他们所走的道路是复杂的，除了接受社会主义思想，还不同程度地接受无政府主义、和平主义、费边主义等各种各样社会思潮，但是他们的总体倾向是进步的。与此相应，他们采用现实主义的创作方法，起到了壮大现实主义潮流的作用。

　　不难看出，20世纪现实主义作家所接受的哲学思想较为复杂，因为19世纪下半叶以来流行的非理性主义思潮迅速泛滥，唯物主义受到极大冲击。虽然马克思主义也得到广泛传播，但在20世纪上半叶的欧美，马克思主义却受到敌视和遏制。自然科学的新发现扩展了人们的视野。尤其是1905年爱因斯坦提出了狭义相对论，随后又提出了广义相对论，打破了长久以来被奉为颠扑不破的牛顿的万有引力定律，对许多领域都产生了不可忽视的影响。爱因斯坦在长、宽、高之外，提出了第四变数。这与古典几何学提出的三维世界不同，它确认了四维世界。量子物理学研究发现物质的突变和不确定性，提出以统计可能性的概念代替长期以来作为科学方法基础的因果决定论。巨大的电子望远镜使人能探索遥远的宇宙，那里的星系与牛顿论述的世界关系不大。发现的新星和超新星以及星际物质、无数的星云，既使人的想象困惑，又使之兴奋，引起了作家对"人类状况"的思索。强大的回旋加速器发现新的能源，改变了人类的生存条件，而核武器又给人类带来威胁，使作家忧心忡忡。此外，尼采的唯意志论、柏格森的生命哲学和直觉主义、弗洛伊德的精神分析理论以及语言学的异军突起，都对20世纪的现实主义作家产生影响。在他们的头脑中，唯心主义和非理性主义占有很大比重，这势必影响到他们对世界的观察、对现实的剖析。

　　这一时期文学思想的特点是：第一，20世纪的现实主义作家看到了十月革命的胜利和国际无产阶级革命运动的蓬勃展开，社会主义思想不同程度地影响了他们，使他们对现实有了更加深刻的认识。他们之中大多数同情和支持社会主义革命和人民群众为争取自由解放而进行的斗争，在作品中不遗余力地揭露和批判社会的黑暗和垄断资本的种种罪恶；他们正视现实的发展变化，力求真实地反映时代的风貌，在描写生活上具有传统现实主义的广阔性、真实性和深刻的批判性；人道主义精神依然是他们认识和批判现实的基本武器，但不时仍能闪现出新的斗争精神，或多或少地用阶级观点或者社会主义思想去观察问题，站在崭新的时代高度去描绘现实。第二，不少现实主义作家借鉴了19世纪现实主义文学的经验，力图全面地反映一个时代的社会生活。他们或者以当代社会为对象，或者对历史进行再认识，充分展开社会背景的描绘，上自王公贵戚、富豪人家，下至社会底层，五光十色，包罗万象。有的作家别开生面，解剖一个家族的发展史或盛衰史，从一个家族的荣枯变迁去反映整个历史时代的变化，收到以小见大的效果；有的作家索性将视野局限在一两个家庭中，描写其中各式各样的人物，以此去表现社会变化。第三，无产阶级的生活和斗争越来越多地成为他们反映的对象。无产阶级的贫困化与资产阶级的财富迅速增长，成为20世纪上半叶社会生活的突出现象。工人的斗争变得更有组织，他们的罢工从经济考虑出发发展为带有政治性质，而且与世界各国无产阶级的斗争结成一个整体，相互支持，相互促进。这种变化必然进入现实主义作家的视野之中。工人运动已经发展到与社会其他力量的统一行动，例如反对侵略战争，争取和平的斗争，往往是范围广阔的，各社会阶层参与的，甚至是跨国的政治行动。第四，两次世界大战，因其规模的巨大，战斗的激烈，残杀和迫害犹太民族的酷烈，政治斗争的复杂等，使人们更深刻地认识到战争的灾难性后果，战争或反法西斯成为一个重要主题。在这种题材的作品中，爱国主义的激情响彻云霄，由于作家的经历不同，产生了丰富多彩的文学作品：有的作家直接参加了反对入侵的战争或地下抵抗运动，写出了许多充满战斗豪情的作品；有的作家身陷囹圄之后，在狱中写下了可歌可泣的优秀作品；有的作家虽未经历战争，却以新的时代精神去观照战争，写出了独树一帜的作品，给后人以借鉴。

　　这一时期文学的艺术特点是：第一，频频出现"长河小说"。这种多卷本小说能够深入反映每个历史时期的变迁。"长河小说"并非可以无限地写下去，它们一般都在100万字至150万字之间，长篇小说的功能由此得到了充分而又有节制的利用。"长河小说"是在《悲惨世界》《战争与和平》《安娜·卡列尼娜》的基础上发展起来的。但《悲惨世界》人物众多，头绪纷繁，不是以一条主线（统一的情节）贯穿始终。《战争与和平》更加发展了轮流穿插描写的方法。《安娜·卡列尼娜》则以主人公的命运为主线展开情节。"长河小说"有所不同，它以一个家庭或一个家族为线索，可以说是将《卢贡-马卡尔家族》变成用一部作品来完成。这种写法较为集中精练，内涵丰富，容量更大。"长河小说"深得现实主义作家的喜爱，20世纪上半叶，长篇小说的繁荣与此密切相关。第二，20世纪的现实主义文学无疑受到现代主义思潮的影响，从而使现实主义文学产生了巨大变化。在新的文化背景中进行艺术探索的现实主义作家，较之19世纪作家更倾向于人物的心灵世界的开掘，他们的创作明显表现出内向化、主观化特征。心理描写的手法更为丰富。同时，现实主义作家也不时探索人物的潜意识，以反映人物完整的内心世界。此外，对现代主义的其他表现技巧，诸如内心独白、梦幻描写、时序颠倒、象征手法、荒诞意识、多层次多角度的描写，等等，都有所汲取，并从其他艺术形式如电影、电视，甚至新闻报道中借鉴了一些有益的方法，丰富了艺术表现的技巧与手段。第三，越来越淡化情节，越来越淡化塑造典型人物。他们往往描写某一种社会现象、某一种社会心理、某一种犯罪动机，更注重心理变态的描写，而不是情节的曲折。这是向现代主义学习的结果，与传统现实主义有显著不同。由于上述艺术手法的变化，使得有的作品难以确定是何种类型，有些只能说介于现实主义作品和现代主义作品之间，有的干脆就是现代派作品。与此相应，有的作家很难界定他是现实主义作家还是现代主义作家,有的现实主义作家则转变为现代主义作家。

二、20 世纪欧美现实主义文学在各国的发展

英国是这一时期现实主义文学最有成就的国家之一。20 世纪的英国小说加强了对英国社会的保守性和虚伪性的批判,具有一种冷峻地直面人生的特点,并从写实小说发展到实验小说。劳伦斯在小说创作中成就最为突出。约翰·高尔斯华绥(1867—1933)是英国 20 世纪最有成就的现实主义作家之一。他的代表作《福尔赛世家》(1906—1921)三部曲,通过描写福尔赛家族的兴衰史广泛反映 19 世纪 80 年代中期至 20 世纪 20 年代中期的英国社会生活,揭露英国资产阶级的"财产意识"。他在另一部三部曲《现代喜剧》(1924—1928)中继续叙述这一家族的故事。在这两套作品中,作者以细腻真实的心理分析与细节描写,创造了栩栩如生的福尔赛家族群像,表现出艺术描写的卓越成就。威廉·索默塞特·毛姆(1874—1965)的长篇《人性的枷锁》(1915)是一部自传性作品,通过对主人公菲力普·卡莱从童年起至壮年的长达 30 年的生活经历的描写,无情地揭露了宗教、教育、贫困和社会风尚对人的发展的禁锢,以巨大的感染力展示了资本主义社会令人窒息的生活画面。他的探索人生意义的小说《刀锋》(1944),否定了把幸福建立在物质财富上的人生理想。20 世纪下半叶的重要小说家有格雷厄姆·格林(1904—1991),他的《沉静的美国人》(1955)写的是抗法时期的越南。作为老殖民主义者的法国人面临彻底失败,一个年轻而沉静的美国人趁机而入,靠一帮土匪搞恐怖活动,企图建立第三种势力,受害者是无辜的老百姓。格林善于处理重大的国际问题,长于讲故事,巧用悬念手法。乔治·奥威尔(1903—1950)的《一九八四》(1949)是政治寓言小说,表达了对极权主义的忧思。威廉·杰拉德·戈尔丁(1911—1993)的《蝇王》(1955)描写了人在失去一切约束时所表现出来的本性恶以及人性中潜在的美与恶的斗争,反映了西方人经历了两次世界大战后对人性恶的恐惧。

金斯利·艾米斯(1922—1995)是所谓"愤怒的青年"的代表。这个派别的作家塑造了一种新的人物类型:他们是出身工人家庭或中下层社会的大学毕业生,所受的教育高于所出身的阶层,可是他们并不想成为绅士;他们对掌权者的特殊享受津津乐道,但又把权力看成可笑而又不道德的游戏。这是一种反英雄人物。艾米斯的《幸运的吉姆》(1954)中的主人公就是这样一个反英雄人物,他出身工人家庭,服过兵役,战后上过大学,毕业后在外省大学任中世纪史讲师。他虽然不喜欢教书,但为了保住饭碗,只得讨好教授。这一文学

派别的著名作品还有约翰·奥斯本（1929—1994）的《愤怒的回顾》（1954）和约翰·布莱恩（1922—1986）的《顶层的房间》（1957）。

60年代，英国小说家创作了一批实验小说，其中，约翰·福尔斯（1926—2005）的《法国中尉的女人》（1969）采用了对传统小说的谐谑模仿文体，将有案可查的历史事实嵌入一个虚构的故事框架。这样一种虚实交融、以虚化实的叙述视角，增强了故事的可信性，又对历史现实进行了新的阐释，重新建构历史文本。对女主人公萨拉命运的描写是对女权主义做出的响应。在女作家中，最著名的是多丽丝·莱辛（1919—　），她的《野草在歌唱》（1950）描写白人女主人公对黑人奴仆的感情纠葛；五部曲《暴力的孩子们》（1952—1969）描写罗得西亚一个农场主女儿的成长历程和投身政治的经历；《金色笔记》（1962）以多重奏的复合结构描写"自由女性"的精神困境。这些作品表现了鲜明的时代特色和丰富的社会内容。艾丽丝·默多克（1919—1999）的《在网下》（1956），以主人公"我"漫无目的的旅程去描绘复杂多变的世界，她的《黑王子》（1973）叙述方式独特，主体是主人公的自传，既有他写的前言和后记，也有其他4个人物和编辑写的前言和后记。在新一代小说家中，马丁·艾米斯（1949—　）的《伦敦旷野》（1989）交替使用第三人称和第一人称来描写当代生活。伊恩·麦克尤恩（1948—　）的《时光中的孩子》（1987）描写父亲对女儿的亲情，《阿姆斯特丹》（1998）表现当代英国的政界和新闻界的丑闻。朱利安·巴恩斯（1946—　）的《福楼拜的鹦鹉》（1984）将虚构与史实融为一体。拜厄特（1936—　）和玛格丽特·德拉布尔（1939—　）两姐妹也是当代著名的女作家。

80年代以来，令人瞩目的是少数族裔作家的崛起。V.S.奈保尔（1932—　）的《毕司沃斯先生的房子》（1961）以特立尼达为背景，通过一个印度移民一生的经历，描写这类移民的生活和风俗；《河湾》（1979）通过在非洲的印度移民的生活，涉及非洲的种族、教育、文化等问题；《到达之谜》（1987）采取特殊的叙述方式，围绕一系列的同心圆进行，纪实与虚构相结合，特立尼达与英国相交错。奈保尔的小说体现了后殖民主义的视角与观点。萨尔曼·拉比什（1947—　）的《午夜诞生的孩子》（1980）是一部自传体小说，描写了印度独立前后60余年一家三代的历史。

此外，英国还出现了一个有世界影响的女侦探小说家阿加莎·克里斯蒂（1890—1976），《东方快车谋杀案》（1934）和《尼罗河惨案》（1937）是她最有名的两部作品。她的侦探小说印数在5亿册以上。同样，杰克·罗琳的《哈利·波特》的发行量也一样惊人。这部儿童文学作品在哥特小说和魔幻小说的基础上发挥想象力，不仅吸引了儿童，而且征服了成人读者。

在戏剧方面，最著名的戏剧家是萧伯纳（1856—1950），他批判和讽刺了英国 19 世纪末 20 世纪初资产阶级的习俗和道德：《鳏夫的房产》（1892）和《华伦夫人的职业》（1893）揭露资产阶级的虚伪和金钱的作用；《巴巴拉少校》（1905）也通过财产继承问题，描写金钱势力。他发展和丰富了英国的讽刺喜剧艺术。在诗歌创作方面，最盛行的是"运动派"，菲利普·拉金（1922—1985）以口语化的诗句和普通事件为题材，重要诗集有《受骗较少》（1955）、《新诗行》（1956）、《降灵节婚礼》（1964）。

法国的现实主义文学经历了第二个高潮。这个时期的现实主义文学继承了 19 世纪现实主义文学的传统而又有所变化。小说创作十分繁荣，构成了法国小说史上的第二个黄金时代。它对社会的剖析从家庭着手，以家庭变迁去反映社会变化，同时又将目光投向国际上的民族解放斗争和反法西斯斗争，把握时代的脉搏。阿纳托尔·法朗士（1844—1924）的创作在 20 世纪达到了成熟阶段。短篇杰作《克兰克比尔》（1901）对德雷福斯案件做出了直接反响，抨击了当局践踏公理和正义的反动举措。长篇《企鹅岛》（1908）、《诸神渴了》（1912）等，或用寓言形式针砭时弊，或总结法国大革命的经验教训，风格谑而不虐。他的小说富有"学者气"，在古朴淳厚之中显示讽刺的才能。罗曼·罗兰的创作对 20 世纪上半叶文学有重要的影响，他开创了"长河小说"。"长河小说"的另一代表作家罗歇·马丁·杜伽尔（1881—1957）的《蒂博一家》（1922—1940）描写人道主义者雅克与资本主义黑暗现实的斗争，通过他一家父子三人和另一个资产阶级家庭的变迁，反映法国人民的反战思想和世纪初的法国现实，风格朴实自然，心理描写细腻。弗朗索瓦·莫里亚克（1885—1970）是一位擅长心理分析的现实主义小说家。《和麻风病人的亲吻》（1922）、《苔蕾丝·德盖鲁》（1927）、《蝮蛇结》（1932）等，以细腻的心理描写，反映资产阶级在道德上的堕落和资产阶级家庭成员之间关系的冷酷，传统意识与现代意识的冲突成为他的小说中人物的内心矛盾。安德烈·纪德（1869—1951）也同样擅长心理分析，他的小说多半带有自传性质。《背德者》（1902）追求人生的乐趣和"绝对自由"。日记体小说《窄门》（1909）则相映成趣，写的是一个受宗教影响弃绝爱情的悲剧。《田园交响曲》（1919）揭露虚伪的牧师骗取盲女感情的丑恶心灵。《伪币制造者》（1926）反映当代青年的不安与苦闷，流露了对现实社会的怀疑。作者采用小说中套小说的别致写法，被认为是一部反小说，叙述没有轴心，是多视角的。路易·费迪南·塞利纳（1894—1961）的《茫茫黑夜漫游》（1932）曾引起轩然大波，这部小说抨击第一次世界大战的荒谬，揭露法属非洲殖民地对黑人的残酷盘剥，揭穿了美国幸福生活的神话，同时描写了法国下层人民的生活。在一部篇幅不长的小说中，深刻地描写这几个重大问题，实是难能可贵。亨利·德·蒙泰朗（1896—1972）的《斗兽者》（1926）表现斗牛士特立独行的品格和对言而无信的贵族少女的鄙视；4卷本的《少女们》（1936—1939）取材于自身经历，描写多角恋爱的故事，将女人置于从属于男子的地位。安德烈·马尔罗（1910—1976）的小说从自身的政治生活中撷取素材：《征服者》（1928）以1925年的省港大罢工为题材，《人的状况》（1933）描绘1927年的上海工人起义和国民党"四一二"大屠杀中共产党人的英勇就义，《希望》（1937）描写30年代西班牙的法西斯斗争。这些震动国际社会的重大事件在他的小说中都得到了真实的再现，可以说在20世纪文学中是绝无仅见的。女作家西朵妮·加布丽埃尔·柯莱特（1873—1954）以自身经历写成的小说《克洛婷在学校》（1900）、《克洛婷成家》（1902）、《克洛婷出走》（1903），以及《流浪女伶》（1910）、《西朵》（1930）、《姬姬》（1944）等，刻画了从农村来到大城市的姑娘的命运和农村妇女形象。让·季奥诺（1895—1970）的乡土小说别具一格，《山冈》（1929）、《再生》（1930）、《让我的欢乐长存》（1935）等描写人类战胜自然，同时歌颂自然，否定现代文明；而《屋顶上的轻骑兵》（1951）、《波兰磨坊》（1952）、《风暴两骑士》（1965）等是新型历史小说，描写了近代一百年的重大事件。安东尼·德·圣埃克絮佩里（1900—1944）的《夜航》（1931）通过拉美早期运送邮件的夜航飞机的冒险经历，讴歌了先驱者英勇献身的精神，展现了星空之美；《小王子》（1943）是一部歌颂人的责任心的童话，赞美儿童天真纯洁的心灵，嘲笑成人的肤浅和虚荣，指出人们需要友谊和互相依存，作品具有世界影响。

20世纪下半叶的女作家萨冈（1935—2004）善于写作中篇，成名作《你好，忧愁》（1954）描写中产阶级人物的多角恋爱和空虚的精神世界。玛格丽特·尤瑟纳尔（1903—1987）擅长历史小说，她是法国350年来第一位女院士。《哈德良回忆录》（1951）通过古罗马帝国发展到盛期的皇帝的谋略与命运，探索人类历史发展中有关问题的症结所在；《苦炼》（1968）则通过文艺复兴时期一个集当时杰出人物的特点于一身的人文主义者，来表现处于社会大变动时期资本主义的兴起。而她的《虔诚的回忆》（1971）和《北方档案》（1977）分别写母系和父系的家族史，从中反映19世纪比利时列日地区和法国北部400年来的变迁。这是新型的历史小说。玛格丽特·杜拉斯（1914—1996）的《如歌的中板》（1958）着重刻画人物的心理活动和内在感受，显出不同凡响的观察力。《情人》（1984）和《原籍华北的情人》（1991）带有自传性质，前者以30年代在越南定居的一个破落法国人家庭为线索，叙述一个15岁的法国少女与一个中国富商之子的爱情故事，后者则是续集。杜拉斯时序颠倒的叙述方式和人物的描绘心理都独树一帜，充满新意。米歇尔·图尼埃（1924— ）的《礼拜五或太平洋的虚无缥缈之境》（1969）改造了鲁滨逊的故事，探索了文明人和野蛮人在不同环境下的表现，具有反殖民主义思想；《桤木王》（1970）探讨纳粹思想的社会根源。勒克莱齐奥（1940— ）的小说有半寓言性质，《诉讼笔录》（1963）描写城市中人与人的险恶关系；《蒙多和其他故事》（1978）和《沙漠》（1980）描绘浩瀚、广漠的自然界，其中出现的是与社会格格不入的人物。帕特里克·莫迪亚诺（1945— ）的《环城大道》（1972）、《暗店街》（1978）通过第二次世界大战法国被占领时期发生的故事，探索人们的关系、生活和时代的本质，吸收了侦探小说的模式，具有神秘莫测的气氛。

移民作家在当代法国小说家中占有重要地位。其中，米兰·昆德拉（1929— ）的《玩笑》（1967）批判捷克人不能主宰自己命运的现实；在法国写作的《生命中不能承受之轻》（1984）以1968年苏军入侵捷克为背景，描写知识分子的感情生活和人生选择。程抱一（1929— ）是华裔，自传体小说《天一言》（1998）描写江西青年力图将东西方哲学和艺术融为一体的探索。

在戏剧方面，让·吉罗杜（1882—1944）的《特洛伊战争不会爆发》（1935）以古喻今，预言现代战争将会爆发。于勒·罗曼（1885—1972）的《克诺克》（1923）讽刺江湖骗术和伪科学。马赛尔·帕尼奥尔（1895—1974）的《托帕兹》（1928）抨击一个时代的精神堕落。蒙泰朗也是一个优秀的戏剧家，《死王后》（1942）、《圣地亚哥的主人》（1948）、《波尔—罗瓦亚尔》（1951）等都以戏剧冲突紧张、人物性格突出为特点。在诗歌方面，沙尔·佩吉（1873—1914）善写长诗和诗剧，如《贞德》（1897）、《圣热纳薇艾芙和贞德挂毯》（1912）、《圣母像挂毯》（1913），歌颂法兰西土地、法国女英雄和对祖国的热爱。从超现实主义走出来的保尔·艾吕雅（1895—1952）和路易·阿拉贡（1897—1982）在第二次世界大战期间写出了一些优秀的反法西斯诗篇，前者的长诗《自由》和后者的《断肠集》（1941）、《爱尔莎的眼睛》（1942）号召反抗敌人、争取自由解放。雅克·普雷维尔（1900—1977）的《歌词集》（1945）善于描绘普通的现实生活。

德国、奥地利和瑞士的现实主义文学达到前所未有的高度。德语小说在19世纪还处于发展阶段，20世纪则得到重大发展。它继承了德国文学重视哲理的特点，并加强了批判精神，反法西斯的主题成为其最强音。托马斯·曼的创作取得了突破。布莱希特则是最重要的戏剧家。亨利希·曼（1875—1955）的《臣仆》（1911—1914）塑造了赫斯林这个怯懦残忍、欺软怕硬的形象，在他身上概括了君主制的崇拜者、沙文主义分子的典型特征，揭露了垄断资本主义的掠夺性，描绘了德国法西斯的狰狞面目。他还写出了杰出的历史小说《亨利四世》（1935—1938）。埃里希·马利亚·雷马克（1898—1970）擅长写战争题材，《西线无战事》（1929）、《凯旋门》（1946）抨击两次世界大战的罪恶，谴责战争制造者的欺骗宣传，写出了主人公的悲剧命运。卡内蒂（1905—1994）的《迷惘》（1935）通过一个汉学家的悲惨命运，再现了金钱至上的世界和人性的丧失。亨利希·伯尔（1917—1985）的《莱尼和他们》（1971）从政治、经济、道德等方面对德国社会现状作了分析批判，小说运用多种叙述角度，并采用了镶拼手法。中篇《丧失名誉的卡塔琳娜·勃鲁姆》（1974）揭露联邦德国警察的特务手段和新闻界的恶行。西格弗里德·伦茨（1926—　）的《德语课》（1968）借西吉保护绘画的故事，揭露纳粹毁灭艺术和人类文明的罪行。君特·格拉斯（1927—　）的《铁皮鼓》（1959）揭露并讽刺小资产阶级的精神空虚和道德败坏，并展示法西斯的残暴。主人公奥斯卡·马策拉特是个有特异功能的人，3岁时便停止发育，小说以他的回忆写成。奥地利作家斯蒂芬·茨威格（1881—1942）以创作中短篇小说为主，擅长心理探索。《一个陌生女人的来信》揭示了一个女子最隐秘的心理活动；《一个女人一生中的二十四小时》（1940）运用细腻的心理分析手法，刻画了中产阶级妇女的思想感情和欲望冲动，对女主人公的不幸遭遇和弱点，表现出深厚的人道主义同情；《国际象棋的故事》（1942）抨击法西斯对人们的精神迫害。罗伯特·穆西尔（1880—1942）的《没有个性的人》（1930—1943）描写奥匈帝国土崩瓦解前夕人的精神面貌和社会状况，折射出欧洲资本主义社会的危机，作家目光敏锐，讽刺犀利。埃尔弗丽德·耶利内克（1946—　）写有《女钢琴教师》（1983）、《贪婪》（2000）等擅长心理分析的小说。瑞士作家赫尔曼·黑塞（1877—1962）的中篇《在轮下》（1906）是对摧残青年人的教育制度的控诉；《荒原狼》（1927）揭示了第一次世界大战之后德国"迷惘的一代"的心理和精神危机，他们陷入了理性与非理性、人性和兽性的精神分裂中，兽性的胜利是导向纳粹主义；《玻璃球游戏》（1943）是一部寓言和讽喻小说，表达了作家对法西斯主义的极端厌恶、对人生意义孜孜不倦的追求和对人类美好未来的向往。弗里德利希·迪伦马特（1921—1990）的戏剧《老妇还乡》（1956）通过对金钱万能的抨击，揭示社会的腐朽本质，另一剧本《物理学家》（1961）通过科学家无力抗拒自己的发明为战争服务的剧情，反映现实的残酷性。中篇《法官和他的刽子手》（1952）、《抛锚》（1956）以犯罪小说的形式揭露政界上层和大资本家如何沆瀣一气，以及冷酷无情、道德堕落的社会风尚，显示出精于心理剖析的特点。

美国的现实主义文学也有长足发展。这一时期的美国文学敢于面对美国的经济繁荣，正视社会矛盾和精神危机，体现了清醒的现实主义态度，从而涌现出一批具有世界影响的作家，把美国文学推上高峰。海明威和菲茨杰拉德是"迷惘的一代"的代表作家。"迷惘的一代"语出美国女作家格特鲁德·斯泰因（1874—1946），她有一次指着海明威等人说："你们都是迷惘的一代。"海明威把这句话作为他的长篇小说《太阳照样升起》的题词，于是"迷惘的一代"成了一个文学流派的名称。这些作家的共同特点是厌恶帝国主义战争，却又找不到出路。玛格丽特·米切尔（1900—1949）的《飘》（1936）成为通俗小说的典范作品。西奥多·德莱塞（1871—1945）的《嘉莉妹妹》（1900）和《珍妮姑娘》（1911）写的是农村姑娘和工人女儿在大城市中的悲剧，反映贫富悬殊的社会现象。《天才》（1915）揭示金钱对于艺术的腐蚀和摧残。代表作《美国悲剧》（1925）展现美国社会毁灭青年一代的历史真实，并批判"美国梦"的虚幻。厄普顿·辛克莱（1878—1968）的《屠场》（1905）是"揭露黑幕运动"的第一部小说，描写肉类加工厂非人的劳动条件。辛克莱·刘易斯（1885—1951）的《巴比特》（1922）描写乡村和小市镇闭塞而保守的生活，塑造了一个典型的美国商人形象，巴比特成为庸俗市侩的代名词。约翰·斯坦贝克（1902—1968）的《愤怒的葡萄》（1939）描写农业工人为生存而奋起反抗的故事，是反映30年代美国大萧条时期的一部史诗。此外，理查德·赖特（1908—1960）的《土生子》（1939）描写造成黑人犯罪心理的社会因素。

20世纪下半叶，杰罗姆·大卫·塞林格（1919—2010）的《麦田里的守望者》（1951）反映中产阶级子弟的苦闷、彷徨，暴露资本主义文明的虚伪和丑恶，心理描写细致入微，大量使用口语和俚语。艾萨克·巴什维斯·辛格（1904—1991）的作品大多描写犹太人的生活，寓意深刻，有神秘色彩。《卢布林的魔法师》（1960）写一个浪子改邪归正变成了圣贤，表现个人的内在欲望与社会现实的关系，对人类命运做出思考。索尔·贝娄（1915—2005）也是犹太人作家。他倾向于探索当代西方世界的精神危机，关注个人在社会中的命运，在艺术上将意识流手法和传统手法结合起来。重要作品有《奥吉·玛琪历险记》（1953），描写一个流浪汉处处碰壁的生活；《雨王汉德森》（1959）描写一个百万富翁在非洲想做好事而总以失败收场；《赫索格》（1964）描写高级知识分子不适应现代社会的生活；《洪堡的礼物》（1975）通过两代作家成败史的描写，反映当代美国人生活物质富足而精神空虚的现象。他的小说运用了大量新手法。伯纳德·马拉默德（1914—1986）跟贝娄一样，把犹太人作为在当代世界上奋斗的象征。《伙计》（1952）通过主人公的痛苦磨炼，写出人身上善的一面逐渐战胜了恶,风格幽默。卡森·麦卡勒斯(1917—1967)的中篇《伤心咖啡馆之歌》(1951)描写南方的一个爱情故事,表现人的心灵无法沟通。约翰·厄普代克(1932—2009)的《兔子跑吧》(1960)、《兔子,归来》(1971)、《兔子富了》(1981)、《兔子安息》(1990)四部曲描写绰号为兔子的主人公在资本主义的死胡同里无处逃遁的境遇,反映美国社会价值观念的变迁。小说中有不少性描写。乔伊斯·卡洛尔·欧茨(1938—)是女性文学的代表之一。《她们》(1969)反映20世纪30至60年代美国下层人民的命运,采用了不少现代派手法。近期,丹·布朗(1964—)的《达·芬奇密码》(2003)是一部畅销的高科技惊险小说,探讨公民隐私与国家安全之间的矛盾。他还著有同类型的小说《数字城堡》(1996)、《天使与魔鬼》(2000)。

　　黑人小说家迅速崛起。拉尔夫·艾里森(1914—1994)的《隐身人》(1952)的主人公是白人社会的牺牲品,从未被看作一个有独立个性的人,因此他是"隐身人",成为异化社会的象征。托妮·莫里森(1931—)是当代最负盛名的黑人女作家,《最蓝的眼睛》(1970)是一部反映种族仇恨的小说,也是一部反映黑人男女之间矛盾冲突的小说;《所罗门之歌》(1977)描写美国黑人青年在西方精神文明的桎梏下的状况,具有浓郁的黑人民族文学色彩;《宝贝儿》(1987)以南北战争后的南方为背景,一个黑人母亲为了不让幼女被捕而杀死了她,由此而产生一系列纠葛,小说对历史的追忆和重温在于启迪人们正视现实。艾丽丝·沃克(1944—)的《紫颜色》(1983)表现了黑人妇女受男性压迫的现实,探索了寻求自我解放的道路。

　　移民作家在美国20世纪的文学史上占有重要一页。弗拉基米尔·纳博科夫(1899—1977)是俄裔美国作家,《洛丽塔》(1955)通过一个中年男子迷恋一个12岁小姑娘的故事,展现美国中下层社会的生活,从结构到语言都有新的创造。《普宁》(1957)描写一个流亡的俄国老教授在一所美国大学的教书生活。《微暗的火》(1962)充满各种文字游戏,又显示了作家惊人的想象力。华裔作家的崛起值得重视。朱路易(1915—1970)的《吃碗茶》(1961)以纽约唐人街为背景,描写华人"单身汉"现象的结束。汤亭亭(1940—)的《女勇士》(1976)在叙述中国现代社会的过程中穿插了花木兰、岳飞等的故事;《中国佬》(1980)也将中外传说与华人在美国的悲惨遭遇糅合起来。又如赵健秀(1940—)的《鸡坶中国佬》(1972),将"寻父"与"寻求自我"结合起来,表现华人力求在美国社会中安身立命。谭恩美(1952—)的《喜福会》(1989)写4个家庭4对母女的故事,将中国文化与美国文明相对照。值得注意的还有印第安人作家,如斯科特·莫马迪(1934—),他的小说《黎明之星》(1968)反映当代印第安人难以为继的生活,注意叙述角度和心理描写角度的变换。赛珍珠(1892—1973)是一个以中国农民生活为写作题材的女作家,三部曲《大地》(1931)、《儿子们》(1932)、《分家》(1935)深入而生动地反映了中国农村的变迁与动荡,笔触写实,具有史诗气魄。

在戏剧方面,田纳西·威廉斯(1911—1983)的《欲望号街车》(1947)所描写的女主人公作为南方没落贵族后裔,是一个受尽欺凌的女性形象。阿瑟·米勒(1915—2005)的《推销员之死》(1949)描写了小人物的悲惨命运。在诗歌方面,罗伯特·弗罗斯特(1874—1963)善写抒情诗,他的诗清新易懂,常从日常生活入手,描写平凡的感受和遭遇,含蓄而哲理意味深长。重要诗集有《山间》(1916)、《西流溪》(1928)、《林间空地》(1962)等,他爱用传统的无韵体和四行体。黑人诗人兰斯顿·休士(1902—1967)被誉为"哈莱姆的桂冠诗人",他的诗歌具有黑人民歌的特点,又夹杂着爵士乐的韵律和节奏,热情奔放,很适合表达抗议种族歧视,歌颂黑人民族的内容,对美国和非洲的黑人诗歌产生了较大影响。主要诗集有《亲爱的死神》(1931)、《哈莱姆的莎士比亚》(1942)等。

战后加拿大文学发展迅速。玛格丽特·阿特伍德(1939—)擅长描写女性的心理和生活。艾丽丝·门罗(1931—)善写短篇小说。

在东欧、南欧和北欧,也出现了众多的现实主义作家。20世纪上半叶的东欧各国为民族独立而斗争,东欧文学也以此为内容,揭露黑暗现实,描写民族苦难;"二战"以后则受到苏联文学的影响。南欧和北欧的文学以描写古老家族的史诗性作品和反法西斯题材的作品最为成功。捷克作家雅罗斯拉夫·哈谢克(1883—1923)的政治讽刺小说《好兵帅克》(1921—1923)抨击了奥匈帝国的穷兵黩武,主人公帅克是捷克人民不屈灵魂的写照。波兰女作家马丽亚·东布罗夫斯卡(1889—1965)的《黑夜与白昼》(1932—1934)是四卷本家族史小说,反映第一次世界大战前半个世纪的社会变革。波兰"灾祸派"诗人切斯瓦夫·米沃什(1911—2004)的《关于凝冻时代的长诗》(1933)、《诗歌集》(1977)把历史看成一场大灾祸,富有哲理性。匈牙利小说家凯尔泰斯·伊姆雷(1929—)的《难以捉摸的命运》(1975)描写集中营里法西斯的罪行。挪威作家克努特·哈姆生(1859—1952)的《大地硕果》(1917),西格里德·温塞特(1882—1949)的《克丽丝丁》(1920—1922),都是史诗性的作品,在广阔的背景上反映民族的生活和斗争历程。瑞典作家塞尔玛·拉格洛夫(1858—1940)的《尼尔斯历险记》(1906)是优秀儿童文学作品。丹麦作家·亨里克·鼓托皮丹(1857—1943)的《幸福的彼尔》(1898—1904)描写人物在乡间找到了安宁。芬兰作家弗兰斯·埃米尔·西伦佩

(1888—1964)的《少女西丽亚》(1931)描写一个贵族少女的悲惨一生。西班牙诗人胡安·拉蒙·希梅内斯(1881—1958)主要描写安达卢西亚的自然景色,且善写怀旧之作。西班牙另一诗人加西亚·洛尔卡(1898—1936)的《吉卜赛谣曲》(1927)同情受压迫受凌辱的劳动人民,反对凶残的统治者。西班牙小说家卡米洛·何塞·塞拉(1916—2002)的《蜂房》(1951)描写马德里下层社会的悲惨生活。意大利小说家和戏剧家路易吉·皮兰德娄(1867—1936)从"真实主义"开始,创作了一批短篇,怪诞剧《六个寻找作者的剧中人》(1921)、《亨利四世》(1922)有现代派的特点,但保留情节和人物刻画。意大利真实主义女作家格拉齐娅·黛莱达(1871—1936)的《风中芦苇》(1913)描写古老家族的解体。阿尔贝托·莫拉维亚(1907—1990)的《冷漠的人们》(1929)反映法西斯统治下的黑暗,他还善写短篇小说。姜尼·罗大里(1920—1980)的《洋葱头历险记》(1951)是风行全球的儿童作品。依泰洛·卡尔维诺(1923—1985)的《分成两半的子爵》(1952)是部寓言小说,从现实主义向后现代主义过渡;《寒冬夜行人》(1979)则打破传统小说的模式,是一部实验主义的作品。希腊小说家尼科斯·卡赞扎基斯(1883—1957)的《自由与死亡》(1950)描写克里特人反抗土耳其统治的爱国精神。希腊诗人奥迪赛乌斯·埃里蒂斯(1911—1996)受到超现实主义的影响,他的《理所当然》(1959)抒写人类的苦难历程,赞美生命的价值和意义。

在拉丁美洲,20世纪上半叶迎来了文学发展的曙光,现实主义文学蓬勃发展,这个潮流与拉丁美洲的民族民主革命同步进行,这一表现革命进程的文学深深扎根于拉丁美洲的文化和生活传统之中。墨西哥作家马里亚诺·阿苏埃拉(1873—1952)的《底层的人们》(1915)描写受压迫的农民为土地和自由而斗争,再现了墨西哥的民主革命。奥克塔维奥·帕斯(1914—1998)的《太阳石》(1957)赞叹古代文化的辉煌,抒发对祖国河山的激情。委内瑞拉作家罗慕洛·加列戈斯(1884—1969)的《堂娜芭芭拉》(1929)描写大牧场主堂娜芭芭拉的奋斗与失败,表现了文明与野蛮之争的主题,是所谓"大地小说"的经典作品。哥伦比亚作家何塞·欧斯塔西奥·里韦拉(1889—1928)的《漩涡》(1923)也是"大地小说"的优秀作品,描写橡胶工人受到的野蛮剥削和非人道待遇。秘鲁作家西罗·阿莱格里亚(1909—1967)的《广漠的世界》(1941)描写了三代印第安人为保卫自由而反抗的故事。马里奥·巴尔加斯·略萨(1936—)的《城市与狗》(1963)写弱肉强食;《绿房子》(1965)反映秘鲁原始森林和海滨城市的生活,是一幅当代秘鲁的风俗画;《酒吧长谈》揭露军事独裁。巴西作家若热·亚马多(1912—2001)的《无边的土地》三部曲(1943—1946)反映了巴西封建社会的主要矛盾,可可庄园主的兴起以及混血种工人的非人生活都得到了生动的再现;《加布里埃拉》(1958)写进步势力与保守势力的斗争,塑造了一个动人的妇女形象。阿根廷作家博尔赫斯(1899—1986)善写短篇小说,如《小径分岔的花园》(1941),创造了新的叙述形式。古巴诗人尼古拉斯·纪廉(1902—1989)的《音响》(1930)反映黑人生活;《西印度有限公司》(1934)反映黑人和黑白混血儿所受的剥削。智利女诗人加夫列拉·米斯特拉尔(1889—1957)的《死亡十四行诗》(1914)悼念死去的恋人;《绝望》(1922)写诗人和未婚夫的爱情悲剧。巴勃罗·聂鲁达(1904—1973)的《伐木者,醒来吧》(1948)模仿惠特曼,《漫歌》(1950)写拉丁美洲的历史与现实、理智与情感、屈辱与希望。总之,在20世纪前期和中期的拉丁美洲,社会现实主义、结构现实主义、心理现实主义相继而出,优秀作品层出不穷,形成文学创作的繁荣局面。

第二节 劳伦斯

一、生平和创作

戴维·赫伯特·劳伦斯(1885—1930)是20世纪英国文学史上最重要的作家之一。他一生写了10部长篇小说、40多篇中篇小说、约1 000首诗和4部戏剧,其中最能体现他创作成就的是小说。

1885年9月11日,劳伦斯出生在英国中部诺丁汉郡伊斯伍德镇一个矿工家庭。他的父亲受教育的时间较短,为人朴实、直爽,但脾气不好,加之长年在矿井里受繁重劳动的重压,家境贫困,性情变得十分粗暴,还染上了酗酒的坏习惯。他的母亲受过较好的教育,当过教师,会写诗,对自己的婚姻不满。夫妻间经常发生矛盾冲突。由于夫妻感情长时期不和谐,劳伦斯的母亲将全部感情倾注在儿子身上,特别是小劳伦斯,成了母亲感情的主要维系。这种来自母亲的爱在很长时间里影响着劳伦斯的情感与心理。劳伦斯在父母之间完全偏向母亲,在深层意识中对父亲有一种莫名的愤恨。劳伦斯与母亲之间异乎寻常的感情,影响了他个人的爱情与婚姻。1904年他曾与中学时代的女友杰茜·钱伯斯订婚,1910年分手;1912年与"终身一遇"的女人弗丽达(他的语言导师的妻子)相逢,两人一见倾心,私奔出走,1914年结婚,此后过着浪迹天涯的旅行生活,行踪遍及德国、意大利、斯里兰卡、澳大利亚、新西兰、美国、墨西哥等地。他不满于英国社会现实和西方工业文明,曾多次企图建立逃避现实社会、只有少数人共同生活于其间的理想社会,但都因和友人们意见相左而付诸东流。1930年2月6日,劳伦斯因肺病复发住进法国的尼斯疗养院,

3月2日去世，终年45岁。

劳伦斯一生坎坷，命运多舛。1912年以后一直贫病交加，苦苦追求的人生理想境界始终未实现。但他不甘屈服，把所追求的理想以及一生探索之所得都诉诸文学创作之中，为后人留下了宝贵的精神财富。劳伦斯于1906—1908年在诺丁汉大学读书期间开始诗歌与小说的创作。在创作早期，劳伦斯写了《白孔雀》（1911）、《逾矩的罪人》（1912）、《儿子与情人》（1913）三部长篇小说。《白孔雀》（1911）是劳伦斯的第一部长篇小说，它写的是两对青年男女间的爱情与婚姻生活。年轻漂亮的姑娘莱娣爱上了健壮俊美的小伙子乔治，但以后莱娣又爱上了养尊处优的富家子弟莱斯理，不久结了婚。乔治失恋后精神颓唐，以后和自己不爱的姑娘麦格结婚。由于莱娣为了满足她那白孔雀似的虚荣，造成了自己错误的婚姻选择，也给乔治带来了婚姻的不幸，铸成了两个家庭的不幸。小说通过两个家庭的故事，揭示了一个个变异、扭曲的心灵，对文明扼杀人的自然天性的现象作了谴责。这个作品已初露了劳伦斯以后作品中反复出现的人与文明的关系的主题，并表现出心理探索的倾向。

《儿子与情人》是劳伦斯的成名作，小说比较集中地表现了青年时期劳伦斯同父母亲及第一个恋人杰茜之间的感情经历，这是一部带有自传性的作品。保罗的父亲老莫瑞尔原先是个充满生命活力的矿工，婚后很快与妻子发生了感情上的冲突。莫瑞尔太太与丈夫的距离越来越远，而与儿子的距离越来越近。儿子们对母亲也萌生了超乎常态的爱，而对父亲则感到厌恶甚至憎恨。大儿子威廉不幸去世后，莫瑞尔太太与小儿子保罗的感情进一步加深，母子俩形影不离，亲密无间。保罗在母亲身上获得了在他的恋人米丽安和克拉拉身上无法获得的感情需求。母亲怨恨保罗的恋人，保罗则念念不忘母亲，不愿同恋人结婚。母亲死后，他的心灵才得以复苏。小说为人们揭示了一个畸形的家庭关系：丈夫不是妻子的情人，父子间互为情敌，而母与子则互为情人。作者通过保罗一家人的生活企图说明现代文明社会中一个恶性循环的事实：男人毁了女人，女人又毁了儿子们，儿子们重又毁了自己的女人。在这个恶性循环的背后，隐含着人与文明、自然与文明的矛盾冲突。劳伦斯在这部小说中集中探究了人性的变异与心灵的扭曲，以此来批判工业文明对人的自然天性的摧残，在心理探索的过程中，表现了社会批判、文化批判的思想。

在第二个创作时期，劳伦斯写了《虹》（1915）、《恋爱中的妇女》（1920）、《迷失的少女》（1920）三部长篇小说。《虹》是劳伦斯的代表作，也是20世纪初英国最重要的长篇小说之一。

《恋爱中的妇女》是《虹》的姐妹篇。这部小说虽然与《虹》的内容有联系，但它依然是一部独立的作品，所表现的主题也与《虹》有很大差异。《恋爱中的妇女》是劳伦斯建立理想社会的愿望破灭时创作的。作者对当时的英国和欧洲感到失望，认为西方的现代文明已走向死亡的边缘，而人类的生机也正孕育于旧传统的死亡之中，这是凤凰涅槃式的再生过程。小说描写了杰罗尔德与古娟、厄秀拉与伯金两对情侣的感情纠葛。与以前创作的小说相仿，劳伦斯的这部作品，也是借男女主人公的情感冲突与纠葛来审察西方文明。杰罗尔德代表冷酷的西方工业文明。他意志坚强而又冷酷无情，缺少自然人性的因素；他拥有的是机械原则和工业社会的价值观念。在他看来，人就是机械、工具，其功能是生产。按他的这种原则建立起来的世界，人性、精神、灵魂将不复存在，这也就意味着自然生命的丧失。杰罗尔德所代表的是将人类引向死亡的西方现代工业文明，因此这个形象也总是和死亡主题紧密相连，他最后冻死于雪山之上便是这种死亡主题的象征性表述。古娟和杰罗尔德属于同一类人物，他们各自企图占有对方而产生的尖锐冲突对双方都具有破坏性和毁灭性，因而这种冲突中隐含了死亡意识。伯金和厄秀拉正好处于他们俩的反面，他们在性爱之外进一步寻找精神与灵魂的契合，在保留自己个性的同时又尊重对方的个性，使两个独立的人、"两个单人"之间保持"像星星一样的平衡"。作者通过这两个人物从对立冲突走向平衡统一的故事说明：理想的两性关系应该是灵与肉和谐、男女双方的人格既独立又完整，建立这种和谐的两性关系和人际关系，是人类从现代文明中挣脱出来从而走向新生的必由之路。不过，劳伦斯的这种愿望很大程度上是脱离现实的幻想。

在创作后期，劳伦斯还完成了 4 部长篇小说，它们是《亚伦的杖》（1922）、《袋鼠》（1923）、《羽蛇》（1926）和《查特莱夫人的情人》（1928）。

《查特莱夫人的情人》是劳伦斯后期创作中最重要的长篇小说，也是劳伦斯有代表性的长篇小说之一。这是一部探讨现代西方人的生存与前途的作品，具有严肃而深刻的思想，它深化了作者以前小说中探讨的人与文明、人与自然之间关系的主题。

小说中的矿业主克里福特崇尚理性、精神和自我控制，信奉"工业先于个人"的原则，他是一个典型的文明人，与自然相对立。这一形象象征着濒临死亡的西方现代文明。猎场看护人麦勒斯厌恶现代文明，崇尚自然，过着与自然浑然一体的生活，他是一个典型的自然人，与文明相对立。这一形象象征着自然和自然中的生命。康妮是处于文明与自然之间的人。克里福特和麦勒斯围绕着争夺康妮而展开的冲突，隐喻自然与文明、生命与死亡之间的冲突；康妮离开格拉比庄园和克里福特，投入小树林和看护人麦勒斯的怀抱，隐喻文明人转化为自然人，自然战胜文明，生命战胜死亡的过程，而促成这一过程得以完成的是性爱。小说通过爱情故事的象征性结构，阐明现代人自然生命的复归在于摧毁文明给人设置的障碍，挣脱意识、理性和原有自我的束缚，创立一个新的自我，而通向这一目标的途径是纯洁的性爱。为此，作者在小说中赋予性爱描写十分深刻而丰富的象征意义，这也是这部作品远远不同于一般的性小说的根本原因。

除了长篇小说外，劳伦斯一生还创作了十多个中短篇小说集，因而他也是20世纪欧洲最重要的短篇小说家之一。《菊馨》（1911）、《普鲁士军官》（1913）、《狐》（1921）是劳伦斯有代表性的短篇名作。他的短篇小说的主题与长篇基本一致，互相呼应，而且总是以微观分析形式，对长篇小说中所表达的思想内容作补充或映衬；在艺术上以题意深邃、形象丰满、结构严谨、风格清新超逸著称。劳伦斯的中短篇小说是他文学创作成就的一个重要方面。

劳伦斯也是一位著名的诗人。主要诗集有《情歌》（1913）、《新诗》（1918）、《鸟兽花草》（1923）和《最后的诗》（1932）等。劳伦斯最擅长的是自由体诗，节奏感强，想象丰富，诗意浓郁。

劳伦斯生活在19世纪末、20世纪初这一风云变幻、动荡不安的时代。他感受到了第一次世界大战以后西方社会不断加深的精神危机和社会危机，尤其使他不安和忧虑的是现代工业文明对人的严重摧残。他对违背自然人性的不合理的现代世界怀有不满，对社会、对世界，特别是对人自身进行了深刻的反思和执着的探索。他认为，资本主义工业革命的首要罪恶是它压抑和歪曲了人的自然本性，特别是性和性爱。因此他厌恶现代工业文明，崇尚原始的、生机盎然的大自然。他认为现代人的人性涅槃的最高境界和最终目的是与自然的彻底融合。他企求以两性关系在感情与肉体上的双重融合来恢复人的天性，恢复原始的、自然的、充满活力的生命个体，进而使被工业化摧残了生机的英国和人类社会获得再生。劳伦斯相信文学创作应当是男女合作的艺术，他把调整人类的两性关系作为自己艺术追求的主旨。他说过：我只能写我感受最强烈的东西，这种东西就是男人与女人的关系；建立一种新型的男人与女人的关系，或者调整旧的男人与女人的关系，是当今的问题之所在。劳伦斯的创作中，对男女两性关系的描写与评判，实际上包含了对整个西方文明的认识与评判。两性关系是他创作的核心内容。劳伦斯的创作具有社会批判、文化批判和心理探索的多重含义。

然而，劳伦斯毕竟是一个理想主义者，他把自然人性的复归作为对现代文明社会中人的拯救的根本途径，把性行为等同于回归自然，这不免过于天真与浪漫。在工业文明的侵袭面前，人应当保留自然天性，抗拒人性的异化，但历史总是向前发展的，人类一旦进入文明社会，就无法再返回自然，两性关系的调节更无法抗拒文明对人的异化。因此，作为一种社会理想，劳伦斯坚持以恢复人与自然本性，特别是自然状态的性爱，来克服西方现代社会异化的现象，显然是不切实际的。

在艺术上，劳伦斯是一个处在传统与现代交接点上的作家。他的小说对生活的描写，一方面真实地再现现代资本主义社会中人的外部生活和物质形态，另一方面又观照人性、人的自然本能和精神状态，努力展露在自然本能驱使下人物的心理与情绪状态，具有现代小说那种心理探索的内倾性特征。这又导致他的小说在情节结构上既有传统小说的情节性、故事性，却又不完全具有传统小说情节的节奏感、完整性和清晰度，而出现了情节淡化和暗示性等现代小说的特征。劳伦斯喜欢用象征手法表现人物的心理情绪，在他的作品中，树林、河流、矿区、住宅、墓地、雪山、彩虹、月亮、黑夜、马匹、凤凰、鸟巢……这一切大自然现象，几乎都被赋予了人类精神之灵光。在劳伦斯笔下丰富而复杂的象征物中，有的具有传统象征的那种明确而稳定的寓意，如《查特莱夫人的情人》中，小树林象征自然，格拉比庄园象征工业社会。这类象征是直指式的，言能尽意、言在其中，能指和所指的关系是单一明确的。而另一类象征是非直指式的，象征物除了具有基本稳定、明确的象征意义外，又蕴含了深刻而含蓄模糊的心理、情绪和形而上的抽象意义，如黑夜、雪地、彩虹、凤凰等。在这类象征描写中，劳伦斯的主要目的，是用自然物象和景致来暗示人的某种心灵隐秘，借以沟通物我，表达人的心灵在自然力启迪下的某种顿悟、反响和心态、情绪与意识的细微变化。这类象征具有传统文学不曾赋予的美学特征。

二、《虹》

《虹》代表了劳伦斯小说创作最高成就，也是一部曾经招致猛烈抨击和禁毁的作品。小说出版于1915年9月，10月的报纸杂志上就出现了言辞激烈的批评文章。这些文章指责："《虹》中的人物跟野兽一样寡廉鲜耻，抑制了普通的文明生活……是茫茫一片枯燥无味的生殖力崇拜的荒野"；"是一种具有颓废倾向的思想冲动"。并断定："出版这样一本书，必然使劳伦斯声誉扫地。"著名作家约翰·高尔斯华绥也坦言，"这部小说在审美情趣上令人感到可憎"，惋惜作家"如此丰富的想象力（恰到好处的想象力），竟这么年轻就花谢蒂落"[①]。出版《虹》的公司因此被告上法庭，法庭最终宣判它是一部禁书，并将已经印行的书全部销毁。其实，对于《虹》的讨伐，除了上述责难

[①] 《劳伦斯评论集》，上海文艺出版社1995年版，第4、5、7、9、10页。

所言及的大胆的性爱描写外，还有一个重要原因，即小说表现了与当时社会思想相抵触的社会政治倾向，小说中关于国家、民族、战争等的看法，也激怒了一批既存制度的卫道士们。

在《虹》里，劳伦斯深入探讨了在《儿子与情人》中已经涉及但未充分展开的男人与女人的关系问题。早在1913年4月，他在给朋友的信中就写道："我确信，只有通过重新调节男女关系，让性获得自由，使它健全起来，她（指英国）才能摆脱目前的衰退。"劳伦斯试图以两性关系的和谐发展作为治疗英国社会疾患的良方，当然是幼稚和不切实际的，但是他在探讨中涉及和思考的问题，对于他的时代以至当代的人们都是不无裨益的。

小说以劳伦斯家乡诺丁汉郡的矿区和乡村生活为背景，描写布朗温一家三代人的恋爱婚姻故事。布朗温一家祖祖辈辈都住在玛斯庄上，春种秋收，过着虽不富裕却也衣食无忧的恬静生活。但是，现代工业文明的脚步声打破了这种古老的平静，大运河、铁路和矿井等新生事物挟带着外部世界不可抗拒的力量闯了进来。第一代汤姆·布朗温开始模糊地意识到，在他所熟悉的生活之外，还存在着一种他根本不知道的生活。这时，他偶然与流落此地的波兰寡妇莉迪娅相遇，深为她言谈举止中的外国气质吸引，狂热地爱上了她。结婚后，他们经历了一段摩擦、冲突和对抗的生活，最终由对抗走向了和谐。第二代安娜·布朗温是莉迪娅与前夫的孩子，但汤姆视为己出，在他的呵护关爱下，安娜长成一个高傲而倔强的女孩。19岁时，安娜与堂兄威尔相识，很快便坠入爱河。但婚后，甚至在蜜月中，他们就因信仰的分歧和性格的矛盾，开始了无休止的冲突。最后，这对斗得筋疲力尽的夫妻分别在木工雕刻和生育孩子中找到了各自的精神寄托。第三代厄秀拉·布朗温是安娜和威尔的长女，她从小不满父母一辈狭隘平庸的生活，向往外面的大世界，有自己独立的精神追求。16岁时，她与年轻的安东·斯克里宾斯基一见钟情，但在经历一番狂热的爱恋之后，终因缺乏精神上的和谐与理解而分手。痛苦中的厄秀拉大病一场。痊愈后，有如脱胎换骨般的她，在雨后的天空中看到了一轮象征着新生和希望的彩虹。

"虹"象征布朗温家族三代人追求的理想，即自然与和谐的两性关系理想。劳伦斯认为，真正完美的两性关系是灵与肉的和谐统一，同时又不因为这种和谐统一而失去自我的独立存在。小说中，劳伦斯通过三代人在婚姻大海中的潮汐涨落，来探索实现这种理想的可能性。第一代汤姆·布朗温生活在工业文明开始侵蚀田园牧歌式的乡村的时代，身上还保留着淳朴自然的精神。他"茁壮、机敏，对生活充满了热望"。19岁之前，他所接触的女性只是母亲与姐姐，认为生活中的女性都应该像她们一样。然而19岁那年与一位妓女的第一次肉体接触，使他对两性关系产生了失望与恐惧心理，直到28岁时遇见了来自波兰的莉迪娅。已为人母的莉迪娅沉静端庄，曾经的沧桑给她蒙上一层朦胧而神秘的色彩。汤姆深深地被她吸引，同时又怀有一种敬畏之心。这种敬畏使他把情欲与爱变为崇拜，在他们之间产生出距离感和陌生感。尽管婚后他们也曾享受过性爱的欢乐，但"对他来说，她仍然是陌生的"。他觉得自己"不过是个农夫，是个奴隶，是个仆人，是个恋人，是个影子，是个什么也不是的人"。不可逾越的陌生感挫伤了汤姆，他最终放弃了进入莉迪娅心灵世界的努力，也因此放弃了由她而来的对外界的模糊渴望。但他们的生活在磨合中逐渐走向平静，"结婚两年后，这两口子又合拍了"。不过这种看似美满的家庭生活，只是建立在性生活的和谐上，却缺乏真正的精神沟通与心灵的契合。他们都保持个人的独立性。

安娜与威尔的婚姻不同于父辈，他们彼此都有一种占有对方的强烈欲望，从而造成无休止的冲突，导致了婚姻实质上的失败。在劳伦斯笔下，玛斯庄的女人都充满了对未知的外部世界的向往，安娜也是如此。她爱上来自诺丁汉的威尔，是因为"他使她得到了解脱，是他拆除了她经历中的墙界。他是墙上的一个窟窿，透过这个窟窿，她看到了外部世界璀璨灼热的阳光"。婚后的生活一度充满激情，在两情相悦的快乐中，他们甚至觉得时间都处于一种停滞状态，而他们则"宛如置身于缓慢旋转的空间的中心……这中心一片光辉灿烂，它是永恒的存在"。但很快，这种虚幻的永恒感便被打破了。威尔笃信宗教，在教堂神秘幽深的氛围中，有一种灵魂自由奔跑的感觉，每当这时，他就忘记了安娜的存在。安娜觉察到，"当精神融进这教堂，想象变成自由的灵魂的时候，他似乎逃脱了囚禁，摆脱了她"，而"她嫉妒他这种冥冥中的自由自在和灵魂上的欢乐，嫉妒他身上这种奇怪的东西。这东西让她好奇，让她恨之入骨"。心高气傲的安娜不能容许威尔的心逃离她，于是对他的上帝和教会进行了猛烈的攻击、贬抑与嘲讽，试图通过挑战他的信仰来征服他，重塑家庭生活的中心。对此，威尔感到愤怒和恶心。但在对抗安娜的同时，他也"似乎期望她成为他的一部分，成为他的意志的引申"。安娜也感觉到"他想要她变得阴郁，变得做作"，因此，"当他似乎像黑暗的东西一样欺压她、窒息她时，她几乎恐怖地反抗他，回击他，直到把他打得头破血流……"于是，在不断爆发的争吵和冲突中，这对夫妻变得如仇敌一般，虽然"他们仍然互相爱着，仍怀着一腔激情，可这股激情却在战斗中消耗掉了"。尽管他们的性生活算得上圆满，但由于缺乏心灵的和谐，"他们的欢爱变成了一种死一般剧烈的放纵，既没有神志清醒的亲热，也没有爱的柔情，只有肉欲，只有感官疯狂的沉迷和毁灭的亢奋"。最后，威尔把满腔热情倾注到传授木工手艺的活动中，而安娜则在生养孩子中找到了自己的精神寄托。作为布朗温家族的第二代，他们的婚姻同样是失败的。但是，他们毕竟比父母一辈又前进了一步，因为它不再是封闭和自满自足的，在他们的冲突中蕴含着他们的自我祈求和新生的可能性，正如劳伦斯在小说里意味深长地描写的那样，安娜从横贯天际的彩虹中看到了希望和允诺。不过，安娜最终止步于追寻理想的门槛旁，虽然"她的门仍然会在彩虹下敞开着"，但"她却不能走"，"她已从对未知的探险中退回来了"。

厄秀拉是家族的第三代，也是作品重点描写的一个"成长人物"。她继续着前两代人在婚姻与性爱问题上的探索。由于她生活在现代工业文明危机不断加深的年代，又是在世纪之交有幸接受过高等教育的女性，头脑中的自我意识格外强烈，因此，她的探索充满了曲折与艰辛，并且在深度和广度上都远远超过了前一辈人。像安娜爱上威尔一样，厄秀拉最初爱上安东·斯克里宾斯基，也是因为他身上带有外部世界的强烈印记。斯克里宾斯基是波兰侨民的后裔，一位年轻的工程兵军官，"他给了厄秀拉越来越多的外面那个广袤世界的见识……这些吸引了她，犹如花香把远处的蜜蜂招引过来"。不过，即使在他们热恋的日子里，精神上的不谐和音就已出现。当厄秀拉问他"战争是什么"并得到"它是最严肃的事情"的回答时，"她感到了难以忍受的隔阂"。在一处码头的驳船上，厄秀拉为船民贫穷但充满温情的生活打动时，斯克里宾斯基却始终神情冷漠地站在码头上，"在她身边制造了一种死气沉沉、乏味无聊的气氛"。在舞会一节的描写中，劳伦斯更清晰地表现出了两人之间的不和谐：他们"在滑脚的草地上跳着舞……他们各自的意志禁锢在同一运动之中，两个意志囿于一个动作，却永不融合，永远不会一个屈从于另一个。这是……两股在竞争的力量"。这种潜在的紧张关系，因斯克里宾斯基前往南非而暂时得到缓解。这期间，厄秀拉与女教师英格有了一段同性恋经历。但英格很快就与厄秀拉那位热爱机械力量的舅舅小汤姆有了共同语言，"从机器中找到了她理想中的完善、高度的和谐和永恒"。她们终于分道扬镳。同时，厄秀拉也认识到她们过去这种同性恋关系是违反自然的，故该章的标题为"耻辱"。

在厄秀拉的探索中，一直为灵与肉的矛盾冲突困扰着。它突出表现在斯克里宾斯基从南非返回后的一段生活中。尽管"从最初的一刻，厄秀拉就模模糊糊地意识到，他们是敌对的双方，在停战之际走到一起来了"，但她不由自主地为斯克里宾斯基健壮优美的身体所迷醉，她一度屈从于肉体的渴求，沉溺在肉欲的满足中不能自拔。劳伦斯在这段描写中用了许多与人的情欲、生命力和潜意识相关的象征，如"马"、"水"和"黑暗"等，来揭示厄秀拉内在的生命冲动。劳伦斯一贯认为，人的本能欲求与生命冲动是一股伟大的力量，是实现完美生命的动力和走向健康人生的必由之路。因此他抨击用理性抑制

"血性"，用精神贬斥肉体的行为。但是，劳伦斯也反对仅有肉欲而无心灵交融的两性关系，他在作品中写道：在一场心灵的和自然界的暴风雨过后，厄秀拉欣慰地看到了一弯美丽的彩虹，看到大地上崭新的楼宇，而那些陈旧、腐朽、不堪一击的房屋和工厂早已被冲得一干二净。新的世界是由真理构筑起来，充满了生机活力，足以与巍巍苍天相媲美。显然，这道彩虹是新生和希望的象征，寄寓着厄秀拉对未来的憧憬，对两性间灵与肉、精神与自然相融合的理想关系的期望。

小说具有社会批判和个人心理探索的双重主题。一方面，它通过一家三代人的生活经历，追述英国从传统的乡村社会到工业化社会的历史进程，揭示19世纪后半期深刻而巨大的社会变化，对残酷的、毁灭人性的大工业文明进行猛烈抨击；另一方面，它又是一部探索个人的精神成长与心灵历史的作品，通过布朗温家族三代人，尤其是厄秀拉对爱情、婚姻与人生的探索，寻求建立自然和谐的两性关系和独立完整的自我的可能性。

《虹》的双重主题，集中体现在厄秀拉的追求与反抗中。厄秀拉目睹了老一辈妇女狭隘闭塞的家庭生活，不甘于在这种平庸琐碎的生活中度过自己的一生。她从小就表现出对未知事物的兴趣，因为"从这儿闻到了一股清新的气息"。12岁时，她就力图"冲破考塞西这狭窄的地方"，去寻找一种新的强有力的生活。厄秀拉对外部世界的向往，是与对"自我"的探寻交织在一起的。从少女时代开始，她就朦胧地意识到和思考着"自我"的问题，感觉到"自己是混混沌沌的雾霭中一个独立的实体"。

在厄秀拉的探索中，对英国教育制度的抨击是其中浓墨重彩的一笔。厄秀拉曾满怀希望地到一所小学当教师，"幻想自己会使那些难对付的孩子们喜欢她，她会对他们和蔼可亲……她会使一切变得亲切、生动。她会献出自己，献出，献出，向孩子们献出自己的全部财富，使他们幸福"。可是学校的冰冷现实粉碎了她的热情幻想。她看到学校是以强制的方式灌输无用的知识，靠严厉的体罚来维持教学秩序，教师的威信建立在滥用暴力上，而她试图与学生建立亲密关系的举动却被视为异端。她目睹了校长哈比先生怎样"用他的权力……把孩子们变成一块块木讷不言的碎片，依他的意志将他们固定成型"。厄秀拉一度在压力下接受了这种严酷的现实，以放弃个性来保住教职，学着以教鞭来对付学生。她果然成了学生们"敬畏"的对象，成了一名"出色的教师"，但"心灵上却付出了巨大的代价"。这之后，她进入诺丁汉大学读书，但在最初的新鲜、兴奋过后，是同样的失望。她发现"教授们不再是引导他们探索生活和知识的深奥秘密"的导师，而是"经营商品的经纪人"；庄严的学府也"由一座圣殿变成了一家最低级、最微不足道的商行"，它已经"不是专心读书的隐居地。这里是一个小小的训练场,进来是为赚钱做进一步的准备"。她看到,在这样一个"蹩脚的车间"、"蹩脚的商店"、"蹩脚的货栈"里,人们"以追求物质利益为唯一目的",成为"物质成就这个上帝的奴仆"。显然,教育已经异化成一种否定自我的非人的力量。

前往约克郡探望经营煤矿的舅舅小汤姆,也是厄秀拉成长过程中一次重要的经历。她在那儿看到了一幅幅触目惊心的图景:疲惫的矿工拖着沉重的脚步在路上走过,"他们看上去不像活人,像幽灵","他们的举止中那种令人害怕的无精打采的平静"使人感到他们活在"完全死去了的躯壳中"。矿工在闷热潮湿的矿井里干活,一旦离开矿井,他们就成了"一堆毫无意义的躯体",一部"停止工作的机器"。他们成批成批地死于肺病,而死亡对于这些受尽贫病煎熬的人来说,倒成了一种愉快的"解脱"。矿工的寡妇不断地更换丈夫,对她们来说,丈夫只代表活命的工资,在她们漫长的痛苦中,"婚姻和家庭只是一场小小的插曲"。事实上,"每个男人都为矿井所占有,女人得到的只是剩下的东西","矿井把最主要的东西都拿去了"。她们根本无力顾及所谓道德与不道德的问题,看看"那位全英国最讲究道德的公爵,每年从矿井赚取二十万英镑",就知道"道德"是怎么回事了。

劳伦斯通过厄秀拉个人成长过程中的思索与追求,对现代资本主义工业文明、社会体制、国家机器及其价值体系进行了全面的审视与质疑,对其压抑人性和破坏人与人之间自然和谐关系的罪恶提出了强烈抗议。劳伦斯的批判无疑具有重要的社会意义。

《虹》在小说艺术上,既是传统的又是现代的。在小说的结构布局上,基本采用传统的"历时式方法",按照事件发生的先后次序叙述布朗温家族三代人的生活和情感经历。不过与《儿子与情人》相比,《虹》的故事性减弱,结构也更趋松散。作家淡化个人生活史中各个具体事件间的联系,而突出其心灵和精神上的联系。

丰富的象征与意象,是《虹》在艺术表现手段上的突出特点。"虹"是小说中最重要的象征之一,它如同回旋曲的音乐主题一般穿行于三代人的婚姻追求之中,并在每一代人的故事尾声时清晰地奏响。

第一代的汤姆与莉迪娅在经历了艰难的磨合后走向平静的生活,这时,"虹"以它的符号变体——"门洞"与"拱门"的形象出现。第二代安娜与威尔的婚姻充满了冲突,这种冲突耗尽了她追求的热情与勇气,最终,只有在生养孩子的忙碌里寻找精神寄托。虽然她"看见了淡淡的闪着光的地平线,远远的,彩虹就像一座拱门……她从中看到了希望与允诺",但是她退缩了,"从对未知的探险中退回来了"。最后,在第三代厄秀拉探索的终点,人们又看到了那条挥之不去的彩虹：

> 彩虹拱架在大地之上。她知道，那些给硬壳包着在地上爬行的贱民，各自都不动声色地活在世间的腐朽表层之中。但是，这条虹扎根在他们的血肉里了，它会颤抖着在他们的精神中成活。她知道，他们就要挣脱那蜕变中的硬壳，用自己崭新、清洁、赤裸的身体去迎接那从天而至的阳光、清风和洁净的雨水。她在彩虹中看到了大地上的新建筑，而那些陈旧污浊、腐朽不堪的房屋和工厂被涤荡一尽，世界将在生命的真实中拔地而起，直耸苍穹。

显然，"虹"象征着连接人及其追求的桥梁，象征着新生的理想与希望。关于彩虹的象征意义，劳伦斯本人也曾多次在他的作品和书信中谈及，指出"虹始终是个象征——一个很好的象征，它代表和平，代表对宇宙和内心世界之间不可动摇的希望的信念"，是"通向发现真正的、永恒的、未知的世界的途径"。

月亮和马，也是劳伦斯小说中经常出现的两个重要意象。一般来说，劳伦斯多以月亮象征女性的柔美和力量，而马则是男性意志与生命力的象征。《虹》里，月光的形象常常与厄秀拉的形象融合在一起。厄秀拉犹如一位月亮女神，而月光象征着她（女性）的力量，也象征着她（女性）的胜利。斯克里宾斯基在月亮的威力下，不得不一次次放弃他男性的骄傲与意志，服从于厄秀拉的愿望。

马的意象在小说中也得到突出的描写。劳伦斯在《关于无意识的随想》里解释过马的寓意，把英姿勃勃、奔腾强壮的马视为"具有强烈肉感的男性活动"的象征。在厄秀拉对斯克里宾斯基身体的渴望中，就暗含着"马"的形象。在小说的结尾部分，与斯克里宾斯基分手后的厄秀拉心情郁闷，冒雨在野外散步。这时，她突然发现雨中隐约出现了几匹马。这些马渐渐逼近她，一会儿聚拢，一会儿散开，围着她狂奔不已。它们那强壮有力的身躯，急促无情的蹄声，给厄秀拉带来可怕的威胁与压迫。奔马的威胁象征着男性意志与力量的威胁，它们与厄秀拉形成的对峙场面，暗示着两性之间的对抗。从小说的叙述看，是厄秀拉外出偶然遇见了一群野马，但从心理分析的角度看，狂奔不已的马群其实更像是她内心压力和恐惧的外化。劳伦斯在描写这一场面时，显得隐隐约约、扑朔迷离，马群的存在似有似无、似真似幻。奔马也象征着人内心的一种奔腾不羁、难于驾驭的力量。

劳伦斯为了探索人的无意识领域的活动，表现人的非理性冲动和联想，常常采用一些特殊的词语和隐喻，如"他发出耀眼的光芒，缓缓地向前移去，以获得生命的尽端"，"赤裸裸的栗核在无声地抖动着"，"一个肿胀的塞满了旺盛生殖力的夜晚"，"他聚集全身的力量，跳跃，跃入高空的黑暗中，跃入丰饶的生命和奇特的神秘中，去感触，去拥抱"，等等。

第三节 罗曼·罗兰

一、生平和创作

罗曼·罗兰（1866—1944）是法国小说家、戏剧家和散文家。1866年1月29日，他生于法国中部克拉姆西的一个公证人之家。母亲笃信宗教，酷爱音乐，给罗兰以深刻的影响。1880年，罗兰全家迁至巴黎。他在投考高等师范学校时，阅读了大量文学作品，特别喜爱雨果和莎士比亚。当时他给托尔斯泰写了一封信，向他寻求生活的答案。同年10月，罗兰喜出望外地收到了托尔斯泰一封二三十页的长信，"托尔斯泰的慈祥的回答"给罗兰的思想和后来的创作带来了不可磨灭的影响。罗兰在高师毕业后，当了研究生，在罗马做了两年研究工作。

随后，罗兰一面在高师担任艺术史教学，一面开始戏剧创作，写的都是历史剧。收入《信仰悲剧》的有《圣路易》（1897）、《阿埃特》（1898）和《理性的胜利》（1899）；收入《革命戏剧》的有《群狼》（1898）、《丹东》（1900）和《七月十四日》（1902）。其中，《群狼》影射了德雷福斯案件，《七月十四日》表现了人民群众攻打巴士底狱的激情场面。罗兰认为19世纪末的法国已经同法国大革命的传统割断了联系，他力图复活大革命的精神。他说："我们这个世纪的不幸，它所遭受的困扰，来自于大革命的潮流不断被各种反动力量所遏止……无论如何必须恢复这股动力。"罗兰并未找到解决社会问题的办法。

从1902年开始，罗兰的创作进入了一个新阶段。他写作《名人传》，包括《贝多芬传》（1903）、《米开朗琪罗传》（1906）和《托尔斯泰传》（1911）。罗兰要为具有巨大精神力量的英雄树碑立传，让世人"呼吸到英雄的气息"。尤其是《贝多芬传》，强调自由精神；作者在音乐方面具有精湛的修养，引起人们注意。《托尔斯泰传》颂扬这位俄国作家对爱和真的追求，对全人类的热望，对艺术压倒暴力的信念和不抵抗主义。罗兰的作家和艺术家传记写得颇有特色，发展了这种散文体裁。

《约翰·克利斯朵夫》（1904—1912）奠定了罗曼·罗兰在文学史上的地

位，使他获得了全欧的声誉。1914年第一次世界大战爆发，罗兰的生活和创作揭开了新的一页。罗兰走出书斋，参加了日内瓦"战俘通讯处"的工作。他发表了《超乎混战之上》一文，谴责这场战争，呼吁以精神力量去遏止战争势力。1915年，罗兰因"他的文学作品中的高尚理想和他在描绘各种不同类型人物时所具有的同情和对真理的热爱"而获得诺贝尔文学奖。罗兰把奖金全部赠给了国际红十字会等组织。

　　两次大战之间，罗兰的创作又一次达到高潮。1919年，他发表了小说《哥拉·布勒尼翁》，这部小说以日记体写成。同名主人公是路易十三时代即17世纪上半叶布戈涅的细木工。作者再现了当时的生活和风俗，塑造了一个富有正义感和乐天性格的手工艺人的形象。1920年，罗兰发表了两部反战中篇小说《克莱朗波》与《皮埃尔和吕丝》。后者描写一对情侣死于战争胜利前夕的轰炸中，葬身在教堂的废墟下。皮埃尔擅长音乐，吕丝懂得绘画，但是战争把他们的爱情和才能葬送了。

　　20年代，罗兰发表了《马哈德马·甘地》（1924）等三部传记。1928年他发表剧本《爱和死的搏斗》。长篇小说《母与子》（1922—1933）是罗曼·罗兰的第二部重要作品。小说主人公安乃德本是大资产阶级家庭出身，因被公证人在交易所输光了她的财产，而变得一贫如洗，只得自谋生路。她在艰难困苦中把儿子玛克拉扯大。玛克想认父亲，但听了洛瑞·勃里索的民族沙文主义的演讲以后，打消了这个念头，转而受到工人活动家的影响。安乃德也同情进步势力，向往革命。玛克由于在一次群众大会上打死了一个捣乱的特务，被其他特务骗到佛罗伦萨，褐衫党用匕首把他刺死。安乃德继承儿子的遗愿，参加反法西斯斗争，后不幸病逝。这部小说展现了20世纪二三十年代的社会动向。母子二人都在探索人生，安乃德走的是知识妇女的正确道路，而玛克的成长过程则要复杂一些。他虽然早年不学好，但富有正义感，在妻子阿西娅的推动下，走上了反法西斯的道路。小说通过母子二人的经历，描写了新的战争威胁又笼罩在欧洲上空；由于法西斯的出现，新的战争会比上一次大战更为可怕，更为酷烈。罗兰感到要同法西斯作斗争，以便遏止战争的爆发。可是，出路在哪里，罗兰得不出答案，他最后仍然坚持"精神独立"和非暴力主义。

　　1935年，罗兰发表了两部政论集《战斗十五年》和《通过革命，争取和平》。1939年发表的剧本《罗伯斯庇尔》赞颂雅各宾党人。罗兰在30年代曾发出"保卫苏联，否则毋宁死"的呼吁，尽管他知道苏联国内存在的问题，却认为不能公开出来，不然会造成灾难性的后果。他在30年代访问苏联所写的日记，规定只能在50年后才能发表，表明罗兰注意反法西斯斗争的需要。这部日记记叙了他在苏联的见闻，表达了一个正直知识分子的历史审视和思考。

第二次世界大战爆发，法国沦陷后，罗兰蛰居维莱兹。1942年，他发表回忆录《内心旅程》。1944年完成《贝多芬的主要创作时期》和《贝吉传》。罗曼·罗兰看到了巴黎的解放，他于1944年12月30日逝世。

罗曼·罗兰善于描绘个人的奋斗和思想探索历程。19世纪末至20世纪30年代，随着工人运动的高涨，社会主义思潮的传播，以及十月革命的胜利，在西欧知识分子的思想中引起了震动，不少处于社会下层的青年纷纷倾向进步和革命，由此引起了动荡和激烈的政治斗争。进步力量取得了一些优势，然而也蛰伏着严重的危机，第一次世界大战的爆发和法西斯势力的兴起，就是对左翼力量的一种抗衡和反动。在这样的背景上，罗兰的描绘反映了知识分子中要求进步的一部分人所走的道路，体现了十月革命前后知识分子的动向。反对战争，争取和平是罗兰小说着意描写的第二个内容。20世纪上半叶的两次世界大战是欧洲的重大事件。20世纪初，围绕着战争的爆发，人们展开了什么是爱国主义的争论。军国主义的叫嚣十分猖獗。罗兰提出民族和睦的思想，认为德法两国应该携手，解除仇恨。在30年代，罗兰认识到第一次世界大战之所以不能遏止，就在于大资本家和大财阀在幕后操纵。30年代的局势比世纪初年的形势更为严峻，因为法西斯的甚嚣尘上更令人担忧。罗兰在主张非暴力主义的同时，也看到苏联是抵抗法西斯的中流砥柱，所以他采取了维护苏联的态度。

在艺术上，罗曼·罗兰往往在一部小说中，通过一两个人的一生经历去反映一个时代的变迁，这就发展了19世纪现实主义作家通过一整套小说去反映时代的写法。在他的影响下，有的作家从一两个家庭去描写一个历史时代。这种多卷本小说的优点是描写集中，容量较大。罗兰认为，生活就像一条长河那样，连续不断地流动，小说也应反映这种丰富、博大、不停发展的状态。这种"长河小说"，气势雄浑，具有史诗的规模。同时，发展脉络清楚，一气呵成，从结构上来说显得更为完整。

二、《约翰·克利斯朵夫》

《约翰·克利斯朵夫》是20世纪初发表的一部"长河小说"。它反映了世纪之交风云变幻的时代和具有重大意义的社会现象。

小说主人公约翰·克利斯朵夫·克拉夫特出生在德国莱茵河沿岸的一个城市里，从小过着贫困和屈辱的生活，但他有音乐才能，14岁时便教授钢琴。他先爱上一个他的女学生弥娜，经历了第一次精神危机。随后他爱上了一个寡妇萨比娜、一个女店员，后者欺骗了他。克利斯朵夫表现出作曲才能，他不满于德国艺术界中的欺诈,却不被人理解,只有老音乐家苏尔兹和他保持友谊。由于斗殴,他不得不离开德国,避居法国。法国社会乌烟瘴气,无论文艺还是政治,都不堪入目。他和奥里维建立了友谊。奥里维的姐姐安多纳德为弟弟耗尽了最后一滴血。克利斯朵夫声誉鹊起,他先同一个女钢琴家来往,又成为一个女演员的情人。奥里维在五一节游行中牺牲了,克利斯朵夫因杀死一个警察,只得躲到瑞士一个新教徒家,安娜·布罗恩委身于他。最后,他在音乐中找到平静,死时怀念着家乡。

小说描写了一个音乐家的一生。除了德国,主人公还到过法国、意大利、瑞士。当时,欧洲的主要工业国家已发展到垄断资本主义,社会矛盾日益加剧,人们的精神面貌也发生了重大变化。小说首先通过主人公的经历去反映这种状况。克利斯朵夫是一个叛逆的形象。他生长在上下尊卑的等级十分森严的环境中,却从小就孕育了反抗性格。他大胆还击了两个小主人的欺弄,看不惯母亲低声下气接受主人的恩赐,受不了满身铜臭气的伯父的揶揄,向伯父脸上啐了一口。他过早地挣钱谋生,支撑家庭。他虽无法与弥娜结婚,却认为自己"也许超过多少伯爵的品德"。他的独来独往得罪了大公爵,大公爵训斥他:"你什么权利也没有,唯一的权利是不开口。"克利斯朵夫反驳道:"我不是您的奴隶,我爱说什么就说什么,爱写什么就写什么。"他出于义愤打死了一个侮辱乡下姑娘的大兵,至此,他的个人反抗达到了高潮。如果说,他在闭塞保守的德国看不到群众对当局进行斗争的话,他却在法国同工人相遇,在游行队伍中同警察搏斗,成了被追捕的逃亡者。罗曼·罗兰这样表现主人公的反抗性格不是偶然的。他从青年时代起就一直关注社会的动向和变化。他说:"我是纠缠着1900年前后法国第三共和国的政治社会危机的热烈而专注的见证人。"他十分注意布朗瑞将军与右翼暗中勾结的丑闻和轰动一时的德雷福斯案件,常去听饶勒斯的讲演和法国社会党内部的辩论。他对1905年的俄国革命运动十分关切,这一年年底他写道:"我怀着热切心情注视着俄国的事件。"他认为这是一次伟大的事件。1909年爆发了大规模的法国邮政工人罢工,罗兰说:"我不隐瞒,我所有的同情都在罢工工人一边。"对当时的政治事件、革命斗争和工人运动的关心和同情,使罗兰感受到时代跳动的脉搏。小说的描写使读者感到当时的欧洲埋伏着深重的政治社会危机。

其次,小说描写了资产阶级的文化和精神的堕落。克利斯朵夫曾把巴黎想象为自由的天堂,文人不会相轻,批评界不压制天才。他在巴黎看到的却是,出版商像猛兽等待猎物一样专候艺术家走投无路。文学专门描写淫荡肉欲,到处"弥漫着精神卖淫的风气"。文人标榜"为科学而科学"、"为艺术而艺术",实际上他们是"为金钱而艺术"。在作家们眼里,财富是一种美,几乎也是一种德，他们的作品是"现代工商业化的一种出品"。罗兰指出：金钱"在这商业化的民主国家中控制了全部艺术思想"。巴黎文艺界的高级社会场所被作者讽刺为广场上的市集，人人都在那里推销自己的拙劣作品，并且互相攻讦。这些人发现克利斯朵夫是个大胆的革新者，便想方设法阻碍他获得成功。至于贵妇人，她们生活空虚，只求享乐。议员一心只想捞到财产和再次当选："在法国，政治被认为是工商业的分支。"雷维·葛是暴发户的儿子，专搞贵族式的文学，大言不惭地自命为第三共和国的贵族，他"永远装得彬彬有礼，周到细腻，便是对心里厌恶而恨不得推下海去的人也是如此"。这个伪善的家伙却在上流社会中如鱼得水。文化和精神的颓废沉沦是垄断资本主义时代的显著特点之一，小说的反映是入木三分的。罗兰明知这样描写要得罪不少人，他说："我攻击了太多的人，以致要被他们的报纸和沙龙乱咬一阵。"然而罗兰感到自己必须说出真相。

第三，小说描写了战争笼罩着欧洲上空的严重威胁。这场战争从19世纪末已经投下了阴影，20世纪初这种歇斯底里的叫嚷更加甚嚣尘上。罗兰在中学时代就被战争的幽灵所纠缠。对此，他大声疾呼要实现民族和睦，特别是德法两国民族的和睦："我们是西方的一对翅膀……战争要来就来吧！咱们的手始终紧紧地握着，像兄弟般契合的心灵始终在一块儿飞跃。"罗兰通过克利斯朵夫和法国青年奥里维的友谊，形象地表达了他的民族和睦思想。奥里维纯朴、多情、孱弱、天真，但骨子里却是个意志坚定、独立不羁、热血沸腾的青年。两人相遇后，彼此吸引，结为知己。克利斯朵夫通过他了解到法兰西纯洁、美好、向往和平的民族精神。每当局势紧张时，克利斯朵夫就认为德法两国应当携手，解除仇恨。面对猖獗的军国主义，他们不胜苦闷。他们思考着什么是爱国主义，是否要为统治者效力。奥里维在克利斯朵夫丧母后赶到德国去安慰他，而克利斯朵夫在奥里维跟雅葛丽纳离异后也给他以支持，他们之间心灵的融洽显示了两个民族可以达到和睦的思想。罗兰的思想代表了要求遏止战争的善良愿望。

罗兰要写一部"现代心灵的道德史诗"，他通过主人公的幻想、追求、奋斗，写出了小资产阶级的极度精神不安。小说着意于塑造个人反抗的"英雄"，一个信奉"精神独立"的知识分子形象。罗兰说："我只将那些心灵伟大的人称作英雄。"这样的英雄是"不怕在自己那个自由的思想领域内孤立"的。罗兰认为在这个被卑鄙的利己主义窒息了的世界，需要这样孤独的"英雄"："世界闷死了。打开窗户吧！放进自由的空气吧！让我们呼吸英雄的气息。"罗兰认为这样的"英雄"是"新的人物"。实际上，这仍然是19世纪现实主义文学中常见的，以资产阶级人道主义为思想武器的个人反抗形象。就克利斯朵夫来说，他不愿同搞社会革命的人联合，不过，他"用一种带着鼓励意味的关切的态度，看着无产阶级团结起来"。他虽然并不相信群众，却"喜欢到骚动的平民堆里混一下，让精神松动一点，事后觉得自己更有劲更新鲜"。他所作的革命歌曲，在工人团体里不胫而走。但是，克利斯朵夫的个人反抗行动得不到群众理解，他打死了大兵，却受到农民的埋怨。他不去投身革命，势必成为落伍者。罗兰后来也意识到，这部小说描写的是"一个正在完结的世界，它要诞生出另一个世界"。

《约翰·克利斯朵夫》是一部独具特色的"音乐小说"，它最显著的艺术特点在于具有交响乐一样的宏伟气魄、结构和色彩。音乐和小说结合在一起，产生了巨大的魅力。罗兰多次谈到这部小说包含着音乐性："我的思想表达到人物身上，他们的互相吸引和冲突组成了一曲交响乐。在心灵的天地中有着节奏和旋律，这就是我的思想致力于达到的图景。"他又说："我的精神状态始终是音乐家的而不是画家的精神状态。我先是把整部作品的音乐效果孕育成满天星云一样璀璨，然后才考虑主要的旋律节奏。"罗兰具有深厚的音乐修养，他不仅精通欧洲音乐大师们的作品，而且自己就是个优秀的钢琴家，他还是一个音乐艺术史教授、音乐评论家和音乐家传记作者。这些条件保证了他能在一部长篇小说中创造出交响乐一般的华美瑰丽的效果。

从结构上看，《约翰·克利斯朵夫》的各卷有如交响乐的几个乐章，分成序曲、发展、高潮和结尾，气势浩荡，浑然一体。有人认为主人公的童年、青年和反抗是第一乐章，他在巴黎达到成熟时的斗争是第二乐章，他的成功和平静是第三乐章。罗兰凭着他对欧洲音乐的深厚素养，在小说中穿插对音乐作品和音乐家的评点，带领读者漫游欧洲古典音乐王国，使读者感到生活在管音琴声的氛围里，陶醉在音乐曲调的享受中。

小说着重描绘了一个音乐家的内心世界。罗兰指出："音乐小说的材料应是感情……音乐小说应该是一种作为它的灵魂和本质的感情的自由倾泻。"罗兰细致入微地写出了克利斯朵夫儿时对音乐的敏感和觉醒，万事万物常常在他的心中融会为曲调："这种无所不在的音乐，在克利斯朵夫心中都有回响。他所见所感，全部化为音乐。"他的舅舅经常带他去散步，给他唱一些动听的小调，和他谈论星辰、云彩，"教他辨别泥土、空气和水的气息，辨别在黑暗中飞舞蠕动、跳跃浮动的万物的歌声、叫声、响声，告诉他晴雨的先兆，夜间的交响乐中数不清的乐器"。舅舅是他真正的启蒙老师。描绘这个小小音乐家的音乐心理活动最为生动的一节是，当克利斯朵夫发现父亲逼他练琴，为了从他身上捞钱时，他便拒绝练琴，于是被父亲关在黑屋子里的一段描写。他幼小的心灵先是愤怒地咒骂，幻想出自己反抗的故事。莱茵河在屋下奔腾，水声引起了他的音乐想象：

  浩荡的绿波继续奔流，好像一整片的思想，没有波浪，没有皱痕，只闪出绿油油的光彩。克利斯朵夫简直看不见那片水了，他闭上眼睛想听个清楚。连续不断的澎湃的水声包围着他，使他头晕眼花。他受着这永久的梦境吸引。波涛汹涌，急促的节奏又轻快又热烈的往前冲刺。而多少音乐又跟着那些节奏冒上来，像葡萄藤沿着树干扶摇直上：其中有清脆的琵琶，有凄凉哀怨的提琴，也有缠绵婉转的长笛……

  ……音乐在那里回旋打转，舞曲的美妙的节奏疯狂似的来回摆动；一切都卷入它们所向无敌的漩涡中去了……自由的心灵神游太空，有如为空气陶醉的飞燕，尖声呼叫着翱翔天际……欢乐啊！欢乐啊！什么都没有了！……哦，那才是无穷的幸福！

这段文字把主人公所特有的音乐感描写出来了，这种音乐感代替了人物的心理活动，或者说，所写的既是人物的音乐感，又是其心理活动。读者从中可以看到人物音乐才能的发展过程：主人公的生活遭遇和自然界的音响相结合，促使这种才能得到发展。心理描写（即音乐感）是独特的、细腻的；而自然景色的描写是富有诗意的、优美的。两者结合形成一段动听的奏鸣曲，并构成交响乐的一部分。

  再者，小说着重描绘人物的心理状态和心理感受，既反映了主人公的音乐才赋，同时又表现了他倔强的个性。在描绘青年时期的克利斯朵夫时，作者更是着力于个性的刻画。例如，小说描写克利斯朵夫在一次音乐会中突然觉得一切都是虚伪的，便抑制不住，大声狂笑起来；他看到那些吃惊的脸，越发笑得厉害。这个场面把一个狂放不羁的音乐家鲜明地表现了出来。

  罗曼·罗兰遵循现实主义塑造典型的方法。他说："我竭力描绘的是典型，而不是个体。"他采用综合的手法去描写人物，克利斯朵夫的生平就是以德国伟大音乐家贝多芬的身世为素材，但还综合了其他欧洲音乐家的生平材料。克利斯朵夫是20世纪的音乐家形象，打上了时代的烙印。小说中出现的人物相当多，但一些次要人物也性格突出，如酗酒成性又贪财的曼希沃，善良懦弱的鲁意莎，慈祥温和的米希尔，淳朴的高脱弗烈特，自命不凡、爱卖弄风情的弥娜，朴实痴情的洛莎，懒散平和的萨比娜，开朗快乐的高丽纳，娴静贤淑的赛西尔，骚动不安、精神无所寄托的雅葛丽纳，自我牺牲的安多纳德，等等。在小说中出现的一系列女性形象互不雷同。

  这部小说的艺术风格是朴素中隐含着绮丽，流畅中蕴含着精粹。小说中有这样一段话:"对普通的人就得表现普通的生活:它比海洋还要深,还要广。我们之中最渺小的人也包藏着无穷的世界……你写这些简单的人的简单生活吧,写这些单调的岁月的平静的史诗吧,一切都那么相同又那么相异……你写得越朴素越好……你是向大众说话,得运用大众的语言。字眼无所谓雅俗,只有把你的意思说得准确不准确。"罗兰正是这样去做的。他的文字朴实真诚,不假雕琢,有如清澈见底的流水;一条条清溪汇入大河,浩浩荡荡奔向前去。这样的语言在朴素简单中见出浑厚浩瀚,在平凡静穆中显出深广热烈。

第四节 托马斯·曼

一、生平和创作

托马斯·曼(1875—1955)出生于德国北部城市卢卑克,父亲是经营谷物的富商,兼任负责税收的参议;母亲出生于巴西,是葡萄牙人的后裔。托马斯·曼秉承了父母两方面的性格,即父亲作为北部德国人的那种严肃冷静的素质和母亲作为南欧人的那种敏感、热烈而喜爱幻想的天性。这两种截然不同的性格倾向,构成了托马斯·曼矛盾的个性,这种矛盾的个性后来体现在他的创作中。

托马斯·曼的一生,大体可分为两个时期:从出生到20世纪30年代是他的前期,30年代以后则是后期。

1891年,托马斯·曼16岁时,他父亲去世,商号也随之倒闭。第二年,他母亲携全家迁至慕尼黑定居,而此时托马斯·曼正在卢卑克的文科学校读书,所以一个人留在卢卑克,待到翌年毕业后才前往慕尼黑。

托马斯·曼在慕尼黑进入一家保险公司当见习生。但据他后来说,他并不想在那里好好任职。他心不在焉,不去办公,却偷偷地写小说。1894年,他创作了第一部中篇小说《堕落》。小说发表后,受到当时著名作家戴默尔的赞扬。这部中篇小说写一个女人堕落的故事,其中已隐约反映出他后来经常表现的关于艺术家在一个唯利是图的社会中受压抑的思想。

在《堕落》发表后的第二年,托马斯·曼辞去保险公司的职务,到慕尼黑高等工业学校旁听历史、文学史和经济学等课程,同时为他哥哥亨利希·曼主编的杂志《二十世纪德意志艺术及福利之页》审稿、写书评。

1896年,托马斯·曼不满于学校的课程和为杂志审稿的工作,只身去意大利。他住在罗马,无所事事。1898年,托马斯·曼回到慕尼黑担任讽刺杂志《西木卜利齐西木斯》的编辑,同年出版了他的第一部中篇小说集《矮个先生弗里德曼》。这个中篇集收有6部中篇小说，体现了他初期创作的特点。小说中的主人公大多是被排斥在正常生活之外的孤独的人；小说基调虽然哀怨而悲观，但基本倾向却是现实主义的，作者如实地反映了世纪末欧洲社会的压抑气氛。

后来的两三年中，托马斯·曼埋头写作。1901年，他出版了第一部长篇小说《布登勃洛克一家》。小说出版后引起极大反响，托马斯·曼因此而享誉德国。不久，小说又在欧洲其他国家翻译出版，引起了全欧洲的注意。尽管托马斯·曼后来又写了许许多多作品，但人们总把《布登勃洛克一家》视为他的代表作。

继《布登勃洛克一家》之后，托马斯·曼于1903年出版小说集《特里斯坦》，其中包括被认为他的中篇代表作的《托尼奥·克勒格尔》。这部小说集里的两部中篇小说即《特里斯坦》和《托尼奥·克勒格尔》以及后来发表的中篇小说《威尼斯之死》，是所谓的"艺术家小说"。这些小说旨在表现自视清高的艺术家与庸俗的市民社会之间的矛盾，而托马斯·曼对这一矛盾的态度也是矛盾的。在表现艺术创作与现实生活、艺术生产者和艺术消费者之间存在着不可逾越的鸿沟的同时，他既认为艺术家脱离现实生活只能是"死路一条"，但又强烈地表示，艺术家若与庸俗社会"同流合污"，也就无任何艺术可言了，而艺术恰恰是他本人所钟爱的。实际上，艺术和生活之间的这种冲突，从一开始就是托马斯·曼创作中的一个重要主题，而不仅仅是"艺术家小说"才有的。譬如在《布登勃洛克一家》里，这一主题同样占据着极重要的位置。

1905年，30岁的托马斯·曼与有犹太血统的教授普林斯海姆的女儿卡塔琳娜结婚。对于婚姻生活，托马斯·曼是心满意足的。他后来在自传中说："什么东西都比不上我的幸福。我结婚了，我有一个非常美丽的妻子，一个真正的公主，相信我吧，她的父亲是大学教授。……我还有两个极好的孩子，对他们，我寄予最高的希望。"

婚后，托马斯·曼陆续出版了许多作品，其中重要的有讽刺小说《王爷殿下》、三幕剧《菲奥伦察》以及长篇小说《魔山》。《王爷殿下》写贵族克劳斯·亨利希欲娶一个美国百万富翁的女儿为妻，但又嫌她不是贵族，最后克劳斯家族出于经济考虑，还是同意了这门亲事。小说在讽刺贵族摆"臭架子"的同时，也侧面反映了德国贵族没落、资本主义渐占上风的社会现实。《魔山》则是托马斯·曼继《布登勃洛克一家》之后的又一部大作。这是一部德国传统的"教育小说"，写大学毕业生汉斯·卡斯托普在一所疗养院住了7年，疗养院病人心态各异，有相信理性的乐观的人道主义者，狂热鼓吹禁欲主义的耶稣会教士，享乐主义者以及热衷精神分析的医生，他们都试图用自己的思想影响卡斯托普。最后，卡斯托普领悟到"人为了善和爱就不应该让死亡统治自己"。他终于摆脱了等候死亡的思想，离开疗养院，企图有所作为。然而，却又被送上了战场……小说的背景是1904年至1914年，但作品所反映的却是魏玛共和国时期流行的各种思潮，所以它既是一部"教育小说"，又是一部现实主义的"时代小说"。

《魔山》出版于1924年，此时托马斯·曼已确立了自己反战的和平主义立场。但早在1914年第一次世界大战爆发之际，托马斯·曼却一度对战争持肯定的态度。他曾和他的哥哥亨利希·曼公开辩论，针对亨利希·曼批评德国战争政策的论文《论左拉》，他发表了《一个不问政治者的看法》一文，从维护"德意志精神文化"的立场出发，为德国发动大战辩护。为此事，兄弟俩几乎反目成仇。然而，随着德国在大战中失败，托马斯·曼对战争的看法发生了根本的变化。1922年，他发表著名的《论德意志共和国》的演说，明确表示他的民主主义反战思想，同时也和哥哥亨利希·曼取得了和解。

30年代是托马斯·曼一生中变化最大的时期，也是他的创作从前期转向后期的过渡时期。当时，纳粹在国内进行大肆宣传，托马斯·曼预感到法西斯主义的威胁，呼吁德国人民警惕，以免德国再次陷入战争的深渊。1930年，他在柏林作题为《德意志的致词对理性的呼吁》的演讲，因此遭到纳粹的威胁。然而，他并不屈服，同年又发表了著名的反法西斯中篇小说《马里奥和魔术师》。这是一部针对当时日益猖獗的法西斯势力而写的政治小说。小说中的魔术师齐波拉当众用催眠术使一个老实的咖啡馆侍者马里奥入眠，还命令他做出各种荒唐的举动。马里奥醒来后，发现自己被齐波拉戏弄了，便举枪打死了齐波拉。很明显，作者在小说中把纳粹比作魔术师，他们的那套宣传是欺骗公众的催眠术，但催眠术一旦失效，公众醒来之后就会处罚这些纳粹分子。《马里奥和魔术师》虽说是政治小说，却毫无说教意味，只有故事和形象在说话，又不失其深刻的政治内涵。

1933年，托马斯·曼在慕尼黑大学纪念瓦格纳逝世50周年大会上发表题为《理查德·瓦格纳的苦难和伟大》的演讲，由于他没有像纳粹那样鼓吹瓦格纳的民族主义，没有盲目称赞这位作曲家，而是从德国文化的人道主义传统的立场论述了瓦格纳，因此遭到当时德国文化界的严厉指责，甚至要将他投入监狱。在这种情况下，托马斯·曼只好沉默。不久，希特勒被任命为总理，纳粹正式上台并开始大肆迫害异己。托马斯·曼被迫流亡，迁居瑞士。

从此，托马斯·曼便成了国际反法西斯主义名流。1935年，为表彰他的反纳粹立场，美国哈佛大学授予他名誉博士学位。为此，德国纳粹政府随即剥夺他的德国国籍，但当时仍与德国对抗的捷克马上给予他捷克国籍。作为报复，德国波恩大学又取消他的名誉博士学位。为此，托马斯·曼写了一封致波恩大学文学院院长的公开信，强烈谴责纳粹政权肆意践踏德国文化，同时还揭露纳粹政府准备全面发动战争的阴谋。

在流亡瑞士期间，托马斯·曼完成了他的长篇巨著《约瑟和他的兄弟们》四部曲中的前三部，即《雅各的故事》《约瑟的青年时代》和《约瑟在埃及》。这部长篇是托马斯·曼受歌德的启发而构思的。他采用《旧约·创世记》中关于约瑟的故事，写约瑟被他的兄弟们扔进井里，后来又被卖给埃及人作奴隶；又因拒绝一个埃及女人的诱惑受诬告而入狱，等等。经过种种磨难，约瑟终于成为贤人，当上了埃及的大臣，但他不思报复，反而成了他的兄弟们以及以色列部族的拯救者。显然，这也是一部"教育小说"，倡导的是基督教赎罪思想，但其中也表现了作者因受祖国的迫害而发自内心的感慨：他并不记恨德国的"兄弟们"，而是想最终拯救他们。

托马斯·曼在瑞士的最后一年曾担任《尺度和价值》的主编。1938年，因普林斯顿大学聘他为教授，他从瑞士迁居美国。第二年，即1939年，他发表长篇小说《洛蒂在魏玛》。小说写1816年歌德与青年时代的女友夏洛蒂在魏玛的重逢，几乎没有情节，而是着重描写重逢时各种人物、尤其是歌德的内心活动。小说中最精彩的是第17章和最后一章。在第17章里，托马斯·曼用当时新颖的意识流手法大段写歌德的内心独白，再现这位大诗人复杂的性格；最后一章则采用现实和梦境交错的描写手法，表现夏洛蒂在幻觉中与歌德的对话。这部小说表明托马斯·曼在坚持现实主义传统的同时，也借鉴而且擅长现代派的艺术表现方法。

1940至1945年第二次世界大战期间，托马斯·曼直接参与了世界反法西斯主义宣传，在美国发表55次题为《德国听众们!》的广播演讲。1942年，他受聘于美国国会图书馆担任德国文学顾问。1944年，他加入美国国籍。

大战结束后，托马斯·曼于1947年出版他后期最重要的长篇小说《浮士德博士》。这是又一部"艺术家小说"，写艺术家的悲剧。小说的主人公、作曲家莱弗金，因不满于艺术界墨守成规的风气，立志创新，便与魔鬼订约，以放弃爱心为条件，换取魔鬼提供给他的艺术灵感，而且在25年后将自己的灵魂交给魔鬼。订约后，莱弗金果然取得成功，写出了许多"新颖作品"，但是他的爱心并未彻底泯灭，每当他表现出爱的感情时，他所爱的人便受到魔鬼的惩罚。为此，他渐渐感到懊悔，最后向朋友们坦白了自己与魔鬼订约的秘密，并认识到艺术不仅仅是追求新颖，而应该以爱和真正的人类情感为本。但是，他的觉悟已为时晚矣，他的灵魂已归魔鬼所有，他变成了痴呆。据托马斯·曼自己说，这部小说中的主人公莱弗金的思想、气质、经历以及最后变成痴呆等情节，都取材于尼采的生平与经历；小说中关于现代音乐的观点取材于阿多尔诺的音乐哲学；莱弗金与魔鬼的谈话借鉴了陀思妥耶夫斯基的长篇小说《卡拉马佐夫兄弟》；其中的一些插曲则直接取材于有关浮士德博士的民间故事。所有这些材料，托马斯·曼是用一种类似电影蒙太奇的手法组合成一个整体。然而，尽管这部小说用了大量的现代派艺术手法，小说的主题却是对现代艺术的批判性反思，即：艺术要"创新"，但"创新"每每要背离人类最古老的感情——爱，因此现代艺术面临着一个艰难的抉择：要"新"还是要"爱"？"新"是艺术的生命，但离开"爱"的"新"无益于人；"爱"是生活的准则，但坚守这一准则又无"新"可言，也就没有真正的艺术。这是托马斯·曼作品恒常表现的矛盾，即艺术与生活的不可调和的矛盾。可以说，他一生都在苦苦地思考这一深刻的哲学问题，但终因无法找到答案而哀叹，而这种哀婉的悲观情调，每每又给他的作品带来一种独特的魅力。

50年代初，美国在政治上右倾，麦卡锡主义盛行一时。对于政治迫害，曾深受其害的托马斯·曼特别敏感，于是他便于1952年愤然离开美国，移居瑞士苏黎世附近的乡村。但他更积极地参与为维护欧洲与世界和平而进行的各种活动，就在他生命的最后一年，他还为纪念席勒逝世150周年分别在斯图亚特和魏玛两地发表题名为《试论席勒》的演说；为纪念歌德和席勒，他又两次在东德、西德演说，明确表示他反对分裂、维护德国统一的政治立场。

1955年8月12日，托马斯·曼在苏黎世去世。

托马斯·曼在思想上继承了19世纪的人道主义传统，同时又深受叔本华和尼采哲学思想以及弗洛伊德精神分析学的影响，因此他既保持了现实主义的批判精神，又将这种批判精神和20世纪的现代思潮结合在一起，形成了他独特的世界观。这种世界观既是积极的，又是悲观的。积极的一面表现为他对传统社会持严厉的批判态度，而悲观的一面则表现为他对"新世界"的出现始终持保留态度。这种世界观可以说是20世纪西方大多数现实主义作家所共有的，托马斯·曼则是其典型的代表。

在艺术上，托马斯·曼的创作主要是中篇和长篇小说，其小说的基调是现实主义的，但在方法上又融合了众多现代派的表现手法，如意识流、超现实主义、梦幻和反讽，等等。因此，他是个现代作家，而不是现代派作家。他的小说在结构上都经过精心设计，情节和人物经过细致安排，这可以说是19世纪现实主义小说的遗风；但是，他又从不拘泥于一种写作方法和技巧，通常是根据情节发展的需要而采用不同的写法，使一部作品中的不同情节产生不同的情调，因此他的作品在氛围营造方面要比19世纪现实主义作品丰富得多。此外，托马斯·曼的作品讲究遣词造句,所以他也被公认为德国20世纪的语言大师。

二、《布登勃洛克一家》

长篇小说《布登勃洛克一家》是托马斯·曼的代表作。从小说的副标题《一个家族的没落》便可看出,这是一部编年史式的长篇记叙体作品。

故事发生在19世纪30年代至70年代的德国商业城市卢卑克。这家人的老一代——祖父老约翰·布登勃洛克,年轻时趁拿破仑战争之机经营粮食买卖发了大财,他创建约翰·布登勃洛克公司。老约翰的儿子小约翰荣获尼德兰政府赠与的参议头衔,更使这一家人觉得光彩。家里深院大宅,高朋满座,生活风雅豪华,万事顺利,家道兴旺。到了布登勃洛克家的第三代孙子托马斯、克利斯蒂安和孙女安冬妮,以及晚生女克拉拉时,家庭起了微妙的变化。兄妹几人自幼显出各自不同的性格。托马斯举止有节,活泼聪明,但毫不张狂,人人称他是一块"商人的料";弟弟克利斯蒂安性格则有些喜怒无常,不善理财,甚至疯疯癫癫;安冬妮是个虚荣心极强的姑娘,年轻时虽然和大学生莫尔顿有过一段自由恋爱,但到底逃不过家庭的羁绊,屈从父母的旨意嫁给了一个她毫不喜爱的商人格伦利希。当时老约翰夫妇已经去世,小约翰当家,他从公司利益出发,对女儿安冬妮演了一出逼婚丑剧。因为他认为格伦利希家道殷实,这门婚事门当户对。没想到,精明的父亲这次上了当,格伦利希的生意实际上已摇摇欲坠,他之所以看中安冬妮乃是因为他需要女方8万马克的陪嫁和布登勃洛克公司的商业信誉。婚后不久,格伦利希破产,安冬妮和他离婚。离婚后安冬妮再婚,但结局同样悲惨。这次她嫁的是汉堡商人佩尔曼内德,一个懒汉,他一把安冬妮的陪嫁费弄到手就宣布不再经商,专靠利息在家享清福。后来安冬妮发现他与女仆关系暧昧,于是同他离了婚,带着女儿住在娘家,在对家庭往昔的缅怀中昏昏度日。

自从小约翰继承家业后,布登勃洛克公司在一些不顾"商业道德"的新兴商人打击下开始衰落。尽管他惨淡经营,也只能勉强支撑。小约翰死后,公司到了第三代托马斯手里。开始时托马斯表现出很大的魄力,在商务方面既稳健又富有进取性,在竞选时他击败了代表新兴势力的大商人哈根施特罗姆,还和一家富豪的女儿盖尔达结了婚。但这一切都不过是回光返照,这一家族已不可避免地在走下坡路。弟弟克利斯蒂安不务正业,生活荒唐,挥霍无度;妹妹克拉拉婚后不久便病故,母亲瞒着托马斯把大笔家产转交给克拉拉的丈夫;安冬妮的女儿又重蹈她母亲的覆辙,出嫁后不久丈夫因犯欺诈罪而锒铛入狱。与此同时,公司的生意日趋萧条。托马斯内外交困,在妹妹的怂恿引诱下竟抛弃家传的"商业道德"而干起投机买卖。但投机未成,反而损失了大笔资产。

第四代小汉诺终于诞生了,这似乎给全家打了一针强心剂,大家满心希望这孩子能继承父业。但遗憾的是,小汉诺生性怯懦,耽于幻想,除了爱好音乐外几乎一无他求,那又怎能肩负重振家业的担子呢?这对于托马斯来说实在是个沉重的打击。在与劲敌哈根施特罗姆这些新兴商人的竞争中,他连连败阵。于是,他深感心力日绌,生活一片虚空,像他父亲小约翰企图以宗教来自慰一样,他沉迷在叔本华悲观厌世的哲学里,一天天垮下去。克利斯蒂安进了一家精神病院。布登勃洛克一家早已外强中干的事业终于土崩瓦解了。只有安冬妮还在做着昔日的美梦。最后,小汉诺夭折,彻底结束了这个显赫一时的大家族的历史。

托马斯·曼曾称自己的小说是"尽头的书",《布登勃洛克一家》当然也不例外。从客观上说,这部小说通过一个资产阶级家庭4代人的经历反映了德国传统社会在19世纪中叶开始走向没落的过程,从而预示着德国社会乃至欧洲社会将发生激烈而巨大的变化;但从作者主观上说,他对这个家族的没落是抱着非常复杂的心情的,既认为它是必然的,又为它感到惋惜和悲哀。

托马斯·曼早年就深受叔本华和尼采哲学的影响,认为西方传统基督教文化到了19世纪后期已趋衰落,因此必须"重估一切价值",以创造新的文化。但是,托马斯·曼不像尼采那样倡导"超人哲学",而是沉浸在对生活与艺术两者关系的思考之中。他接受了尼采关于艺术的看法,即:艺术是迷人的,但却是病态的,趋向死亡的;同时他又心存疑窦,竭力想弄清楚:艺术在生活中的地位究竟如何?可以说,在《布登勃洛克一家》里,最终出现的就是生活与艺术关系的主题,是以小汉诺的音乐天赋以及早夭来表现的。在托马斯·曼看来,布登勃洛克家最初几代人是传统生活意识的代表,他们兢兢业业,积攒家产,但到了托马斯·布登勃洛克这一代,这种生活意识已经淡薄了,因为托马斯·布登勃洛克是个喜欢沉思的人,常常思考关于生命意义的问题,最后又沉溺在叔本华的悲观哲学中。至于托马斯·布登勃洛克的儿子小汉诺,他就是艺术的代表,代表着没落与死亡。通过从曾祖父老约翰到托马斯再到小汉诺这三个阶段,托马斯·曼勾画出一个家族因气质上的变化而趋于衰亡的过程,同时也象征性地表现了他所认为的西方社会的没落。

关于西方文化在20世纪初的危机,20年代德国学术界曾有过一场热烈的讨论,其中最引人注目的是施宾格勒《西方的没落》一书。此书后来影响甚大,而比施宾格勒早十几年,托马斯·曼就在《布登勃洛克一家》里表达了与《西方的没落》相似的观点。可见,1929年瑞典皇家学院授予托马斯·曼诺贝尔文学奖时特别提到《布登勃洛克一家》并不是偶然的,因为在当时,施宾格勒的思想正风靡全欧洲。

但是，尽管《布登勃洛克一家》和《西方的没落》有相似之处，两者毕竟不属同一性质。托马斯·曼是艺术家，他在《布登勃洛克一家》里表现上述观点时心情常常是复杂而矛盾的。而正因为有这种复杂、矛盾的情绪，这部作品带有浓郁的哀婉和忧伤的情调——一种独特的、德国式的诗意。

《布登勃洛克一家》在写法上完全是现实主义的，也就是说，以塑造人物典型作为创作核心。小说中最具有典型意义的人物形象，是托马斯和他的儿子汉诺。

托马斯可以说是19世纪后期欧洲老派实业家的典型。他"诚实"，遵循父辈的"商业道德"，而且以家族的"荣誉"和"兴旺"为自己的生活宗旨。在事业上，他表现出比祖父和父亲更大的魄力，而且既能进取又很稳健。他以全副精力投入商务活动，凡事都以家业为重。如果说，这些是这一典型所体现的共性的话，那么托马斯独特的个性则表现为他是个多思多虑的人。他有个人的内心矛盾，但很少表露出来。因此他总是在默默地思考，而正因为过多的思虑，他遇事总是举棋不定，犹豫动摇，于是在面对家庭内外的种种矛盾时，他内心越来越多地产生出种种幻灭感，最后陷入极度悲观与绝望的境地。由于上述共性和个性在这一形象身上是有机地结合在一起的，所以它具有典型意义，即：形象地反映了西方商业社会在19世纪后期所面临的深刻危机。

托马斯的儿子汉诺是作品中的又一典型形象。他本应担起重振家业的责任，但是他却生来气质敏感，秉性懦弱，不仅不喜欢、甚至厌恶商业活动，因为商业活动需要冷静的头脑和充沛的活力。他只喜欢音乐，只希望别人不要干扰他，让他独自沉浸在艺术的幻想之中。这种天生的艺术家气质对于布登勃洛克家的事业无疑是一种灾难，同时也象征性地表现了欧洲传统文化的"衰退"。因为无论是托马斯·曼还是施宾格勒，都深受尼采的病理艺术观的影响，认为艺术从本质上说是文化中的一种病态表现，而当这种病态表现成为某一文化的主要特征时，也就表明这一文化已呈"没落"状态，或者用托马斯·曼的话来说，已走到了"尽头"。汉诺就是这种"没落"或者"尽头"的典型。说得具体一点，如果说托马斯是18世纪启蒙时代的人格代表的话，那么汉诺就是19世纪浪漫时代的人格代表，而在托马斯·曼看来，这两种典型的人格正是西方传统文化走到"尽头"的最后两个台阶。可以说，托马斯·曼对浪漫主义的深刻反思，就是从塑造汉诺这一形象开始的，因为在他后来的创作中，所谓的"艺术家小说"占了很大的比重，而所有这些"艺术家小说"，都反映出托马斯·曼对浪漫主义的矛盾态度：既理智地指出浪漫主义是病态的、无益于生活的，同时又深情地承认自己也属于浪漫主义阵营中的一员，而且对它还很留恋。

除了托马斯和汉诺这两个典型形象，小说中其他一些人物形象如托马斯的弟弟克利斯蒂安以及妹妹安冬妮也具有一定的典型意义。克利斯蒂安是个败家子形象，生性放荡，挥霍无度，但又非常诚实和率直，从不讳言自己活在世上只关心自己，而且常常会以玩世不恭的态度一针见血地说破社会腐败堕落和人生荒诞不经的本质。从某种程度上说，这个人物很像莎士比亚剧作中的福斯塔夫形象。安冬妮则似乎是她两个兄弟的性格的混合物。她像托马斯一样忠于家族的利益，又像克利斯蒂安一样自私和自负，而其性格的主要特征就是爱虚荣。所以，当她的婚姻一再失败、家族又开始衰败之际，她便阿Q式地以炫耀家族往昔的荣华来自慰，对严酷的现实故意视而不见，使人觉得既可笑又可悲。

在布局谋篇方面，这部作品的前半部分按时间顺序写，后半部分则有几条线索同时平行发展。作品中的场景富有深厚的情趣，常使人联想起巴尔扎克的作品，因为这些场景既不重复又不是流水账式的交代，而是情节发展的有机组成部分。此外，作品中还交替使用多种手法表现情节内容，如直接叙述和间接叙述、通篇议论和夹叙夹议、内心独白和借物抒情等，都根据情节发展的需要予以合理运用，从而使作品呈现出多种情调和气氛。小说的语言以平稳含蓄、略带忧郁而间夹讥诮为主要特点，但根据作者对待不同人物的不同态度，语言风格也随之变化，如关于海滨避暑、汉诺弹奏钢琴等篇章用的是抒情风格；刻画托马斯性格时语言则很含蓄；而写到克利斯蒂安时又常用讥讽的口吻，等等。

不过，由于托马斯·曼在创作这部作品时年仅二十几岁，不足之处还是难免的，如有些章节写得比较呆板；有些人物写得比较累赘；有些地方故事中断太久，使人有沉闷之感，等等。尽管如此，《布登勃洛克一家》仍是一部不可多得的杰作，在德国文学史乃至世界文学史上都占有很高的地位。

第五节　布莱希特

一、生平和创作

贝托尔特·布莱希特（1898—1956）在20世纪德国文坛上是独树一帜的剧作家、诗人。1898年2月10日生于南德奥格斯堡一个造纸厂主家庭。他终生献身于德国工人运动，却又从不讳言自己是"愿意把无产阶级的事业当成自己的事业"的"资产阶级作家"。1917年中学毕业后进入慕尼黑大学，断断续续学习过自然科学、医学和文学。第一次世界大战期间，曾被派往奥格斯堡战地医院护理伤员，他以多才多艺和进步的政治态度，获得士兵们的信赖，1918年11月革命爆发时，被选为当地士兵委员会成员。战争与革命动荡过后，再次入慕尼黑大学，开始戏剧与诗歌创作。1922年，他的剧本《夜半鼓声》在慕尼黑剧院上演后，荣获克莱斯特奖。1924年任柏林"德意志剧院"顾问。1926年进入柏林马克思主义工人学院，结合创作实践系统研究科学社会主义学说。1928年与女演员海伦娜·魏格尔结婚。1933年德国法西斯上台后，出走瑞士、法国，并于同年举家迁往丹麦，在斯文德堡附近一个农舍里住了6年，这期间曾与布莱德尔、孚西特万格主编在莫斯科出版的德国流亡者杂志《发言》。1939年后经瑞典、芬兰再取道苏联去美国。整个流亡期间是布莱希特多灾多难的年代，也是他文学创作最为多产的年代。1947年摆脱"非美活动委员会"迫害，返回欧洲，暂居瑞士，1948年定居柏林，和夫人一道建立"柏林剧团"，实践他的戏剧主张。1956年8月14日逝世。

研究界通常认为布莱希特的创作道路分为三个阶段，以布莱希特开始有意识地接受马克思主义，探索艺术革新的1926年为转机，这以前为第一阶段，1926—1933年为第二阶段，1933—1956年为第三阶段。

布莱希特早在中学时代即尝试文学创作，1914年在他与校友创办的《收获》杂志上发表了他的第一个剧本《圣经》，并经常在《奥格斯堡新闻》上发表文学评论和时事政论。从那时开始他便学会了与朋友集体写作，这种创作方式使他终生受益，他在生平各个时期，都以其横溢的才华，敏捷的思想和雄辩的口才，吸引了一批又一批"合作者"参与他的戏剧创作。布莱希特在中学时代，就被校友誉为"诗人之王"。作为大学生在战地医院护理伤兵时，曾伴着吉他自弹自唱了一首《死兵的传说》，赢得伤兵的好感和信赖。他的早期诗歌创作，形式上多采用歌词和歌谣体，内容多描写由于资本主义不合理性造成的形形色色社会弊端，读者常常能从中感受到一个叛逆者对现实的愤怒嘲笑和弥漫着悲观主义情调的怀疑、否定。他的第一部诗集《治家格言》出版于1927年。

1922年他以一部描写11月革命的剧本《夜半鼓声》，批判了投机革命的个人主义者，表达了对这场革命的失望情绪。小说家德布林认为这出戏虽然"不是太阳，却比那些老人的纸糊灯笼好得多"。这出戏初步奠定了布莱希特在戏剧界的地位。1924年进入柏林以后，以美国先进技术为代表的现代文明向布莱希特扑面而来，他在这里既看到由于美国资本输入，使德国经济得到复兴，货币危机得到控制的现实，又看到大大小小的投机家。他感到资本主义的竞争实际上是人类生存的斗争，柏林是人与人厮杀的战场。同时他也看到，由于文化生活中商业化的"文化工业"和令人眼花缭乱的"大众文化"的出现，文化表现了赤裸裸的商业性质。

从 20 年代初期开始，他根据自己对现代资本主义社会的感受和认识，陆续创作了一系列描写资本主义社会异化及其后果的剧本，在这些剧本中他虽然描写了诸多现实矛盾，但尚不能认识产生这些矛盾的原因和克服它们的出路。《城市丛林》（1921—1922）以抒情笔调，通过美国大城市芝加哥两个男人的斗争，描写了资本主义社会人与人之间的敌对和互相无法理解的窘境。《人就是人》（1926）以英属殖民地印度为背景，用喜剧形式描写一个爱尔兰籍印度搬运工人，出于战争目的被改造成殖民军兵痞、刽子手的故事，寓意性地表现了资本主义异化的主题。演出对人物形象的外形做了夸张变形的处理，剧中插入朗诵和唱词，对剧情做概括性评论。这出戏被认为是布莱希特尝试史诗剧（又译叙述体戏剧）创作的开端。《马哈哥尼城的兴衰》（1927—1929）是与作曲家库尔特·魏勒合作的一部歌剧。马哈哥尼是一个想象的娱乐消费城市，一个金钱主宰的天堂，在这里按照资本主义消费规律，有钱人可以尽情享乐，穷人将遭到无情毁灭。主人公保尔最后认识到：买来的欢乐不是欢乐，金钱的自由不是自由。作者为这出戏写的序文初步奠定了他的史诗剧理论的雏形。《三分钱歌剧》（1928）是布莱希特在尝试史诗剧创作初期便获得巨大成功的作品，是魏玛共和国时期"大众文化"的精品。它以约翰·盖伊的《乞丐歌剧》为蓝本，在基本故事情节中注入全新的主题思想。剧本以强盗帮头子"刀子麦其"为中心，描写他和"乞丐大王"皮恰姆的矛盾，与警察局局长的勾结，表现了资本主义大城市地下黑社会的种种冒险和尔虞我诈的活动。作品通过主要人物之间的纠葛，展现了资本主义社会中友谊、爱情乃至法律，无一不以金钱为转移的现实。这出戏是布莱希特与魏勒共同创作的。《屠宰场里的圣约那》（1929—1930）是布莱希特深入学习了马克思主义政治经济学之后创作的，比较深入地反映了 20 年代欧美资本主义经济危机时期工人阶级的生活与斗争。女主人公根据自身经历认识到，"在暴力控制的地方，只有暴力才能拯救"，单是善良愿望无法拯救挣扎在饥饿线上的劳动者，必须同工人阶级一道改造现实。

在创作这些剧本的过程中，布莱希特深入研究了马克思主义政治经济学，如他自己 1926 年所说："我深深陷入了《资本论》之中。"他把马克思主义视为一种科学方法，借此来分析他感兴趣的题材，描写资本主义社会中人的异化和个性泯灭。布莱希特学习马克思主义的道路，是在探讨和解决艺术创作方法过程中实现的。也就是在创作这些作品的过程中，布莱希特初步形成了他的史诗剧理论。他主张史诗剧艺术要让观众产生思维的兴趣，使他们相信世界是可变的，激发观众变革现实的兴趣和愿望，培养观众积极的处世态度。为实现这种主张，他在艺术上创造了一种"陌生化方法"，让观众用新的眼光观察和理解司空见惯的事物。导演和演员借此有意识地在舞台与观众之间，制造一种感情上的距离，使演员既是角色的扮演者，又是角色的裁判；使观众成为清醒的旁观者，用探讨和批判的态度对待舞台上的事件。他的基本想法是，作家应在文学作品中表现世界是可变的这个马克思主义的唯物辩证法，因此，哲学家布洛赫称他为"舞台上的列宁主义者"。

布莱希特的戏剧美学，是他学习马克思主义和积极进行艺术实践相结合的产物。20年代末30年代初，随着德国无产阶级革命文学运动的发展，在布莱希特周围形成一个探讨艺术革新的小团体，其中既有艺术家、作家、理论家，也有政治活动家；他们不仅探讨艺术功能的转变，尤其关注艺术欣赏习惯的转变，即变被动的艺术欣赏为主动的艺术欣赏。他们认为，艺术家既是艺术先锋，又是政治先锋，艺术的物质基础是社会，变革艺术必须同变革社会联系起来。人们称他们的主张为"物质美学"。在这种美学思想指导下，布莱希特于20年代末30年代初，创作了一系列"教育剧"，企图借此克服传统戏剧中"看戏"与"行动"脱节的弊病。他认为"教育剧"是一种以集体方式理解人类社会可能性的戏剧形式，这类作品主要不是为观众，而是为培养演员的处世态度而创作的。布莱希特企图借此开创一种全新的艺术接受方式，使艺术创作与艺术消费合而为一。他称这是一种"大教育学"，认为它能消灭演员与观众的区别，使演员成为"学员"。

这类"教育剧"有《飞越大西洋》（1928—1929）、《巴登教育剧》（1929）、《说是的人和说不是的人》（1928—1929）和《例外与常规》（1930）等。其中的《措施》（1930）以审案戏形式，描写4个宣传员受共产国际委托去中国沈阳从事革命活动，其中一人因不能正确处理情感与理智、个人与集体的关系，不能正确执行斗争策略，导致革命失败的故事。这出戏曾经引起许多指责和误解。根据高尔基同名小说改编的《母亲》（1930—1932）以原作主要人物和故事为基础，根据德国实际情况，增加了对工人运动中改良主义的批判、反对战争危险和变帝国主义战争为国内战争的内容。为了加强作品的教诲性，作者在剧情中安排了许多歌唱和朗诵，以解释马克思主义的某些基本原理。《母亲》在人物性格刻画和情节安排方面，比上述"教育剧"更为生动，它是向成熟的史诗剧转变的一个标志。布莱希特的"教育剧"实验曾在左派文艺界引起异议。

流亡期间，布莱希特作为剧作家失去了剧院和观众，现实迫使他改变创作方式。首先，为了克服物质困难，他不得不创作适应国外有限的刊物和出版社发表的作品，以便维持他一家和创作集体的生计。这期间他出版了两部诗集：

《歌与诗》(1934)和《斯文德堡诗集》(1939)。前者为流亡之前的作品,后者写于在丹麦定居的那些年月。其中有的被谱成歌曲,在反法西斯战士中传唱,如《统一战线之歌》;有些诗歌形式简约得如同格言,便于借广播和传单传播到德国去;有些诗歌则富于哲学趣味,启发人思考现实斗争的意义,如《老子出关著〈道德经〉的传说》等。此外他还创作了一些较长的短篇小说,如《三分钱小说》《受伤的苏格拉底》《尤利乌斯·恺撒的事业》和《蜕小说》等。

其次,他不得不停止"教育剧"实验。为适应反法西斯斗争需要,突出艺术的宣传鼓动功能,动员人民群众抵抗法西斯势力,他用传统艺术手法创作了独幕剧《卡拉尔大娘的枪》(1937)、短篇集《第三帝国的恐怖与灾难》(1935—1938)和活报剧《丹森》(1939)、《铁值多少钱》(1939)等。这些作品从"教育剧"实验的角度来看,是一种美学上的倒退,用他自己的说法,带有"机会主义"色彩。他在美学上的倒退只是暂时的、局部的,一旦适应了流亡生活,便又以极大的艺术勇气开始史诗剧探索,并创作了一批以反法西斯斗争为主题的更为成熟的史诗剧作品,如《尖头党与圆头党》(1934)、《阿吐罗·魏的有限发迹》(1939)、《大胆妈妈和她的孩子们》(1939)等。《西蒙娜·马卡尔的梦》(1943)以德国法西斯军队占领的法国为背景,描写11岁的法国少女在中世纪女英雄贞德爱国主义精神鼓舞下,抵抗德国占领的故事。作品以现实与梦境交替出现的手法,丰富了史诗剧的陌生化技巧。《第二次世界大战中的帅克》(1944)是根据捷克小说家哈谢克同名小说改编的。表面看来,帅克是在为德国占领军服务,事实上他在以自己的独特方式破坏纳粹秩序。帅克并非一个有觉悟的抵抗战士,他以其滔滔不绝的废话和小人物的机智,常能置大大小小的纳粹党徒于尴尬处境。这些剧本都是作者为了给反法西斯斗争提供精神武器而创作的,表达了作者积极参与反法西斯斗争的政治热情,但限于当时的条件,它们大都不曾有机会同观众见面,成了不折不扣的"抽屉作品"。

布莱希特成熟的史诗剧,无一例外都是在流亡时期创作的。按其体裁形式区分,其中《大胆妈妈和她的孩子们》《伽利略传》《公社的日子》为历史剧;《尖头党和圆头党》《阿吐罗·魏的有限发迹》《高加索灰阑记》为寓意剧;《潘第拉老爷和他的男仆马狄》则属大众戏剧。

《伽利略传》初写于1938年,定稿于1946年。它以17世纪意大利物理学家伽利略因支持哥白尼"太阳中心说"而遭宗教裁判所迫害的史实为题材,反映了在科学时代破晓时,真理与谬误、科学与愚昧的斗争,提出了科学家对社会应负的责任问题。《四川好人》(1939—1941)以中国为背景,描写一个名叫沈黛的妓女欲为善而不能的故事，表现了善良性格与行为不能见容于人剥削人的社会制度这个具有普遍意义的主题。剧本在结构上采用了序幕、幕间剧等手法，以加强作品的寓意性。《潘第拉老爷和他的男仆马狄》是根据芬兰女作家赫拉沃里约基提供的一则故事和剧本创作的，描写一个芬兰地主在酒醉和清醒时两种截然不同的表现，说明剥削者的本性是不会改变的，他的善良、人性的外表，是维持剥削与压迫的手段。它告诫人们切不可对剥削者的任何"改善"、"改良"甚至"改革"抱不切实际的幻想，因为劳动者创造的果实，最终仍将成为剥削者享用的对象。《高加索灰阑记》（1945）是根据中国元杂剧创作的，全剧由一个"楔子"和两个相对独立的故事组成。剧情围绕两个女人争夺一个孩子展开，在战乱中偶然成了法官的阿兹达克在审案中发现，不是哪个母亲有权要孩子，而是孩子有权选择一个好母亲的问题。作者借这个古老故事，寓意在社会主义制度下，非对抗性矛盾可以采用对大家都有利的办法解决。这出戏在艺术上体现了史诗剧丰富多彩的表现方法。《公社的日子》（1948—1949）是根据挪威作家诺达尔·格里格的剧本《失败》创作的。剧本描写了巴黎公社社员的斗争。由于公社未及时采取暴力镇压资产阶级，幻想在资产阶级民主自由的基础上建设新秩序，最终导致公社的失败。作者在剧中对于战后德国向何处去问题，表示了鲜明立场。这出戏是作者自美国返回欧洲逗留瑞士期间创作的。

在创作上述作品过程中，布莱希特对史诗剧理论和演剧方法进行了深入思考，并以对话形式撰写了戏剧理论著作《买黄钢》。作者在其中深入阐述了他的"非亚里士多德式戏剧"主张和"陌生化"、"历史化"等技巧的意义。《买黄钢》被称为20世纪具有保留价值的基础理论著作。在瑞士逗留期间，布莱希特又在这个基础上撰写了《戏剧小工具篇》，以英国哲学家培根《新工具篇》那种警句风格，把他关于"科学时代戏剧"的基本主张，压缩在77条论纲式文字中。作者提出，戏剧要借陌生化技巧让观众认识世界是可变的，认识社会事件的因果关系，从而参与变革现实的斗争。布莱希特主张，戏剧作为一种娱乐形式，必须同科学时代的特点联系起来，从学习中汲取娱乐。围绕这个宗旨，他在剧本结构、导/表演、舞台美术和观众欣赏等方面，提出一整套崭新想法。《戏剧小工具篇》是布莱希特最著名的理论著作，实际上也是他返回德国之前公布的一份艺术宣言，让同行们，特别是让他昔日的论敌，重新了解他在流亡时期形成的美学主张。

布莱希特返回德国以后陆续改编了一些作品，如《家庭教师》（1949）、《科里奥兰》（1952）、《唐璜》（1954）、《杜兰朵》（1954）、《鼓声齐鸣》（1955）等。晚年他集中精力同夫人建设"柏林剧团"，培养新生力量，使他的史诗剧成为世界戏剧界注目的艺术。

二、《大胆妈妈和她的孩子们》

《大胆妈妈和她的孩子们》是一部为反法西斯斗争服务的作品，创作于1939年底流亡瑞典期间。

1938年希特勒取得党政大权和最高军事指挥权之后，为了实现其侵略扩张意图，在内政和外交方面进行了人事安排，采取了一系列强硬措施。西方资本主义国家为了保全自己，一方面同德国订立互不侵犯条约，以图束缚希特勒的侵略野心，另一方面又大量向德国贩卖钢铁，供它制造战争武器。布莱希特创作这出戏的目的，在于告诫西方各国政府放弃对德"中立和不介入政策"，不要幻想在同德国做买卖中捞取任何利益，如他所说："若要同魔鬼共进早餐，必须有一把长勺子。"

1939年夏天，瑞典女演员纳伊玛·维夫斯特朗给布莱希特朗诵了一首叙事诗《洛塔·斯维尔德》，作者是芬兰瑞典语作家约翰·路德维格·鲁内贝里。这首叙事诗以19世纪初瑞俄战争为背景，描写一个随军女商贩的遭遇。洛塔·斯维尔德是大胆妈妈这个人物形象的蓝本，但与布莱希特笔下的大胆妈妈的性格并无多少共同之处，只取她随军小贩的身份。"大胆妈妈"这个称呼，来源于德国17世纪小说家格里美尔豪森的流浪汉小说《女骗子和女流浪者库拉舍》。"库拉舍"（courage）这个词在巴罗克时代的含义是女人勾引男人的"心计"，在布莱希特笔下的意思是，小人物为了生存而必备的"勇气"。从剧本内容来看，布莱希特借鉴了格里美尔豪森另一部小说《痴儿西木传》中的一些情节，借鉴了它的社会背景、历史色彩、关于战争的描写、对战争性质的评价等。可以说，《痴儿西木传》是《大胆妈妈和她的孩子们》的另一个蓝本。

《大胆妈妈和她的孩子们》的时代背景是德国三十年战争。剧中女主人公名叫安娜·菲尔琳，号称"大胆妈妈"。她带着两个儿子，一个哑女，拉着货车随军叫卖，把战争视为谋生的途径，发财的来源。剧中一个士兵望着她的大篷车预言："谁要想靠战争过活，就得向它交出些什么。"这个把生活希望完全寄托于战争的女人，最终落得家破人亡。这是一个在战争中为谋生不怕冒险、不计后果的女人的悲剧。

《大胆妈妈和她的孩子们》是一出历史剧。欧洲传统历史剧多取材于历史上的帝王将相及其国事活动，如莎士比亚的历史剧描写的是英国历史上的亨利四世或约翰王等人的事业及其命运；马洛则把爱德华二世作为自己的剧中英雄人物。布莱希特选择小人物作剧中主角，描写他们在历史活动中的遭遇，他们不是建功立业的英雄，而是历史的牺牲品。在布莱希特看来，三十年战争并非"宗教战争"，而是"内战"，是国与国和党派之间的矛盾引起的，不管谁胜谁败，下层人民永远是牺牲品。布莱希特在剧中借大胆妈妈的口表达了他的平民历史观："谁失败了？上头的大亨们和下面的人的胜利和失败不是一回事，不，完全不是一回事……不管胜利和失败，我们普通老百姓总归要倒霉的。"

大胆妈妈是个随军叫卖的小商贩，在她看来，大人物发动战争，是为了赚钱，而像她这样的小人物，至少也该从中分享一钵残羹剩饭，以便养活自己，养活子女，这是她认为"只有战争才能把人养得更好些"的理由。一旦她想到两个儿子先后离她而去，女儿又被打伤，感到惆怅时，她又咒骂："这战争真该死！"目光的短浅，使她看不到自己的小买卖同大人物的大买卖之间的联系，这样，大胆妈妈在做买卖和对战争的态度问题上，就出现了矛盾。一方面她用做买卖的行动，延续和支持了战争，另一方面战争又毁灭了她的儿女。本想用战争保存自己，战争反倒毁灭了她的家庭。这正是这出戏的教诲意义。最后，当她落得孤身一人时，仍念念不忘"我又得去做买卖了"。大胆妈妈是一个战争的牺牲品，同时又是一个战争的支持者。布莱希特把她塑造成一个始终未觉悟的人，她丝毫未从自家的遭遇中汲取必要的教训，甚至根本未意识到自己对子女的离散死亡负有道义责任。对于这一点，沃尔夫提出不同意见，认为大胆妈妈最后应对自己的错误有所认识和批判。布莱希特却认为，观众不必期望她最后从自己的经历中认识错误，作者也没有义务非得这样描写，剧作者的目的应该是让观众在这个悲剧故事中受到启发，认清并痛恨这种掠夺战争，只要观众认清大胆妈妈的盲目行动，这出戏就算达到了目的。充分尊重和信赖观众判断是非的能力，是布莱希特美学主张的一个突出特点。

大胆妈妈的孩子们是战争的真正牺牲品，他们的死亦与各自的性格有关。长子哀里夫是个勇敢机智的人，他的死是由于他在一个错误的时代里去显示自己的英雄行为。次子施伐兹卡司是个老实人，但他的老实近于愚昧，正是这一点导致了他的死亡。哑女卡特琳心地善良，富于同情心，由于她的行动打破了侵略者的计划，被士兵打死。在布莱希特笔下，孩子们的死不只是战争造成的，大胆妈妈的处世态度也是造成他们死亡的重要原因。哀里夫被招募员拐走时，她只顾同上士讨价还价；施伐兹卡司遇到生命危险时，她却为了买卖不受损失，而不去救他；卡特琳早在被士兵打死之前，就成了大胆妈妈做买卖的牺牲品。卡特琳在剧本里是一个具有特殊意义的形象。在会说话的人争论该不该救人时，她从燃烧的茅屋里救出一个孩子；为了拯救哈雷城里的百姓免遭皇家军队的屠杀，她不顾会说话的人的阻挠和威胁，爬上茅屋擂鼓报信。一个不会说话的人，用行动说出了善良人该说的话。布莱希特在第 11 场的内容提要中将她的行动称为"石头开始说话",她教会说话的人应该如何行动。哑女卡特琳在布莱希特戏剧人物画廊里,是一个独一无二、很有说服力的形象,因为哑,她只能用行动表达人生信念和对生活的认识,她用行动表明,她反对大胆妈妈那种认为小人物面对战争无能为力的信条。卡特琳身残智不残,她是唯一用行动表现了她的人性的形象。从戏剧学角度来说,她构成了大胆妈妈这个形象的对立面。

此外,大胆妈妈的孩子都有影射时代的意义,体现了作者构思的机智。大胆妈妈的孩子们是一群"杂种",他们所认识的父亲,并非都是亲身父亲,在别人看来这是十分奇怪的,大胆妈妈却认为这很"自然",因为决定这个家庭的,不是"种族"因素。这显然是作者针对希特勒的"种族政策"精心构思出来的。哀里夫被母亲称为"芬兰魔鬼",说明他的父亲是芬兰人。施伐兹卡司("瑞士奶酪"的谐音)这个名字表明,他的父亲是个瑞士人。卡特琳是"半个德国人",由于遭受士兵暴行而失掉语言能力,可在残疾人身上人性犹存。卡特琳这个形象体现了那些被法西斯驱逐出家园,遭到迫害的德国反法西斯战士,在无法用语言向德国人民说话的情况下,仍以各种可能的方式从事反法西斯斗争的精神力量和人格品质。

《大胆妈妈和她的孩子们》这出戏中所运用的新的表现方法,对于认识布莱希特史诗剧的艺术特点,具有典型意义。

内容简洁。这出戏的副标题是"三十年战争纪事",这种"纪事体"的一个重要特点,是每一场戏之前都有一个内容提要,它的功能是简要介绍一场戏的内容,以缓解观众在看戏过程中对剧情的好奇心。如第11场的内容提要是:"1636年1月。皇家军队威胁着新教城市哈雷。石头开始说话了。大胆妈妈推动了她的女儿,一个人独自继续拉车。战争还是长久不能结束。"它在这场戏演出之前向观众交待了剧情的时间、地点、主要人物和大体的内容,其中有的句子对剧情起着诠释作用。这样,观众在看戏时,所关注的不是表演"什么",而是"怎样"表演,作者运用一切戏剧手段,调动观众辩证思维的能力,让观众认识哑女行为的社会意义,思考从大胆妈妈的行动中应该汲取什么样的教训。这实际上是布莱希特"教育剧"教诲作用的新发展。

歌唱性因素。剧中穿插的歌唱具有打断故事情节进行的功能,这是史诗剧为了调动观众的思维而采取的一种特殊手段。歌唱既对剧情起着评论作用,也是刻画人物性格的手段,有时甚至是理解全剧基本布局的一把钥匙。例如贯穿全剧的《大胆妈妈之歌》,就是这出戏的主题歌,它在不同地方出现,具有不同作用。第一场里,上士问她是干什么的,她应了一声:"做买卖的。"接下去两段唱词,向观众介绍了她的身份,表现了大胆妈妈作为一个下层劳动妇女的幽默性格，同时也提出了战争与做买卖这个全剧的主题。第七场里，《大胆妈妈之歌》再度出现时，表现了脖子上挂着一串银币的女贩子发了战争财以后的踌躇满志心情："你若担受不了战争，胜利也就没有你的份。战争不过是做买卖。"最后一段在全剧结尾出现时，大胆妈妈吃尽了苦头，却还是叫喊着："凡是没有死去的人，赶紧开步打仗去！"既突破了这个人物形象的悲剧性，也有助于观众正确判断这个人物和理解全剧主题思想。

开放形式。在结构上，该剧并未采取亚里士多德式悲剧模式（展示部——转折部——高峰——突变——灾难），无论在时间或情节构筑方面，剧本均未遵循环环相扣的规则，而是呈现一种无头无尾的"松散"状态，整个剧情的发展，颇似大胆妈妈那辆时走时停的大篷车。故事发生在三十年战争中间，结尾于战争结束之前，如瓦尔特·兴克所说，整个剧情好像是"随意出没于无边无际的事件的长河里"。这种开放形式还表现在对人物的描写方面。观众在结尾处并未看到大胆妈妈的命运结局，只是象征性地看到她仍然对未来抱有幻想。农妇问她："您还有什么人吗？"她说："有，有一个人，哀里夫。"实际上哀里夫已经死了，这一点她是不知道的，观众却知道。哀里夫是她心目中的希望，一个永远不能实现的希望。这样的结局，加强了人物的悲剧色彩，对于主人公来说，亦不啻是一个令人酸楚的讽刺。

共时性场景。共时性场景作为一种戏剧技巧，源于表现主义戏剧，在20年代皮斯卡托的戏剧实验中得到发展和完善。在《大胆妈妈和她的孩子们》里，就有这种同一场戏里两个故事齐头并进的情形。如第二和第三场戏里，一方面是大胆妈妈帮厨师在厨房里围绕一只阉鸡讨价还价，另一方面是将军在帐篷里为哀里夫庆功；一方面是卡特琳在车前用妓女羽菲特的衣帽打扮自己，另一方面是大胆妈妈和厨师、随军牧师在车后谈论政治。从内容来说，两边的剧情毫不相干。观众在这种共时性场景中能看到剧中人物看不到的事物，它的效果就像全剧结束时，观众知道哀里夫的死，而剧中人对此却一无所知一样。布莱希特的意图是，借这种手法让观众以清醒的头脑有意识地看戏，而不要像剧中人那样陷入盲目性。

管中窥豹，《大胆妈妈和她的孩子们》在结构方面采取的这些新的艺术手法，为观众理解布莱希特史诗剧的艺术特点，提供了一个典范。

第六节　菲茨杰拉德

一、生平和创作

弗·司各特·菲茨杰拉德（1896—1940）是 20 世纪杰出的美国小说家，"迷惘的一代"的代表作家之一。1896 年 9 月 24 日，他出生于美国明尼苏达州圣保罗市的一个小商人家庭，他的家境不佳，全靠亲戚的资助他才上了东部富家子弟的预科学校，进入贵族学府普林斯顿大学。因为他是一个在富家子弟学校里的穷孩子，因此自惭形秽，这种既自卑又不满的心态辐射到他的创作里，导致他作品的主要内容是既向往金钱又痛恨金钱，既羡慕富贵豪华的生活，又以冷静和批判的态度看待社会。在大学里，他曾幻想有朝一日成为声名显赫的作家，偕同美貌的金发女郎，出没灯红酒绿的社交场合，他曾对同窗好友、后来成为著名文学家和文学批评家的艾德蒙·威尔逊说："我要成为有史以来最伟大的作家之一。"这时他写下了第一部小说《人间天堂》的初稿。1917 年菲茨杰拉德应征入伍，参加第一次世界大战，当了一名步兵少尉，不过他没有参加战斗，而是被派驻到南方的亚拉巴马州当副官，在那里他爱上了法官的漂亮女儿姗尔达，并订了婚。当菲茨杰拉德拥有美貌的姗尔达时，其狂喜之情不亚于他笔下的盖茨比，其实姗尔达自幼备受宠爱，娇生惯养，过惯了富足优雅的生活，是一个唯我独尊、追求纸醉金迷生活、爱慕虚荣的女子。她嫌菲茨杰拉德收入微薄，前途渺茫，狠心解除了婚约。菲茨杰拉德失望地返回家园，闭门修改被出版商退稿的《人间天堂》。1920 年 3 月，小说出版，引起轰动，奠定了他"作为爵士乐时代的首领和桂冠诗人"的地位，菲茨杰拉德经济状况也明显改善，可谓名利双收，接着他如愿以偿地与"金姑娘"姗尔达结婚。但是这番周折使他永远怀有对中产阶级的不信任和敌意，这段经历为他的小说创作提供了取之不尽的素材，他的许多作品都有这件事的影子。

婚后夫妻俩长期侨居欧洲。受姗尔达的影响，他们生活阔绰，沉迷于社交活动，花天酒地，纵情享乐。由于挥金如土，终至入不敷出，生活每况愈下，为了挣钱挥霍，菲茨杰拉德不得不去写一些他自己也感到羞耻的作品，他的创作天才被奢靡的生活毁掉了。姗尔达因精神病多次发作被送进精神病院，为了给她治病，他债台高筑，渐渐染上酗酒的恶习，意志消沉。1940 年圣诞节前四天，菲茨杰拉德因心脏病猝然发作去世。

菲茨杰拉德一生写了 160 多个短篇小说，分别收入《年轻女郎与哲学家》（1920）、《爵士乐时代的故事》（1922）、《所有悲哀的年轻人》（1926）这三部集子，长篇小说有4部，即《人间天堂》（1920）、《美丽与毁灭》（1922）、《了不起的盖茨比》（1925）及《夜色温柔》（1934），还留下一部未完成的长篇《最后一个巨头》。

菲茨杰拉德被称为"爵士乐时代"的歌手。美国历史上，"爵士乐时代"是指自第一次世界大战结束（1918）至经济大萧条（1929）的时期，也就是20世纪20年代。这既是一个美国历史上最纵乐、最炫丽浮华的年代，又是年轻人战后迷惘失落的年代，也是美国文化变革转型的年代。随着工业化进程的深入和大都市的相继出现，许多人相信在美国这块土地上，人人机会均等，只要努力奋斗，一个没有鞋子穿的穷孩子完全可以成为百万富翁并获得幸福，而事实上这只是一个幻梦，菲茨杰拉德以他敏锐的观察和诗意的描绘，吟唱了一曲曲"美国梦"遭遇破灭的哀歌。

《人间天堂》奏响了这首哀歌的序曲，它描写阿莫瑞·布莱恩成长过程中的幻想和失望。小说里青年男女寻欢作乐，过着纸醉金迷的生活，这些都是战后一代青年道德沦丧的表现。阿莫瑞虽然承认战争并没有对他产生巨大影响，"但战争已毫无疑问地破坏了一切传统的文化背景，扼杀了我们整个一代人的个体主义价值观"。小说对阿莫瑞这一人物形象的塑造、对战后美国经济繁荣时期社会图景的如实描绘，恰好迎合了20年代年轻读者的口味和个性体验，小说中的诸多人物因此被人们称作大学生当中的"迷惘的一代"。《人间天堂》是美国文学史上描写战后年轻一代放浪不羁的生活和焦躁不安的心态，揭示20年代传统文化和道德标准发生动摇、变革转型的第一部小说。

趁着《人间天堂》风靡一时之际，菲茨杰拉德又相继推出短篇小说集《年轻女郎与哲学家》和《爵士乐时代的故事》。两个短篇小说集里最有影响的短篇小说是《像里茨饭店一样大的钻石》，这是一个讽刺性的美国狂想曲，故事讲述一个青年访问钻石山的经历，这个钻石山有里茨饭店那么大，拥有者布拉克多·华盛顿是永不餍足、贪婪凶残的垄断者。最后钻石山爆炸了，金钱梦破灭了。作品极富想象力。

《夜色温柔》出版时，菲茨杰拉德正经历着精神崩溃的痛苦磨难，姗尔达的精神病复发折磨着他的身心，他一边借酒浇愁，一边为好莱坞撰写电影剧本，如此心境下写的《夜色温柔》自然充满了他此时此刻的真实感受，成为菲茨杰拉德自传色彩最浓的小说。书名引自英国诗人济慈的《夜莺颂》，故事描写一个年轻有为的精神病研究医生狄克，在欧洲认识了亿万富翁的女儿尼柯尔，她由于受到生身父亲的奸污，患有精神病，狄克对她悉心治疗，病情大有起色，出于同情和对治疗结果的考虑，他想以真诚的爱来拯救尼柯尔，遂与她结了婚。婚后他放弃了研究工作，百般照顾她，使她基本恢复了健康，但没想到她将狄克抛弃,狄克痛苦地回到美国,流落到纽约州一个小镇上行医。菲茨杰拉德对上流社会进行了严厉的鞭挞。狄克太善良单纯,把这个金钱社会看得过于理想化,没有认识到尼柯尔一家的卑鄙和自私,因此难免成为名利场上的牺牲品。小说出版后评论界反应冷淡,一些评论家认为结构散乱,故事情节中带有过多的自传色彩。但到了60年代之后,文学批评界又重新评估了这部书的价值。如今,它已被人们普遍认为是菲茨杰拉德的一部重要作品,是《了不起的盖茨比》的姐妹篇,被列为美国文学的精品,并于1985年被改编成电影,广受欢迎。

菲茨杰拉德被称为"20年代富人的分析家"。他的小说既展现了"富人生活中所具有的奇妙动人的自由和魅力",又揭露了富人的丑恶人格。他满腔热情地描写富人们的趣味:贪图精美的汽车、考究的服饰,喜爱豪华的住宅和流光溢彩、美酒佳人的场面。菲茨杰拉德擅长写有钱而自私的漂亮女子,她们把男人们的感情玩弄于股掌之间。短篇小说《冬天的梦》里,裘迪·琼士小姐利用她婀娜的身姿和绝色的相貌同时跟12个男子谈恋爱,朝三暮四,把一个个男子的心揉得粉碎,男主人公德克斯特对她怀着很多梦想,一次次被勾引又一次次被抛弃。小说讽刺了貌美心狠、寻欢作乐的富家小姐。《了不起的盖茨比》中的黛西小姐也是一位貌美心冷的女子,她嫌贫爱富,辜负了盖茨比的一片痴情。《夜色温柔》中的尼柯尔利用狄克的同情心来满足她婚姻的需要,继而又背叛了尼克。描写富人的生活,揭露富人空虚的灵魂成了菲茨杰拉德小说的主要题材。

但菲茨杰拉德并不是一个客观的历史学家,他参与了"爵士乐时代"的纵情宴乐,又能冷静地从中思考,参悟人生。他曾说"有时我不知道姗尔达和我到底是真人,还是我的一部小说里的人物",他既身在其中,又超然于外的双重身份,使他的小说极其生动地重现那个时代的风貌、气息,同时又使他能体味"灯火阑珊,酒醒人散"的惆怅,深刻地揭示浮华背后的空虚无聊和腐朽没落。他虽向往灯红酒绿的生活,但能清醒地看到上层富豪和普通百姓之间存在着的无法逾越的鸿沟。

菲茨杰拉德最引人注目的特色是他那诗人和梦想家的气质和风格。他受英国浪漫主义诗人济慈的影响,作品富有浓郁的抒情气息;他喜欢夜色,淡雅温柔,静谧安详;他如飞翔在月色中的一只受伤的夜莺,哀婉秀美,颇多女性的柔弱之风。菲茨杰拉德擅长描写梦想,他塑造了一系列有罗曼蒂克精神的、善于做梦的男人,如德克斯特、安森、狄克、盖茨比等,他们梦想财运亨通,梦想得到心爱的女人,这种梦想是那么执着、痴迷,可是最后总是以破灭而告终。

二、《了不起的盖茨比》

《了不起的盖茨比》的主人公詹姆斯·卡兹本是北达科他州一个贫穷的农家子弟，自幼梦想做个出人头地的大人物。经过一番努力，他终于步步高升，并更名为杰伊·盖茨比，自以为是上帝的儿子。他在一个军训营里任中尉时，爱上了南方的大家闺秀黛西·费。可是当他戴着军功勋章在战争结束后从海外归来时，黛西已嫁给了一位来自芝加哥的体格健壮、极为富有但举止粗鲁的纨绔子弟汤姆·布坎农。沉醉于爱情梦幻中的盖茨比艰苦创业，由一个贫穷的军官奋斗成为一个百万富翁。他在长岛西卵买下了一幢豪华别墅，与住在东卵的布坎农夫妇隔海湾相望。他的府第每晚灯火通明，成群的宾客饮酒纵乐，他之所以要如此排场，唯一的愿望是希望看到分别了5年的情人黛西。当他们重逢时，盖茨比以为时光可以倒流，重温旧梦，但后来他发现黛西远不像他梦想的人，可是离这种醒悟没多久，黛西开车碾死了丈夫的情妇，汤姆嫁祸于盖茨比，盖茨比终于被害，黛西居然没来送葬。叙述者尼克由此看透了上层社会有钱人的冷酷残忍和居心险恶，离开纽约，回到了中西部的故乡。

《了不起的盖茨比》的重要意义在于以盖茨比的追求和毁灭来表现"美国梦"的幻灭，深刻揭露了"美国梦"的虚假实质。"美国梦"的幻灭是20世纪以来美国文学中的一个重要主题，德莱塞的《嘉莉妹妹》、杰克·伦敦的《马丁·伊登》都是表现这一主题的力作，但是嘉莉妹妹和马丁·伊登是被美国梦中的物质层面的东西异化了，而盖茨比富于浪漫主义的理想，他向往的是超越物质层面的精神享受——纯洁的爱情。盖茨比的梦想有两个：一是"发财梦"，二是"爱情梦"，前者是手段，后者是目的，没有前者就没有后者。这两个梦对盖茨比来说是"物质和精神的和谐统一而不可分割的"，它是传统的美国梦的具体体现。但是盖茨比并不懂得，美国20世纪的发展状况与传统的美国梦相悖。杰弗逊的《独立宣言》中宣扬个人拥有不可剥夺的对自由、对幸福的追求权利，无论贵贱，人人都有成功的机会，推崇那些靠个人奋斗而发达起来的人，不赞同那些靠继承上辈财富而富有的人。可是现实中的美国情况并非如此，仅仅有钱是不够的，因为在美国的上流社会中，不仅有财富大小的差异，还有"新"（暴发户）与"老"（世族）、稳定的财产与流动的收入、西部与东部等众多的矛盾与差异。汤姆夫妇在美国代表着富裕的、靠继承上辈财富为基础的上层阶级，他们带着无比的优越感藐视"暴发户"盖茨比，因为盖茨比是靠个人奋斗发家致富的，缺少使他跻身上流社会的举止和背景，因此汤姆有一次公然称盖茨比为"从无名之地而来的无名小卒"，并含沙射影地说盖茨比的钱"来路不正"，这便取消了盖茨比成为上层阶级的资格，也是导致黛西抛弃盖茨比的一个重要因素。表面开放、民主的美国社会实际上关闭了起来。盖茨比就生活在这样一个物质高度发达而精神价值丧失的美国,生活在传统的美国梦已支离破碎的时代。然而,他无视这一事实,仍然盲目地追寻,抱着自己的幻想不放,因而他的悲剧是不可避免的。

在盖茨比眼里,黛西代表着完美和幸福,是集青春、金钱和地位于一体的象征,是他梦寐以求的一切理想的化身。盖茨比从社会底层苦斗上来,想用一所附有游泳池的巨宅,几十件绸质衬衫,许多豪华气派的宴会来表示自己配得上黛西。但黛西只是一个粗俗浅薄的女人,在暂时的旧情萌发之后还是牺牲了他,归属于粗鲁凶狠的丈夫。盖茨比把得到黛西的爱看作是梦幻的"天堂",他要在"人间"借助财富和金钱搭起云梯登上天堂显然是可笑的,不现实的。他在月光下彻夜守候,主动担起"保卫"工作,而且准备替黛西承担驾车的责任,他不知道在室内,黛西已背叛了他,听任汤姆将车祸的责任推到他的头上。当他冰凉的尸体浸泡在游泳池的水中时,黛西和汤姆言归于好,出门旅行去了。至此,盖茨比的"爱情梦"也彻底破灭了。盖茨比的一生遭遇正是美国20年代即"爵士乐时代"的真实写照。菲茨杰拉德自己也曾说:"这部小说的全部分量就在于,它表现了一切理想的幻灭,再现了真实世界的原本色彩,因此,我们不必去考究书中事件的真伪,只要它真实反映了那个时代的特征。"

盖茨比从白手起家到失败毁灭的经历,还体现了美国经济大萧条之前危机四伏的现实。盖茨比是一个纯情男子,有一颗美好的心灵,忠实可靠,慷慨无私,在尼克的眼里他是一位"了不起"的英雄——他对理想和爱情的执着追求和献身精神是崇高的,他艰苦创业的行为也是了不起的。但他过于善良天真,有着罗曼蒂克气质,一往情深地编织着梦幻。"他的梦幻超越了她,超越了一切。他以一种创造性的热情投入了这个幻梦,不断添枝加叶,用飘来的每一根绚丽的羽毛加以缀饰。"然而他的痴情是不切实际的,他太看重黛西的美貌和旧情,他没有认识到上流社会的极端卑鄙和自私,他是一个脱离现实耽于幻想的人。从一开始他就献身于一种"庸俗的、华而不实的美",对这种美的献身注定到头来要落个一场空。此外,盖茨比有着几分中西部人的"傻气",许多富人经常到他家白吃白喝,只是想显示自己的高贵身份,根本没有友情可言,可是盖茨比还是花费巨资宴请他们,慷慨大方,热情好客。两相对照,作者写出了这个社会虚伪险恶的人际关系、纯洁美好梦想的虚幻性以及隐伏着的社会危机。盖茨比的死暴露了世态之炎凉,人情之冷漠。这样一个天真纯情的新富在激烈的竞争中很难长期维持下去,他的成功如同流星一样闪过,他在爱情和生活中碰壁,最后导致毁灭不是偶然的。他的死既是一个新富的沉落,又映照出社会道德的沦丧，从中隐约可以看到强烈震撼社会的经济大地震即将到来的预兆。

黛西则与他不同，她是一个功利型的女子，外表温文尔雅，但内里俗气，利欲熏心。她很善于利用自己的美貌和悦耳的声音来获取男人的青睐，"金钱正是她声音里抑扬起伏的无穷无尽的魅力的源泉"。虽然她也曾爱过盖茨比，为不能与盖茨比结合而痛苦过，但盖茨比的贫穷让她犹豫退缩。当有钱有势的汤姆出现时，黛西撕毁了盖茨比的情书，嫁给汤姆。尽管她结婚那天哭得像个泪人儿，但金钱的力量还是胜过了爱情的力量。而在第二次选择中，黛西虽然为盖茨比的忠诚和执着所感动，对丈夫的粗俗和不忠也深感失望，但她没有勇气离开更富有的汤姆，害怕失去稳固的社会地位，更愿意依附于传统的富豪阶层，她同意嫁祸于盖茨比，进一步暴露了她的龌龊心灵。盖茨比死后，她与丈夫逃之夭夭，不闻不问。她与汤姆一样，都是遵循金钱社会的道德和行为标准去做事，反而能处在社会的主流之中。菲茨杰拉德愤愤不平地如实反映了这种重利、卑劣的丑恶现实。

尼克·卡罗威是这场"美国梦"破灭的见证人。他富有同情心，与人为善，宽容大度，诚实守信，因此成为人们乐于倾诉衷情的对象和与之交心的朋友；他重友谊，讲义气，帮助盖茨比重见黛西，在盖茨比死后他张罗着葬礼，想方设法通知盖茨比的生前好友，但那些朋友都是势利的酒肉之徒，一个个都借故不来。最后尼克凄凉而悲伤地安葬了盖茨比，他才是盖茨比唯一的、真正的朋友。他具有正义感，善恶分明，谴责汤姆和黛西的自私和无耻，为盖茨比打抱不平。尼克作为故事的评判者、道义的代言人，代表作者的立场。

菲茨杰拉德是讲故事的能手，采用了欲抑先扬的方法。小说先慢慢蓄势，通过盖茨比梦幻的眼睛来极力渲染黛西的美丽可爱，使读者产生错觉，以为她是美好的化身，然后以黛西在车祸后的表现作为猛然一击，将读者心目中建立起来的偶像大厦轰然推倒，把黛西虚伪的真面目暴露出来，这比一开始就指出她的外美内丑有事半功倍的效果。小说构思精妙，结构紧凑，一环扣一环，经常到关键处欲言又止，设置悬念，特别是盖茨比的身世，宾客们众说纷纭，作者运用这种巧妙的表现方式，创造了一种强烈的气氛，使盖茨比的形象更加神秘，刺激了读者的好奇心。

《了不起的盖茨比》叙事角度新颖、独特，小说巧妙地运用"第一人称有限叙事视角"，每部分的叙述都打破了叙事视角的常规。最著名的例子是主人公盖茨比的出场。到第 21 页，盖茨比才出现，可是连个正面的肖像描写都没有，只是一个侧面的模糊身影，他为什么长时间地看着那盏绿灯？作者采用了第一人称叙事情境的有限视角来叙述，那盏使盖茨比发抖的绿灯不是一盏普通的灯,而是盖茨比心爱的情人黛西家的灯,他那么深情地伸出胳膊想要得到的是黛西的芳心,这一切都是到"我"造访黛西家时才揭开谜底的。盖茨比的真正出场是全书中最富有戏剧性的一幕:有一天"我"收到请帖,被邀请参加盖茨比的宴会。宴会上灯火辉煌、宾朋满座、乐声缭绕,"我"转了半天,没见到主人盖茨比。

> 我们坐的一张桌上还有一位跟我年纪差不多的男子和一个吵吵闹闹的小姑娘……我们谈了一会儿法国一些阴雨、灰暗的小村庄。显而易见他就住在附近,因为他告诉我他刚买了一架水上飞机……我已经话到了嘴边想问他的名字,这时贝克掉转头来朝我一笑。
> "现在玩得快活吧?"她问。
> "好多了。"我掉转脸来对着我的新交。"这对我来说是个奇特的晚会。我连主人都没见到哩。我就住在那边……"我朝着远处看不见的篱笆把手一挥,"这位盖茨比派他的司机过来送了一份请帖。"
> 他朝我望了一会儿,似乎没听懂我的话。
> "我就是盖茨比。"他突然说。

没想到经常提起的盖茨比就在眼前,而且跟"我"说了半天话。读到这儿,读者的惊讶肯定不亚于当事人"我"。小说没有用"叙述自我"的手法来叙述,而是采用了"经验自我"的角度来叙述,用当时经历事情过程的自我口吻来叙述,产生悬念的效果。

为了使小说叙述不同一般,菲茨杰拉德没有用盖茨比的自述,而是用尼克的口吻来叙述。这个人物既身在其中,又置身其外,"身在其中"是因为他的多重身份:他是小说主人公盖茨比的近邻、黛西的远房表兄、汤姆的大学同学,同时又在和黛西的密友谈恋爱,他是联系人物间矛盾冲突的纽带,是主要人物关系网中的核心。"置身其外"是说这些矛盾冲突同尼克个人没有直接的利害关系,他尽可以客观、冷静地判断是非曲直。他与主人公在思想上的差异增加了小说的可信性。

小说文笔优美,得益于比喻、拟人化等修辞手法的运用,而且不落俗套。例如描写夕阳的余晖离开贝克小姐的身上:"每一道光都依依不舍地离开了她,就像孩子们在黄昏时分离开了一条愉快的街道那样。"写满身尘土、毫无生气的威尔逊走向办公室:"他的身影马上就跟墙壁的水泥色打成一片了。"这句话形象地揭示了这个人物的本质。叙述者"我"有点爱上了贝克,但"我"较羞怯,"而且满脑子清规戒律,这都对我的情欲起着刹车的作用",这里的拟人手法令人耳目一新，写出了"我"的拘谨和循规蹈矩。菲茨杰拉德喜欢用隐喻，有时他用人名来隐喻，如黛西（Daisy）在英文中是一种花名，中间黄周围白，暗示着金钱与空虚同处，殷实的物质生活不能代替和超越空虚无聊的精神生活。有时他用事物来隐喻，如作品中用飞蛾来隐喻那些"食客"，"男男女女像飞蛾一般在笑语、香槟酒和繁星之间往来穿梭"，其深刻意义是飞蛾喜欢灯光，盲目寄生，当晚上灯光一亮，它们就飞来，绕着灯光寻找食物；灯光一灭，它们又飞走了。飞蛾的特征揭示出盖茨比家宴会上各色食客的本质。

与此相应，象征意象种类繁多，最为突出的当为色彩以及与特定色彩相关的器物和自然事物所形成的象征意象，起到了暗示人物的本性、反映时代的特征、深化和丰富小说的主题意义的重要作用。例如小说中最重要的色彩意象是"绿色的灯光"，它是盖茨比梦想中的黛西的象征，它既是盖茨比生活的导航灯，让他感到希望的实现似乎近在眼前、唾手可得，可是又闪闪烁烁、渺如仙境、可望而不可即（中文注释本《灯绿梦渺》取的就是这个意思）。再如白色，黛西喜欢穿白色衣裙，开白色小跑车，盖茨比与尼克拜访黛西时，盖茨比也是常常身着白色西装，他一手营造的豪华宫殿也是迷梦般的白色。白色是一种美丽而恐怖的颜色，它可以象征纯洁，也可以象征颓丧；可以象征单纯，也可以象征空虚；可以象征高贵，却又显得缥缈、虚幻甚至虚假。

《了不起的盖茨比》的行文没有19世纪传统小说的冗长繁缛，也没有当时已萌芽的现代主义的奇奥艰深，它简洁流畅，诗意盎然，而又不乏幽默，深得读者的喜爱。作品出版后，文坛一片欢呼声，著名诗人兼评论家T. S.艾略特立刻称之为"美国小说自从亨利·詹姆斯以来迈出的第一步"。海明威在回忆菲茨杰拉德时写道："既然他能写出像《了不起的盖茨比》这样卓越的书，我相信他一定能够写出更好的书。"这部作品被讨论、被赞美，次数之多不逊于20世纪任何一本美国小说。

第七节 海明威

一、生平和创作

厄纳斯特·海明威（1899—1961）是20世纪美国小说家，他所创作的独具风格的作品具有世界影响。

1899年7月21日，海明威出生于伊利诺伊州芝加哥附近的橡树园镇。他的父亲是医生。小时候，海明威经常随父外出行医及捕鱼打猎，对游泳、钓鱼、拳击、踢球有特殊爱好，同时也练就了他强健的体魄和刚强的性格。母亲是位虔诚的教徒，喜爱艺术，她经常带孩子们去芝加哥看画展。海明威自幼受到音乐和美术的熏陶，这对他日后的创作有很深刻的影响。1917年，海明威在中学毕业前夕，第一次世界大战爆发，海明威报名参战，因眼疾未能如愿。同年10月，他担任堪萨斯市《星报》见习记者。严格的新闻写作训练，为形成他简洁、明快、活泼的写作语言打下了坚实的基础。1918年，海明威作为救护车队的中尉，到意大利前线参战，被炮击受伤，住院治疗三个月，医生从他身上取出277块弹片。意大利政府授予他军功奖章、银质奖章和勇敢奖章各一枚，但战争给他的心灵留下了难以愈合的创伤，同时也为他后来创作长篇小说《永别了，武器》提供了素材。1919年冬，海明威任《多伦多明星报》驻巴黎记者，结识旅居巴黎的美国著名女作家斯泰恩、诗人庞德和爱尔兰小说家乔伊斯。在他们的鼓励与帮助下，海明威于1922年开始在《大西洋月刊》等杂志上发表作品。1923年他的第一本集子《三个短篇和十首诗》、1924年的短篇小说集《在我们的时代里》和1926年的长篇小说《春潮》相继出版。在这些作品中，这位年轻的小说家初显他叙事艺术的才华和独特的风格，有的作品如《印第安营地》等，后来成为世界公认的短篇名作。

　　1926年发表的《太阳照样升起》是海明威获得声誉的第一部重要长篇小说。作品描写第一次世界大战后一群青年人迷惘、苦闷的精神状况。小说的叙述者兼男主人公杰克·巴恩斯是在巴黎工作的美国记者，在战争中因负伤而失去了性爱能力。他爱上了女主人公英国姑娘勃雷特·艾希利，但是两人无法结合。为了解除精神上的苦闷与无聊，他们约好几个意气相投的朋友来到西班牙比利牛斯山区，以狩猎、钓鱼和观看巴斯克斗牛来消磨时光。但美丽的大自然并没有使这些受伤的心灵平静，他们无休止地酗酒、追求刺激、争风吃醋、打架斗殴。最后，巴恩斯在斗牛士勇敢精神的激发下，似乎看到了人的本质力量和生活的真谛，却终究没有改变他对生活的失望与厌倦。最后，他们失望地回到巴黎。这部小说集中反映了战后一代青年人的思想和道德危机，表现了他们的苦闷与迷惘，因此《太阳照样升起》被称为"迷惘的一代"的代表作品。

　　1927年，海明威回到美国，埋头于创作，出版了短篇小说集《没有女人的男人》（1927），塑造了一系列视死如归的"硬汉性格"，其中著名的短篇有《打不败的人》《五百万》《杀人者》。1929年出版的长篇小说《永别了，武器》表现反战的深刻主题，艺术上高度成熟，被称为"迷惘的一代"的杰出成就。小说以第一次世界大战的意大利战场为背景，描写战争怎样摧毁亨利与凯塞琳的爱情和幸福，反映战争如何毁灭人的精神，扼杀人的爱情，如何导致人与人之间无谓地相互残杀。作品并没有把希望寄托在战后的和平生活上，而是对人类文明怀着失望情绪。

30年代上半期，海明威曾到非洲打猎，从而写出了札记《非洲青山》（1935）及短篇小说《乞力马扎罗山上的雪》。在这个短篇小说中，他成功地运用了现实与梦幻交织的意识流手法，用攀上雪山死去的豹子象征主人公哈里的追求精神。

1937年，西班牙爆发内战，海明威以记者身份前去报道西班牙战况，并积极参加西班牙人民的反法西斯斗争。这段时期，他发表了剧本《第五纵队》（1938）、长篇小说《丧钟为谁而鸣》（1939）以及一些特写、电影解说词。这些作品表现了反法西斯主义主题，表明海明威进入了一个新的创作领域。

《丧钟为谁而鸣》是一部杰出的反法西斯小说。小说以西班牙内战为背景，通过后方一个游击分队的一次军事行动，展现了西班牙人民反法西斯斗争的广阔画面。主人公罗伯特·乔丹是一个美国教员，自愿来西班牙参加反法西斯战争。他的任务是领导一支西班牙山区游击队去炸毁一座具有战略意义的桥。小说集中写他在游击队据点三天三夜的活动：游击队长巴勃鲁胆小怕事，为保存自己的地盘，不惜进行破坏，他的妻子毕拉尔则勇敢坚强，坚决支持乔丹的行动。其他游击队员都是出身贫苦，心地善良朴实的爱国者。游击队里还收留了一个遭受过法西斯军队污辱的姑娘玛丽亚。小说还描写了乔丹同玛丽亚纯洁的爱情，他们希望结婚，将来到美国去。最后，乔丹虽然成功地炸毁了桥梁，却身负重伤，他命令其他游击队员撤离，自己独自在山顶上狙击敌人。乔丹不同于海明威早期小说中的主人公，他尽管也有迷惘的情绪，但他不厌恶战争，不逃避社会，他考虑的主要是怎样去完成他的职责；他的爱情也不是与战争相对立的个人幸福。他明确地区分了战争的正义性与非正义性，体现了海明威战争观的升华。因此，这部小说是海明威创作道路上新起点的标志。

第二次世界大战爆发后，海明威又积极投入反法西斯的斗争。40年代初，他曾以记者身份来中国报道中国抗日战争的战况。战后，他长期居住古巴，写出长篇小说《过河入林》（1950），但并不成功。1952年，中篇小说《老人与海》出版，震动文坛。1954年，海明威获得诺贝尔文学奖。

海明威的一生具有传奇色彩。他的婚姻多变，一生结过4次婚；他曾在战争中、狩猎中、飞机失事中多次身负重伤，却都幸免于难。但早年精神和身体上的创伤，导致他晚年病魔缠身，精神抑郁，创作力严重下降，他曾多次试图自杀。1961年7月2日，他最终用猎枪结束了自己的生命。海明威死后留有大量遗稿，由他夫人玛丽·威尔士整理，先后出版的有《不固定的圣节》和《海流中的岛屿》。

海明威的创作具有鲜明、强烈的个性特征，主要表现在以下几个方面：

第一,"迷惘的一代"——"迷惘"的文学主题。1926年,海明威将斯泰恩的一句话作为《太阳照样升起》一书的题词:"你们全是迷惘的一代。"后来,"迷惘的一代"就成了美国文学史上的一个专门名词,用来指第一次世界大战前后成长起来的一代美国作家。"迷惘的一代"并非文学实体,它既无组织,又无纲领,但作为第一次世界大战以后曾经盛行过一二十年的文学流派,它是对战后一代美国青年厌恶、恐惧战争,却又找不到出路而痛苦迷惘的集中反映,对当时的美国文学乃至世界文坛产生过很大影响。海明威被称为"迷惘的一代"的代表作家;"迷惘"是海明威创作个性的显著特征,是笼罩他全部作品的统一风格。他的许多作品、许多主人公都给人以迷惘、怅然若失的印象,即使在那些现实性和倾向性很强的作品里,也涂上了浓重的迷惘色彩。早期作品《在我们的时代里》的尼克形象,表现了一个青年初次接触到一个充满暴力和性的邪恶世界的那种本能的恐惧与困惑不解,这也正是青年海明威的心灵创伤和迷惘。战争使海明威迷惘的心理素质发展成为基本的个性特征。1918年,海明威参加第一次世界大战并身负重伤,他清楚地看到战争摧毁了人类文明,摧毁了青年对生活美好的幻想,摧毁了建立在人道主义基础上的道德和价值观念。战争给海明威的精神和肉体以巨大创伤,促使他最终成为"迷惘的一代"的主要代言人。总之,从《在我们的时代里》到《老人与海》,海明威迷惘的创作个性特征始终存在着,以不同的形态表现出来——宿命论、逃避、悲剧、放纵、毁灭。

第二,"硬汉子"——个性鲜明的人物形象。在海明威的作品里,最富有魅力和打动人心的,是他塑造了众多的在迷惘中顽强拼搏的"硬汉子"形象。海明威在选择人物时特别喜欢斗牛士、拳击家、猎人、渔夫、士兵,他们以惊人的毅力和旺盛的精力,在同充满敌意的世界对抗中殊死搏斗,表现出共同的性格特征:坚强刚毅、勇敢正直,无畏地面对痛苦和死亡,他们都处在尖锐剧烈的外部和内心冲突中,他们都面对严酷的悲剧命运,但无论情况多么严重,困难多么巨大,死神多么可怕,他们都不失人的尊严,不失勇气和决心,表现出临危时的优雅风度。"硬汉子"形象随着海明威思想和创作观的发展变化也具有不同的内涵和外在的表现,大致可分三类:早期的硬汉子多出现在斗牛场或拳击场上,他们孤独、倔强、争强好胜,为了人格尊严和职业的荣誉不惜孤注一掷,以死相搏,夺取胜利。在短篇小说《打不败的人》中,这种硬汉精神表现得尤为突出,年老的斗牛士曼努尔,青年时曾以武艺超群和刚勇顽强而威震斗牛场,但青春的大好时光一经消逝,他便不再受到青睐。为了保住青年时代的荣誉,他执意再上斗牛场,与公牛进行一场惊心动魄的鏖战,以压倒一切的精神力战公牛,终于把利剑戳进了公牛的身躯,从而保住了"打不败的人"的称号。中期的"硬汉子"有了新的发展,以《丧钟为谁而鸣》的主人公乔丹为代表。这个形象已经不是为了个人荣辱奋斗的勇士,而是为人民事业献身的英雄,他已经摆脱了孤立主义,而为正义、民主而战,与人民生死与共,他的对手也不是一般的邪恶势力,而是法西斯主义。这个新的硬汉形象,灌注了新的时代精神和崇高信念,具有广泛的社会意义。《老人与海》中的老渔夫桑地亚哥,是晚期海明威笔下硬汉子形象的集中体现。这个硬汉子形象同前面两个时期有所不同,具有浓厚的哲理性与象征意义。老人桑地亚哥象征着一种哲理化的硬汉子精神,一种永恒的、超时空的存在,一种压倒命运的力量。作者将富有生命的形象同朦胧的寓意融合在一起,将现实生活的诗情画意同深刻的哲理融合在一起,创造了一种体现着人类尊严和命运重压下仍有优雅风度的硬汉子形象。其实,海明威本人就是一个硬汉子,他一生勇于冒险、坚忍不拔、精力充沛、喜欢拳击和捕猎;他参过战,受过伤,对忍受痛苦有切身体验,从而影响了他对硬汉子性格的情有独钟。

第三,"冰山"风格——独特的形式美。海明威以精通叙事艺术获得诺贝尔文学奖,而他的"冰山"理论就是精通现代叙事艺术的集中体现。他曾在《午后之死》一书中写道:"如果一位散文作家对于他想写的东西心里有数,那么他可以省略他所知道的东西,读者呢,只要作者写得真实,会强烈地感觉到他所省略的地方,好像作者已经写出来似的。冰山在海里移动很庄严宏伟,这是因为它只有八分之一露在水面上。"海明威就是根据"冰山"原理来创作他的作品,形成他别具一格的艺术特色。具体表现在他的作品的文体与结构上。

海明威的文体风格是最受人称道的。他那清澈流畅、朴实无华的散文体奠定了他作为那个时代最富有才华和艺术感染力的散文体作家的地位。海明威的文体风格具有简洁性、含蓄性等特点。首先,他以简约、清新的文体净化了文风。英国评论家赫·欧·贝茨称海明威的文体"引起了一场文学革命"。他说:"海明威是一个拿着板斧的人","砍伐了整座森林的冗言赘词,还原了基本枝干的清爽面目","通过疏疏落落,经受过锤炼的文字,眼前豁然开朗,能有所见"。在他的作品中出现的往往是很卓绝的语句,很简单的句子结构、常用词或日常用语。他厌恶"大字眼",摒弃空洞、浮泛的夸饰性文字,习惯于选用具体的感性的表达方式,从而使作者、对象与读者三者之间的距离缩短到最低限度,取得清晰自然、真切疏朗的艺术效果。其次,他采用了多种简约、含蓄却内涵丰富的表达形式。在他的作品中,经常包含着丰富的潜台词。他的感情,不论是失望、恐惧还是悲愤、轻蔑,从来不作过分的流露,它们总是凝结在艺术形象里,包含在简洁的景色描写、人物动作中。他常用电报式的对话、内心独白、象征手法、意识流手法等来表达复杂的思想感情。这些含而不露的写法为读者留下联想的空间，从而达到厚积薄发，笔不到意到的艺术神韵。

海明威的"冰山"风格还体现在他的作品结构上。海明威反对传统的史诗式的小说结构，从不写恢弘的长篇巨著。他的小说往往只是截取故事的一个时间段或一个时间点，以集中反映重大的主题或历史事件，至于故事的经过和历史背景，则当作"冰山"的八分之七隐匿在洋面之下，但他又要让读者强烈地感到它的存在。他在谈到《老人与海》的创作时指出："《老人与海》本来可以写一千多页那么长，小说里有村庄中的每个人物，以及他们怎样谋生、怎样受教育、生孩子等等的一切过程。"但小说实际上被浓缩到只有五万多字，小说仅集中描写了老人在海上捕鱼的惊心动魄的三天。《丧钟为谁而鸣》堪称海明威最长的长篇，但事件发生的时间极其有限，只限于三天之内的几十个小时里，却生动地展现了西班牙内战及世界人民反法西斯斗争这一宏伟的历史画卷，其作品内容的丰富性和人物的复杂性达到了空前的高度。其他一些短篇小说如《乞力马扎罗山上的雪》《杀人者》等都是采取这种非常集中的时间模式来写的，而这种海明威式的时间模式又与他的电报式文体风格交相辉映，互为补充，共同构成了海明威作品中的"冰山风格"。

二、《老人与海》

1935年，一个古巴老渔夫向海明威讲述他捕到的大马林鱼怎样被鲨鱼吃掉的故事，1936年海明威把它写成一篇通讯，以《在湛蓝的大海上》为题刊登在《老爷》杂志上。老渔夫的故事给海明威留下了深刻的印象，觉得这里面蕴含着非同寻常的意义。他曾计划写《海洋四部曲》，其中的第四部分是"桑地亚哥老人和马林鱼"。1951年他给斯克里布纳写信说可以将第四部分抽出，单独作为一本小书出版，题名为《老人与海》，这是他第一次提到这个名称，1952年作品问世。从最初素材的取得到小说的出版，历时17年，这是一部酝酿已久、精心打造的杰作。

小说的梗概是：古巴老渔民桑地亚哥84天出海没有钓到一条鱼，人们认为他倒了"血霉"，可他并不灰心，在第85天他独自一人到更远的海域，碰上一条从未见过的大马林鱼，他与马林鱼搏斗了两天两夜，终于制服了它，可是正当他凯旋时，碰上了鲨鱼群，为了保住他的胜利果实，他与鲨鱼群又拼斗了一天一夜，最后鲨鱼群被赶跑了，可是他的马林鱼肉被鲨鱼吞噬光了，只剩下了一副巨大的鱼骨架，他筋疲力尽地回到家倒头睡着了，在梦中梦见了狮子。小说写得惊心动魄，寓意深邃。

这是一部命运悲剧，是人类挑战命运但最终未能摆脱命运的悲剧。小说一开始就写桑地亚哥很背运，84天一无所获，并不是他的钓鱼技术出了问题，他的技术是首屈一指、无人能比的，而是他的运气不好。面对这种厄运，他毫不气馁，再次远航，这次他走得比以往任何一次都远，这是向命运的挑战，也是向自己的极限挑战，事实上老人最后把失败归结于"走得太远了"。在与马林鱼的搏斗中他又饥又渴又困，浑身受伤，手、背被钓索勒得皮开肉绽，其痛苦不亚于死亡，面对这样的困境，他并不退却，在"打不败"的原则的鞭策之下，老人征服了罕见的大马林鱼，这是他战胜厄运的一次伟大胜利，也是自己意志和价值的可喜明证，似乎命运有了柳暗花明的转机。可是老人还没来得及喘口气，成群的鲨鱼便嗅到马林鱼的气味跟踪而来，撕咬马林鱼的肉。两天两夜没合眼、没吃饭的桑地亚哥不得不投入另一场更为严酷的斗争，他的鱼叉、刀子打光了，短棍打断了，舵把打没了，所有能用的工具武器都用完了，等他赶走了鲨鱼群却发现马林鱼只剩下了骨架。他不得不面对命运的戏弄，但他心里没有一丝的遗憾，因为他的精神从来没有被打败过，他已做了人所能做的一切，他为自己感到骄傲。这部小说在海明威所有的作品中最具有奋发昂扬的情调，最具有积极向上的思想意义，上演了最悲壮的一幕，奏响了人与命运搏斗的最强音。但海明威在这部作品里仍然流露出一丝虚空的无奈，透露着深深的悲哀：无论人怎么努力，到头来终究是一场空，人生注定是一个悲剧，就像老人扯起的打了补丁的破帆，像一面标志着永远失败的旗帜。

　　老人的处世行为体现了存在主义自由选择的思想。84天一无所获，是收网不干，还是继续捕鱼？老人选择了后者，因为如果他不出海，那么他的生活就毫无意义。在两次战斗中，桑地亚哥经受了严峻的考验，他完全可以松开钓索，放弃马林鱼；鲨鱼来蚕食时，他可以轻易地舍弃马林鱼回航，可是他不服输的秉性一而再、再而三地促使他斗到底，他进行了遵从自己意愿的选择，不苟且偷生，不浑浑噩噩，保持了积极的入世姿态。他虽败犹荣，赋予了自己存在的价值和意义。

　　这是一曲英雄主义的赞歌。正如海明威本人所说："这本书描写一个人的能耐可以达到什么程度，描写人的灵魂的尊严，而又没有把灵魂二字用大写字母标出来。"小说塑造了"重压下保持优雅风度"的老渔夫桑地亚哥的形象：他刚强有力，坚不可摧，任何困难都难不倒他，任何厄运都吓不退他。他早年与人比手劲连续比了一天一夜，最后反败为胜，这足以说明老人的硬汉精神早已有之，他与生俱来就有不服输的个性。桑地亚哥不仅把捕鱼作为谋生的手段，而且看作是人生角斗的象征。在他看来，人和鱼，"说到究竟，这个总要杀死那一个"。他把鱼和人的格斗假设成人生的战斗，他战胜了马林鱼，并从中体会胜利的喜悦。他捕鱼不单是为了"养活自己",而是"为了光荣"。在与鲨鱼的殊死搏斗中,他先杀死了一条鲭鲨,又杀死两条星鲨,之后又杀死一条犁头鲨,当成群的鲨鱼扑来,他意识到这是注定失败的一场战斗,但他坚持到底,他的身上体现了大无畏的英雄气概。

老人是个情感丰富的人,这表现于他对曼诺林的依恋,对亡故的妻子的哀悼,对捕鱼业的酷爱。老人甚至对与他作对的马林鱼也充满了感情,他一方面把马林鱼看成对手,一定要战胜它、杀死它,另一方面又把它看作朋友,在两天两夜的较量中他愈来愈钦佩马林鱼,热爱马林鱼,"我从来没有见过比你更庞大、更美丽、更沉着或更崇高的东西,老弟。来把我害死吧。我不在乎谁害死谁"。他感到"照它的举止风度,照它那种很有体面的样儿,谁也不配吃它"。老人对马林鱼由最初的恨变为无限的爱,他被马林鱼的坚强深深地折服了,他把马林鱼看作另一个"自我"。

老人又是一位孤独者,他孤身一人,没有子女,在捕鱼的过程中寂寞时时伴随着他,小说几次提到他是一个古怪的老头,常常单独出海,在海上时时想念小徒弟曼诺林,希望有一个交流的对象、排遣苦闷的人。因此,他在海上不得不自言自语,时而跟鱼儿说话,时而对鸟儿说话,时而对自己大声嚷嚷,这一切都反映了老人沉重的孤独感,也影射了人类的处境:人在这个世界上是孤独的,孤立无助的。

曼诺林是小说中的陪衬人物,他从小跟桑地亚哥打鱼,学到了许多捕鱼的本领,更学到了桑地亚哥坚强、自信等优秀品质,他深爱着老人,当看到老人筋疲力尽拖回来的巨大的鱼骨架时,他哭了又哭,他既心疼老人所受的巨大痛苦,又感佩老人的精神。我们完全有理由把他看作是桑地亚哥的接班人,今天的曼诺林便是明日的桑地亚哥,桑地亚哥的美好品德将在曼诺林身上延续,他的精神将一代一代传下去。

海明威为小说虚构了一个虚的背景,它没有具体的时间限制,这就使得故事近似寓言。许多人感觉到这篇寓言式的小说有丰富的象征意义,可是海明威自己否认这一点,他说:"没有什么象征主义。海就是海,老人就是老人,孩子就是孩子,鱼就是鱼。鲨鱼就是鲨鱼,不好也不坏。人家说的象征主义全是胡扯。"艺术史家贝瑞孙写了一段评论:"《老人与海》是一首田园乐曲,大海就是大海,不是拜伦式的,不是麦尔维尔式的,好比出自荷马的手笔;行文像荷马史诗一样平静,令人佩服。真正的艺术家既不象征化,也不寓言化——海明威是一位真正的艺术家——但是任何一部真正的艺术作品都散发出象征和寓言的意味。这一部短小但并不渺小的杰作也是如此。"海明威非常满意这个评论,认为关于象征主义的问题已经阐释得清清楚楚。尽管海明威的写作动机并非是象征，可是作品所散发出的浓郁象征意味却是人们普遍能感受到的。大海不仅是一种自然景观，而且也是社会的象征，捕鱼不仅是一种谋生手段，也是显示人生价值的平台，而马林鱼、鲨鱼则是人生路上各种困难厄运的具体意象。由此，一个捕鱼的故事升华到了哲理的高度。

这部小说是海明威"冰山理论"的最好范例。它表面上十分简单，含义却十分复杂。本来海明威可以写上一千页，如写桑地亚哥的家乡，写当地人的划船比赛，写非法酿酒卖酒活动，写革命以及农村的各个方面，但海明威将这一切都作为八分之七的东西，隐藏到水面下，只写老人与鱼搏斗的事迹，隐喻了人类最可贵的品格——勇敢坚强，写得集中突出，含蓄深沉，于平淡中见深远，于简约中见博大，这八分之一的东西给读者以强烈的视觉冲击力和心灵的震撼力。

在艺术上海明威还运用了大量的隐喻，如狮子是林中之王，棒球运动员乔·迪马吉奥是冠军，小说用这些强者的意象来隐喻老人向往做个硬汉子，事实证明他也确实是个硬汉子。在小说中，世界被描写成一个一望无际的汪洋大海，充满了大大小小的马林鱼和鲨鱼，充满了惊涛骇浪和暗礁险滩，大海是凶狠的、狂暴的，是深不可测和不可知的，这就是现实世界的写照，人在这个世界上就如在茫茫大海上的一叶破舟，苦苦挣扎着，没有航标灯，没有一丝被援助的希望。

《老人与海》以《圣经》以及希腊文化为源流，对基督、古代英雄、悲剧意识、命运观念等意象作了改写，塑造了一个现代的"打不败的英雄"。小说中描写老人"看到第一条鲨鱼发出'AY'的喊声，就好像一个人觉得钉子穿过他的双手、钉进木头时不由自主地发出的声音"，这分明是指耶稣被钉死在十字架上。鲨鱼的出现对老人来说是一个沉重的打击。老人最后回到住处，"他脸朝下躺在报纸上，两臂伸得笔直，手掌向上"，这是基督被钉在十字架的姿势，海明威在暗示老人兼有人性和神性的双重身份。老人在海上的三天相当于基督从受难到复活的三天，老人经历磨难最后获得了精神的胜利。

诺贝尔文学奖颁奖词是这样评价海明威的："他精通现代叙事艺术，这突出表现在他的近作《老人与海》中。"海明威精湛的叙事艺术大致表现在如下几个方面：

1. 频繁转换叙事情境。小说开头部分"准备出海"采用的是作者叙事情境，用第三人称"他"的口吻描述老人的相貌、阅历、居住环境、生活状况，展现给读者的是一位饱经风霜、经济贫困的老渔夫形象。小说主体部分——老人与鱼搏斗出现了两种叙事情境，一是作者叙事情境，二是人物叙事情境。关于老人每一个捕鱼动作细节的描写都是采用作者叙事情境，叙述者仍然以第三人称的眼光来观察；关于老人的心理活动，作品则采用人物叙事情境，用人物内心独白的方式，让老人自我倾诉，用一些评论家的话说就是意识流描写，叙述者经常潜入人物的潜意识中，通过内心独白揭示一个老渔夫的内心世界。老人时而自言自语，时而回忆往事，时而对着天空、小鸟、马林鱼、鲨鱼说话，主体部分始终在两种叙事情境之间切换，前者便于全方位描述，后者便于潜入人物内心世界。老人的几句豪言壮语都是用内心独白的方式表达出来的："痛苦在一个男子汉不算一回事"，"我要让它知道什么是一个人能够办到的，什么是一个人忍受得住的"，"一个人并不是生来要给打败的，你尽可把他消灭掉，可就是打不败他"。小说结尾部分"返回渔村"又回复到开头的写法，采用作者叙事情境，描写了老人的筋疲力尽和孩子心痛与佩服的复杂心情。情境的转换将主观和客观两个世界最大限度地展现出来，具有了更大的文学表现空间。

2. 追求纯客观的叙述效果，不带任何主观色彩。小说开头部分和结尾部分主要通过老人与小孩曼诺林的对话来交代老人的生活背景及老少之间的真挚友谊，采用的是直接引语，而且对话前不带任何导入性词语或阐释性词语，不通过叙述者的转述，没有叙述中介，这是外部聚焦，它使文本与读者的叙述距离缩短为零，读者可以真切地感受人物的情绪。主体部分伴随着一系列的心理独白，大多采用的是自由直接引语，将老人内心的感受直接袒露在读者面前，这是叙述干预最轻微、叙述距离最近的一种形式，由于没有叙述语境的压力，能自由地表现人物话语的内涵、风格和语气。这两种手法都是隐蔽的叙述方式，作者不发表自己的见解，也不将自己的感情带到人物身上，而是让人物自由地"展示"自己。没有作者的叙述声音，只有人物的声音，是叙述声音最微弱的一种现象，其达到的目的就是纯粹的客观，这是海明威美学思想的核心部分。

3. 采用"重复"叙述，增加叙述频率。譬如老人孤独寂寞地漂荡在海中，特别想念曼诺林，他9次重复说"但愿那孩子在这儿就好了"，衬托出老人强烈的孤寂感，表达老人渴望心灵安慰。频率的增加放慢了叙述速度，那种悠悠的寂寥随着重复的话语声飘散在茫茫的大海上。

4. 语言干净、朴素、简练、直白，没有任何深奥的词汇，都是日常生活中最常用的词语，作家却赋予它们极强的表现力。在描写捕鱼的过程中，海明威只用动词推动情节，不用形容词、副词修饰，叙述显得干净利落，很有力度，让每一个动作都显示老人高超的技艺。

诺贝尔文学奖颁奖委员会认为《老人与海》是体现海明威叙事技巧的典范："作家在一篇渔猎故事的框架中，生动地展现出人的命运。它是对一种即使一无所获仍旧不屈不挠的奋斗精神的讴歌,是对不畏艰险、不惧失败的那种道义胜利的讴歌。故事富有戏剧性的情节在我们眼前渐渐展开,一个个富有活力的细节积累起来,产生了一种震撼人心的力量。"美国作家福克纳说:"《老人与海》是海明威最好的作品。时间将证明,他这本小书的质量胜过了我们任何人的作品。"

第八节　玛格丽特·米切尔

一、生平和创作

玛格丽特·米切尔(1900—1949)是位仅凭一部长篇小说《飘》(又译《乱世佳人》)就获得较高文学声誉的美国女作家,除此之外,她一生没写过其他小说,却从此家喻户晓、誉满全球,《飘》也成为20世纪世界文学的经典作品。

1900年11月8日,米切尔生于美国南方佐治亚州亚特兰大市,父亲、母亲都是美国南方历史和内战史方面的权威人士,父亲还曾担任过亚特兰大历史学会主席,童年时期的米切尔常听父母和周围的人讲述美国内战故事和战后南方重建的历史,但讲故事的人都倾向于歌颂南方人的勇敢精神和取得的胜利,这种倾向潜移默化地影响了她。米切尔对故乡亚特兰大怀有深厚的情感,一生大部分时光都是在此度过的。1910年,米切尔进入亚特兰大公立学校开始接受初级教育,1914年,入亚特兰大华盛顿高级中学,1918年考入马萨诸塞州北安普敦市史密斯女子学院,开始大学生活。但一年后,母亲病故,为了照顾家庭,她退学回到亚特兰大,家庭生活的重担磨炼了她坚强的性格和生存的能力。1922年,她经受了第一次婚姻失败,离婚后,米切尔凭借自己的学识和能力进入《亚特兰大日报》,从事记者和专栏写作工作,收集了大量的新闻人物的资料,并写下了许多报道,这对她后来创作小说《飘》起到重要的作用。1925年,她与约翰·R.马什结婚。

1926年,米切尔的命运发生了戏剧性的转变,她由于小时候骑马摔伤了脚踝骨,旧病复发,行走不便,只得离开工作了三年的报社,回家养伤。其间,她对自己童年时就很感兴趣的美国内战史和以亚特兰大为中心的南方"重建时期"进行研究,丰富生动的历史和对南方特殊的情感,引发了米切尔的创作灵感,这一年她开始了小说《明天是另一天》的写作,这时的米切尔完全是为了满足自己对南方历史的兴趣而写作,根本没有意识到要写出一部通俗畅销的小说。1934年,米切尔遭遇车祸受伤,写出的大量手稿无法修改。

1935年，米切尔的朋友把小说草稿推荐给麦克米伦出版公司副总经理哈罗德·赖瑟姆，为小说的及时出版提供了一个良机。1936年，麦克米伦出版公司对小说进行了加工，并更名为《飘》出版，结果大获成功，一天就销售了5万册，半年售出100万册，到1939年已达200万册，当时美国出版史上还没有哪一部作品达到如此大的销量。《飘》的成功使米切尔一夜成名，各种荣誉接踵而来：1937年获普利策奖和国家图书奖，1938年获博尼派格纪念奖和纽约南方社会金质奖章，1939年获史密斯女子学院文学博士学位。同时，小说本身的影响也不断扩大，超出了文学界和国界，1939年《飘》被改编成电影，此后小说被译成几十种文字，在全球产生了巨大影响。

1949年8月16日，米切尔因车祸在亚特兰大去世。

二、《飘》

《飘》以美国南北战争前后的历史为背景，以南方社会生活、特别是亚特兰大及周边奴隶主庄园生活为场景，以郝思嘉为中心人物，广泛反映了1861至1865年前后美国南方社会的历史风貌，展现了南方社会各色人等在这场巨大的社会变革中的命运，并以南方女性作家特有的视角和观点对南北战争和战后重建进行了独特的反映，从而引起人们对这一特殊历史时期的进一步思考。

《飘》的思想内容是丰富而复杂的。作为一部历史小说，《飘》以美国南北战争时期的真实事件为背景，真实地再现了这一段具有划时代意义的历史。战前南方奴隶主庄园的乡间宴会、田园生活，战争临近时南方贵族对"蓄奴制"的鼓吹，战争初期南方军队的不可一世，北方军队转败为胜的大反攻，新制度取代旧制度摧枯拉朽的阵势，战后重建时期南方社会的混乱与南方贵族们逐渐衰落的命运，等等，这些生动真实的场景，把人们带回到那个特殊的历史环境。虽然作者在主观感情上倾向奴隶社会田园牧歌式的生活，但她冷静客观的眼光和忠于历史事实的精神，使她在作品中写出了南方奴隶制社会被这场战争风暴彻底席卷而去的事实，并且揭示了这一历史趋势的不可抗拒性。

作为一部爱情小说，《飘》以郝思嘉、卫希礼、白瑞德、媚兰这4位人物的爱情纠葛为主，揭示了蕴藏在青年男女身上美好的爱情理想。郝思嘉对卫希礼所表现的真挚爱情，虽然过于理想、过于浪漫，却展示了人性中最美好的东西，与其身上存在的一系列缺点形成鲜明对比。白瑞德对郝思嘉的爱，表达方式独特怪异，却也表现出真诚、热情和耐心。媚兰对卫希礼的爱则是南方贵族妇女爱情的写照。

作为一部有着浓厚地方色彩的小说，《飘》以伤感的情调、怀旧的情结、忠于历史的眼光，呈现了一幅19世纪中叶南方社会的写真图。战前南方庄园的日常生活、劳动、社交被描绘得富有诗情画意；塔罗庄园、"12棵橡树"、亚特兰大等地在战争与和平环境中的兴衰更替被展示得栩栩如生；战火纷飞的场景、收容伤兵的临时医院、战火之后的田野庄园，重建时期的亚特兰大，描绘逼真；南方人的行为举止、生活习惯、性格心理也表现得淋漓尽致。因此，美国文学评论家马尔克姆·考利称《飘》是南方"种植园传说的百科全书"。

《飘》之所以获得巨大成功，原因是多方面的。

首先，它在真实的历史生活背景上塑造了一系列丰满的立体感强的圆形人物。

主人公郝思嘉是一个极其复杂的南方女性形象，充满性格的多重性与传奇性。她是南方一个庄园主的女儿。作家从郝思嘉16岁时开始写起，直到28岁剩下孤单一人为止，12年间，她先后嫁过三个丈夫，二度守寡，生过三个孩子。为了爱情、生存、振兴家业，她用尽一切可能的手段，在爱情、战争、经济和家庭生活中奋斗，最终成为纯真与野性、自由与自私、善良与邪恶、痴情与无情相混杂，既能吃苦耐劳而又贪图享受、既浪漫又现实、既无知又聪明能干的"乱世佳人"。具体说，她的性格发展经历了4个阶段：一、塔罗庄园早期生活阶段。生活在塔罗的郝思嘉是南方大庄园主杰拉尔德的千金小姐，出场时16岁，她美丽活泼，天真烂漫，无忧无虑，已经学会了怎样精心打扮、装媚作娇以吸引男孩。由于父亲对她的喜爱娇纵，她从小就养成了具有男孩儿性格特点的个性。她爬树、骑马，什么都做，不服母亲和嬷嬷的管教，自己要做什么就做什么，这样，她的个性得到自由的发展，形成任性、倔强、高傲自负、贪图虚荣的个性。她觉得自己是生活的中心，特别是男孩子都会喜爱她，她第一次看到卫希礼骑一匹马儿来，就爱上了他，而且武断地认为卫希礼也是爱她的，所以她不能理解也不能容忍卫希礼和媚兰的婚姻。她不顾一切、千方百计要得到卫希礼，这种想法一直贯穿于她的思想，直到小说结束。这个阶段的郝思嘉表现出来的自私和对传统礼教的叛逆和反抗性格，成为她复杂性格的重要方面。比如，她打算在"12棵橡树"的野宴上饱餐一顿而不顾大家小姐的面子，下决心要从媚兰那里把卫希礼抢夺过来，和所有的男孩儿跳舞，做自己想做的任何事："将来我可偏要照我要做的做，照我要说的说，随便人家怎样不喜欢，我都不管！"而当自己的爱情被拒绝，眼看媚兰和卫希礼要结婚时，她又以最快的速度宣布要同媚兰的哥哥查理结婚，而且要赶在媚兰的前边结婚，进行报复，这一切充分表现了郝思嘉的特殊性格。二、初到亚特兰大阶段。这一时期她的自私、爱好自由的个性和追求快乐、蔑视传统道德的叛逆性格进一步发展。同时，时代变迁的冲击，也锻炼了她在逆境中生存的能力。查理和许多南方青年一样参加了南方联盟军，结果婚后不到两个月，查理就病死在兵营里,郝思嘉从少妇变成寡妇,她带着爱恨交加的情感离开塔罗庄园,来到了亚特兰大,新兴城市亚特兰大在她面前展现了一片新天地,也为其性格的进一步发展提供了场所。小说第八章描写的为战争募捐的赛珍会一节,最为典型地表现了她的自私性格,当众多妇女在爱国主义的鼓动下纷纷捐献自己的金银首饰时,郝思嘉却是这样想的:感谢的是自己正在居丧,没有把外祖母留给她的那副珍贵的耳坠子和沉重的金链条以及那黑宝石镶的金钏子、石榴石镶的金别针带在身上。她的自私、无知还表现在对待战争的态度上。在塔罗时她就讨厌别人谈论战争、联盟州的问题。郝思嘉厌恶战争并非反对战争,也并不是蔑视南方政府或赞成北方的林肯。实际上她对战争是无所谓的。她对南方贵族时刻诅咒的"北方佬"持着无所谓爱也无所谓恨的态度,只有当北方军的炮弹掉在她身边直接威胁到她的人身安全、损害她的切身利益时,她才偶尔骂一句"天杀的北方佬"。她既不关心战争或联盟州的问题,也不为南方贵族所宣扬的"主义"效劳卖命。她作为一个年仅17岁的小寡妇,关心的仅仅是自己快乐,她渴望的是少女时代无忧无虑的丰富多彩的生活。为了寻求生活的乐趣,她勇敢大胆地冲破一切旧礼教的束缚,当白瑞德约她跳舞时,她不顾人们的冷眼和议论,大胆地同意了。她去当看护妇,到街上去当售货员,根本不是为了爱国,不是为了支援战争,而是为了释放久积的郁闷。与此同时,郝思嘉对卫希礼的强烈爱情有增无减,仍旧自负、倔强地认为卫希礼也是爱她的。她是一个执着追求浪漫理想爱情的妇女。郝思嘉在没有医生、媚兰迫近死亡的危急关头,毅然决然地操起剪刀,充当起接生员,救了媚兰母子。当战争波及亚特兰大的时候,郝思嘉在白瑞德的帮助下,带着自己的儿子、媚兰和她的孩子、黑奴百利子,冲出炮火连天的亚特兰大回到故乡塔罗。这段生活,唤起了她的同情心和责任感。三、返归塔罗庄园阶段。郝思嘉的生活和性格又一次发生了转折。郝思嘉从一个随心所欲、贪图享乐的少妇变成了一个精明强悍、敢作敢为,同时又吝啬贪婪、斤斤计较的当家人。她身上还表现出一种不畏艰难、艰苦创业的惊人毅力。她在建设家园、管理家庭方面表现出特殊的才能,她做出的成绩,令后来回到塔罗的彭慧儿和卫希礼这两个男人都自愧不如。这时郝思嘉成为一个真正的生活强者。她亲自赶车、下地、挤奶、劈柴、种菜,每天为寻找食物而操心,正如她自己所说"已不是一个女人了",简直比一个强有力的男人还有气魄、有能耐。同时,郝思嘉因为饱受了战争、饥饿、贫穷的煎熬,失去了以前对生活的浪漫幻想和憧憬,变得更加实际,充分认识到土地和金钱的作用。为了金钱,她甚至丧失了道德,变得虚伪、贪婪。当她处于交不起税款的困境时,想到了爱着她的白瑞德,试图运用自己的魅力去利用白瑞德,重返亚特兰大找白瑞德借钱。四、重返亚特兰大阶段是郝思嘉性格发展的高潮。爱情的失意、战争的磨难、生活的磨炼，使得郝思嘉的人生观发生了巨大变化，她认识到在动荡的社会中要想生存、过上好日子，就要有金钱、产业，为此就要同他人争夺，她一方面变得更贪婪自私，另一方面也变得更加精明强干、巧于心计，具备了一定的资本管理和经营才能，带有新兴资产者的个性特征。她试图利用自己的美色从白瑞德那里借钱，渡过难关，没想到白瑞德拒绝了她。但当她得知妹妹的恋人弗兰克正开着杂货铺做生意，还要开办锯木厂时，她毫不犹豫地编造谎言，施展美人计，无情地夺走了妹妹苏伦的情人。她经营锯木场比弗兰克更精明，也更凶狠贪婪，不惜利用囚犯充当廉价劳力，甘愿冒险同北方佬做生意，终于发了财。这时的郝思嘉性情傲慢，办事果断干脆，百折不挠。可见，历史的风暴没有摧毁她，正如她回家参加父亲的葬礼时方太太对她打的比喻："我们并不是小麦，我们是荞麦……因为荞麦虽到成熟的时候秆子里仍有汁，风来了，它就随着风势低头了，风去了，它又重新抬起头来，差不多又跟从前一样挺直、一样强壮了。"郝思嘉正是这样一种坚忍顽强、曲而不折的荞麦。她虽然出身奴隶主家庭，但当旧世界崩溃的时候，她不为过去的日子痛哭，反而能够跳出旧时代的圈子，向前奋斗。她说，"我决不回顾以往"，"有谁能够担着一担使人悲痛的记忆前进呢？"本着这种"向前看"的思想，她很快适应了"生存竞争"、"优胜劣汰"的社会。她学会了开工厂，做生意，信奉唯利是图，不择手段。她在第二个丈夫弗兰克死后不到一年的时间，又嫁给有钱的白瑞德。这个历经生活磨难的妇女，终于以惊人的毅力、胆量和非凡的手段战胜了困难，获得了物质财富。郝思嘉就是这样一朵在特殊的历史时期和特殊的社会环境中开放的善恶美丑混杂的"恶之花"，一位在乱世中不断挑战传统、进行自我奋斗的"佳人"。

然而，郝思嘉的个性也必然注定了她最后的悲剧结局，她在爱情上的浪漫主义、理想主义幻想，在现实生活中的利己主义、享乐主义、功利主义价值取向，导致了她对爱情和物质财富追求的双重失败。她爱卫希礼，几乎所有的追求、挣扎、奋斗都是为了卫希礼。但这个卫希礼是她想象中的卫希礼，郝思嘉对现实中的卫希礼一点也不了解。其实卫希礼与郝思嘉是截然不同的两种人，卫希礼脆弱、畏缩，是生活的懦夫，一心沉浸在对往日贵族生活的回忆中，成了时代的"多余人"，一位落伍者。然而自信而简单的郝思嘉总是把美好的爱情理想寄托在卫希礼身上，总是自负地认为卫希礼之所以不跟她结婚，仅仅是因为有媚兰的缘故。所以媚兰死后，她以为卫希礼会放开胆子爱她了。哪知卫希礼却这样对她说："郝思嘉，我怎么好呢？我没有她是要活不成的。"直到这时，郝思嘉才从痴情中醒来。当她明白爱她的人、她也爱的人是白瑞德时，怀着对白瑞德的忏悔心情连夜从媚兰家跑回去找白瑞德。与此同时，郝思嘉不仅失去了爱情,而且她追求到的金钱,也跟着不可避免地失去了。战后重建时期,白瑞德也像许多新兴的投机家一样,为了自己的利益,无情地出卖朋友,他用卑鄙的手段将郝思嘉的"事业"出卖给了卫希礼,不仅夺去了郝思嘉的工厂,而且用种种方法打击和孤立郝思嘉。最后郝思嘉被所有的人抛弃,从物质到精神都彻底地垮了。

卫希礼也是小说精心描绘的一个人物形象。按照南方贵族思想标准衡量,他是南方贵族中的佼佼者。他醉心于南方田园牧歌生活。然而他在南北战争的风云洗礼中,却成了一个经不起风浪的弱者、现实生活的逃避者,他明知旧的生活一去不返却摆脱不了对旧生活的依恋和幻想,面对变化的社会,缺少郝思嘉那样面对现实的精神,没有白瑞德那样随机应变、投机取巧的策略,他在给媚兰的信中谈到了同白瑞德一样的观点:南方要被打败。但他却情愿去打那必败的仗。卫希礼的悲剧在于对一切都看得明明白白,却又无可奈何、找不到出路,明知历史潮流不可阻挡,却又不能适应,也不打算去适应。这种性格也决定了他难以接受郝思嘉大胆的爱情表白,难以支撑生活的重担,只好到回忆中寻找精神寄托。在塔罗庄园的重建中,他已无法发挥作用。旧的世界弃他而去,新的世界又与他的信仰和价值观格格不入。他面对塔罗庄园的 300 元税金,一筹莫展;在亚特兰大经营木材厂,他看到的是资产阶级引领了时代的主流,他无法接受郝思嘉毫无人道地雇用囚犯的做法,战后新的现实碾碎了他田园生活的诗意幻想,他无法融入时代,也不能投身时代的巨流。他只能看着南方贵族所迷恋的生活被滚滚向前的历史巨浪所替代,几辈人潜心构建的南方庄园之梦随风而逝。

媚兰是作品中另一个动人的女性形象,与郝思嘉形成了鲜明的对比。她们虽然都出身于南方贵族之家,但家庭的差别形成了她们性格的巨大差异。媚兰出身于世代亲戚联姻的贵族之家。与生俱来的高贵气质和淑女风范加上后天良好的教育培养,使得她无论个人修养抑或为人处世都完美无缺。倘若没有战争的爆发,倘若生活一如既往地幽静,她会成为无可挑剔的上流社会贵妇人,成为南方理想美的化身。但战争打破了她固有的生活,她饱尝丧亲离夫之苦,亲眼目睹战争的残酷,家业"12 棵橡树"在战火中被毁。只好躲避到亚特兰大,忍受战争和分娩的痛苦;后来随郝思嘉回到塔罗庄园,在恶劣的环境下艰难地生活。她以自己的爱与善、宽容与大度处理人际关系,她肯定郝思嘉的勇敢、顽强、上进;敬佩白瑞德的见义勇为。然而,她却同样不了解时代发生的巨大变化,无法真正汇入这一时代的生活潮流,她所向往的昔日南方平静的日子一去不复返,临死之前把卫希礼和孩子托付给了郝思嘉。

白瑞德是作品中另一个具有传奇色彩的人物形象。他是一位南方贵族家庭的叛逆者，由于他叛逆的行为，青年时就被家里赶了出来，成为一个走南闯北的人物，他见多识广，对时局、特别是南方社会的命运看得清清楚楚。在社交场所，他总是不多说话，而一旦说起来，往往语出惊人，引起贵族们的不满；他结交的人物也三教九流，无所不有，因此他在南方的名声很坏，不被传统的贵族圈子所接纳，人们甚至把他当作流氓无赖；但是他头脑冷静、机敏，能清醒地认识到北方的资本主义工业经济必将代替南方的奴隶主种植园经济的趋势，因此他抓住一切时机赚钱，甚至同南方人讨厌的北方佬做生意，大发战难财，表现出自私自利、不择手段、富有冒险精神的资产者投机性格。在小说中他又像一个富有的流浪者，行踪不定，不时地出现在亚特兰大和周围庄园的社交场所，颇有传奇人物的风采。他总是衣冠楚楚，举止故作优雅，言谈尖刻而往往又能一语中的，比如，他总是洞悉郝思嘉的一切想法，让郝思嘉气恨交加、哭笑不得。同时白瑞德身上也不乏真情和善良的一面，在塔罗庄园郝思嘉家的书房里，他无意中听到了郝思嘉对卫希礼的爱情表白，以后在每一次和郝思嘉相逢时都会拿这件事开玩笑，但他却被郝思嘉的大胆直率的性格所打动，认为郝思嘉是他所认识的最富有生机活力的南方女性，多次向郝思嘉表白爱情。在战火中郝思嘉真正需要帮助时，他毫不犹豫地伸出援助之手，冒险赶马车把郝思嘉和媚兰送出亚特兰大；卫希礼参加3K党活动被打伤后，他机智地和卫希礼装作喝醉酒，躲过了盘查。白瑞德是一个在特殊的社会历史环境和非凡的经历中成长起来的复杂形象。

其次，《飘》取得了独特的艺术成就。主要表现在以下几个方面：

第一，小说以时间先后为顺序，以郝思嘉的故事为中心线索，形成严谨的结构。作品共63章，1至7章描写战前南方贵族社会的生活，8至28章描写南北战争中的南方社会，29至63章描写战后的南方社会，地点主要集中在塔罗庄园和南方中心城市亚特兰大。这样全篇结构分成战争前、战争中、战争后三部分，非常紧凑，故事情节沿着南北战争发生的时间向前推进，主人公的性格与命运随着战争的发展、爱情的变故而逐步发生变化，线索极为清晰；而在每一章节中，主人公郝思嘉都是在场人物，作者通过她的经历、她的目光，她在塔罗庄园和亚特兰大之间的行踪，把南北战争时期的南方社会尽收笔下，同时其性格也在这种典型的时代环境中得到了有力的表现。小说开场和结尾不落俗套。作品一开始这样写道："那郝思嘉小姐长得并不美，可是极富于魅力，男人见了她往往要着迷。"与这个意味深长的开头相对应，小说结尾也让读者回味无穷。按照常理，读者希望郝思嘉和白瑞德能有个大团圆的结局，可作者安排了一个既合理而又有些让人惋惜的结局：白瑞德发现自己对郝思嘉的一次次爱的希望，都被郝思嘉对卫希礼的爱情妄想所破灭，加上失去两个孩子的痛苦，他最终决定离开郝思嘉。这种开放式的结尾给人留下极大的想象空间。

第二，出色的心理描绘增加了作品的艺术魅力。米切尔以女性的独特视角和心理感受，对郝思嘉的心理活动进行了生动的展现，而最感人的是对其爱情心理的表现。例如，小说第四章，郝思嘉听说卫希礼和媚兰要结婚的消息后，她将信将疑，内心掀起无数波澜，焦急、痛苦、失落、希望、失望、妒忌、恐惧等各种情绪在心海里汹涌；她随全家在教堂祷告时，脑子里还想着第二天如何向卫希礼表白自己的爱情，计划着在"12棵橡树"的野宴上如何征服卫希礼。晚上入睡前的一段心理活动极为精彩：

> 那时月光朦胧地洒满她一身，她躺在床上把全部的情景都设想一遍。她设想着自己对他承认确实爱他的时候，他的脸上会现出怎样一种惊惶和快乐的神色来。此后他当然立即就要开口求她做他的妻子，那几句话语，她也仿佛已经听见了。
>
> 等他说出这话来，她自然首先要回答他，说他既然已跟别的女子订了婚，这事简直叫她无从考虑起，但是他自然决不会就此放手，自然还要向她执意哀求，然后到末了，她就让他说服了。然后他们就立刻商量好，当天下午就一起逃到钟氏坡去——
>
> 然后什么呢！到了明天晚上的这时候，她已经是卫希礼夫人了哩！
>
> 想到这里她忽然坐了起来，捧住了一双膝盖，经过了长长一段快乐的时间。在这时间内，她居然是卫希礼夫人了，居然是卫希礼的新娘了！然后一阵轻微的寒噤掠过了她的心。假如事情不照这个样儿实现呢？假如卫希礼并不要求她一同逃走呢？她不愿去想它。她坚决地把这思想从她心里推开去。……

在这里作者时而作为旁观者，对郝思嘉进行观察，从外部细小的变化来表现其心理活动，时而又自己化身为主人公本人，深入其内心，把想法一一罗列出来。第二天，郝思嘉反复挑选参加宴会穿的服装的情景，也惟妙惟肖地表现出一个处于热恋中的女子爱情心理的律动。

第三，情节曲折紧张，具有通俗文学的传奇色彩。第1至7章，主要写郝思嘉对卫希礼和媚兰订婚的反应，但是书房相遇一节，发生了突转，卫希礼一席话打破了郝思嘉的爱情梦，而巧合的是郝思嘉的一番爱情表白，却被早就来到书房的白瑞德听到，由此三个人之间的爱情纠葛便蔓延开去，一直到小说结束才见分晓；在"12棵橡树"的聚会上，通过人们的言谈又自然而然地把战争的消息交代出来，为下面郝思嘉与查理的匆忙结合和故事地点的转移提供了铺垫。第8章至第24章，以郝思嘉为中心视角，写了亚特兰大在战争阴云笼罩下的众多精彩场景：忙碌的战前准备、热闹的战争募捐会、让郝思嘉着迷的医院捐助舞会、医院里伤员成堆的惨状、亚特兰大的大火、郝思嘉深夜逃回塔罗庄园，一幕接一幕，紧张而真实，动人心弦。第25至32章，故事背景转到了塔罗庄园，主要写郝思嘉试图重建庄园的梦想和努力。其中，杀死抢劫的北方佬的过程，北方军队来庄园四处寻找食物的场面，郝思嘉干练地指挥家人进行劳动、对卫希礼的再次爱情表白等，都是令人难忘的故事片段。第33到63章，背景又转向亚特兰大，作者主要围绕着郝思嘉的事业和爱情追求展开，通过她与弗兰克、白瑞德、卫希礼、媚兰的关系，以及经营锯木厂等商业活动，以更富传奇性的情节，讲述了她作为爱情冒险家、婚姻冒险家和创业冒险家的故事，给读者留下了强烈的印象。

1. 20世纪现实主义文学有哪些特点？
2. 谈谈20世纪现实主义文学与19世纪现实主义文学的异同。
3. 为什么说劳伦斯是一个处在传统与现代交接点上的作家？
4. 克利斯朵夫是个人反抗的英雄吗？
5. 为什么说《约翰·克利斯朵夫》是一部"音乐小说"？
6. 《布登勃洛克一家》如何描写资产阶级的兴衰？
7. 《大胆妈妈和她的孩子们》的战争描写有何时代意义？
8. 《了不起的盖茨比》如何描写美国梦的破灭？
9. 试析海明威笔下的硬汉形象及其冰山理论。
10. 《老人与海》如何表现了杰出的叙事艺术？
11. 试析《飘》的艺术特点。

第二章 20 世纪俄苏文学

第一节 概述

20 世纪俄苏文学在继承和发扬 19 世纪俄罗斯文学的基础上，开拓创新，形象地反映了本民族曲折行进的艰难历程，取得了巨大的成就，也提供了许多可供后人借鉴的经验。20 世纪俄罗斯文学中出现的一批重要作家，都以其各具特色的艺术创作，丰富了世界文学的宝库。

一、"白银时代"的文学

从 19 世纪 90 年代起，俄罗斯文学中先后出现象征主义、"阿克梅派"、未来主义等新流派，它们和变化发展了的现实主义一起，构成多种思潮和流派并存发展的文坛新格局。这个时代后来被人们称为俄罗斯文学的"白银时代"。

象征主义是白银时代最先出现的文学新流派。俄国象征主义者把哲学家和诗人弗·索洛维约夫（1853—1900）尊为精神导师，强调艺术的宗教底蕴，坚信艺术具有改造尘世生活的作用。梅列日科夫斯基（1865—1941）的论著《论现代俄罗斯文学衰落的原因与若干新流派》（1893）第一次从理论上确认了作为艺术潮流的俄国现代主义，认为未来俄罗斯文学的基本要素是"神秘的内容、象征的手法和艺术感染力的扩张"。其诗集《象征》（1892）是俄国象征派诗歌出现的标志之一，历史小说《基督与反基督》三部曲（1896—1905）则表达了作家的"新宗教意识"。巴尔蒙特（1867—1942）的诗集《燃烧的大厦》（1900）、《我们将像太阳一样》（1903），勃留索夫（1873—1924）的诗集《第三守备队》（1900）、《致城市与世界》（1903），索洛古勃（1863—1927）的长篇小说《卑下的魔鬼》（1902），勃洛克（1880—1921）的组诗《在库里科沃原野》（1908）、长诗《报应》（1910—1921），别雷

（1880—1934）的长篇小说《彼得堡》（1914）等，构成俄国象征主义文学的代表性成果。其中，《彼得堡》因其从现代性视角对俄罗斯历史命运所进行的深邃思考、新颖奇特的艺术形式和不拘一格的语言运用而被认为是欧美现代主义文学的经典作品之一。

"阿克梅派"（"阿克梅"一词来自希腊文，意为"顶峰"）诗人追求艺术表现的明朗化和清晰度，主张恢复词的原始意义，认为最高的"自我价值"在尘世，显示出与象征派对立的艺术观。古米廖夫（1886—1921）是这一派理论的主要阐释者，写有《象征主义的遗产和阿克梅主义》（1911）。诗人阿赫玛托娃（1889—1966）和曼德尔什塔姆（1891—1938）是"阿克梅派"的双璧。前者的《黄昏》（1912）、《念珠》（1914）和《白色的鸟群》（1917），后者的《岩石》（1913，1915）等诗集，代表了这一派别的诗歌成就。

俄国未来主义诗人声称抛弃一切文化传统，反对社会对个性的束缚，在诗歌创作上大胆表现现代生活的高速度和人对外界事物迅速变换的瞬间感受，甚至任意破坏语言规则，追求诗歌形式的奇、险、怪，如大卫·布尔柳克（1882—1967）、克鲁乔内赫（1886—1968）等人的诗作。赫列勃尼科夫的《笑的咒语》（1910）一诗，在新词的构造和使用上开风气之先，但又表明了对普希金传统的某些继承。

现实主义文学在这一时期仍获得重大进展。高尔基是这一时期现实主义文学的杰出代表。他和布宁、安德列耶夫、库普林、魏列萨耶夫等作家一起，在继承前人的基础上锐意创新，借鉴多种新的艺术表现手法，把现实主义文学带入更广阔的境地。库普林（1870—1938）的中篇小说《决斗》（1905），暴露军队生活的可怕和无聊，表现了20世纪初人们个性意识的复苏。他的另一中篇小说《亚玛》（1915）以妓女生活为题材，写尽她们的不幸与痛苦，具有催人泪下的艺术力量。魏列萨耶夫（1867—1945）的作品，大都在社会政治思潮的交替变化中表现俄国知识分子的精神探索，如中篇小说《走投无路》（1895）、《在转弯处》（1902）等。伊凡·布宁（1870—1953）的小说以"严峻的真实"展示俄国农村和农民的世界，表现知识分子及无产者的生活和精神骚动，或以凄婉的笔调勾画出贵族庄园的没落和旧俄国社会的解体，为贵族阶级黄金时代的消逝吟唱深情的挽歌。他在这一时期写有《乡村》（1910）、《苏霍多尔》（1912）、《败草》（1913）、《从旧金山来的先生》（1915）等中短篇小说。《乡村》广泛地描写了1905年革命期间的俄国乡村生活，多角度地传达出那个变动时代的社会气氛，冷峻地揭示了农民的贫困和心理特征，显示出观照农村和农民生活的一种新的批判眼光。安德列耶夫（1871—1919）短篇小说《红笑》（1905）以主人公病态幻觉中反复出现的"红笑"这一奇特意象，揭示出战争的可怕。这篇小说富于刺激性的色调，怪诞的形象，大反差的对比，现实主义与表现主义结合等特点，为安德列耶夫的大部分作品所共有。《背叛者犹大及其他》（1907）、《七个绞刑犯的故事》（1908）等，也是安德列耶夫的著名作品。

这一时期俄罗斯文学中具有自然主义倾向的代表作家是阿尔志跋绥夫（1878—1927），其长篇小说《萨宁》（1907）曾受到批评界的否定性评价，但也有的评论者把萨宁的人生哲学视为对扭曲人性的旧传统道德信条的一种挑战。

二、十月革命至20世纪50年代初期的文学

1917年的十月革命在20世纪俄罗斯文学史上划出了两个时代。对历史变革的不同认识，导致作家队伍的重新组合，俄罗斯文学分为两大板块：苏维埃俄罗斯文学（苏联文学的主体部分）和侨民文学。这两大板块都是俄罗斯文学的组成部分，却呈现出各自的特色。

十月革命后至20年代末，苏联国内文学团体林立，出现了"无产阶级文化协会"、"西徐亚人"、"意象派"、"谢拉皮翁兄弟"、"列夫"、"拉普"等不同倾向的派别。在文学理论与批评领域，马克思主义批评、庸俗社会学、现实主义批评、心理学派和形式主义理论等并存。在创作领域，思想倾向与艺术风格各异的作品也同时存在。勃洛克的长诗《十二个》（1918）在黑与白、新与旧、光明与阴暗的强烈反差中，呈现出十月革命胜利初期彼得格勒的独特生活氛围和诗人理解历史巨变的宗教眼光。曼德尔什塔姆的诗集《悲痛》（1922）和《第二本书》（1923），表达了对于俄罗斯命运和前途的忧虑。在白银时代进入诗坛的诗人叶赛宁（1895—1925），一开始就以《白桦》（1914）等散发着"俄罗斯田野的惆怅"的诗作引起批评界的注意。十月革命后，诗人在《歌者的召唤》（1917）、《约旦河的鸽子》（1918）等诗作中，讴歌"风暴中的俄罗斯"，赞美"红色的夏天"，又在《四十日祭》（1920）等诗中，通过土地、农舍、河流和白桦树等意象，表现了农村的现实和农民的忧伤，提供了"逝去的俄罗斯"的鲜明形象。抒情组诗《波斯曲》（1925）深情地赞颂东方国家的美丽，也唱出了对于俄罗斯的依恋与忧思。马雅可夫斯基的长诗《一亿五千万》（1921）以夸张和诙谐的笔法，描写代表俄国革命的一亿五千万个"伊凡"说服美国倒向共产主义。长诗《列宁》（1924）把列宁看成"未来的人"的理想化身而予以热情歌颂，具有强烈的历史感和磅礴的气势。《开会迷》（1922）讽刺那些整天淹没在各种会议里的官僚主义者，成为传诵一时的名篇。帕斯捷尔纳克（1890—1960）的《生活，我的姐妹》（1922）、《主题与

变奏》（1923）等诗集，和他革命前发表的《云中双子星座》（1914）一样，以非凡的意象构成、新颖奇特的隐喻和变幻莫测的句法，在同时代诗歌中别开生面。他的《905年》（1926）、《施密特中尉》（1927）两部长诗，讴歌20世纪初席卷俄罗斯的巨大风暴，显示出诗人透视历史变动的独特眼光。

20年代的小说创作也取得了突出成就。绥拉菲莫维奇（1863—1949）的《铁流》（1924）、富尔曼诺夫（1891—1926）的《恰巴耶夫》（1923）、法捷耶夫（1901—1956）的《毁灭》（1927）是较早描写国内战争、歌颂英雄人物的三部小说。扎米亚京（1884—1937）日记体幻想小说《我们》（1924）运用象征、荒诞、幻觉、梦境等艺术手段，表达了反对过于强调集中统一、维护个性自由独立的意向。皮里尼亚克（1894—1938）的长篇小说《荒年》（1922）描写了自十月革命前夕到内战时期俄国外省城市的生活，再现了各种沉渣泛起的时代所特有的社会氛围；中篇小说《红木》（1929）通过投机商人从莫斯科专程来到一个古风犹存的乡间小镇大肆收购红木家具的故事，展示了小镇居民亚细亚式的生存方式、"上层人士"的营私舞弊和新经济政策时期出现的要猎取一切的社会风气，呈露出锐利的批判锋芒。普拉东诺夫（1899—1951）的长篇小说《切文古尔镇》（1929）经由20年代中期某草原小城提前"实现"共产主义的故事，揭示了当时存在的脱离实际的狂热和荒谬现象，也表达了人们的疑虑和不安。作品以写实为主，兼用夸张、幽默、怪诞等表现手法。

从20年代中期开始，以十月革命和国内战争为背景的剧本陆续问世，如弗·伊凡诺夫的《铁甲列车》（1927）、拉夫列尼奥夫的《决裂》（1927）等。布尔加科夫的《土尔宾一家的命运》（1926）和《逃亡》（1927）两剧，前者写一群主观上希望效忠于祖国、客观上却陷入绝路的知识分子的悲剧，后者则在贯穿全剧的幻灭感中表现了白卫运动的终结，构思奇特，演出后曾引起轩然大波。马雅可夫斯基的《臭虫》（1928）和《澡堂》（1929）等，嘲笑旧政权的残余分子，谴责目空一切的官僚，揭露政权机构的种种弊端，是出色的讽刺喜剧。

1932年，联共（布）中央决定撤销各种文学团体，筹备建立统一的苏联作家协会，"社会主义现实主义"被确立为苏联文学创作和文学批评的基本方法，许多作家遭到批判或惩处，文学创作受到严重束缚。但这一时期仍出现了一些优秀作品，如高尔基的《克里姆·萨姆金的一生》，阿·托尔斯泰（1882—1945）的《苦难的历程》（1922—1941）三部曲，肖洛霍夫的《静静的顿河》，普里什文（1873—1954）的中篇小说《人参》（1933）、《叶芹草》（1940）等。阿赫玛托娃在发表诗集《车前草》（1921）和《公元1921年》（1922）之后，其创作曾出现长达十几年之久的中断。她在暗中创作的长诗

《安魂曲》（1935—1940），写出了一位母亲在亲生儿子遭到不公正的监禁时所产生的绝望感，把深切的个人不幸与人民的灾难融合为一体，具有深沉的艺术力量。《没有主人公的叙事诗》（1940—1962）是一部意境高远、内涵丰富、结构复杂的长诗。诗人站在 20 世纪俄罗斯历史见证人的高度上，在对几十年个人生涯、俄罗斯文学和文化乃至民族命运的回顾中，进行着与时代的对话，以充满沧桑感的沉郁旋律吟唱出对这个世纪的忧思。米·布尔加科夫（1891—1940）的长篇小说《大师与玛格丽特》（1928—1940）借助三条彼此交错的情节线索，熔写实、荒诞、象征、"黑色幽默"于一炉，把宗教故事、历史传奇、梦幻世界和现实生活编织在一起，描写了众多的历史人物、虚幻形象和现代人，既传达出对 30 年代现实的困惑与沉思，又对人类生活的本质和规律做出了哲理与道德的追问。左琴科（1895—1958）在战后初年发表的短篇小说《猴子奇遇记》（1946），对民族文化心理陋习进行了暴露性勾画。

卫国战争时期，在民族危亡的历史年代，对文学创作进行行政干预的行为有所收敛，作家们的创作曾被允许有一定的自由度。整个战时文学虽以纪实性、鼓动性和群体情感表现为主，但仍然出现了一些较好的作品，如西蒙诺夫（1915—1979）的《日日夜夜》（1944），法捷耶夫在战后初年发表的长篇《青年近卫军》（1946）等。前一时期被迫沉默的老作家也能够发表新作了。这一切似乎让人们透过硝烟弥漫的战时生活，看到了未来文学复兴的希望。然而，这一短暂的文学史间隙并没有能够使极"左"文艺思想得以根除。1946 年，联共（布）中央发布《关于〈星〉和〈列宁格勒〉两杂志的决议》，指责两刊发表阿赫玛托娃和左琴科的与俄国人民"在思想上背道而驰的作品"，下令两刊停刊整顿。日丹诺夫发表长篇报告，对阿赫玛托娃和左琴科进行猛烈抨击。这两位作家随即被开除出苏联作家协会，紧接着还发布了关于戏剧、电影、歌剧、音乐等方面的一系列决议。这一切都使战后苏联文学的发展受到了严重阻碍。

十月革命后迁居国外的俄罗斯作家掀起了俄罗斯域外文学的"第一浪潮"，其作品偏重于对刚刚过去的革命事件和国内战争进行回顾与评价，或在对民族文化传统的"寻根"中表达对个人命运和民族前途的探测，在对往昔的回忆中抒发浓郁的乡愁。布宁的长篇小说《阿尔谢尼耶夫的一生》（1931）以作家的心灵历程为素材，讲述了主人公的童年和青年时代，以抒情诗般的文字描绘中部俄罗斯迷人的自然景色，表现了作家对已逝韶光的无限追怀，对"谜一般的俄罗斯灵魂"的深刻理解。作品语言精练考究，富于音乐感，具有俄罗斯优秀古典散文的特色。布宁以这部小说获得 1933 年诺贝尔文学奖，成为第一个获得该奖的俄罗斯作家。他的短篇小说集《幽暗的林间小径》

(1937—1944），收有 38 篇爱情题材小说，以诗意盎然的笔触表现了对爱情之谜的探索。小说集的名称，把具有俄罗斯乡间特色的景观作为祖国的象征，传达出作家深深的乡愁。

小说家什梅廖夫（1873—1950）的自传性作品《朝圣》（1931）和《上帝的恩年》（1948），再现了 19 世纪 70—80 年代俄罗斯生活中无数珍贵的场景和细节，抒发了对故土的热爱与怀念，体现出一代流亡作家的共同感情。列米佐夫（1877—1957）关于俄国侨民生活的长篇小说《音乐教师》（1949）和自传体小说《用稍加矫正的眼睛看》（1951），以新的语言表达方式，把富有诗意的幻想带入创作，对 20 世纪俄罗斯散文的发展产生过较大影响。女作家苔菲（1872—1952）出国后陆续发表《静静的小河湾》（1921）、《女巫》（1936）和《冬天的虹》（1952）等 10 本小说集，成为"第一浪潮"中的一位多产作家。扎伊采夫（1881—1972）的自传体四部曲《格列勃的游历》（1934—1953），在半个世纪的时间跨度上，勾画出主人公的心灵历程，力图在这一形象身上概括他所属的一代知识分子的典型特征。阿尔丹诺夫（1886—1957）创作了《圣赫勒拿，一个小岛》（1923）、《锁钥》（1929）、《起源》（1945）等 9 部长篇历史小说，其内容囊括自 18 世纪 60 年代到 20 世纪中叶俄罗斯的历史，渗透着深深的悲剧意识。他的作品曾被译为 25 种语言，影响广泛。

"第一浪潮"中诗歌创作成就突出的女诗人茨维塔耶娃（1892—1941）于 1922 年离开俄罗斯后，陆续出版《离别》（1921）、《普叙赫：浪漫作品》（1923）和《手艺》（1923）等诗集。她的长诗《山岳之歌》和《终结之歌》（均 1926），抒写爱情的美好与错综复杂，表现分手时的惆怅与离别的痛苦，表达了对俄罗斯的热爱与思念。她在国外还发表了长诗《捕鼠者》（1925）、《阶梯》（1926）、《大气之歌》（1927）和诗集《离别俄罗斯之后》（1928）等。1939 年 6 月茨维塔耶娃回到苏联，1941 年 8 月自杀。50 年代中期以后，新一代读者才开始读到她的诗歌，逐渐认识到她的诗歌艺术成就。另一诗人霍达谢维奇（1886—1939）除出版了《沉重的竖琴》（1923）、《诗歌集》（含《欧罗巴之夜》，1927）等诗集外，还写有大量文学论文及文学回忆录《名人陵墓》（1939），为后人了解白银时代的文学提供了珍贵的资料。

在第二次世界大战爆发后形成的域外俄罗斯文学"第二浪潮"中，重要的诗人有叶拉金、克列诺夫斯基（1893—1976）等。叶拉金（1918—1987）的诗集主要有《沿着从那里过来的路》（1947）、《你，我的世纪》（1948）、《歪斜的飞行》（1967）、《斧钺星座》（1976）和《沉重的星星》（1986）等。诗中大量出现漂泊流浪的画面、异国的城市和逃难的人群，充满着痛苦的倾诉、爱的渴望和对人世间良心的呼唤，这一切使他的诗歌成为那场把他推向"彼岸"的战争的独特回声。"第二浪潮"中的小说家们着重描写战前和战争初期的苏联生活，普遍具有一种悲剧色彩。鲍·希里亚耶夫（1889—1959）的长篇小说《长明灯》（1954）以沉静的笔调描写索洛维茨劳改营的情景，发掘遭遇苦难的人们心灵中隐藏的善良因素，成为一部较早的"集中营文学"作品。谢·马克西莫夫（1916—1967）的长篇小说《丹尼斯·布舒耶夫》（1949）具有和肖洛霍夫的《被开垦的处女地》进行论争的性质，显示出肖像刻画、景色描绘和揭示悲剧性冲突的卓越技巧。"第二浪潮"的流亡作家通过艺术渠道把关于祖国的新近信息带到身处异邦的同胞中，架设起连接"第一浪潮"和"第三浪潮"的桥梁。

三、20世纪50年代初期至80年代的文学

20世纪50年代初，苏联社会政治生活发生重大变化，长期沉闷的空气被打破了，文学开始突破日丹诺夫主义的钳制，人道主义、现实主义传统开始回归，20世纪俄罗斯文学进入一个新阶段。1954年，爱伦堡（1891—1967）发表中篇小说《解冻》，描写一家工厂在冬去春来之际发生的变化，触及以往一个长时期内文学所不敢触及的关心普通人生活与命运的主题，作品的标题象征性地表现了时代变动的特点。这篇小说与同一时期出现的"奥维奇金派"的农村题材特写，列昂诺夫（1899—1994）的长篇小说《俄罗斯森林》（1953），杜金采夫（1918—1998）的长篇小说《不是单靠面包》（1956）等，一起形成"解冻文学"浪潮。诗人帕斯捷尔纳克在前一时期创作的《柳维尔斯的童年》（1922）、《中篇故事》（1929）、《帕特里克手记》（1936）等13篇中短篇小说和诗体小说《斯佩克托尔斯基》（1933），以及自传随笔《安全保护证》（1931）等，为这一时期完成长篇小说《日瓦戈医生》（1957）提供了必要的准备。《日瓦戈医生》着重表现以同名主人公为代表的一代知识分子，从20世纪初到二战结束这一动荡历史年代的命运、困惑、情绪与思索，形象地折射出20世纪前半期俄罗斯民族所经历的风云变幻，熔人文关怀、哲理思考和对生活的诗意感受于一炉，其艺术表现手法则兼具古典风格和现代特色。1958年，帕斯捷尔纳克获得诺贝尔文学奖。

在战争题材创作方面，肖洛霍夫的短篇小说《人的命运》给亲历卫国战争的作家以明显影响。他们的作品大都以亲身经历为素材，以细节再现战场上的真实，暴露战争的残酷性，被称为"战壕真实派"。代表作品有邦达列夫（1924—）的《营请求火力支援》（1957）、巴克兰诺夫（1923—2009）的《一寸土》（1959）和贝科夫（1924—2003）的《第三颗信号弹》（1962）等。

还有一批作家大胆揭露个人崇拜时期的种种不正常社会现象，展示那一特殊历史年代中人们的精神心理创伤，代表作品有索尔仁尼琴的中篇小说《伊凡·杰尼索维奇的一天》（1962），特瓦尔多夫斯基（1910—1971）的长诗《焦尔金游地府》（1954—1963）等。

60年代中期，苏联社会进入"停滞时代"，但是文学的发展并未停滞，最引人注目的是道德题材作品大量涌现。这类作品包括"城市小说"和"农村散文"。在"城市小说"创作中，特里丰诺夫（1925—1981）的《交换》（1969）、《长别离》（1971）、《另一种生活》（1975）和《滨海街公寓》（1976）等作品，均以当代莫斯科生活为背景，统称为"莫斯科小说"。这些作品关注城市知识分子的日常生活，揭示现代人的精神心理状况，提出引人深思的人生与社会问题。利帕托夫描写现代"多余的人"的长篇小说《伊戈尔·萨沃维奇》（1977），田德里亚科夫透视知识分子心理的小说《六十支蜡烛》（1980）等，在揭示同时代人的精神生活和道德情感方面，也取得了突出成就。

在"农村散文"创作中，舒克申（1929—1974）的小说刻画了当代形形色色的"城市化了的"农村居民形象，揭示了这些人物的性格弱点和道德面貌，代表作有中篇小说《红莓》（1973）。拉斯普京（1937—2015）的小说《为玛丽娅借钱》（1967）从日常生活中捕捉具有道德内涵的事件，展示出西伯利亚人的伦理关系和道德面貌，严峻审视民族文化心理及其在当代的演变，呼吁发扬民族优良传统；《最后的期限》（1970）和《告别马焦拉》（1976）在谴责忘本忘根的道德蜕化现象的同时，表现了对于保留着民族传统美德的老一代农民的深深敬意，也表达了对于故乡一草一木的无限眷恋。

这一时期的战争题材作品呈现出两种走向，其一是出现了一些"全景式"作品，力图对卫国战争做出史诗式的艺术概括，如西蒙诺夫的《生者与死者》三部曲（1959—1971）、恰科夫斯基（1913—1994）的《围困》（1968—1975）等长篇小说；其二是继续关注战争中普通人的命运，在写实与抒情、历史真实与当代生活、心理分析与哲理思考的结合中，传达出对于"战争与人"的关系的深沉理解，如阿斯塔菲耶夫的《牧童与牧女》（1971）、拉斯普京的《活着，可要记住》（1974）等中篇小说。瓦西里耶夫（1924—2013）的《这里的黎明静悄悄……》（1969）写五位女战士在卫国战争期间的一段特殊遭遇，题材新颖别致，形象栩栩如生，有浓郁的抒情色彩和强烈的艺术感染力。

还有一些作家以史诗笔调描写20世纪的某些重大事件，在对民族历史和个人遭遇的回顾中，思考战争与和平、物质文明与精神道德的关系，如艾特玛托夫（1928—2008）的长篇小说《一日长于百年》（1980）。作品的情节在三个层面上展开：现实层面写老工人叶季盖带领几个人去古老的"母亲墓地"送葬途中的回忆和思索，引出荒僻小车站三户人家的悲欢离合，涵纳着对于善与恶、生与死、社会不公与人生灾难等问题的诘问；传说层面回溯到民族纷争的远古年代，通过有关"母亲墓地"的传说，借古喻今，影射现实生活中种种丧失人性的现象；幻想层面描写星外文明的故事，体现出一种对于人类未来的危机意识。

60—70年代，在"停滞时代"的背景下，出现了域外俄罗斯文学的"第三浪潮"。约·布罗茨基（1940—1996）是一位联结起俄语文学世界与英语文学世界的个性独特的诗人。他的诗作《献给约翰·多恩的挽歌》（1963）、《荒野中的停留》（1966）、《美好时代的终结》（1969）、《语言的部分》（1975—1976）和《罗马哀歌》（1980）等，都围绕"生命"这一核心概念，写时间与空间，存在与虚无，别离与孤独，地狱与天堂，上帝与人，人与物，表现自由、爱情、疾病、衰老、死亡以及对死亡的超越。诗人保持着与俄罗斯诗歌传统的紧密联系，其诗作在孤独感、困惑感以及对怀旧和乡愁的表现中，始终透露出一种对于现实世界的忧患意识，对于社会人生的人文关怀。在诗歌艺术上，他推崇阿赫玛托娃凝重宁静的诗风、哀歌的音调和深邃思考，又从17世纪英国诗人约翰·多恩那里承续了冷峻的意象、新奇的节奏和浓郁的怀疑氛围。从他后期创作不追求整饬的诗歌外形、意识与潜意识交叉和荒诞手法的运用中，又可见英美现代主义诗潮的影响。除此而外，"第三浪潮"中的重要作品还有弗·马克西莫夫（1932—1995）的长篇小说《创世七日》（1971），沃伊诺维奇（1932— ）的长篇小说《士兵伊凡·琼金的生平和奇遇》（1969），阿克肖诺夫（1932—2009）长篇小说《燃烧》（1980）等。

80年代中期以后，随着苏联社会政治生活再度发生深刻变动，出现了"回归文学"。白银时代的作品、三代流亡作家的作品，终于回归到广大读者中来；自20年代以来由于种种原因被禁止在苏联国内发表、或在遭到批判后被封存的作品，也回归到自由状态。后一类作品中影响较大的，有格罗斯曼（1905—1964）的长篇小说《生活与命运》（1961年）、雷巴科夫（1911—1998）的长篇小说《阿尔巴特街的儿女》（1982）、多姆勃罗夫斯基（1909—1978）的长篇小说《无用之物系》（1978）、沙拉莫夫（1907—1982）的短篇小说集《科累马故事》（1978）等。这一时期还出现了一批反思20世纪历史的新作，如拉斯普京的《火灾》（1985）、阿斯塔菲耶夫的《悲伤的侦探故事》（1986）、艾特玛托夫的《死刑台》（1986）等。

四、20世纪90年代的文学

1991年苏联解体后，许多流亡作家回到了祖国，或恢复了俄罗斯国籍；国内作家不仅可以合法地把作品寄往国外发表，还获得了自由出国、回国的权利。于是，俄罗斯国内文学与域外文学之间的界限被最终打破，两大文学板块在分离70余年后重新统一。

90年代俄罗斯文学的基本特点是创作倾向和艺术方法上的多元化。首先，一些老作家依旧没有放弃对历史的思考和对现实的关注，在艺术方法上也继续沿着传统现实主义的道路前进，但又程度不同地借鉴了现代主义文学的艺术经验。其次，自80年代后半期出现的"另一种文学"进入90年代后进一步演化为后现代主义思潮。另外，宗教对文学的广泛渗透，也成为一种引人注目的文学现象。在旧有的信仰破灭、人们的价值观发生重大变化之际，这类作品显示出一种特殊的优势。最后，还出现了一些渲染个人隐私和各种"秘闻"、宣扬暴力和色情、煽动狭隘的民族主义情绪的通俗文学作品。这些文学现象的杂陈，使得这一时期文学的总体图像变得斑驳而模糊。

在坚持传统现实主义的作品中，老作家列昂诺夫的长篇小说《金字塔》（1993）在30年代至卫国战争爆发前夕的时间跨度上，以莫斯科近郊某一乡村墓地附近的居民生活中所发生的冲突为中心，通过描写一系列人物的坎坷命运和悲欢离合，思索造成这些悲剧的原因，对20世纪俄罗斯历史及其间出现的种种悲剧性曲折进行了深刻的反思。作家雷巴科夫也创作了长篇小说《1935年及其后的岁月》（1990）、《灰烬》（1994），完成了描写阿尔巴特街儿女命运的三部曲。阿斯塔菲耶夫（1924—2001）的长篇小说《该诅咒的和该杀死的》（1994）是一部反思卫国战争的小说，作品将卫国战争同战前的肃反扩大化、农业集体化和国家工业化运动，同战后年代对战争的评价联系起来，把战时生活作为苏联历史进程中的一个特殊阶段来考察，涉及对于30年代以来一系列重要事件的再认识。作品一方面严峻地揭示了战争本身的残酷性，令人信服地说明了战争的胜利是由无数普通苏军士兵和苏联人民以血肉之躯铺垫的，打破了"英明领袖"的领导使战争取得了胜利的神话；另一方面，又从普通士兵和农民的思考和感悟中得出了一个朴素的结论：当国家的方针政策符合普通老百姓的利益时，国家就强盛，军队就胜利；反之，国家就虚弱，军队就失败。同样对卫国战争进行反思的，还有原"战壕真实派"作家贝科夫的中篇小说《严寒》（1993）、巴克兰诺夫的长篇小说《于是来了趁火打劫者》（1996）等。

90年代，作家别洛夫（1932— ）继续创作他的关于苏联农业集体化的系列作品,完成了《大转变的一年·冬天纪事》(1994)等长篇小说。它们是作家早些时候创作的长篇作品《前夜·20年代末纪事》(1987)的进一步发展。别洛夫把对于最高决策层制定政策的过程与农民命运之变化的描写结合起来,既揭示了农业集体化运动与个人崇拜、与极"左"路线和政策之间的必然联系,又呈露出这一运动的强制推行给农民所带来的灾难性后果,因而达到了以往的同类题材作品所未曾达到的高度。

还有一些作家把目光对准当代生活,描写苏联解体前后的现实。如诗人叶甫图申科(1933—2017)的长篇小说《不要在死期之前死去》(1994),把政界要人的活动和普通人的生活结合起来进行描述,披露了苏联解体的某些真相和90年代俄罗斯动荡的现实,力求把握这一历史的转折与俄罗斯民族文化传统及民族心理之间的关系。拉斯普京则发表了一系列短篇小说,表达他对当代俄罗斯现实的态度,如《在医院中》(1995)通过两个住院病人的争论,谴责了形形色色的上层人物的"背叛行为";《葬入同一块土地》(1995)则描写一个失业的中年妇女由于贫困而无力按习俗安葬母亲的故事,折射出90年代一些普通老百姓的不幸处境,显示出作者的社会批判激情。

早在60、70年代,苏联文学中就出现过一些带有后现代特色的作品,如韦涅季克特·叶罗菲耶夫的《莫斯科—别图什基》(1969)、安·比托夫的《普希金之家》(1978)等。80年代后半期出现的所谓"另一种文学",更是后现代主义文学的直接前驱。"另一种文学"的代表作家,到90年代纷纷推出新作,如阿·科罗廖夫的《果戈理的头颅》(1992),柳·彼得鲁舍夫斯卡娅的中篇小说《黑夜时分》(1992),弗·祖耶夫的《黑匣子》(1992),维·皮耶祖赫的《第四罗马帝国》(1993),维·叶罗菲耶夫的长篇小说《最后的审判》(1996),叶·波波夫的《前夜的前夜》(1996)等,开始成为一股强有力的潮流。

1992年,马·哈里托诺夫(1937—)的长篇小说《命运线,或米拉舍维奇的小箱子》被评论界视为"后现代主义的经典之作"。作品中的那只小箱子是一位勤于思考、但却命运凄惨的作家米拉舍维奇留下来的,米拉舍维奇死后,文学研究者利扎文在研究20年代文学时发现了它。小箱子里装满了五颜六色的糖果纸,这些糖纸的背面写满了杂乱无章的文字。利扎文经过苦苦分辨和耐心解读,终于将这些断断续续、不连贯的文字片断连缀成一些人物的"命运线",从中隐约可见20世纪某一时期俄罗斯的时代悲剧和这一背景下一个家庭的悲剧。作品的叙述方式显示出跳跃性、剪辑性、无序性等特点。

马卡宁(1937—)的中篇小说《铺着呢子、中间放着花瓶的桌子》(1993)也被认为是后现代主义的代表作品之一。它写的是一位老者接到电话，让他第二天到审讯台（即作品标题所示的那张桌子）前接受审讯的事。他因紧张和惊恐而心脏病发作，夜不能寐，在无眠的长夜中忆起自己一生所经历的无数次审讯。朦胧中，他跨进那幢熟悉的楼房，走到那间熟悉的审讯室，又一次坐在那张熟悉的长桌前。和以往不同的是，这一次他竟然生平第一次坐到了审判席上，似乎他已经不再是被审讯者了。次日，人们发现他已伏在审讯台褪色的绿呢子桌布上，告别了恐怖不宁的一生。作品的荒诞和象征手法以及它那独特的氛围，都令人想起卡夫卡的《诉讼》。马卡宁的中篇小说《路漫漫》（1991）和长篇小说《地下人，或当代英雄》（1998），也是值得注意的后现代主义作品。

在新出现的后现代主义作家中，德·加尔科夫斯基、弗·索罗金、维·佩列文（1962— ）等人的创作成就较为引人注目。德·加尔科夫斯基（1962— ）的《无尽头的死胡同》（1994），曾被一些评论家称为"后现代主义的史诗"。作品采用复合型"元叙事"的方式，在原始文本的展开过程中伴有对该文本的大量详尽注释与评说，还出现了对这些注释与评说的进一步解释和评价，其内容包罗万象，涉及文史哲等诸多领域和一系列历史人物与事件，多条线索彼此交叉，枝蔓错综复杂。不过，从这部作品中仍然可以发现作家追求文本和各层次注释之间彼此呼应、达到全书总体统一的意图。弗·索罗金（1955— ）陆续发表的中篇小说《排队》（1992），短篇小说《谢尔盖·安德列耶维奇》（1993），长篇小说《定额》（1994）、《罗曼》（1994）和《玛琳娜的第 30 次爱情》（1995），剧本《土窑洞》（1995）等，充分显示出消解二元对立模式、打破文本的整体性和叙述的连贯性、追求拼贴和互文性、广泛运用戏拟和反讽手法等后现代主义文学的特点。索罗金的作品似乎已最终切断了与现实主义的联系，映现出 20 世纪末俄罗斯文学中的一种新动向。

第二节　高尔基

一、生平和创作

马克西姆·高尔基（1868—1936）是俄罗斯作家，20 世纪苏联文学的奠基人。

高尔基的原名是阿列克谢·马克西莫维奇·彼什科夫，1868 年 3 月 16 日生于伏尔加河流域的下诺夫戈罗德城。1892 年他发表处女作《马卡尔·楚德拉》时，使用了"马克西姆·高尔基"这个笔名。"高尔基"意即"痛苦的、悲惨的、不幸的"。这个笔名酷似他饱经磨难的一生，意味无穷。高尔基幼年丧父，过早地走向了"人间"，饱览了生活的艰辛和人世的不平。16岁时，他怀着上大学的愿望来到喀山，但喀山的贫民窟和码头却成了高尔基的生活大学。此时，他接触过马克思主义思想。与流浪汉的交往，使他更深刻地感受到资本主义制度的罪恶。为了解人民的处境，高尔基于1888年和1891年两次徒步漫游俄罗斯。这种生活基础，加深了他对危机四伏的俄罗斯社会的认识，构成了他的平民意识和人道主义思想的情感基础。在漫游期间，他曾参加过进步工人与革命者的秘密小组，并于1889年被沙皇当局逮捕。此后，高尔基一直处在宪兵与警察的监视之下，多次入狱。1905年革命时，高尔基参加了布尔什维克党，并结识了列宁，他的政治信念经历了从民主主义向布尔什维克的转变。

高尔基的创作道路大体上可以分为3个时期：

前期创作（1892—1907）。高尔基的前期作品带有浓厚的社会批判色彩。19世纪90年代，俄罗斯人民反对沙皇专制制度的斗争日益高涨。作为来自受压迫最深的底层的作家，高尔基倾向于革命。但他此时尚未形成明确的政治信仰，他是作为生活真理的寻求者走进俄国文坛的。表现时代的惨烈与人民心中的渴望，是他前期作品的基本主题。他从童年时代起，便对时代的悲怆有了心灵感应。人民的现实处境与追求解脱的努力，是他创作的主旋律。回荡在他早期作品中的基本曲调，是苦难与希望的二重奏。高尔基认为文学的目的在于帮助人理解自己，提高人的自信心。从开始文学生活的第一天起，他就致力于描写人的觉醒，探索新人的诞生。前期作品在形式上多种多样，有特写、寓言、故事、诗歌、小说等短篇作品，也有剧本和长篇小说。在风格上则是浪漫主义和现实主义两种格调并存，这反映了他探索新的艺术方法的尝试。

高尔基创作了一系列形象鲜明、富于传奇色彩的浪漫主义小说，热情赞美自由和积极进取的人生。《马卡尔·楚德拉》（1892）写的是一对年轻茨冈恋人的爱情悲剧，歌颂了自由高于一切的乐观主义精神。童话诗《少女与死神》（1892）描写一位普通少女为了爱情和幸福而反抗沙皇和死神的故事，宣扬了爱战胜死、善战胜恶的思想。《鹰之歌》（1895）通过鹰和蛇两个对立的形象，赞美鹰对光明的追求和渴望斗争的战士品质，抨击蛇安于现状、丧失理性的市侩作风。《伊则吉尔老婆子》（1895）是高尔基早期浪漫主义作品的典范，由两个民间传说和一个生活故事组成。腊拉的传说谴责了极端个人主义者，同时表明被群众抛弃的孤独生活是可悲的惩罚。与腊拉相对立的是献身于人民大众的英雄丹柯的形象。他以自己燃烧的心，把走投无路的部族同胞引出了黑暗的森林沼泽。腊拉和丹柯分别代表两种生活哲学，在对待人民的态度上受到了考验。而伊则吉尔老婆子是连接两个故事的桥梁，她的一生体现了个人主义的危害。这一组浪漫主义作品的艺术手法多种多样：在尖锐的冲突中刻画人物的性格，着重展示他们丰富的内心世界；经常用象征的形象和讽刺的手法；语言明快艳丽，常用韵文以增强节奏感。

高尔基还创作了大量的现实主义短篇小说。这些作品有的揭露资产阶级的残暴和伪善，有的描写小市民生活的空虚无聊，有的表达底层人民的痛苦生活和不满情绪。其中尤以《切尔卡什》（1895）和《游街》（1895）最为出色。《切尔卡什》写的是切尔卡什和加夫里拉两个流浪汉在某海港结伙盗窃货物走私，由于分赃不均而发生矛盾。作者充分展示了这两个人物性格的复杂性：他们对社会上的一切都充满着仇恨，又无法改变现实中的险恶处境；他们渴望自由，敢于向不公正的社会及其道德观念挑战，又摆脱不了贪婪自私、恐惧卑贱的小人物心理，因此只能放浪形骸，在争斗和仇恨中消磨人生。高尔基赞其高傲、贬其贪婪，哀其不幸、怒其不争，显示了青年时期的高尔基从社会环境和内心隐秘处描写人物的复杂性格的才能。《游街》是根据作家本人漫游到乌克兰的尼古拉耶夫镇亲眼目睹的一个摧残妇女的兽性场面写成的短篇小说，作家用震撼人心的笔调鞭挞了俄罗斯式的野蛮和愚昧无知。

这些作品虽然以传统的人与社会的冲突为主题，但高尔基作了全新的处理。作家以其犀利的艺术目光，投向形形色色的普通人，忧虑地注意到不公正的社会结构怎样无情地扼杀人的美好天性，摧残着一颗颗善良的心灵。在19世纪的俄国作家中，似乎没有任何人能像高尔基那样深刻地了解下层人民的痛苦和期待，体现他们的需求和愿望。高尔基是以被压迫、被剥削阶级代言人身份登上文坛的，这给当时的俄国文学带来了一股清新气息。

1898年，高尔基的《特写与短篇小说集》两卷本在彼得堡出版，共20篇。作者代表挣扎在社会最底层的人物呼喊社会正义。90年代末，他的创作转向广泛概括社会生活的大型作品。长篇小说《福马·高尔捷耶夫》（1899）以俄国资本主义的产生和形成为背景，塑造了形形色色的资产者典型。作品还描写了工人早期的工会活动，借以表现工人觉醒的主题。

20世纪初期，俄国工人运动蓬勃发展。高尔基积极投入革命运动，此时他接受了社会主义思想，创作也进入成熟期。讴歌革命理想，表现时代精神，是他这时期创作的主旋律。而描写人的觉醒，探索人性的完美，则是他一以贯之的创作主题。这期间的主要作品有散文诗《海燕》（1901），剧本《小市民》（1901）、《在底层》（1902）、《仇敌》（1906）等，游记《在美国》和《我的访问记》（1906），长篇小说《母亲》（1906）。

《海燕》是高尔基迎接20世纪革命风暴的著名作品，用韵文写成。诗中广泛地运用了象征手法，把一切自然现象都加以人格化，借以展示革命风暴到来之前各种社会力量的不同表现，歌颂了革命者的形象海燕。

高尔基在 20 世纪初的戏剧创作，展现革命准备时期各种社会力量的政治态度，继续深化了人与社会的冲突这个主题。《小市民》写的是小市民思想与工人阶级革新精神之间的冲突。以别斯谢苗诺夫父子为代表的小市民思想庸俗、生活空虚，而火车司机尼尔则乐观、自信，热爱生活，朝气蓬勃，勇于向寄生者挑战，向不合理的社会制度提出抗议。尼尔是世界文学史上首次以新精神面貌出现的工人形象。剧本《在底层》展现出资本主义制度下底层人物的生活悲剧，并探索他们的出路。作品否定了游方僧鲁卡提出的"安慰主义"哲学和与社会妥协的道路。同时又塑造了流浪汉沙金这个积极形象，批判无政府主义的幻想，提出尊重人、相信人的观念，肯定人的价值。高尔基的戏剧创作，侧重在日常生活场景里展开各种人物性格的冲突，从中渗透出深邃的哲理性主题，被称为"社会哲理剧"。剧中的人物被浓墨重彩涂抹的，不是他们的个人生活，而是他们的社会特征，人物的对白也常常是议论生活的意义和哲学问题。

1905 年革命失败后，高尔基受布尔什维克党的委托出访欧美，为革命事业筹措经费并争取国际声援。《母亲》的初稿在美国写成，1906 年首次以英文出版。

《母亲》是高尔基有代表性的作品，它的问世，揭开了无产阶级文学的新纪元。20 世纪初，俄国出现了新的革命高潮，在作家的故乡下诺夫戈罗德附近的索尔莫沃工业区，工人革命斗争十分活跃。斗争中涌现出的彼得·扎洛莫夫和他的母亲安娜·扎洛莫娃的先进事迹，深深感染了高尔基。扎洛莫娃母子二人与沙皇暴政所做的英勇斗争，是高尔基创作《母亲》的现实依据。小说共分两部。第一部重点写主人公帕维尔·符拉索夫在马克思主义理论的指导下、在革命实践中逐步成长的过程。第二部通过母亲彼拉盖雅·尼洛夫娜的精神觉醒，描写人民群众在革命运动中所显示的巨大力量。作品以 1905 年俄国革命中的工人运动为背景，集中描绘了攻读禁书、"沼地戈比"事件、五一游行、法庭斗争、车站被捕等中心情节。

高尔基从创作活动一开始，就摸索描写生活的新视角。《母亲》的创作成功，标志着高尔基在艺术反映现实的美学探索中，达到一个新的境界。与他 19 世纪作品中以浓厚色调、深沉情感描写人民疾苦的作品不同，《母亲》体现了两种倾向的和谐统一：既有由于残酷的现实所激起的愤世嫉俗和批判激情，又有目睹旧生活秩序的动摇而引发出的对未来的憧憬和浪漫主义感受。这种浪漫主义，并不完全是作家主观情怀的抒发，而是深深植根于现实的土壤，蕴含着历史必然性的因素。无论是揭示沙皇俄国老一代工人的悲惨命运，还是再现新一代工人的觉醒，高尔基都力求在现实的发展进程中动态地把握现实。这种独特的追求，奠定了高尔基创作的文艺和哲学思想基础。帕维尔·符拉索夫从一个缺乏阶级意识的工人，成长为具有无产阶级觉悟的新人，每一个步履都洋溢着对未来的憧憬，对阶级力量和智慧的赞美。帕维尔在法庭上的演说，真可谓字字珠玑，掷地有声。整部作品都在写人的成长，表现觉醒后的无产阶级革命者可以焕发出多么大的力量去完成他的历史使命。符拉索夫的形象，不仅启迪人们憎恨旧社会，而且激发人们向往新生活。这种在推翻旧世界的斗争中觉醒了的人，正是高尔基在世界文学史上首次塑造的无产阶级革命者的生动形象。如果没有帕维尔·符拉索夫，文学史上英雄人物的演化过程是不完整的。无产阶级的社会理想被具体化为生动的艺术形象，获得了艺术生命。这部小说对文学史的独特贡献，首先是塑造了一种新人的典型，把文学中的"人学"观念提高到一个崭新阶段。

  以动态眼光看待现实的发展和人物性格的变化，是本书明显的艺术特征。小说中多次写到帕维尔发表演说的场面，他每一次发表演说时的自信心和演说在工人中引起的反响，都动态地反映出帕维尔对真理的信仰日趋坚定。小说还多次写到宪兵到尼洛夫娜家的搜查，母亲对宪兵的态度经历了从恐惧到无畏、从仇恨到鄙视的变化过程，这实际上隐喻母亲的思想觉醒和性格的形成过程。

  小说的艺术构思，显示出传统与创新的密切结合。高尔基成功地运用了托尔斯泰写《复活》的结构模式。高尔基对老一代工人艰难的过去着墨甚少，笔法凝练，而描写新一代工人的觉醒则浓墨重彩，酣畅淋漓。作品的情节侧重从政治生活层面，表现主人公心灵的复活历程以及人际关系的变化。然而高尔基的艺术视野，关注的又不是政治事件本身，而是处在历史事变中的人。由于这种构思，我们在《母亲》中看到，工人维护自己生存权利的斗争过程就是人的尊严的复归过程，就是树立新的人生价值观的过程，就是新的道德面貌的形成过程。

  从小说叙事理论的角度，也可以看到高尔基小说艺术的当代精神。巴赫金认为，小说中除了作者的视点以外，还应当建立起小说人物的视点。小说人物的视点越明显，人物形象的主体性就越能得到加强。在《母亲》中，高尔基十分突出地建立起尼洛夫娜的视点。作家借助于她的眼神、面部表情、语言声调、用词方式、举止步态、心理情绪、与周围人物的关系等诸多方面的变化，描绘了作品中一系列感人至深的场面。又通过她的观察，写儿子帕维尔的觉醒，写许许多多知识分子和农民的觉醒，写各种事件在她内心引起的反响。母亲成了叙事的中心。母亲的觉醒每深入一步，她对周围事物的观察就更加清晰，对人物的认识就更为深刻。现代小说叙事艺术的新特征，在高尔基的作品中已有体现。

中期创作（1908—1917）。高尔基这一时期的创作，仍然关注俄国当代社会和人民的命运，评价各种社会思潮。他观察俄国社会的历史主义立场没有改变，但是，对现实的审美把握方式正在发生变化，从以社会批判为主转向以心理分析、精神揭示为主，特别重视对俄罗斯民族心理的分析。这一时期，高尔基在意大利的卡普里岛侨居了7年。他继续勤奋写作，迎来他文学生涯中的又一个丰产期。主要作品有：长、中篇小说《忏悔》（1908）、《奥古罗夫镇》（1910）、《马特维·科热米亚金的一生》（1911），特写《意大利童话》（1911—1913）、《俄罗斯漫游散记》（1912—1916），自传体三部曲的前两部《童年》和《在人间》，讲演稿《俄国文学史》（1908—1909），还有剧本和许多政论文。

《忏悔》是高尔基最早一部聚讼纷纭的作品，写的是主人公马特维从"寻神"不得而走向"造神"的经历。小说借助马特维的不幸人生，表现宗教的苦难既是现实的苦难又是对现实苦难的抗议这一正面因素。其负面影响是作家在"对上帝的信念"破灭之后，宣扬"上帝存在于每个人心中，人人都是造神者"，甚至鼓吹把马克思主义和宗教结合起来。列宁曾批评高尔基这种造神论是在思想上引导群众脱离现实的革命斗争。

在总结1905年革命失败的教训时，高尔基还写了一组揭露俄国小市民习气的小说，即以奥古罗夫镇为中心的三部曲。但只完成了前两部《奥古罗夫镇》和《马特维·科热米亚金的一生》，第三部定名为《崇高的爱》，但未能完成。政治上的动摇性，思想上的保守性，道德上的伪善性，是小市民群体的基本特征。小说把奥古罗夫镇小市民的生活，放在从1861年废除农奴制到1905年俄国革命高潮到来这个历史大背景上，描写小市民平庸的习性怎样吞噬着人们身上的美好愿望，愚昧自私的眼光怎样变成了政治上的反动，苟且偷安的陋习怎样阻挡了生活前进的车轮。奥古罗夫镇上的人们根深蒂固的私有观念和内心深处的敌意，演绎出无休止的怨愤与争吵。就是在家庭内部，丈夫践踏妻子、妻子毒害丈夫的事情也日复一日地发生。整个城市弥漫着庸俗、自私、欺骗、愚昧、狡诈、凶狠的浊雾。作家把小市民性格称为"奥古罗夫习气"。这组作品体现了高尔基对专制制度下俄国小私有者性格弱点的批判。这是继果戈理的《死魂灵》和冈察洛夫的《奥勃洛摩夫》之后，对停滞保守的俄国社会现实和民族性格劣根性的又一艺术概括。

1917年二月革命以后，高尔基的思想一度陷入混乱。他于1917年4月参加创办具有孟什维克倾向的报纸《新生活报》，并为其撰写了一组题为《不合时宜的思想》的政论文。列宁指出，高尔基对俄国革命的性质和任务作了错误的理解，由于长期侨居国外，远离俄国的革命现实，又处于孟什维克的包围之中，致使其思想动摇。在列宁的启发下，高尔基逐渐改变了对十月革命的错误态度。

晚期创作（1918—1936）。1918年，苏维埃政权建立，高尔基在新政权下从事大量的文化组织工作，同时进行文学创作。他在漫游俄罗斯时期就染上肺结核，1921年复发。他听从列宁的劝告，出国治疗养病，至1928年回国。此后有几年，每逢冬春寒冷季节他都出国疗养，夏秋回国。十月革命以后，高尔基一直领导着苏联文学界的工作，他创办了许多文学杂志，编辑过多种文艺丛书，呕心沥血地培养青年作家。他在这一时期的主要创作有：自传体三部曲第三部《我的大学》，回忆录《列宁》（1924—1930），长篇小说《阿尔达莫诺夫家的事业》（1925）和《克里姆·萨姆金的一生》（1925—1936），还有一组剧本及特写、政论集等。

高尔基在十月革命以后的思想探索和艺术探索，都表现得极其复杂。他在对待十月革命的态度上与布尔什维克发生了分歧，尽管在列宁的帮助下高尔基正在克服自己思想上的偏见，然而欲在精神和情绪上完全摆脱低沉迷惘的状态尚需时日。20世纪以来世界的动荡、世界文学思潮的迅速更替和变化，又促使高尔基重新思考文学艺术与现实的关系等一系列重大问题。因此他主张更全面地认识生活，更多样地表现生活，强调把握生活的全部复杂性和多样性。在给罗曼·罗兰的信中，高尔基提出作家不能过多地充当生活事件的叙述人角色，而应深入探究人物心灵的奥秘。他在20世纪20年代创作的短篇小说，就是新的艺术形式的尝试。

高尔基在他一生的最后10年，一直从事长篇小说《克里姆·萨姆金的一生》的创作。这部小说共4卷，约200万字，第4卷最后部分未能完成，作者就与世长辞。这是一部思想内容博大精深、艺术形式娴熟多样的现实主义杰作，是作家一生创作道路的总结。小说艺术地描绘了19世纪70年代末期至1917年这个历史阶段俄国社会的变迁，副标题为"40年间"。十月革命前的40年，俄国社会剧烈动荡，充满尖锐的矛盾和斗争。农奴制的改革未能防止沙俄帝国日益走向崩溃，却为资本主义的发展创造了有利条件。俄国的解放运动正从资产阶级民主主义时期向无产阶级革命时期过渡。使高尔基震动的，是社会思想情绪的变化在哲学、文学、美学、宗教等精神文化领域引起的纠葛与冲突。俄国历史上这个最黑暗最反动的时期，在俄国知识分子阶层引起的动荡之剧烈，对他们灵魂的鞭挞与拷问之深刻，使高尔基不得不冷静地面对现实，重新认识"俄罗斯人的灵魂"，从而萌动了创作意念。

经过多年缜密的构思，高尔基决定选取一个灵魂空虚颓唐的市侩知识分子作为中心人物。把市侩习气的全部特点都体现在一个人身上，描写他的思想没落和心灵衰竭的过程，使其成为精神乞丐的综合体，借以概括他那个时代的知识分子的一种类型。《克里姆·萨姆金的一生》是一部编年史，但它是从萨姆金的心灵发展轨迹这个角度来表现的。作品描写的重点，是主人公所感受到的社会精神生活，是他的心理、性格、灵魂的形成与发展过程。小说多方面表现了他的思维模式、人生态度、情感方式、价值观念，因此又可以说，这部作品是萨姆金的心灵变迁史。作者欲通过一个人的灵魂变迁来反映一个时代，描写广阔的社会习俗，小说的结构复杂，历史跨度大，具有史诗风范。

高尔基一生的文艺论著很多，对艺术理论、美学思想上的一系列重大问题发表过许多精辟的见解。举其要点有：1.关于艺术的本质，他认为劳动创造了艺术，创造了美。这是人类创造的"第二自然"，这个"第二自然"比第一自然更丰富、更美好。2.关于文学与现实的关系，他主张艺术形象必须既忠于现实，又高于现实。而实现这一目的的途径是典型化。典型化的方法，一是善于发现生活中的新生事物；二是作家应有丰富的生活积累，能反映生活的本质；三是重视虚构与想象的作用，贯彻抽象化与具象化相结合的法则。3.高尔基十分重视人，认为文学描写的对象是人和以人为中心的社会生活，提出了文学即"人学"的命题。文学的目的和任务旨在"帮助人了解自己本身，提高他的自信心，激发他对于真理的追求……善于在人的身上唤醒好的品质，使人变得高尚和坚强"。4.他主张用科学的态度对待文化遗产，做一番分析和研究工作，区分其中的"蜜糖"和"毒药"，汲取有益的东西，扬弃有害的东西。5.关于社会主义现实主义问题，他认为这种理论既要求用鲜明的色彩来描写英雄的现代生活，肯定和歌颂发展着的新现实，又要丝毫不讲情面地揭露生活中的阴暗面。高尔基还认为，社会主义现实主义应该包括过去、现在和未来这三种现实，特别提倡描写"第三种现实"，亦即在现实的发展中动态地把握现实，讴歌革命理想。因而，社会主义现实主义又包含了浪漫主义因素。

高尔基参与筹备并主持了1934年召开的苏联作家协会第一次代表大会，并被选为苏联作家协会主席。他一生的文学创作和理论著述，是耸立在俄罗斯文学发展史上的一座丰碑。在20世纪俄国社会新旧交替之际，他继承了俄罗斯古典文学和西方进步文学的优秀传统，同时又从思想上和艺术上对社会主义新文学进行了不倦的探索，为新时代文学的到来而披荆斩棘，开辟道路。高尔基的伟大贡献在于，他的文学成就在文学史上形成了一个时代，即无产阶级文学的新时代。高尔基这种历史地位，是任何作家无法替代的。

因多年积劳成疾，高尔基于1936年6月18日与世长辞。

二、自传体三部曲

21岁以前的高尔基，成长道路和精神历程如波澜起伏，每一朵浪花的出现和消失，都映照出时代的记忆，令人深深回味。后来，高尔基根据自己的生活经历写成了自传体长篇三部曲。第一部《童年》于1913—1914年刊登在《俄罗斯语言》杂志上，描写的是阿辽沙（高尔基的小名）3岁至11岁期间在外祖父家的童年岁月。第二部《在人间》于1915—1916年间陆续发表，小说记录的是阿辽沙从11岁至16岁"在人间"的辛酸际遇。第三部《我的大学》于1923年在柏林出版，后又在俄国刊物《红色处女地》上发表，这是主人公16岁至21岁在喀山上"生活大学"的真实写照。书中的主人公就是作家本人，描写的事件是作家的亲身经历，其灵魂则是作家的心路历程。高尔基只为自己写过一两篇极为简略的"家世与生平"，所以，后来有传记作家为高尔基立传时，高尔基建议他以三部曲为标准核对材料。由此可见，三部曲对阿辽沙生活经历的描写是以真实经历为基础的，可以当作高尔基的传记看待。

然而，三部曲又不仅仅是高尔基个人的自传，而是一部具有极高艺术价值的文学作品。首先，三部曲按照一定的艺术构思和创作原则，描绘了20世纪俄国社会新人性格的形成历史。阿辽沙是旧社会的弃儿，自觉投身于改造旧世界的洪流，并在这个过程中使自身得到锤炼。小说令人信服地描绘了阿辽沙成长的主客观条件。他来自生活的最底层，从小与人民保持着密切联系。外祖母讲述的童话与歌谣，以人民的道德理想和对未来的憧憬陶冶了阿辽沙。人民的现实处境和不满情绪，又使他从小培养起倔强的反抗性格。书籍则启发了他对英雄业绩的景仰。在人间的不幸遭遇，迫使他走上了崎岖的人生道路。从此他在思想上明确地否定了旧时代，并对人民命运进行深沉思考，而对未来则抱着浪漫主义幻想。在强大的精神力量的支持下，他抵御了各种不健康行为的诱惑，在艰苦的环境中也不悲观失望。成年以后的阿辽沙，他的思想又经受了当时俄国各种社会思潮的考验，时时处处作为一位思考者，留下了他的人生足迹。他憎恨邪恶，向往善良和高尚，在三部曲结束时他尽管还没找到真理，但已走上了通往真理之路。阿辽沙·彼什科夫形象，不是根据某种模式塑造出来的概念化人物，而是深深扎根于生活的土壤，有丰满的性格，又是面向未来的一代新人的代表。

三部曲布满了主人公青少年时代的斑斑伤痕，但他不过分突出个人的不幸，而把自己当作那个时代的见证人，让后人痛恨社会的屈辱和不公道，歌颂人民对补会的反抗。三部曲的字里行间透露出一股旷达之气，显示出历尽沧桑后的沉静和旷远。

小说的迷人之处，还在于正描写了生活中正反两种力量的消长过程和主人公思想上孜孜不倦的探索。阿辽沙周围的人，性格复杂多样，生活的色彩也不单一，种种不同的印象总是在同一时期集中在阿辽沙身上，要他作出评价，进行选择。两个最亲近的人——外祖母和外祖父，却体现了他心目中的两个上帝。前者给予他忍耐、屈从、宽恕这些教诲，后者则使他孕育于胸中的反抗怒火时时希望迸发。是漠然视之，走向善良，还是寻求崇高，进行反抗？高尔基成年以后回忆说，这两个上帝的区别，"曾不安地分裂着我的心"。阿辽沙发现了这个区别，但以他幼小的心灵无法理解何以存在这种区别。高尔基以其深刻的洞察力揭示出，这种区别是两种社会势力、两种人生态度在阿辽沙未被污染的心灵中引起的不同反响。外祖父的上帝是使人恐惧和反抗，不相信人，致力于发现人身上的罪恶，再给予严厉的惩罚。而外祖母的上帝则代表同情、信任和宽恕，希望看到人与人之间的友好相爱和公正相待。阿辽沙认为，外祖母的上帝对他更为亲近，更可以理解。然而，外祖母对他的影响是正反相成的。外祖母正直厚道、善良勤劳，集劳动者的美德于一身，这是外祖母施加于他的正面影响。而外祖母的弱点在于看不到人间苦难的根源，找不到摆脱困境的出路，因此只有屈从于上帝的意志，寄希望于上帝的公正和仁慈。他在童年和"在人间"时期，的确试图从对上帝的幻想中去寻找精神寄托。但残酷的现实又每每使他清醒，使他隐约地感到外祖母的逆来顺受和忍耐宽恕是软弱无力的。于是，他时时努力挣脱外祖母的消极影响，表达他对现实的不满。幼年的阿辽沙，其心路历程经过了对现实苦难的漠然视之，到厌弃邪恶，到向往善良，到童稚式的反抗这个变化过程。

高尔基"在人间"时期，是他性格形成的重要阶段。这期间，他三进绘图师家当学徒，两上伏尔加河的轮船当洗盘碟工，还在鞋店、圣像画作坊打杂，在剧团跑龙套。"在人间"这5年，阿辽沙由11岁的儿童成长为16岁的少年，走过了一条崎岖的生活道路。与童年时期相比，他的活动舞台已经不是一个家庭，而是整个人世间，特别是人间的底层社会。随着阅历的增加，他对社会的认识也在日益深化。他逐渐熟悉了小市民生活的方方面面，把握到了他们共同的社会特征。他觉得小市民都很庸俗虚伪，又无理傲慢，而且喜欢用他们的处世法则去无情地审判其他一切人，不容许违反这个法则。阿辽沙最初很难理解这种小市民习气，经过反复的观察和思考他终于明白了："他们是被无聊压倒。"小市民如果停止对人们的挑剔、责骂、愚弄、嘲笑和欺骗，那么，他们就会觉得无聊透顶，也就看不见自己的存在了。小市民没有任何高尚的动机，他们的全部生活部建立在极端利己主义的原则上，这是小市民世界无法治愈的痼疾。

高尔基非常厌恶这个社会，每天都期待有更美好、更新的东西出现。他没有失望。悲惨的生活如同黑夜的星空，在漆黑的天穹上，有时也会点缀着几颗闪烁的明星，预示一线希望。在他阴暗沉郁的生活中，也常常遇到充满智慧和乐观情绪的人，如鞋店的瘸腿姑娘柳德米拉、绘图师谢尔盖耶夫、药剂师戈利特贝格等，这些人善良淳朴的品德给他忧郁沉闷的生活带来了一点闪烁的星光。特别是药剂师戈利特贝格告诉他，要了解生活为什么是这个样子，了解哪里有不同的生活，首先就必须学习。于是，读书的欲望使阿辽沙从对小市民生活的反抗，提升到寻求生活理想的阶段。

少年阿辽沙对书籍的爱好，与3位领路人的指引是分不开的，他们是："善良号"轮船上的厨师斯穆雷，绘图师家院子里的房客裁缝的妻子，绘图师家新搬来的年轻夫人"玛尔戈王后"。不管现实环境多么险恶、生活多么艰辛，阿辽沙始终坚持刻苦读书。他对书籍有严格的选择。最初引起他的兴趣的，是情节复杂、事件离奇的惊险小说；后来他觉得，这类书不能表现生活的真实，于是他开始阅读严肃思考生活、寻求现实答案的作品，认为只有这种书才具有生活教科书的作用。阅读启示他要做一个坚强的人，不要被环境压服。而现实又使他感觉到，生活与书本之间横亘着如此巨大的鸿沟，书本中那么善良的人和美好的事物，在生活中却看不见。因此，阿辽沙期待另一种生活。他在努力探索实现另一种生活的可能性。书籍使他在精神上变得崇高起来，不再被种种"病毒"所"感染"。他"抱定一种必须献身伟大事业的愿望"，并为实现这一愿望而乐此不倦。读书使他对生活的意义有了更深沉的思考，对人的使命有了更深刻的理解，在心目中培养起了对英雄业绩的景仰。

综观"在人间"这5年，阿辽沙的精神成长经历了理想与现实发生矛盾的困惑。这种思想斗争异常尖锐，异常痛苦。为了不至于被毁灭，他深感要改变生活，充实自己，于是怀着上大学的希望，他告别故乡前往喀山。

阿辽沙一到喀山，就感到大学美梦难圆。然而喀山的贫民窟和伏尔加河流浪汉聚居的码头，则成了向他敞开大门的"生活大学"。《我的大学》描写了青年阿辽沙几个重要的人生课堂：从伏尔加河码头的流浪汉群体，到聚居着受尽折磨、人生失意的贫苦人们的"马鲁索夫卡"大杂院；从民粹派小组到谢苗诺夫面包房的宣传工作；从对各种社会思潮的思考到在农民中开展文化启蒙……此时的阿辽沙已经告别了纯真无邪的童年和少年时代，走进了思考人生意义与社会出路的青春岁月。从喀山到红景村，他不仅与流浪汉和贫穷的大学生为伍，还遇到了从西伯利亚流放归来的革命者、沙皇政府的警官、民粹派知识分子、托尔斯泰主义者、工人和农民革命家，等等。这些人的社会地位不同，人生经历各异，但都具有独特的思想观念。他们总是把各种混乱的生活信条或互相矛盾的社会理念向阿辽沙灌输。如何对待这些人的引导，成了阿辽沙面临的一个严肃课题。如果说"在人间"时期阿辽沙已经形成了对旧生活不妥协的态度和初步的反抗性格的话，那么，在"我的大学"期间阿辽沙已开始从自发的反抗走向自觉的斗争，反抗的对象并不是个别人物而是不合理的社会制度了。

阿辽沙为寻求生活的真理，走过了一条曲折复杂的道路。民粹派思想是阿辽沙在喀山最早接触到的一种社会思潮。民粹派高度重视人民在历史上的作用，把人民视作"智慧、美德和善良的化身"，"包容了一切高尚、正直和伟大"，"是近乎神圣的统一体"。这些人民崇拜者的言论曾使阿辽沙为之振奋，此前他只知道具体的、个别的人，而未曾认识到人民是个统一的整体。可是，阿辽沙依据民粹派的理论在面包房工人中所做的宣传却收效甚微，此时的阿辽沙尚未认识到民粹思想的局限，他们只是把人民当作表达英雄豪杰的意志的工具。这一事实说明阿辽沙改革社会的理想还处于探索和徘徊之中。阿辽沙又听到了关于托尔斯泰主义的说教，但他否定了这种思想。高尔基在《我的大学》中写道：宣扬"爱人"，实质上是肯定现存生活秩序的合理和不可动摇，是否定改造现实斗争的必要和可能。在对待农民的态度上，阿辽沙与大学生也发生了很大的分歧。大学生们只会空谈爱人民，并认为"爱，就是赞同，迁就，不指责，多原谅"；而接受了民主革命家罗马斯影响的阿辽沙则主张"积极的爱"，要"指责"农民的愚昧无知，不能"迁就"他们的自私心理。

然而，阿辽沙又看到，他所尊敬的知识分子和革命家在当时的社会环境中都是孤独的，不能被人们理解。他满怀真诚和善良的愿望向农民进行文化启蒙，可农民却是不听不信他那一套。是针砭人民的愚昧，还是剖析自我没有掌握真理的神鞭？他不停地"在人间"奔波，又在奔波中思考。在"大学"里苦读求知，又面对知识提出许多疑难问题。三部曲向我们呈现的，就是这样一位思考型主人公形象。

但是，思考是十分痛苦的。生活过早地把阿辽沙抛向黑暗的地狱，他像但丁一样在地狱中奔走呼号，寻找精神家园。然而，他比但丁更不幸。因为在但丁前面，毕竟还有象征着理性和哲学的维吉尔，有象征着信仰和爱的贝娅特丽丝，为他作向导，但丁没有迷失在精神的荒漠。而阿辽沙是孤独一人在信仰的废墟中设法摆脱无处不在的苦难，在精神的荒原上永无止境地寻找，希图发现生存意义。所以我们不能不为阿辽沙的孤寂、迷惘、困惑、悲怆而感动。也许正是折射在阿辽沙身上的这段痛苦的精神历程，才使得高尔基能够透过自己苦难的童年，去把握俄国社会的本质内涵，揭示出人类文化发展的本真状态。高尔基在《童年》中写了这样一段意味深长的话：我写了这么多丑事，但我确信"俄罗斯人的灵魂是那样健康、年轻",这种健康的灵魂足以促使他们涤荡罪恶。俄罗斯富饶和肥沃的土壤,足以生长出善良,生长出"难以摧毁的希望"。在"人间"经历了那么多磨难之后,阿辽沙仍然决定:"我必须把自己改变一下,要不然我便会毁灭……"他真想对他自己、对整个大地,都猛击一掌,使连同他自己在内的人间万象都旋转起来,像欢腾的旋风一样旋转起来,像热恋中的情人曼舞般地旋转起来,以便于沉浸在新拓垦的美好生活之中。这种对个体生命意识的省察和体悟,对改变大众生存状况的企盼和热望,正是俄罗斯文学具有神圣使命感的体现。阿辽沙的苦难也就成了一种历程的象征:让生存走出困境、让灵魂不再漂泊、让精神皈依崇高。

高尔基的自传体三部曲,在艺术上树立了传记文学的典范。记史作传,贵在真实。但三部曲的真实观,体现了历史真实与文学真实的和谐统一。传主的生活经历是真实的,传主所生活的时代风貌是真实的,传记中的人物和情节也是真实的。这部传记文学作品,尊重历史的本质真实,把人物放在具体的历史背景上去书写他的精神成长,体现了历史与文学的共振,突出了"事实"这个传记文学的关键词。然而,作家又不囿于事实,所有的生活事件和生活细节,作者都在头脑中作了过滤,然后再把生活的本质呈现到读者面前,让读者通过一株树木能领略到森林的悠远。实现这一点,有赖于高尔基巧妙的叙事策略。三部曲自始至终都在捕捉传主心灵的真实,无论是恢弘壮观的场面还是丰繁入微的细节,无论是个性鲜明的对话还是朦胧依稀的回忆,都是从传主的心灵中喷发出来的,从而把传主的思想和性格刻画得清晰生动。这种心灵的真实体现了传记的本质。高尔基的创作实践,为长期困扰传记文学批评的事实与虚构这组对立统一的概念,提供了有益的借鉴。

第三节　肖洛霍夫

一、生平和创作

米哈伊尔·亚历山大罗维奇·肖洛霍夫(1905—1984)是苏联时代最杰出的作家之一,他以描写顿河哥萨克的生活和命运而闻名于世。他的创作构成了一个独特的艺术世界,是贯穿从孕育诞生到解体前不久整个苏维埃时代百年世事的宏伟篇章。他在苏联叙事文学中开创了悲剧史诗的艺术先河。1965年他获得诺贝尔文学奖。

1905年,肖洛霍夫诞生在顿河岸维约申斯克镇克鲁日伊林村。肖洛霍夫家是从梁赞省迁居顿河的外来户。父亲做过村商店的店员,租种过哥萨克的土地，做过磨坊管理员和走村串镇的货郎，职业经常变换，没有不动产，生活并不富裕。他只受过小学教育，但喜读书、收藏文艺书籍。正是父亲首先培养了肖洛霍夫对文学的兴趣。

肖洛霍夫说："我是在劳动哥萨克的环境里长大的。劳动哥萨克后来在国内战争年代支持苏维埃政权，被称为红色哥萨克……生活更新了，顿河更新了，它的居民——热爱劳动、性格坚毅、个性顽强的人民，也新生了。而这种更新，生活的这一部分，都写在我的作品里了。"

哥萨克原意为"自由的人"、"勇敢的人"。15 世纪至 17 世纪有大批农奴不堪地主和沙皇的压迫，从俄罗斯内地逃到顿河草原落户，这些逃亡的农奴及其后代，便称为哥萨克。哥萨克是一种特殊类型的劳动者，集庄稼人和军人于一身。他们一生都是农民，同时又是职业军人。

肖洛霍夫从童年起就受到顿河人民生活方式和风俗习惯的熏陶。他喜欢顿河的景色，熟悉哥萨克的行伍生活，熟悉他们按照自然日历安排的春耕秋收、割草捕鱼的日常生活。肖洛霍夫一生都在顿河度过，他一直生活和工作在他书中描写的人物中间。

肖洛霍夫早年的人生经历是不平凡的。在国内战争时期他还是一个少年，就参加了征粮队，在草原上同匪帮作战，为在顿河建立苏维埃政权进行斗争。少年时代的斗争经历和他早熟的艺术才华把他引上了文学道路。他 18 岁开始发表短篇小说。1926 年，他将发表的短篇小说结成两个集子出版：《顿河故事》（1935 年以后再版的小说集《顿河故事》，包括了原来的《顿河故事》和《浅蓝色的原野》中的作品以及其他早期的短篇小说）和《浅蓝色的原野》。他写的短篇小说，都是他所见所闻或亲身经历的不可忘却的事件。1975 年他在谈到自己怎样成为作家时说："我的成熟还是在经历了炽烈的国内战争的少年时代。需要写作，有非常多有意思的东西需要得到反映。这样就创作了《顿河故事》。"

《顿河故事》引人注目的基调是把人分为敌对双方的残酷阶级斗争。革命和国内战争震撼了顿河大地，影响着哥萨克的各个阶层乃至家庭关系。

《死敌》（1926）中贫农叶菲莫不怕富农的威逼诱惑，因坚定地维护贫农利益而被富农看成眼中钉"拔掉了"。《牧童》（1925）中，牧童在报上揭发村中一个富农的女婿窃取了苏维埃主席的职位，把好地分给富人，发生牛瘟也不请兽医医治。这个富农女婿得知揭发他的事情后，开枪打死了牧童。

顿河地区的阶级斗争，不仅体现为贫农和富农、红军和白军的斗争，而且深入每个阶层、每个家庭内部。《胎记》（1924）描写匪首柯舍沃依领着他的匪帮袭击村庄，他的 18 岁的儿子——红军骑兵连连长尼古拉率领队伍追击匪帮。尼古拉弹尽而被匪首杀死。匪首看见胎记，才知道杀死的是自己的儿子，他痛心疾首，开枪自杀。《看瓜田的人》（1925）描写担任村中战地法庭警卫队长的父亲，打死了同情红军俘虏的妻子，他的小儿子为了营救当红军的哥哥，砍死了前来搜寻哥哥的父亲。

这些短篇小说特别着力于描写社会冲突的尖锐和严酷性，从而鲜明地表现年轻作家创作的现实主义特点。他对国内战争的描写、观察角度和表现方式与其他作家有所不同。绥拉菲莫维奇的《铁流》、富尔曼诺夫的《恰巴耶夫》、法捷耶夫的《毁灭》等作品所描写的国内战争，场面较大，规模宏伟，表现一群人对一群人、一个阶层对一个阶层的斗争，阶级、集团之间的斗争占据主位，个人之间的矛盾和冲突隐伏在集团和阶级斗争的后面。肖洛霍夫则不然，他把巨大的阶级斗争场面浓缩在人与人的关系上，通过家庭矛盾，通过父子、夫妻、兄弟之间的对立和冲突表现出来，这就更加鲜明和突出地反映出时代变革的急遽和严酷。

这些短篇小说里回荡着年轻作家的人道主义激情。《粮食委员》（1925）中的波加庚凭着革命的坚定性，没营救因私藏粮食而被枪决的父亲，却在草原上不顾敌人的追击，救了一个冻僵的孤儿，最后被追上来的敌人杀死。这种自我牺牲精神体现了革命者崇高的情操。另一篇出色的故事《小马》（1926）讲述红军战士特罗斐姆为救一匹卷入漩涡的小马，自己反而被白军的子弹射中。作家通过这个坚强战士对小马的怜爱和温厚的感情，表现出普通劳动者和一个革命战士丰富的内心世界。

《顿河故事》的另一类短篇小说，描写革命和新生活给予人的深刻影响。这类故事的调子明朗欢快，表现出肖洛霍夫的幽默和喜剧才能。《高尔察克、荨麻和别的》（1926）用第一人称讲故事的方式，通过喜剧性格和幽默明朗的调子，描写革命改变了哥萨克妇女的地位，确立了新的家庭关系。

《顿河故事》已显露出肖洛霍夫善于写悲剧的某些特点，同时也表现出肖洛霍夫特有的幽默和喜剧才能。肖洛霍夫正是以自己这些多种风格的短篇小说为基础，创作出闻名世界的宏伟悲剧史诗《静静的顿河》。

随后，他又在《被开垦的处女地》（又译《新垦地》，1932年发表第一部，1960年发表第二部）中反映了哥萨克加入集体农庄的复杂过程。

1930年顿河地区根据联共（布）党的政策与要求，在广大农村消灭富农阶级、自上而下地开展农业集体化运动。肖洛霍夫在运动刚一开始时就积极地深入农村，去了解这一运动的情况，并且写出长篇小说《被开垦的处女地》第一部。

肖洛霍夫强烈反对曾经在俄国农村存在的剥削和不平等制度，对于当时提出的集体化方向，他表示了极大的热情，他认为这是改变农村不平等状况和落后面貌的可行途径。但从小说的许多内容来看，他对这场运动的有些具体措施，如强迫命令、违反政策、斗争扩大化、过"左"偏激、不实事求是等做法，也还是持异议的，在集体化刚刚兴起时就有所觉察，并在小说中有所反映，这是十分难能可贵的。后来，在1933年，肖洛霍夫曾经给斯大林写信，反映集体化后的问题。这与肖洛霍夫敏锐的观察力和关心人民疾苦的原则立场是一致的。

故事发生在顿河草原的一个小村庄里，情节以一明一暗两条线索展开。列宁格勒工人谢苗·达维多夫受党委托，来帮助哥萨克建立集体农庄。同他并肩工作的有村党支部书记玛加尔·纳古尔诺夫、村苏维埃主席安德烈·拉兹苗特诺夫，在他们周围团结了中农梅谭尼可夫，贫农留比什金、乌沙可夫、铁匠沙利，还有不走运的乐天派老头舒卡尔。这条线索是明的。另一条暗的线索是以白军军官波罗夫采夫上尉为中心展开的。波罗夫采夫和少尉廖切夫斯基、富农奥斯特洛夫诺夫等一起组织反革命集团，破坏集体化运动，妄想暴动。

这两条线索在渐次展开的事件体系中交叉发展，揭示出贫农、中农同富农、白卫军分子之间不可调和的斗争，以及人民内部的矛盾冲突：共产党员和村民之间的矛盾冲突，不同领导作风的冲突，日常生活的冲突，农民克服身上私有情感的冲突，等等。以达维多夫为中心的主人公们在复杂事件与斗争中、在同人民的关系中显示出自己的本色。他们的性格既是个性化了的，同时又十分鲜明地反映出时代的特点与历史转折时期的矛盾。

小说第二部是作家在50年代末完成的。时隔30年，虽然仍然写的是集体化时期的那个村子，可是故事情节的发展速度放慢了，事件描写的比重减少了，关于个人经历的叙述增多，抒情成分加强。作家着重表现的是成为50年代重要话题的人道主义精神。书中阿尔尚诺夫曾经对达维多夫发表的一段富于哲理意味的关于个人怪癖的议论，在某种程度上反映了作家关于人和人的性格的思考和认识。

1941年卫国战争爆发，肖洛霍夫作为战地记者走上前线。战争期间，他写了大量战地报道、特写和随笔，例如《在顿河》（1941）、《在维约申斯克镇》（1941）、《在哥萨克农庄》（1941）、《在斯摩棱斯克一带》（1941）、《在南方》（1942）等。1942年，肖洛霍夫为纪念卫国战争一周年，发表了短篇小说《学会仇恨》。

苏联人民在卫国战争中付出了巨大的代价。战后肖洛霍夫一次次地回顾痛苦的战争年代。1956年和1957年之交发表了短篇小说《人的命运》（又译《一个人的遭遇》）。这篇小说的题名本身就含有人道主义的深意。小说讲述一个普通战士安德烈·索科洛夫的故事。他在卫国战争中经受了集中营生活的考验和亲人相继死亡的痛苦。在非人的环境里他保持了一个战士的高尚品质。这篇小说是关于战争苦难的倾诉，是对苏联战士不可摧毁的坚毅精神的讴歌。作品中虽然描绘了战争的图画，但更多的是表达对战争的感受，是作家对于战争、对于既往历史的思考。这篇小说为处理战争题材的文学作品开辟了新道路，它成为战争抒情散文这一文学潮流的先声。

肖洛霍夫作为一个现实主义作家，留给世界文学许多有益的启示。其中最可贵的是，在他看来，文学生命的源泉首先表现在作家同人民生活的密切联系上。他不仅为人民的利益而生活，而且还要生活在人民中间。他在获得诺贝尔奖之后的讲话中说："许多作家把能够用自己的笔、不受任何局限服务于劳动人民看成是自己最高的荣誉和最大的自由，我正是属于这些作家的行列。"

二、《静静的顿河》

肖洛霍夫1925年秋开始写《静静的顿河》。1926年，他为了便于搜集创作资料，迁居维约申斯克镇。《静静的顿河》共4部8卷，1928年出版第一部（第1、2、3卷）和第二部（第4、5卷），1932年出版第三部（第6卷），1937年至1940年完成最后一部（第7、8卷）。

《静静的顿河》可以当之无愧地被称作哥萨克社会历史上的一面镜子。固然，运用文学形式描述哥萨克生活的远不止肖洛霍夫一人。普希金曾经写过哥萨克农民起义（《上尉的女儿》《普加乔夫起义史》），托尔斯泰也曾塑造过许多真实可感的哥萨克形象（《哥萨克》）；然而唯有肖洛霍夫通过20世纪头20年的社会巨变，最广泛、最深刻、最感人地表现了哥萨克的历史命运。

长篇小说以哥萨克古歌开篇：

> 哎呀，静静的顿河，你是我们的父亲！
> 哎呀，静静的顿河，你的水流为什么这样浑？
> 啊呀，我的水，怎么能不浑！
> 寒泉从我的河底向外奔流，
> 白色的鱼儿在我的中流乱滚。

肖洛霍夫用这首哥萨克古歌观照全书。它是书中描写的顿河哥萨克已经经历的和将要到来的悲剧命运的概括，也是麦列霍夫一家在国内战争中不幸遭遇的预示。

《静静的顿河》反映了1912年至1922年间哥萨克经历的所有重大历史事

件：哥萨克的战前和平生活，第一次世界大战，1917年二月资产阶级革命和十月社会主义革命，顿河地区的国内战争和战后生活。

作者在书中塑造了许多体现历史前进方向的革命者、布尔什维克、红军指战员的形象，描写了他们在伟大革命斗争中的英勇献身精神，讴歌了他们为之斗争的苏维埃政权的彻底胜利。肖洛霍夫在书中也写了旧政权的垂死挣扎和白军最终失败的必然趋势。作家在书中着重写的是：在旧政权和新政权、红军和白军、新世界和旧世界斗争过程中，以葛利高里·麦列霍夫为代表的劳动哥萨克走向新生活的艰难曲折的历史道路和他们中许多人充满迷误和痛苦的悲剧命运，以及在两个时代急剧转变中的整个哥萨克世界。

葛利高里是一个道地的哥萨克，一个复杂人物。时代的各种复杂因素、社会的尖锐矛盾和冲突，都投影在他身上。他曲折的生活道路和他一家在动荡年代的巨大变迁，是长篇小说的中心线索；1912年至1922年的历史事件，特别是1919年顿河哥萨克暴动，构成小说的情节基础。围绕葛利高里和他一家多变的、充满痛苦的命运，小说还展现了阿斯塔霍夫、柯尔叔诺夫、柯晒沃依、李斯特尼次基、莫霍夫等几个家庭的兴衰沉浮和众多人物的不同命运。葛利高里及其一家的命运，其他几个家庭的命运，哥萨克的命运和历史事件，复杂而紧密地交织在一起。作家透过人物的生活遭遇反映历史的进程，而历史的发展又决定着人物的命运。

第一次世界大战前夕，哥萨克社会生活中已经潜伏着日益尖锐的阶级矛盾。葛利高里的岳父柯尔叔诺夫是鞑靼村的首富，牛马成群，有阔绰的房舍和园林，雇佣了不少人，其中包括葛利高里的好友柯晒沃依和葛利高里的父亲。但是柯尔叔诺夫家的财富远远赶不上村中富商莫霍夫家。莫霍夫有店铺，有磨坊，雇有20多个工人和佣人，靠欺骗和剥削赚了很多钱。他的磨房工人"丁钩儿"愤愤地说，很快就要让莫霍夫这样的人再尝尝1905年革命的滋味。葛利高里和阿克西妮亚的东家、大地主李斯特尼次基将军更是这一带的富豪，他家有数千俄亩土地，有自己的庄园，老地主过着悠闲的生活，他的儿子是沙皇军队中的中尉军官，始终是一个狂热的保皇派。

第一次世界大战打破了哥萨克的平静生活。哥萨克在战争中的情绪和认识，先后发生了很大的变化。葛利高里发出一个带有叛逆意味的疑问：为什么哥萨克背井离乡，为什么人们无冤无仇地互相残杀？彭楚克在前线战壕里宣传布尔什维克对战争的看法，要士兵们掉转枪口，对准把他们送上战场来的沙皇政府，起来革命，推翻专制政权。布尔什维克的真理动摇了顿河哥萨克和葛利高里以前对沙皇、祖国、哥萨克军人天职的全部观念。尽管这种新的认识还很朦胧，然而旧的观念已经动摇。

当十月革命来临的时候，上过前线的劳动哥萨克几乎都站在革命的一边，成立了以波得焦尔科夫为首的顿河哥萨克革命军事委员会。葛利高里参加了向旧政权进军的行列，他是鞑靼村第一个参加红军的哥萨克。

从革命的敌对力量方面来说，肖洛霍夫以历史文献与事实为基础，描写科尔尼洛夫、邓尼金、卡列金、克拉斯诺夫等反革命的将军们也在迅速组织反革命力量，发动国内战争，并招来外国武装干涉者，企图从四面八方包围年轻的苏维埃政权，尤其在南方战线，形势更加严重。1919年春，在国内战争期间的南方战线危急时刻，哥萨克和苏维埃政权发生了冲突，顿河上游哥萨克起来暴动，这构成了长篇中最重要的事件。在这个事件中最悲惨的一幕是以波得焦尔科夫为首的红军哥萨克远征队全部牺牲在受白军军官蒙蔽的哥萨克及其代表手里。

肖洛霍夫在《静静的顿河》中关于暴动的描写，同他给高尔基的信里陈述的一样："发动暴动是由于对待中农哥萨克采取过火行为的结果。"此外，作家还在书中描写了国内战争时期顿河地区复杂多变的形势和社会历史等方面的原因：这里有比其他地区强大得多的白军势力，有较为深厚的富农经济的基础，有哥萨克自治论的影响，有哥萨克小生产者本身以及他们在社会历史发展中形成的特点。

葛利高里在暴动以前和以后，在红军与白军之间摇摆不定，一直在探索自己应该走的正确道路。葛利高里是中农哥萨克的一个独特象征。那些知道国内战争的历史、知道它的过程的人，都知道在1920年以前不只是一个葛利高里·麦列霍夫，也不只是几十个葛利高里·麦列霍夫曾经动摇过。葛利高里在歧路上的徘徊，是他走上新生活的必不可少的蜕变。他和顿河哥萨克一起在1919年的暴动中反对苏维埃政权，然而他还有自己特殊的命运。他是鞑靼村哥萨克中最早的觉醒者，然而又是他们中最迟的归来者。当哥萨克已经回到苏维埃政权方面来的时候，他还曾堕入匪帮一段时间，直到最后才回到苏维埃政权下的生活中来。

葛利高里堕入匪帮，与以往寻求不同，他十分清楚这是匪帮，不是他要去的地方，然而他不得不暂时羁留此处，以图躲过苏维埃政权对他的追捕。葛利高里堕入匪帮，不像许多批评家曾经说过的那样，中断了这个人物的典型性。恰恰相反，它加深了这个人物的典型性。葛利高里堕入匪帮，正深刻地说明客观形势的复杂；说明革命过程中某些政策执行者的过激做法会使一个历史包袱过于沉重的优秀哥萨克在人生的迷途中走出多远；要克服这种迷惘和彻底卸掉自己肩上的包袱，又需要付出多么高昂的代价和作出多么重大的牺牲。葛利高里堕入匪帮，是历史悲剧在葛利高里身上的体现，是国内战争中哥萨克悲剧性曲折道路的延伸和深化，而这种历史的悲剧性是带有历史必然性的。葛利高里之毅然脱离匪帮，不仅是他对苏维埃政权认识上的深化，而且也同样具有历史必然性。走向苏维埃政权，走向社会主义，这是以葛利高里为代表的广大劳动哥萨克的必然归宿。不管葛利高里走过什么样的曲折道路，不管他为此付出什么样的沉重代价，他是一定会走向这个历史必然归宿的。

具有丰富内涵的葛利高里形象，其最能征服读者的"人的魅力"在于，他经历了在动荡的年代真诚地寻求正确的哥萨克道路而同时陷入不正确的选择的悲剧。在这一点上，葛利高里·麦列霍夫这个形象的意义扩大了，与20世纪世界文学中探索真理、选择人生道路的人物形象是相通的。

俄罗斯文学曾经塑造了许多成功的农民形象。肖洛霍夫塑造的哥萨克农民形象达到了一个新的艺术高度。肖洛霍夫虽不是第一个将农民引进文学的作家，然而他在文学中第一次真正把农民推上历史舞台的中心，使他们站在最醒目的地方，让大家清晰地看见他们的形象，听见他们在革命的暴风雨年代前进的脚步声，感觉到他们心灵的跳动，理解他们的复杂的性格，把握他们充满矛盾和不断变化的心理。

肖洛霍夫笔下的农民是历史的积极创造者，是在历史发展中的积极感受者、思考者、行动者、追求者。葛利高里积极寻求"真理"，苦苦地探索、思虑，但他不是哈姆莱特，不是多所思虑、迟于行动的人。作家在他身上充分而深刻地表现了哥萨克农民所具有的属于新与旧、属于未来和过去的多重复杂本质。柯晒沃依也以一个新时代主人翁的姿态积极行动着，他带着自己的偏激和忠于革命的心，勇往直前、无所畏惧地投入建立苏维埃政权的斗争。潘苔莱·普罗珂菲耶维奇同样积极地行动着，他常常不自觉地站在旧事物一边……这些普普通通的农民，无论他们是顺着历史潮流而动，还是逆历史风向而行，都是积极的行动者。

肖洛霍夫笔下的哥萨克农民有着丰富的内心世界，有感受爱情、友谊、欢乐和痛苦的丰富情感，这在俄国文学的农民形象塑造方面的确标志着一个新水平。肖洛霍夫的人物都生活在丰富的感情当中。对劳动、对自然的热爱，是肖洛霍夫的优美品格之一。他们的感情不只局限在个人的狭小圈子里，这些感情同时也融汇在社会生活中，并具有显著的主动性和进取性。

葛利高里在寻求正确道路和对历史进行思考当中的迷惘和苦闷、悔恨和彷徨，他失去亲人后的刺痛肺腑的悲伤，这许多的感受交织在一起，体现出时代的巨大痛苦。

阿克西妮亚对葛利高里的爱情具有冲破一切阻碍的力量。阿克西妮亚的爱情里，有最温柔的女性的深情，有焕发青春的魅力，有想念的愁苦，有忧伤的恐惧，有对葛利高里内心世界的深刻理解。阿克西妮亚的爱情完全被笼罩在葛利高里悲剧命运的气氛里，成为葛利高里悲剧命运的内容，加深了葛利高里悲剧的社会意义。

肖洛霍夫不仅描写人物感情，而且描绘其复杂而细微的心理变化。

放荡、无所顾忌的妲丽亚·麦列霍娃在决定自杀时，突然间发现了她以前从来没有注意到的顿河的美景，这美景在她与人世诀别的时刻唤醒了她的灵魂，她甚至想到，如果还能活着重新开始人生道路的话，她也许会变成另一个人。

娜塔莉亚在暴风雨中诅咒葛利高里，让上帝惩罚他。她由深爱葛利高里而痛苦，又由痛苦而愤怒、而不平。可是在临死时，她对葛利高里深切、热烈的爱情一下子又放射出奇异的光辉，她要求婆婆在她死后给她穿上葛利高里喜欢的那条裙子，她为不能最后见到葛利高里而惋惜，她嘱咐儿子米沙特加把她的吻和她的爱转达给葛利高里。

伊莉尼奇娜在一连失去了几个亲人后，女儿出嫁了。她心里感到格外孤独，这种孤独变得日益浓烈，使她失去了忍受痛苦的力量。但是她在痛苦中又萌生了等待小儿子葛利高里回来的希望，继而希望又变成苦苦的想念。她终于身心交瘁，在想念中病倒了。她躺在床上，中午的太阳在窗外的天空照耀着，几片白云在蓝天中随风飘动，蝈蝈儿在窗外墙根儿下的青草里鸣叫。伊莉尼奇娜听着蝈蝈儿的叫声，闻着一阵阵从窗外透进来的、被太阳晒过的草的清香，刹那间她对儿子的想念变成一片梦一样的欢快回忆。回忆渐渐淡下去。回忆的瞬间像回光返照一样，使想念终于变成了绝望。肖洛霍夫描写伊莉尼奇娜临终前的感情变化，极其细微。心灵的变化常常和自然景色的变化和谐一致，融为一体，同时又映照出社会的变化。

肖洛霍夫描写人物，始终把他们置于社会生活之中，置于大自然的背景之中。在他的作品中，人、社会、自然和谐地构成一个统一体。人物心灵的变化，反映着历史事件的发展和社会生活，而自然景物又随着人物心灵的变化而变化。葛利高里从红军复员回家的时候，坐牛车走过秋天的草原，他茫然的心情和草原的死寂相互映衬。当他再度和阿克西妮亚从村中出逃、阿克西妮亚中弹身亡的时候，葛利高里看见自己头顶上是"一片黑色的天空和一轮耀眼的黑色太阳"。"黑色的天空"和"黑色的太阳"表现了葛利高里痛苦绝望的心态和心灵上无比巨大的震撼，表现了艺术之真的至悲至美之境。

第四节　索尔仁尼琴

一、生平和创作

亚历山大·伊萨耶维奇·索尔仁尼琴（1918—2008）是俄罗斯20世纪著名作家，同时他还被认为是政治家、思想家和社会学家，是"俄罗斯的良心"、"俄罗斯知识分子的良心"甚或"人类的良心"。他留下的著作、公开发表的政论、演说和私人信札昭示了他暴风雨般的一生。60年代的苏联《真理报》曾经将之与托尔斯泰比肩，认为他对"即使处于备受屈辱时刻的人的品质"的描写也会使人的心灵痛苦地紧缩起来。正是因为他"对于贯穿在许多伟大前驱作品中无可比拟的俄罗斯传统的继承"，1970年瑞典皇家科学院授予其诺贝尔文学奖。但是由于当时严峻的政治环境，索尔仁尼琴没有能够去瑞典领奖。1972年瑞典皇家科学院曾经试图到苏联给他颁奖，因为未获得签证没有成行；1974年2月索尔仁尼琴被驱逐出境，移居瑞士并且得以前往斯德哥尔摩，领取迟到了4年的诺贝尔文学奖。在4分钟的颁奖演说中，他认为自己的作品可能给读者欢乐的酒杯里滴入了苦涩。但是文学创作使他在残酷的斗争中没有屈服，帮助他把声音传到了俄罗斯以外的土地上。索尔仁尼琴本身就是既不会被打垮也不会被毁灭的斗士。

实际上，读者在阅读俄罗斯文学的时候普遍存在一个"预设"的期望值——那就是作家在多大程度上剖析了我们的灵魂，挖掘了那里的善与恶。对于一个了解俄罗斯历史文化变迁之后，仍然喜欢阅读俄罗斯文学作品的读者来说，恐怕在很大程度上缘于他们对俄罗斯文学传统中灵魂拷问的特殊喜好。在这一点上索尔仁尼琴几乎完全契合。他的作品被当作呼唤人性的圭臬，也被当作书写人性堕落的标本。正是这样的人生、文字和精神哲思使得索尔仁尼琴本身成为"索尔仁尼琴学"。他的一生都在向世界阐释什么才是俄罗斯精神，同时也在用自己的文字告诉人们：苦难应该如何抒写才能在文本中永垂不朽，文学究竟如何抵抗才能使得暴力不再发生。

索尔仁尼琴1918年11月出生于高加索地区的吉斯洛沃茨克的一个哥萨克知识分子家庭，可以说是和"新生的苏维埃"一起出生的孩子。他的父亲出生于一个古老的农民家庭，喜欢文学，第一次世界大战期间作为志愿兵到前线，1918年6月15日在一次打猎中意外丧生。索尔仁尼琴成为遗腹子。他的母亲出身富足的农民家庭，接受了良好的教育，能够熟练掌握英语和法语，在丈夫去世和儿子出生后，由于"富农"的出身，她在当地无法找到工作。

1924年她带着儿子来到了顿河流域的罗斯托夫。虽然生活拮据,索尔仁尼琴最终还是接受了完整的教育,但学校生活没有成为未来作家的美好回忆。低年级时,他因为光顾教堂和不愿意加入少先队而受到同学的讥笑,高年级时,他开始喜欢文学,并且渴望用文字参与社会生活的各个层面。这个最初可能是模糊的理想,后来成了作家一生的使命。中学毕业后,索尔仁尼琴考入罗斯托夫大学数学系,1939年他考取莫斯科大学文学系函授班。1941年,就在卫国战争爆发前几天,索尔仁尼琴大学毕业,当年10月即应征入伍。后进入炮兵学校学习,在战争中他作战英勇,曾被授予卫国战争二级勋章和"红星"勋章。1941—1942年的这段经历,后来被写入作家1948年的中篇小说《爱革命吧》。

1945年2月,索尔仁尼琴的命运第一次发生了急转,在给自己的中学好友的信中,他激烈地抨击了斯大林。信件引起部队检查机构的怀疑,惹祸上身,1945年8月他被判劳改8年。此后,文字带来的命运转变一直伴随着这位文学斗士。

1950年5月索尔仁尼琴被流放到哈萨克斯坦的一个特别集中营内,这段经历后来在小说《伊万·杰尼索维奇的一天》中得到详细的描写。1953年劳改释放后,他被"永久"流放到哈萨克斯坦南部,在一所中学教数学、物理和天文学。其间他患了癌症,1954年和1955年他被允许到塔吉克的一家医院接受胃癌治疗。治疗是成功的。这段医院经历后来成为《癌症楼》的小说蓝本,同时他还在思索着关于劳改营生活的《劳动共和国》和长篇小说《第一圈》。

1956年8月,索尔仁尼琴结束流放生活回到俄罗斯中部城市弗拉基米尔,继续在中学教授数学。在这里他重新和原来的妻子生活在一起,这段在弗拉基米尔的生活,后来在他的《马特廖娜的院子》中有所表现。1957年索尔仁尼琴获得平反,恢复名誉,和妻子定居梁赞市,做中学教师,同时继续文学创作。1959年索尔仁尼琴完成小说《Щ-854》(小说主人公在劳改营的编号),描写一个集中营流放者的故事。1960年写作《村子不能没有布道者》《第一笔》《小不点》和《你那里的光亮》(即《风中的蜡烛》),不过这段时间的创作也使他看到自己的作品几乎不能发表。

1961年他通过自己的朋友,著名日耳曼语学家卡别列夫,将自己的手稿《伊万·杰尼索维奇的一天》(即《Щ-854》)交给了特瓦尔多夫斯基担任主编的《新世界》杂志。1962年10月在赫鲁晓夫个人压力下,中央政治局通过决议同意发表这部小说。1962年第11期《新世界》发表了这部作品,在读者群和国外产生巨大影响。自此索尔仁尼琴踏上了苏联文学风驰电掣的列车,批评界发现了这部小说的意义,认为它完全代表了当时苏联文学中一个独特的文学巨匠的诞生。批评界和读者由此深信苏联社会生活的任何一个领域都可以进入文本。1963年1月,《村子里不能没有布道者》最终以《玛特廖娜的院子》为题发表；1964年秋天，他的戏剧《风中的蜡烛》在莫斯科上演。1965年索尔仁尼琴开始收集俄罗斯农民起义的材料，准备他心中的史诗作品《红轮》。同年克格勃搜查了索尔仁尼琴朋友的家，从那里找到了作家的部分诗稿和《第一圈》的部分手稿。

从1966年起，索尔仁尼琴频繁从事社会活动——公开演讲、与读者见面、接受国外媒体采访。同时他将自己的作品《癌症楼》和《第一圈》的部分章节公之于众；1967年他秘密完成了《古拉格群岛》的创作。同一时期索尔仁尼琴的小说集也被西方出版。但伴随着勃列日涅夫时代的来临，苏联国内出版检查制度更加严格。1967年他在致苏联作协的公开信中反对出版检查制度，在西方知识分子中间引起巨大反响。1968年在美国和西方出版了索尔仁尼琴的《第一圈》和《癌症楼》，这也使得他在苏联国内彻底沦为反对者，他被开除出作家协会。

1970年索尔仁尼琴获得诺贝尔文学奖时，离他发表第一部小说只有8年。所以他在1974年得以前往瑞典发表获奖演讲时说：从我的公开文学活动算起，我甚至还处于幼年时期，总共才是创作活动的第八个年头；对于皇家学院来说，这里潜伏着巨大的冒险性，因为当时所发表出来的东西只是我创作的一小部分。也许，任何文学与科学奖金的美好使命都正体现在这里——有助于前进中的发展。1975年4月，索尔仁尼琴继续写作《红轮》；1976年在结束了对法国和英国的访问后，他的思想发生了变化，出现了反对西方文化的倾向。他的这一思想倾向也在西方学者那里引起了巨大的争议。在国外流亡的这段时间，作家很少和媒体见面，也很少和外界接触，基本过着"隐士"的生活。

1985年，苏联文学界开始松动，索尔仁尼琴的作品和其他流亡作家作品一起回归到俄罗斯读者群当中。1989年《新世界》杂志发表了《古拉格群岛》的部分章节。

早在被驱逐出境时，索尔仁尼琴已经预感到他会再度回到祖国。1994年5月27日，作家终于回到了阔别20年的俄罗斯。此后直到2008年在俄罗斯去世，索尔仁尼琴几乎过着"喧嚣"的生活——创作、演讲、文学奖、国家荣誉纷至沓来，这些带给作家和他的祖国不仅仅只有精神的惊喜，也伴随着激烈的争论和质疑，他在国家杜马、不同的城市和电视台做演讲，但是鲜有呼应者。索尔仁尼琴成为俄罗斯作家中很少相信别人而只相信自己判断的人，他的每一次文学主题的演讲都会招致争议。有些学者甚至认为他更像是一个历史学家，而不是一个作家。但是谁也无法否认他的作品对于俄罗斯文学传统的继承——文学应该和社会、哲学与灵魂紧密联系。他憎恶叶利钦时代的国家状态，相反会赞赏普京的铁腕政策，这多少反映出索尔仁尼琴的个人英雄情结。从他身上衍生出来的某些观念更多地反映出了作家内心的彷徨。但是这一时期他的文字能够给予他内心和读者的力量却有些虚弱，这个作家阔别了20年的俄罗斯也没有回到作家渴望的"传统俄罗斯"的轨道上去。

索尔仁尼琴的作品几乎参与了苏联历史上所有重要的政治历史进程：第一次世界大战、斯大林时期的肃反、赫鲁晓夫的"解冻"时期、勃列日涅夫的停滞时期，直到苏联解体。每一次历史的急遽变化都会在他的作品中有所呈现，都会与时代变革高峰相碰撞。这种"个人的命运体现在千百万人中间，千百万人的命运集中在个人身上"的信念成为索尔仁尼琴作品的宏旨。在自己的时代里，索尔仁尼琴虽然一直是一个怀疑论者，但是这些不影响索尔仁尼琴"发声"，他从未想过噤声，即便是在生活和政治上给过他"恩惠"的美国，他的演讲也充满了对于西方毒品泛滥、道德沦丧的激烈批判。流亡国外的20年，他没有像一些流散作家那样融入当地的生活，他所居住的美国北部的小镇，那里冬日的寒冷堪比俄罗斯。他不讲英语，虽然他极力反对苏联，但是也没有成为西方的朋友，他坚守着一个人的战斗。

索尔仁尼琴的小说从一开始就建立在时代背景和公民勇气的基础上。在创作上索尔仁尼琴显然更加相信生活本身，他认为生活可以自己表现自己，生活本身应该是真实的源泉。所以他的作品基本上都是"生活真实"的写照。小说的自传性特质使得读者会不由自主地将小说主人公的遭遇和索尔仁尼琴的个人经历放在一起，使得小说叙述者和主人公之间呈现出一种特殊的关联。主人公更像是一个见证者，作者赋予他更多的英雄主义"神话色彩"来表明俄罗斯知识分子不受国家意志的羁绊。

60年代在索尔仁尼琴的文学创作中占有特殊的地位。1962年《伊万·杰尼索维奇的一天》的发表引发苏联国内外的大讨论，也是苏联"集中营小说"的发端，甚至可以将这一年看作是苏联文坛的"索尔仁尼琴年"。作家的艺术世界基本建构起来，索尔仁尼琴找到了适合自己的写作风格和创作道路。在这部奠定其文学地位和带来文学荣誉的中篇小说中，索尔仁尼琴塑造了一个普通的劳改营犯人。他拥有一个在俄罗斯最普通的名字"伊万"，但是在劳改营里他失去了这个普通的名字，获得了一个代号"Щ－854"。这部小说适逢对于斯大林肃反政策的反思和批判时期，它完全契合时代风向标，但是这并没有减弱小说的艺术魅力。作家竭力塑造一个在非人生存条件下，依然保留人的尊严的主人公形象。在劳改营里，伊万·杰尼索维奇不仅仅想着"如何活下去"，而且思考"怎样和为了什么活下去：不是为了别人，只是为了劳动而劳动"。而这一点在西方读者那里很难找到共鸣，人们不理解作家出于什么动机，没有在作品里直接谴责这种非人的劳改生活所带来的痛苦，而将之认为是人所能建立的功勋。而且这种劳动不会带来任何回报，伊万唯一拥有的"物"是一把可以随时带着的勺子，期待到了晚上可以将汤喝得干干净净。小说虽然依赖作家自身的劳改经历，但是显然他更加渴望在俄罗斯文学传统里寻找主人公生活下去的可能性：在劳改营里，当一切尊严都被漠视的时候；只有这种劳动会让人感受到自身的存在。小说主人公的信条则是："忍耐！弯下腰去！如果你要直起来，就会完全折断。"在一些评论家眼中作家将主人公"天真化"了。读者也期待作家可以给予主人公更多"思想的火花"。比如，这些被流放的人可以在晚上聚在一起讨论更多的政治问题，可以一起唱《国际歌》，呼唤自由，而这里的伊万·杰尼索维奇简直像一个俄罗斯老农一样只知道忍耐，对于自己被扭曲的命运没有反抗，好像认为这很合理。这多少让渴望英雄崇拜的读者有些失望，希冀借此形象歌颂俄罗斯精神的评论界有些失落。

伊万默默地戴着自己的十字架，他说："我不反对上帝，这你应该理解，我乐意相信上帝。但是我不相信天堂和地狱。"这几乎是陀思妥耶夫斯基笔下的伊万·卡拉马佐夫的观点。虽然批评界大多认为他的思想和托尔斯泰更加接近，但是从这篇小说中，读者却可以看到索尔仁尼琴试图在20世纪的苏联，思考自陀思妥耶夫斯基时代直到今天的俄罗斯灵魂的问题。实际上，小说主人公深切地明白劳改营的所有不公正和非人性，伊万明白他现在自己就身处"地狱"。但是和陀思妥耶夫斯基不同的是，索尔仁尼琴想借伊万的劳改营生活告诉读者，他不愿意以上帝的名义而受苦，上帝也不能解救他的灵魂。对于伊万来说，每天可以活下来就是最大的幸福。作家的这种写法超越了读者的想象空间，虽然是书写斯大林肃反带来的残酷命运，但是在小说中读者感受到的笔调却是和缓的，这种艺术张力增加了小说的悲情色彩。所以不奇怪，小说一经发表就引起了苏联和海外批评界的关注。可以说正是《伊万·杰尼索维奇的一天》才让读者真正认识到了索尔仁尼琴的写作才华。

索尔仁尼琴的创作浸润了更多的个人生活经历，且融入自己对于社会生活的诘问和思考，他的主人公的生活境遇几乎就是作家对这个世界的告白。读者想要在阅读中获得愉悦恐怕会很艰难，但是如果想要忘记索尔仁尼琴的作品似乎是更加艰难的事情。1959年，他以但丁《神曲》里的地狱篇所描述的"地狱第一圈"作为小说的题目完成了《第一圈》的创作，小说依然是在真实历史事件的基础上创作的——在一座条件相对宽松的监狱里，关押着一批特殊的科研人员，他们被迫在这里工作，当然等待他们的依然是毁灭。利用文字的力量来战斗，逐渐成为索尔仁尼琴的文学自觉。这在1963年发表的《玛特廖娜的院子》中再一次体现出来,小说原来的名称中的"遵守教规者"本身就是一个敏感的宗教语汇,所以最后主编特瓦尔多夫斯基给了它另外的名字。通过苏联农民生活现实的痛苦来针砭时弊是小说的主题,这类主题似乎也是他在呼应19世纪文学传统,因为对于农民生活的深切关注也出现在涅克拉索夫的笔下,"谁在俄罗斯能过上好日子"的诘问同样呈现在《玛特廖娜的院子》中。当玛特廖娜走进已经着火的小木屋时,读者开始明白俄罗斯农民的悲剧自19世纪以降没有实质性改变,特别是女性的悲剧。但是索尔仁尼琴也在玛特廖娜身上寄托了民族幻想,即传统的俄罗斯妇女承载了"布道者"的使命。这似乎也是对于俄罗斯知识分子那种回到宗法农村生活的乌托邦幻想的一种讽刺。因为在很多作家笔下,俄罗斯乡村生活还是弥漫着过去岁月的氤氲,很多流亡作家正是通过对于乡村生活的回忆来排解自己对于祖国的思念。

二、《癌症楼》

《癌症楼》1968年首先在西方出版,作家因此获得了1970年的诺贝尔文学奖。这被苏联认为是继帕斯捷尔纳克的《日瓦戈医生》之后的西方针对苏联的一次政治事件。

《癌症楼》《伊万·杰尼索维奇的一天》都带有强烈的自传色彩。但是假如读者认为作家不过是希望借助文字来记录自己的生命轨迹的话,那就低估了小说的文学魅力。这部小说和索尔仁尼琴的其他作品一起在1990年重新回到读者群中间,这是作家继1962年之后第二次回归。

这一时期,伴随着苏联的解体,俄罗斯文学迎来了历史上的反思期和回归期。虽然"当代文学"的含义通常是特指和时代处于同一精神空间的作家的作品,但是20世纪末的俄罗斯文学却成为文学史上的"错峰期",回归文学使得当代俄罗斯文学在一段时间里不得不把目光转向流散文学和被禁文学。

《癌症楼》所叙述的故事关乎20世纪苏联社会现实。小说诘问的依然是类似托尔斯泰提出的问题:人究竟依靠什么活着。但是索尔仁尼琴认为托尔斯泰并非自己的道德领袖,相反他认为陀思妥耶夫斯基却可能成为自己精神上的领路人,因为在陀思妥耶夫斯基那里,道德问题的讨论更加深刻和尖锐,而且更加具有现代性。索尔仁尼琴的作品也深受白银时代作家扎米亚京和茨维塔耶娃的影响,这两位作家使得索尔仁尼琴深刻意识到"俄罗斯文学对于世界文学进程的建构"。所以《癌症楼》虽然以作家自身经历为蓝本,但是它所延续的问题依然是《伊万·杰尼索维奇的一天》中的问题。

小说主要塑造了主人公科斯托格洛托夫的形象。科斯托格洛托夫作为一个劳改营分子得了癌症,前往医院救治,在这里不同病人的不同命运交织在一起,人性的扭曲和主人公身体与精神的苦痛始终贯穿全文。小说在开头就渲染了癌症楼带给人的绝望和恐慌,比如楼房的门牌号恰好是13,这里的每个人在进来之前或许过着颐指气使的生活,或者过着像科斯托格洛托夫这样被劳改流放的日子,可是他们在这里只拥有一个身份——濒临死亡的人。相对于《伊万·杰尼索维奇的一天》,索尔仁尼琴在《癌症楼》里对于社会的阴暗进行了无情的剖析,有些地方赤裸裸的描写甚至会让读者产生过于自然主义的质疑,可是主人公科斯托格洛托夫的诗人气质和对于生命尊严的维护又让读者惊诧于作家的抒情笔调,甚或浪漫主义色彩。

在小说的第20章《美好的回忆》中,已经尝够了幻想破灭滋味的科斯托格洛托夫,对于能够获释回家已经不存在任何希望。虽然在癌症楼的治疗摧残了他的身心,可是如果拒绝这种治疗,那就意味着可能会被流放到更加遥远的沙漠去。最后他只想回到自己心爱的流放地乌什-捷列克去。科斯托格洛托夫问自己:在世上,最爱你从孩提时就苦恋、对耳闻目睹的一切都习以为常的地方呢,还是爱第一次对你说"行啦,不用押送了!您自己去吧"的地方?这里主人公甚至将往日的流放地称作"我们那里"。张扬的战斗精神内化为主人公的内在心灵慰藉和想象,这种不留痕迹的描写强化了生命的悲凉感,但是它没有消解时代悲剧。

科斯托格洛托夫在劳改营过着地狱般的生活,但是他深深体会到,"流放不只有使人心情压抑的一面,而且还有使人感到解脱的一面"。小说的描写似乎让读者有些气馁,那些人们在苦难英雄身上所寄托的激扬生命和渴望自由的精神没有获得释放。这种英雄主义的心理预期恰好就是读者与作者之间的距离。在这段距离里,索尔仁尼琴思索的是人性在特殊环境下的真实体现,那种大刀阔斧地反抗暴政的行动方式或许只能出现在战争和农民起义当中,而变成了一个国家的苦役犯和囚徒的时候,作家更加坚持的则是对于俄罗斯精神和灵魂的考量——究竟可以在多大程度上承载苦难所带来的生命感知。在这一点上索尔仁尼琴显然是一个乐观主义者。

科斯托格洛托夫在劳改营呆了7个年头,就在这个时候,他患了癌症,前往医院和一群濒临死亡的病人生活在一起。作家展示的是不同个性、不同命运的人何以在癌症楼里被完全机械化,如何成为"一个人",接受外界的无知教诲和治疗方案;为什么人们会喜欢以消灭别人的生活为主旨的生命过程,而且在这个过程中丝毫不会犹豫。在这个机械化过程中,作家认为它戕害的是俄罗斯民族的灵魂。但是这种黑暗并没有影响作家选择自己的主人公的标准,索尔仁尼琴小说的主人公永远是那个在黑夜里疾驰的人。

在《癌症楼》中,作家引用了普希金的诗歌:在丑恶的时代里,人们只能是暴君、叛徒和囚犯，此外别无其他。科斯托格洛托夫是一个囚犯，他曾经是一个普通的大学生，服了7年兵役，只是因为一次在和同学聊天中表达了对斯大林的不满便"因言获罪"，被判了7年徒刑，然后又被流放到了自然条件恶劣的中亚地区。因为要在医院治疗癌症，可以暂时脱离流放地，又成了黑暗中那一点点生命的光亮。在忍受着痛苦和屈辱的生活的同时，科斯托格洛托夫唯一的心灵慰藉，是他在护士卓娅和女医生薇拉身上寄托的那种美好情感，卓娅问他关于流放地乌什-捷列克是个什么样的地方的时候，她天真地说：别的什么都不长吗？科斯托格洛托夫回答："怎么会不长呢？那里有水田作物，还有甜菜。菜园里种什么都行。当然，得付出劳动，锄不离手。"科斯托格洛托夫甚至描述了集市的情形：希腊人卖牛奶，库尔德人卖羊肉，日耳曼人卖猪肉，人们穿着民族服装，骑着骆驼去赶集。只有在和薇拉说话的时候，他的面容和善起来，他"前额的皮肤往上一抬，仿佛准备祝酒似的"。在和薇拉一次快乐的谈话之后，科斯托格洛托夫发现：天花板上那奇异的淡淡的光影忽然起了涟漪，某处一些银色的点子熠熠闪亮，向前浮动。而这一切不过是窗外墙角下一潭积水的反照，一个尚未干涸的水洼的映像。他想拉一拉薇拉的手，或者和她握一下手，哪怕可以大声直呼她的名字。小说结尾，科斯托格洛托夫正是在薇拉的帮助下才获得了新生。索尔仁尼琴在这里继承了传统俄罗斯文学中对于女性形象的抒写——她们永远扮演着拯救者和救赎者的形象，永远是"黑暗王国的一缕光明"。

小说中除了囚徒，还有叛徒，他是小说中的知识分子、农学院教授舒卢宾。为了保全自己和家庭，他违背了自己的良心，在自己的同事和朋友受到审判的时候，他选择和他们划清界限，在内心深处他当然不相信时代的判断：为什么他的朋友在一夜之间就成了国家的敌人？为什么所有的工程师和教授竟然都是破坏者？为什么成千上万的士兵都变成了国家的敌人？难道大多数俄罗斯人都是傻瓜吗？舒卢宾滑向了命运的深渊，过着屈辱的生活，他的精神世界几乎是一片沙漠，不断向后退去。在《癌症楼》中，索尔仁尼琴塑造的舒卢宾和科斯托格洛托夫代表着当时人的两极，舒卢宾代表那些沉默顺从的大多数，他们相信这个时代的变化，但是不理解这种变化；而科斯托格洛托夫代表的是那些"很少撒谎，但是却被残害、被捕甚至被枪毙的人"。这里作家无意于谴责舒卢宾这个阶层，因为当恐惧笼罩着整个国家时，就无法要求每一个人都能够呈现出英雄气概。因此作家认为在90年代之后的苏联文学反思过程中，很多评论者认为斯大林时代的人们是"奴性的一代"，险些是"叛徒的一代"，这种观点是有失偏颇的。

《癌症楼》的确是一部揭露苏联特定时期的社会黑暗和人性堕落的作品，

是任意妄为的历史的文学档案。但是读者应该了解缠绕在作品内部的各种张力的博弈，控诉不是作家的主旨。1974年在诺贝尔文学奖受奖演说的结尾，索尔仁尼琴说："我跟你们大家都清楚，艺术家的工作是不能纳入贫乏的政治范畴的，正如我们的整个生活，不管我们怎样去捕捉，其中也不会有我们社会的意识。"所以索尔仁尼琴在《癌症楼》里更多地倾注了"个人意识"。小说的题目虽然触目惊心，内容虽然充斥着流放、苦役、病痛、谎言和荒诞，但正是因为索尔仁尼琴对自己的祖国和民族怀有深深的爱，对于俄罗斯民族怀有希冀和期许，对于俄罗斯灵魂怀有信心，才使得这部小说获得了一种纯洁的力量——灾难没有击垮俄罗斯灵魂。假如说，在作家的前几部作品中更加关注的是"知识分子与人民"的关系，或者是对于俄罗斯精神内核的思考，那么在《癌症楼》中，作家的思考更多地带上了救赎的色彩，这是重新寻找一种精神世界。作者借此希望苏联社会能够真正进入一个真实、纯洁和诚实的世界。

索尔仁尼琴的作品，特别是《癌症楼》带给读者的是宗教哲学思想和俄罗斯经典文学思想的碰撞，是俄罗斯文学与俄罗斯良心的结合。这就要求作家不仅应该成为小说内容的见证者，更有责任和使命引导读者走向善良和正义。道德训诫的最大化伴随着内心痛苦的思想探索，使得索尔仁尼琴最终成为"俄罗斯的良心"。理解了这一点，读者就不会将其作品简单地理解为是对过去苦难的控诉，而更多地会从俄罗斯经典文学传统的角度解读索尔仁尼琴。

在俄罗斯20世纪文学进程中，索尔仁尼琴无疑占据重要地位。没有索尔仁尼琴的俄罗斯文学将会出现文学的断层，人们将无法想象60年代的解冻文学，亦将对90年代回归文学的复兴抱憾。正是回归文学使得一些文学评论家认为90年代是当代俄罗斯文学进程中的黄金十年。索尔仁尼琴的作品不同于任何流散文学和被禁文学，它成为独立的一翼，它的使命不是追求历史的真相，而是追求真理的永恒。

 思考题

1. 社会主义现实主义文学的得失。
2. 如何评价白银时代的文学？
3. 《母亲》如何描写工人的成长和罢工斗争？
4. 高尔基的自传体三部曲在人物描写上有何特点？
5. 肖洛霍夫笔下的农民形象有哪些新特点？

第三章 现代主义文学

第一节 概述

现代主义是 20 世纪上半期欧美诸多具有反传统特征的文学流派的总称，它同时也涉及绘画、音乐、戏剧、电影等艺术领域，是 20 世纪一种具有代表性的文艺思潮。现代主义文学的主要流派是：后期象征主义、表现主义、未来主义、超现实主义和意识流小说等。

一、现代主义文学的形成和基本特征

现代主义文学是西方现代工业社会的产物，是动荡不安的 20 世纪欧美社会之时代精神的艺术表述。

19 世纪中后期到 20 世纪初，欧美的科学技术飞速发展，刷新了西方文明的面貌，改变了人们对宇宙、世界和人的看法。此时，科学对人的影响，比历史上任何时代都大得多，它改变着人们的生活方式、思维方式和文化价值观念。尤其是，科学技术作为生产力，它的迅猛发展，大大推动了西方现代经济的发展，现代科学与现代经济相结合后，形成了强大的经济联合体。在新的经济结构体中，人的自由度反而降低，异化程度则加深，西方人在精神上的惶恐不安加剧。在 20 世纪初爆发的第一次世界大战不仅破坏了人们生存的稳定感，也动摇了西方传统理性主义的文化大厦。俄国的十月革命既给被压迫的劳动者带来希望，也给西方世界带来危机感。总之，欧美社会的现实矛盾使现代西方人动摇了传统的真、善、美的观念，动摇了宗教信仰，对人类的本性产生了怀疑，对未来的命运与前途深感悲观与焦虑。

在这种社会背景下，西方非理性主义的文化思潮一时间在社会中普遍流行。从文化思想的角度看，现代主义文学正是西方现代非理性哲学和现代心理

学结合后的产物。叔本华的唯意志论、尼采的权力意志论、柏格森的直觉主义、弗洛伊德的精神分析说等理论和学说，使现代主义文学染上了非理性主义和悲观主义色彩。

德国哲学家叔本华（1788—1860）的唯意志论哲学认为，世界的本质是非理性的意志，世界由盲目的意志统治着，人生永远受意志的驱使，追逐无法满足的欲望，因而人生注定充满了痛苦与挣扎，人生是无意义的，人类历史也是人与人之间一场无止境的互相残杀。叔本华生前默默无闻，而在19世纪末20世纪初特定的社会气候下，他的理论不胫而走。德国哲学家尼采（1844—1900）在19世纪末提出"上帝死了"、"一切价值重估"的口号，为现代主义文学怀疑一切和反传统这一总的创作倾向提供了理论依据。他的"权力意志论"认为，权力是生命意志的集中体现，权力意志是无目的的，超人是权力意志的化身，是世界的主宰。超人充满着生命活力，能超越自我、超越传统、拯救人类。尼采认为艺术是权力意志的一种表现形式，真正的艺术必须摒弃理性，艺术世界就是"梦与醉"的世界。法国哲学家柏格森（1859—1941）认为，世界的本体是"生命冲动"，或称"意识绵延"，它是宇宙的主宰和动力，客观存在的万物是其表象。人对世界之本体的认识不能凭理性，只能靠直觉；理性分析只能围着对象转圈子，抓不住本质，而直觉却能打破空间设置在创作者和创作对象之间的界限，从而把握住智力所不能提供的东西。柏格森的直觉主义理论和时空观几乎被所有现代主义作家所接受。奥地利心理学家弗洛伊德（1856—1939）的精神分析学中关于潜意识的理论，改变了"人是以理性为主的动物"的传统观念。他认为，潜意识是人的生命力和意识活动的基础，人的行为动机都出自本能冲动；人是充满矛盾冲动的生物，矛盾的根本原因在于人的本能欲望受社会习俗、道德法律和良知理性的束缚。文艺创作就是被压抑的本能欲望的升华，创作活动就是"白日梦"。弗洛伊德对潜意识、性本能的肯定，对现代主义作家产生了广泛而深刻的影响。

现代主义文学也是西方文学自身发展演变的结果。19世纪以前的欧洲文学受亚里士多德的"模仿说"影响较大，尤其是19世纪中期的现实主义文学，强调真实再现客观世界，认为艺术不仅可以模仿自然，而且所模仿的现实本身是真实的，把文学对现实世界描写之真实性的追求，强调到了前所未有的高度。但是19世纪后期一些作家开始感觉到，以往的文学，尤其是现实主义文学，在模仿自然理论的指导下过于强调再现外部客观世界，使得文学自身应有的表现功能相对萎缩，艺术形象中的客观外部因素过于突出，而主观内在因素一定程度上遭排挤了。于是，他们开始反其道而行之，抛弃传统文学对客观外在真实的刻意追求，转而重视对主观内心世界的真实展示。20世纪现代主义文学则基本上倾向于表现一种超现实的真实。随着作家的文学观念的变化，现代主义文学在内容、形式和审美功能上都发生了重大变化，具有明显的反传统特征。

现代主义的"反传统"显示了对传统文学的超越，但这种超越本身又是传统文学演变的结果。浪漫主义文学强调表现人的主观精神世界，反抗现代文明和理性主义原则，以及它所具有的那种悲观、神秘的色彩，都已露出了现代主义文学的端倪。一些浪漫主义作家以后转向了象征主义，如波德莱尔、马拉美等。19世纪现实主义文学中一些作家，像斯丹达尔、托尔斯泰、陀思妥耶夫斯基等，已经开始关注人的内宇宙，现代主义作家则大大发展了这种倾向。福楼拜小说客观冷峻的叙述方法，也为现代主义小说提供了借鉴。在文化观念上，许多现实主义作家具有两重性。他们既无法完全摆脱近代基督教-人道主义文化价值观念，同时又对它产生了怀疑，他们的创作中已蕴含了20世纪现代主义文学中普遍存在的现代文化基因。如巴尔扎克、福楼拜、哈代、托尔斯泰、陀思妥耶夫斯基等作家的小说中表现的对"人"的问题的焦虑与困惑，对人类前途与命运的悲观情绪等，都具有现代主义倾向。自然主义小说家左拉对"生物的人"的描写，已露出了现代主义文学的非理性、非道德化倾向。世纪末的象征主义、唯美主义等进一步酝酿并发展了浪漫主义、现实主义和自然主义中的现代文化与美学的基因，并直接向20世纪现代主义文学过渡。现代主义文学的形成与发展并非仅仅受外部因素的作用，同时还受文学自身规律的制约和推动，因而它并非是脱离文学传统突然从一个历史断层中冒出来的，而是传统文学合规律的发展与延续。

现代主义作为一个由多种流派组成的文学思潮，其观念演变和价值取向是多元的和复杂的，不同的流派与团体往往各有各的主张，但它作为20世纪一个极富创新和反传统精神的文学思潮，在总体上又有基本一致的特征。

在思想特征上，首先，现代主义具有强烈的文化批判倾向。19世纪末20世纪初，西方社会处在急剧的文化转型时期。世界的混乱、战争的恐怖、社会道德的衰败，使人们深感失望与不安，作为西方精神支柱的传统文化观念开始崩溃。尼采提出的"上帝死了"、"打倒偶像"、"一切价值重估"等口号，深深地影响了20世纪现代主义作家。他们不再坚守传统的理性原则，不相信人道主义的理想，也不寄希望于"理性王国"的实现，而是站在生命本体论的立场，思考世界与人类的前途，对人类文明的发展进行深刻的反思，认为既有的文化传统乃至整个人类文明，都有悖于人的生命欲求、有悖于人的价值的实现，应予摈弃。例如，未来主义主张扫除以往的一切艺术遗产和现存文化，他们的创作中表现出一种强烈的破坏欲；表现主义着力探索现代社会中人的苦闷与焦虑,对文明发展的意义采取怀疑与否定态度。现代主义作家在"一切价值重估"中批判了西方资本主义制度,也批判了西方的传统文化观念。因此,如果说19世纪现实主义文学偏重于社会批判、经济批判的话,那么,现代主义文学则更倾向于文化批判。但是,现代主义对传统文化和现代文明的批判也有走极端的现象,表现出了虚无主义的倾向。

其次,现代主义文学突出地表现异化主题。文化是人的外化与象征,也是人类文明发展的标志。现代主义文学倾向于文化批判,本质上是基于对人的生存状况、人的本质问题的探索。人类创造了文明,但文明在本质上与追求人性自由、追求自然的人相对立。20世纪高度发展的西方现代文明使人处于严重的异化之中,现代主义文学对文化与文明的批判,正基于西方人力图摆脱异化走向自然的愿望,因此,异化也就成了现代主义文学的重要主题。这种异化主题,主要从自然与个人、社会与个人、个人与个人、个人与自我的关系这四方面表现出来。

自然与人的关系的异化主要是物质世界对人的异化,表现了物质与精神的对立。现代主义作家怀疑物质财富的创造对人类所起的进步作用,认为物质文明有抑制人的生命本体、扼杀人性甚至毁灭人类的危险。在现代主义文学中,物质世界往往成了人类生存危机的制造者,大自然也是丑的与恶的,物质文明造成了人类精神的虚无感、威胁感与恐惧感。如艾略特的《荒原》就描写了物质世界使人的精神世界毁灭的可怕情景;奥尼尔的《毛猿》表现了物质文明发达的现代社会使人的价值等于甚至低于禽兽。这些都表明了人与自己的生存环境的对立,说明人被物质世界所制约而走向异化。

社会与人的关系的异化主要是社会对个体的人的异化,表现了整体的人与个体的人的对立。人结成群体的社会后,给个体的人以安全感,但社会力量又在有形无形中制约着人,尤其是科学化的西方现代社会,人在强大的社会面前显得渺小无力,个性丧失,这是社会对人的异化。卡夫卡的小说中,社会像一个强大而又无形的魔掌,掌握着个人的命运,个人成了软弱无力、惶惶不可终日的"甲虫"。现代主义作家对社会的这种批判,具有形而上的特征,写出了人性的变形和个人对社会及意识形态的不信任与反抗。

人与人的关系的异化就是他人对个人的异化,表现了人与人之间的对立关系。非理性主义的本体论哲学认为,人是受欲望驱使的,生命的本能是利己的,这就从人性的本质上指出了人与人之间互相残害的丑恶现象。现代主义作家从这种主观唯心主义观念出发,认识并表现资本主义社会中人丧失固有的行为准则后完全根据与他人的利害关系来调整自己行为的现象。现代主义文学展示的,常常是一幅幅人与人之间充满敌意的可怕图画,如斯特林堡的《鬼魂奏鸣曲》描写了人与人之间的彼此残杀；卡夫卡的小说描写了人与人之间的无法沟通。这类描写在50年代后的现代主义文学中得到了进一步发展。

人与自我的关系的异化主要指人的个性的异化、自我的消失，表现出现代主义作家对自我的稳定性和可靠性的怀疑。现代心理学认为，人的自我的核心是潜意识和本能，它是飘忽不定、变化莫测的。现代主义作家从这种观念出发，力图在作品中表现受他人与社会压抑下的人的自我和个性。他们笔下的人物的特点是没有激情、没有自己的思想和表达方式、趋于非个人化或社会化。如伍尔夫的小说《波浪》中6个人物从不同角度讨论着"自我是什么"的问题；美国黑人作家艾里森《隐身人》的主人公因找不到自我而成为他人看不见的"隐身人"。对自我问题的探讨，表现了现代主义作家对现代社会中人的命运与前途的思考。

在艺术特征上，首先，现代主义文学强调表现内心生活和心理真实，具有主观性和内倾性特征。19世纪末、20世纪初现代哲学和心理学的发展，打破了传统的思维模式，人们开始把目光从客观物理世界转向主观心理世界。现代主义作家视客观实体为非真实，认为心灵世界才是唯一真实的世界；认为艺术的使命是非写实、泛表现的，文学创作应表现内心世界的真，追求超现实的、抽象的、形而上的真。在一些现代主义作家看来，传统文学那种看似逼真的人物和物象描写，实则是一种假象；现实并不是一个循序渐进、紊而不乱的整体结构，而是片断的、琐屑的、非逻辑的无序结构，因此，必须摒弃对人物性格和一切与之相关的附属品的描绘，使读者进入人物的心理现实。他们面对错综复杂的现实生活，所关注的不是如何进行巴尔扎克式的外在社会结构形态的展示，而是人的精神、心理现象。如表现主义作家力图展示"本质的东西和藏在内部的灵魂"，即使写具体的人物和物景，也只是将其作为精神现象的外壳与形式，写物的目的不在物本身，而在与之对应的精神力量。意识流小说家往往把人的意识流动状态作为客观现实生活加以描写，把转述人的变化的、不可知的、难下定义的精神世界看成自己的主要任务。现代主义对主观真实和内倾性的刻意追求，拓展了文学表现的领域，改变了传统的艺术思维模式。

其次，现代主义文学普遍运用象征隐喻的神话模式，追求艺术的深度模式。神话式象征的意义在于对未知领域的诗性揣摸，是将最内在的、最深刻的心灵体悟转化为认识的对象，因而，它的价值就不在于对象本身而在于它所含的内在体悟，这种体悟往往是多义性的。出于表现内心生活和心理真实的需要，现代主义作家不注重对社会生活的表象作直观的再现，而往往用非纪实性、时空颠倒与变形、结构错乱等手段，构建一个象征性的神话式艺术世界，以揭示生活中更深刻、更广泛的意蕴。艾略特的《荒原》用古代繁殖神性能力丧失而造成的土地荒芜、庄稼枯死来建构一个象征体"荒原",全诗大量运用人类学、神话学、圣经故事和西方古典名著故事,形成一个庞大的象征框架,意象重叠、意蕴纷呈而艰深。卡夫卡的小说往往故事背景模糊,主人公无名无姓,是某种观念、思想、意志的代表,他用象征隐喻的思维方式创造了一个个与现实世界相统一的神话世界。此外,普鲁斯特、里尔克、乔伊斯的创作也往往把读者置于意义的深渊之中,只有通过不断的阐释和发掘,才能获得审美的意义。现代主义文学借助象征隐喻的神话模式,使文学对生活的描写从表象走向本质,从表层走向深层,从现实走向超现实,从所指走向能指,形成一种文学艺术的深度模式。

第三,现代主义文学提倡"以丑为美"、"反向诗学",大量描写丑的事物。现代主义作家处在20世纪这个宗教信仰失落、传统价值观念失落的社会,他们往往从更深层次上思考着人的命运、人的本质和人类前途的问题。他们觉得人类自身具有恶的根源,人的本质力量有美的一面,又有丑的一面,因而,他们希望通过艺术来表示与人性之恶的抗争,表示对丑恶现实的反抗。但是他们反传统的个性又使他们不愿再像古典艺术家那样一味地高唱人性美的赞歌,而是着意于描写丑、暴露丑。现代主义文学对死亡、黑夜、堕落、犯罪、畸形、变态、疯狂、瘟疫、尸体……的描绘,大大超过传统文学,表现出"以丑为美"、"反向诗学"这一新的美学倾向。不过,现代主义作家的"以丑为美"不是把生活中的丑作为美来肯定,而是企图在丑的自我暴露、自我否定中肯定美,使丑升华为美;他们无情地解剖、否定现实与自我的平庸,通过与丑的厮斗来表达对美的追求,正如波德莱尔所说,"发掘恶中之美"。因此,在这种美学追求的背后,蕴含着对人生的严肃而崇高的爱。但是,也有一些现代主义作家对人性和人类前途的认识是悲观主义的,他们热衷于表现丑,而看不到人性的美与崇高,这样的"以丑为美"是不无消极成分的。

第四,现代主义文学热衷于艺术技巧的革新与实验,某些作家的创作具有形式主义倾向。现代主义作家信奉艺术本体论,认为形式即内容,追求"艺术的非人格化"。他们对艺术形式和技巧进行大胆的革新与创造,敢于标新立异,表现出反传统特征。现代主义文学大量采用"自由联想"、"时空倒错"、"内心独白"、"自动写作"、"偶然结合"、"意识流"以及顿悟、象征、隐喻、暗示等表现手法,对语言、符号、图画、结构、风格技巧等形式因素格外重视,追求"有意味的形式"。现代主义对形式技巧的探索与追求,使文学的表现方法得到了丰富与拓展,但是,现代主义在形式与技巧上的革新与实验也并非都是成功的。一些作家刻意追求新奇,把文学原有的最基本的标准和特性也抛在一旁,这种走极端的标新立异,不能认为是严肃而负责任的。

二、现代主义文学的发展

象征主义于 19 世纪末 20 世纪初越出法国，在欧美广泛流行，继而在 20 世纪 20—40 年代形成具有国际性影响的后期象征主义流派。后期象征主义继承并发展了前期象征主义的传统，使象征主义更趋完美，内涵更深广，更富有现代主义的特征。它仍然坚持以象征暗示的方法表现内心"最高的真实"，反对过多强调主观精神的自由与无限，以至于走向过分抽象化，也反对过于强调客观事物的形象、具体而走向平淡无意蕴，同时又反对前期象征主义的隐晦艰深，主张情与理、主观与客观、有限与无限的统一，从而形成了自己的独特性。后期象征主义跳出个人情感的小圈子，努力表现社会与时代的总体精神。在创作方法上，从简单象征发展到意象象征，从个别象征发展到普遍象征，以揭示普遍的真理，从情感象征发展到情感与理智并举，具有思辨性与哲理性。后期象征主义在文学上的主要成就是诗歌创作。英国的托·斯·艾略特是后期象征主义的代表。威廉·勃特勒·叶芝（1865—1939）是爱尔兰诗人，他在继承前期象征主义传统的基础上，将民族性与现实性带进了象征主义诗歌领域。他成熟时期的诗歌具有现实主义、象征主义和哲理诗三种因素。叶芝的著名诗作有《茵纳斯弗利岛》（1890）、《基督重临》（1921）、《丽达与天鹅》（1923）、《驶向拜占庭》（1927）和《拜占庭》（1930）等。《驶向拜占庭》一诗以游历拜占庭来象征精神的探索，表达了对物质文明的厌恶与对西方世界精神与理性复归的企盼之情，诗的象征意象坚实而明朗，物质意象和观念意象和谐统一，富有哲理性。保尔·瓦莱里（1871—1945）是法国诗人，被誉为 20 世纪法国最伟大的诗人。早年崇尚爱伦·坡和马拉美，并深受影响。他在诗论著作《纯诗》中主张诗的极致是思想而不是物象。他的诗歌往往以象征的意境表达生与死、灵与肉、永恒与变幻等哲理的主题。长诗《海滨墓园》（1920）是他的代表作。诗中写诗人在海滨墓园沉思有关存在与幻灭、生与死的问题，得出了生命的意义在于把握现在、面对未来的结论。长诗巧妙地运用海、太阳、白帆、涯岸、铁栅、风等象征体，表达神秘与静穆、绝对与永恒、圣灵与信徒、生与死等多种哲理性概念。诗中采用古典形式，格律严整，音乐性强，显得含蓄隽永。这是瓦莱里最富有哲理、最充满抒情性的一个诗篇。此外，《年轻的命运女神》（1917）也是瓦莱里的著名诗篇，《幻美集》（1922）是他的短诗集。莱纳·马利亚·里尔克（1875—1926）是奥地利诗人。他在注重诗歌的哲理性、音乐性的同时，引进了刻画精细的雕塑美，他的创作从单纯直接的主观抒情转向重视对客观事物的精确观察，从中获得直觉形象，借以象征人的主观感受。他的代表作是诗集《杜伊诺哀歌》（1922）和《致奥尔弗斯的十四行诗》（1922），这两部诗集在许多隐晦离奇的客观物象中，交织着诗人的探索、失望、恐惧、忏悔等内心感受，哲理性很强，且具有雕塑美、音乐美。梅特林克（1862—1949）是比利时剧作家。他的代表作《青鸟》（1908）通过兄妹俩寻找青鸟的故事，表现了对现实与未来的乐观态度和美好憧憬。青鸟既象征大自然无穷的奥秘，又象征人类的幸福。全剧借助象征手法，使抽象深奥的观念得以在美丽的梦幻仙境中铺展和阐释，具有童话的优美。埃兹拉·庞德（1885—1972）是美国意象派诗人，早年对中国古典诗歌十分推崇，并深受影响。他主张以客观准确的意象代替主客之间的情绪表达，认为"准确的意象"能找到它的"对等物"。如他的短诗《在一个地铁车站》（1913）就是这种理论的最好例证。组诗《休·赛尔温·莫伯利》（1917）是庞德的重要作品，诗集展示了1919年英国文化生活的一个侧面。作者采用旁征博引的方法，表达丰富的内容，意象新奇，语言自然流畅。此外，长诗《诗章》（1917—1959）在庞德的创作中拥有重要地位。庞德的诗歌创作和诗歌理论推动了英美现代派诗歌的发展。俄国的勃洛克（1880—1921）、巴尔蒙特（1867—1942）和勃留索夫（1873—1824）也是后期象征主义的重要诗人，勃洛克的《十二个》（1918）以象征手法抒写了崭新的主题。

　　表现主义于20世纪初产生于德国，而后蔓延到欧美各国，是一个具有广泛影响的现代主义文学流派。表现主义文学善于透过事物的表象，展现内在的本质，从人的外部行为揭示内在的灵魂；善于直接表现人物的心灵体验，展现内在的生命冲动。表现主义的流行是对注重外在客观事实描写的现实主义和自然主义的反叛，它的反叛精神对其他现代主义流派产生了直接而深远的影响。奥地利的弗朗茨·卡夫卡和美国的尤金·奥尼尔是表现主义的代表作家。此外还有瑞典的奥古斯特·斯特林堡（1849—1912）、奥地利的格奥尔格·特拉克尔（1887—1914）、弗朗茨·韦尔弗（1890—1945）、捷克的卡莱尔·恰佩克（1890—1938）等。斯特林堡是表现主义戏剧的代表，他的创作从现实主义走向自然主义，又从自然主义走向表现主义和象征主义。他的《到大马士革去》（1898—1904）是最早的表现主义戏剧。该剧通过主人公内心独白、梦幻与现实的混合表现人物内心精神的发展历程。《鬼魂奏鸣曲》（1907）让死尸、鬼魂和人一起登场，以荒诞的情节、离奇的舞台形象，揭示现代西方社会人与人之间的巨大隔膜和欺骗性。恰佩克是一位科幻小说家和戏剧家。他善于用虚构的情节和戏剧冲突，揭示现实中的矛盾，通过动物或某种幻想的形象来讽刺社会生活中的丑恶现象。科幻小说《鲵鱼之乱》（1936）运用虚幻、讽喻、象征等多种手法，描绘了法西斯势力的发展过程，表现了作者对人类命运的担忧和鲜明的反法西斯立场。小说把幻想与现实巧妙地结合起来，在讽刺性的夹叙夹议中阐发主题。他的《万能机器人》（1929）也是表现主义小说的著名作品。

未来主义是20世纪初从意大利流行到欧洲各国的现代主义文学流派。它的基本特征是：否定传统文化，主张彻底抛弃艺术遗产和传统文化；歌颂机械文明和都市混乱，赞美"速度美"和"力量"；主张打破旧有的形式规范，用自由不羁的语句随心所欲地进行艺术创造。未来主义有明显的文化虚无主义倾向，但它的创新性试验却丰富了文学创作的艺术表现手法。意大利的菲利波·托马索·马里奈蒂（1876—1944）是未来主义的创始人和理论家。他在1909年发表的论文《未来主义宣言》是这一流派诞生的标志。他提出了一整套反传统的理论，还在文学创作的方法与技巧上提出了标新立异的主张，如"毁弃句法"、"消灭形容词"、"消灭副词"、"消灭标点符号"等，还主张在文学中模拟音响，插入数学符号，引进"声响，重量和气味这三要素"，尽情发挥"自由不羁的想象"等。在马里奈蒂的倡导下，意大利未来主义迅速发展。马里奈蒂在剧本《他们来了》中实践了自己的理论主张。全剧无情节、无人物、无高潮，总共才几百个字，三四句台词。该剧对后来的荒诞派戏剧有较深影响。马里奈蒂后来参与法西斯党活动，成了墨索里尼的帮凶。法国的阿波利奈尔（1880—1918）是一位从浪漫主义转向未来主义的诗人。他尝试把诗歌创作同绘画、音乐、声响结合起来，并借鉴立体主义绘画的技法，创立了"立体未来主义"。他的代表作《醇酒集》（1913）努力摆脱传统诗律的束缚，重视诗歌内在的节奏和旋律，开辟了现代诗的结构变化的道路。俄国诗人马雅可夫斯基（1893—1930）的一些早期创作也属于未来主义的作品，如《穿裤子的云》（1913）等。赫列勃尼科夫（1885—1922）也是俄国未来主义的重要诗人。

超现实主义是两次世界大战期间从法国流行到欧美的现代主义文学流派。超现实主义是从达达主义发展而来的，它试图将文艺创作从理性的樊篱中解放出来，使之成为一种自发性的心理活动过程，以表现一种更高更真实的"现实"，即"超现实"。超现实主义文学一般具有下列这些特征：强调表现超理性、超现实的无意识世界和梦幻世界；主张用纯精神的自动反应进行文学创作，广泛使用"自动写作法"和"梦幻记录法"进行创作，具有晦涩艰深的风格；追求离奇神秘的艺术效果。超现实主义对后来的荒诞派、黑色幽默和魔幻现实主义产生了重大影响。法国的安德烈·布勒东（1896—1966）是超现实主义的创始人和理论家。1919年，他与苏波合作写了第一部超现实主义的小说《磁场》，探索了"自动写作"的经验与方法。随后，他于1924年发表《第一号超现实主义宣言》，提出了超现实主义的理论主张。他提出的所谓"自动写作"，就是在创作时排除一切理性的道德考虑和审美选择，不受事实、逻辑的约束，记录下头脑在自在状态下的感受、幻想和直觉，使潜意识摆脱现代文明和传统的束缚而随心所欲地外泄出来。代表作《娜佳》（1928）就是按照超现实主义手法创作的小说。小说写作者与娜佳相遇，向"我"揭示了超现实世界，这个超现实世界就是作者浮光掠影地写出的一些记忆。作品中没有连贯的情节、鲜明的形象，充满了意象与文字的自由组合，思绪跳跃，集中体现了"自动写作"的特色。法国的路易·阿拉贡（1897—1982）和保尔·艾吕雅（1895—1952）也是超现实主义的重要作家。

意识流小说是20世纪二三十年代流行于英、法、美等国的一种现代主义文学流派。意识流小说不重视描摹客观世界，而着力于表现人的内心真实，特别是着力于表现人的意识流程，从而打破了传统小说的叙事模式和结构方法，用心理逻辑去组织故事。在创作技巧上，意识流小说大量运用内心独白、自由联想和象征暗示的手法，语言、文体和标点等方面都有很大的创新。意识流的创作方法以后被现代作家广泛采用，成了现代小说的基本创作方法之一。爱尔兰的詹姆斯·乔伊斯和美国的威廉·福克纳是意识流小说的杰出代表。法国的马塞尔·普鲁斯特（1871—1922）是意识流小说的先驱。英国女作家弗吉尼亚·伍尔夫（1882—1941）也是意识流小说的重要代表。她致力于小说形式的革新与探索，认为文学应描写人的内心世界和个人感受。她在运用第三人称的间接内心独白表现人物意识方面，取得了突出成就。《墙上的斑点》（1919）是她的第一部意识流小说。作品写一个妇女把爬到墙上的蜗牛当成一个斑点，并由这个斑点产生了种种联想。《达罗威夫人》（1925）和《到灯塔去》（1927）是她的成熟的意识流小说。《到灯塔去》是一部自传体小说，全书以"窗"、"时光流逝"和"灯塔"三部分再现了作者双亲的形象和自己童年的生活情景。小说用象征手法表现人物的深层意识。"窗"是人物意识显现的窗口；"灯塔"是希望、理想和信仰的象征。这个作品的深度在于深入细致地表现了人物的思想和情感活动。

第二节　艾略特

一、生平和创作

托马斯·斯特恩斯·艾略特（1888—1965）是20世纪西方最重要的诗人之一。他的《荒原》被认为是现代诗歌的里程碑。

艾略特于1888年9月26日出生于美国密苏里州圣路易斯一个大砖瓦商家庭里。他祖籍英国，曾祖是英国萨默塞特郡东科克地方的鞋匠，1670年移居美国波士顿。祖父毕业于哈佛大学神学院,是华盛顿大学的创办者。母亲出自名门,博识多才,爱好文学。他的家庭具有很高的文化修养,而且一直保持了新英格兰加尔文教的传统。1906年艾略特入哈佛大学,攻读哲学和英法文学,受业于新人文主义者欧文·白璧德和哲学家桑塔亚纳。这时他还学习了法、德、拉丁、希腊等多种语言,广泛涉猎了文学、宗教、历史,甚至东方文化等领域。1908年,他从阿瑟·西蒙斯名噪一时的著作《文学中的象征主义运动》中了解到象征主义文学,开始走上象征主义诗歌的创作道路。1909年大学毕业后,进研究院继续研究哲学。1910年获哈佛大学硕士学位后,赴巴黎大学研究柏格森的哲学,同时广泛接触了波德莱尔、马拉美、拉福格等象征主义诗人的作品。1911年回哈佛大学准备学位论文,研究奥地利哲学家梅农和新黑格尔派哲学家布拉德雷的认识论,并学习印度哲学和梵文。1913年任哈佛大学哲学系助教。1914年去德国,后因第一次世界大战爆发转赴伦敦,入牛津大学学习希腊哲学,完成了有关布拉德雷的博士论文。因为战争无法回哈佛进行答辩,于是定居伦敦。1915年与患有神经衰弱的英国姑娘维芬·海渥特结婚。1917年任先锋派杂志《自我主义者》副主编,1922年出任文学评论季刊《标准》主编,直到1939年。1927年加入英国国籍,并皈依了英国国教。1952年艾略特就任伦敦图书馆馆长,1965年1月4日在伦敦去世,葬于西敏斯特教堂"诗人角"。

1948年,由于"对当代诗歌作出的卓越贡献和所起的先锋作用",艾略特获诺贝尔文学奖和英王"劳绩勋章"。1955年获歌德奖。

艾略特的创作从一开始就带有某种实验的性质,他的诗歌创作大致可以分为三个时期,每个时期都有较大的变化。

第一时期的创作包括1915年至1922年的作品。主要作品有《普鲁弗洛克的情歌》(1915)、《诗集》(1919)和《阿拉·鲍斯·普雷克》(1920)。艾略特这一时期的创作通常被称为"通往《荒原》的历程"。

在《普鲁弗洛克的情歌》中,诗人模仿法国象征主义诗人拉福格的文体风格,通过一个"过于敏感、过分内省、胆子太小、压抑太强"的中年男子在求爱途中矛盾变化的心理,反映了20世纪初欧洲资产阶级青年对人生和西方文明的怀疑和幻灭感。诗中写道:

> 我是不是敢
> 扰乱这个宇宙?
> 在一分钟里还有时间
> 决定和修改决定,过一分钟又推翻决定。

庞德在谈到这首诗时曾说，"这是一幅失败的图画"，"或者说其中的人失败了"。《一位夫人的画像》是一首描写"反英雄"式恋爱的"戏剧诗"。《一个哭泣的姑娘》写美的幻象消失以后，诗人面对的只是无奈和悲哀。《献媚的谈话》通过一番似乎是聪明实际却无聊的谈话，揭示了现代资本主义社会中一部分人的精神空虚、无聊乏味。《窗前晨景》写"女仆们潮湿的灵魂在地下室前的大门口沮丧的发芽"，写现代人的"空洞的微笑"。

在艾略特的第二部诗歌集《诗集》中，诗人进一步表达了自己对西方现代社会卑鄙、下流、萎靡不振的厌恶。《小老头》展示一位老人回顾自己的一生，试图寻找一种可以信奉的东西，但就像他居住的那个世界一样，他已丧失了爱情和信仰。《笔直的斯威尼》是对现代人的荒淫和堕落所作的嘲讽和抨击。《夜莺声中的斯威尼》写斯威尼和他的伙伴们在妓院里的放荡生活。

第二个时期包括1922年至1925年的创作，主要作品有《荒原》和《空心人》。《荒原》是艾略特的代表作。《空心人》通常被认为是艾略特描写精神空虚的"现代人"的代表作。这首诗描绘了西方人精神空虚的生存状态：

> 我们是空心人
> 我们是稻草人
> 互相依靠
> 头脑里塞满了稻草。唉！
> 当我们在一起耳语时
> 我们干涩的声音
> 毫无起伏，毫无意义
> 像风吹在干草上
> 或像老鼠走在我们干燥的
> 地窖中的碎玻璃上。

诗人以"空心人"、"稻草人"来比喻现代人，生动形象，给读者留下了极为深刻的印象，最后，这个充斥着"空心人"的世界将在"嘘"的一声中宣告终结。全诗弥漫着浓郁的悲观主义和虚无主义气氛。

第三时期的创作从《灰星期三》（1930）开始，一直到他晚年的戏剧创作。一般认为，《灰星期三》标志着艾略特最终转向了天主教。艾略特在加入了英国国教之后，曾在《兰斯劳脱安特罗斯》的序言中声明：自己在"政治上是保皇党，宗教上是英国国教教徒，文学上是古典主义者"。这首诗表明诗

人已从早期那种精神无所依托的荒原状态转向了宗教的怀抱。诗人认为,现代人只有在宗教中才能找到安身立命之处:

  现在为我们这些罪人祷告,在临终时为我们祷告
  现在为我们祷告,在临终时为我们祷告。

  长篇组诗《四个四重奏》(1935—1943)是艾略特后期的重要作品,它仿照四重奏音乐的结构,分为4个部分,描写了一个皈依宗教的人在寻找真理的过程中的精神历程。诗人在深沉地思考了个人经历、历史事迹和人类命运之后,试图寻找到一种永恒的、普遍的真理,而这种寻找又始终围绕着时间主题来展开。"时间"是西方现代主义作家共同关注和思考的问题,普鲁斯特的《追忆似水年华》就是要在时间中追回那已经失去的岁月,福克纳的《喧哗与骚动》也可以看作是一部试图征服时间的书,在海德格尔看来,存在只有在时间中才能成为可能。艾略特认为:历史由时间形成,时间由意义形成,因此,历史感就是对于时间意义的认识,而时间的意义又必须通过特定的地点才能得以理解。这样,艾略特便将他的诗根据4个不同的地名分为4个部分。"燃烧的诺顿"是诗人祖先在英国的旧屋,"东库克"是诗人的先祖在英国居住过的一个村庄,"干赛尔维其斯"是美国东海岸的3个岛屿,"小吉丁"是英国另一个有意义的村庄。当时世界正处在第二次世界大战的浩劫之中,面对这种世界性的大灾难,诗人却在时间中寻找到了精神栖息之地。

  《燃烧的诺顿》是全诗的基础和核心,是第一个四重奏。它开宗明义,引出时间主题:"时间现在和时间过去也许都存在于时间将来,而时间将来包容于时间过去。"这里,时间仿佛是一条无穷无尽、不可分割的链条,现在、过去和将来互相包容,融为一体。但是,还有一种时间却"永远是现在",这是不能得到拯救的时间,是一种静止的、永恒的时间。又有一种时间是在思辨的世界中可能发生的事,这是一种"永恒的可能性"。最后一种时间是那本来可能发生和已经发生的事件都"指向一个终结",一个不属于我们的神圣目的。永恒的、静止的时间不在具体的、运动的时间之内,就像一只中国花瓶上的图案,总是在静止中运动。我们只有通过时间才能征服时间。灵魂只有在运动中才有可能同静止的上帝沟通,人类只有放弃自我拯救才有可能获得上帝的拯救。

  《东库克》是第二个四重奏。诗人的祖先曾居住在东库克,后在17世纪离开那里去了美国,今天诗人自己又回到了英国,这不是历史的巧合,这是人类的宿命。"在我的开始是我的结束。"一切都在变化,但最终又回到原地。

"房屋矗立、倒下、颓坍、扩展、移动、毁坏、修复",生命"出生、死亡,"繁荣蕴含着衰败,败落之后又是新的开始。"你不知道的东西是你唯一知道的东西,你拥有的东西正是你不拥有的东西,你在的地方正是你不在的地方。"诗人从对时间的思考引发出对历史、人生的深沉思索。这既是对他一生经历的回顾和总结,又表明了他生命不息、探索不止的愿望。诗人最后说:"在我的结束是我的开始。"

《干赛尔维其斯》是第三个四重奏,它引出了"河流"与"海洋"的对立。"河流在我们之中,海洋在我们的四边。"河流川流不息、时涨时落,象征着人的时间,生活的微观节奏;海洋容纳百川、一望无际,象征着静止的时间,永恒的客观节奏。诗人在进而对历史进行沉思时,意识到了时间的两重性。"时间这个毁灭者"又是"保存者","向上的路就是向下的路,朝前的路就是朝后的路"。我们在时间中毁灭,又在时间中得救。

《小吉丁》是第四个四重奏,它以"火"为中心意象,其意义与《荒原》中的《火诫》一章十分相似。火既能毁灭一切,带来死亡和绝望,又能冶炼人性,给予人们新的勇气和希望。"俯冲的鸽子以白炽的恐惧之焰划破天空。"这里,鸽子既象征着轰炸机之火,又象征着圣灵之火。这两种火,既是失望之火又是希望之火。人类在经过火焰的冶炼之后,从终点又回到了起点,最后"火焰和玫瑰合二为一",这便是诗人一生孜孜追求的理想境界。

30年代以后艾略特主要致力于诗体剧的创作,其代表作品有:《大教堂凶杀案》(1935)、《合家团圆》(1939)、《鸡尾酒会》(1950)等。这些剧本的基本主题是基督教教义。《大教堂凶杀案》是为坎特伯雷大教堂的节日活动编写的历史剧。该剧通过1170年英国坎特伯雷大主教托马斯·贝克特与国王亨利二世发生矛盾,最终被国王派来的骑士谋杀的故事,歌颂了大主教为基督教殉教献身、为世人赎罪的精神。《合家团圆》强调了犯罪使家庭破裂的恶果,指明只有服从天主的意志,认罪赎罪,才能合家团圆。《鸡尾酒会》宣传的是"原罪说"。

艾略特是英美形式主义批评的鼻祖。他早在1917年撰写的《传统与个人才能》中就基本上确定了自己的文学批评原则。他认为,诗人不能超越传统,但诗人的才能又可以像催化剂那样促使传统发生变化。诗歌创作不是个人感情的自发流露,而是一种智性活动。他明确提出:"诗不是放纵感情,而是逃避感情;不是表现个性,而是逃避个性。"1919年他在《哈姆莱特和他的问题》一文中提出了著名的"客观对应物"理论。他认为诗人"表现感情的唯一途径",就是寻找一种"客观对应物"。艾略特曾反复强调批评家应将注意力从诗人那里移到诗本身,"诚实的批评和敏感的鉴赏不应着眼于诗人,而应该着眼于诗"。艾略特的批评实践遵循了他的这种理论，他一改过去人们常见的那种天马行空式地抒发个人的文学情趣的批评方法，而将批评重心转向了对作品文本进行具体分析。他对马娄、本·琼生以及玄学派诗人的论述堪称"新批评"文论的典范。

二、《荒原》

《荒原》是艾略特的代表作，被认为是现代派诗歌的里程碑，西方文学中一部具有划时代意义的杰作。

《荒原》的晦涩费解是尽人皆知的。《荒原》原稿有800多行，后被庞德大段大段地删，删成现在我们所看到的434行。对此艾略特竟然毫无意见，他说："这首诗本来就没有什么构架。"他甚至说："在写《荒原》时，我甚至不在乎懂不懂得自己在讲些什么。"这首诗最初发表时，几乎无人能懂。后来艾略特给诗加了50多条注释，但是读者在研读过注释之后，发现这些注释也并不好理解，于是人们希望诗人能给他的注释再作注释。艾略特自然不会这样做了，因为这样一来，他会永远注释下去。不过，读者虽然不能很好地理解这首诗，却常常被它迷住。当代著名诗人兼评论家阿伦·塔特说，他第一次读《荒原》时，一个字也看不懂，不过他已意识到这是一首伟大的诗篇。

《荒原》的晦涩难解其实是可以理解的，这首先是时代决定的。1920年前后是人类自己也无法理喻的时代。第一次世界大战不仅在物质上对欧洲造成毁灭性的破坏，而且从精神上埋葬了人们心中的上帝。对理性科学的怀疑、对传统道德文化的失望、对大规模战争的恐惧、对经济危机的焦虑、对现代化生产中人被异化的担忧……这一切汇合成一股汹涌澎湃的潮流，荡涤着一切，冲击了人们所有的观念、信仰、思考和结论。伦敦坍塌了，巴黎毁灭了，美国变形了，就像昔日的庞贝城，人们现在所能见到的除了一片荒原之外，什么也发现不了。上帝存在便剥夺了世界的意义，上帝不存在则剥夺了万物的意义。在这一片神秘莫测的荒漠面前，人们什么也不能理解。

《荒原》难懂的原因部分还在于艾略特的哲学思想，即直觉主义认识论和悲观主义的不可知论。艾略特是柏格森的崇拜者，曾听过柏格森的课。柏格森认为，理智是不可靠的，只有直觉的方式才是绝对的、内在的，才能把握生命的本源。因此，文学作品并不总是可以依据理智来理解。桑塔亚纳的哲学思想也对艾略特影响极大。桑塔亚纳认为，认识的内容与认识的对象并不是一个东西，它是认识主体通过抽象概念的中介认识客体的过程。由于中介的歪曲，人的认识不仅有可能产生错误，而且根本不可能获得客体的真相，因此，世界根本就是不可认识的，作为客观世界的反映的文学自然也就不可理解了。

艾略特的文艺观也决定了他的创作的难以理解。艾略特的"客观对应物"理论将诗看成是一种象征。人们要理解作品不能只限于理解字词的意义，而应该掌握事物的场景的象征意义。艾略特说："一首诗实际意味着什么是无关紧要的。意义不过是扔给读者以分散注意力的肉包子；与此同时，诗却以更为具体和更加无意识的方式悄然影响读者。"在艾略特看来，诗中的意义不过是一个骗局，而当人们不理解这一骗局时，自然是以某种无意识的方式理解了诗；反之，当人们自以为把握了诗的意义时，也就是误入圈套而不自知的时候。

以上既是对《荒原》一诗写作背景的概括，也是对这首诗总体精神的一般把握。《荒原》展示了战后西方文明的危机和传统价值观念的失落，反映了整整一代人理想的幻灭和绝望。"荒原"一词已超出了文学的范围，它已成为西方现代文明的象征。长诗开头的引言便揭示了《荒原》的主题："是的，我自己亲眼看见古米的西比尔吊在一个笼子里。孩子们问她，'西比尔，你要什么？'她回答说'我要死。'"西比尔是古希腊神话中的女先知，她向日神要求得到和沙粒一样多的岁数，但却忘了说要永远年轻。她后来活了700岁，老年的痛苦已忍受了许久许久，但她还得一直活下去。那时她老得身体缩成一团，四肢像羽毛一样轻……这种不死不活的状态就是荒原状态：死不了，活着只有痛苦和不幸，美丽的青春已成为过去，昔日的繁华已无迹可寻。

西方著名人类学家弗雷泽的《金枝》和魏登女士的《从祭仪到神话》为《荒原》提供了象征结构的总体框架和意象语言。弗雷泽详细描述了巴比伦、叙利亚、塞浦路斯和埃及等地有关阿梯斯、阿童尼斯、奥西利斯的神话，他们都是人格化的繁殖神，产生于远古民族祈祷丰收的仪式。他们的戏剧性经历可以引起四季更替及植物荣枯。神健壮，尤其是他的性能力强盛，便导致植物繁荣；而当他受到伤害、性能力被破坏或者死亡时，整个大地就会荒芜，冬季或旱季就会到来；而神复活，荒原就复生，万物随即重新繁盛。魏登女士有关圣杯传奇中渔王的故事，实际上是古代繁殖神崇拜在教会压力下扭曲变形的文学形式。"荒原"这个标题就源于以上神话。

《荒原》分为5章。第一章《死者的葬仪》共76行。这一章表现现代人的生活无异于出殡，而葬仪的意义又在于使死者的灵魂得救。诗人首先用对比的手法写荒原上人们对春冬两季的反常心理，春暖花开的"四月"竟然是"最残忍的一个月"，进而诗人由"荒地"引起"回忆和欲望"，败落的贵族玛丽回忆着破灭了的浪漫史，从而暗示西方文明的衰落。接着诗人借《圣经》典故描写荒原景象：破碎的偶像承受着太阳的鞭打，枯死的树没有阴凉，焦石间没有流水的声音，只有红石，恐惧在一把尘土里……然后诗人通过瓦格纳的歌剧引发出对现代西方荒原人的生存状态和精神状态的描写：我既不是活的，也未曾死，我什么都不知道，这年头人得小心啊。最后通过伦敦这座西方文明之都的衰败展示当今西方世界的荒原全貌：死亡毁坏了这许多人，人人的眼睛都盯着自己的脚前，去年你在花园里种的尸首，它发芽了吗？这真是令人触目惊心的荒原景象。

第二章《对弈》，共96行。这一章通过征引莎士比亚、维吉尔、弥尔顿和奥维德的作品，将人类昔日的昌盛和今日的颓败加以对照，突出了现代人纵情声色、形同僵尸的可悲处境。这一章着重写了两个场景：第一个场景写上流社会里一位空虚无聊的女性，在卧室里自言自语，"我现在该做些什么？我们明天该做些什么？我们究竟该做些什么？"在丧失了人生的意义之后，现代人自然不知道自己该做些什么了；第二个场景写一位名叫丽儿的下层社会的女子和她的女伴在一家小酒馆谈论着私情、打胎和怎样对付退伍归来的丈夫。结尾几行借用《哈姆莱特》中奥菲莉娅在告别生活时说的一段疯话，影射现代西方女性已彻底堕落，不疯犹疯，虽生犹死。

第三章《火诫》，共139行。这一章首先写泰晤士河畔的今昔，伦敦各种人物猥琐无聊的生活。"仙女们已经走了"，留下的只有空瓶子、绸手绢、香烟头，再加上饮泣、冷风、白骨、老鼠、沉舟和父亲的死。接着诗人具体描写了一个女打字员和一个长疙瘩的青年有欲无情的关系，"总算完了事，完了就好。"男青年摸着去路走了；女打字员用机械的手，"在留声机上放上一张片子"。面对现代人的这种精神荒原，诗人指出：只有通过宗教，才能点化荒原人执迷不悟的人生；只有弃绝一切尘世的欲念，才能过一种有意义的圣洁的生活。标题"火诫"原是佛劝门徒禁欲，达到涅槃境界的意思。人类要拯救精神荒原，必须借助于佛陀的净火的冶炼。

第四章《水里的死亡》，仅10行。这一章写人欲横流带来的死亡。昔日腓尼基水手由于纵欲而葬身大海，今天无数的现代人仍然在人欲的汪洋大海中纵情作乐，他们的死亡已无法避免。

第五章《雷霆的话》，共113行。这一章表达了吠陀经里的说教，规劝人们要施舍、同情、克制，这样才能得到平安。这是解救荒原的最后希望。诗人在这一章首先用三个"客观对应物"来描绘荒原景象：耶稣死后，死了的山满口都是龋齿，吐不出一滴水；东欧和俄国革命后，倒悬的城楼里钟声在空的水池、干的井里歌唱；寻找圣杯的武士走后，空的教堂仅仅是风的家。荒原上没有水，荒原上的探索是艰巨而痛苦的，人们在恐怖和绝望中仰望头顶乌黑的浓云，等着雨来，这时雷霆说了话：施舍、同情、克制。然而雷声过后，荒原依然如故，我们到底该怎么办？我们只有等待"出人意料的平安"。诗人对宗教寄予了全部的希望，但在他的内心深处却又保存着挥之不去的怀疑和焦虑。

《荒原》是一首典型的现代主义诗作，它独树一帜的艺术特征主要表现在以下几个方面：

第一，运用了蒙太奇的剪接手法和拼贴技法。长诗把远古的神话和传说、宗教人物和说教、古典文学和历史故事，以及现代西方的生活片断等，奇妙地剪接在一起，把看似互不相关的戏剧性场面拼贴在一起，把表面上风马牛不相及的意象组合在一起，共同纳入一个以荒原为中心的象征结构，使这些看似无关的场面和意象获得了内在的联系。诗人用这些片断支撑起他的断垣残壁。诗的每一个细部都是碎片，但正是这些碎片共同构成了诗的主题。

第二，采用了丰富复杂的象征。艾略特的象征有他的独特性，这便是他的引经据典，旁征博引。这首诗涉及东西方56部作品，35个作家，6种语言。艾略特认为，我们的文化包罗万象，内容复杂，它在一个敏感的心灵上必然会引起广泛复杂的反应。所以，诗人必然会变得越来越广博，越来越喜欢征引。长诗以"圣杯"、"渔王"等故事为基本框架，神话学、人类学为诗人提供了整套的象征语言。其中一些基本的意象在不同的层面上还具有不同的意义，譬如"水"这个意象就具有双重象征意义：水既是土地肥沃、农业丰收的根本保证，又是由繁殖神崇拜引申而来的、以性欲为代表的人类各种欲望的象征。荒原缺水，要等待水来解救，这时水是"活命之水"；西方社会人欲横流，水太多了，窒息了生命，这时水是"死亡之水"。这种象征闪烁着辩证法的光辉：希望不可无，否则荒原永无生机；欲望忌太滥，否则同样会溺毙生命。

第三，跨越时空界限，古今熔为一炉。长诗时间无前后，空间无界限，各类人物混杂其中，共同表现主题。诗中意象时而跳跃，时而重叠，场面之间衔接突兀。诗人将现代的伦敦、古老的神话、历代的英雄壮举熔为一炉，用零碎的片断组合成一个有机的整体。比如在诗的第一节，诗人通过代词"我们"的变化，展示了人类几千年的历史变迁。最初，"冬天使我们温暖"中的"我们"是一个种族最早的集体无意识；随后，"夏天使我们惊讶"中的"我们"就是指一帮具体的人；接着，"我们小时候在大公那里"中的"我们"便是指19世纪末的一个贵族之家；最后，"大半个晚上我看书"中的"我"转换成一位现代社会的普通读者。随着代词的意义变得越来越窄，越来越小，人的价值也在逐渐贬值，逐渐失落。

第四，意象新奇怪诞，语言复杂多变。艾略特常用异常怪诞的意象来表现惊世骇俗的主题。长诗起首第一行，"四月是最残忍的一个月"，就给全诗定下了反传统的基调。另外像"太阳的鞭打"、"白骨碰白骨的声音"、"老鼠拖着粘湿的肚皮"、"长着孩子脸的蝙蝠"等意象也给人们留下极为深刻的印象，尤其使读者震惊的是那句："去年你种在花园里的尸首，它发芽了吗？"被战争、死亡、残酷扭曲了的意象令读者感到毛骨悚然,然而这一切又非常真切。在语言的使用上,《荒原》里有口语、书面语、古语、土语和外国语。诗中既有像"这年头人得小心啊"这样的大白话,又有模仿莎士比亚等古代艺术大师的古奥英语。诗人还注意到词语在不同的层面上具有不同的象征意义,譬如"水"和"火"的双重意义,再如花信子,它既是实际的花名,又是春天的象征。

艾略特描绘的荒原景象震撼了西方世界,艾略特寻求拯救的探索引发了人们的思考,艾略特从反传统开始,最后他自己也成为传统的一部分。艾略特试图以恢复宗教信仰来拯救西方的荒原世界,这是不切实际的,也是不可能的,但他的努力并不是没有意义的,尤其是他对诗歌艺术的探索与革新,使他当之无愧地成为20世纪最重要的诗人之一。

第三节 卡夫卡

一、生平和创作

弗兰茨·卡夫卡(1883—1924),奥地利小说家,西方现代主义文学奠基者之一。1883年7月3日生于布拉格,1924年6月3日卒于维也纳附近的基尔疗养院。他的父母均为犹太血统,父亲开了一家妇女用品商店,卡夫卡从小受到父亲的严厉管教。1901年卡夫卡读完高级文科中学,进布拉格德语大学攻读法律,1906年取得法学博士学位,实习一年后,进布拉格"劳工事故保险公司"供职,后被提拔为高级秘书,直至1922年病退为止。

自中学起,卡夫卡即对欧洲一些近现代哲学家、文学家感兴趣,爱读斯宾诺莎、尼采、达尔文、豪普特曼、易卜生等人的作品。上大学后,又对德国戏剧家赫贝尔、克莱斯特,奥地利诗人霍夫曼斯塔尔等发生兴趣。1902年认识马克斯·布罗德,在他的鼓励下开始写作。其间他到中南欧去旅行。后来他结识了表现主义作家、理论家弗兰茨·韦尔弗等。

卡夫卡终身未婚,但他先后与几个女人有过感情纠葛,特别是菲莉丝·鲍威尔(卡夫卡和她订过两次婚)、女小说家密伦娜·耶申斯卡、犹太教徒多拉·荻芒(陪伴卡夫卡至死)。

卡夫卡的早期作品(1902—1912)只有1本散文小说集《观察》,共收18篇作品,此外留下未完长篇《乡村婚事》。1912年是卡夫卡创作的爆发期,成名作和代表作《变形记》和《判决》都在这一年问世。1912年至逝世前,他写出许多短篇,如《司炉》(1913)、《在流放地》(1914)、《为某科学院写的一份报告》（1917）、《乡村医生》（1919）、《饥饿艺术家》（1922）等，还写了3部长篇小说，即《失踪者》（1912—1914，布罗德将它改名为《美国》）、《诉讼》（1914—1918，一译《审判》）、《城堡》（1922）。这三部长篇都没有写完。卡夫卡还写过大量的书信和日记，如《致父亲》（1919）堪称向"父辈文化"宣战的檄文。卡夫卡视写作为"巨大的幸福"，父亲要他管理妹夫的工厂，他却弃绝一切社交活动。他认为写作是"内心向外部的巨大推进"，他曾要求父亲资助他两年，好让他停职而专事创作。

《失踪者》描写16岁的少年卡尔·罗斯曼受到中年女仆的引诱，被父亲放逐到美国。在纽约码头，他意外遇见一个参议员，声称是卡尔的舅舅，把他领到家里。不久又由于他违反家规而被撵出家门。卡尔在一家客店结识了两个流浪汉，他们把卡尔当作敲诈勒索的对象，卡尔倒不在乎。当他们羞辱他母亲时，他才愤怒地唾弃了他们。接着他又在"西方大旅社"受到女总厨师的垂怜，找了个开电梯的差事，不久因擅离职守被开除。在罢工、游行的街头他被警察追捕，随后卡尔落入流氓手里，成了流氓的仆人……

《诉讼》的主题和风格完全是卡夫卡式的。主人公约瑟夫·K是个银行经理，30岁生日那天早晨突然被两名警察逮捕，但行动仍然自由。K自知无罪，因此四处奔走，一心想把罪名洗清，但一个个熟人都爱莫能助。他找律师写状子，但律师告诉他：法院是个藏污纳垢的地方，黑暗无比。最后，一天夜里，两个黑衣人把K架走了，在一个荒废的采石场上把他刺死——这是法院对K的最后判决。整个故事贯穿着复调音乐的二重音响：约·K作为无辜的被告，在国家的法庭上是无罪的。当他处于被告位置的时候，他体验到下层百姓经常向人求告的辛酸。而他作为一个有一定权势的人，也曾经高高在上地对待过那些向他求助的人，在这一层面上说他又是有罪的，理当受到正义法庭的审判。所以当他最后受刑时，他不但不反抗，反而帮助刽子手，让他们干得更利索些。

《城堡》篇幅最大，意蕴也更丰富。主人公K投宿在城堡管辖下的村子的一家旅店里，店方要求他出示城堡的许可证。K声称是城堡的土地测量员，以去城堡述职为由前去办理户口。城堡就矗立在不远的山冈上，却怎么也走不到。城堡主人C伯爵人人皆知，却谁也没见过。K想尽一切办法，还是见不到办公厅主任克拉姆。他想与城堡联系的努力均告失败。这个城堡很像中世纪时代的衙门，它高高在上，有着让老百姓可望而不可即的威严；官员们忙忙碌碌，却只与卷宗打交道，与老百姓的痛痒毫不相干。在作者看来，这种官僚专制主义的统治对被统治者构成致命的威胁。

父子冲突的"代沟"是表现主义文学创作的普遍主题。卡夫卡也不例外。

《失踪者》第一章《司炉》写的是父子关系。《在流放地》也与宗法制时代的极权统治有关：一个士兵因顶撞上司，就被判处死刑，行刑方式就是让一台行刑机在犯人身上刻字，12小时后方能死去。而这个岛上的司令居然把这当作值得观赏的景观，用以招待客人。小说挖掘出人性中最残忍、最原始的情感。短篇小说《判决》涉及的是宗法家长制统治的权威，它对人的生存构成了致命的威胁。《乡村医生》（1917）是一篇梦幻式的作品，它反映了人与人之间的冷漠关系。《饥饿艺术家》（1922）写了艺术家的悲惨处境。

卡夫卡的不少短篇小说以动物为主人公，但它们的心理活动仍与人一样。卡夫卡认为，动物没有被文明粉饰过，它们较之人显得更单纯，更具原生性，因而通过它们更能表现真实。卡夫卡对自己的作品是否发表并不关心，但他对作品的艺术性要求很高，他生前立下遗嘱，要把他的所有作品"付之一炬"，只是由于他的朋友马克斯·布罗德的整理，他的作品才得以问世。

卡夫卡要描绘内心的"庞大世界"。他生活在奥匈帝国时期（1867—1918），当时的捷克属于这个帝国的版图。奥匈帝国的生产方式已经资本主义化了，但政治上却实行君主立宪制。它对外侵略扩张，对内奉行家长式的"大棒统治"，在当时的欧洲是个相当落后的政权。在欧洲统治了7个世纪的哈布斯堡王朝，在卡夫卡心中始终是个不可抗拒的魔影。他的父亲则像个家庭"暴君"，直接威胁着他的生存。资本主义的经济结构和社会现实在卡夫卡看来也是要不得的。他曾说："资本主义是一个从内到外，从外到内，从上到下，从下到上的层层从属关系的体系，一切都分成了等级，一切都戴着锁链。"他还认为"富人的奢侈是以穷人的贫困为代价的"。基于这样的看法，他拒绝步父亲的后尘。相反，他同情下层劳动阶级，对于父亲苛待店里职工表示愤慨，他父亲骂店里职工是"拿薪水的敌人"，他在《致父亲》的信里则反唇相讥，称父亲为"付薪水的敌人"。卡夫卡同情社会主义，对君主统治下社会的法律状况有透彻的了解，并深感不满。他同青年朋友说过："我虽然是法庭工作人员，但我不熟悉法官。也许我只是个小小的法庭杂役。"他认为"我们的法律从来是一小撮贵族的秘密"。并说："贵族的言行就是法律。"（《谈谈法律问题》）卡夫卡所属的犹太民族长期没有自己的国家，流散在世界各地，备受歧视。犹太民族的处境给卡夫卡的心理以很深的刺激，使他感到自己是个失落了身份的异乡人，一个精神漂泊者。直到晚年，在给他的女友密伦娜的一封信中，他还这样愤慨地描述他的民族的遭遇："他们被莫名其妙地拖着、拽着，莫名其妙地流浪在一个莫名其妙的、肮脏的世界上。"《城堡》的主人公奋斗终生，也未能在城堡（衙门）管辖下的村子里报上户口，就强烈地反映了一个无家可归的异乡人的悲剧性追求。

卡夫卡对尼采的思想很感兴趣，尼采的"永恒循环"论、"权力意志"论、"价值重估"论等对他产生过影响。卡夫卡要求"法"的绝对合理性，因此他心目中的世界与现实世界相去太远。卡夫卡的哲学思考导致他对人类社会异化现象的发现：人的种种追求和努力恰恰朝着与人的愿望相反的方向发展，或者说社会的表面进步恰恰日甚一日地孕育着更大的危机，因而他拒绝接受这个世界及其价值体系。他仿佛从别的什么地方突然跌入这个世界似的，对一切感到陌生，对一切感到荒诞（《一只狗的探索》）。在他看来，人类文明的发展，反而导致了人类生存的本来面貌的丧失。因此他越来越紧迫地感到，要对这个世界"重新审察"一遍；他的不少作品都在试图唤起人们对那被忘却了千百年的久远过去的回忆。对异化的这种洞见和体验，使他形成一种悖谬的思维习惯，甚至生存态度：凡事总爱往完全相反的方向去说、去想甚至去做（例如几次订婚又退婚；谴责父亲又同情父亲；珍惜创作，又要付之一炬）。这种悖谬思维方式和行为方式构成了卡夫卡的二重人格和复杂的思想。主要体现在以下几个方面：

一是孤独意识。在日常生活中，卡夫卡是个平易近人、经常开怀大笑的人，但他的内心却十分孤独。正如他在日记中写的："从外部看我是硬的，我的内心是冷的。"甚至在自己家里，"我比一个陌生人还要陌生"。他的作品描写父子、家人、亲属、世人的不能沟通。孤独不仅是他的境况，也是他的追求。二是恐惧意识。对他来说，"安宁永远都是不真实的"。他甚至说："我的本质就是恐惧。"因为"我的生命、我的存在都是由这种地下的威胁构成的"。三是障碍意识。卡夫卡眼中的世界是个障碍重重的世界，他感到"一切障碍都在摧毁我"。他说："与其说我们生活在被毁坏的世界里，毋宁说生活在错乱的世界里。一切都像不能出海的破帆船上的缆绳吱吱嘎嘎地响个不停。"四是负罪意识。卡夫卡认为自己"生活在一个罪恶的时代"，而"我们都应该受到责备，因为我们都参与了这个行动"。他或者因为自己的社会责任和作家使命没有完成，或者因为自己的家庭责任没有尽到，或者因为在婚姻中先后"给两位姑娘带来了不幸"，或者因为父亲辱骂了店里的职工，自己感到内疚。他自审意识很强，既控诉环境，也控诉自己。

卡夫卡成功地掌握了现代语言艺术，革新了文学观念。他的独到艺术手段包括：第一，悖谬。卡夫卡常常把它变成美学概念，构成悲喜剧或黑色幽默的审美情趣。《城堡》中的K耗费了毕生精力也办不了户口，但到他弥留之际，城堡却突然宣布准予他在村子里住下。这样写具有悲剧性的效果。《饥饿艺术家》的主人公以饥饿为唯一的表演手段，饿的时间越长意味着他的艺术水平越高。出于敬业精神，这位艺术家一心要把他的艺术发挥到登峰造极的地步。

他的艺术达到最高境界之日，就是他的生命消失之时。这是灵与肉的悖谬。第二，图像，或者象征。他的思想或意念常常通过图像来暗示，他认为自己的作品"仅仅是图像而已"。因为他"总想传达某种不可言传的东西，解释某种难以解释的事情"。作为官府的城堡高高矗立在山丘上，但接近它比登天还难，这喻示帝国的权力机构与老百姓之间存在着一条不可逾越的鸿沟。第三，譬喻，或者寓言。同是喻示，但与前两点不同之处在于，一是通过形象的物体，一是通过寓言性的故事。如《诉讼》中牧师对主人公 K 所讲的"法的守门人"的故事。第四，荒诞。关于事件的大框架是荒诞的，而具体细节描写却是真切的。如城堡，看得见而走不到，这是荒诞的，但进城堡的情节中细节描写却是具体真切。第五，梦幻。表现主义作家热衷于此。卡夫卡的日记里经常见到梦的记录。《司炉》《乡村医生》都用了梦幻的笔法。第六，怪诞。他认为艺术应该"给人以另一副眼光"而不能像"照片"那样成为让人看不见"真实"的"铁制的窗板"。怪诞即改变事物原来的形态，使之怪异，以引起人们的惊异感和距离感，达到使人深思的目的。第七，神秘性。卡夫卡的世界是一个神秘的世界，因为他把现实推向了极端，使人"陷入某种沉闷的奥秘之中"，以至连爱因斯坦初读他的作品时也感到自己的"脑子还不够复杂"。卡夫卡认为写作"是一只从黑暗中伸出的、向美探索的手"，"是一种奇特的、神秘莫测的……慰藉"。第八，多义性。例如《城堡》，不同的读者会得出不同的结论：一说是作者晚年内心经验的总结，一说是专制统治威权的象征，一说是异化世界的投影，一说是犹太人寻找国家的譬喻，一说是人类寻找上帝的寓言，一说是寻找与父亲沟通的失败的譬喻，一说是可望而不可即的真理的象征。种种解释都能成立，这赋予卡夫卡的作品以深邃性和丰富性。难怪有人说："古有'说不尽的莎士比亚'，今有说不尽的卡夫卡。"第九，自传性。他的作品有一根未剪断的"脐带"，它的母体就是作者。但卡夫卡的自传性不同于现实主义者（他们以自己的经历为经纬），也不像浪漫主义者那样直抒胸臆；他写的是主观情感激起的幻想。他笔下的主人公与作者既像又不像。第十，朴素性。综观他的全部创作，看不到洋洋洒洒的挥毫，也看不到激情满怀的抒情；他的笔法属于所谓"《圣经》方式"：只专注于与主旨有关的事件，可有可无的繁文缛节一律砍去，于是形成了他特有的冷峻、简洁、素朴的风格。

二、《变形记》

中篇小说《变形记》是卡夫卡最著名的作品。它通过人变成大甲虫的荒诞故事，展现了现代人丧失自我，在绝望中挣扎的精神状态。

一天早晨，某公司的旅行推销员格里高尔一觉醒来发现自己变成了一只大甲虫。他十分着急，因为，要是他不能按时上班，就会被公司解雇，而他却承担着家庭的经济重担。他的变形，引起了家庭的恐慌。然而日子一天天过去，他仍旧保持虫的形态，家里的人也习惯将他当虫看待了，并对他十分厌恶。此后，家里的经济每况愈下。父母为了增加收入，空出几间房子租给了房客，把腾出的家具一股脑儿塞到了格里高尔的寝室，他的房间成了贮藏室。后来，房客们发现了他，便闹着要退租。妹妹气愤地叫嚷着一定要将他弄走。格里高尔绝望了。这天晚上，他怀着对家人的温柔和爱意，告别了人世。格里高尔死后，家里人迁入新居，很快忘却了那段令人难堪的日子，开始了新的生活。

这是一个荒诞而悲哀的故事，这种悲哀是人的悲哀，这种荒诞是悲哀的人所处的那个世界的荒诞。

格里高尔的变形，诉说了现代人自我价值与个性丧失的悲剧。作为公司里的一名旅行推销员，格里高尔任人摆布，没有自立能力。他的父亲破产后欠了这家公司经理一大笔债，为了抵父亲的债，他不得不每日任劳任怨地为公司奔忙，却依然得不到上司的信任。公司的秘书主任指责他玩忽职守，老板甚至还怀疑他贪污了公司的钱。这位老板盛气凌人，总是坐在办公桌上居高临下地对雇员发号施令，俨然是一个高踞于王座上的暴君。格里高尔内心常常希望他从高高的办公桌上摔下来，但外表上还不得不恭恭敬敬，每日在他的淫威下按时上班。格里高尔成了被公司强行驱使着机械地运转的机器，既没有自由，也谈不上自主与个性。他试图摆脱公司的束缚，但父亲的那笔债务似乎天生是为了让他顺从公司，他得为父亲去给公司卖命。他生来就是"奴隶"的角色。

在家庭里，格里高尔是经济支柱，一家人全要靠他的收入维持生计，他也将养家糊口视为自己的责任。为此他忙忙碌碌，对家人的忠诚，一如对公司的尽责。他变形以后，首先想到的不是自己将会惨遭怎样的厄运，而是担心家人离开他的经济收入后会度日维艰。即使到了家里人视他为"怪物"和累赘而百般厌恶他时，他依然在为家人着想。他的存在仅是为了给家人提供衣食温饱。在作者笔下，正是这种为每天的面包所感到的忧虑改变并毁坏了一个人的性格，生活就是如此。现代人的个性已淹没在群体中，在这个世界上他们并不能主宰自己的命运，一如古代的那个俄狄浦斯，当他自以为可以与异己力量作斗争，甚至忘乎所以地称自己是宇宙之灵长时，他已被那异己的力量——"命运"所主宰，迷失在异地他乡，不知道自己还将走向何方，也不知自己为何物。在这个意义上，卡夫卡通过《变形记》重新奏响了远古时代的人与命运抗争的神话主题，而且还增添了比古代人更浓重的悲哀、凄苦与绝望。

小说在写了人变成甲虫之后，又用许多笔墨写了变形后的格里高尔被遗弃的境遇和那悲哀凄苦的心灵世界，这进一步让我们看到了西方现代世界中人与人之间因无法沟通造成的孤独、冷漠与悲凉。格里高尔变成甲虫后，他的整个心灵世界始终保持着人的原样。开始时他极力控制自己的发音，企图以人的声音与他人交流思想感情，进而得到他们的谅解，从而不至于被视作异类而遭受鄙视、唾弃。然而，他的愿望落空了。那位来看他的秘书主任一见他那副"虫相"，吓得仓皇而逃，母亲也惊得昏厥于地，父亲则对他暴跳如雷。只有妹妹还留有一丝感情，同情并照料他。但是，后来妹妹也开始讨厌和冷落他了，而此时的格里高尔不仅人性如旧，而且在妹妹那优美的小提琴声的催化下，更增添了他对人的生活和人的温情的渴望。他顺着优美的琴声，爬出灰暗的寝室，来到众人会聚之处。那些房客们早已厌倦了他妹妹的演奏，倒是这个"非人"的格里高尔，是唯一能够善解琴意的人。看到此，任何一个读者都会觉得此时的格里高尔是人而不是虫，于是会同情他、理解他。然而在他所处的世界中，他的外形是甲虫，因此他的一片"人"心无法被他人理解和接受。他渴望人的理解，而这种渴望反而导致他彻底被抛弃乃至形体毁灭。是他体外的那层甲虫的外壳，把他和家人隔开了，一切交流与沟通的企图也都告失败。

在现实生活中，人自然不会有甲虫的外壳，甲虫自然也不会有人的心态。不过，当我们同样透过这种表象，仔细地审视一下许多场合中人们戴着面具扮演种种角色，互相企求理解而又各自把内心隐秘藏得深深的生活现实时，当人们在夜阑人静时扪心自问，为自我人格分裂而悲哀，深感心灵的孤独与寂寞时，读者不就看到了这些人身上有一层甲虫似的外壳吗？如此看来，格里高尔的变形折射了西方现代人在另一层面上的生存状态：人与人之间的隔膜和由隔膜造成的孤独，这是人与人之间互相视为异类的异化状态。

《变形记》中表现的人生观念基本上体现了存在主义的思想，认为人是有罪的，人生在世界上是痛苦的，人的命运无常，世界的本质是荒诞和不可知的。因此，这个作品不无悲观主义的色彩，但小说通过个人内心体验所表现出来的西方现代人的精神世界是真实的。

卡夫卡在《变形记》中用神话象征的模式表现了真实而荒诞的世界。"真实"是因为作者平平静静地描写了主人公变形前具体的生活细节和变形后逼真的心理状态，使人感到他所处的始终是一个真实的人的世界。尽管主人公与他周围人的距离相隔甚远，但主人公以及他周围人与读者的心理距离是贴近的，我们既能理解格里高尔的痛苦，也能理解他的家人的焦虑，因为他们双方的情感世界正是生活中你、我、他的情感世界，于是，阅读中就有真实感。"荒诞"是因为故事的整体框架是借助于一个神话象征模式构建起来的，这个故事框架——人变成虫的逻辑结构本身是非真实的，它只是用来寄寓人在哲理意义上的生存状态；作者不是让人们去接受人变成虫这一客观存在的事实，而是去体察和领悟其超现实意义上人的精神状态和深层心理，去寻找荒诞中的本质之真。人变成甲虫不过是人类精神世界的象征，而非实指的客观外在世界。不在真实的摹写中追求再现式的逼真，而以象征式的表现追求真实中的荒诞、荒诞中的真实，这正是《变形记》在艺术上的最突出特点，也是"卡夫卡式"小说的基本特征之一。

卡夫卡用一种平静得近乎冷漠的态度叙述一个凄惨而又令人触目惊心的故事，所采用的语调是客观而冷冰冰的。人变成了甲虫是一件让人难以接受甚至可怕的事，但作者的叙述却是那样漫不经心，无动于衷："一天早晨，格里高尔·萨姆沙从不安的睡梦中醒来，发现自己躺在床上变成了一只巨大的甲虫。"作者的叙述态度是如此地"事不关己"，人变成甲虫的事似乎是司空见惯，习以为常的。正是通过这种超然的语调和简短明了的句子，使平常变得可怕，又使可怕变得平常，从而激发读者去思考人的生存现状中的问题。

在卡夫卡的小说中，传统小说那种写景状物、安排故事的写作方法十分少见，而往往用意识流手法，通过内心独白、回忆、联想、幻想等，表现人的精神世界，从而揭示小说的主题。《变形记》的内在主线就是格里高尔变成甲虫后的心理—情感流动的过程，主人公变成甲虫后的内心感受和心理活动是小说的主体。而这个"甲虫"的内心世界是丰富而庞杂的。他的心理活动是从变成甲虫后的此时出发，去感受周围的一切，去回忆、联想过去和今后的事；有来自现实的真实感受，也有由恐惧、焦虑、痛苦与绝望而生的幻想、幻觉，与自由联想相伴的时空倒错、逻辑混乱、随意性与跳跃性比比皆是，明显具有意识流的特征。

第四节　奥尼尔

一、生平和创作

尤金·奥尼尔（1888—1953）是美国现代著名剧作家，美国现代戏剧的奠基人，表现主义戏剧的代表作家。父亲詹姆斯·奥尼尔是颇负盛名的演员，以扮演基度山伯爵而闻名。奥尼尔自幼随父亲所在剧团到处流动，跑遍了美国各大市镇。戏院、车船、旅馆是他童年时代的家，舞台是他最熟悉的地方。母亲弹一手好钢琴，所以他从小就喜欢音乐。1906年考入普林斯顿大学，因恶作剧，翌年休学并决定不再复学。这期间他接触了尼采学说、无政府主义及社会主义等思潮。此后他开始了充满冒险的生活。他曾到洪都拉斯淘过金，爱读麦尔维尔、杰克·伦敦和康拉德的作品。他几度当水手，去过非洲、南美、英国等地,做过流浪汉,浪迹街头、海滩。这段时期生活很艰苦,有时非常潦倒,饭都吃不上,多住在下等旅馆,接触的都是水手、码头工人、流浪汉和妓女。1912年底因患肺结核,住进了疗养院。住院期间,他静下心来回顾、总结自己的过去,并思考将来。他决定从事戏剧创作。他潜心研读了大量古希腊悲剧,还有莎士比亚、易卜生和斯特林堡等戏剧大师的作品,并开始写剧本。1914年他进哈佛大学贝克尔教授主持的47戏剧工作室学习一年。1916年他加入"普罗文斯顿"剧社,并在小剧场上演他的独幕剧。"普罗文斯顿"阶段是奥尼尔的思想形成阶段。他和一批富于进取精神的艺术家们一道,致力于美国的戏剧改革,为严肃的现代戏剧开辟道路。1920年是奥尼尔生活中的重要转折点。《天边外》上演获巨大成功,他名扬国内外。此后的14年里,他有21部作品陆续上演。1936年他获诺贝尔文学奖。1937年建"大道别墅",在别墅中他创作了晚期最重要的几个剧本。1953年11月病逝于波士顿的一家旅馆里。

奥尼尔一生创作了近50部剧本,除《啊!荒野》是唯一的喜剧外,全是悲剧。其作品4次获普利策奖。奥尼尔的创作大致可分为3个阶段。

从1913年至1920年为第一阶段,也是习作阶段,主要从事短剧创作。作品多以早年的航海经历为题材,反映水手的生活。环境的冷漠、人生的悲剧性、现实与理想的矛盾,已在短剧中显示出来,并成为他后来创作的重要主题。风格较为单纯,写实为主兼以浓郁的抒情。其中最重要的作品是他后来汇集成《格兰凯仑号》组剧的几个短剧:《东航卡迪夫》(1914)、《归途迢迢》(1917)和《加勒比斯之月》(1917)等。

奥尼尔自创作之初就直面惨淡的人生,他成功地将社会底层人们的生活、理想等搬上了舞台,"在似乎是最卑下低贱的生活中找到悲剧中那种使人理想化的崇高品质"。他打破了外国戏剧长期垄断美国剧坛及戏剧商业化的局面,又使美国戏剧从粉饰现实的虚假乐观中摆脱出来,走向了独立和成熟。

从1920年至1934年为第二阶段,这是奥尼尔创作丰收、声名鹊起的时期,以多幕剧的创作为主。他不断开拓各种戏剧题材,广泛实践各种表现手法。多样化的内容为人们提供了美国现代社会生活的广阔画面,展示了人们丰富而深刻的内心世界和精神冲突。迥异的风格几乎表现了现代戏剧所有流派的特点:现实主义、表现主义、象征主义和意识流等。这时期的主要作品有《天边外》(1918)、《琼斯皇》(1920)、《毛猿》(1922)、《上帝的儿女都有翅膀》(1923)、《榆树下的欲望》(1924)、《大神布朗》(1925)和《悲悼》(1931)等。

《天边外》是奥尼尔的成名作。主人公罗伯特从小就梦想离开闭塞的田庄，去遥远的地方寻找未知的美。因冲动地接受露茜的爱又留了下来，而一生陷于苦恼中。病死前，他眺望远方仍幻想着天边外的美好自由。戏剧用开阔的室外与狭窄的室内两种场景相互转换，以表现人的"渴求与失望"的交替，暗示人的梦想与现实间的不可弥合。

《琼斯皇》是奥尼尔表现主义代表作之一。琼斯从一个黑人逃犯爬上一个小岛部落的皇帝宝座，最后在部落人的反抗追杀中死去。作品以原始森林为背景，着力表现被追捕中的琼斯恐惧、紧张、内疚等复杂心理及恍惚的精神状态。作品借助布景与道具的变化，将人物的内心活动（回忆、幻象、潜意识等）外化为具体形象，呈现于舞台，并用不断加快的咚咚鼓声，突出琼斯不断加剧的心理冲突和紧张感。

从1935年至1943年为第三阶段，也是奥尼尔创作的成熟阶段。奥尼尔原计划写两组系列剧。一组总称为《占有者自我剥夺的故事》，包括11个独立作品。通过一个资产阶级家庭物质事业发达，然而精神空虚终至幻灭的历史，批评美国约150年的发展史。但奥尼尔两次将已写成的初稿焚毁，仅《诗人的气质》（1942）和《更庄严的大厦》（未完稿）幸存。另一组是三部曲，中心是反对法西斯主义。作者将社会斗争归于善恶之争，希望抑恶扬善。晚期成就最高的是系列剧之外的独幕剧《休伊》（1942）、多幕剧《送冰人来了》（1939）、《长日入夜行》（1956）和《月照不幸人》（1943）。经过中期的实践，至此奥尼尔形成了自己独特的艺术风格。他继续采用写实主义，但情节性减弱，并融进了各种表现手法，与早期近乎摄像式的自然主义不同，更注重穷尽人物的内心世界，在平淡无奇的日常生活现象中显露人物灵魂深处的狂涛巨澜。

《送冰人来了》描写住在哈里·霍普旅馆里的十几个房客，害怕现实，逃避现实，酗酒沉醉。在心造的幻影中，他们吹嘘自己昔日的荣耀，虚构明天的成功，从一个白日梦跳进另一个白日梦中。

《长日入夜行》是部自传性作品。作者用泪和着血写下这个剧本，坦诚披露了自己家庭的隐秘。剧中，蒂龙耽陷于贫困而视钱如命，妻子玛丽精神抑郁而嗜毒成瘾。长子杰米放荡不羁，一无建树。次子埃德蒙身患肺病，忧心忡忡。一家4口都想逃避现实。玛丽逃到吗啡里，父子逃到酒杯中，都无济于事。他们始而互相责怪，立刻又自悔自责，4人就在爱与恨、同情与厌恶、责难与宽恕、自怜与自恨、希望与失望、梦幻与清醒的交织中从清晨走向黑夜。

奥尼尔是位严肃的剧作家。他对戏剧创作有明确的认识，"戏剧就是生活"，戏剧反映生活，揭示生活的本质并传达给观众。而"生活是一出悲剧"，悲剧在于人类超越存在与自我时所产生的苦难与剧痛，以及失败，但人的精神不会被征服。"一个人追求不可能达到的目的时,他注定了是要失败的,然而他的成就正表现在斗争中,在他的意向上!"人的理想、追求、奋斗,使人生充满意义并富于美。这美即悲剧的崇高。"最崇高的永远是最具有悲剧性的。"就在这种对生活的悲剧性的否定中,人的价值与意志、人的追求与抗争都得到了充分的肯定。在这里奥尼尔的美学思想与人生观达到了完美的统一。

但另一方面,奥尼尔又声称对人与人之间的关系不感兴趣,"感兴趣的只是人与上帝的关系",认为"旧的上帝已经死去,科学和物质主义在提供新的信仰方面也已失败",这是现代社会的病根,他要挖掘时代的病根,"以便找到生活的意义,安抚对死亡的恐惧"。从本意上,奥尼尔试图超越一切物质基础,超越具体的社会问题,从生死对立的角度,去探索人与神之间的关系,追寻人存在的终极意义,为这无价值的人生重建价值,以拯救痛苦的灵魂及失却灵魂的芸芸众生。因此,他常将具体的社会问题抽象化,作形而上的探讨。但物欲横流、灵魂物化而使人生无意义毕竟是十分具体的现实,超越终究不可能。他的创作广泛触及了美国的社会现实,表现了美国生活的悲剧性,对美国社会进行了批判。人生意义的探索与社会问题的研究无法分离,两者的结合构成奥尼尔戏剧的基本内容。20世纪初美国普遍出现的对人生意义、自我价值和生活理想的追求与幻灭,是奥尼尔悲剧的基本主题。

奥尼尔的剧作不完全是对社会生活的客观模仿,机械再现,而是带有较强的主体意识,较浓的主观色彩,它铸进了作者对生活的体验、思索和理解,蕴含着深邃的哲理。奥剧传达哲理意蕴的最常见方式是象征。象征性是奥剧的突出特点。奥剧的象征从不脱离剧中的人、物、场景及意象等具体事物,在鲜明的形象中使抽象观念得到完满的体现。

奥尼尔认为现代戏剧是"灵魂的戏剧"。因此,他不很重视事物的外部真实,而重在表现人物的心理真实。因而总是淡化人物的外部动作、表面冲突和戏剧情节,少用悬念突转等传统手法,立足于从寻常生活中摄取片断,着力于人物情感思绪的捕捉。人物自身及相互间情绪的矛盾、灵魂的搏斗成为戏剧冲突的主要内容。故奥剧结构的统一常建立在戏剧冲突的内在性上。

与结构相一致的是奥剧的时空处理。奥剧的舞台时空常具双重性,即外部空间与思维空间并存,物理时间与心理时间共驻。在剧作时间纵向发展的同时,作者横向切入人物的内心世界,展览人物心态直至潜意识深层。为达到预期效果,奥尼尔创造了一系列新的表现手段,并改造利用旧有形式,如:心理活动具象化,分隔演区,两个演员同演一个人物,运用面具、独白、旁白等。这样,奥剧中常常是幻觉与现实并陈。

二、《毛猿》

《毛猿》是奥尼尔的代表作，不分幕，共 8 场。主角扬克是一艘远洋邮轮上的司炉，他头脑简单、体力强壮，终日与工人们一道干着沉重的体力活，"拿血肉给机器作齿轮"。但他为自己自豪，自认为是世界的动力。他夸口说："我是结尾！我是开头！我开动了什么东西，世界就转动了！"头等舱里那些有钱人"他们只不过是臭皮囊"。"他们不顶事！"有一天，资产阶级小姐米尔德丽德出于想了解"另一半人是怎样生活"的真诚愿望，来到底舱。她见到袒胸露背满身煤黑正在工作的扬克，惊吓得大叫："这个肮脏的畜生！"并晕了过去。这事给扬克的盲目自信乐观以致命的打击。他突然意识到自己的可悲地位，在有钱人眼中，自己不过是畜生毛猿而已。他愤怒，开始思索，决心报复。他跑到纽约五马路，见到有钱人就寻衅闹事，但那些太太们神情漠然，完全无视他的存在。他有意碰撞绅士们，结果是自己被反弹了回来，并被抓进监狱。在狱中，他突然意识到，是自己和工人们造就了资产者，资产者"把我们压在下面，他坐在我头上！但是我要冲过去"！出狱后，他跑到工人组织世界产联，自告奋勇去炸工厂监狱，对付资产者。不料被误当作资方的密探，"没脑子的人猿"，被赶了出来。扬克走投无路，最后来到动物园，他向大猩猩倾诉衷肠，并视它为同类与知己。他决心找个帮手，和大猩猩一道，打一次最后的漂亮仗，把资产阶级从座位上，从地球上打下去，一起摧毁这个拒绝接受他的社会。他打开铁笼想和猩猩握手，却被猩猩猛力一抱，折断筋骨死去。

扬克是美国现代产业工人的代表，他的遭遇反映了现代资本主义社会中劳动人民的悲惨处境。扬克开始时自以为了不起地自我肯定，是建筑在一种自我误解之上。他误认为自己是资本主义社会物质力量的代表，因而否定资产阶级，也否定"社会主义的救世军"。其实真正代表资本主义物质力量的是资产阶级。扬克作为物质财富的创造者，除了被奴役被支配，创造财富供他人享乐外，在现代西方社会根本无立足之地，他等于甚至低于毛猿。

扬克又"是人的象征"，"扬克就是你自己也是我自己，他是所有的人"。这是作者的本意。扬克从开始自认为是能在地狱里工作的好汉，是个极重要的角色，到意识到自己地位低下，被人蔑视并无足轻重，经历了一个幡然醒悟的过程。"本来我是钢铁，我管世界。现在我不是钢铁了，世界管我啦！"一切"全都颠倒了"！扬克不能不感到震惊和猛醒。作者把扬克醒悟的过程视作人类终于从幻想回归现实的过程。

一旦醒悟，扬克便反复思考自己的地位与处境，寻找自己在社会中的位置。扬克探索寻找的过程，也是反叛与抗争的过程，他的抗争表现为反对现存社会秩序，反对资产阶级。但他的努力抗争，他的寻找探索都以失败而告终。醒悟之后的扬克又陷入了迷惘。从本质上说，扬克的抗争代表着人与命运，人与异己力量的斗争，他寻找归属而无结果，则象征着现代人寻找自我、追寻人类的生存价值却终不可得。自我的失落、自由的得而复失是现代人所面临的共同问题，由此而引发了现代人内心的苦闷、烦躁、困惑和迷惘。

为了凸显现代人的精神危机，作者在剧中安排了几个与扬克相对立的人物。与扬克开始的乐观自信充满活力完全相反，老水手爱尔兰人派迪悲观、消沉、萎靡不振，他极度憎恶眼前这个黑烟滚滚、灰尘弥漫、终日不见太阳且机声隆隆、代表着资本主义现代文明的钢铁世界，他直言不讳：这种世界就是地狱，司炉工人把自己的性命连同煤一道喂进了地狱，工人就像动物园里关在铁笼子里的该死的人猿。他无限留恋工业文明以前的帆船时代，和风丽日，人船海相连，健康的人与美丽的大自然和谐一体。派迪时刻梦想回到过去。

另一个与扬克构成鲜明对比的是勒昂，他是有一定觉悟的工人的代表。他始终不放弃"启发"工人的阶级意识，他大声疾呼："所有的人生来都是自由平等的。"他把扬克带到纽约五马路，也是为了激起扬克对"该死的资产阶级"的愤怒，他开导扬克：资产阶级身上晃荡的珠宝，"一件的价钱，能给一个挨饿的家庭，买下一年的粮食"，"必须打击的是她的阶级"。但就在扬克采取行动的关键时刻，这位徒尚空谈的启蒙者却慌了手脚，极力要求扬克"镇静"、"忍耐"，眼见劝导无效，他干脆逃之夭夭。"这可不是我的原意"，他主张的是走和平选举的道路而坚决反对暴力。

扬克、派迪和勒昂是工人阶级内部具有不同思想倾向的人物的代表，他们都对现存的资本主义制度感到不满，都寻找失落的自我，探索自身存在的意义，都有所追求，但都找不到正确的出路。

还有一位较为特殊的人物，是作为整个工人阶级的对立面出现的资产阶级小姐米尔德丽德。这是个先天不足、没有血气没有活力的贵族小姐。她同情穷人，"想帮助他们"，想"在这个世界上有点用处"，想"在什么地方接触生活"。但是她善意的愿望获得的却是相反的效果，她的出现，只是使工人们更强烈地意识到自己的可悲境地而燃起心中的仇恨。不同阶级间横亘着一条无法跨越的鸿沟，她与工人无法沟通，孤独无援，四顾茫茫。身为统治阶级一员的小姐，同样无法适应现存的资本主义社会，同样是个找不到归属的人。

在现代物质文明高度发展的时代，人类虽在征服自然界方面卓见成效，却又为人造自然所困扼。人更大程度地丧失了自我支配能力，被异化成了物的奴隶，成了非人、机器；财富、资本主义生产方式则异化为统治人、与人敌对的力量。剧中，扬克及工人们机械地工作着，处于领导地位的资产阶级也是木偶般地动作着。人与人之间疏远、隔膜,相互对立。人孤独而空虚。人与大自然失去了昔日的和谐,又陷入新的不安宁中。这就是现代人,就是他们的可悲境遇。作者将扬克等人的处境扩展为人类的普遍生存状态,展示出作者关注整个人类命运的宏大气魄。

总之,扬克的悲剧,揭示了现存资本主义制度的不合理,现代人的异化,人与自己生存条件的疏离,人面对强大的外界力量无能为力的困惑、悲愤,人寻找归属而不可得的幻灭感,人在现存的资本主义社会中日益深重的精神危机。人的异化、追求及精神幻灭是作品的主题。扬克失败的过程给人以启迪:人正是在徒劳无望的追求与反抗中重获人的尊严,建立并实现人生价值。同时,倒退是没有出路的,从野蛮走向文明是人类社会发展的必然。这便是作品的积极意义之所在。

《毛猿》是奥尼尔的表现主义代表作之一。表现主义注重将人物的心理活动表现于外,使思想感知化。该剧也不例外。整个剧作演示的是扬克精神危机产生发展的全过程:从自信到怀疑到失落到绝望。戏剧冲突主要是扬克自身的内心冲突,他与米尔德丽德的冲突只是一个引子,此后的情节顺乎扬克的心理逻辑而展开,外部情节则被淡化。第四、五、六场以及第八场既是剧情的自然发展,更是扬克心理历程的展示。作者善于把人物的思想情绪意念等转化为视觉形象,淋漓尽致地呈现于观众眼前。如第五场,扬克向富人报复一场,实际上是扬克梦幻中心理活动的具象化。尽管他肆意挑衅,但那些绅士太太们还是彬彬有礼,超然而冷漠。那个挨了他一拳的绅士也像是没事似的纹丝不动。这些形象揭示了扬克内心的愤怒、烦躁以及无可奈何。

不仅如此,作者还用外界音响来表现人物的内心奥秘,把人的意识外化为声音,诉诸观众的听觉,使观众获得更真切更深刻的体验。如第四场,扬克感觉受了侮辱,陷入沉思,内心由痛苦愤怒而几近疯狂。作者安排周围工人齐声鼓噪嘲笑,这些喧闹声,实际上是扬克内心苦闷惶惑、狂躁不安情绪的外化。

作者也不排斥独白这一古老的戏剧表现手法,而是进一步发展并有所创新。他的独白既是人物内心情感的表白,又是人物思维过程的外露,而这一过程常是无意识的、无逻辑的、跳跃性的,人物的独白常触及人物的潜意识深层。如整个第八场便是扬克一人的独白。扬克向动物园中的毛猿诉说衷肠,倾诉中时而清醒,时而糊涂,或愤慨,或悲哀,有实感,有幻觉,但最根本的是对现代资本主义文明的抗议和控诉。

该剧侧重于开掘扬克的主观世界,因此在人物的设置上也有其独特之处,可以说是主人公扬克的独角戏。作者又从对比的角度设置几个与扬克不同的配角,以突出主角扬克。其他则是些无名无姓的人物,如米尔德丽德的姑妈、轮机师二副、烧火工人们等等。这类人物只是根据剧情发展的需要而随时出现或消失。还有一类则是人物表上没有列入的，如七嘴八舌的声音、大伙、话音等，他们类似古希腊悲剧中的合唱队，几乎作为背景而存在。扬克及其配角各具性格特征，其他人物则谈不上什么性格特征。欧洲戏剧的发展从重情节到重性格再到重心理，奥尼尔的创作正代表着重心理的发展趋势，并完成了这个由外向内转的过程。

这部作品又是一出象征主义戏剧。贯穿全剧的毛猿是人的象征。剧本一开始，我们看见的工人，个个都是长臂，小眼，眼露凶光，低而后削的额头，毛茸茸的胸脯，且力大无穷，极像人猿，扬克是他们的代表。在静下来思考问题时，扬克的外形"恰像罗丹的《沉思者》"。而在最后一场中，笼子里蹲着的大猩猩的姿势也很像罗丹的《沉思者》。扬克、沉思者和毛猿，这一组形象融合一体。毛猿就是现代人，现代人一如古代毛猿，皆为环境所困。

与毛猿密切相关的是剧中系列的笼子意象。邮船的前舱是"被白色钢铁禁锢的一条船腹中的一个压缩的空间。一排排的铺位和支承着它们的立柱互相交叉，像一只笼子的钢铁结构，天花板压在人们的头上。他们不能站直"。除笼子般的船舱外，还有监狱里关人及动物园里关兽的笼子，而在世界产联工人协会那一场里，密集的建筑物包围着窄窄的街道，人的整个生存空间也像个笼子，笼子就是现代人生活环境的象征，扬克正是穿梭于这些笼子之间。笼子是钢铁所造，钢铁正是现代工业文明的标志。全剧是人类陷于资本主义文明的困境中，又渴望摆脱困境的象征。

此外，该剧中对比手法的运用也非常突出，除了前面提到过的人物的对比，时代的对比外，还有环境的对比。工人们挤压在狭小黑暗、空气污浊的前舱或炉膛口，米尔德丽德和她姑妈则闲躺在宽敞明亮、阳光明媚、空气清新的甲板上，而邮船是行驶在蔚蓝的大海上。船下、船上、船里、船外，社会底层人民与上层资产阶级的生活，自然的美与社会的丑等恰好构成强烈的反差，也传达出丰富的内涵。

奥尼尔执着地表现严肃的人生，其戏剧以独到新颖的内容和形式启迪着后世的人们。

第五节　普鲁斯特

一、生平和创作

马塞尔·普鲁斯特（1871—1922），20世纪法国最重要的作家之一。1871

年 7 月 10 日他生于巴黎，父亲是医学院教授和主任医生，母亲是犹太人。他从小就患失眠症，9 岁时得了哮喘病，这种病与他的神经质体质有关。普鲁斯特的意识总是极其兴奋，一草一木都能使他停住脚步，感到一种特殊的兴味。他的学习成绩优异，作文得过一等奖。他的父亲想让他从事外交，却不合他的兴趣。18 岁时他应征入伍，分派在奥尔良第 76 步兵团。一年期满以后，他进了巴黎大学。

从 1891 年起，普鲁斯特化名在报纸和杂志上发表文章。1892 年至 1893 年，他在《宴会》《白色杂志》上发表了《驳年轻流派》《法国讽刺史》以及书评、随笔和短篇小说，后来结集为《欢乐与时日》（1895），共收 7 个短篇、8 首诗和 2 组散文与散文诗，这是普鲁斯特早期创作的总结，得到法朗士的推荐。法朗士从中看到"罕见的魅力和精细的雅致"，他已经看到普鲁斯特心理描写的才能："诗人一下子就穿透了隐秘的思想，没有吐露出来的愿望。"普鲁斯特的短篇以上层社会为题材，善于描写人物的爱情心理和嫉妒心，带有潜意识的描写，人物的某些心理成为其基本特征，这些特点与传统小说显出不同。

普鲁斯特在巴黎大学获得了文学学士学位，于 1896 年 6 月 29 日进马扎兰图书馆任职。他经常出入贵妇的沙龙，认识了许多上流人士，年复一年，积累了不少笔记。1895 年，他开始写作自传体小说《让·桑特伊》，断断续续写了 4 年，他曾想毁掉这部未完成的小说，外人长期不知道有这部作品，直到他逝世 30 年后才在他家中放帽子的箱子里被发现，并在 1952 年问世。这部遗作以第三人称叙述，包含着大量关于作家本人生活和思想的宝贵材料，但它缺乏一部杰作所需要的中心主题。普鲁斯特尚未找到表现人物的方法，他的文学新观点尚未建立。小说描写主人公让·桑特伊小时对母亲和一个小女孩十分依恋，长大后同哲学教师来往密切，参与到德雷福斯案件掀起的激烈争论中。小说写到主人公双亲的去世。《让·桑特伊》和《追忆似水年华》有天壤之别，但两者仍然有密切关系，从中可以看到处于萌芽状态的、在《追忆似水年华》中才得到充分发展的思路和描写。

1896 年底，普鲁斯特决定翻译英国评论家罗斯金的作品，但他的英文不好，需要他的母亲帮助。1904 年他出版了译作《亚眠圣经》，1906 年又出版了《芝麻与百合》。罗斯金表达思想的方法给他以启发。1900 年至 1904 年，普鲁斯特在《费加罗报》发表了不少文章，后来结集为《仿作与杂记》（1919）出版。1903 年父亲去世，1905 年与他相依为命的母亲也离他而去，他悲痛万分。他不止一次悲哀地说："我的生活今后失去了它唯一的目的、唯一的温馨、唯一的爱、唯一的安慰。"1906 年，他搬到奥斯曼大街 102 号。从

1908 年底开始，普鲁斯特写作《驳圣伯夫》，意在反驳圣伯夫的批评观点。他先是考虑写成小说，逐渐又改变主意，想写成文章，在两者之间犹豫不决，只写了 10 本笔记就搁笔了。这部遗著直至 1954 年才问世。这是 20 世纪法国的一部重要文学批评著作。普鲁斯特认为圣伯夫的批评方法不是从作家的作品去评论作家，而是以作家的交往、轶事等次要方面作为评价作家的唯一依据，因此圣伯夫写不出深刻的批评著述。普鲁斯特认为，圣伯夫不了解文学创作的特殊性，其实作家是处在孤独状态中思索和写作的，作家与别人的交往等活动不是关键性的材料，据此不能对他的作品做出深入的分析；圣伯夫的实证主义方法将文学批评简单化和庸俗化，他离开了文学的本体——作品。圣伯夫的第二个错误是否定了"几乎所有真正具有独创性的当代大作家"：巴尔扎克、斯丹达尔、福楼拜、波德莱尔、奈瓦尔，有厚古薄今倾向。普鲁斯特的观点一针见血，击中了圣伯夫的批评方法的弱点，表达了 20 世纪初法国精神分析这一批评流派的观点，也表现了普鲁斯特的艺术取向。

在此期间，普鲁斯特开始写作《追忆似水年华》。小说的发表经历了艰难曲折的过程。1912 年，他将写出的小说分为两卷：《盖尔芒特家那边》和《重现的时光》，总标题为《心灵的间歇》，先后与法斯盖尔和伽里玛出版社联系，都遭到拒绝。这两个出版社的评语是，这部小说"不知所云"，"找不到一个足够耐心的读者看上一刻钟，因为作者没有通过他的句子的特点帮助读者看下去"。连一向以善于发现新苗子著称的纪德也没有看出这部小说的不同凡响，竟然与它失之交臂。1913 年年初，奥朗多夫出版社再次拒绝了这部小说。普鲁斯特毫不泄气，托人与格拉桑出版社联系自费出版，最后将小说定名为《追忆似水年华》，小说第一卷在 1913 年年底发行。第一次世界大战的爆发，推迟了小说续集的发表，普鲁斯特倒有了时间将小说的规模大大扩充。第二卷直至 1919 年才问世，获得龚古尔奖。伽里玛出版社发现犯了错误以后，及时将小说的出版权争取回来。小说的其后几卷分别于 1920—1921、1921—1922、1923、1925、1927 年出版。普鲁斯特没有看到最后三卷的校样。他于 1922 年 11 月 18 日逝世，他的遗著还有《专栏文章》（1927）。

普鲁斯特是在同长年纠缠自己的严重哮喘病作了顽强斗争，才得以完成这部 7 卷本巨著（译成中文约 250 万字）的。他在卧房里安装软木墙面，隔绝外界声音；即使出门，也要等到深夜。他在信中说："一次 40 小时以上的发病，不能说话，不能动弹，不能写作，不能吃饭，也不能呼吸"；"我难受得要命，几乎卧床不起"。他在短篇《无动于衷的人》中写道："一个从出生起就会呼吸的孩子，从来没有留心这一点，不知道轻轻鼓起他的胸脯而不令他觉察的空气，对他的生命是至关重要的。在发病中痉挛，他竟至于窒息吗？他整个人作着绝望的挣扎,几乎在为了生命而搏斗,为了身体的安宁而重新找到空气,他以前一直不知道不能与空气分离。"这是普鲁斯特对哮喘病带来的痛苦的切身体验。但从另一方面来说,疾病使普鲁斯特长时间沉浸在思索之中,有助于他的写作方法的形成和进行周密的思考。

普鲁斯特虽然受到柏格森的直接影响,但他的哲学思想属于客观唯心主义。他认为"任何印象都是双重的,一半包裹在客体之中,另一半延伸到我们身上"。他没有完全取消客体,也即承认客观世界的作用,尽管重点放在这句话的后半部分。这是普鲁斯特的美学思想的基础。首先,他从二元论出发,强调真实和真实性。一方面他认为真实出自艺术家的本能,另一方面他又指出:"不管生活给我们留下的是怎样的概念,它的物质外形,它给我们留下的印象痕迹,依然是它必不可少的真实性的保证……心灵倘能从中释出真实,真实便能使心灵臻于更大的完善。"真实与生活彼此相连,密不可分,它的痕迹虽难以捕捉,但这恰恰是真实性所依附的东西。需要指出,他所理解的现实是指人的内心世界,是指声音或触觉等在人的思想深处所产生的反应。他认为现实分两部分,一是外界事物给人们带来的感觉,二是对这些事物的回忆。两者往往结合在一起,而重点是回忆:"(记忆)感受才构成我们的思想、我们的生活和对我们而言的现实……真正的艺术……其伟大在于重新找到、重新把握现实,在于使我们认识到这个离我们的所见所闻很远的现实。"他反对直接描写外界事物,不愿直接记录生活事件,反对实录。他对历史事件是从侧面去表现的。实际上,普鲁斯特强调的是"心理真实"。回忆、意识的细微变化、思想的深层活动、通感、各种情感的表现、梦幻,等等,就是"心理真实"所包含的内容。他认为作家要"返回隐藏着存在过却又为我们所不知的事物的深处","我的大脑是蕴含丰富的矿床,那里有大面积品种繁多的珍贵矿脉"。内心储存的印象就像"负片"一样,需要作家去照射,才能"辨认出所感事物的面貌"。这是内宇宙的新天地,"有多少个标新立异的艺术家,我们就能拥有多少个世界"。世界呈现在人们的头脑里,会产生千差万别的影像,"这种复杂如斯的艺术正是唯一生气勃勃的艺术"。他断言:"我发现这部最重要的书,真正独一无二的书,就通常意义而言,一位大作家并不需要杜撰,既然它已经存在于我们每个人身上,他只要把它转译出来。作家的职责和使命就是笔译者的职责和使命。"他明确提出,作家要表现"自我",从自我中提取心理真实。他认为写心理真实更难,因为外界事物在内心留下的痕迹不易觉察出来。

二、《追忆似水年华》

普鲁斯特以《追忆似水年华》（又译为《追寻逝去的时间》）而成为 20 世纪法国最重要的作家，这是意识流小说的开山之作。

小说第一卷《在斯万家那边》叙述 1902 年的一个早晨，叙述者马塞尔在当松维尔古堡中醒来，童年的回忆萦回脑际。小说追叙到 1890 年左右，在姨婆家，每晚母亲的亲吻帮助他入睡。1892 年，他喜欢上邻居斯万的女儿吉尔贝特。他在马车上看到马丹维尔附近钟楼的剪影，留下深刻印象。随后小说插入斯万早年迷恋奥黛特的描写。第二卷《在妙龄少女的身旁》叙述斯万在 1895 年娶了奥黛特。1897 年，叙述者在巴尔贝克疗养时，在海滩上看到一群少女，其中有阿尔贝蒂娜，他感到爱上了她。第三卷《盖尔芒特家那边》叙述马塞尔进入巴黎圣日耳曼区盖尔芒特的公馆和上流社会，看到贵族的庸俗、自私和恶劣趣味。第四卷《索多姆和戈摩尔》叙述两个同性恋者夏吕斯和朱皮安的往来。1899 年夏，叙述者参加盖尔芒特公爵家的招待会，大家在谈论德雷福斯案件。第五卷《女囚》描写阿尔贝蒂娜成了叙述者的囚徒，他把她囚禁在巴黎的公寓里。她的行动很神秘，叙述者得不到她的心，最后她逃走了。1901 年 2 月，在资产者维尔杜兰家上演凡特依作曲的七重奏，这是令叙述者难忘的一件事。第六卷《女逃亡者》叙述阿尔贝蒂娜逃走后从马上摔下跌死，叙述者这才发现她是同性恋者。在威尼斯旅行时，叙述者得知吉尔贝特和圣卢结婚，叙述者后来发现圣卢是一个两性人。第七卷写多年以后吉尔贝特年老色衰，又写第一次世界大战期间，当松维尔发生了激烈的战斗。在巴黎，凡特依的沙龙成了消息中心，圣卢在护送百姓撤退时牺牲。1919 年，在盖尔芒特亲王家，叙述者又回忆起早年的生活，感到"真正的天堂是已失去的天堂"。他决定写作《追忆似水年华》。

小说内容远比这个简介复杂，这里只能挂一漏万。整部小说像一座大教堂，各卷是侧堂。回忆往事将作品前后串联起来，而作品每一卷都有自身的内部结构，又与其他部分相连。其中有标题的对称，如《地名：地方》和《地名：名字》；有叙述的对称，如盖尔芒特家和斯万家，维尔巴里西斯夫人的沙龙和奥黛特的沙龙；有地方的对称，如巴黎-索多姆，巴尔贝克-戈摩尔。普鲁斯特认为四、五、六卷是"他的天才的最佳构思"。第四卷是环形结构，第五、六两卷构成一幅双折画。普鲁斯特认为各卷的融合和一致是一种"大师手艺"，他追求的是陀思妥耶夫斯基的多声部方式。这是小说在结构上的特点。此其一。

其二，《追忆似水年华》的人物描写不同于传统小说。他的人物戴着"上百种面具",再逐渐脱下来,慢慢显出原形。例如奥黛特,读者最初通过一个孩子的目光发现了她,这是一个"玫瑰贵妇";然后她成了斯万夫人,由于她的无行,大家从来不肯邀请她做客,她被看作夏吕斯的情妇;再后来她是"萨克里邦小姐",叙述者在埃尔斯蒂尔的画室中发现了她的肖像;她成了寡妇后,嫁给了愚蠢的福尔什维尔,也许是盖尔芒特公爵的情妇。夏吕斯是个同性恋者,总是隐藏起一部分自身,他欣赏巴尔扎克,是个美学家,说话滔滔不绝。斯万对爱情十分执着,有强烈的嫉妒心,落入奥黛特的掌握之中。阿尔贝蒂娜是个神秘的女同性恋者,或许是男扮女装,随着小说的进展而显出真面目。圣卢侯爵潇洒俊美,是德雷福斯派,又是军事和政治理论家,他娶了斯万的女儿吉尔贝特,却把提琴家莫雷尔当作情人。莫雷尔是叙述者仆人之子,受到夏吕斯的追求,他虽然获得荣誉勋位,却是个逃兵。维尔杜兰夫妇是富有的资产者,模仿上流社会开设沙龙,提携新出道的艺术家,其实他们缺少教养,十分庸俗;维尔杜兰太太最后嫁给了盖尔芒特亲王,在第一次世界大战期间成为巴黎社交界的"女王",她的沙龙传播军事消息。贝尔戈特是当时的大作家,爱好建筑,他的作品精雕细刻。普鲁斯特认为,生活中的人会变化,不同于人们以为的那样,所以在他笔下,人物是不定型的、发展的、复杂的,不能以传统的道德标准去衡量他们。小说中写了4代人,1820年的一代有外祖母、维尔巴里西斯夫人;1850年的一代有叙述者的父母、夏吕斯、弗朗索瓦丝、盖尔芒特公爵夫人、斯万、奥黛特、维尔杜兰夫妇;1880年的一代有叙述者、阿尔贝蒂娜、莫雷尔、吉尔贝特、圣卢;1900年的一代有吉尔贝特的孩子。这4代人构成继巴尔扎克《人间喜剧》之后,生活在第三共和国的一个人物画廊。

叙述者是中心人物,他从娇气的、有病的孩子发展到《女囚》中专横的成年人,最后成为作家,小说只有两处提到他叫马塞尔。小说绝大部分篇幅以第一人称来叙述,小说中的"我"不是普鲁斯特本人,又包含了普鲁斯特的某些因素。普鲁斯特对第一人称的叙述有重大发展。一是叙述者经常将打听到的事(包括早于自己出生的事)回忆出来,时而叙述多年以后发生的事,时而在回忆中预想今后可能发生的事。二是根据后来得知的情况叙述两个同时发生的事,事件见证人的视角代替了叙述者的视角,解决了叙述者不能分身的难题,这不同于传统小说轮流讲故事的方式。三是以引号等方法展现同一场面中他人的心理活动,弥补叙述者无法洞悉他人心理的困难。四是小说由一个连续的声音说出长篇内心独白。当然,作者有时也会加以干预。

其三,时间概念在《追忆似水年华》中起着重要作用。柏格森关于时间绵延的论述启迪了普鲁斯特。柏格森在《论意识的直接材料》中指出:"人们可以设想时间不加区分的连续,就像一种互相渗透、互相关联、各种成分的紧密结合,每一种都是整体的代表,只是为了能够抽象思维才区分开来和彼此独立……我们把时间投到空间中,我们把时间表达为长度,相继的思维活动对我们而言呈现连续的线或者各部分相接触,但不互相渗透的链条形式……有一个没有时序的真实的空间,但其中各种现象连同我们的意识状态同时出现和消失。"这是普鲁斯特运用时间概念的出发点。在他看来,时间是一种"看不见的形式"。他发现,人物在时间上所占的位置要比"他们在空间所占的位置宽广得多","可能性的世界比真实世界更为广阔",可能性的世界就是时间的世界。时间在小说中起着关键性的作用。

普鲁斯特认为真正的小说家不以日历来计算时间。除了历史事件不可更改以外,他对时间的概念理解得相当灵活。一是人物年龄前后有出入。阿尔贝蒂娜在1897年是17岁,在1908—1909年年龄不变;奥黛特一下子变成50岁。二是年表改变,阿尔贝蒂娜出现以后,小说采用了另一种年表,产生了无数日期谬误。普鲁斯特在时态的运用上煞费苦心。他写作时一切都已经过去,因此他用过去时。他认为在自传和日记中才用现在时,叙述必须用过去时才能进入想象,进入小说时间。《追忆似水年华》大量用未完成过去时,作用之一等于讲述中的现在时:"让过去保持它当初是现在时的样子……"作用之二是使情节变成真实可信:"未完成过去时并不意味着小说家置身于人物的未来,而是简简单单地表明他不是这个人物,他是在向我们显示这个人物。"普鲁斯特时而插入现在时,这时,叙述者重新看见、重新体验时间。现在时的出现将读者抛进了时间里;这是叙述起始的时间,不再是人物经历其现在时的时间。如关于母亲的亲吻:"那是多年以前的事了,我曾看见蜡烛的反光沿着楼梯的墙上升,然而,这堵墙已消失多年了……"描述这个场景所用的现在时表明叙述者重新找到过去,字里行间涌出的柔情说明死亡已淹没了被爱的人们;作家发现了自己的力量,时间战胜了死亡。有时,普鲁斯特转为现在时是表明一种体验:"我喝第二口,没有发现与第一口有任何两样……我放下杯子,转向内心,该由它来寻找真理。"叙述者将回忆变成现时的体验。

其四,小说的意识流手法多种多样。一是由一些似乎微不足道的细节勾起连绵不绝的回忆。玛德莱娜由小点心勾起童年回忆是有代表性的描写:"带着点心渣的那一勺茶碰到我的上腭,顿时使我浑身一震,我注意到我身上发生了非同小可的变化。"这种茶点是叙述者小时到她姨妈房内请安时吃过的,如今尝到味道,往事便浮上心头:"茶味唤醒了我心中的真实。"按叙述者的分析,"气味和滋味却会在形销之后长期存在,即使人亡物毁,久远的往事了无陈迹,唯独气味虽说更脆弱却更有生命力","它们以几乎无从辨认的蛛丝马迹,坚强不屈地支撑起整座回忆的大厦"。小说中还写到，一束阳光照射到教堂钟楼上，引起叙述者一系列感受、联想和回忆；一个乐句，使叙述者忆起了站在荆棘树篱前的少女；一个雷雨的傍晚传来丁香的香味，使叙述者回忆起故乡的山楂花树篱前的美景等等，"人的记忆最美好的部分存在于带雨点的一丝微风的吹拂之中，存在于卧房发霉的味道中"，只要具备一定条件，"事物长存的、一般隐而不露的本质就会解放出来"。我们的精神记忆封闭在心中，一直到往事显现，这段时间被他称之为"心灵的间歇"、一种"时间心理学"。他力图抓住情感的无限丰富性，将各种感觉、意念的网络所产生的无比丰富的实感捕捉住，并由此展现由无数个不同时刻的心理活动组成的人的一生。这种意识流手法是从味觉、嗅觉、视觉、听觉、触觉出发的，然后产生联想，运用的是通感手法。二是采用时序颠倒的手法。斯万的恋爱本来是叙述者听说的事，发生在他出生之前，但这个故事叙述在前，叙述者后来得知，放到后面去叙述。小说时而讲述盖尔芒特家的事，时而跳到无关的事上去，然后又回到正文上来。这种叙述方法表现了无逻辑的回忆。普鲁斯特喜欢用望远镜来比喻观察往事，他看到的是彼此分开的星星，它们似乎没有联系，其实共处于一个整体中。这是柏格森的"各个时刻相互渗透"概念的运用。三是抓住不同层次的意识。他发现人的意识中存在两种或多种截然相反的情感，由前者到后者的过渡是突然的，却有着可以变化的基础。例如斯万对维尔杜兰夫妇企图破坏他与奥黛特的关系十分愤慨，但一回到家里，他的态度改变了，他还是想参加夏园的晚餐，爱情驱逐了他心中的仇恨。普鲁斯特认识到人的情感的多样性："在我们原以为空无一物的心灵这个未被探索、令人望而生畏的黑暗中，却蕴藏着何等丰富多彩的宝藏而未为我们所知。"他还认为人的意识就像平静的大河底下有着回流、漩涡、暗流，小说家应该挖掘出"最值得我们珍视的"内心意识。四是写出意识的自发状态，发现难以表达的心理活动。叙述者对马丹维尔钟楼蕴含的神秘意义给予现实与超现实关系的解释；他从迪梅斯尼路上的三棵树联想到现实的本质藏在背景后面或者就在我们的感觉之中。普鲁斯特认为让我们的生活与周围实现融合，是一般人不清楚的心理现象，也是"心灵尚不为人所知的部分"。这种心理带有哲理的、宗教的色彩，是一种抽象的感受，是客观事物在一定情景和条件下引起人们头脑联想和思维的产物。它经常不由自主地产生，却转瞬即逝，不易抓住，需要感觉非常敏锐的小说家才能把它记录下来。五是善于描写人物在某些特定情形中的状态，如嫉妒、半睡半醒、等待、做梦、孤独、离别。长达17万字的"斯万之恋"写的是斯万迷恋奥黛特的心理表现，但不提斯万追求奥黛特是否成功，也不提爱情有什么进展，作者的笔墨全花在描写斯万迷恋奥黛特的各种心理上，写他如何爱屋及乌，喜欢她周围的一切；写他怀疑他走后她会接待别人，因此返回侦察，由于她说过讨厌醋心重的人，又害怕和羞愧起来；写他的猜疑像章鱼的触手一样，闹得他神不守舍；写他听说一个男人的名字，便以为是她的情人，要花几个星期才能消除这种假设；写他把头低下去，免得别人看到他俩热泪盈眶，而这个别人就是他自己；写他盼望她在意外事故中死去，不过没有痛苦……斯万之恋如同一个万花筒，普鲁斯特把一个人的恋爱心理写得淋漓尽致。叙述者小时候临睡之前期待母亲一吻的描写也有代表性。由于道晚安的时间过短，所以他听到母亲上楼时反而感到痛苦，结果他盼望这一刻来得越迟越好。在开晚饭时，他选定母亲脸上的某一部分，作为晚上吻她的落点。他不得不提前上楼，这等于没拿到盘缠就上路，他揪着心登上楼梯。他想到给母亲写信，说有要事禀告，似乎看到她读信的关注，这就像蜜汁一样流出来，滋润他的心田。他决意不顾一切同母亲亲一亲，哪怕惹得她生气几天。他知道倘若母亲在过道遇见他等候，就会把他送去住校，那他宁可跳楼。普鲁斯特将孩子依恋母亲的心理写到极致。这是多角度、多方位的描写。恋人的焦灼、热切、嫉妒、痛苦，直至不大正常的表现都抓住不放，孩子的执着、稚嫩、委屈、畏葸、不顾一切也纤毫毕现。同时他能以生动的比喻来描写抽象的情感：用章鱼触手写敏感，用邪恶的鬼怪写醋意，用眼罩写思路受到妨碍，这些比喻形象贴切。作者的观察也很独到：写斯万盼望奥黛特死去，却不愿她有痛苦；怕别人看到他们俩流泪，这个别人却是他自己。这真是惊人之笔，写出了情人极为隐蔽的意识。六是写梦。柏格森指出："梦能给我们呈现一系列事件。"普鲁斯特写道："如果不把人的生活沉浸在它进入的、一夜又一夜绕着它、如同半岛被大海包围的睡眠中，那么就不能很好地描绘它。"这句话意为梦与生活相连，是生活必不可少的一部分。他还认为梦境起到象征、回忆和再现现实的作用，因为梦"最能用来让我相信现实纯粹的精神性质……梦有时使我重新接近真相、印象……梦唤醒我身上的愿望，唤醒对某些已不存在事件的留恋……我不嫌弃这第二个缪斯。"普鲁斯特将梦提高到第二个缪斯的地位，可见其重视的程度。总之，普鲁斯特运用了多种多样的意识流手法去挖掘人的内心，倾全力去表现人物的内心世界，这是一种"复调心理"。

其五，普鲁斯特是一个具有独特风格的作家，他把繁复重叠的长句与和谐多彩的句型结合起来，前者为他的风格的主要特色，后者如同众星捧月，起着平衡和多变化的辅助作用。长句与细腻曲折的感情宣泄相适应，和谐多彩的句子则与优美、柔和、自然、机智的表达方式相合拍。他的长句往往长达10余行，副句有好几个，并使用破折号、冒号、分号，从一个想法引申到其他想法。这就像一棵大树，枝叶繁茂，蔚为大观。与此相应，普鲁斯特喜欢长段落，几页不分段是常见的。试举一例长句：

　　她的黑眼珠炯炯闪亮，由于我当时不会、后来也没有学会把一个强烈的印象进行客观的归纳，由于我如同人们所说的，没有足够的"观察力"以得出眼珠颜色的概念，以致在很长一段时期内，每当我一想到她，因为她既然是金黄头发，我便把记忆中的那双闪亮的眼睛当然地记成了深蓝色：结果，也许她倘若没有那样一双黑眼睛——这使人乍一见便印象强烈——我恐怕还不至于像当年那样地特别钟情于她的那双被我想成是蓝色的黑眼睛呢。

　　我望着她，我的目光起先不是代替眼睛说话，而只是为我的惊呆而惶惑的感官提供一个伏栏观望的窗口，那目光简直想扑上去抚摸、捕捉所看到的躯体，并把它和灵魂一起掠走；接着，我非常担心我的外祖父和我的父亲随时都可能发现这个姑娘，会叫我跑到他们那边，让我离开她，于是我的目光不自觉地变得乞哀告怜，竭力迫使她注意我，认识我！

第一个长句约180个汉字，有两个"由于"、一个"因为"（法文是同一个字），并写出条件：每当，提出一个解释："结果……"前半句的逻辑性很强，用"足够……以致"的句型沟通下文，使句子获得平衡，又减弱了过长的感觉。后半句用了一个冒号和两个破折号。冒号起连接作用，补充说明黑眼睛；破折号属于插入语。第二个长句不属于纯概念的分析，而是叙述者感情的描画。前半句用比喻和拟人化手法写目光，表达少年的钟情，用同位语并列写出，保持均衡。后半句用分号连接，写出叙述者微妙的心理活动。从句中又夹杂着两个分词从句，末尾用副词结构（"于是我的目光"）再引出一个关系从句。就像层层开花似的，向上绽开一个又一个花蕾。这两个长句逐层递进，向纵深发展。第一个长句在概念的层次上分解，句子结构注意逻辑因果关系；第二个长句在心理的层次上开掘，句子或用排比，或层叠累积。这是在一个具体场景中展示人物的内心世界。无数这样的内心世界便组成了《追忆似水年华》的整个大厦。显然，这样的长句适合对内宇宙的描绘：人的思想是复杂的，有时会从一个想法派生出各种想法，长句或许是一种有效的表达方式，能完整地写出心理活动过程，尤其能表现意识的流动和潜意识，兼容并蓄，杂而不乱，丰富多彩。

　　普鲁斯特特别吸收了福楼拜在语言上的创新，他喜欢将3个名词、形容词或动词并列，产生一种节奏美，表现人物的感受逐层深入的过程。他常常改变词序，将关键性的词置于意料不到的地方：它是句子的中心成分，整个句子的含义逐渐趋向这个顶点，产生舒缓起伏、回荡不已的效果。他经常选用严格对称的词组，造成平衡、匀称的语言美。他还在章节和段落的开头或结尾精心构造一些句子。如全书结尾是一个长句，大写的"时间"出现了 3 次。时间这一重要概念成为小说最后一句话的主要成分，而且最后一个词就是时间，真可谓鬼斧神工，令人叹赏。

　　普鲁斯特的语言风格具有深刻的文化内涵。它反映了 20 世纪人们复杂的思维方式。非理性主义的流行促使文学挖掘人复杂的精神世界，于是出现了风格繁复而深奥的作品。这种作品符合知识阶层对高雅、闲适趣味的要求。《追忆似水年华》译成西方各国语言后，获得广大读者的欣赏，他们理解和赞赏普鲁斯特的语言，往往把他列入世界 10 大作家之列，就是明证。

第六节　乔伊斯

一、生平和创作

　　现代主义文学最重要的代表作家之一——爱尔兰的詹姆斯·乔伊斯（1882—1941）出生于都柏林一个日趋没落的中产阶级家庭，父亲是个不善管理家庭的税吏。他从小在耶稣会的学校中接受天主教教育，但在欧洲文学所表现的自由思想的影响下，很早就对宗教产生了怀疑，1898 年 16 岁时进入皇家大学都柏林学院学习哲学和语言，1902 年获学士学位后进入圣塞西莉亚医学院，不久即因经济拮据而辍学。在都柏林学院时他就显示出超人的文学天赋。他一生最崇敬的作家是易卜生，18 岁时即发表了一篇很有见地的关于易卜生作品的评论，易卜生对之十分赏识，这使他深受鼓舞。1902 年底去巴黎学医，次年因母亲病重回国，开始写短篇小说。1904 年和妻子同去瑞士以教授英语为生，1906 年赴罗马任银行职员，同时继续创作。1920 年他在庞德的劝说下移居巴黎，在这个文化名城和当时现代主义文学的中心，他接触并研究了大量的古典和现代作品，这对他的文学创作产生了极大的影响。此后，他专注于小说写作，直到 1941 年 1 月 13 日病逝于苏黎世。

　　19 世纪末，爱尔兰处在英国严厉的统治之下，爱尔兰人民，特别是知识分子对此十分不满，当时兴起的由爱尔兰民族主义领袖帕涅尔领导的民族自治运动和由诗人叶芝等领导的爱尔兰文艺复兴运动，就是日益高涨的民族意识的反映。但民族自治运动在一度取得显著成绩后却四分五裂；爱尔兰文艺复兴运动旨在发扬爱尔兰传统文化以振奋民族精神，这自然是正确的，但它一味美化古代文化，脱离现实，也未能达到自己的目标。在这种情况下，爱尔兰笼罩着一片悲观气氛。爱尔兰是宗教气氛特别浓厚的国家，大多数人信奉天主教，天主教会是一支强大的社会力量和政治力量，它的影响渗透到社会生活的各个方面。乔伊斯一生不满英国的统治，对它的文化传统也少有好感；同时，他又深感封闭落后的爱尔兰绝非有利于他创作的文化环境，因而长期侨居欧洲大陆，他宣称这是"自愿流亡"，但他始终眷恋着自己的祖国。

乔伊斯写过诗和剧本，但主要作品是小说，数量虽然不多，却都是精心之作，而且每一部新作都是对小说艺术的新探索。他的短篇小说集《都柏林人》（1914）包括15个有共同主题的短篇，描写20世纪初都柏林形形色色中下层市民的生活；作家着意突出反映在社会生活各个领域中的闭塞停滞、毫无生气的气氛，对爱尔兰的社会生活和精神风尚表现了极大的蔑视和反感，同时，也展现了普通人的善良、纯朴和他们对自己生存状态的感悟。在写法上，它沿袭了莫泊桑和契诃夫的传统手法，又具有鲜明的现代色彩。其中《死者》是20世纪英语文学中最杰出的短篇之一，它的主人公是加布里埃尔和他的妻子格莉塔，他们去姨妈家参加在圣诞节和新年之间举行的一年一度的节日聚会，小说详细描述了聚会的节日气氛。饭后一位客人唱了一支叫《奥格里姆的姑娘》的民歌，这勾起格莉塔对往事的回忆。聚会后回到家里，格莉塔向丈夫袒露了一直隐藏在自己内心深处的秘密。原来她年轻时跟奶奶住在一块儿时有个心上人，他经常给她唱这支歌，他患上了肺结核，病得很厉害，在她要离开奶奶家的前一天夜里，她发现他站在花园尽头的一棵树下，在雨里浑身发抖，想再看看她。他因此病情加重，几天后就死去了，他才17岁。加布里埃尔一向认为自己的家庭生活幸福和谐，妻子早年的感情经历无异于当头一棒，在一阵妒忌、愤懑之后，他意识到，和那个年轻人对格莉塔的感情相比，自己的爱情是如此肤浅、苍白。他想到了人生的意义，想到了死亡，他感到，人们将一个接一个地变成幽灵，"顶好是正当某种热情的全盛时刻勇敢地走到那个世界去，而不要随着年华凋残，凄凉地枯萎消亡"。小说结尾时的图景是大雪纷飞，"整个爱尔兰都在下雪"，雪花落到平原上，小山上，落进沼泽里，奔腾澎湃的浪潮中，飘落到所有的生者和死者身上。小说有丰富的象征意义，雪（水）既象征生命也象征夺去生命的寒冷，它把生者、死者都置于读者面前，要读者去思考。

《一个艺术家青年时代的写照》（1916）写艺术家和社会的关系，表明在现代西方的环境中，一个真正的艺术家必然和社会格格不入；小说从心理探索的角度，以内心独白的手法表现了主人公斯蒂芬，一个有艺术才能和抱负的青年，在走向成熟过程中的种种经历。写这部小说时作者已和过去信奉的天主教决裂，这体现在主人公思想发展过程中。斯蒂芬童年时盲目接受宗教教育，但以地狱景象来恐吓人的神父却使他十分反感，虽然他母亲一心希望他接受圣职，学校也因为他成绩出众向他提供机会，但他却决心走自我流亡的道路，宣称"流亡"是他的"美学"。斯蒂芬毅然背弃宗教去追求文学艺术，在他身上可以看到乔伊斯的影子。这篇作品不是典型的意识流小说，但乔伊斯在作品中进行了多种文学技巧的实验，如广泛使用内心独白，突破常规、别出心裁的蒙太奇剪辑，不同文体风格的运用（小说在描绘主人公的不同年龄阶段时使用了不同风格的语言）。作者还通过主人公和他的同学林奇的一段谈话，提出了一套影响深远的理论，认为在抒情诗、史诗和戏剧这三种历史性的文学形式中，戏剧最有客观性，是最完美的形式；作家应该隐退到自己的作品之外或之后，"使自己升华而失去了存在"。

乔伊斯的最后一部作品是费时 14 年写成的《芬灵根们的苏醒》（1939），小说的主要部分是酒店老板杂乱不堪的梦中经历，作家以这种形式，围绕着人类历史上死亡与复活的循环往复这个中心主题，表现当代西方世界死亡前夕的最后混乱，灾难使人意识到神的力量，只有依靠神，世界才能进入新的历史循环，表现了作者唯心主义的历史观。小说的结构是圆周式的，头即是尾，尾即是头；作者又大量创造新词，在文学技巧的实验上完全越过了应有的合理的界线，使读者望而却步。

二、《尤利西斯》

《尤利西斯》（1922）是乔伊斯最重要的作品。小说的酝酿过程长达近 10 年，作家动笔写作又用了 8 年，它是现代主义文学的经典之作。《尤利西斯》为当时落后保守的爱尔兰所不容，以致它的第一个版本不是英文本而是在巴黎出版的法文本，直到 1933 年它在英美都遭禁止；在一向被人视为最开放的美国，它还因被一些人指控为伤风败俗之作而上过两次法庭，但随着岁月的流逝，它的意义、价值已逐渐为人们所认识。

小说的主人公是斯蒂芬·代达勒斯、利奥波尔德·布卢姆和玛莉恩（莫莉）。小说中没有传统意义上的故事，作者描绘的是斯蒂芬和布卢姆两人从 1904 年 6 月 16 日早晨 8 点到次日凌晨两点这 18 个小时内在都柏林的经历；其中布卢姆又是最重要的人物。两人的活动开始时并不相干，他们到晚上才碰到一起，这时斯蒂芬已经喝醉，布卢姆把他领到自己的家里，等斯蒂芬告辞后，布卢姆上床睡觉已是凌晨两点。他一直怀疑妻子玛莉恩和他人有暧昧关系，小说就以玛莉恩躺在床上，在似睡非睡状态中的长篇内心独白而结束。

尽管小说所写的是极其平凡的人物和他们在不到一昼夜中极其平凡的生活和内心活动，但他们过去的全部经历和精神生活，都隐隐约约地浮现在他们的意识流之中，从中我们又可以看出爱尔兰乃至整个西方社会中现代人面临的精神危机，这使《尤利西斯》成为一部有丰富思想意蕴的作品。乔伊斯在这部作品中进行了广泛、新颖的艺术探索，是西方现代小说中最具实验性、影响最大的杰作之一。

乔伊斯为这样一部反映现代人的现代小说精心设计了一个神话模式，它"套用"了荷马史诗《奥德修纪》的框架。小说分为3部，作者最初为它们分别拟订的标题是《忒勒玛基亚》《尤利西斯的漂泊》《回家》，3部共18章。各章最初也有标题，并和《奥德修纪》的部分内容一一对应。后来作者为了让读者在阅读时能把注意力集中于小说本身，取消了标题，但这些标题仍常常为研究者提及。

小说中的神话模式体现了作者的深刻寓意。乔伊斯把这部小说定名为《尤利西斯》，意在把它写成一部规模巨大的现代史诗，只不过作者让我们看到，远古神话已变成了平凡、乏味、庸俗、肮脏的都市生活；史诗中的英雄也早已被或者平庸、猥琐，或者精神畸形的人物所取代。小说的三个主要人物分别和荷马史诗《奥德修纪》的主要人物比照：作者把现代人布卢姆和他在现代城市都柏林的18个小时的游荡与古代英雄奥德修斯——"尤利西斯"是奥德修斯的罗马名字——及他在特洛伊战争后回乡途中在海上的十年漂泊相比照；精神困惑、"失去"了父亲的青年艺术家斯蒂芬和勇往直前寻找父亲的帖雷马科比照；放纵情欲的玛莉恩和对爱情忠贞不渝的潘奈洛佩对照。小说的内容、情节也和《奥德修纪》遥相呼应，如第十七章原题为《伊塔刻》，在《奥德修纪》中，伊塔刻是奥德修斯的故乡，奥德修斯在海上经历了千难万险，乔装回到自己的宫廷后，与那些觊觎他的王位和妻子的"求婚者"比箭术，把他们统统杀死，和儿子一起洗雪了仇恨；但是在《尤利西斯》这一章里，布卢姆带上他的"儿子"斯蒂芬回到他的"伊大嘉"后，尽管看到有玛莉恩的情人来过的迹象，但他不仅没有英勇雪耻的行为，反而委曲求全，认为一切都无所谓，他只能卑微地把偷情者从心中排遣出去了事，等斯蒂芬告辞后，他上楼与妻子交谈了几句就酣然沉入梦乡。布卢姆等现代西方人的心态、行为在古代史诗主人公英雄业绩的对照下显得更为平庸、卑微和渺小。作者还借用古代史诗中丰富的隐喻和象征，使它们成为表现现代社会和现代人的艺术手段，大大加深了这部现代小说的思想和艺术内涵。

布卢姆的形象写得十分逼真，他是出生于匈牙利的犹太裔爱尔兰人，善良而又猥琐，靠为一家报社兜揽广告过日子；像他这样一个普普通通的"现代人"，在乔伊斯笔下成了现代文学中最出色的形象，这在文学史上是罕见的。他忠厚、善良，有恻隐之心，如真诚地为死者的家属奔走、捐款，领盲人过街，对斯蒂芬的爱等，感人至深。在他的脑子里偶尔还浮现出模模糊糊的乌托邦式的幻想，表达了对一个合理社会的向往。如在第十五章中，他在幻觉中成了国家最有权有势的统治者，"皇帝总统兼国王主席"，他发表施政演说，宣告"一个新的时代即将露出曙光"，他主张各种宗教的信徒联合起来，每人都得到土地和牛，人人从事体力劳动，普遍大赦，每周举行一次假面舞会，一律发奖金，推行世界语以促进博爱，主张"宗教要自由开放，国家要自由无宗教"……但所有这些都掩饰不了他的庸俗与无能。他早已和正常的夫妻生活无缘，他知道妻子有情人，整天的思绪时时"流"到这件事上来，以致产生幻觉，好像他目睹了妻子和他人做爱，但他无可奈何，只得吞下苦果，委曲求全。遇到暴力袭击，他不能反抗，只能逃之夭夭，别人奚落他、侮辱他，他也只好忍气吞声；他抽屉里藏着黄色照片，他偷窥女人的内衣，以求得畸形的心理满足……作家以极其坦率的态度写下了他心理世界的各个侧面。

布卢姆的妻子玛莉恩是个有点名气、整天寻欢作乐的歌手。她在小说中直接露面的时候不多，她的形象主要是通过他人的视角来显示的。她早熟，少女时代就有不少风流韵事；结婚后仍背叛自己的丈夫，和不止一个男人偷情，追求肉欲的满足，但她又和在其他文学作品中常见的荡妇们不同。她依恋大自然："大自然真是没有可比的崇山峻岭还有海洋白浪翻滚还有田野真美一片片的燕麦小麦各种各样的东西一群群肥牛悠然自得你看着只觉得心里舒畅河流呀湖泊呀鲜花呀各种各样的形状香味颜色连小沟里也冒出了报春花和紫罗兰这就是大自然"；在她的潜意识中仍存有美好真实的感情，如她无法驱散因儿子的夭折而产生的深深哀伤："唉我真是伤透了心我琢磨我不该用我流着眼泪织的那件小毛衣给他下葬……我很明白自己以后不会再生了……我们从那以后就不一样了"，她并非对丈夫毫无感情，她不仅理智地想到布卢姆的种种好处，还带着几分幸福的心情回忆起当年布卢姆向她求婚的情境："他说太阳是为你放光的那是我们在豪思山头上躺在杜鹃花丛中的那一天……他说我是一朵山花真的我们就是花朵女人的身体全都是花朵真的他这辈子总算说出了一个真理还有太阳今天是为你放光真的我就是因为这个才喜欢他的因为我看得出他理解或是感觉到女人是怎么一回事……还有海洋深红的海洋有时候真像火一样的红夕阳西下太壮观了还有阿拉梅达那些花园里的无花果树……少女时代的直布罗陀我在那儿确是一朵山花真的我常常像安达卢西亚姑娘们那样在头上插一朵玫瑰花……我想好吧他比别人也不差呀于是用眼神叫他再求一次真的于是他又问我愿意不愿意真的你就说愿意吧我的山花我呢先伸出两手搂住了他……真的他的心在狂跳然后真的我才开口答应愿意我愿意真的。"这段回忆热情奔放，洋溢着田园情调。她也有同情心，在第十章中我们看到她扬起一只白手臂，扔钱给过路的独腿水手。

斯蒂芬曾是《一个艺术家青年时代的写照》的主人公，在英国和罗马双重统治下，爱尔兰社会中保守、狭隘、浅薄的气氛使他深感压抑和窒息；在《尤利西斯》中他更加显得矛盾重重，他与现实尖锐对立，他视自己为要给爱尔兰民族创造"良心"的灵魂工程师，却又耽于幻想，他总是沉浸在严肃、深奥的哲学思辨中，在其意识流里，不断出现亚里士多德、阿奎那、贝克莱、布莱克、莎士比亚等人的名字和他们的著作，但在现实中却始终无所作为，只是整天在都柏林漫游。他所作的最惊人的举动就是酗酒之后在妓院闹事，打碎吊灯后出来又与英国士兵冲突并被打倒；在个人感情上他也凄凉、痛苦，他正处于丧母的悲痛中，更因自己在母亲临终前拒绝遵从她的嘱愿，未在病榻前跪下为她的灵魂祈祷而深感懊悔；又因和父亲格格不入而苦闷，总之，他精神上无所依托，苦闷彷徨，在个人感情和事业上都缺少知己。

通过这三个主要人物，乔伊斯极其真实地描绘了生活在都柏林这座现代城市中的普普通通的现代西方人的本真形象。他们虽然都有善良、真诚的一面，却又像是对古代史诗中的英雄的反讽似的，不但绝不崇高，也不自视为崇高；正像斯蒂芬所说的："你不认为我们的灵魂里有着含糊不清的东西吗？……我们的灵魂被我们的罪孽所玷污，越发依附我们，正像女人拥抱情人一样，越抱越紧。"读者从中可以见到这些现代人的灵魂的最深处。

《尤利西斯》虽然也是"小说"，但它却突破了传统小说的规范，尤其是传统现实主义小说的规范。

《尤利西斯》的"情节"发生在都柏林。都柏林这座城市每时每刻在变动，作品把生活在其中的芸芸众生极其真实地呈现在读者面前。乔伊斯创作《尤利西斯》的重要材料包括1904年6月16日出版的都柏林报纸和一张都柏林地图，都柏林的城市布局、街道、商店、展览馆、报纸、书店、铜像、修道院、当天法院正在审判的案件、书摊上正在出售的书刊、人们常常哼起的歌曲，等等，都被作者以极严格的写实手法描写出来。乔伊斯几乎在小说的每一章中都不厌其烦地提到人物经过的街道，就是为了制造逼真的生活气氛，如第二部第五章一开始就是"布卢姆先生在清醒地步行，走过了风车巷、利斯克亚麻籽榨油厂、邮电局。……又走过了海员之家。他转身离开码头边的早晨特有的喧嚣，走进了莱檬街。在布雷迪村口，一个拾破烂的男孩子挽着废物桶，懒洋洋地抽着一截烟屁股。……他横过汤森德路，……又走过尼科尔斯殡仪馆。"这些描写令读者如身临其境。第十章被普遍认为是小说最重要的一章，它又可以分为19段或者19个画面，它们具有同时性，都发生在下午三点到四点之间；其中有的涉及小说几个主要人物，如玛莉恩从窗口伸出手掷给行乞的独腿水手一枚硬币（第3段）、玛莉恩的情人博伊兰为她买了袋水果（第5段）、布卢姆为玛莉恩买了一本色情小说《偷情的乐趣》（第10段）、斯蒂芬在书摊边与妹妹交谈（第13段），但更多的情景与他们无关。许多人物和场景很少在后面重新出现，虽然如此，他们的活动，大如总督大人带上夫人和随员出行、市政参议会里的激烈辩论，小如残废水手沿街乞讨、青年男女路边调情，都跃然纸上。这些人物和场景的意义不在于与小说主要情节线的关联，而在于他们自身，在于他们是这一天都柏林真实生活的组成部分。这里，作者对主要人物的叙述暂时停顿了一下，放眼都柏林的生活，任意捕捉了一些活生生的镜头，但正因为这种前所未有的真实性，生活以它自己原生的形态出现在小说中，而和传统现实主义小说的典型环境有很大的不同。和环境与情景一样，小说主要人物的活动（除了第十五章斯蒂芬酒后闯妓院的那部分外）也都普普通通，全不符合传统现实主义小说中典型人物的规范。以布卢姆为例，他当天的生活就是为妻子做早餐、上街买腰子、到邮局取从未见过面的打字员玛莎寄来的情书、去浴室洗澡、参加葬礼、到报社说明广告图案、到饭店吃午餐、到图书馆、在酒吧里给玛莎写回信、到酒店与朋友会面、到海边乘凉休息、到医院探望难产的产妇、在夜晚的街上漫游、回家……人物在现代城市中的"浪游"并没有什么可以言说的动机，布卢姆的"浪游"是因为他要从家中到邮局去取信，要从澡堂到公墓去送葬，要从报社到酒吧去吃饭……斯蒂芬在都柏林"浪游"，是因为他讨厌同住的英国人海因斯，是因为他为了生活下去必须去小学教书，是因为不得不听从校长的吩咐到报社为他送稿……他们只是不由自主地在扮演某一社会角色，既非出于爱情冒险，也不是为了寻求财富，更不是要实现自己的理想追求；富有讽刺意味的是，布卢姆、斯蒂芬仅仅在喝醉了酒，不再受理性控制以后，沉积在他们意识深处真正属于他们的自我才以一种破坏性的方式爆发出来，但这时的他们却更像在演出一出表现主义戏剧（第十五章）……人物和他们的活动就像漂在水面上的一片片木屑，本身没有方向，没有目的。在传统小说中，是主人公具有明确目的的行动推动了情节的发展，但在《尤利西斯》中，这种情况显然已被一连串在时间上先后承续却很少逻辑联系的日常生活的碎片所淹没、消解，可说没有任何戏剧性。

《尤利西斯》是一部典型的意识流小说。和传统小说不同，意识流小说的叙述焦点已由外部彻底转向了内部，即人物的意识，但是人物的意识流绝不是与外部世界隔绝的、封闭的。一方面，人物过去的全部经历，他们彼时彼地的许多感受都零乱地、时断时续地出现在"此时"的意识流中，细心的研究者甚至不难把它们从中"清理"出来；另一方面，引发出那如缕不绝的意识之流的不是别的，而恰恰是眼前的外部世界。同时，这种意识流又和传统小说中条理化、逻辑化、井然有序的内心历程显然有别。小说所追踪的是人物意识活动的原始状态，他们的意识流动飘忽不定，不受时间、空间和逻辑的制约；这种表面的紊乱其实非常真实地表现了人的意识活动的本来状况。既反映了在现代心理学成就启发下人们对自身意识活动的更深入的认识，在文学上也是对传统小说心理描写的一个重要突破。总之，在《尤利西斯》中，人物的意识流是在特定的情景下人物内在特征的外化，在跳跃性、随意性之中，处处显露出人物过去的经历、教养、气质。例如，布卢姆的意识流总是带上务实的色彩，具体而平凡，涉及的不外日常人生，看得出他懂得人情世故，有幽默感；斯蒂芬的意识流常常引经据典，既有哲理性，又有诗歌的形象性，富于玄想；玛莉恩的意识流则更生活化，更多鲜艳的色彩，更多花草，她生性坦荡，少有顾忌的特点也在意识流中表露无遗。

在传统小说中，叙述者无所不知、无所不能。和这种情况相反，在《尤利西斯》中作家好像"退出"了小说，人物仿佛越过了作家而"直接"展示在读者面前。乔伊斯受法国作家杜雅丹（1861—1949）《月桂树被砍倒了》（1887）的启发，大量地、成功地运用了直接引语。自由直接引语的特点一是直接，在表面上它抹去了小说叙述人存在的一切痕迹，好像人物的内心语言未经任何中介而直接外显；二是自由，它没有引述句和引号。正是由于直接引语"自由"，小说中的意识叙述和行为叙述就容易融为一体，从而使"故事"和人物的意识活动之间无间断，更为逼真。如第四章《卡吕蒲索》写布卢姆一早给尚未起床的妻子准备早餐，有这样一小段：

（1）不。她不要什么。（2）这时他又听到更轻的一声深沉叹息，热乎乎的。（3）她翻了一个身，床架上铜圈已经松了，叮叮当当地乱响。（4）这毛病非治不可了，真的。可惜。老远地从直布罗陀运来的。她原来懂的一点西班牙语现在全忘了。不知道她父亲花了多少钱。古老的式样。想起来了！当然。是在总督府拍卖时买的。快槌敲定的。讨价还价可是一点也不含糊的老忒迪。（5）对，您哪，是在普列符纳。我是行伍出身，您哪，而且我引以为荣。（6）不过他还是有头脑的，所以才能搞那次邮票抢购了。那可是看得够远的。（按：引文中的编号为引者所加）

可以这样理解：在这段文字中，（1）是布卢姆的暗自判断，他的内心独白（上文是布卢姆问玛莉恩"早餐你想来点什么吗？"，玛莉恩在半睡半醒中只咕哝了一声"唔"）；（2）、（3）是叙述人对外部事件、行为的叙述；（4）又是布卢姆的意识活动；（5）是在布卢姆的意识流中忽然浮现出玛莉恩的父亲当年在总督府的拍卖会上和他人的谈话；（6）又回到现实，是"此时"布卢姆心中对忒迪的评价。能取得如此效果——打破行为叙述和意识叙述的严格界线，或者说让二者能极其酣畅地转换，只有在采用自由直接引语的情况下才有可能。

《尤利西斯》的另一重要特点是充分发挥了文体的潜在功能。第七章的情景发生在报社里，作者有意模拟报纸标题，把整个叙述分割成许多小块，各小块中又常有省略和突如其来的段落，这种文体除了直接的功能，还成了报社里的气氛的隐喻。第九章故意采用呆板、迂腐的文体来喻指它所描绘的学术讨论；第12章以浮华夸张的笔调模拟荷马史诗的写法，来写爱尔兰中、下层社会的粗鄙和狭隘，意在取得一种与字面意义相反的效果，这是"夸大陈述"的一个范例；第17章模拟了天主教《要理问答》呆板枯燥的文体，来表现布卢姆性格中缺少艺术气质的一面。最突出的是写产院情况的第14章，它可分为9个大部分，顺次模仿从14世纪到19世纪各阶段的英语文体和风格，作者用了英语问世以前的古盖尔文和古拉丁文以及古英文，还模拟了班扬、笛福、斯特恩、谢里丹、狄更斯、卡莱尔等英国文学史上二十多个散文大师的文体和风格，以及20世纪初期的新闻体及科学论文文体，越到后面越通俗，作者意在用英国散文文体的发展来象征婴儿从胚胎到分娩的各个阶段。《尤利西斯》的语言是个难题。作者在小说中除了运用英语以外，还用了法文、意大利文、希腊文、拉丁文、阿拉伯文、梵文等多种文字，并掺杂了不少方言、俚语。作者并非要卖弄自己的语言知识，而是想创造一种真实的生活和文化气氛。这些写法是否可取自可研究，但作为一种探索还是有意义的。

第七节　福克纳

一、生平和创作

威廉·福克纳（1897—1962）是美国最主要的小说家之一，也是20世纪西方意识流小说的代表作家之一。

福克纳出生在美国南方密西西比州北部一个庄园主后代的家庭里。1902年随家庭迁居到离出生地不远的奥克斯福镇。此后，除了短期出访外，福克纳基本上没有离开这个地方。

福克纳的曾祖父在当地历史上是个传奇性人物。这个被称为"老上校"的汉子白手起家，当过律师，在美西战争中是个中尉，美国南北战争时组织并且统领过南军的两支团队。战后，他集资修建铁路，还写过畅销小说。福克纳的祖父被人称为"小上校",他延长了父亲的铁路,当过州议员和本地银行的董事长。福克纳的父亲默里不是一个成功的企业家,家业在他手里开始衰败。他出售了祖上传下来的铁路,开了一家马车行,最后当了密西西比大学的助理秘书。福克纳小时候常在马车行里帮忙,对打猎也很感兴趣。福克纳上学不很正规,只读完 11 年级。但他从小喜爱文学,读了不少家藏的文学作品,后来又在朋友影响下读了一些 20 世纪初的现代派文学作品。第一次世界大战爆发后,福克纳成为加拿大皇家空军学校的学员,训练尚未完成,战争便已结束。战后,他作为"特殊学生"在密西西比大学念了一年书。这时,他开始画画与写作,1914 年,福克纳开始在刊物上发表诗歌,诗风受到欧洲浪漫主义、象征主义的影响。1921 年,他去纽约,在一家书店当了几个月售货员,年终回到家乡,又当了大学里小邮务所的所长。1924 年,他出版了诗集《大理石牧神》。1925 年福克纳来到当时美国南方的文化中心新奥尔良市,结识了一些文人与艺术家,包括名重一时的小说家舍伍德·安德森。他的第一部小说《士兵的报酬》即是在安德森的帮助下于 1926 年出版的。1925 年 7 月,福克纳赴欧洲游历,到过瑞士、意大利、法国、英国。当时欧洲有许多"自我流放"的美国作家、艺术家。福克纳本来计划在巴黎久住,可是几个月后他就想念家乡,年底之前他动身回国。

福克纳的第二部小说《蚊群》于 1927 年出版,也未引起注意。1929 年,他出版了第三部小说《沙多里斯》——该书未经删削的全文于 1972 年以《坟墓里的旗帜》为书名出版。应该说,《沙多里斯》是福克纳的"约克纳帕塔法世系"的开端。

1929 年是福克纳的丰收年,除了《沙多里斯》之外,他还出版了《喧哗与骚动》,并且写成了《我弥留之际》,这是他的两部重要作品。那一年他生活中另一重要事件是,原来与一律师结婚的艾斯德尔离了婚,在 6 月里与福克纳结婚。艾斯德尔是福克纳少年时的女友,福克纳最早的诗作都是为她而写的。可是这次婚姻后来证明并不美满。

从 1929 年起,一直到 1942 年,这 13 年可以看作是福克纳创作的高峰期。继《我弥留之际》之后,他在 1931 年出版了《圣殿》,1932 年出版了《八月之光》,1935 年出版了《标塔》,1936 年出版了《押沙龙,押沙龙!》,1938 年出版了《没有被征服的人》,1939 年出版了《野棕榈》,1940 年出版了《村子》,1942 年出版了《去吧,摩西》。在此期间,福克纳还出版了短篇小说集、诗集等作品。

30 年代,福克纳虽然在美国文学界的小圈子里小有名声,并受到少数批评家和作家的高度推崇,但是除了《圣殿》之外,他的书销量都很小。1930

年，他买下离奥克斯福镇不远的一幢内战前盖的房子，因此负了债。为了应付沉重的经济负担，从 1932 年到 1946 年，他断断续续离开家乡，到好莱坞去为好几家电影公司写电影脚本。福克纳生活中还有一件事也与他创作密切相关，那就是他酷爱打猎。他基本上每年都要参加当地的狩猎队，到大森林里野营数周。

1946 年马尔科姆·考利编辑的《袖珍本福克纳文集》出版，这本集子的结构与序言显示出福克纳的作品有一个他自己的天地，他的各部作品都是他的"约克纳帕塔法世系"的一个组成部分。这使美国人开始认识到福克纳是一位有个性的重要作家。"二战"后法国文学界对福克纳的高度评价又使他成为诺贝尔文学奖的候选人，并终于在 1950 年获得 1949 年度的诺贝尔奖，这使他一夜间成为国际名人。接着他又获得美国的全国图书奖（1951）与普利策奖（1955、1963）。福克纳后期的重要作品有《修女安魂曲》（1951）、《一个寓言》（1954）、《小镇》（1957）、《大宅》（1959）——后两本书与《村子》构成"斯诺普斯三部曲"。

从 1955 年起，福克纳多次接受美国国务院的委派，到日本、瑞典、委内瑞拉等国访问。1962 年 6 月，福克纳在家乡骑马时从马背上坠下受伤，7 月 6 日晨因心脏病发作逝世。

福克纳一共著有 19 部长篇小说（包括系列小说）与近百篇短篇小说，另外还写过为数不多的散文与诗歌。其中 15 部长篇与绝大多数短篇的故事都发生在他虚构的一个位于密西西比州北部的约克纳帕塔法县。另外 4 部长篇中，只有《一个寓言》的背景是欧洲（可是内中一个篇幅不短的插曲仍然发生在美国南方），其他三部的背景也是美国南方。因此人们称他为美国南方作家或美国"南方文艺复兴"的代表人物。

福克纳笔下"约克纳帕塔法世系"的主要脉络，是这个县首府杰韦生镇及附近乡野属于不同社会阶层的若干个家族的几代人的故事，时间上从 19 世纪初一直延续到第二次世界大战后。据统计，"世系"中有名有姓的人物有 600 个，其中一半是镇上与附近种植园里的白人，大约 100 个是黑人，其他是乡野的白人农民，另外还有少数印第安人。这些人物在各个长篇小说与短篇小说中交替出现。每一部书既是一个独立的故事，又是整个"世系"的一个组成部分。福克纳说过："我发现，不仅是每一本书必须有构思，一个作家的总的产品或作品也必须有一个总的规划。"这个"世系"以美国南方几个庄园主世家的荣辱兴衰为主线，表现了一个世纪以来美国南方社会的历史命运、社会变迁以及各阶层人物的起伏沉浮，写出了美国南方地区的典型特征，具有浓厚的乡土气息，令人想起《人间喜剧》的构想。

除了《喧哗与骚动》之外，福克纳还创作了许多重要作品。《我弥留之际》是"关于人类忍受能力的一个原始的寓言"（迈克尔·米尔盖特语）。它写的是农妇本德仑太太死后，一家人把她送去墓地，在这为期10天的"苦难的历程"中，每个人有自己的表现。评论家克·布鲁克斯说："大车里所运载的本德仑一家其实是我们这个复杂得多的社会的有代表意义的缩影。"然而在总体上，福克纳还是把这次出殡作为一个理想主义行为来歌颂的。尽管有种种愚蠢、自私、野蛮的表现，这一家人为了信守诺言，尊重亲人感情，还是克服了巨大的困难与阻碍，完成了他们的使命。

《八月之光》的特点是内中存在着3条大致平行的主线。其中最重要的是裘·克里斯默斯的挣扎与毁灭的故事。这是一个在社会上找不到自己位置的孤独者。关于克里斯默斯，福克纳说过，"这是一个不知道自己是什么人、也无从得知自己是什么人"的人的悲剧。与他的故事平行的是莱娜·格鲁夫的故事。她是一个没有受到"文明"污染的"原始人"。在福克纳看来，只有在这样的"神圣的野蛮人"身上，才有真正的人性。书中另一条线索是牧师盖尔·海托华的故事。他是福克纳笔下经常出现的怀旧者。每天傍晚，他在幻觉中都能看见祖父率领的南军骑兵列队进入杰弗生镇。他禀性善良，能帮助人，但是在邪恶的社会中他的行为是于事无补的。

《押沙龙，押沙龙!》是具有史诗结构和悲剧气氛的一部作品。小说通过几个人的叙述与分析来表现庄园主托马斯·萨德本的盛衰史。他本是弗吉尼亚乡野一个贫穷的农家子，因受人歧视感叹命运的不公，立志奋斗。他意志坚强，精力过人，可惜生不逢时，旺盛的生命力汇入了注定要走向灭亡的事业——蓄奴制、种植园经济与南方邦联。在白手起家的过程中，他摒弃了一切道德法规，变成一个毫无人性的"妖魔"，一切悲剧由此产生，萨德本不但自己死于非命，而且也残害了自己的后裔。小说跌宕多姿，有声有色，悲壮激越，从中可以听到古典悲剧的回响。其中亲子之间的爱恨，兄妹之间的暧昧感情，也使人想起《圣经·旧约》中那些带原始色彩的令人惊心动魄的故事。小说的书名与情节框架均借自《旧约·撒母耳记》中大卫王与逆子押沙龙的故事。但是，托马斯·萨德本不仅像历史上的野心家，他身上也有"现代人"的影子。美国批评家约翰·皮尔金顿曾指出他与美国现代白手起家的产业、金融界"巨子"有许多共同之处。

在文体上，《押沙龙，押沙龙!》可以说达到了福克纳笔下那种纠结、绵连、深邃风格的顶端。例如，全书的一开始便是这样一个长句：

在那个漫长安静炎热令人困倦死气沉沉的9月下午从两点刚过一直到

太阳快下山他们一直坐在科德菲尔德小姐仍然称之为办公室的那个房间里因为当初她父亲就是那样叫的——那是个昏暗炎热不通风的房间43个夏天以来有人说光照和流通的空气会把热带进来而幽暗却总是比较凉快，房间里（由于房屋这一边太阳越晒越厉害）显现出一道道从百叶窗缝里漏进来的黄色光束那上面充满了微尘在昆丁看来这是年久干枯的油漆的碎屑是从起了鳞片的百叶窗上刮进来的就好像是风把它们吹进来似的。

这个句子内只有一个破折号、一个逗号、一个括号与一个句号。主要成分是"他们……坐在"，别的都是附加成分。

同样的手法在《去吧，摩西》里也经常被运用。这是一部"系列小说"。它们是美国文学史上写打猎、写大森林的最优美的作品，充满神秘色彩，饶有象征意味。从《去吧，摩西》中可以明显看到大森林与种植园这两个"边界"的强烈对照。在写种植园的故事里，到处可以看到人性的沦丧。而在以大森林为背景的篇章里，虽然也有格斗、残杀与死亡，但是所遵循的行为准则却是高贵正直的，输也输得高贵，而且输家似乎比赢家更能得到人们的尊敬。

批评家布鲁克斯对福克纳的文学成就作了一个总的评价。他说："虽然福克纳的世界观从本质上说是传统保守的，虽然他往往只把自己看成一个讲故事的人，他在形式与技巧上的创新都是令人兴奋的。他大胆和不倦地探索，而且在绝大多数的情况下都取得了成功。多样性与丰富性是他的特点。例如，他是美国最伟大的幽默作家之一，但是他一次又一次地获得了悲剧的尊严和强度。他提供给我们许多细腻而深刻的心理分析，但是他笔底下也涌现出一整批各式各样的人物，作者往往寥寥数笔，只用上二三百个字，就把他们刻画得活龙活现。他充分吸收了从打猎篝火前、乡村小店前听来的龙门阵里的口头文学传统。不过他也敢大胆采用华丽的辞藻、矫饰的语言、强烈的抑扬顿挫以及精巧的想象。他是一个有独创性的人。在美国文学中能和他比肩的还没有第二个人。他在'圣徒行列'中的地位是稳固的。"的确，由于其作品内容丰富复杂，形式多样且有独创性，福克纳日益成为被研究、评论得较多的西方现代作家之一。他的影响至今不衰。

二、《喧哗与骚动》

《喧哗与骚动》是福克纳最知名的一部作品。书名出典于莎士比亚悲剧《麦克白》第五幕第五场麦克白的有名台词："人生如痴人说梦，充满着喧哗与骚动，却没有任何意义。"小说的故事发生在杰弗生镇上的康普生家。这是一个曾经显赫一时的望族，祖上出过一位州长、一位将军。家中原来广有田地，黑奴成群。如今只剩下一幢破败的宅子，黑佣也只剩下老婆婆迪尔西和她的小外孙勒斯特了。一家之主康普生算是个律师，但从不见他接洽业务，却整天醉醺醺地发些愤世嫉俗的空论，把悲观失望的情绪传染给大儿子昆丁。康普生太太无病呻吟，总感到自己在受气吃亏，实际上是她在拖累、折磨全家人。她时时不忘自封的南方大家闺秀身份，家中没有一个人能从她那里得到爱的温暖。女儿凯蒂便是在这样的社会和家庭环境里产生出来的精神畸形儿。福克纳说过，这本小说是"两个堕落的女人，凯蒂和她的女儿的一出悲剧"。又说："这是一个美丽而悲惨的姑娘的故事。"福克纳把凯蒂视为不可挽回地失去了的美好事物，对之倾注了全部感情。凯蒂无疑是全书的中心，虽然全书 4 章并没有以她的观点为中心的单独一章，但书中一切人物的所作所为都与她息息相关。福克纳说过："间接的叙述往往更加饱含激情，最高明的办法莫若表现'树枝的阴影'，而让心灵去创造那棵树。"

《喧哗与骚动》的第一章是《1928 年 4 月 7 日》，一般称为"班吉的部分"，这是通过白痴小弟弟班吉的意识流动，来写凯蒂的童年以及 1928 年康普生家的颓败。班吉当时 33 岁，但是智力只及一个 3 岁儿童的水平。接下去是《1910 年 6 月 2 日》，人称"昆丁的部分"，通过当时是哈佛大学学生的大哥昆丁的所见所闻所忆与所思，写凯蒂的轻佻与匆匆出嫁。凯蒂的堕落完全可以远溯到几代前种植园主祖先的罪恶。享受过荣华富贵的蓄奴者离开了人世，他们种下的恶果却得由后裔们来吞咽。凯蒂所在的家庭是那样的冰冷，那样的缺乏爱，使她不得不冲出家门，把爱的赝品当作爱加以接受。家庭的没落本来就在昆丁的观念上投下一层阴影，妹妹的堕落更使他无意留恋人间。他的叙述是没有结尾的，因为就在这一天他投河自尽了。第三章是《1928 年 4 月 6 日》，亦即"杰生的部分"。杰生是凯蒂的大弟弟，他顺应潮流，变成了一个市侩。他认为姐姐的遭遇影响了自己的前程，因此，和昆丁相反，他是从"恨"的角度来讲述凯蒂以及她的私生女小昆丁的。可是他对她们的诋毁恰恰是自己丑恶灵魂的暴露。自我辩解成了自我嘲弄和自我剖析，福克纳笔底的"6 大恶棍"之一杰生的形象，也就活灵活现地站立在读者面前了。最后一章是《1928 年 4 月 8 日》，这是从"全知全能"的作者角度观察与叙述出来的唯一的一章，但因该章主要人物是黑女佣迪尔西，所以被称为"迪尔西的部分"。故事发生的这一天是复活节，福克纳单单选择这一天显然是有象征意义的。迪尔西从小生活在康普生家，目睹了这个世家由盛而衰的全过程。她虽然没有文化，但是深明事理，知道建筑在罪恶之上的富贵荣华必定如过眼烟云。她像一位睿智的历史老人那样引用《圣经》里的话说："我看见了始，我看见了终。"顽强地生存在美国土地上的终究是普通的劳动者。这个思想在福克纳 1945 年为该书加写的《附录》里也表现得很清楚。

《喧哗与骚动》的结构与表现手法颇为精巧。福克纳运用了多种现代派的手法来表现他的故事。首先，他采用了多角度的叙述方法，让三兄弟即班吉、昆丁与杰生各自讲一遍自己的故事，随后又自己用"全能角度"，以迪尔西为主线讲剩下的故事。小说出版15年后，福克纳在《附录》里又把康普生家的故事作了补充。福克纳多次对人说，他把这个故事写了5篇。但是，这5个部分并不是重复、雷同的，即使有相重叠之处，也是作家有意这样做的，因为这样才足以显示世界的复杂多样性。故事表面上很乱，实际上却有内在的秩序。4个部分的叙述者出现的时序固然是错乱的，如若按故事的时序应是昆丁先出场，福克纳却采用了"CABD"这样的方式。不过，从他们所讲的事来看倒是合乎正常的时序，而且衔接得颇为紧密。班吉"讲"的是康普生家孩子童年时的事。昆丁"讲"的是1910年6月2日的事与不久前的事。杰生"讲"的是他当家后康普生家的情况。而迪尔西所"讲"的纯粹是"当前"的事。4个叙述者各自描绘了他（她）们印象中各个人物的形象，同时也自然而然地刻画了自己的形象。读者在读作品时再把这众多的图景"组装"起来，形成一个全景图，这幅图画不是作者强加给读者，而是读者自己经过一定的艺术再创造后获得的，已掺进读者自己的理解和想象，自然也更为读者本人所接受。

"意识流"是福克纳采用的另一种手法。在《喧哗与骚动》中，前三章就是用一个又一个的意识的呈现来叙述故事与刻画人物的。在叙述者的头脑里，一个思绪跳到另一个思绪，有时作者变换字体以提醒读者，有时连字体也不变，但是如果细心阅读，读者还是能辨别出来的，因为每一段里都隐含着某种线索。另外，思绪的变换，也总是有一些根据，如看到一样东西，听到一句话，闻到一种香味，等等。据统计，在"昆丁的部分"里，这样的"场景转移"超过200次；"班吉的部分"里也有100多次。传统的现实主义艺术一般是通过外表（时代、地域、社会、环境、家庭、居室、家具、衣饰……）的描写，逐渐深入人物的内心世界。福克纳却采取与之颠倒的方式。他首先提供给读者的是混沌迷乱的内心世界，然后逐步带引读者穿过层层迷雾，最终走到明朗、清晰的客观世界里来。这样的印象自有其新鲜、独特之处。

福克纳之所以大量采用意识流表现手法，除受乔伊斯等现代作家的影响外，主要还因为这样做能够更好地表达他所写的社会生活，能够更好地刻画他笔下的特殊人物。他所写的是南方一个世家的没落，这里充斥着一种颓败的气氛，理性的思维与清醒的行为反倒是罕见的例外。小说前3章的叙述者都是心智不健全的人。班吉是个白痴，他的思想如果有逻辑、有理性反倒是不真实的。昆丁决心自杀，他的精神状态此时已接近崩溃。杰生是个偏执狂，又具有虐待狂与躁狂症的病象，何况还患有头痛病。作者通过展现他们不正常的思想活动，反而写出了一系列相当鲜明、饱满的人物形象。作者没有着意摹写他们的外貌，但他们的精神状态读者是能准确把握住的。书中的主要人物形象鲜明，一些次要人物的形象也相当清晰，如康普生夫人、毛莱舅舅、赫伯特·海德、杰拉德太太。

"神话模式"是福克纳创作这部小说时所用的另一种手法。所谓"神话模式"，就是在创作一部文学作品时，有意识地使其故事、人物、结构，大致与人们熟知的一个神话故事平行发展。在《喧哗与骚动》中，第三、一、四章的标题分别为1928年4月6日至8日，这3天恰好是基督受难日到复活节，而第二章的1910年6月2日在那一年又正好是基督圣体节的第8天。因此，康普生家历史中的这4天都与基督受难的4个主要日子有关联。不仅如此，从第一章的内容里，也隐约可以找到与《圣经·新约》中所记基督的遭遇大致平行之处。在这里，福克纳似乎有意以基督的庄严、神圣来反衬康普生家子孙的猥琐，而他们的自私、得不到爱、受挫、失败、互相仇视，也说明了"现代人"违反了基督死前对门徒所作的"要你们彼此相爱"的教导。福克纳运用这样的神话模式手法，除了给他的作品增添一层反讽色彩外，也有使他的故事从日常琐事中突破出来，成为一个探讨人类命运问题的寓言的意思。

在《喧哗与骚动》里，我们不但看到美国南方一个世家的颓败，也可以见到整个西方世界走向没落的荒原景象。凯蒂和小昆丁的堕落，意味着道德法规的破产。班吉四肢发达，却没有思想的能力。昆丁思想复杂，偏偏丧失了行动的能力。杰生眼睛里只看到钱，他干脆抛弃了传统的价值标准。他们的父亲在醉乡中沉沦，留给儿女的"名言"是："人者，无非是其不幸之总和而已。"康普生太太则怨天尤人，缠绵病榻。对比起来，在复活节带着班吉上教堂的迪尔西倒像是走在荆棘丛里的基督；在整个摇摇欲坠的世界里，只有她最像是稳固的柱石。

从表现整个时代的大氛围看，福克纳无疑是一个现代主义作家。从如实反映美国南方的历史，从现实与风土人情看，福克纳又是一个现实主义作家。从福克纳爱以传统的价值标准来对待周围陌生、时髦的环境看，人们又把他称为一个浪漫主义者。其实，这3方面的因素在福克纳创作中都存在。一个复杂的作家本来是难以用某个固定的观念去人为地加以框范的。

1. 现代主义文学有哪些基本特征?
2. 试析现代主义各个流派的特点。
3. 《荒原》有哪些艺术特征?
4. 卡夫卡如何集中表现了现代派的艺术手段?
5. 《变形记》如何体现表现主义的艺术特征?
6. 《毛猿》有哪些思想艺术特点?
7. 《追忆似水年华》的艺术成就何在?
8. 《尤利西斯》的意识流手法如何表现?
9. 《喧哗与骚动》有哪些艺术特点?

第四章　后现代主义文学

第一节　概述

一、后现代主义文学的基本特征

后现代主义是第二次世界大战后西方社会中出现的范围广泛的文化倾向，它在 70 至 80 年代达到了高潮。

对后现代主义文学，存在着许多不同的解释，它们涉及的主要是后现代主义和现代主义的关系。一种意见认为，后现代主义是现代主义的发展和延伸，它继续了现代主义反传统的文学实验。另一种意见，是把后现代主义归结为对现代主义的决裂和反叛，表现了后现代作家抛弃现代主义文学的内容和形式的企图，因为在后现代主义作家看来，不仅现代主义以前的文学传统已不合时宜，连现代主义也已经在其发展过程中变得日益陈旧。持不同社会、文化立场的西方学者曾对后现代主义问题进行过广泛、深入的争论，虽然对一些问题他们仍各持己说，但随着对这一问题研究的日益深入，人们已普遍认为，后现代主义虽与现代主义有密切的联系，但它又是与现代主义显然有别的新的文化倾向和文学思潮。

作为社会文化思潮的后现代主义是西方后工业社会的特殊产物。后工业社会是持新保守主义立场的美国社会学家丹尼尔·贝尔（1919—　）首先提出的概念。贝尔把文化作为切入点，深入剖析西方后现代社会的特点和种种矛盾，他试图阐明科学技术对资本主义社会文化的影响，希望重建社会学理论，使之适应后工业社会并调和现代资本主义社会的文化矛盾。所谓后工业社会，是针对工业社会而言的。贝尔认为：在工业社会中，社会分层的标准是所有权，而后工业社会的分层标准则是知识和教育，它以科学技术和信息为基础，是以知识组织起来的社会,这样,传统的生产方式和社会结构就被摧毁了。从社会学和文化学的角度看,科学和技术的迅猛发展,人类知识领域的空前扩张,深刻地影响乃至规范着人类的心理倾向和行为模式。科学的成就使一切事物失去神圣性、神秘性和纵深感而被"非神秘化"。技术的发展还完全改变了文化在社会生活中的地位和人的文化意识,导致了广泛的"反文化"、"反美学",例如,由于电视代替收音机成为基本的信息载体和媒介,加上无孔不入的消费意识,电视广告得到了爆炸性的发展,广告和广告形象成了影响广泛的重要问题。后工业时代文化的命运陷入这样一种困境:一方面,文化突破了原有的特定范围,它的疆界迅速扩张,几乎无所不包,但另一方面,也正因为这样,它失去了神圣性,失去了昔日光辉的地位,它完全被"大众化"(大量生产),既不再是人们理解或逃避现实的一种手段,也不是只有少数具有深厚文化艺术修养的精英才能领悟的阳春白雪,而是人人可以享受的日常消费;文化甚至被"技术化"、"工业化",如录音带、录像带等的生产成为一种工业,并无艺术天赋和深厚艺术修养的人,也可能依靠他的计算机知识在计算机上设计、生产出"精美"的"艺术品"来。

后现代主义深受各种非理性主义的影响,这和现代主义是相似的,但进一步看又有很大不同。现代主义的哲学基础是叔本华、柏格森、尼采、弗洛伊德等人的思想和学说,而后现代主义主要受存在主义,特别是海德格尔哲学的影响,并和后结构主义合流。存在主义哲学反映了西方现代人对存在的困惑,它还试图赋予处于荒诞世界中的人以崇高的意义。人的存在先于本质、存在的荒诞性、自由选择的意义等是存在主义的基本命题。海德格尔认为,个人的存在是与一般的存在物的存在根本不同的,前者是主动的、积极的,因为人(个体的人)能从自己内心体验中领悟到自己是如何在一个流动、变化、生成的过程中存在的,后者则是被动的,只能听任外界的摆布。海德格尔不再把理解视为一种认识方法,而把它看成是人的存在方式本身,它不但是主观的,而且受制于先在的理解,即"前理解"(它们又是一系列主观性产生的先验图式),因而理解不可能是客观的,不具有客观有效性。他还对技术的本质作了深入的思考。他认为出于对自然的畏惧,人要依靠技术的保护,但到头来技术却又加深了人的无根无家的无保护状态。他曾在《诗人何为》中写道:"在人的本质中威胁人的是这样一种看法:技术的制造把世界纳入有序,而事实上这种秩序正好是把任何'序'都拉平到制造之千篇一律上去的东西,并因此从一开始就破坏了任何秩序与认识可能从中出现的那个领域。""世界变得无救治能力、不神圣了。不仅作为通向神性之踪迹的神性仍被遮着;而且甚至连通向神圣的踪迹……也似乎被抹去了。"他追问:"我们何时以此种方式存在,亦即我们的存在是歌,而且的确是一首不仅在四处回响而真正是一首歌吟的歌?"解构主义试图借用结构主义的术语和概念来推翻结构主义的理论基础,是一种彻底的怀疑主义和彻底的虚无主义。它要消解几千年来的西方传统的哲学观念,否定一切终极永恒的东西,连历史、真理都被它视为"话语"(权威)"生产"出来的;它否定整体性、确定性、目的论一类的概念,拒绝一切试图重设深度模式的哲学和重设中心的企图,主张无限制的开放性、多元性与相对性。关于文学,它否定作品在它们使用的语言范畴内可能确立自己的结构、整体性和含义。后结构主义的理论家认为,在文学研究中,结构的观念是目的论的产物,因为结构被看成是由某种特定的目的或中心确立并为它们服务的构造,是使目的呈现于作品全过程的一种手段,是目的和中心建立并组织起结构;人们必须先行假定有某种终极原因或意义,才能发现结构;他们认为这种先行的假定是"人为的、有限的语言游戏的概念",是出自需要,反映了一种追求绝对真理和超验意义的欲望。后结构主义的代表人物雅克·德里达一方面承认作品表达出意义,因而是可读的,但另一方面又认为任何作品都包含着不可调和的矛盾,从而使作品的意义捉摸不定;只要通过后结构主义的阅读方法,人们不难发现一切作品在事实上都是在自我解构,而批评家们之所以侈谈结构,是因为他们无视事实,无视文学作品中往往存在着许多构造、格局,它们与目的和中心无补,甚至破坏了作品自身的基础和整体性而被"目的"和"中心"所摒弃。后结构主义试图以不断创新的、快意的阅读代替对文本的不断回顾,这样,文学批评的目标从阐释结果移向了活动本身。德里达在《论文字学》中写道:"于是,我们从一开始就陷入了不断发展的象征符号的无动因的游戏之中……把这些象征符号联系起来的无动因的轨迹应该理解为一种运作,而不是一种状态,它是一种积极的运动,一种不断瓦解动因的过程,而不是一种一旦形成便一成不变的结构。"

二、后现代主义文学的发展

和通常意义上的思潮、流派不同,后现代主义文学既不是指称一个具体的作家或批评家的群体,也不存在被广泛认同的纲领、宣言;不仅如此,后现代文化是一种没有中心的多元文化,它宽容各种不同的标准,后现代思想家主张"向同一整体宣战","持续开发各种差异并为维护差异性的声誉而努力"(利奥塔语);再者,后现代文学实践和后现代的理论表述者们的理论逻辑也显然存在矛盾,这些都使得把握后现代文学的特征颇为困难,我们下面要谈到的后现代主义特征只能是对公认的后现代主义的倾向、风格的大体概括。

对文学的本质、社会与美学价值、艺术形式,许多后现代主义作家、批评家作出了与现代主义文学观念不同的阐释，我们通过和现代主义文学的比较，可以看出后现代主义文学的基本特征。

现代主义文学是激烈反传统的，但现代主义文学在摒弃传统文学（主要是现实主义文学）的创作原则之后还试图建立起自己的规则和范例，后现代主义则把现代主义本来就很激进的反叛推向了极端。它不但从根本上否定"旧的"传统（虽然在事实上任何人，包括现代主义者都不可能不生活在传统之中），而且要摒弃现代主义的"新"的规范，尽管就某种意义说正是现代主义孕育了后现代主义，后者是由前者脱胎而来。后现代主义文学被视为一种"缺乏公认的父母亲的文学"，"无论死去或活着的都没有"，它试图对小说、诗歌和戏剧的传统形式乃至"叙述"本身进行解构；因而，后现代主义文学必然是一种无视任何既定规范的、极度自由的"破坏性"文学，是"反小说"和"反戏剧"，即某种意义上的"反文学"。

过去时代的杰出的作家、思想家们在把原有的神圣事物"非神圣化"的同时，力图创造出另一种神圣，例如用新的教义代替旧的教义，以自由、平等、博爱代替旧的社会信念，这正好像伏尔泰说的："要是没有上帝，就应当虚构一个。"这种情况一直持续到现代主义时代。在某种意义上，现代主义是在"上帝死了"以后处于"荒原"中的作家要创造出新的神圣来所作的努力；但后现代主义作家则不同。后现代主义不再追求终极价值，在他们看来，一切传统意义上对崇高事物的信念都是话语的短暂产物，不值得"真诚"、"严肃"地对待它们；客观世界和人自身都被异化了，历史失去了方向和意义，社会体系不可改变；他们不愿意对重大的社会、政治、道德、美学问题进行严肃认真的思考，他们不仅无视对这些问题的关切，而且无视这些问题本身。他们不再试图给世界以意义。

现代主义文学作品具有深沉的内容，存在一种隐藏在表面之下的意义，呼请读者理解，而且可以被理解。后现代主义反对现代主义关于深度的"神话"，拒斥孤独感、焦灼感之类的深沉意识，将其消解或平面化；它怀疑乃至否定文学的价值论和本体论。在它看来，写作消失了内容，转向中立性，即所谓"零度写作"，换句话说，写作转向了它自身。作家只能把话语、语言结构当成他们为所欲为的领地，在形式上不断花样翻新，作家的创作和读者作为"创作"的阅读都是为了享受创作（阅读）带来的欢悦，是一种表演、操作。

如果现代主义毕竟还把世界看成是个整体，那么后现代主义则干脆视世界为"碎片"；如果现代主义作品中还有一种中心意义和为这种中心意义服务的结构，那么后现代主义则否定这种中心和结构的存在。不但如此，后现代主义作家还蓄意让作品中各种成分互相分解、颠覆，让作品无终极意义可以寻求。

在后现代主义小说中，结构扑朔迷离，"故事"前后矛盾，难知究竟，人物的行为缺乏说得通的动机，这就是人们常说的后现代主义的"不确定性"。

现代主义文学的精英意识和优雅的形式使它和通俗文学泾渭分明，而后现代主义文学则要打破精英文学和大众文学的界限，出现了明显的向大众文学和亚文学靠拢的倾向；有的作品干脆以大众化的文化消费品的形式出现，并试图模糊文学与非文学的界线。

后现代主义的写作原则和风格显现出两种十分不同的趋向：一种是抛弃现代主义作家的艰深文学实验，从通俗文学、科幻小说、美国西部小说以及其他一些被看成是亚文学的体裁和作品中汲取养料，试图填平精英文学和大众文学之间的鸿沟；另一种是继续推进现代主义的文学实验并且超越它。关于后者，除了我们前面已经提到的以外，常见的情况还有：矛盾（文本中的各种因素互相颠覆）、交替（在文本中，甚至在文本的同一篇章中，对于同一事件的不同可能性的叙述交替出现）、不连贯性和任意性（极端的例子是"活页小说"）、极度（如有意识地过度使用某种修辞手段以达到嘲弄它的目的）、短路（运用某些手法使对作品的阐释不得不中断，例如把确定的事实和明显的虚构结合起来使得读者无法对作品进行解析）、反体裁（破坏体裁的公认的特点和边界，如把小说"理论化"）、话语膨胀（把在文学创作中一直处于边缘地位的话语，甚至"非文学"话语纳入主流）。冷漠性也是后现代主义风格的重要特征。

后现代主义的重要流派和作家有：

存在主义文学。存在主义文学是在存在主义哲学的基础上形成的文学流派，第二次世界大战前夕产生于法国，战后盛行于整个西方世界。存在主义作家并没有发表过共同的宣言或纲领，在存在主义这个大概念下他们对许多重要问题的观点往往有很大差异，甚至常常争论不休。尽管这样，存在主义文学仍然表现出明显的共性。存在主义文学的题材可能是现实的，也可能是神话的、虚构的，但不管怎样，它总表现出对人的生存状态的深切关注（这一点和许多后现代主义文学作品不同）。存在主义哲学决定了存在主义文学的思想倾向。存在主义文学的基本主题是揭露世界和人的存在的荒诞性，肯定人的存在先于人的本质，表现人在荒诞、绝望的境况中的精神自由和自由选择；这是存在主义文学在思想内容方面的最突出的特点。存在主义者抽出社会现象的历史性，对它们作架空的、抽象的、超历史的推论；他们还把人的自由绝对化，否定人的思想和行为要受外部世界和客观规律性的支配与制约，这正是历史唯心主义和主观唯心主义的表现；但存在主义关于世界是荒诞的这一论定，显然又包含着对西方社会的清醒认识。存在主义还反对宿命论（萨特甚至否定上帝的存在),它并不只是要人意识到自己陷入了精神的绝境,还试图以自我选择给在荒诞中苦苦挣扎的人们指出一条出路。这是它的积极意义所在。在战争中和战后年代饱经苦难和精神挫折的西方人,特别是知识分子,很容易接受存在主义的基本观点,绝非偶然。法国的让-保罗·萨特、阿尔贝·加缪(1913—1960)是存在主义文学的最重要的代表作家。加缪著有《局外人》(1942)、《鼠疫》(1947)。德·波伏瓦(1908—1986)的《女客》(1943)、《他人的血》(1945)和《一代名流》(1954),以及理论著作《第二性》(1948),诺曼·梅勒(1923—)的《白色黑人》(1957)和《一场美国梦》(1965)都是存在主义的重要作品。法国的雷蒙·盖夫、莫里斯·梅尔洛-蓬蒂(1908—1961)和美国的索尔·贝娄、英国的戈尔丁等是具有存在主义倾向、色彩的作家。

荒诞派戏剧。它是第二次世界大战后不久首先产生于法国,而后流行于许多西方国家的戏剧流派。荒诞派戏剧使荒诞本身戏剧化,使戏剧形式荒诞化。它的主要特点是:它是"对某些存在主义和存在主义之后的哲学概念的艺术吸收"(阿尔比),揭示了世界、人的处境和人自身的生存状态的荒诞性;它突破了传统戏剧的一切基本规律,如完全丢弃了在传统戏剧中必不可少的情节和结构,以破碎的舞台形象代替性格鲜明生动的人物,以荒诞的甚至语无伦次的"梦呓"代替传统戏剧中机智的应答和犀利的对话等。从这个角度说,荒诞派戏剧也是存在主义在舞台艺术上的变体。法国的欧仁·尤内斯库(1909—1994)和塞缪尔·贝克特是荒诞派戏剧的主要代表。尤内斯库著有《秃头歌女》(1950)、《椅子》(1952)、《犀牛》(1960)。让·热奈(1910—1986)的《女仆》(1947)、阿瑟·阿达莫夫(1908—1970)的《弹子球机器》(1955),英国哈洛尔德·品特(1930—2008)的《生日晚会》(1953),美国的爱德华·阿尔比(1928—)的《美国之梦》(1960)等均是重要作品。

新小说。50年代形成于法国,它并不具有统一的美学纲领,严格说来,它只是一个松散的俱乐部式的文学团体。它的成员对很多问题的观点并不一致,但他们对小说和小说技巧的看法、他们的文学实验都是激烈反传统的,他们要彻底打破传统小说模式,全面革新小说艺术。新小说家贬低文学的思想性和倾向性,对文学的社会意义和道德功能没有兴趣(当然,在我们看来,没有任何思想性的文学作品是不存在的),他们关切的是技巧和表现手法。萨洛特把传统小说的格局概括为:叙述一个虚构的故事,在这个故事中有一些人物在行动和生活,为了让读者相信故事和人物的真实性,要求助于可信的细节。新小说家为了"摆脱这一套",进行了多方面的探索:如取消人物在小说中的中心地位;情节往往含混不清,甚至互相矛盾,难以确定;完全打乱传统小说中那种井然有序的结构;在人称、视点上进行各种新颖的实验;有的甚至把绘画的原则应用到小说创作中,要把小说由"时间的艺术"变为"空间的艺术",等等。新小说家对"真实"的看法完全不同于传统作家。以萨洛特为代表的一些作家主张写人物意识深处的、原始状态的真实,以及以此为基础的人与人之间的敏感的感应关系;而以罗伯-格里耶为代表的"视觉派"则强调写外在的真实,热衷于对"物"作细致的描绘,为此还特别注意运用表明视觉的和纯描写性的词汇进行写作,有"物本主义"的倾向。他们还大胆进行各种语言革新。娜塔丽·萨洛特(1902—1999)、阿兰·罗伯-格里耶(1922—2008)、米歇尔·布托尔(1926—)、克洛德·西蒙(1913—2005)是最重要的新小说家。萨洛特的论文集《怀疑的时代》(1956)被人们视为新小说的宣言书,她的代表作是《无名氏肖像画》。罗伯-格里耶的《橡皮》(1953)、《窥视者》(1955),布托尔的《变》(1957),西蒙的《弗兰德公路》(1960)等都是最重要的新小说。

"垮掉的一代"。"垮掉的一代"在第二次世界大战后出现于美国,这是一群松散地结合在一起的年轻人,他们唯一共同之处是他们对社会公认的一切都抱背道而驰的态度。它的基本特征是:在思想倾向上,"垮掉的一代"深受欧洲存在主义的某些观念的影响,他们关心的中心问题是个人在当代社会中的生存状态,抗议社会对他们的压抑,但往往以颓废、堕落、犯罪来表现他们的"脱俗",与传统的价值和行为规范抗衡;在艺术上,他们标榜"以全盘否定高雅文化为特点",追求无节制的自我放纵,作品的结构无拘无束乃至杂乱无章,语言粗糙甚至粗鄙。"垮掉的一代"虽然包含了大量不健康的因素,但这些作家要从新的角度重新认识世界,通过他们对美国社会的反叛和他们焦灼、寻求、迷茫、悲凉的眼光,我们可以加深对当代美国社会的理解;它的粗犷自然的风格在当代美国文学中也留下了一定的影响。杰克·凯鲁亚克(1922—1969)的《在路上》(1957)、艾伦·金斯堡(1926—1997)的《嚎叫》(1955)是"垮掉的一代"的代表作;此外,威廉·巴罗斯和格雷戈里·柯尔索也是有影响的"垮掉的一代"作家。也有人认为这不构成一个流派。

黑色幽默。黑色幽默是六七十年代主要流行于美国的文学流派。它的基本特征是:在思想上,它深受存在主义的影响,大多数黑色幽默作家都关注现实,对现实的荒诞有一种深沉的痛苦和恼怒。所谓黑色幽默,就是阴郁的幽默、绞刑架下的幽默。它以表面上轻松、调侃、玩世不恭,实则无可奈何的语调叙述沉郁而可怖的故事,从而产生荒诞不经、滑稽可笑的喜剧效果。它既是一种带悲剧色彩的喜剧,也是以喜剧形式"上演"的悲剧;小说的主人公往往是性格乖僻的"反英雄",作者既同情他们的处境,又对他们加以适度的嘲弄；情节结构具有非逻辑性，作者甚至有意识地突出情节中各种不可调和的矛盾，作为小说寓意的基础。约瑟夫·海勒和小库尔特·冯尼格特（1922—2007）是黑色幽默的代表作家。冯尼格特著有《第五号屠宰场》（1969）、《顶呱呱的早餐》（1973）。托马斯·品钦（1937— ）的《万有引力之虹》（1973）、约翰·巴思（1930— ）的《烟草经纪人》（1960）都是重要的黑色幽默小说。唐纳德·巴塞尔姆的短篇小说的故事含义晦涩，往往是一些片段的拼贴，难以理解，他曾说："拼贴原则是20世纪所有艺术手段的中心原则。"他的文体奇特，风格怪异。

魔幻现实主义。形成于拉丁美洲，60年代以后取得了辉煌的成就。魔幻现实主义作家以"印第安人的灵魂"自命，将印第安人的传统观念和拉丁美洲"神奇的现实"（卡彭特尔语）熔为一炉，同时他们又受到欧洲现代主义文学，特别是超现实主义文学的影响。它既是民族的又是世界的。魔幻现实主义作家一般都很关心祖国和人民的命运，他们的作品具有丰富的社会内容，这在当代文学中显得十分突出。魔幻现实主义作品的基本题材都来自现实生活，但被作家改变了本来面目而披上一层神秘色彩；同时，作家又大量引入各种超自然的力量，从而创造出一种扑朔迷离的新现实，但他们在小说中变现实为魔幻却又不失其真。魔幻现实主义作品的深刻寓意，非凡的艺术造诣，鲜明的民族色彩和广泛的群众性，使它做到了高雅和大众化的奇妙结合。哥伦比亚的加西亚·马尔克斯是最重要的魔幻现实主义代表作家。危地马拉的米格尔·安赫尔·阿斯图里亚斯（1899—1974）的《玉米人》（1949）、古巴的阿莱霍·卡彭铁尔（1904—1980）的《人间王国》（1949）、墨西哥的胡安·鲁尔弗（1918—1986）的《佩德罗·帕拉莫》（1955），都是魔幻现实主义的重要作品。

后现代主义所依托的哲学有着需要认真研究的丰富内涵。从现实的、文学的层面说，它虽然具有偏激、广泛的文化否定主义和虚无主义倾向，但当不少西方人陶醉于第二次世界大战后西方社会的繁荣、复兴和文学领域中现代主义的成就时，作为一种"颠覆性"的思潮，后现代主义却对此并进而对西方整个的思想和文化传统及社会机制提出了尖锐的责难，在后现代作品表面的冷漠和玩世不恭的后面，人们不难觉察到后现代人精神上的迷茫、紊乱和痛苦，引发人们去思考西方后现代社会的各种问题，这是不可忽视的。后现代文学在文学实践中的种种探索也并非没有积极意义，并非总是破坏性而无建树性的；由于多元并存的后现代文学具有极大的包容性，被归入后现代主义范畴的各种文学现象自然也不能同日而语，它们的社会和审美价值和在文学史上的意义很不平衡。所有这些，都需要具体、深入地研究分析。

第二节 萨特

一、生平和创作

让-保罗·萨特（1905—1980），是法国著名文学家、哲学家和社会活动家，也是"二战"后西方存在主义文学的主要代表。以他为代表的存在主义文学流派，滥觞于法国，流行于欧美，波及全世界，许多新文学流派都受它的引发和影响。

综观萨特的思想、生活和创作，可以分为三个时期。

学习时期（1905—1928）。这是萨特受教育的阶段。他两岁时父亲去世，随母移住外祖父家。外祖父身为教师，十分喜爱并悉心教育他。萨特是个读书较早、立志较早、智力开发较早的孩子。《词语》一书，就是他10岁以前的自传，是他用存在主义的精神分析方法，对自己童年的精彩回顾和反思。1928年他从巴黎高等师范学院毕业，翌年在全国中学哲学教师资格会考中名列第一，并与第二名波伏瓦相识（从此结为终身伴侣）。萨特的家庭条件、童年经历和青年求学阶段，把他造就成一个写作的终身崇拜者，为他日后的创作生涯和人学思想奠定了初步基础。

"绝对自由论"时期（1928—1939）。萨特的文学道路，是从钻研存在主义哲学、建立存在主义的人学体系开始的。他从大学哲学系毕业，任中学哲学教师之后，又赴柏林进修哲学，探讨了基督教存在主义者克尔凯郭尔、现象学派胡塞尔和存在主义哲学家海德格尔的思想，阅读了黑格尔的许多著作，也读过《资本论》，但未读懂。至此形成了他的存在主义人学的早期观点，成为一个"绝对自由论"者。这种人学含义主要有三点：客观存在的纯粹偶然性，主观存在的绝对孤独性和主客观关系上的完全对抗性。所以"孤独者对抗社会"，便成为他这一时期的创作基石。这种绝对自由论，对战前西方社会现实和传统价值观念是一种反叛和否定，但它把主观意志夸大到极端，达到与整个世界水火不容的地步，必然导致无政府主义和极端个人主义。

他这一时期创作的短篇小说《墙》（1936），通过西班牙革命战士伊比塔和两名难友遭敌逮捕、经草率审讯后处死的过程，表现身处荒谬世界、面对死亡威胁、个人仍能从事反抗性的自由选择，其思想内容具有一定的积极成分，但也突出表现了伊比塔孤独厌倦、万念俱灰的消极情绪，什么正义、友谊、爱情、生命价值，都失去了意义。小说结尾，伊比塔以假供戏弄敌人，反而弄假成真，牺牲了队长，"偶然性"给他以沉重打击。他最后大笑不止，既是对荒诞世界的嘲笑，又是他面对客观荒诞无可奈何的自嘲。长篇小说《厌恶》（1938）是体现他早期人学思想的代表作，也是萨特人学的"绝对自由论"在文学上的结晶。通过主人公洛根丁在布城定居期间的琐细生活经历和真切记述，集中表达了自为的个人在自在的世界中的主观感受：世界荒诞，难耐的孤独和主客体之间的对立。洛根丁是一个荒诞世界中的孤独者，也是一幅作者的绝对自由论的自画像。

"相对自由论"时期（1939—1980）。经过1939年至1945年的转变阶段，直到逝世为止，萨特成为一个"相对自由论"者。1939年的第二次世界大战爆发和他应征入伍的群体生活，使他认识到过去把"自由"作绝对化理解的失误，看到他早期人学中"绝对自由论"的片面所在，为他后来的人学演变和理论矫正奠定了认识基础；在标志他哲学体系建立的《存在与虚无》（1943）中，他把"自由与责任"作为专节写进去，把"责任"作为重要因素纳入他的人学体系，这便为他的人学演变和理论矫正奠定了哲学基础；战后，饱尝战争苦果的法国人民，渴望和谐、友谊，呼唤人道、良知，这种普遍而强烈的精神需求，也为他的人学演变和理论矫正提供了思想基础；此外，战后法共和左翼力量处于政治优势，马克思主义在实践上的胜利，令知识界向往而成为理论热门，萨特认真研读了马克思主义，立场发生了偏左倾斜，也为他的人学演变和理论矫正提供了政治和理论基础。

他的"相对自由论"的主要内容，是承认人的社会性。虽然还未达到"人是社会关系的总和"的高度，但已认识到：人绝不是"单个人所固有的抽象物"，即承认了自己与他人、个体与群体之间不可分割的联系，肯定了个人自由只具有相对意义而否定了它的绝对意义。

为矫正这一理论，变"绝对"为"相对"，他为自由选择添加了一个制约因素，补充了一个基本依据，于是他撰写了专论《存在主义是一种人道主义》，指出存在主义的人学，绝不是随心所欲。自由选择的同时，必须负有责任，这种责任内涵是一种善良行为的动态意向或道德向度。这便是他的"存在主义的人道主义"。萨特此后的创作倾向，就体现了这种人道主义的向度。三幕悲剧《苍蝇》是一部存在主义的典型作品。它描写俄瑞斯忒斯王子勇敢作出违抗神意的自由选择，杀掉犯罪的母亲和篡位者，为父报了仇，既歌颂了人类摆脱神权统治、主宰自己命运的独立自主精神，表现了萨特无神论存在主义人学的积极内容，也以象征和隐喻手法，表达了旨在反对德国法西斯独裁者的现实意义。独幕悲剧《禁闭》在萨特的剧作群中具有代表性。它通过一个荒诞性题材，即三个鬼魂在地狱中，像旋转木马似的互相追逐、永无宁日，饱受精神折磨，在三个层次上揭示了人际关系方面的深刻哲理：如果自己犯罪作恶，毒化了与他人的关系，那么他人就是自己的地狱；如果依赖他人对自己的判断，那么他人的判断就是自己的地狱；如果不能公正待己，那么自己也是自己的地狱。作品被法国评论家视为"唯我论的悲剧"。它和短篇小说《艾罗斯特拉特》一样，以反角的表演，揭示了正题的意蕴，给人以正面启迪。战后，他作品中的人道主义向度更为鲜明。四幕悲剧《死无葬身之地》，展现了第二次世界大战中法国游击队员们遭受酷刑仍坚贞不屈，最后惨遭杀害的感人故事，在严峻的真实中，弘扬了正义的无畏精神，表现了自由选择高于生命的存在主义价值观。独幕剧《恭顺的妓女》，描写妓女丽瑟，善良诚实，勇敢正直，是个可尊敬的弱者形象；通过她对受迫害黑人的深切同情和切实帮助，表现出作者胸怀人道主义向度，憎恶美国的种族歧视，拆穿了美国民主的谎言，暴露了美国自由的虚伪。此外，长篇小说《自由之路》，通过知识分子玛第厄"自由选择"的生活道路，表述了一定的积极意义；三幕哲理论证剧《魔鬼与上帝》，从反面阐发了绝对的善和恶必然导致反人道；八幕政治讽刺喜剧《涅克拉索夫》，嘲笑了法国右派反共欺骗宣传的拙劣伎俩；五幕悲剧《阿尔托纳的隐居者》，暴露了法西斯残余分子的腐朽和没落；剧作《特洛伊妇女》影射不义的殖民战争。即使是最有争议的 7 幕悲剧《脏手》也不无值得深思之处：它为某些西方共产党指出了如何正确对待出身资产阶级又追求进步的叛逆青年，以及如何维护人格尊严、尊重个人价值的重要问题。

同时，萨特也依据他的"人道主义向度"，对世界重大问题挺身而出，明确表态。如 1956 年，他反对苏联出兵匈牙利；1958 年，他谴责法国殖民者对阿尔及利亚的血腥战争；1964 年，他谢绝一切来自官方的荣誉，拒受诺贝尔文学奖金；1966 年，他参加罗素法庭，审判美国的越战罪行；1968 年，他参加法国学生运动，并痛斥苏军入侵捷克斯洛伐克；1979 年，又抗议苏联入侵阿富汗。这一系列社会行为和政治态度，也从另一侧面证明萨特在实践上一贯坚持了他的"人道主义向度"。

萨特晚年体弱多病，临终之前双目失明。1980 年 4 月 15 日因患肺气肿逝世于巴黎，享年 75 岁。他的逝世在法国和世界引起震动，巴黎为他举行了继雨果之后最盛大的葬礼仪式。

萨特一生共印行各种著作 50 多部，被译成 28 种文字，在世界各国出版。他的主要文学作品有：长篇小说《厌恶》（1938）、短篇小说集《墙》（1939）、多卷长篇小说《自由之路》（1945—1949），剧作《苍蝇》（1943）、《禁闭》（1944）、《死无葬身之地》（1946）等。主要文论著作有：《什么是文学？》（1947）、《答加缪书》（1952）、《境遇集》（1947—1976）、《〈局外人〉诠释》（1947）、《家庭的白痴》（1971—1972）、《提倡一种境遇剧》（1947）

等。主要哲学著作有：《想象力》（1936）、《存在与虚无》（1943）、《存在主义是一种人道主义》（1946）、《马克思主义与存在主义》（1957）、《辩证理性批判》（1960）等。他的自传性回忆录还有《七十岁自画像》（1975）。

萨特存在主义文学的思想倾向，主要是表述存在主义的人学主张。存在主义人学重在探讨个人的主观性质，最重视个人的行为选择，所以更具有文学性特征。文学与人学的结合，在这个流派身上体现得特别鲜明。可概括为一个总论点和三个分论点。

总论点是"存在先于本质"。这是说世界上首先有人，有个人的主观性、有自由选择的行动，然后才能给人下判断，作结论。他认为：人不是上帝创造的，没有先验的性善、性恶之分。每个人只能根据不断选择自己超越自己而给自己下定义，每个人都处在动态的行为选择中。所以，每个活人的存在，只是一种实现本质的可能性，即他并不能在结论性的意义上存在，只能在可能性的意义上存在。

三个分论点是总论点的具体化。萨特的作品大都是这些分论点的形象表述。第一，他的客体观是"自在的存在"。认为世界荒谬，人生孤独。第二，他的主体观是"自为的存在"，主张自由选择，不断选择。第三，他的责任观，是自由和负责相联系，自由选择必须承担责任。第一点是自由选择的客观条件，第二点是自由选择的核心内容，第三点是自由选择的基本依据。可见，自由选择的确是萨特人学的精髓所在。

这种人学思想存在着明显的失误和消极因素。主要是：由于没有阐明具体时代条件下的"自由度"问题，所以，他的"自由选择"往往带有某种绝对化倾向，容易导向个人主义和唯意志论，尤其是在战前阶段；由于缺乏具体分析、区别对待，他的"非理性主义"必然发生否定科学理性和否定客观规律的错误；由于思想偏激，反对一切权力，虽抨击了种种专制权力，却也否定了必要的、正义的领导权力，在政权建设上，便常陷入无政府主义的迷途。但是，也应看到萨特人学思想中的深层合理之处：他指出各种"决定论"的弊端，避免了"唯理论"的片面，强调了主体意识的重要；揭示了"群体论"的思维缺憾，补充以"个体论"的必要内容。这一切对于启动自我主体意识、开掘人类智慧潜能，都具有积极意义。同时应当注意：萨特人学体系，产生于西方土壤之中，它所直接否定的，显然是西方社会的价值传统，它反映了西方知识分子对西方社会理性的不满情绪，属于一种在孤独无望中急切探寻人学出路的睿智思考，显然具有批判价值，也丰富了我们研究西方人学的思想资料。

萨特的文论主张，是他的创作论，也是他的美学观，归根到底，是他的人学观点在文学理论上的表现，这最集中地表述在他的《什么是文学？》这部专论里。这就是他的"文学介入论"。即以"主观性真实"为根据,主张文学介入社会斗争,干预人类生活。他从创作和阅读两相对应的辩证角度,对之作了深入阐述。

首先,他认为:创作是为阅读而设的引导。因为创作过程是作者主观性发挥作用的过程。因此,和读者不能进入作家的创作过程一样,作家也不能进入读者的阅读过程。读者的阅读过程,是面对词语,不断预测和臆断,而作家的创作则不预测也不臆断,只作谋划、等待灵感,创造未来。但是,作家在"写作行动里包含着阅读行动",即"准阅读过程"(近似值),这就是他为什么把创作称作"为阅读而设的引导"的原因。没有"引导"条件,读者的阅读就成为不可能。

其次,他认为:阅读是引导下的创作。阅读过程不只是一个预测和期待的过程,而且是根据词语的引导,不断揭示、不断创造的过程。它绝不是消极被动的机械行动,像胶卷感光那样,只感应接受符号,而是积极主动的创造行为。作家做的是前创作阶段的工作,读者做的是后创作阶段的工作。作家引导读者进入思考和审美领域,绝不能限制和代替读者思考和审美。文学作品作为精神产品,只有在作家和读者的联合努力下才能实现完整的价值。西方学术界把萨特视为接受美学的先驱。

萨特的艺术风格,主要体现在以下两个方面。

第一,极限境遇。萨特作品的环境描写,是要表述存在主义人学的基本观点:世界荒谬,人生孤独。他认为每个自为的人处身自在的世界中,常常遇到的是障碍、限制和奴役,感受的是反感、恶心和孤独。萨特把这种作品中的环境条件称为"境遇"描写。因为作为主体的人,只有在特殊境遇中,才能作"自由选择"。他称自己的剧作为"境遇剧",视之为一种戏剧新品种。可见,境遇描写在他的文学作品中占有极重要的位置,如短篇小说《墙》中的革命战士,面对的是被判死刑、等待枪决的荒谬世界;《恭顺的妓女》中的丽瑟,处身于威胁和利诱的严酷包围之中;《苍蝇》中的王子长大归来,面临的极限处境,是违抗神意、杀掉犯罪的母亲和篡位者,还是服从神意、妥协让步?《死无葬身之地》中的极限境遇,是游击队员们招供、活命、成为懦夫,还是忍受酷刑、宁死不屈?他们在生死攸关的分界线上,在考验独立意志的尖锐时刻,仍能坚持自由选择,表现出存在主义人学的最终胜利。

第二,自由选择的人物。萨特笔下的人物,都是自由选择的正反面人物。萨特认为,尽管每个人都是荒谬世界中痛苦而孤独的个人,但个人不是任凭摆布和无能为力的。每个人都有独立意志,能够通过行为选择,走自己的道路,把握自己的命运,创造自己的未来。在萨特的人学词典中,"存在"并非

"在"的同义词，那种以为人既出生就叫存在的观念是不对的。倘接受神性、人性或某种理性的支配而盲从他人，便是失去自我，算不上真正的存在。此外，自由选择也不能一次完成，而是要不断选择。人从摇篮到坟墓，是一个不断自由选择的行为系列。如果以为作了一次选择，就固定为这种存在者，那就要因停滞而僵化，也就终止了存在，从存在变为不存在。所以在存在主义者面前，永远有一个等待他去自由选择的空白，直到死亡为止。死亡，是一个最困难的选择，极限性的选择，是不断选择链条上的最后环节。萨特把这种自由选择的人物称为"真实人物"。如短篇小说《艾罗斯特拉特》中，描写恶人保尔·希尔拔自食恶果，因为他作了恶的自由选择；《苍蝇》中的厄勒克特拉，是一个自由选择于先，投降妥协于后，只作了一次选择的悲剧人物；《禁闭》中的三个鬼魂互相追逐，表现了犯罪者身陷精神地狱，也说明了自由选择者必为后果负责的道理；《脏手》中雨果的所为，则是追随极"左"路线，又终被极"左"分子除掉，表现了盲目选择的尴尬和绝望。

二、《禁闭》

《禁闭》是萨特的代表剧作。

《禁闭》创作于第二次世界大战中（1943）。最初取名《他人》，刊登在杂志《弩》（1944年春）上。同年5月27日，在"老哥伦比亚剧院"首演，获得很大成功，翌年由伽里玛出版社出版。现在已被法国剧坛作为经典剧目保留下来，1947年获得美国"最佳外国戏剧奖"。

全剧只有4个人物，除1个不参与剧情的侍者外，其余3人，不分主次，在情节和台词中平分秋色。报社男编辑加尔散生前是个临阵脱逃的胆小鬼，因在反法西斯战争中坚持反动的和平主义观点，于一个月前被抓获后枪决；邮政局女职员伊内丝，生前是个同性恋者，因心理变态，唆使表嫂抛弃丈夫投入自己怀抱，致使表哥惨遭车祸死亡，表嫂也为恋情所迷，于一星期前的夜半打开煤气管，与伊内丝双双中毒气绝；贵妇艾丝黛尔，生前是个热恋男性的色情狂，她蒙骗丈夫另求新欢，并淹死私生女儿，气死情夫，她因患肺炎于昨天死去。这三个罪人先后被投入地狱，囚禁于一室，又都本性不改，形成三角关系：加尔散为表白自己不是胆小鬼，总想说服伊内丝，而对懒于思考、只要男性的艾丝黛尔十分厌恶；伊内丝却怀抱同性恋热望，爱上了贵妇艾丝黛尔，极力排斥异性的加尔散；追求男性的艾丝黛尔，却只对加尔散有情意，反而憎恶同性的伊内丝。结果，加尔散不仅未能说服伊内丝，反挨一顿痛骂；伊内丝想把艾丝黛尔揽进怀抱，也始终不能如愿；艾丝黛尔要求加尔散帮她把伊内丝拖出门外，遭到拒绝，又唤他用拥抱自己对伊内丝进行报复，也不能得逞。于是艾丝黛尔恼羞成怒，抓起刀子向伊内丝身上乱捅。三人之间争风吃醋、嫉妒挑拨、互相猜忌、各不相容，"他人就是地狱"，这成了萨特的名言。

正确理解这句话，成为准确把握和科学评价这部作品的要害所在。当年法国天主教派的迂腐人士，就只从字面上浅陋解释，说这是"仇视他人"，是"病态的个人主义"、"悲观主义者"，等等，萨特为纠正这一误解曾作过种种努力。最重要的一次，是1965年灌制《禁闭》唱片时他口录的一段前言。他说："我想要说的是：'他人就是地狱。'但是，这句话常常被人误解。有人以为我的本意是说，我们与他人的关系总是毒化了的，总是地狱般的关系。然而我要阐明的却是另一回事。我的意思是说：要是一个人和他人的关系恶化了，弄糟了，那么，他人就是地狱。……世界上的确有相当多的一部分人生活在地狱里，因为他们太依赖别人的判断了。但这并不是说，和别人就不可能存在另一种关系。"他进一步解释："我的用意是要通过这出荒诞的戏表明：我们争取自由是多么重要，也就是说，我们改变自己的行为是极其重要的。不管我们所生活的地狱是如何地禁锢着我们，我想我们有权利砸碎它。"可见，"他人就是地狱"这句话中，主要含有3层意思。

首先，如果你不能正确对待他人，那么他人便是你的地狱。即倘若自己是恶化与他人关系的原因，自己就得承担地狱之苦的责任。剧中3人都是罪人，都是败坏与他人关系的罪魁祸首，生前都给他人造成过痛苦。加尔散曾有外遇，5年来和一个混血女人同居，还领她回家过夜。他的妻子有殉道者气质，很崇拜他，对他的不轨行为，内心痛苦，虽有责备神色，但仍咬牙忍受。战争爆发后大家主张抗战，他却宣传和平主义，最后因逃跑被逮捕枪毙。加尔散在对待国家和世界大事上是个罪人，在对待妻子和家庭问题上也是罪人。他因自己的犯罪作恶造成与他人的关系恶化，这种罪魂必遭地狱之苦。伊内丝厌弃表哥，夺走表嫂，致使表哥惨死。对此她反而十分高兴，常对表嫂说："这下可好了，我的小娘子，我们把他杀死了！我很坏，换句话说，我活着就需要别人受痛苦。"最后也致使其表嫂死于非命。正如她说的"我是一把火，把一切都烧毁了"。由于极端自私的同性恋，她毁了一个家庭和两条性命，造成他人灾难，当然要受地狱的惩罚。艾丝黛尔本来是个善良姑娘，只因贫困孤独，嫁了有钱的丈夫，和睦相处6年之后，发生了婚外恋。生下私生女儿，情夫高兴，她却反感，把孩子扔进湖中，气得情夫开枪自杀。她不仅变为坏女人，还是溺婴犯和刽子手。这三个罪魂，是人群中的败类。加尔散说"我是下流胚"，伊内丝说"我是该入地狱的人"，艾丝黛尔说"我是堆垃圾"。伊内丝的一段话概括准确，揭示了他们的共同特点："我们都是自己人哪！我们都是一伙杀人犯，我们都是地狱里的罪人。我们也有快乐的时日，有些人一直到死都在受苦，还不是因为我们干的好事！现在，我们得付出代价了。"萨特通过三个已死的"死活人"，正是要点醒许多在世的"活死人"来认识这个道理。

其次，如果你不能正确对待他人对你的判断，那么他人的判断就是你的地狱。他人的判断固然重要，但也只能参考，不能依赖，不可看作最高裁决，更不是自己行为的最终目的。凡以追求他人对自己赞美为目的的人，必定陷入精神困苦之中。加尔散正是如此。他从不自察内省、改变自己的思想和行为，他耿耿于怀的，总是别人会怎样给自己作结论：他的编辑同事们会谈论他是胆小鬼，后继者也永远会持这种看法。"我的一生已经捏在他们手里了，他们根本不理会我就给我做了结论。"死后仍然争取艾丝黛尔相信他不是胆小鬼。他认为求助于她一人的认可便可得救，但艾丝黛尔对此并无兴趣。他失望后又去找肯动脑筋的伊内丝，然而得到的回答正好相反，这使他更加痛苦，因而陷入精神地狱之中。

第三，如果你不能正确对待自己，那么你也是自己的地狱。人生旅途，每出差错，人们很容易去找社会原因、客观原因和他人原因，往往看不到自己的原因，正确对待自己常为我们所忽略。在萨特的人学观中，这一点却极为重要。《禁闭》提出这一问题，其深层意蕴正在这里。艾丝黛尔"黏糊糊，软塌塌，是一条章鱼，像一片沼泽"，不动脑，不思考，只追求动物本能般的直感享乐，不能严肃对待自己，也不去改变自己，所以走上犯罪道路，落入了自己的地狱；伊内丝有思考能力，却被同性恋的情欲引入歧途，明明知道自己很坏，还要一意孤行，步入作恶的深渊——她从不能正确对待自己开始，以与别人共同毁灭告终，也落入了自己为自己制造的精神地狱之中；加尔散既不能在事前正确选择，又不敢在事后面对事实，为自己的行为负责，还要以他人的判断为准绳来确定自己的价值，也落入了自设的陷阱之中不能自拔。与其说是他人给加尔散造成痛苦，毋宁说是他给自己造成痛苦，这也是一种精神地狱。叔本华曾把唯我论者称作"关在攻不破的堡垒里的疯子"，《禁闭》描写的正是关在攻不破的堡垒里的、永受煎熬的三个疯子！正是在上述三层意义的基础上，萨特呼吁"争取自由"、"砸碎地狱"，就是要唤醒人们不应作恶，以免扭曲与他人的关系；就是要唤醒人们，不要依赖别人的判断而作茧自缚，制造樊笼，成为"活死人"；就是要唤醒人们，严肃认识自己，超越自己，鼓励人们以自己拥有的自由权利为武器，去砸碎这种精神地狱，冲破人为的灵魂牢笼，为自由的心灵开拓出一片新天地来。

这部悲剧，新颖深刻，其艺术特征主要有三：

第一，题材的荒诞性。萨特从人生的非理性和社会的荒诞性出发，在构思之初，为表现人际关系，想选择一个封闭的环境条件——第二次世界大战中长期轰炸期间的一群人被关在地窖内。后又对题材作了重大改造：把地窖改为地狱，把活人改为死者，这就增强了荒诞色彩。《禁闭》旨在写现实之魂，关注的是悲剧人生，然而选取的却是非现实题材，全部描写都是地狱罪人的矛盾纠葛。作者通过荒诞场景和荒诞情节，形象而奇特地写出了一批荒诞人物在荒诞处境中的真实感受。伊内丝身在地狱却能看见人间的活动：她生前住过的房间被一对男女租用，男人坐在床上，女人双手搭在男人肩上，接着什么都消失了。他们在低声说什么？为什么不开灯？会不会在她床上互相爱抚？她看不见也听不见，这才意识到自己完全死了。同样，加尔散也看到报社的同事们在议论他，说他是胆小鬼，令他心里不安。他还看到：活着的妻子仍然痛苦，人们把他的遗物归还给她，她正坐在窗户旁思念丈夫。昨天死掉的艾丝黛尔，则看见了自己的葬礼都还未结束，"风吹动了我姐姐的面纱。她竭力想挤出一点眼泪"。丧事办完后，客人纷纷散去，相互问好握手，丈夫则悲痛欲绝地守在家里。她还看到自己曾经爱过的小伙子，被女友带往舞池，拥抱着跳舞，便生出嫉恨之情。对女友她妒火中烧又无可奈何，对男友想重温旧梦又不能还阳，欲投身其中而不得，欲罢手又不能。这种奇异的精神折磨，只有通过新逝鬼魂的荒诞感受，才能生动感人地展现出来。萨特由阳通阴，以阴写阳，这种奇特新鲜的超现实感，便形成了浓郁的荒诞色彩。

第二，境遇的极限性。萨特剧作的具体境遇，往往是特殊条件下的极限境遇，常常通过人物的自我毁灭而确立自己，以便使"自由"在最高程度上展现出来。他只给主人公留下两条出路：或生或死，或成或败，或冲出牢笼或永远负罪。这是一种两难选择的极限境遇，进退维谷又不能呆立不动，骑虎难下又要当机立断，关系到生死存亡，永劫不复，调和无望，后果可怕，无法延缓，也不能逃避，给人物造成极大的压迫性和恐惧感。这种悲剧，正如古希腊悲剧那样，在原始故事即将结尾处开始剧情，第一幕就把人物抛入冲突的中心，在真切自然之中使人高度紧张，具有鲜明的形而上的严峻性质，很容易唤醒观众和读者的参与意识，因而产生震撼灵魂的巨大力量，具有很强的艺术魅力。

《禁闭》正是如此，萨特将剧情设置在特殊的境遇——地狱里。这个地狱，十分奇特：没有血腥刑具，没有阎王小鬼。这里不分昼夜，大家永远不睡觉，睁着眼睛，目光萎缩，不会眨眼，不知疲劳。它像一个法国第二帝国时代的客厅，三个幽灵住在这里，自己照顾自己，就像住在合作饭店里一样。这里没有最高裁判，没有是非标准。外面的人进不来，里面的人出不去。胆小鬼、色情狂和同性恋三者结成了特殊的社会关系。对每个人物来说，另两人都是其客观条件，是其选择对象。作者为每个主体设置的境遇，不仅在物质条件、自然环境方面达到一种极限，而且在社会环境、人际关系方面也达到极限。极限的具体境遇迫使人物必须选择，人物选择的可能性只能在极限范围内，这便为展现戏剧矛盾和刻画戏剧人物提供了充分基础。

第三，哲理的深刻性。萨特最善于把人学哲理化为具体的戏剧冲突。《禁闭》中的阴曹地府分明是反面人生的深刻揭示，展露出来的人际关系就是人间地狱关系，三个鬼魂就是那种扭曲了的畸形关系中的你、我、他。一部《禁闭》就是那种畸形社会关系的缩影。《禁闭》最初取名"他人"是颇有深义的，说明作者表述的主旨是"与他人的关系"问题。即"我的意识"和"他人的意识"的关系问题，这两种意识共处于同一境遇中，必然具有两种特征。一是相互依赖性。加尔散要争取另外两人对自己的有利判断，伊内丝对艾丝黛尔怀有同性恋的希望，艾丝黛尔追求异性的加尔散，正表现了三方互相联系，不可分割，另两方都是第三方互为存在的依据。当加尔散为躲避互相搅扰、想孤身独处时，便宣布各坐一角，以隔绝联系。为不听见两位女性说话，他索性用手指塞住耳朵，但仍无用，她们就好像在他的耳朵里谈话一样。当他又提出大家闭上眼睛、忘掉别人的存在时，伊内丝一语中的道："啊，多么天真！我浑身都能感到您的存在，您的沉默在我耳边嘶叫。您可以封上嘴巴，您可以割掉舌头，但您能排除自己的存在吗？您能停止自己的思想吗？我听得见您的思想，它像闹钟一样滴嗒滴嗒在响，我知道您也听得到我的思想。"这生动而精辟地揭示了人的存在的群体性和依赖性。二是相互超越性。加尔散要说服别人，相信自己不是胆小鬼，就是要用自己的意识去征服对方的自由意识；伊内丝追求同性恋的目的，就是要艾丝黛尔的自由意识顺从自己的意识；艾丝黛尔要把加尔散据为己有，也是要用自己的女性意识去同化对方的异性自由，说明每两个意识之间，不是超越对方就是被对方超越，绝不可能是静止、永恒的共处存在。正是三个意识各所具有的依赖性和超越性，使他们结成了特殊的社会关系。也正由于三者都把超越性凌驾于依赖性之上，只要超越性，无视依赖性，因此都陷入了"唯我论者"的泥潭。作者通过三个意识之间有排斥又有追求的尖锐冲突，表现了每个意识都企图征服他人意识的徒劳，说明生活群体中的任何个人都不可能独善其身，从而描写出一群唯我论者在与他人关系中必然发生的悲剧。这种逻辑思辨和形而上的理论色彩，使故事具有了普遍的哲理性，因此，《禁闭》便为任何时代、任何国家和任何民族的观众，提供了深刻的借鉴和启示。

第三节 贝克特

一、生平和创作

萨缪尔·贝克特（1906—1989）是荒诞派戏剧的代表作家，同时又是新小说的重要作家。1906 年 4 月 13 日，他生于爱尔兰首府都柏林的郊区斯罗克，但他拒绝承认自己是爱尔兰人，由于他的主要作品都是先以法文写成的，一般都把他算作法国作家。他的父亲是建筑工程估价员，母亲是法国人，家里信仰新教。小时候他在法国人主办的小学里读书。1920 年进入恩米斯基伦的波尔托拉王家学校，开始对法文产生兴趣。1923 年入都柏林三一学院，学的是法语和意大利语。1928 年他担任巴黎高等师范学校的英语教师，与乔伊斯认识，来往密切。1930 年他认识庞德，发表《但丁、布鲁诺、维柯、乔伊斯》一文。1930 年，他与人合译乔伊斯的作品，同年 9 月成为三一学院的法语教师，同时他研究笛卡尔，最后获得硕士学位。1931 年他在伦敦发表《普鲁斯特》一文，明显表现出对意识流小说的兴趣。从 1938 年起，他因不满爱尔兰的"神权政治、书籍检查"，定居巴黎。第二次世界大战期间，他参加了反纳粹的地下抵抗运动，为了躲开盖世太保，1942 年他与法国妻子避居到沃克吕兹当农业工人。战争结束后，他曾在爱尔兰红十字会工作，1945 年秋冬之间，他在一所军医院当盟军翻译。

1942 年以前，贝克特用英语写作，以后主要用法语写作。一开始，他从事的是小说创作。早在 1938 年，他在伦敦发表了《穆尔菲》（1947 年由他本人译成法文）。小说主人公是个流浪汉，执着地寻求死去。他唯一的财产是一张摇椅，他在椅子里度日，不知时间的流逝。他最后成为一个精神病院的看守。这部小说已具有新小说的特点。50 年代初，贝克特的创作出现了一个转捩点。1951 年，贝克特发表了两部小说《莫鲁瓦》和《马洛纳之死》。前者的同名主人公是个老流浪汉，他回忆起曾骑车去看母亲，受到警察盘问和扣留。第二天，他又去找母亲，从自行车上摔下来，压死了一只狗，却和狗的女主人同居。随后他在森林里打死一个老人，自己却滚进了壕沟。小说第二部分由另一个人物莫朗叙述，老板让他去找莫鲁瓦，他同 15 岁的儿子一起去找。一天，他发现自己走不了路，让儿子去买一辆能带人的自行车。儿子先是推着他走，两人争吵后，儿子扔下他不管。老板派人叫他回去，他回家一个月，最后离家四处流浪。《马洛纳之死》的同名主人公是个耄耋老人，卧床不起，他利用有限的时间来写作。他只能用一根长棍钩取东西，有个女人每天给他倒便壶。他的瘫痪越来越严重，而脑子里不时掠过回忆和幻觉。这三部小说确立了贝克特的新小说作家的地位。

1952年，《等待戈多》问世，次年1月在巴黎巴比伦剧院上演，确立了他作为荒诞派代表戏剧家的地位。1953年，他发表了小说《无名无姓的人》和《瓦特》。前者叙述主人公处于失眠状态，好像有人逼他说话似的。没腿的马奥德和沃尔姆围着他转。后一部小说的同名主人公为神秘的克诺特先生效劳，因默默无闻而痛苦。他遭到别人的石头袭击而不反击，放弃思索。1957年，贝克特的剧作《一局终了》上演，此剧叙述在一个灰暗的房间里有4个落魄的人：刽子手哈姆坐在椅子里，虐待克洛夫，一面哀求克洛夫结果他的性命；他们面前有两只垃圾箱，纳格和奈尔关在里面，他们是哈姆的"可诅咒的后代"，想死而总是死不了。同年发表的广播剧《所有倒下的人》写一对夫妇坐火车回家，因有个孩子被人谋杀，从火车上掉下去，火车误点了。1958年上演的《最后一盘录音带》叙述一个老人克拉普几乎耳聋，在听30年前的录音带，聊以自慰。剧本《灰烬》（1959）的主人公在海滩上讲述自己过去的故事。1961年他发表了小说《怎会如此》。1962年上演的《啊，美好的日子》描写一个老妇人埋在土中，泥土逐渐升到她的脖子根，但她仍然关心自己的日常用品：提包、指甲锉等。她幻想着自己得不到的幸福。她的老伴在她身边咕噜着。1965年，贝克特发表《喜剧及其他剧作》。1969年，"由于他的作品以一种新的小说与戏剧的形式，以崇高的艺术表现人类的苦恼"，贝克特获得诺贝尔文学奖。70和80年代，他的创作明显减少。1989年12月23日，贝克特在巴黎逝世。

贝克特是新小说的先行者。一是他从不同角度描写现实的荒诞，人们在这样的现实中难以生存下去。《穆尔菲》的主人公感觉不到生的乐趣，他整天坐在椅子里想入非非；最后，精神病院使他无法生活下去。《莫鲁瓦》的主人公莫鲁瓦为了去见临危的母亲，来到一座大森林里，忍受了非人间的痛苦。而莫朗为了寻找莫鲁瓦，风餐露宿，回到家里，只见一片破败景象，只好去流浪。《马洛纳之死》的主人公生活在一个空空如也的房间里。贝克特描写的是等待、孤独、异化、衰弱、死亡、无法交流，隐喻的是人类的生存状况。《怎会如此》的人物在一大片烂泥塘里挣扎：灭顶之灾正威胁着人类。二是贝克特往往选取流浪汉、老人、残废者、奄奄一息的人作为主人公，他们的遭遇比一般人更悲惨，他们的处境像地狱般可怕。穆尔菲同人们隔绝，像待在子宫里一样。莫鲁瓦的行走路程是从荒原、海滩到房间、床、餐馆门前的桶，他所待的精神病院与世隔绝。《马洛纳之死》的主人公说："我是否生出来，是否生活过，我死了或者我在垂死挣扎，这都并不重要，我将做我做过的事，但不知道我在做什么，不知道我是谁，不知道我是从哪里来的，不知道我属于谁。"人物龟缩在内心自省和孤独地对自我观察之中；面对荒诞的现实，他们缩减到只有声音，人不成其为人。穆尔菲处在一种意识混沌的状态中，将自己的声音当成另一个人。《无名无姓的人》的开头，说话的人不知是什么模样。《怎会如此》的人物发出喘气声，只有声音在叙述，人物完全隐没，变成微不足道的东西。他们不再是会说话的人，而变成会说话的物。有时，不同姓名的人变成同一个人，如莫朗最后变成了莫鲁瓦，萨波像马洛纳、路易、马克曼。马奥德、沃尔姆都可以当成那个无名无姓的人。在贝克特看来，人都是一样的，没有你我之分，更谈不上有典型性。他们是零，是空白，或者是物，是异化了的东西。三是贝克特采用一种中性的、混乱的语言。所谓中性，是指不带感情；句子之间没有联系，不讲逻辑，更有读不通的句子，可谓前言不搭后语。他说过："语法与形式！它们在我看来像维多利亚时代的浴衣和绅士风度一样落后。"他的句子跳跃性很强，且爱重复。如这句话："我的一个老胎儿，头发雪白，肢体残废，我的母亲筋疲力尽，我使她腐烂，她死了……也许爸爸称心如意，我哇哇叫地来到骸骨堆当中，再说，我不会哇哇叫，用不着。"这句话跳跃性很强，矛盾很多，没有逻辑，读来令人感到离奇荒唐。重复不仅指字句，也指情节。如《莫鲁瓦》前后两部分结构相同。贝克特力图描绘这样一个世界：一切在无休止的重复和重新开始。他时常取消标点符号，人物说话像讲呓语一样。他还喜欢文字游戏、双关语、能抖包袱的词。凡此种种，已开了新小说作家喜爱翻新写作花样的先河。

　　贝克特的剧作则偏重于表现人们处境的紧迫感和精神危机。在他笔下，这个世界是空荡荡的、阴郁的，甚至置人于死命。《啊，美好的日子》中的维妮眼看沉没到地底之下；沙漠中的人木然不动，无法获得近在身旁的水。人们渴望得到的东西却无法得到，"结局就在开始之中，然而人们继续做下去"，或者只能回忆过去美好的日子，将眼前不多的时间当作好日子来过。人物是庸庸碌碌、无所作为、麻木不仁的，只有模模糊糊的希望，缺乏美好的理想，更谈不上雄才大略。奴隶和奴隶主处于平静无事的状态，奴隶并无任何反抗的表示。贝克特通过这种象征手法，表明人们的精神处于麻木状态，从而揭示出存在的精神危机。诺贝尔文学奖的授奖词指出他的戏剧"具有希腊悲剧的净化作用"，就是据此做出的。剧中人物同他的小说人物一样，往往是流浪汉、乞丐，既可怜巴巴，又清醒得出奇，他们从自身的贫困处境出发，无情地观察自己的命运，不断提出问题，包括生存、未来生活、身份，对世界抱着悲观的看法。他们是受苦人类的象征，正如《等待戈多》的一个流浪汉所说的："人类就是我们，不管我们愿意不愿意。"剧中人之间的关系，要么像《等待戈多》

中的波卓和幸运儿那样是主奴关系，要么像《一局终了》中的 4 个人物互相折磨，充满敌意。他们是渣滓，是原子弹爆炸后的残余物；他们感到世界快要分崩离析，对一切失去了信心。他们生存的环境很不舒适，像动物一样蛰居，无处逃遁。他们往往眼瞎、耳聋，只有身体没有脚。人物讲话像腹语一样，却又无法忍受沉默，因为沉默是虚无，在一个没有意义的世界里，只有语言才有助于人排除孤独。

贝克特的戏剧充满荒诞感。人物是荒诞的写照，舞台布景则是表现荒诞人的工具。《等待戈多》的布景几乎是光秃秃的，只有一条荒凉的大路；《一局终了》的布景是一个没有家具的房间；《哑剧 I》和《啊，美好的日子》剧情在荒漠里展开；《灰烬》的背景是废弃的海滩；《最后一盘录音带》发生在一所暗影幢幢的破房子里，象征空虚的、没有意义的世界。贝克特的创新，在于以新的意象和手法来表现荒诞。在《啊，美好的日子》中，老妇人孤零零地埋在土中，这是人被世界和物质吞没的象征。她的一举一动是机械的动作，不是为了生活和需要。地点呢？"无法描绘。什么也不像。"对贝克特的人物来说，过去、现在和将来都是荒诞的概念，因为时间静止不动了。《一局终了》中的哈姆问："几点了？"克洛夫回答："像平时一样。"时间概念已经不存在了。他们处在极为悲惨的境遇中，行动不受理智支配，或在烂泥里爬来爬去，或蹲在垃圾箱里，或让土一直埋到脖子根，这类荒诞人是荒诞世界的产物。

二、《等待戈多》

《等待戈多》是贝克特的代表作，也是荒诞派戏剧的经典性作品，对世界当代文学产生了广泛影响。

剧本分两幕。爱斯特拉贡和弗拉狄米尔（他们又叫戈戈和狄狄）是两个流浪汉，他们在等待名叫戈多的第三个人到来。但他们不敢肯定戈多来还是不来，也不知道戈多是谁，能从他那里得到什么。在等待戈多时，他们断断续续地谈话，既有抱怨、回忆，也有拌嘴、和解和提问。随后波卓和幸运儿来了，幸运儿被绳子拴着，表明这两个人是主仆或者主奴关系，波卓可以任意侮辱和殴打幸运儿。两个流浪汉对此深感不快，问波卓：为什么幸运儿总是不放下行李。波卓回答："他竭力同情我，不让我同他分离。"天黑了下来，波卓提出让幸运儿跳舞和思考。幸运儿跳完舞后，长篇大论地说起来，这番话却晦涩难懂，直到摘掉他的帽子他才停下来。波卓和幸运儿走后，一个小男孩跑来说，戈多今晚不来了，明天准来。第二幕，是第二天，光秃秃的树叶长出四五片叶子，两个流浪汉来到同一个地方。爱斯特拉贡几乎忘了昨天的事，他找到一双破鞋，狄狄让他试穿。他们为了消磨时间，模仿波卓和幸运儿的动作，还做体操。爱斯特拉贡总是说走,却就是不走。波卓和幸运儿又来了,波卓瞎了,摔了一跤,请人帮他站起来。狄狄想去帮他,却也摔倒了,爬不起来。爱斯特拉贡也摔倒了。最后三个人好不容易站了起来。狄狄问波卓,什么时候眼睛瞎了,幸运儿什么时候聋了。波卓生气不理,同幸运儿离开了。那个小男孩又来说,戈多不来了,明天准来。两个流浪汉决定离开,明天再来,但他们没有动弹。

《等待戈多》与传统戏剧大相径庭,它没有情节,没有人物之间的心理冲突,没有高潮,是一出典型的"反戏剧"。贝克特说过:"只有没有情节、没有动作的艺术才算得上是纯正的艺术。"他要开辟"过去艺术家从未勘探过的新天地"。《等待戈多》正是这种艺术主张的体现。第一,这出戏的第一幕和第二幕大体相同,全剧只有一些微不足道的动作,而且这些动作总是很快中止,构不成可以理解的行为,只不过是一些木偶般的动作而已。第二,人物确像木偶一样,不会进行深入的思维;他们没有性格可言,角色甚至可以对换。第三,没有高潮,人物在徒劳地等待,剧情没有发展,人物之间的关系保持不变,每个细节至少运用两次;时间不是线性的,而是周而复始,明天是今日的重复,今日重复了昨天。

《等待戈多》首先吸引观众的是那些像丑角式的人物。他们不像生活中的人,且完全不同于传统文学中描写的人物。他们的道具(圆顶礼帽、太大的鞋)、舞台动作(幸运儿在波卓的绳子牵引下的动作、一齐跌倒、身体纠缠在一起)、重复的对话,都有丑角表演的意味。有的评论家认为,爱斯特拉贡体现了"凄苦的唯物倾向",而弗拉狄米尔却体现了理想主义。至于波卓—幸运儿这一对,代表的是主人和奴隶的关系。但这只是剧本给人的表面印象,其实并非如此简单。例如,一开始,似乎弗拉狄米尔知道一点《圣经》,但同情幸运儿,表现出基督徒的同情心的却是爱斯特拉贡;而在第二幕,爱斯特拉贡又出于报复,用脚去踢幸运儿,前后行为并不一致。这两个流浪汉的意念是不确定的,他们长时间讨论是否去帮助舞台上的波卓和幸运儿。他们对行动表现出迟疑不决。第一幕中爱斯特拉贡说:"那么走吧?"弗拉狄米尔说:"咱们走吧。"但他们并不动。第二幕出现了同样的对话和情景。弗拉狄米尔和爱斯特拉贡的差异,仅仅在于作者要让对话重新活跃起来。面对爱斯特拉贡总是想睡觉、健忘和想离开,弗拉狄米尔却坚持要继续对话:"喂,戈戈,可得时不时给我回话。"除了少许的不同,他们的状态是一样的,就是他们都在等待迟迟不来的戈多。同样,波卓和幸运儿的主奴关系也是可以转换的:"我可以处在他的位置,而他处在我的位置。"是幸运儿教给波卓一切,波卓瞎了以后,要听他的向导的安排。有两点表明,人物其实并没有真正的个性:其一,他们的名字有随意性，剧本里他们叫爱斯特拉贡和弗拉狄米尔，舞台上他们互相叫戈戈和狄狄，一个想自称卡图尔，另一个想自称阿尔贝；其二，人人倒在舞台上，身体的不同在这"堆肉"中消失了。爱斯特拉贡、弗拉狄米尔、波卓和幸运儿只是同一种存在的变异，他们并无重大的不同。

剧中最神秘莫测的人物是戈多。这个人物总是不出现，引出了各种各样的解释。最常见的一种是，戈多（Godot）是上帝（God）。于是剧本可以这样来解释：爱斯特拉贡和弗拉狄米尔在等待上帝到来，但上帝不来，观众看到的是"没有上帝的人的苦难"：要么是上帝无动于衷地观看人类状况的荒诞，要么是上帝根本不存在，结果是一样的；人只经历疯狂的生活，注定要死亡，人的生活只是一场枉然的激动，没有卓越性可言。再引申出去，《等待戈多》变成了现代哲学的浓缩：从尼采的"上帝死了"到海德格尔的"人为死而存在"，再到萨特的"存在是荒诞的，无法辨析的"。换句话说，《等待戈多》是现代哲学的形象解释。另一种说法是，贝克特选择戈多这个名字，是因为他觉得戈多最接近旧鞋（godillot）这个字，爱斯特拉贡不是只想等待穿上合脚的鞋吗？再一种看法是：在波卓和所谓上帝之间，存在着相似性：都很残酷、冷漠、非人道。甚至波卓的眼突然瞎了，也似乎能找到一个含义：人在上帝出现时认不出来，因此上帝对人的不幸视而不见。可是，这种解释同样遭到作者的讥诮。而且，报信的小男孩最后两次来说"戈多先生今天不来了"，与此种观点对照，道理上很难解释得通。戈多是否体现在波卓身上呢？爱斯特拉贡确实坚持把两者混同起来。这两个名字有相似之处，都有两个o的字母。但是，若从这个角度看的话，那么戈戈更接近戈多。这种说法显然也站不住脚。

上述《等待戈多》乃是现代哲学之浓缩的说法，倒是较准确地说出了这个剧本的广泛寓意。不过，贝克特的表达方式与别人不同，他并没有明确道出剧本是写人的苦难和面对死亡的不安，这样就会缺乏新意，因为这两个主题已屡见不鲜。贝克特从形式上说是在戏仿，但他表现得更为抽象，也就更为概括，含义更广。剧中人物确实在向戈多祈祷，向他提出"源源不断的乞求"，认为戈多一来，他们就可以"完全弄清楚"自身的处境，就可以得救。尽管等待戈多是一种痛苦的煎熬，"腻烦得要死"，他们还是坚持不懈地等下去。等待无疑是这个戏的戏眼。马丁·艾斯林在《荒诞派戏剧》中认为："这部剧作的主题并非戈多而是等待，是作为人的存在的一种本质特征的等待。在我们整个一生的漫长过程中，我们始终在等待什么；戈多则体现了我们的等待之物——它也许是某个事件，一件东西，一个人或是死亡。此外更重要的是，我们在等待中纯粹而直接地体验着时光的流逝。当我们处于主动状态时，我们可能忘记时光的流逝，于是我们超越了时间；而当我们纯粹被动地等待时，我们将面对时间流逝本身。"艾斯林强调等待是有道理的，不过应该指出，《等待戈多》表现的是对更好的或美好的生活的期待而不可得，隐喻的是人类对现状和未来处于茫无所措甚至绝望的境地。艾略特的《荒原》表现了西方世界的荒漠情景，《等待戈多》更进一步，表现了西方人在荒漠之中的悲凉状况和精神状态。波卓的眼瞎和幸运儿的耳聋，可以看作人类看不清现实的一种象征。剧本对荒郊的描写，对枯木的渲染，应该说也是对生活和社会现实的一种象征。这些象征性的描写，是对西方人无力辨清未来、对现实感到绝望、徒劳地等待的表现。

《等待戈多》还表现了在这种空等待中人的精神生活状态。剧中人物为了消磨时间，玩起了游戏。波卓问道："你们觉得我表演得怎样？好吗？一般？马马虎虎？勉勉强强？坦率地说不好？"另外，弗拉狄米尔提议表演波卓和幸运儿的动作，波卓问："您感到厌烦吗？"爱斯特拉贡回答："还算好。"波卓又问弗拉狄米尔："您呢，先生？"弗拉狄米尔回答："没什么意思。"一个说，没有这种表演，时间也会过去。另一个说："是的。但过得没有那么快。"这种毫无乐趣可言的消遣，是生活无聊、单调和空虚的一种表现。剧本进一步表明，一切思考都是无用的。幸运儿思索过，是按照波卓的吩咐去做的，可是他的长篇大论只不过是胡言乱语。弗拉狄米尔说："思想是可怕的。"他进而说，思想只能产生死尸和尸骨，它是死亡的工具；整个世界是一个藏尸所。这惊人的话语振聋发聩，是对西方精神世界颇具批判性的否定。

《等待戈多》的内容充分体现了荒诞一词的含义。戈多总是等不来，天天如此，可是剧中人仍然等待，他们的等待不免显得荒诞。第一天树木光秃秃的，第二天却长出四五片叶子；第一天爱斯特拉贡的鞋子不合脚，感到疼痛，第二天随便找到的鞋却非常合脚；波卓第二天变成了瞎子，而幸运儿变成了聋子，剧本没有作任何说明；人物无缘无故摔跤，爬不起来；口中说要离开，却原地不动，等等。这些细节表明世间事物的变化是没有缘由的，不可预测的，因而是荒诞的。人物无法主宰自己的行动，只是像木偶一样动作。这一切都具有荒诞的特点。描写荒诞并不自贝克特始，但他笔下的荒诞表现得极为彻底。

剧本的形式同样荒诞，与剧本的内容相一致。前面说过，《等待戈多》在艺术上是反戏剧的。这里还可从语言上进一步加以说明。贝克特认为艺术创作要"集中"，这种集中尤其表现在语言上。贝克特的母语是英语，但他后来主要用法语写作。用法语写作对他的思考无疑有约束，引起词汇"贫乏化"、"弱化"，趋于"无风格"、"无诗意"的写作。有人认为法语词汇比英语贫乏，词序不那么灵活。但是，法语无疑能做到极其复杂，就像马拉美的诗晦涩难懂，含义却极其丰富所表明的那样。法语对贝克特首先是作为外语那样具有吸引力,他的感受是异乎寻常的。法国的评论家指出过:"萨缪尔·贝克特要我们再一次学会阅读我们自己的语言……他从英语的记忆中动用法语的材料,就是说,注意外国人投以一瞥所能表现的语言的细微处,注意我们的语言能抓住我们,能以意想不到的形式重新出现在我们的记忆中的极大的迂回曲折。贝克特的方言使我们缴械。"《等待戈多》提供了这段话的最好说明。细细研读,才会发现其中的深意。试看下面这一段对话:

> 弗拉狄米尔(以下简称弗):它们发出翅膀一样的声音。
> 爱斯特拉贡(以下简称爱):树叶一样的声音。
> 弗:沙一样的声音。
> 爱:树叶一样的声音。(沉默)
> 弗:全都同时说话。
> 爱:而且全都跟自己说话。(沉默)
> 弗:不如说它们窃窃私语。
> 爱:它们沙沙地响。
> 弗:它们轻声细语。
> 爱:它们沙沙地响。(沉默)
> 弗:它们说些什么?
> 爱:它们谈它们的生活。
> 弗:活过对它们并不够。
> 爱:它们得谈起它。
> 弗:死掉对它们并不够。
> 爱:的确不够。(沉默)
> 弗:它们发出羽毛一样的声音。
> 爱:树叶一样的声音。
> 弗:灰烬一样的声音。
> 爱:树叶一样的声音。

这段充满重复的话,似乎毫无意义。但细读之下,读者能发现,这两个人物讲的是自然界的事物,表达对自然界事物的感受。自然界像人一样发出声音,因为它们活过或死去并不够,它们还需要表达和交流。人物好像在胡言乱语,其实表达具有深刻哲理含义的话语。这是最常见、最普通的语言,语言简单,貌似含混,而含义丰富。至于幸运儿的长篇独白,像是痴人说梦,不知所云,虽漫无边际,却包罗万象,乱七八糟中有着广泛的内容。综观全剧,一句话短的只一两个字，一二十句都是如此；长的上千个字，没有标点符号，连成一片。长短结合，生动多姿。《等待戈多》的语言对后来的戏剧产生了重大影响。

第四节 海勒

约瑟夫·海勒（1923—1999）生于美国纽约市的康尼岛，是当代美国文坛上最重要的作家之一，黑色幽默派的代表。

一、生平和创作

海勒的童年并不幸福，他4岁丧父，全靠勤勉的母亲和姐姐拉扯大。自10岁到19岁，海勒参加了一个叫"互忠社"的邻居俱乐部，成为其中年龄最小的一员。第二次世界大战爆发，19岁的海勒应征入伍并被派往地中海战区美国空军第12大队的基地科西嘉岛，成了一名空军投弹手。这段经历为他以后创作《第二十二条军规》中许多故事情节提供了素材。另一方面，作为"互忠社"的一员，他深受这个"康尼岛文艺复兴"组织的影响。海勒作品中的荒诞感以及反讽式的语言都受惠于他早年在俱乐部的生活和阅读经历。这成了海勒创作的又一源泉。"互忠社"中的许多成员，后来有不少人在美国文艺界崭露头角，其中有作家、小说家、影视制作人等。海勒年轻时，"互忠社"几乎取代了他父亲的地位，这个俱乐部里规定每个年长的成员必须照看一位年轻的成员，丹尼尔·罗索福成了海勒的"兄长"。这位"互忠社"的积极分子后来承认说，他当时既浪漫又反叛的性格给了海勒很大的影响，而且他那种插科打诨式的语言也是日后海勒"黑色幽默"语言的基调之一。他曾经教海勒作为一个少数民族（犹太人）怎样生活于主流社会的方法，也教他在艰难时世中怎样"争"一碗饭吃，等等。海勒早在参军以前就想靠卖文为生，但那时只写出了两篇短篇小说。1944年，海勒入伍，他希望复员以后能成为《绅士》等一类杂志的撰稿人，就像大作家欧文·肖的经历一样。战后，海勒结婚。这时他才发现自己既无好运，也缺乏基础，那些杂志的编辑毫不留情地退回了他的稿子。他曾与罗索福合作写了一个相当有趣的剧本，但终因不适宜搬上舞台而告失败。在无所事事之余，海勒根据美国军人教育法的政策进入纽约大学学习并于1948年毕业，然后又在哥伦比亚大学读硕士学位，在此期间他获得了富布赖特奖学金并赴英国牛津大学进修英国文学。1950年回国后，他先在宾夕法尼亚州立学院执教英语，不到两年又转而服务于《时代》周刊，并开始了他的写作计划。

1954年海勒开始写《第二十二条军规》。每周5天，每晚写3页，一共花了7年时间才完成此书。据罗索福回忆，《第二十二条军规》中许多语言都直接取自海勒在"互忠社"时听到的对话，更重要的是，这部小说中一些重要的思想，如主人公尤索林看到战友斯诺登的内脏从腹腔流出时，想到的人的灵魂一旦离开躯体就变成一堆垃圾的想法等，都源自海勒当年的亲身经历和感受。尤索林为了逃避当"垃圾"的命运，为了生存而斗争的行为也都是海勒当时思想的体现。小说中另一个重要人物迈洛的原始形象也来自"互忠社"一个叫比恩锡的人，他与迈洛一样，一切信奉"供与求"的关系。小说中迈洛最大的过失是购进了大批埃及的棉花而脱不了手，这个事件也取自比恩锡一次商业上失败的冒险。正如一些评论家所注意到的那样，对海勒写作上影响最大的，莫过于乔治·曼德尔。他是海勒在俱乐部中最好的"兄长"和朋友。《第二十二条军规》中的尤索林就是根据海勒自己和这个人物的原形塑造而成。曼德尔追求"独立而宁静"的性格与其当兵时的经历有关，尤索林在斯诺登的葬礼上的荒唐行为也得自他当兵时的经历。他的小说《蜡制的繁荣》（1962）虽然晚于《第二十二条军规》出版，但事实上给了海勒重大的启迪。这部小说揭露了一连串军事命令所带来的罪恶，表明军队是如何变得毫无意义和非人道。军队中那些无能的、野心勃勃的军官腐化堕落，人们在强权统治下难以避害趋利。《第二十二条军规》于1961年出版时影响并不大，虽然其内容与形式得到不少评论家的赞赏，但小说看似混乱的结构布局也受到了非议。随着越南战争的爆发和美国国内反战运动的高涨，这部小说引起了广泛的反响，成了当时美国青年反战的精神食粮。而且令读者惊叹不已的是，除了暴露战争的荒谬、残酷之外，它还触及了西方社会中许多问题，诸如统治集团无耻贪婪、愚蠢自私的本质以及人的尊严的丧失，普通百姓遭愚弄、被残害的事实，人们生活在一个荒诞的异己世界中的可悲场景等。小说中那些看似荒谬的情节给读者以极大的精神震动，而海勒擅长的"黑色幽默"的手法又给人哭笑不得的感受。于是，《第二十二条军规》声誉日隆，赢得了大量的读者，短短几年中售出了800万册。除小说之外，海勒偶尔也涉猎剧本创作。1968年，他的剧作《我们在新天堂轰炸》在纽约的百老汇大剧场上演，其时正值反战运动的顶峰时期，该剧反对一切战争的主题吸引了众多的青年观众。海勒的第二部小说《问题已经发生》出版于1974年。1979年，海勒发表了第三部小说《像高尔德一样好》，成功地展现了美国社会上层的激烈权力之争，描绘了一幅背景广阔的社会生活画面。

　　海勒是"黑色幽默"的代表作家，常用喜剧的形式来表达悲剧的实质。他认为喜剧的形式或许是人类在对理性、对现实和幻想的失望之中唯一可以采取的姿态。这种把痛苦与不幸当作开玩笑的对象的手法常常令读者在捧腹之余又感到心酸、恼怒甚至害怕,就像海勒自己说的:"我要人们笑出来,然后在回味时感到惊恐不已。"海勒成功地找到了最能表达自己思想的形式,用来无情地抨击、嘲讽黑暗的现实,揭示深刻的社会危机,甚至为人们作出了启示录式的预见。海勒在人物的塑造和语言运用方面也独具特色。他笔下的人物大都是被夸张了的,特别突出人物性格的某一侧面以取得鲜明的效果,如《第二十二条军规》中大小人物达40余个,这些荒诞世界中的芸芸众生都显得有些疯疯癫癫,但细读则个性迥异,绝无雷同,而且还常常给人以过目不忘的印象。海勒作品的语言相当精彩,无论是长句还是短句都干脆利落,尤其是人物的对话显得自然真切,把人物的心理表现诉诸具体的性格化语言,闻其声,知其人,增加了小说的真实性和生动性,具有感人的艺术魅力。

二、《第二十二条军规》

在当代美国作家中,以一部小说走红文坛,取得震撼性效应的除了拉尔夫·艾里森的《隐身人》之外,就数约瑟夫·海勒的《第二十二条军规》了。《第二十二条军规》不仅是海勒的力作,也是"黑色幽默"派的代表作品。小说以第二次世界大战为背景,通过对一支驻扎在意大利附近一个名叫皮亚诺扎岛上的美国空军部队内幕生活的描写,揭示了一个非理性、无秩序、梦魇式的荒诞世界。在这个荒诞世界里,到处是一片混乱与疯狂的景象,人欲横流,价值颠倒,道德沦丧,疯人受勋,坏人当道,正义与理性受到无情的嘲弄,人们生活于一种惶惶不可终日的环境之中,而所有这一切,都是在"正义战争"的障眼法下进行的。在小说所展示的战争、性、军事混乱、黑市生意、人人相残等疯狂场景的背后,实质上也即许多西方人眼中生于斯、长于斯的一个机械化、制度化、黑白颠倒了的异化世界。面临这样的荒诞世界,作者通过小说中众多人物命运的描写,表达了他对人在荒诞环境中必须作出人生选择的思想。

《第二十二条军规》没有完整的故事情节。尤索林是一个降了级的上尉投弹手,一心一意想逃脱这邪恶与荒谬的所在,每当他完成飞行任务,庆幸自己可以复员回国之际,却惊恐地发现规定的飞行次数又增加了。在这朝不保夕、无休无止的作战飞行中,他和其他战士一样变得疯疯傻傻,自暴自弃。他发现自己面临的处境越来越危险,对此深感不安。不断发生的飞机坠毁和被击落的事件令他心惊胆战,每次轮到他外出轰炸,他总是急急忙忙乱投一气便逃回基地。只要一想到掩盖在"正义战争"背后的丑恶黑暗的现实,他就如坐针毡,惊恐万状。战友斯诺登的惨死更给了他最直接的血的教训,他开始意识到人的存在是神圣而庄严的,人在这个世界中必须保持个人生存的权利。于是他不顾众人的嘲笑与辱骂,选择了逃亡之路,在种种努力均告失败之后,最后逃到了理想中的和平圣地瑞典。

《第二十二条军规》中所描写的世界是荒诞和混乱的，但它给读者的印象却如此真实。生活在这个世界中的人物是这般的痴愚可笑，但又使人觉得个个栩栩如生。它的总体内涵耐人寻味。作者描绘这令人痛苦与迷惘的荒诞世界，暴露"有组织的混乱"和"制度化了的疯狂"，意在抨击、揶揄噩梦般的社会现实。

小说暴露了"正义、真理、自由、博爱、荣誉、爱国"等口号的欺骗性，揭露了战争荒谬的实质。在官僚军事集团的统治下，根本就没有正义与非正义的战争之分，战争成了一些"体面人物"升官发财的手段。这些人利用战争制造混乱，满足自我在社会上和金钱上的欲望，为求飞黄腾达，置他人生命于不顾。这支飞行大队的大队长卡思卡特上校就是这样一个人物，他"是个有勇气的人，不管有什么轰炸任务，总是毫不犹豫地主动要求他的部下去执行"。他公开声称："我对损失人和飞机根本无所谓。"为了当将军，他千方百计地欺世盗名，甚至要随军牧师通过宗教途径为自己涂脂抹粉，把他的照片登在《周末邮报》上以制造舆论。他认为，若要"取得最有效的成就"，就非得作出一番轰轰烈烈的业绩不可，为此他不断提高自己中队战士的飞行次数，从40次一直提高到70次、80次，而为了突出自己独一无二的领导才能，他甚至想到可以提高到100次、300次。书中的佩克姆也"是一个恶劣的家伙"，"在一切重大问题上他都是一个现实主义者……对别人的缺点相当敏感，而对自己的缺点则熟视无睹。他发现别人都荒谬可笑，唯独他是例外"。为了哗众取宠，表达"爱国"之心，他发出命令，要求所有地中海战区军营中的帐篷统统并排搭起，帐篷的门要朝国内华盛顿纪念碑方向，而且还要有气派。而德里德尔将军根本不买他的账，认为这种做法完全是胡扯蛋，二人为此打了一场官司。他们作为前线指挥官却常常为一些区区小事互相缠住不放，在精神上骚扰对手，甚至在电话中互相捣鬼，"冥思苦想"地玩弄种种无聊的游戏，其堕落之甚可见一斑。谢司科普夫少尉原是一个预备军官训练队的毕业生，战争爆发使他"颇为高兴，因为战争使他有机会可以每天穿军官制服"。他是一个野心勃勃、一本正经的军官，总是板着脸去履行自己的职责。他一心渴望自己的部下能在检阅中赢得第一名，为他脸上贴金，为此他煞费苦心，不厌其烦地操练士兵，还异想天开地设想请一位在金属商店里工作的朋友把镍合金的钉子敲进每个士兵的股骨，用几根三寸长的钢丝把钉子和手腕连接起来，以此来控制士兵手臂摆动的幅度。就是这样一个近于白痴的野心家后来却平步青云，官运亨通，从少尉晋升到中尉，最后还爬上了将军、司令的宝座。另一位中队指挥官梅杰·梅杰·梅杰少校的军衔是因为一台电脑出了故障而莫名其妙地获得的。

他升任中队长后,既不愿干事也不愿负责,甚至根本不愿意与人接触,他最后躲进了丛林里,成了一个名副其实的"隐士"。而与他性格相反的情报官布莱克中尉因为嫉妒他的官职,竟然在背后宣布他是共产党人。布莱克在中队大搞"忠诚宣誓活动",使中队的士兵受尽威胁、侮辱和折磨,而他却因此"欣喜若狂"。

《第二十二条军规》还揭示了在官僚军事集团统治下,无辜的人们处于被异己力量所支配、吞噬,传统道德准则被视为异端,整个社会黑白颠倒甚至出现了生死错位的可悲境遇。军规作为官僚统治集团的金科玉律,它的具体内涵是什么呢?作者在小说的扉页上明确地告知,它只是一个圈套而已。但它却又是一个无法规避的圈套。这项抽象的、不成文的军规,可以看作是官僚专制意志的一种体现,是套在一切弱者身上的枷锁。从现实世界看,它或许是荒谬的、不真实的,但它确确实实是一种象征着统治世界的疯狂力量。要说清它的具体内容当然是白费劲,但它处处存在,处处施展威力。在军队中,根据军规,任何人都得无条件地执行上司的命令。没有人敢对卡思卡特上校无限制提高飞行次数提出抗争就是慑于这军规的"威力";尤索林想以健康原因回国,而军医丹尼卡告诉他这是不可能的。因为军规规定只有疯子才可以停飞回国,但同时又规定,任何想停飞回国的人必须自己提出申请,而提出申请的人都不可能是疯子,因此他不可能回国。这就是第二十二条军规——一副无法挣脱的枷锁,一个圈套。所有底层的人们在它的制约下就如小虫撞上了蜘蛛网,无可奈何又无法脱身,落到任人宰割的地步。而且这项军规的影响之大,远远超出了皮亚诺扎岛。当尤索林在罗马看到那些妓女被美军赶出寓所而感到大惑不解时,他问那个奄奄一息的老太婆:"那他们凭什么这么做呢?""第二十二条军规",她回答。尤索林惊呆了,"他感到自己整个身体都哆嗦起来",那个老太婆又毫不含糊地告诉他:"第二十二条军规说他们有权为所欲为,我们不能阻拦他们。"这恐怕是对第二十二条军规最好的注释了。在这条无处不在无所不能的军规制约下,普通人成了任意被玩弄、被残害的对象。而且,一旦你陷入这条军规的陷阱时,一切想投诉、想反驳、想抗争的行为都是徒劳,甚至连生死都无法说清。尤索林帐篷里的小战士还未到队部报到已死于空战。尽管人们都知道他早已不在人世,但自上至下谁也不承认他的死亡。而军医丹尼卡为了冒领飞行津贴,挂名于麦克沃斯的飞机上,当麦克沃斯自杀毁机后,丹尼卡的名字也被从队部的花名册中勾去。虽然他活生生地生活在军营中,但"证明他阵亡的材料却像虫卵一样迅速繁殖,而且无可争辩地相互证实"。他回去求助、辩解,却无济于事。于是,他最后"就像一个到处出现的幽灵",连自己也确信自己已经死了。

在这个令人毛骨悚然的荒诞世界中,人们似乎都变成了没有人性的东西,作战队伍暮气沉沉,士气低落。士兵中有的酗酒闹事,有的想开小差,更多的则是醉生梦死,浑浑噩噩,找妓女胡混,互相敌视,驾了飞机作超低空飞行以吓唬同事,冒险解闷。有的拿了45毫米口径的子弹打田鼠,看到血肉飞溅的小尸体而感到十分满足。总之,在官僚军事专制统治下,皮亚诺扎岛几乎成了一个令人恐惧的疯人院,多数人在此丧失了人格,迷失了人生的方向。于是,在这样一个颠颠倒倒的荒诞世界里,人们应该作出怎样的人生选择就成了读者所关心的问题。海勒的看法是,在荒诞世界中,好人的命运不是逃亡便是死亡。他以尤索林这个人物形象地表达了这种观点。尤索林是皮亚诺扎岛上难得的"清醒者",但他只是一个无法抗拒非正义的小人物,也不试图改变他所轻蔑的社会,他采取了一系列的"逃避"、"不介入"或称"反叛"的行为,是因为不愿意死于非命,也不愿丧失自我的道德原则和正义感,与丑恶的现实同流合污。他曾求诸法律与秩序,但他失败了,因为法律与秩序是站在第二十二条军规这一边的。他接着又求诸人道,却同样惨遭失败,那个奈特雷的妓女恩将仇报,执意要杀死他。他还想求诸理想主义与逻辑,也一样失败,因为这些东西在荒诞世界中毫无意义。在四处碰壁之后,尤索林只有一条路可走,那就是逃亡。应该说,他的这种选择是明智的。虽然表面看来,尤索林避死求生的行为并不光彩,但实质上他是一个被颠倒了的英雄,他不仅不是道德上、精神上的死亡者,而且还是当代美国文学中最具道德震撼力的一个形象。他的这种选择可以说是海勒对荒诞世界的价值和社会行为之否定的一种体现。也因此,作者在写他最后逃往瑞典之前还不避艰难,千方百计寻找奈特雷妓女的妹妹,想救她出火海。事实上,在尤索林身上,我们可以看出作者受存在主义思想的影响:强调自由选择、勇敢生存的原则。

《第二十二条军规》不仅在思想意义上取得了巨大的成功,它的艺术成就也令人瞩目,突出地体现了"黑色幽默"文学的主要特征。它具有独特的戏剧性结构,全书写了40余个人物,这种被称为"人像展览式"的描写手法最能反映广阔的生活画面,构成一个喧闹的荒诞世界。这部小说没有完整的故事情节,对有些事件又从不同的角度、不同人物的观点加以反复阐述,粗读时给人重复、拖沓的感觉,细读之下却感到十分巧妙,互为补充,同时又是人物性格塑造的有力手段。如斯诺登的死,虽然发生在小说开局之前,书中四处提及,每一次都透露更多的信息,这样既为情节铺设了悬念,又不时地引起读者的注意,而且还与全书的荒诞氛围互相呼应。另外,小说以荒诞不经的形式和反讽式的语言来反映这个恶毒世界。它那些合乎逻辑或不合逻辑的细节使读者在荒谬中看到严肃,在不可能中看到可能,而它最大的特点就是既给读者以忧虑和恐惧而又不造成他们的心理负担,也即一种"把痛苦与欢乐,异想天开的事实与平静得不相称的反应、残忍与柔情并列在一起的喜剧"形式。尤索林一丝不挂地站在那儿受勋,丹尼卡医生变成一个"活死人",一些飞行员在弃机逃生时发现他们的救生衣不会膨胀,原因是迈洛把里面的二氧化碳胶囊偷去制造冰淇淋苏打,这些情节给人一种忍俊不禁的感觉,但转眼间又体会出其愤世嫉俗的深层含意,令人伤心和悲痛。

由于《第二十二条军规》的成功,今天,"第二十二条军规"这个词的含义已远远超出它在原作中的意义,已经成了一个代名词而正式进入美国的日常语言。

第五节 加西亚·马尔克斯

一、生平和创作

加夫列尔·加西亚·马尔克斯(1928—2014)是哥伦比亚小说家,魔幻现实主义文学的代表作家。

马尔克斯于 1928 年 3 月 6 日生于哥伦比亚马格达莱省一个名叫阿拉卡的小镇。父亲是个报务员兼顺势疗法医生,曾经营药店。他的童年时代在外祖父家度过。外祖父是个受人尊敬的退役军官,曾当过上校,性格倔强,为人善良,思想激进。外祖母博古通今,有一肚子的神话传说和鬼怪故事。马尔克斯 7 岁开始读《一千零一夜》,又从外祖母那里接受了民间文学和文化的熏陶。在童年的马尔克斯的心灵世界里,他的故乡是人鬼交混,充满着幽灵的奇异世界,以后,这就成了他创作的重要源泉。1940 年,少年马尔克斯只身前往位于首都波哥大北部的锡帕基腊寄宿学校读书,在那里接触到了许多世界文学名著。1946 年中学毕业,1947 年考入波哥大大学读法律,并在《观察家》杂志发表了处女作短篇小说《第三次辞世》。1948 年,哥伦比亚发生内战,社会秩序混乱,马尔克斯中途辍学,不久后又转到卡塔纳大学读新闻,同时开始了记者的工作,这成为他日后安身立命的职业。1954 年任《观察家报》正式记者,后被派往欧洲。同年,他的第一部短篇小说集《周末后的第一天》出版。这部小说中出现了作者在以后多部作品中描写的马贡多镇,表现出魔幻现实主义的基本风格。1955 年,他的第一部长篇小说《落叶纷飞》出版。作者用意识流小说的技巧表现了现代文明冲击下马贡多人矛盾、迷惘和孤独的心境。这部小说为以后《百年孤独》的创作打下了基础。1959 年,马尔克斯回国,此后任拉丁美洲社记者。1961 年至 1967 年他侨居墨西哥,从事文学创作、电影编剧和新闻工作，这是他文学创作的黄金时期。1961年，他的长篇小说《恶时辰》和中篇小说《没人给他写信的上校》出版。作者本人对《没人给他写信的上校》十分欣赏，认为是他"写得最好的小说"。它写一位曾建立功勋的老上校退休后被社会冷落，在贫困与孤独中企盼邮船到来后给他送来信件和退伍金，可是，15年过去了，他依然一无所获。小说用写实的笔法揭露现实社会的弊病，较少魔幻的因素。1962年，他的第二部短篇小说集《格朗德大妈的葬礼》出版。小说中的女庄园主格朗德大妈是整个马贡多镇的统治者，她的去世，象征着独裁专制统治的盛极而衰。1967年，马尔克斯耗时18年写成的代表作《百年孤独》单行本在阿根廷出版，引起了整个西班牙语文学界的注意，奠定了他在当代世界文学史上的地位。

1975年，马尔克斯又发表了用8年时间写成的长篇小说《家长的没落》，不久，它被美国《时代》周刊推荐为1976年世界10大优秀作品之一。小说成功地塑造了一个穷凶极恶的独裁统治者尼卡诺尔的形象。他借助军事政变占据最高权位，为了维护自己的统治地位，他残酷地镇压一切反对者；他怀疑一切人，无情地枪杀自己的亲信，有一次遇刺后，竟然将侍卫将军烤熟了端上饭桌。他还传出自己已死的假消息，引出许多群众为之欢欣鼓舞，然后把他们一网打尽。作为国家的最高统治者，他在政务处理上昏庸无能，只听汇报，下命令，致使全国各部门都被外戚占据，贪官污吏横行，人民生活贫苦不堪。在三军哗变之后，他宣布全国戒严，处死一切不满者，一时间尸横遍野，瘟疫蔓延，整个国家变成了月球表面一样的荒原。最后，一百多岁的尼卡诺尔在众叛亲离、茕茕孑立的困境中死去。在小说中，尼卡诺尔只不过是某一局部地区的独裁者，却概括了拉美诸多独裁者的特征。小说的情节荒诞离奇，夸张的成分颇多，使虚幻与真实融为一体。作者用"多人称独白"的手法叙述故事，时空倒错，在结构上呈立体形态。

1981年，马尔克斯又发表了一部具有轰动效应的中篇小说《一件事先张扬的人命案》。小说以采访记录的文体，多角度讲述了30年前的一场凶杀案，批判了封建的仇杀和贞操观念。小说的新闻报道式的真实和对凶手杀人前后的心理刻画，被评论界认为可以与陀思妥耶夫斯基的《罪与罚》相媲美。小说的叙述丰富而真实，现实主义特征较明显。

1982年，马尔克斯的文学谈话录《番石榴飘香》出版。同年10月22日，因他的小说创作"把幻想和现实融为一体，勾画出一个丰富多彩的想象中的世界，反映了拉丁美洲大陆的生活和斗争"，马尔克斯获得诺贝尔文学奖。此后，他又创作了长篇小说《霍乱时期的爱情》（1985）。这部作品用现实主义手法描写了一个爱情故事，反映了19世纪末、20世纪初哥伦比亚沿海地区人们的生活、社会变化和风俗习惯。小说借用法国19世纪言情小说的结构方式，在风格上与作者以前的魔幻现实主义小说大相径庭。

马尔克斯曾受乔伊斯、福克纳、卡夫卡等西方现代主义作家的影响，但更多的是继承了拉丁美洲本土文学传统，同时也从阿拉伯东方神话故事中汲取养料，从而形成了他特定的审美心理品格与艺术思维方式。他以"魔幻"的方式观察生活，把神奇的事物作为日常生活的一部分来描写。他的小说世界源于现实，但又以夸张的手法渲染拉美生活中的神奇性。马尔克斯常常借助象征、影射、夸张、意象、神话典故等方式描绘人鬼混淆、时空纵横穿插的神秘世界，但又和现实生活有质的联系。他的以农村生活为题材的小说，往往在扑朔迷离的神秘魔幻的色彩中，反映哥伦比亚和拉美国家在独裁统治下的愚昧、落后和贫困的现实，表现拉美人民不屈不挠地与各种天灾人祸作斗争的意志与愿望，也表达作者对人类现实处境与未来命运的理性思考。所以，马尔克斯的小说不管怎样充满神秘魔幻的色彩，却都是对本身充满神奇性的现实生活的真实再现；他的小说中占主导地位并给人以深刻印象的东西，就是人们对现实生活神秘的看法，既是"魔幻"的，又是真实的。正是马尔克斯的这种创作，把魔幻现实主义文学推向了高峰。

二、《百年孤独》

《百年孤独》是马尔克斯的代表作，它的问世在拉美引起了"一场文学地震"。小说出版后很快被译成各种语言在世界各地流传。它新颖的写作手法，一方面能深深吸引读者，另一方面又向读者提出了挑战，它被西方世界誉作"当代的《堂吉诃德》"。

小说描述了一个令人迷惘困惑的神话世界：那里有古老的拉美文化心理与精神意识的凝结，有哥伦比亚和拉美国家真实历史的展现，有人类千百年生存斗争中积淀而成的深层情感、经验和原始意象的显现，也有现代人对人类前途与命运探索的焦虑与困惑。这是一部意蕴丰富的史诗性作品。

小说着重写布恩迪亚家族一百年的兴衰史。西班牙移民的后代何塞·阿卡迪奥·布恩迪亚和表妹乌苏拉结婚后，乌苏拉担心他俩会像姨妈与姨夫那样因近亲结婚而生出长猪尾巴的孩子，因而拒绝与布恩迪亚同房。一次，布恩迪亚与邻居阿吉尔拉斗鸡并发生口角，阿吉尔拉就以被老婆拒绝同房的事嘲笑他，他一怒之下用长矛刺死了阿吉尔拉。从此，死者的鬼魂日夜出没于布恩迪亚家，搅得他们寝食不安。为了躲避鬼魂，他们搬到了一个梦中曾见过的被称为"镜子城"的小村马贡多定居。不久以后，又有许多人迁居到马贡多，布恩迪亚家族也人丁兴旺，子孙满堂。在保守党和自由党于小镇发动的内战中，布恩迪亚的次子奥雷良诺率土著村民举行了 32 次起义，但均告失败。内战后，马贡多升格为市。铁路修通了，外国种植园主、冒险家蜂拥而至，布恩迪亚家族却由盛及衰，一代不如一代。到了第 6 代子孙奥雷良诺·布恩迪亚时，由于他和姑妈玛兰塔·乌苏拉近亲乱伦，生出了长猪尾巴的女孩——这个家族的第 7 代。此时，奥雷良诺·布恩迪亚破译了吉卜赛人一百年前用梵语写就的羊皮密码。当他看到密码中所写的"家族的最后一人正在被蚂蚁吃掉"时，果然发现一群蚂蚁正将女孩咬烂后往蚁穴里拖。随后，一阵飓风将马贡多从地面上吹得无影无踪。命运注定百年孤独的家族，不可能在地球上第二次出现了。

《百年孤独》所展示的，是一个建立在过去、现在和将来重复循环的象征框架中的现代神话。时间的轮回重复，使小说隐含了无数大大小小的循环怪圈，所有的人与事都镶嵌于这些怪圈中，小说也就成了一个魔幻的世界。

整部小说讲述的是马贡多由衰及盛、由盛及衰的历史，一百年的历程，最后回到了原地。这是一个大循环怪圈。布恩迪亚家族中的前辈因近亲结婚生出带猪尾巴的小孩，到第 6 代近亲结婚再生出带猪尾巴的小孩，这也是一个大循环怪圈。小说第一章的第一句话是："若干年之后，面对行刑队，奥雷良诺·布恩迪亚上校将会回想起，他父亲带他去见识冰块的那个遥远的下午。"接着在以后几章中经常出现类似的时间叙述："若干年之后，面对行刑队，阿卡迪奥将回忆起，墨尔基阿德斯给他念了几页那本深奥著作时他惊奇得震惊的情景。""若干年之后，当他在病榻上奄奄一息的时候，奥雷良诺第二一定会记得 6 月份一个阴雨连绵的下午，他踏进房去看头生儿子时的情景。"这些描述中，每一次都隐含了过去、现在与将来的时间循环与回归，每段所描述的内容先后又互成对照、互成轮回与循环，因而，这里描写的是一系列大大小小的循环怪圈。

这个家族中第一代何塞·阿卡迪奥·布恩迪亚后半生在小屋里制作小金鱼，这个过程日复一日、年复一年地被重复着，其中隐含的是过去、现在与未来的轮回往复。第 4 代奥雷良诺第二反复地修理门窗，第 6 代奥雷良诺上校晚年不停地缝制裹尸布，雷梅苔丝每天都花许多时间洗澡，等等，这些人的行为都与制作小金鱼相似，每人都处在过去、现在与将来的重复之中，各自的行为又互成对照，互成循环，构成了一系列大大小小的循环怪圈。小说中的人物姓名与秉性也是循环往复的。布恩迪亚家族中的男性，基本上是阿卡迪奥与奥雷良诺的重复或相加，秉性也依次延续，其中隐含的也是时间上的轮回重复。吉卜赛人几次到马贡多，村民们每次都和最初一次一样被吉卜赛人的磁铁、放大镜耍得团团转。可见，尽管时间在推移，但马贡多人的价值观念、思维方式却一百年如故，其中隐含的仍是时间的重复。小说中活得最长久的乌苏拉，阅尽了布恩迪亚家族的盛衰演变，在她眼里，一切都无非是过去的重复，她惊呼时间在打圈圈，因而她以后永远沉湎于对过去的回忆之中。她的这种始终如一的对过去的追怀，也是一种时间的重复与轮回。

在《百年孤独》这个由大大小小的循环怪圈构成的象征框架中，包含了什么样的深刻意蕴呢？

如果说历史是一个大循环圈的话，那么，某一时期的现实社会则是依附于大循环圈中的小圈。似乎是冥冥之中的神秘力量决定的，布恩迪亚家族的结局，一开始就在吉卜赛人墨尔基阿德斯的羊皮密码中预示了，因此，无论这个家族中的成员如何苦苦挣扎，终究逃脱不了衰亡的命运。一百年的兴盛衰败史，更是一百年的时间打圈圈的历史。这冥冥之中的神秘力量是什么呢？从作品的具体描述中可以看到，那就是文明程度的低下，政治上的麻木不仁，经济上的贫困落后，思想观念上的保守陈腐。

乱伦关系的存在，百年如旧，体现着婚姻观念上的蒙昧，那猪尾巴的轮回出现便是最好的说明。面对吉卜赛人的磁铁和放大镜，马贡多人反复上当受骗，足见他们对现代科学的陌生，他们采取的是拒不接受的排斥态度。正因如此，他们才把火车看成怪物，电灯又使他们彻夜难眠，电影更使他们恼火不已。远离科学与文明，自然是使马贡多人百年依旧的第一重原因。

马贡多人在党派斗争中常常糊里糊涂地充当工具。32 次起义都告失败，政治上的不觉悟，使许多村民为之白白献出生命，无助于社会的进步。马贡多社会政治的昏聩，是使其陷于轮回重复的第二重原因。

由于文明程度低下，在外国经济势力侵入之时，马贡多人只能任人摆布，经济上处于附庸地位。种植园、工厂、跨国公司出现了，而财富则源源不断地流入殖民者手中。经济上的贫困是使马贡多停滞不前的第三重原因。

面对种种落后与愚昧的现实，马贡多人不是面向过去，追怀昔时的宁静与淡泊，就是关在小屋里，沉湎于毫无意义的"制小金鱼"、"织裹尸布"、"修破门窗"、"洗澡"，等等。因此，他们只能等待着"猪尾巴"的重现。他们没有能力、也没有自觉的行动走向未来。这种保守封闭的思想观念是产生贫困与落后的土壤，是使马贡多陷于重复轮回的第四重原因。

时间在重复轮回，便是历史在原地打转；愚昧、落后的亘古不变，将导致一个社会、一个民族的消亡。这就是马贡多人的命运。于是就有"马贡多被一阵飓风刮走"的结局。从此以后，孤独与贫穷是否就不再出现了？作者当然希望有肯定的回答，但现实倒未必。因为，社会历史尽管不会受什么冥冥之中的命运与力量的支配，但是，严酷的现实告诉人们，19 世纪末 20 世纪初以来的哥伦比亚以及整个拉美的社会发展，正像马贡多的历史进程一样是停滞的和孤独的，是一种过去、现在和未来的循环往复。拉丁美洲是世界上开发最晚的地区之一，哥伦比亚近百年来始终处于封闭、落后、贫困和保守的"孤独"境地。所以，《百年孤独》中大大小小的循环怪圈，象征了哥伦比亚甚至整个拉美的社会现实。漫长的战争，无休止的党派之争，残酷的资本主义入侵，封建统治下的专制愚昧，构成了20多个国家的百年沧桑。荒谬的时间循环观念，正是拉美落后民族精神的体现：逃避现实，眷恋过去，抱残守缺，民族压迫越重，恋旧情绪愈浓。这种落后的民族精神与心理的恶性循环，正是拉美社会进步缓慢的内在原因。所以，《百年孤独》这个魔幻的世界蕴含了深刻的真实性与现实性，这体现了魔幻现实主义文学既有神奇性又有现实性的基本特征。

《百年孤独》展示的是一个神话世界，它拥有一个象征性的神话结构，从这个角度看，《百年孤独》的象征性循环框架中，还有更深层的意蕴。

马尔克斯是一位具有强烈现代意识的作家，他是站在现代人的高度去审视拉美的现实与历史的，《百年孤独》中的循环框架是现代意识与传统的民族意识碰撞后的产物。马贡多人在生存斗争中的循环，拉美的社会历史循环式的停滞，固然有其社会和民族素质的原因，但从整个人类从远古到现代的发展史的大背景中看，现代人不同样重复着蛮荒时代的古人那种与命运不断抗争又不断失败（指更高意义上的），从而陷于抗争——惩罚的循环怪圈之中吗？当然，在现代人看来，这命运不是冥冥之中的神力，而是那时时支配人、制约着人的异己力量，那使人互相隔膜、血腥争斗的超自然符咒。现代人并不因为自己有了科学和文明的长足进步而忘乎所以，恰恰是这种进步使他们感到了人的无能为力与前途的渺茫，感到陷于更深的迷惘与困惑之中。这不正与马贡多人面对放大镜和磁铁时的困惑、迷惘与冷漠心态有质的相似吗？现代人直面现代"命运"时对自身能力的顿悟，不正与马贡多人关进小屋不停地制作小金鱼时的心态相仿吗？其中所体现的正是一种明知无所为偏要为之的现代精神。现代人的生存处境在本质上与马贡多人、原始人以及拉美人的生存处境相一致，从超现实的意义上讲，这不正是一种历史的大循环吗？所以，《百年孤独》的时间循环结构，从象征隐喻的层次上看，表现了哥伦比亚和拉美大陆的现实矛盾，传达出作者对拉美深层民族精神与心理的开掘与把握，以及对人类原始意识和情感经验的体悟，表达了作者对民族和人类命运深深的关切与痛苦的思索。

由此看来，《百年孤独》乃至整个魔幻现实主义艺术从拉美大陆经由大西洋飘往西方世界时，能受到普遍的关注，其原因就在于它们和西方现代精神意识是相契合的。马贡多人在孤独中的循环与循环中的孤独，同"毛猿"的孤独、"大甲虫"的痛苦、"等待戈多"式的迷惘以及来自"荒原"的渴望与焦虑，是出自同一种人类情感和精神意识的。马尔克斯居于世界之一隅，探索着现代人共同追寻的生存奥秘。他把人类历史的过去、现在与未来糅合在一起，进行现实与历史的审视。因此，小说中的"怪圈"是魔幻的与非理性的，而他对"怪圈"式的人类生存现象的思考又是理性的、合逻辑的。所以，《百年孤独》的艺术世界既是神奇的，又是真实的；它是神话，同时又是现实；它所表现的是拉美民族精神，它所凝结的又是全人类的心理情感。它属于拉美人民，也属于全人类！

《百年孤独》作为魔幻现实主义这一文学流派最重要的代表作，充分表现出了"魔幻性"特征。

首先，小说通过描写人鬼混杂、生死交融的奇异世界表现魔幻性特征。在小说中，阿吉拉尔的鬼魂不断出现在布恩迪亚夫妇家园，一直追踪着他们，迫使他们离家出走，到马贡多重创家园才得以摆脱。又如，与吉卜赛人一同来到马贡多的墨尔吉阿德斯，此人上知天文，下晓地理，了解过去，预测未来，他留下的羊皮书记载着马贡多的历史，也展示了布恩迪亚家族的命运。但是读者会突然发现，他早就死在亚洲的一片海滩上，可是，他又复活于马贡多。在马贡多他又再次死去，而他那不甘寂寞的幽灵还会在这里出现，为布恩迪亚的子孙指点迷津。这是一个不受生死界限的约束，纵横往来于天、地、冥界的人物。

《百年孤独》所体现的对于生与死、现世与来世的看法，就是拉美印第安人的看法。《百年孤独》中的阿玛兰塔，用全部时间为自己编织精美的裹尸布，她能预测自己死亡的时间，答应全村人替他们给故去的亲人捎信，致使设在家里的信箱塞得满满的，来不及写信的，她还应诺给捎口信。这看来十分荒诞的情节，竟是源于马尔克斯真实的生活见闻，他就有一位像阿玛兰塔这样的亲属，是个老处女，她预知自己的死期，便坐下来织裹尸布，裹尸布织好了，她便静静地躺下，死神果然如期前来把她带走。就这样，生与死，人与鬼的界线完全被打破。正如墨西哥作家帕斯在《孤独的迷宫》中所说："在古代墨西哥人眼里，死亡和生命的对立并不像我们认为的那么绝对。生命在死亡中延续。反之，死亡也并非生命的自然终结，而是无限循环的生命运动中的一个环节。生、死、再生是宇宙无止境发展过程中的不同阶段。生命的最高职能是通向死亡——它的对立和补充部分；死亡也并非生命的终极；人们以死来满足生的无限欲望。死亡具有双重目的：一方面，人进入生命创造的过程（同时，作为人，偿还欠上帝的债）；另一方面，供养社会生命和宇宙生命，而社会生命是由宇宙生命供给营养的。"他还说："死亡是一面镜子，反射出生命在它面前做的各种徒劳的姿态。"这不仅仅是墨西哥人的看法，也是哥伦比亚乃至大部分拉丁美洲印第安人的看法。

其次,小说通过对生活中千奇百怪、似是而非的神奇事物的描写,显示魔幻性特征。如吉卜赛人带来的飞毯可以载人在空中飞翔,他们拖着磁铁在街上走过,磁铁便把各家各户的铁锅、铁盆都吸走,连门铰都吱吱作响,要离开而去。当何塞·阿卡迪奥被人枪杀在家中时,那鲜血流淌成河,穿越大街小巷,到老宅向他母亲乌苏拉报信,血流穿越几个房间,为了不搞脏地毯还懂得拐几个弯,贴壁而行;奥雷良诺第二与情人佩特拉·科特做爱时,就会把极其旺盛的生育能力带给周围的牲畜和家禽,使家中财富剧增;俏姑娘雷梅苔丝最后被飞起的床单裹着升上了天空;马贡多村下了四年十一个月零两天的雨,村子几乎毁灭在洪灾之中。

第三,小说通过运用神话、传说显示魔幻性特征。马尔克斯不仅熟悉外祖母的那些鬼怪故事,也熟谙《圣经》《一千零一夜》,了解来自世界各地的文化遗产。在《百年孤独》中,神话、传说的运用几乎到了出神入化的境地。从何塞·阿卡迪奥·布恩迪亚"偷食了禁果",从而不得不离开家乡——失去了乐园的经历中,可以看到他们身上有人类祖先亚当和夏娃的影子。他们的长途跋涉有如《圣经·出埃及记》中的塔拉迁居哈兰。下了四年十一个月零两天的热带暴雨使人想起人类史上的洪水时期。有人说《百年孤独》是以《创世记》开始,以《启示录》结束的一部拉丁美洲的《圣经》。吉卜赛人带来的飞毯载着人在马贡多上空飞翔,使人想起阿拉伯神话。而坐下来编织精美的裹尸布以此来消磨时光的阿玛兰塔姑妈,使人记起荷马史诗中的珀涅罗帕这位忠实的妻子,当她的丈夫奥德修斯出门远征时,为了摆脱追求者无聊的纠缠,她白天纺织,晚上拆掉织物,耐心地等待着丈夫的归来……这种例子不胜枚举。

第四,作者采用了一些很有特色的艺术手法,加重了小说的魔幻色彩。比如:循环往复式的叙事方法和结构。这部作品一反传统的按时间顺序的叙述,而是以某一将来时间为端点,从将来回到过去。象征与隐喻也是作品中一种重要表现方法。马贡多村的人突然得了健忘症,而且这种病还带有传染性,很快健忘症传遍全村,人们不得不用贴标签的办法来与此顽症作斗争。这是暗喻拉丁美洲人不要忘记自己的历史。作品中,一些看上去很普通的事物往往都具有一定的象征意义:黄色往往象征死亡,族长何塞·阿卡迪奥·布恩迪亚去世,天上普降黄色小花,墨尔基阿德斯泡在碗中的假牙长出开黄花的植株;蝴蝶象征爱情,"一天晚上梅梅正在洗澡间里,菲南达偶然地踏进她卧室,房间里的蝴蝶多得使她透不过气来";蚂蚁象征着毁灭,所以布恩迪亚家族的第7代,那个长猪尾巴的孩子被蚂蚁咬死拖到蚁穴中。此外,夸张、讽刺手法在作品中也广泛运用,如奥雷良诺上校发动32次起义,17个私生子一夜间均被杀害;

如一场雨可以下四年十一个月零两天；3 000罢工者被杀，尸体装了200节车皮；镇里进行"民主"选举时，6名荷枪实弹的士兵在发票前逐户收缴了猎枪、砍刀乃至厨房里的菜刀，奥雷良诺终于搞懂了"现在自由派和保守派的唯一区别不过是自由派5点钟去望弥撒，而保守派是8点钟去"。

就这样，作者不断运用手中的哈哈镜、望远镜，乃至显微镜，为读者描绘了一幅真真假假，虚虚实实，扑朔迷离的魔幻神奇的世界，丰富了读者的想象力，也从各个角度反映了他想表现的拉丁美洲的现实。

1. 后现代主义文学有哪些基本特征？
2. 后现代主义各流派的特点。
3. 《禁闭》如何阐释了存在主义思想？
4. 《等待戈多》如何体现荒诞派的艺术特点？
5. 《第二十二条军规》如何体现黑色幽默的艺术特点？
6. 《百年孤独》如何体现魔幻现实主义的艺术特点？

讨论题（任选）

1. 普鲁斯特、乔伊斯和福克纳的意识流手法比较。
2. 如何理解《等待戈多》中戈多的含义？
3. 现代主义文学兴起的意义。
4. 现实主义文学还有生命力吗？

亚非文学

导　　论

一、东方文化与东方文学特质

"东方"这个历史上约定俗成的人文地理概念，有着多方面的含义。两河流域的古亚述人将太阳升起的东方称为"亚细"（意为"日出之地"），古罗马人认为凡在东边的国家都属"亚细亚"，这是现在"亚洲"（Asia）一词的来源。而"东方"这一概念的外延比"亚洲"更广泛，地理学家把亚洲及北非洲称作东方（East），并依次划分为近东、中东和远东三个部分，其范围西至塞浦路斯、土耳其和埃及，东到中国、朝鲜、日本，南达恒河、印度河流域各国以及印度尼西亚诸岛，北抵太平洋西北部沿岸地区。

除地理学概念的东方外，还有历史概念的东方（Orient），它是伴随16、17世纪欧洲人发现东西洋航路并适应其向东进行经济扩张的需要而产生的。一批西方学者在考古发掘的科学实证活动中，开始系统地对亚洲和北非洲一些文明古国的语言、文字、历史、宗教、艺术、风俗及其他物质文化和精神文化进行研究，逐渐形成了"东方学"。1822年法国学者商博良对埃及象形文字成功地进行了破译，此后英国学者H. C. 罗林森等对两河流域楔形文字的解读告捷，使东方学得到突破性的发展，从而奠定了埃及学、亚述学等东方学学科的基础。

与此同时，东方文学的研究也被纳入东方学的领域。精通梵语的英国学者威廉·琼斯最早确认梵文与希腊文、拉丁文、德文和波斯文之间的关系，并于1789年把《沙恭达罗》翻译成英语，第一次把印度古代文学介绍给西方。不过，早期有关东方文学的探索，基本上是处于发掘材料、确认语言文字、整理古典文献和译介作品的阶段。直到20世纪初俄国学者图拉耶夫的《东方文学论文集》等研究论著的问世，才标志着东方文学作为一门独立的人文学科已经发展起来。

1949年新中国建立以后，我国习惯上将世界分为欧美和亚非拉两大阵营；与此相应，我国外国文学研究界长期形成一个约定俗成的惯例，将西方文学换称为"欧美文学"，东方文学换称为"亚非文学"。在国内高校中文系"外国文学"这门课程中，东方文学与亚非文学只是称谓不同，而内涵则基本一致。故而，东方文学与亚非文学这两个概念是可以互换的。就亚非文学的整体而言，自然应该包括中国文学在内，但由于我国高校中文系开设"中国文学史"，所以，在讲亚非文学时基本上不讲中国文学。

尽管由西方学者建立起来的东方学极大地促进了东方文化和东方文学研究的发展，但不可忽视的是，以欧洲为中心的文化殖民主义倾向十分强烈，因此，上述那种从西方人眼中观察、研究出来的东方形象与实质上的东方面目相去甚远，从而造成西方人对东方世界形成了一种极为矛盾的看法：一方面他们极力歪曲、贬低东方古老悠久的历史文化传统，以为白种人高于一切有色人种，欧洲才是世界文明的唯一发源地，是人类文化的中心；但是另一方面，由于对异国情调的向往，他们在精神上却又虚构出一系列"东方神话"的意象。

黑格尔在《历史哲学》（1823）中把世界历史划分为4个王国：东方王国（包括中国、印度和波斯）、希腊王国、罗马王国和日耳曼王国。他认为世界历史的走向大体与太阳运行轨迹相似，也是从东方走向西方，东方是世界物质和精神历史的起点。可见黑格尔承认东方各国光辉的历史成就。当今较为流行的共识是把世界文化划分为四大体系：欧洲文化体系、阿拉伯—伊斯兰文化体系、印度文化体系和汉文化体系。欧洲及其相关的美洲、澳洲拥有统一的种族类型、基于同一语系的语言和同一模式的文化传统，这决定了欧美澳三洲文化和文学艺术的发展一脉相承，有着历史进程的整体性和共同性。相比之下，包括三大文化体系的东方世界却是个纷繁的复合体，无论在地理、种族，还是在语言、心理素质、宗教、生活方式等各个方面都千差万别，自成体系。如印度文化体系除印度外，还包括东部的孟加拉国、西部的巴基斯坦、北部的尼泊尔和不丹以及南部印度洋上的斯里兰卡，这些国家虽然有大致相同的历史传统，但各自的民族、语言不尽相同，宗教信仰也不完全一致。仅就古代印度而言，南方的达罗毗荼人和北方的雅利安人在种族和语言上就属于两个完全不同的系统。多民族多宗教多语言的混合文化，使得印度文学艺术呈现出多样性和复杂性。尽管如此，从最高的抽象层次看，统一的东方文化和文学精神依然存在，这种统一性基于东方各国在地理环境、民族心理素质、经济形态等方面的一致性，超越了东方各国之间的差异，从而将东方各民族文化整合成三大文化体系。

世界文明最古老的发源地埃及、巴比伦、印度和中国都位于富饶的江河流域。尼罗河、两河流域、恒河和印度河、黄河和长江孕育了灿烂的古代东方农业文明，这种以土地和气候为生存基础、以灌溉和种植为生产方式的农业经济形态决定了东方人与自然环境相互依赖、和谐合一的自然观，养成了顺天由命、随遇而安、寂静内向和虔诚慈悲的心态，并形成浑然、和谐、协调、均衡、融通的思维习惯。

在《〈政治经济学批判〉导言》（1857—1858）中，马克思最早用"亚细亚生产方式"对前资本主义的东方社会经济特征进行概括，其主要特征是：土地公有，个人仅为土地占有者而非私有者，国家组织水利灌溉；农业和家庭手工业紧密地结合在一起，生产范围仅限于自给自足，商品经济难以发展；阶级等级和氏族血缘观念十分突出，个体依附于公社而存在；由原始部落发展而来的奴隶制和农奴制在漫长的历史进程中绵延，使得原始制度、风俗得以大量保存，社会发展极其缓慢。在以土地公有制为基础的亚细亚生产方式的制约下，从氏族公社所有制的土壤中衍生出东方专制制度。

正是古代东方社会在地理、心理、经济和政治等方面的共同特征，使东方文化意识中一种较为普遍的"东方精神"得以形成，它具体表现在东方的认知文化、价值文化和审美文化等三个方面。而东方文学则是表征这一文化精神的主要载体。

东方认知文化指东方各民族所共有的思维方式、自然观、科学观及社会历史观等。东方的地理环境和以农为本的经济活动方式，决定了作为主体的人与作为客体的自然达成和谐统一的有机整体，使人们养成了重感悟和直觉的思维方式。

古代阿拉伯地域变幻莫测的自然和变动不居的生活方式，深深影响了阿拉伯人的认知观念。他们擅长个别零碎地、直观感性地观察认识事物，认为自然与社会现象是一瞬间里所感知的印象，只有凭借直觉而非单纯的理性思维才能领略纷繁复杂的天地万物和社会人生。伊斯兰教的神秘主义苏菲派更将直觉推向极致，主张只有通过冥想、神智、狂喜、迷醉等神秘的方式才能与真主安拉合一。至于社会历史观念方面，由于《古兰经》是伊斯兰教宗教信仰、道德规范、法制思想、历史学说等赖以建立与发展的生长点，因此，在中世纪伊斯兰国家里，无论是社会历史经验的总结，还是现实的经世治国的策略，都在根本上贯穿着伊斯兰的宗教观念。他们认为：只有借助直觉才能获得真知。由于阿拉伯—伊斯兰世界处于东西贸易和文化交流的中介地位，能够广泛吸收希腊、罗马、拜占庭、波斯和印度等外来文化，这又在伊斯兰教的正统观念中逐渐渗进理性与科学的因素。而阿拉伯文学则形象地体现了上述自然观、社会观以及宗教观。

印度传统文化主要由两种成分构成，一种是土著居民达罗毗荼人基于生殖崇拜的农业文明，另一种是从中亚来恒河流域定居的雅利安人的基于自然崇拜的游牧文化。受这两种文化基因的影响，印度教文化崇奉太阳神、月神和地母神等人格化的自然神，这些神祇成为自然力量的化身和宇宙精神的象征。印度古老经典《奥义书》突出强调梵我一体的绝对一元论，把最高的实在者"梵"当作万物的原因和根本，一切事物都仅仅是梵的幻影。作为个体的人要获得精神的解脱和达到最高的"涅槃"境界，就必须以直觉和感悟的方式，以"我"的灵魂亲证宇宙终极原因"梵"，达到"梵我合一"。因此，印度人习惯以"梵我合一"的内倾思维方式来把握世界人生，从整体、和谐、内省、体悟、循环的视角看待社会历史，认为时间是无始无终的循环过程，强调人的肉体—灵魂、业因—果报、轮回—涅槃的循环无已，并以此贯通过去、现在、未来以及天堂、人间、地狱。于是，证悟人与自然、有限个体与无限实在、小我与大我（即梵）的统一性成为印度宗教修行和文艺实践的最高目标。

作为汉文化体系起源中心的中国，对整个东亚及东南亚部分国家的文化模式产生了巨大影响。古代中国人对于自然与社会等方面的问题，往往是以经验描述、形象表达、总体体验和类比综合等方式进行把握，这种思维定势，比较难以形成由抽象概括的概念系统所构成的科学理论体系。汉文化体系的自然观，集中体现在"天人合一"的哲学思想中，"天"代表广阔无限的大自然，而人又是自然的一部分，因此人与自然在本质上是一致的。并进而认为既然天人之间存在着相通的关系，那么人道与天道即道德原则与自然规律也是合一的。这种天人合一的自然观和天人感应的五行说（中国古代的社会历史观）具有世界观和方法论的意义，它们一起被广泛地用来阐释自然现象和社会历史，在中国古代科学史、宗教史、政治史、伦理史等诸多领域产生了深远的影响。古代朝鲜也认为人与自然万物关系密切，主张敬天，顺应自然与社会的规律，保持与自然、社会的和谐一致，并以组成物质的阴阳二"气"来解释天地万物的生成变化，强调"定数轮回"是自然和社会产生与发展的必然规律，这与中国古代的自然观和社会历史观互相呼应。古代日本具有适应汉文化体系的民族心理素质、社会经济形态等方面的条件，他们大量吸收了汉传佛学和儒家思想，并将之与本土原有的神道思想结合起来，形成了兼具儒佛双重意味的日本认知文化特色。故此，体现在东亚各国诗歌中的人与自然的关系是非常和谐统一的。

东方以群体协调均衡意识为主导的心理机制，使得东方文化表现出鲜明的泛道德色彩和浓厚的宗教意味。以伦理为本位、以道德为重心的东方文化特质，决定了东方社会在处理人与人、人与社会的关系上，呈现出个体与宗族乃至整个社会不可分离的等级秩序和伦理规范。无论是印度种姓制度、日本身份等级秩序、中国"三纲五常"式的人伦关系,还是埃及"金字塔"式的等级顺序,以及阿拉伯深厚的宗法关系,都把个体行为的各个方面纳入血缘关系和等级秩序这张无所不在的网络中,将个体与群体结成牢不可分的整体,个人必须以绝对忠诚的服从方式来维护自身与群体的关系。因此,以群体道德模式为准则而制定的社会行为规范,已内化成为东方民族的众趋人格,成为整个东方社会的最高价值标准。这种占主导地位的泛道德意识,深深地渗透到社会生活的各个方面,具有强大的制约力和持久的稳定性。而文学自然成为维护上述伦理道德有力的工具。

例如古代波斯琐罗亚斯德教便把世界分为善恶二元,提倡善言、善思、善行。菲尔多西、萨迪等大诗人均被称作"谢赫",意思是教人背恶向善的导师。依据阿拉伯半岛的社会经济状态和传统思想文化而制定的《古兰经》,成为伊斯兰教宗教信仰、道德规范、法制思想等的基本原则。以《古兰经》为代表的伊斯兰教神学认为,全知全能全善的安拉是万物的本原,是一切价值的源泉,具有最高价值与普遍意义。伊斯兰教教义作为必须遵奉的道德规范和社会生活准则,在哲学、宗教、道德、政治、法律、习俗等方面建立起一整套共同的价值体系。表现在文艺上,阿拉伯人视美为善的化身,表述美的范畴的词语具有美善合一的意蕴。文学中的传奇、轶事、寓言、教谕诗和圣训格言等诸种样式成为宣扬教化、整饬朝廷和塑造人格的重要工具。倡导孝敬双亲、和睦邻里、慷慨助人、怜恤孤贫,反对狂妄骄傲、淫乱酗酒、侵害他人等一系列伦理道德主张,以及诚实公道、宽厚恕人、恪守规矩等人格修养的行为准则,在各种文艺作品的思想内容中占相当重要的地位。

在古代印度,宗教神学也具有至高无上的地位,它涵盖了哲学、道德、政治、法律、文艺等一切社会意识形态。印度宗教伦理将业报轮回视作具有根本价值的信仰,认为一个人转世的形态取决于他本人在世时的行为:行善者得善果,行恶者有恶报。除强调宗教信仰价值外,古代印度还很注重伦理道德、种姓等级等。故此,证悟"梵我合一"是古代印度教徒修行和文化创作的至高目标和重要主题。与东方具有普遍意义的文以载道、劝善惩恶的文学观念相一致,古代印度视文学的教育作用为文学的重要目的,印度最古老的诗学著作《舞论》认为戏剧源于现实生活,其效用在于感染和教育观众。印度古典作品往往具有善恶鲜明对峙的伦理性结构,如梵文戏剧家首陀罗迦的剧作《小泥车》便是一部典型的惩恶扬善,以大团圆结局的伦理戏,代表了东方戏剧的思想特征。古代印度纯文学和教诲文学往往很难区分开来,众多的民间寓言集就是一种道德训谕性教科书,譬如伐致诃利的格言诗、民间寓言故事集《五卷书》和《益世嘉言集》、哲理诗《薄伽梵歌》等。

　　汉文化体系的价值观念主要体现在道德、政治、教育等领域，形成一套以血缘为基础的宗法社会制度和群体道德规范，个体以承担群体道德所赋予的义务为基本行为准则。"仁"是儒家学说的最高范畴和基本原则，"仁"的前提和出发点是完善道德和健全人格。这种以"仁"为核心的"人伦主义"规定了中国传统文化的基本格局，成为经济、政治、教育、伦理道德等方面的最高价值。儒家思想和汉化的佛教宗派、学派传入朝鲜、日本、越南等国，成为上述各国思想文化和价值体系的理论基础。这种价值观念明显地体现在文艺思想中，文以载道、劝善惩恶的文艺观占据主导地位。中国除了以儒家伦理为中心的泛道德文学之外，深受禅宗影响的文人也视文学为完善健全人格的途径。据日本美学家今道友信考证，日本关于美的观念包含清白、纯洁、正直等潜在的意义，日本的文学作品也以含蓄、委婉的方式流露出忠孝、仁爱、恻隐、体恤等道德性意味。如果说在汉文化体系中，相对而言日本文学的社会意味和伦理色彩是比较淡的话，那么儒家伦理思想对朝鲜文学要比对日本文学的影响深得多，所以汉诗文的言志载道的文学观念对古代朝鲜文学影响很大，许多作品流溢着感时伤世的忧国忧民之情。朝鲜以道德劝诫为主题的"劝善惩恶"小说大体上均以三纲五常作为伦理准则，其内容主要是善人必有善报，恶人最终受惩。

　　"东方的历史表现为各种宗教的历史"，马克思这句话精辟地概括了东方社会价值文化的另一个重要特质。东方这片古老而神秘的土地除了产生世界三大宗教——佛教、伊斯兰教和基督教外，还产生了埃及宗教、美索不达米亚宗教、迦南宗教、腓尼基宗教、赫梯宗教、犹太教、琐罗亚斯德教、摩尼教、婆罗门教、印度教、耆那教、锡克教、道教、神道教等几十种影响广泛的地区性或民族性宗教。由于宗教本身具有巨大的整合力，因此，东方宗教成为一个容纳语言、哲学、伦理、政治、法律、文艺、科学等庞大的东方文化知识体系。中古东方三大文化圈的形成除了地理环境、种族、语言等重要因素外，更得力于佛教、伊斯兰教和儒家思想的传播，它们分别为各自文化圈的整合、确立提供了共同的理论基础和价值标准。宗教与文艺有着与生俱来的密切关系。原始初民多以禁忌、崇拜、巫术、仪式等宗教性思维方式把握世界，叙述、解释自然现象和社会生活。这种原始形态的意识，具有神话性的气质和艺术性的结构。因此，东方宗教以其价值观念为最高原则，贯穿于文艺活动的各个方面，成为神话、赞歌、音乐、舞蹈、绘画、石刻、建筑等艺术形式的精神内核。可以说，东方宗教的兴盛时代，通常也是东方文艺的昌明时代。东方文学的发展，离不开东方宗教的影响和作用，东方的宗教精神、教义信条、仪礼习俗、人物事迹、神话故事、历史传说、歌谣箴言等，为东方的文学创作提供了永不枯竭的母题和各种文体风格。东方各国最古老的文学汇集，往往就是宗教文献或典籍及其阐释文本。如婆罗门教的"吠陀本集"和"吠陀文献"、佛教的"三藏"、犹太教的"经书总集"（即《旧约》）、琐罗亚斯德教的《阿维斯陀》以及伊斯兰教的《古兰经》等，既是宗教经典，又是文学名著，两者密不可分。

自从公元7世纪穆罕默德创立伊斯兰教后，阿拉伯人便开始用宗教的方式把握世界。伊斯兰教神学为整个阿拉伯文学的发展提供了背景和母题，无论是阿拉伯的宗教文学抑或是世俗文学，都在根本上反映着作为基本思想和统一理念的"伊斯兰"思想。

源于动物崇拜和自然崇拜的埃及古代宗教，是世界最早的宗教之一。它认为人死后灵魂不灭，继续依附于其尸体等待复生，因而要在墓中放随葬品，进行"供养"。为了帮助亡灵顺利通过冥王奥西里斯的审判，表明亡灵在世时的清白，往往要将一本"死者之书"放在墓中。庞大的宗教性诗歌总集《亡灵书》便是这样一本"死者之书"，它汇集了各种咒语、祈祷诗、颂神诗、神话诗和歌谣等，书中还有大量劝诫诗作，如叮咛替身俑如何为主人服役和殉葬，指点亡灵在幽冥路上如何摆脱各种凶险等。《亡灵书》和《尼罗河颂》《阿顿太阳神颂诗》是古埃及文学的代表作，体现了文艺与宗教的密切关系。宗教意识对古埃及人思想情感和文艺生活的渗透还表现在：一般重大喜庆节日都要演出神话戏剧，甚至国王和王后也会亲自扮演剧中的神灵。产生于法老时代的"法老戏剧"几乎全都是宗教剧。

犹太教的"经书总集"《旧约》汇集了经过祭司们搜集整理的古希伯来宗教经律、国法政令、典籍文献、神话故事、历史传说、歌谣箴言等，故此，它既闪烁着原始思维的艺术灵光，集中体现了古希伯来文学的主要成就，又成了基督教典籍《圣经》的两大组成部分之一，对人类的价值观念和文艺创作产生了极为深广的影响。

文艺与宗教融为一体的特征在印度文化中尤为突出，古代印度文学作品往往是某种宗教思想和情感的演绎。最古老的文学作品—宗教诗歌汇集《吠陀》，后来被奉为吠陀教、婆罗门教、印度教的根本经典。《本生经》和《五卷书》分别是佛教和婆罗门教的寓言故事集，它们均以文艺形式阐释宣扬各自的宗教价值观念。规模宏大的两大史诗《摩诃婆罗多》和《罗摩衍那》则是印度教徒的圣典，充分体现了印度民族的文化精神，并成为许多文艺作品的母题、原型。印度文艺浓郁的象征主义和神秘主义风格同样是深受宗教影响的结果。譬如美术作品大多内涵深奥、想象奇特，物象也往往是变形的，带有超现实的神秘主义宗教色彩。中古流行的虔诚诗追求的最高境界是神人合一，并以象征的方式来表达这一信仰，已成为神秘主义文学的范本。近代杰出诗人泰戈尔被誉为"宗教诗人"，他的代表作《吉檀迦利》便是一部颂神的"献"诗，具有"梵我同一"的神秘意趣和证悟色彩。

相比之下，中国、日本、朝鲜和越南等国文艺的宗教性，似乎没有阿拉伯和印度那么浓厚。中国历史上没有任何一个宗教像西方的某种宗教那样曾经拥有过"国教"的地位。不过，道教以及外来的佛教等宗教观念曾经成为中国古代意识形态（尤其是哲学和文艺等领域）的重要组成部分，对古代文人的思维方式、情感体验和表达形式的影响十分明显。汉译佛经文学影响了唐宋以降的变文、话本、宝卷、弹词、鼓词、诸宫调等文学样式的形成，中国诗学追求"大音希声"、"无迹可求"的玄虚境界和"羚羊挂角"、"韵外之致"的空灵效应，都与道家、禅宗思想有关，而基于佛教轮回业报观念的"因缘"母题成为古代戏剧和小说的主旨。受汉传佛教的影响，日本诗歌善于将宗教意味的永恒与无限，以世俗化和审美化的方式表达出来，并流露出世变物化、生死流转的思想，和歌、谣曲和俳句等也都追求澄怀静虑、物心合致的大和式禅境之美。朝鲜最古老的典籍《三国遗事》除历史记载外，还包含丰富的宗教信仰、神话故事、民间传说、民谣乡歌等宗教资料和文艺作品。古典小说名著"三大传"《春香传》《沈清传》和《兴夫传》以劝善惩恶为主题，具有儒家仁义孝诚和佛教因果报应的意味。朝鲜古代文学这种宗教伦理训诫特质，无疑与儒释思想在其文化中占据权威地位有着密切关系。

总之，东方宗教价值体系的思想观念、信仰崇拜、道德规范对东方文艺有着巨大的渗透力和支配作用。

东方民族超理性的直觉、感悟思维方式和注重宗教伦理情感内在体验的心理定势，孕育了它们独特的审美文化。如儒家道家的"天人合一"观念在审美上关注外物景致与人心情趣的浑然交融，天地万物之气韵与人之生命节律深度契合；佛教的"涅槃"，伊斯兰教的"顺从"，婆罗门教和印度教的"梵我一如"等，皆强调人神相契合而和谐同一的圆满境界。与西方艺术重写实的精神不同，东方审美文化更多地具有非理性与表现性的特质，它崇尚与自然交融的返璞归真和超凡脱俗，对凭借思想意趣的艺术想象的运用远远超过对物质媒介的运用，它不追求对审美对象作更多理性与科学的认识，而追求审美对象中精神的美，以审美对象为媒介走向内心表现。上述的和谐同一性和缘情表现性正是东方艺术精神的内核。这种重写神而非写形、重表现而非再现的东方审美观，使东方文艺多从写意着手去创造自由流动的意象，并使得东方缘情写意的文学样式特别发达，几乎所有东方民族都以诗为中心文体。印度诗歌往往以抒情形式来体现寂静内向、和谐融通的审美情趣。即使是偏重叙述性的戏剧和小说等，也不追求矛盾冲突强烈的悲剧效果。著名梵文戏剧《沙恭达罗》在悲到极点时仍不给人以苦不堪言的沉重感，而以大团圆的喜剧结局来缓解那种男女分离的悲痛，体现了冲突而不剧烈的东方戏剧味。日本《源氏物语》之类以真人真事为题材写的小说，也是偏重于表现人物复杂微妙的心理活动，很少对外部客观现实进行具体的再现和模仿。作为诗歌创作方向之一的缘情表现艺术观占据中国古代诗学的主要地位。印度古典诗学推崇"味"与"情"这两个美学核心范畴，将之奉为印度美学的圭臬和文艺通则，味与情实质上属于审美情感，可唤起观众的审美情感状态。在阿拉伯的文学活动中，最常见的是诗人即兴的创作冲动，他们热衷于抒发细腻敏锐的情感。虽然他们对诗情有独钟，创作了大量情感洋溢的抒情诗和自然诗，却始终没有写出叙述性强的史诗。印度两大史诗和其后出现的"史诗"，既不追求对历史事件的真实反映，也不强调再现社会生活，所表现的是体现在人生历程、社会生活和宗教信仰中的民族精神。特别推崇"天人合一"的汉文化圈的各民族受物我无间的意识的支配，创作了大量的山水诗或咏物诗。中国诗歌呈现的是物我一体、意境浑然的淡泊恬静的境界，其所表现出来的人与自然的关系是和谐统一的。朝鲜古典诗歌的鲜明特色，是与大自然融为一体而内化的隐逸性和素淡性，其艺术也表现了追求淡雅自然的民族特色，在形式上不太拘泥写实，风格纯朴素淡。

如前所述，由于东方各民族在地理、种族、语言和历史传统等方面存在一定的差别，其审美情趣及与此相应的艺术风格便不尽相同。大致说来，印度文艺讲究庄净宏远、肃穆深奥，具有博大精深的品格；波斯、阿拉伯的艺术风格则倾向于华丽装饰、精致隽永；而日本以幽玄美为艺术极致，崇尚自然恬淡、闲寂余情。但是，东方各族审美文化这些特质，都同东方哲学传统重感受体验、重直觉顿悟的思维方式有着密不可分的关联。正是这种在共同的东方审美文化精神统驭下的东方各族审美情趣的差异性，成为表征整个"东方精神"最丰富最形象的重要层面。

二、亚非文学史的分期

（一）古代亚非文学

最早的东方文化发源地是在不同地理空间相对独立地形成和发展起来的，即东方各主要民族文化其地理上的发源地区有着各自不同的起源中心。这个文化发源地中心具有将自身的文化特质向外辐射并传播遍及这个发源地的力量，通过整合统一，便构成了某种文化模式。例如美索不达米亚文化从新月形地带的发源地向西传播，南向直达埃及，北上抵东南欧；埃及文化传入地中海东岸后，又通过地中海西传。美索不达米亚文化和埃及文化分别围绕西亚和北非形成自己的文化区域，并进行交汇与综合。这种通过采借外来民族文化因素而进行的文化交融汇合，同时也促进了各族文学的相互影响和交流，各种宗教思想、神话传说、民间故事等母题和原型，被融入不断交汇的东方文学这个大体系中。

古代东方多源生成的文化区域后来主要聚结成5个文明古国：埃及、印度、巴比伦、希伯来和中国。东方文化的多源性决定了东方文学的多源性。古代东方文学中的埃及文学、印度文学、巴比伦文学、希伯来文学和中国文学分别取得了具代表性的成就。

（二）中古亚非文学

东方建立封建专制的集权国家后，东方文化进入中古时期。中古东方文学即是属于这个封建时期的文学。

随着中古东方多个文化中心区的文化不断地向四周扩散，以及不同文化区域经过整体化的统合，中古东方的文化拓展为3个大的地域分布范围：佛教文化圈、阿拉伯—伊斯兰文化圈以及汉文化圈。这是三大文化综合体在地理空间分布上的格局，它们所涉及的地域范围比前述古代东方的5个主要文化区域更为广泛，并经历长久的时间。一个文化圈既具有独立性、自足性和持久性，保持着自己的特色，如前所述古代东方5个文明古国中的印度文化和中国文化延续了数千年之久；也有与其他文化圈相交叉重叠的情形，即自身的文化因素与邻近文化圈的文化因素相混合，而且自身的文化因素还会传播到本范围外的文化圈里去，如印度的佛教文化内容深奥，形式丰富，独具特色，自成体系，它伴随着佛教向古印度境外不断扩散，传遍了尼泊尔、蒙古、俄国西伯利亚、中国、朝鲜、日本、斯里兰卡、缅甸、泰国、柬埔寨、老挝、越南、印度尼西亚等，并在许多东方国家形成了各具民族特色的佛教文化。佛教文化圈对东方的历史（尤其是中古时期）产生了巨大的影响。7世纪以来阿拉伯—伊斯兰文化从其发源地阿拉伯半岛扩散、渗透至北非、西亚、中亚、欧洲（尤其是西班牙和意大利），并拓展至中亚、南亚及东南亚部分地区，形成阿拉伯—伊斯兰文化广泛的地理空间范围，乃至成为中古以及文艺复兴时联结东西方文化的重要桥梁，促进了欧洲近代文明的苏醒。作为人类重要思想体系和行为模式的汉文化具有如下特点：以农业为主的经济结构，定位于农业经济的重农意识，深厚的宗法制观念，浓重的尚人伦色彩，尊崇祖宗及传统心理定势，等等。这些中华民族的基本思想和行为模式在中国的黄河流域、长江流域等文化源地形成后，扩散到全中国，形成中国的文化体系和文化区域。中国文化从四周向外辐射和扩散，这一系列含有中国文化特质的因素传布到朝鲜、日本、越南等国家后，分别被同化到上述国家国民的主导思想和基本行为中。

中古东方三大文化圈的繁荣兴盛，带来了中古东方文学的"黄金时代"。除了极其辉煌的中国文学外，印度、波斯、阿拉伯、日本等国的文学皆位于当时东方乃至世界文学的前列。这种文学昌明的局面同时也是东方三大文化圈之间进行交汇与融合的结果。

（三）近代亚非文学

19世纪对于整个东方世界来说，是一个内忧外患、动荡不安的时代。东方源远流长的三大文化圈在西方列强坚船利炮的轰击下剧烈震荡。西方的文化帝国主义以基督教为前锋，通过种种不平等方式把自己的经济形态、宗教意识、价值观念、政治体制、生活方式等强加于东方各国，这种不顾东方民族的意愿而强行灌输西方文化观念准则的野蛮侵略行径，引起了东方各国的强烈抵制，它们以各种方式顽强地维护自己的价值信仰体系和文化传统。

近代东方文学，正是在上述西方文化强行介入的历史境遇中困难地发展起来的，并且陷入了从未有过的文化困惑之中。一方面，它自觉或不自觉、情愿或不情愿地吸收西方先进的物质文化和精神文化成果，引进科学、民主、自由、平等、独立、博爱等新思想，以及文艺复兴以来的各种文学启蒙思潮，以此革新或者消解传统；另一方面，文化传统中断所带来的失落感和遭受文化侵略的屈辱感，又迫使其拒绝外来异族文化。因此，文学领域中的文化变革主义与文化保守主义、改革传统观与抛弃传统观、借鉴西方观与全盘西化观的对立十分突出，具有鲜明的文化启蒙和文化救亡的政治和功利倾向。一些作家固守传统、民粹，另一些作家则借鉴西方近代小说、戏剧、散文等新文学式样表达民族独立自由、反对侵略压迫的强烈愿望，肩负着思想启蒙和救亡图存的历史使命。尽管近代日本文学、印度文学、埃及文学、黎巴嫩文学等取得了较为丰富的成果，出现了在世界诗坛享有崇高声誉的泰戈尔、驰名世界的大诗人纪伯伦等，但总的说来，近代东方文学发展时期较短，且展开也不太充分，处于从中古文学向现代文学转型的过渡阶段。

（四）现代亚非文学

从文化视界看现代东方文学，应该看到变革是任何一种文化模式赖以维持发展的根本动力。在东西方这两种不同文化模式发生激烈碰撞的过程中，东西双方有批判有选择地互相采借吸取对方的文化，这对东方传统文化的变革产生了极为深远的影响。为了创造性地适应这种变更着的新的文化环境，现代东方各国根据本文化系统的价值标准和判断，来选择西方优秀的文化素材，将这些文化素材放到东方的文化背景或体系中作出新的解释，这些文化素材便被调适整合到对它作出新的解释的东方意识形态传统之中，即融合同化于东方文化的行为模式和内在价值体系之中,从而被东方文化所接受。

上述这种保持传统和变革传统的情势,在文学领域表现为东方各国作家都在作品中有意识或无意识地表达自己对东西两种文化价值的评判态度和选择取向,他们从最初对西方文学持偏激和片面的态度,转向了更为理智和全面的思考,他们不是对西方文艺思想、题材、风格和形式进行简单的模仿或者否定,而是致力于从理性层面,对东方文学和西方文学进行既有肯定又有批判的双重性反思,关于文学的民族化和现代化问题,被摆到了文坛的首要位置。在维护和变革文化传统的情势下,现代东方各国涌现了一大批具有民族精神和风格的作家作品,日本、中国、印度、埃及、伊朗、黎巴嫩等国的文学均取得了丰硕的成果。

(五) 当代亚非文学

第二次世界大战结束了西方对东方长达数百年的殖民统治历史。文化的建设成为东方各国的当务之急。东西方在多元共生的文化共同体中进行平等交流、借鉴和融化,已是时代的必然趋势。社会情势的转化带来文学的转型。独立后的东方各国由于政治经济的自主所带来的民族自尊心的增强,各国作家以更加广阔的文化视野,来重新理智地审视东西方文化的冲突和互补问题。尤其是进入20世纪70年代后半期以来,东西方主要国家的文化系统均以开放的姿态面向世界,各种文化因素发生着不断的接触、冲突、沟通、融合,这种力求平等的连续互动、彼此融合的全面性文化接触,促使东方各国全面而深刻地总结和反思本民族的文化传统,进行与现代化发展趋势相一致的文化定向选择已成为当代东方主要国家的文化发展方向。

正是在这种深刻的文化反思与文化复兴的时代语境下,当代东方文学跨入了一个多元发展、创新开拓的文艺复兴时代。东方作家力图融会贯通近代以来引进的西方文学成果,在消化吸收外来文学的同时拓展本土文学的发展前景,涌现出一批融传统和现代、东方和西方于一体而又具有世界声誉的优秀作家,如日本的川端康成和大江健三郎、以色列的阿格农、尼日利亚的索因卡、埃及的马哈福兹和南非的戈迪默等都获得了诺贝尔文学奖。这种东西方文化与文学的融合,使得东方文化与文学形态能增生出许多不被地理环境、民族心理素质、历史传统、社会发展阶段所限制的文化与文学因子,从更高层次上超越制约当代东西方文化与文学走向融会的因素,这是一种推动东方文化与文学迈向现代化的巨大动力。在这个发展方向中,日本、印度、斯里兰卡、印度尼西亚、土耳其、埃及、阿尔及利亚、苏丹、尼日利亚、塞内加尔、喀麦隆、南非等国文学均以不同的方式与世界文学接轨,并以东方文学的当代形态对世界文学作出巨大贡献。

文化进步的动力来源于平等基础上的文化对话。当今世界的一种倾向是各种文化的交流正通过多种多样的途径，以前所未有的规模和速度进行着，由此必然导致世界文化的普同性日益增加，而差异则日益缩小，并逐渐形成世界性文化。但是，另一方面，东西方不同的文化模式依然是引发冲突的重要根源，不同文化的民族之间的差异依然存在，于是文化相对主义再次成为东西方共同面临的问题。在这样一个呼唤对话和理解的时代，文学具有沟通人类思想情感的作用。以东方特有的精神关注整个人类生存的窘境，尤其是工业社会和技术时代所带来的人性异化、精神危机、物质主义、身心失调、吸毒纵欲、反文化反社会等问题，超越狭隘的地域和民族界限，开发东西方文化的共性和互补性，恐怕是包括东方作家在内的所有作家不得不肩负的使命。

1. 东方文学的特质。
2. 亚非文学如何分期？

第一章 古代亚非文学

第一节 概述

一、古代亚非文学的基本特征

古代东方文明在人类文明史上属于黎明期。当地球上其他大多数地方仍处于蒙昧原始状态之时,在北非、西亚、南亚和东亚这些古老的东方土地上就已形成了古埃及、古巴比伦、古希伯来、古印度和古中国这五大文明古国,它们在文化上取得了辉煌的成就,并且成为古代世界文学最早的发源地。

与西方古代文学导源于古代希腊罗马文学传统,具有明晰性和统一性的特征相异,古代东方文学的范畴是一个包含众多不同种族、民族、国家、语言、哲学和宗教等因素在内的多元聚合体。它的时间跨度是从公元前4000年至公元前3000年古埃及文明肇始,一直延续到公元2至8世纪东方诸国先后进入封建社会这个时段,即东方的原始社会和奴隶社会这个漫长的历史时期。其辽阔的地域从北非的尼罗河流域、西亚的幼发拉底河和底格里斯河两河流域,到南亚的印度河和恒河流域以及东亚的黄河与长江流域;既有适应于灌溉耕作的农业文明,又有在地理环境恶劣、气候干旱条件下产生的游牧文明,这两种类型的文明相互传播、冲突与融合,逐渐催化孕育了辉煌灿烂的上古东方文学。譬如,古埃及文明就是由生活于南方沙漠地带的上埃及游牧民族与生活于北方肥沃地区的下埃及农耕民族共同创造的;古巴比伦文明则是对苏美尔人的农耕文化和阿卡德人的游牧文化的继承和弘扬的结果;希伯来文明是在源于阿拉伯半岛西南部、过游牧生活的希伯来人,与定居迦南的农耕民族两者相互碰撞融合的基础上生成的;从中亚移居恒河流域的雅利安人带来的游牧文化,及其与印度河流域土著民族达罗毗荼人固有的农业文明的有机融合,开创了丰富深厚的古代印度文明；而东亚北方草原游牧文化同化于中原及南方的农耕文明，共同整合塑造成为儒释道互补的中华传统文化。

在东方民族从蒙昧走向文明的历史进程中，神话乃是远古东方人对宇宙起源、万物生成发展以及主体自我认识的最初诠释，积淀了他们悠久深厚的集体无意识和原始思维。而东方原始时代的神话往往又与宗教密不可分，神话成为相关的宗教教义的形象阐释者，宗教同样为神话提供了无穷无尽的母题与原型。故此，最初的东方文学主要是由各种神话传说和相关的宗教文本构成。在古埃及，关于太阳神拉的创世神话和自然繁殖之神奥西里斯死而复生的神话内在、深层地主宰着古埃及人的精神生活，体现了他们敬畏自然、繁衍生命的原始宗教意识。他们的宗教观把生命视为死亡之前经过一个预定阶段而将最终到达其终点的过程，故对死亡关注的热情远超过现世生活，死者的尸体被制成木乃伊放置于灵柩内而经久不朽，并随葬放入指导亡灵顺利通过冥国考验的诗，以祈求获致灵魂的永生，这些诗作汇集成庞大的宗教诗歌集《亡灵书》。古巴比伦宗教继承和发扬了美索不达米亚宗教的传统，与古埃及宗教一道，并称为世界上具有最古老文字典籍的宗教。古巴比伦神话渊源于苏美尔—阿卡德神话，其最重要的神话《埃努玛·埃立什》是世界文学史上现存最早的完整的创世神话，为后世的创世神话如《旧约·创世记》和古代希腊赫西奥德的《神谱》提供了范本。古希伯来人的犹太教圣典《旧约》中关于天地起源、人类创造、伊甸乐园、洪水方舟的神话，早已成为人类象征性地阐释主体及其客体的最富想象力的典范。印度最古老的《吠陀》诗集中的神话传说、颂神诗、祭仪诗与咒语等不仅是印度古往今来各教（如吠陀教和婆罗门教等）所尊崇的经典，同时也是印度人最早的文学创作。由此可见，上述古代东方各国最初的文学作品，均与宗教有着密不可分的关联，其中有些文学作品本身就是宗教经典，那些虽非纯粹宗教文本的神话、颂诗和故事等无不与神灵崇拜的观念有着千丝万缕联系，仍充溢着浓郁的宗教意味和宗教想象。而其中不少带文学性的作品之所以得以汇编成册保存下来，并且广泛流传开来，很大程度上乃是依靠宗教方面的搜集整理和编纂。

多区域多民族文化间的扩散、融合、冲突以及战争构成了东方各国早期的复杂历史。换句话说，上述这种文化传播和融合一般都是在充满血与火的兼并战争或者宗教冲突中进行的。在古代东方各民族从原始部落发展到城邦国家以及统一的大国的历程中，往往是外来游牧民族在武力上征服相对开化文明的土著农耕民族，同时，他们却在精神上被农耕民族更高的文明所征服同化。就在这种征服者与被征服者、游牧文化与农耕文化的扩散冲突、交融互补的漫长时期中，歌颂英雄人物，体现文化冲突及历史变迁的神话传说、历史故事与英雄史诗等得以产生并广为流传。如果说东方神话往往是东方先民通过自然现象对自身与环境的关系进行某种象征性阐释，那么故事与史诗作为神话的历史化或历史的神话化，则往往是东方初民通过世间现象而对社会关系进行某种象征性阐释。例如《吉尔伽美什》表征了以吉尔伽美什为代表的城邦文明同以恩启都为代表的游牧文化的冲突与融合，是上古东方人走出蒙昧迈向文明、从神的时代走向人的时代的形象表征和集体意愿的表达。古希伯来文化与其多灾多难、颠沛流离的历史密切相关，饱受异族侵凌压迫的艰危遭际驱使他们创立信奉一神论的犹太教，祭司们将公元前13世纪至前2世纪形成的希伯来历史传说、神话故事、宗教教规、先知训诫、国法政令等各种文献和民间口头作品进行加工整理，编成犹太教的经书总集《旧约》，这部庞大文献汇集了古希伯来文学的精华和主要成就。印度文化因"浮动文化"传统的缘故，历史记录只能凭借一代一代口耳相传、代际授受的浮动形态往后延续。由古代印度人集体创作因而具有民间作品性质的两大史诗《摩诃婆罗多》和《罗摩衍那》，是关于印度历史的神圣化的形象记录，《摩诃婆罗多》（书名可引申为"婆罗多族发生的大战"）习惯上被他们视为"历史传说"，古代印度的历史记录（包括神话传说）正是通过这种代际授受、口耳相传、长期编纂、浮动完善的形态而展现出来的。上述种种情况，自然导致古代东方文学呈现出民间集体口头创作的鲜明特征。在语言文字尚不成熟、书写材料工具尚不完善、个人主体意识尚不突出的古代东方，各种类型的颂诗歌谣、故事寓言、箴言谚语、神话传说与英雄史诗等，皆源于民众群体的审美体验和艺术创造能力，是在历代辗转流传的过程中经过许多人搜集加工整理，才最终编定成书的。譬如古埃及的神话、歌谣、故事，古巴比伦的《吉尔伽美什》，古希伯来的《旧约》，古印度的两大史诗以及吠陀文学、佛经文学和《本生经》《五卷书》等主要得力于群体长期的创作、搜集、整理、编纂之功，而绝非一个时段一个作者所完成的。

由于历史条件所限，东方早期各文明古国之间在区域上仍处于相对封闭隔离或自成一体的状态，不过后期的交流及由此产生的历史影响依然清晰可见。尤其是西亚的两河流域地带，已成为融合两河流域各文化，沟通埃及文化与印度文化以及东方文化和西方文化的重要桥梁。从《旧约》洪水方舟神话对《吉尔伽美什》关于洪水泛滥方舟救渡的故事原型的沿袭中，可清晰地看到古巴比伦和古希伯来文化之间的相互交融影响。而《旧约》成为基督教《圣经》的组成部分之后，对西方文化产生了极为深广的影响，成为欧洲书面文学的一个重要的源头。司芬克斯、奥西里斯、伊西斯和赫鲁斯等埃及神话原型，则通过西亚地区以隐性方式超越东方范围被移植到古希腊罗马神话之中。印度佛教自汉代开始传入中国后，成为中国传统文化中非常重要的一个组成部分。至于古代东方文学对于中古、近代以来的东方文学乃至西方文学的巨大影响更是不言而喻。

二、古代亚非文学的发展

大约公元前5000年，尼罗河流域的古埃及人已经开始了定居的农业生活，翻开了人类最古老的文明史。丰饶的尼罗河孕育的以引水灌溉为主的农业文化，"金字塔"结构式的法老专制的政治形态，以及灵魂不朽、死而复生的原始宗教信念，构成了古埃及人精神生活最重要的三个方面，并贯穿于古埃及历史的发展脉络。作为农耕文化产物的古埃及政体的最早形式，是相邻的部落合并为诺姆，每个诺姆有各自所崇拜的诺姆神，诺姆首领名称的原初意义即是"运河开掘者"。尼罗河洪水一年一度的泛滥之后所滋润的绿色希望，意味着恐惧的终止和生命的复活，与此相关，关于太阳神拉和死而复生的自然繁殖之神奥西里斯的自然崇拜很盛行。这实际上是埃及自然生存环境和农业生活方式在古埃及人心灵上的投影。

在前王朝时期（前3200—前2700），第一王朝的法老梅涅斯统一了上下埃及，建立起强大的奴隶制国家，自此法老不仅成为政治体制的中心，同时也成为宗教信仰的核心。法老被视为太阳神拉的儿子。由于太阳神拉被奉为最高神，故此法老崇拜被等同于神灵崇拜，具有至高无上的权威。大约在这个时段（公元前3300年），埃及人发明了古奥的象形文字，他们用尼罗河畔的芦苇制成纸草，以芦管制成笔书写记事，许多作品就是写在纸草卷上保存下来的。此后的古王国时期（前2700—前2200），中王国时期（前2200—前1584）和新王国时期（前1584—前1071），埃及文明取得了极高的成就，始建于第三王朝（前2686—前2181）时期的金字塔至今仍是难以企及的伟大建筑，早期金字塔铭文和棺椁铭文标志着埃及象形文字的逐渐成熟。中王国时期是古埃及文学的鼎盛时期，神话传说、故事箴言和诗歌歌谣等作品成就突出，在文学体裁、描述方式和修辞手法等方面为后世文学树立了典范。

古埃及文化的自然崇拜、法老崇拜和亡灵崇拜的思想，与关于奥西里斯的神话有着直接而内在的联系。这个神话叙述作为河水、土地和植物繁殖之神的奥西里斯给人间带来富庶和幸福。他的弟弟南风之神赛特因嫉妒而杀死他，并且分尸散抛埃及各地。奥西里斯的妻子伊西斯历尽千辛万苦终于将丈夫的尸体一一找回，并恳求诸神让丈夫复活，但诸神只允许奥西里斯留在冥府为王。伊西斯伏夫尸痛哭而与夫魂相交受孕生下赫鲁斯，赫鲁斯长大以后找恶神赛特报仇，在父王奥西里斯的帮助下战胜杀父仇敌，继承父亲在人间的王位。奥西里斯神话具有丰富复杂的人类学意义，表征了古埃及人关于神秘的自然与生命的原始思维。在这则神话中代表繁殖和丰收的奥西里斯，战胜了代表干燥南风和降低水位的赛特，潜在地象征了他们对生命枯荣衰盛循环有序的愿望。奥西里斯作为古埃及的恩神，既是一位开化原始的英雄，又是一位备受残害的罹难明君；既是体现万物繁衍、生命旺盛的繁殖丰收之神，又是象征自然荣枯循环、生命盛衰有序的冥界之王。从冥界与日出日落的对应关系中不难看出，太阳西坠意味着生命的终结，故尼罗河西岸成了死者的葬身之地。赫鲁斯是奥西里斯在人间再生的体现，奥西里斯则成为太阳在夜间运行的象征，死者只有在他的导引下才能穿越冥府，走向新生。

这种灵魂不死的执着信仰，驱使古埃及人在人死后将尸体涂上防腐剂和香料制作成"木乃伊"。为帮助亡灵顺利通过奥西里斯的冥界审判，应付各式各样的审问及穿越种种艰难险阻，从而获致再生，他们将这类指南性和备忘性的文字写在纸草上，放入死者的金字塔、陵墓、棺椁，甚至直接裹在"木乃伊"的身上。产生于新王国时期的宗教性诗歌汇集《亡灵书》就是这样一部关于冥界信仰的产物，包括27篇诗，计140章。其内容大致包括颂神诗（对太阳神拉或冥王的颂扬，称他们是"众神之王"、"万有之神"）、祈祷诗（表现亡灵对冥王的崇敬忠诚，用否定的方式极力为自己的一生辩白，表明生前从未做过任何坏事，请求神的恩赐或者宽赦）、劝诫诗（专门叮咛心在冥王审判亡灵之时要替死者隐恶扬善，嘱咐替身俑在冥间如何为主人殉葬和服役）以及神话诗、歌谣和咒语等。其中《阿尼的纸草》一章最为知名，阿尼是底比斯的祭司，他以自己为例详细记载进入"奥西里斯冥界"的各种程序、咒语以及一些神话。《死人起来，向太阳唱一篇礼赞》以激情洋溢的诗句赞美太阳神拉，同时也是渴求生之永恒不朽的意愿的表征。还有《他把自己与大神拉合而为一》《他向奥西里斯，那永恒之主唱一篇礼赞》等篇章，均充分体现了古埃及人崇拜冥界、祈求永生的原始宗教情感。《亡灵书》和《阿顿太阳神颂诗》《尼罗河颂》一道代表了古埃及宗教诗的主要成就，《阿顿太阳神颂诗》在颂神诗中最为著名，这首长诗热烈地赞颂了赋予大地生命的太阳神的力量。埃及考古学家认为，古埃及颂神诗对古希伯来文学的影响在《旧约·诗篇》中留下明显痕迹。颂扬尼罗河是古埃及文学的重要主题之一，《尼罗河颂》蕴含着"埃及是尼罗河的赠礼"这一深长意味，在古埃及文学史上占有重要地位。

除此之外，古埃及还有许多的歌谣、诗歌、箴言、故事及纪实游记等流传下来。自中王国时期开始故事性作品逐渐增多，这些故事带有较多上古原始思维色彩，它们关于命运、谋略等母题还对后世西方民间故事产生了影响。其中《能说善道的农夫的故事》《赛努西故事》《遭难水手的故事》《厄运被注定的王子》《两兄弟的故事》及纪实游记《威纳蒙旅行记》等最为著名。每个时期还有传记作品以及丰富的训诫和箴言，这类教谕文学有些出于法老、官员之手，用以驯服臣民；有些是安身立命的道德价值标准。著名的《普塔霍蒂普箴言》成为后世《圣经·所罗门智训》的模本。

总之，古埃及文学是人类最古老的文学遗产之一，在题材或体裁上对古希伯来文学和古希腊文学以及中古东方文学产生了深远的影响，在世界文学史中占有非常重要的地位。

古巴比伦文学是美索不达米亚（希腊文意思是"两河间的土地"）即幼发拉底河与底格里斯河两河流域文化最繁盛时期的文学。之所以称为"巴比伦文学"，是因为公元前19世纪至公元前17世纪的古巴比伦王国一直是这一地区的经济、政治和文化中心。不过，以巴比伦为代表的古代两河流域文明，可以一直追溯到苏美尔时期，它的生成与发展几乎与古埃及文明同步，是世界文明最古老的发源地之一。远在公元前5000年至公元前4000年间，苏美尔人便在两河流域开掘运河，利用河水灌溉农作物，创造了古代世界早期发达的文化。公元前2369年来自两河流域北部的游牧民族阿卡德人征服了两河流域南部的苏美尔人，建立了强盛的阿卡德王国。公元前1894年，居住于阿拉伯沙漠边缘地区的一支闪族部落阿摩利人打败了阿卡德人，建立了巴比伦王国。著名国王汉谟拉比（约公元前1792年至公元前1750年在位）使王国进入了经济、政治、军事以及文化的鼎盛期，著名的《汉谟拉比法典》就是世界上已知的最早的完备法典。在此后的历史岁月中喀西特人、赫梯人、亚述人、迦勒底人和波斯人曾先后在这块土地上建立国家。公元前538年，波斯王居鲁士推翻迦勒底人所创立的新巴比伦帝国，开始了另一种不同类型的新文化。

苏美尔人将自己发明的世界上最古老的图画文字符号，进一步演变成楔形文字。他们用三角形或方形的短小木棍、骨棒和芦苇秆作"笔"，以黏土制成的泥板为"纸"书写记录各种现象。因为书写时开始落笔的一端用力较大，笔画较粗，末尾收笔一端用力较小，笔画细得像是条小尾巴，这样在书写过的泥板上就呈现出楔子形的文字符号，这种楔形的符号被称作楔形文字。泥板表面写满文字以后，首先晒干，然后再放于炉子中焙烧。这种写有楔形文字的泥板可以一块构成一篇独立的文献，也可以几块或几十块相连贯而组成一部书。这就是所谓的泥板文献，或称泥板文书。这种文字体系在西亚地区广泛被阿卡德人、巴比伦人、赫梯人、亚述人、腓尼基人、埃兰人、米坦尼人、胡里特人以及波斯人等接受。这种楔形文字被誉为古代东方拉丁语。

同样，苏美尔文学也是世界上最早以文字记录下来的文学之一，从已经译解的泥板文献上可以看到神话传说等文学作品。关于太阳神夏马西、风雨神恩利勒、生育和生命女神伊什妲尔、瘟神内尔各勒的故事，以及关于苏美尔城邦乌鲁克的英雄吉尔伽美什的叙事史诗等，为后世的巴比伦文学所继承。古巴比伦文学继承了苏美尔人和阿卡德人的文学传统，在融二者为一体的基础上创造了神话、史诗、寓言、故事、箴言、歌谣和祷词等作品，通过泥板文书的形式而保存下来，经亚述人的广为传播，对希伯来文学、波斯文学和阿拉伯文学产生了重要的影响，并辗转影响了欧洲文学。

神话传说方面，巴比伦人由苏美尔的原始多神教逐渐转向了一元神论，土著神马尔都克被抬升到众神之王的地位。记载在七块泥板上的著名创世神话以作品开头的几个字"埃努玛·埃立什"为名，叙述主神马尔都克战胜太初母神提阿马特，创造天地、星辰、万物和人类的智慧以及力量，它表征了巴比伦人对宇宙起源的原始思维，神话中男神战胜母神而成为主宰者的意象，与人类社会从母权制迈向父权制的历史进程相契合，为希伯来《旧约·创世记》和古希腊《神谱》中的创世神话提供了鸿蒙初判、天地开辟的原型母题，另一则著名神话《伊什妲尔赴冥府》源于苏美尔时代神话故事《印尼娜降人冥府》，记叙爱情与生命女神伊什妲尔赴阴间拯救丈夫——植物之神坦姆兹的故事。当这一对司爱情与生命繁殖的神祇身陷阴界之后，阳世万物凋零枯萎，一片衰败残亡景象，诸神害怕生灵灭绝后再无人献祭，只好指令冥神将这一对神祇放回阳世，于是世间万物恢复生机以及繁荣。几乎世界上所有主要民族，各自都有对四季循环往复奥秘进行象征性阐释的神话，原始初民将自然界草木枯荣、日月升坠、四季轮回等外界的感觉经验内化为富于象征意味的对应关系的神话思维，这是人类童年时代神话思维式的原始心态。上述巴比伦人对于四季更迭和死而复生等自然现象的神话性阐释，与埃及的奥西里斯神话有着原始思维上的内在一致性，这种复活神话对后世的文学有着意味深长的影响。

自从19世纪70年代英国考古学家乔治·史密斯成功地译读了公元前2000年写成的巴比伦史诗《吉尔伽美什》后，人类已知的最古老的史诗的时间被推前了1000多年，这部伟大作品由12块泥板文书组成，每块泥板文书大约300行。史诗原文总共约3 500行。史诗主要描述的是：乌鲁克城残暴国王吉尔伽美什同武艺非凡的蒙昧勇士恩启都相抗衡未分胜负，因为彼此敬慕对方勇武，转而结成莫逆之交，一起讨伐威胁人世的危险杉妖芬巴巴，杀死了作恶的天牛。众神作祟致使恩启都突然暴病身亡，悲恸欲绝的吉尔伽美什在命运面前感到无能为力，于是去寻访人类始祖乌特那庇什提牟，探索死和永生的奥秘。乌特那庇什提牟向他讲述了大洪水的故事，以及潜海获取长生不老仙草的秘密。吉尔伽美什的长途艰难跋涉没有任何结果，他与亡友恩启都的幽灵有一番悲观的对话，全诗到此结束。这部史诗的主要情节导源于苏美尔文学的英雄传说，历经近千年的充实和完善，从民间口头流传的原始形式演变为泥板文书。从历史层面看，史诗中洪水方舟的故事，昭示了两河流域居民与暴虐的大自然进行生存斗争这个重大原始母题，《圣经·旧约》挪亚方舟的故事原型便是源于这部史诗，并已成为被后世文艺不断重复、衍生和变异的原型材料。寻访人类始祖、长生不老草的得而复失、冥府对话等情节浓缩了巴比伦人对自然法则和生命意义这一由来已久的问题的求索，使之成为人类已知的第一部表达探索自然与生命奥秘这个永恒愿望的形象化文献。乌鲁克城国王吉尔伽美什和半人半兽的草莽野人恩启都化敌为友的转变过程，表征了两河流域城邦国家文明与原始蒙昧游牧文明两种文化之间的冲突与融合，并与世界历史常例有某种对应关系。从思维形态看，这部史诗是一个带有原始思维色彩的神话传说，它以太阳的运行历程代表着英雄的行为及命运，太阳先升后降盛极而衰的行程周期决定了英雄的宿命以及史诗人物由喜至悲、由生到死的轨迹。反而言之，原始初民认为宇宙节律循环、太阳起落升降与人的生老病死具有同一模式，这个神话传说以英雄的行为和命运对自然运行的现象进行象征性阐释。从审美角度看，吉尔伽美什的形象具有矛盾性，他作为奴隶制城邦早期的国王具有强悍、暴戾、淫荡的一面，同时又有俊美、健壮、聪颖、勇武的另一面。随着时间的推移，他作为暴君的一面渐渐成为历史，被淡忘，而代表远古人类在严酷的自然和社会环境中作生存斗争的正面本质的一面则逐渐被神化，成为原始初民的理想寄托。从哲学视域看，吉尔伽美什人格上由暴戾淫逸的国王一变而成为为民除害的英雄的转化历程，正是人类自我意识走向成熟的象征性概述。他从国内臣民反对者的正义要求中看到了自己的残暴与不义，通过他人的价值态度而意识到作为社会个体存在的自我，从而由生物化的本我走向社会化的自我。这个情节以不自觉的象征形式，浓缩了人类认识自身、发现自我的社会化进程。这部史诗在人类精神文化发展中占有一席特殊地位。

公元前 3000 年左右，属于闪族一支的迦南人在古迦南（现今巴勒斯坦地区）这个沟通埃及和两河流域的交通枢纽地区定居，创造了鼎盛的农业文明——迦南文化。公元前 1500 年左右闪族的另一支、过游牧生活的希伯来人从两河流域的幼发拉底河畔入侵迦南。公元前 18 世纪希伯来人因迦南发生饥荒而迁徙到埃及尼罗河三角洲去游牧，到公元前 13 世纪时因不堪忍受埃及法老的残暴统治，在首领摩西的率领下逃出埃及后再次进入迦南定居。此后在与土著的迦南人和入侵的非利士人的战争中逐渐强大起来。公元前 11 世纪左右，希伯来人先后在南方和北方建立了两个强大的部落联盟，北方的称为"以色列"，南方的叫"犹太"。公元前1030年以色列部落首领扫罗被推为第一任国王，统一了南北方两大部落联盟，形成了一个初具规模的联合王国。犹太部落的将领大卫乘扫罗王战败伏剑而死之机登上王位，迁都耶路撒冷，建立了统一的以色列—犹太王国，被誉为希伯来的统一者和奠基人。大卫辞世之后，他的儿子所罗门在他的基础上促使王国进一步强盛起来。所罗门将耶路撒冷建成了著名的都城，他所建造的神殿成了犹太教的唯一中心和象征。王国在经济文化上出现了空前的繁荣局面，为希伯来文化的发展奠定了基础。所罗门逝世后，以色列与犹太间深刻的部落矛盾激化，统一王国于公元前922年重新分裂为以色列王国和犹太王国。两国国势渐次衰微。公元前722年亚述帝国攻灭以色列王国。公元前586年新巴比伦帝国摧毁犹太王国，制造了东方历史上著名的"巴比伦之囚"事件，即将包括王公贵族、政教首领、工匠歌手在内的5万多犹太人掳掠到巴比伦做苦役。公元前538年征服新巴比伦王国的波斯帝国将囚禁在巴比伦的犹太人迁返故国，重建都城耶路撒冷，让其在臣属于波斯帝国的前提下建立神权统治。其后几百年间，希伯来人又屡次遭马其顿和罗马等外族的侵略。公元70年，重建的都城耶路撒冷和神殿又被毁坏，古代希伯来国家的历史至此基本结束，大批希伯来人流落散居在地中海周围地区，辗转漂泊世界各地。

希伯来人很早就接受了两河流域和埃及的文化影响而形成了自己的民族文化。希伯来人逃出埃及之后便以亚卫神为各部落的主神，重返迦南定居后那段漫长而多舛的岁月里，围绕着亚卫这一民族保护神出现了许多神话传说和历史故事。"巴比伦之囚"后的500年是希伯来人文化史上的重要时期。希伯来人祈求幻想中的救世主亚卫神拯救他们逃脱囚房生涯，认为违背上帝亚卫的诫命而受天罚是民族深重灾难的缘由，信奉宇宙唯一真神亚卫的犹太教才是解脱苦难的出路，一神论的犹太教由此完全确立。犹太教经典《旧约》的成书过程与此相应。约在公元前5世纪至公元1世纪，希伯来祭司修订了犹太教的教义，编撰了戒律与信条，并将公元前13世纪后流传下来的经律教规、国法政令、箴言训诫、历史传说、神话故事、寓言歌谣等各种典籍文献和民间口头作品进行搜集整理，编纂成用希伯来文写就的经书总集《旧约》。《旧约》作为古代东方文化的重要代表，同希腊晚期以及拉丁文化合流涵化，为基督教的创立提供了重要条件。基督教承袭了犹太教的教义，将犹太教的经典作为《旧约》而接受下来，又将《旧约》与基督教的经书《新约》合并起来作为自己的经书总集而统称为《圣经》（又称为《新旧约全书》）。《圣经·旧约》原初既是宗教经书，又是希伯来文献与文学汇编。此外古代希伯来文学的一些重要作品，还被收录在成书年代比《旧约》晚的《次经》和《伪经》中。由于地理和历史环境的因素,古希伯来文学带有埃及、巴比伦及波斯文化印迹。

作为希伯来文学总汇意义上的《旧约》,其中原始作品的主要形式可以归纳为神话传说、故事性的作品、诗歌和小说四大类。《创世记》是希伯来神话传说的主要汇集,其中关于天地起源、人类创造、伊甸乐园、洪水方舟等奇妙的神话,以简劲而古朴的情调和典雅而隽永的品格,对后世的文学艺术产生了相当深远的影响。关于历史和传说叙事的故事性作品以《出埃及记》《撒母耳记》及《士师记》等为代表,富于传奇超凡的永恒艺术感染力。在希伯来文学中价值最高的诗歌是《旧约》作品中的主要部分,抒情诗《耶利米哀歌》《诗篇》和《雅歌》等作为希伯来诗歌的高峰而被列入世界古典文学珍品之林。"智慧文学"双璧《传道书》与《约伯记》一并进入世界哲理诗最优秀的作品之列。《旧约》中的小说具有一些独特叙事技巧,《路得记》与《以斯帖记》分别被认为是古代世界文学史上最早的和成熟的小说。《旧约》作品中对象征、隐喻、拟人、夸张、反复、反衬、反讽、双关、对照等艺术手法的运用使其文学意味更加浓郁。同时,《旧约》作品也创造出了多种独具特色的文学样式,其艺术技巧高超的诗篇使用了贯顶体、气纳体两种独特诗律,先知文学、启示文学、福音书文学以及诗剧和较成熟的小说均已生成,《箴言》与《约伯记》等开启了智慧文学先河。希伯来文学的主题在《旧约》中主要呈现为"惩罚与拯救"和"以赛亚意识"。上帝创造了天地万物和人类,允诺赐予他们幸福。然而人类因背负原罪的烙印,罪恶愈来愈大,致使上帝悔于造人,遂发起洪水淹没整个世界以严厉惩罚人类。不过上帝又舍不得将自己的创造物全部毁灭,希望新的一代人能够赎罪以建立一个和平美好的世界,故此仍要眷顾救赎他们。在基督教的《新约》中这种观念同样贯穿始终,于是对上帝授命使者以赛亚的祈望、蕲求使希伯来文学具有浓烈的理想主义意味,启示文学《但以理书》便是预言灾难终将结束救世主即将降临。前述两个主题对后世文学的影响极其深远。

在古代东方民族文化中,希伯来文化对人类影响巨大,它在世界文化史上有至高无上的地位。在人类思想的全部历史中,没有任何第二部书能够像《新旧约全书》那样长期统摄西方的精神领域,并成为西方文化的两大源头之一。它对西方的思想意识、哲学观念、宗教理论、伦理道德、政治法律、文学艺术以及生活方式等各方面,都产生了极为重要而深广的影响。

由于有季风雨水之利,印度河流域和恒河流域的大片肥沃土地适宜农耕。与印度河相比,恒河因较少泛滥而成为印度民族心目中的圣河,享有"母亲之河"的盛誉。公元前 3000 年,生活在印度河流域的达罗毗荼人创造了基于生殖崇拜的农业文明。经中亚到恒河流域定居的雅利安人带来了基于自然崇拜的游牧文化。两种文化长期交融涵化，共同开创了印度文化史上的吠陀时代。公元前323年，旃陀罗笈多·孔雀（月护王）建立了著名的孔雀王朝，他的孙子阿育王（约公元前273—公元前232）被认为是世界历史上最杰出的国王之一，孔雀王朝是印度历史上第一个繁荣昌盛的帝国。公元4世纪初，古代印度的另一个著名王朝笈多王朝兴起。笈多王朝是一个全盛的著名帝国，同时也是古代印度文化史上光辉灿烂的顶峰时期。古代印度文化作为人类最古老的文明遗产之一，成为世界文化极其重要的组成部分。

印度是个宗教化的国家，宗教与其他意识形态融为一体的特质在印度文化中尤为明显。种姓是印度带有浓厚宗教色彩的一种社会身份等级制度，它将印度人分为婆罗门（种姓之首，掌神权的祭司僧侣）、刹帝利（掌政权的军事贵族）、吠舍（包括农牧工商等社会基本生产者，平民阶层）、首陀罗（失地或破产的下层村社成员，种姓中最低的等级）4级种姓。此外，还有处在社会最底层，被称为"不可接触者"的"贱民"。法典对各个种姓的衣食住行、婚姻和职业都作了最严格最严密的区分和规范。这是印度社会生活最主要的特点。种姓制度和吠陀教、婆罗门教、佛教、印度教等宗教一起对印度的各种文化形态及社会生活的方方面面产生了极其重大深远的影响。

古代印度文学包括公元前15世纪至约公元前5世纪的吠陀文学，约公元前5世纪至公元5世纪的史诗往世书文学，约公元前后至公元6世纪的古典文学这3个发展时期。

吠陀意为智慧、知识和学问。最古老的"吠陀本集"包括《梨俱吠陀》《娑摩吠陀》《夜柔吠陀》和《阿达婆吠陀》4个部分。"吠陀本集"原是记录上古时期哲学、宗教、巫术、礼仪、风俗和社会思想的文献，后演化为印度各教所崇奉的神圣经典，吠陀文学主要是指4部"吠陀本集"中具有文学性的颂神诗、神话传说、咒语等。其中最古老和富于文学价值的部分是《梨俱吠陀》。它是吠陀文献的核心，约成书于公元前1500年，最早的诗在公元前3000年时已经开始口头流传，据说由婆罗门祭司长期授受、共同编纂而成。"梨俱"是其中诗节的名称，它的格律后来演化成为印度颂诗的范式。共收诗1 028首，其中的哲理诗对《奥义书》以及后来整个印度哲学产生了巨大影响，抒情诗成为印度世俗文学的源头，对话诗为史诗和戏剧发展奠定了基础。它的内容主要反映上古印度神话传说、原始宗教、社会生活、自然景观等，表现了印度最早的哲学思想，集中歌颂了天神之王因陀罗、火神阿耆尼、酒神苏摩和水神伐楼拿等吠陀时代主要的神。《梨俱吠陀》是印度现存最古的诗集，同时也是人类最早的宝贵文学遗产之一，有不少诗在艺术上已达到相当高的水平。《阿达婆吠陀》是一部巫术咒语诗集，内容主要是以咒语祛除毒虫猛兽，辟妖杀敌，治病去疫，禳灾消祸，祈求富饶福寿、旅途平安、家庭和睦、求爱成功，等等。这些巫术咒语的夸张想象很富于文学色彩，体现了上古印度人幼稚古朴的神话思维和避凶趋吉的善良愿望，以及他们以语言超越现实的天真幻想。吠陀文学时期使用的吠陀语逐渐演化为成熟的古典梵语，再由规范的梵语而成为古代印度全国通用的文化语言。

史诗往世书文学主要包含在古典梵语写的文献典籍里，主要是指《摩诃婆罗多》《罗摩衍那》两大史诗和《薄伽梵往世书》等18部往世书。《罗摩衍那》采用输洛迦诗律，是一部比较严谨完整的作品，在印度传统中被认为是"最初的诗"，近似"史诗"这种现代习惯的说法。而《摩诃婆罗多》习惯上被视为"历史"或"历史传说"，全书其他性质内容的成分超过纯粹文学内容的分量，是一种以文学体裁和形式撰写的关于哲学、宗教、道德、历史、政治、法制和风俗等的往世书类型著作。"往世书"是印度传统名称，主要是用诗体（有的附散文）写成的非纯粹文学性著述，严格说来不能全部算作文学作品。上述作品除神话故事外，还包括远古传说时代的帝王世系源流、仙人家族谱牒、宗教经律训诫等。《摩诃婆罗多》和《罗摩衍那》全面蕴含着印度人的认知思想、价值观念、审美意识，对印度社会生活产生了悠久而深广的影响，成为仅次于"吠陀本集"的神圣经典，是后来印度文艺创作取之不竭的重要源泉之一。

印度古典文学中比较发达的样式是诗歌和戏剧，还有寓言故事以及长篇小说。马鸣的长篇叙事诗《佛所行赞》是梵语古典文学中最早的作品之一，描述佛陀释迦牟尼从出生直到涅槃的生平事迹，饱含佛学教义，通俗流畅，流传很广。最流行的格言式小诗是伐致呵利的《三百咏》，有不少隽语佳句，在印度传诵极广。迦梨陀娑的《罗怙世系》和《鸠摩罗出世》以及抒情长诗《云使》均被认为是古典梵语诗歌的典范，对印度古典诗的发展作出了巨大贡献。

古代印度最杰出的戏剧家迦梨陀娑名下有三部剧作——《沙恭达罗》《优哩婆湿》以及《摩罗维迦和火友王》——传世。《沙恭达罗》是印度最优秀的剧作，也是世界文学史上不朽的名剧。薄婆菩提写的《茉莉和青春》《大雄传》和《罗摩传后篇》等三个剧本在印度文学史中与迦梨陀娑的剧作齐名。首陀罗迦的著名剧作《小泥车》是描写世俗生活的杰出作品。

吠陀时代的文献中已有一些传说故事，佛教的一些经典常常运用寓言故事弘扬佛旨。以俗语巴利文写成的佛教文学《本生经》是世界上最古老的寓言故事集之一，它最主要的艺术贡献是为小说的生成提供了雏形。古代印度是一个寓言故事极为丰富的国家。梵文寓言故事集《五卷书》的核心精神，主要是教给人们一些待人处世之道，体现了古代印度人的人生哲学和聪明才智。全书在故事叙述中夹杂大量诗歌、谚语,这种诗文并茂、夹叙夹议的文体往往超越历史和现实层面,进入人生哲理等精神领域中,使之成为具有启迪意义的思想母题。全书采用故事套故事的"连串插入式"框架结构,从而将全书本不关联的松散故事群贯穿在一起,纳入东方文学常见的"框形结构"之内。这种别具一格的结构形式影响了阿拉伯的《一千零一夜》、薄伽丘的《十日谈》、乔叟的《坎特伯雷故事集》等世界名著。此外,根据《伟大的故事》改编和缩写的《故事海》,以及《僵尸鬼故事集》《益世嘉言集》等也广泛流传。

现存最著名的长篇小说有波那的《迦丹波利》《戒日王传》和檀丁的《十公子传》,这些古典小说的一个共同特点是十分重视文辞。

第二节 《圣经》

《圣经》是著名的宗教经典,也是成就卓著、影响深远的文学著作。犹太教的《圣经》(又名《希伯来圣经》)特指基督教所称的《旧约》,基督教新教的《圣经》包括《旧约》和《新约》,天主教、东正教的《圣经》除《旧约》《新约》外还有《次经》若干卷。《旧约》《次经》的作者是古代希伯来人,《新约》的作者是初期基督徒。

一、古希伯来民族与初期基督教

希伯来人是闪族的一支,最初游牧于阿拉伯半岛西南部地区。约公元前20世纪初,传说中的第一代族长亚伯拉罕携家大迁徙,从美索不达米亚进入迦南地区(即后来的巴勒斯坦),他们被当地土著居民称为"希伯来人",意思是"从河那边(幼发拉底河)过来的人"。约公元前17世纪,希伯来人因饥荒逃到埃及。大约400年后又因不堪忍受法老的压迫,在摩西的带领下逃出埃及,返回迦南。接着,在长达200年的士师时代中,他们在迦南逐渐立稳脚跟。

公元前11世纪下半叶,"以色列—犹太"联合王国建立,扫罗、大卫、所罗门相继称王,希伯来民族进入繁盛时代。所罗门死后(前933),联合王国分裂成犹太和以色列南北两国,双方内战不断,国力日衰。自公元前8世纪中叶起,一批被称为"先知"的志士仁人登上宗教和政治舞台,展开了一场为期300多年,旨在惩恶扬善、强国富民的先知运动。公元前722年北国以色列亡于亚述帝国。公元前586年南国京城耶路撒冷沦陷于新巴比伦军,数万国民惨遭掳掠(此即"巴比伦之囚"事件),希伯来人独立自主的民族国家至此不复存在。

公元前538年，战胜新巴比伦的波斯皇帝居鲁士颁布诏书，允许被囚的希伯来人重返故国。返国者积极从事各种复兴活动，编成犹太教的第一批经典"摩西五经"。公元前332年马其顿的亚历山大大帝东征，包括巴勒斯坦在内的西亚北非地区进入希腊化时代。公元前64年罗马将军庞培占领巴勒斯坦，对犹太人实行野蛮的统治和横暴的掠夺，致使反抗斗争连绵不断。公元73年、135年犹太民族大起义惨遭镇压，幸免罹难者被迫逃离巴勒斯坦，流散于西亚、北非、欧洲和其他地区。

在上述历史过程中，希伯来作者们陆续写作、编订出《旧约》《次经》各卷。

基督教最初是犹太教的一个异端派别，公元1世纪上半叶由耶稣创建于巴勒斯坦。耶稣因宣讲不同于犹太传统的新教义而触犯犹太教的利益，被其上层分子捉拿，押送官府，最后以"煽动民众作乱"之罪钉上十字架处死。耶稣的门徒彼得、约翰、雅各等恪信耶稣就是基督（救世主），已经复活升天，将来还会再临人间。他们以耶路撒冷为中心建起初期教会，继而向小亚细亚、北非、地中海东北部岛屿传教。40至50年代，初期教会最重要的思想家和传教士保罗三次长途旅行布道，远行至希腊、罗马地区，其间写出书信多封，系统地阐释了基督教的信条和教义。公元73年犹太起义失败后，随着耶路撒冷圣殿再度被毁，初期教会进一步脱离犹太教的母体。2世纪，基督教在巴勒斯坦以外的罗马世界广泛传播，形成独立的信仰体系、组织制度和礼仪节期，与犹太教完全脱离。这大体上是《新约》成书的历史背景。

二、旧约文学

《旧约》共39卷，除个别章节杂有亚兰语外，全部用希伯来语写成。就文类考察，旧约文学可分为神话、传说、史诗、史传、小说、抒情诗、智慧文学、先知文学和启示文学等类型。

希伯来神话集中记载于《创世记》第1至11章，其中最著名的是创造宇宙、伊甸园和大洪水神话。"创造宇宙"讲上帝如何从"空虚混沌"中创造宇宙万物和人类，表现出希伯来人对万物生成和人类起源的独特理解。"伊甸园"叙述了发生在至乐之境伊甸园中的故事：上帝把他造的男人亚当安置在园中，又用亚当的肋骨造成女人夏娃作他的配偶。夏娃、亚当因受蛇的诱惑而偷吃智慧树上的果子，触怒上帝，遭到诅咒。上帝唯恐人类再"摘生命树上的果子吃"而"永远活着"，乃将二人逐出乐园。神话折射出希伯来人对至乐、永生的向往，及其对人类无法至乐、永生原因的解释。基督教从中引申出"原罪"教义，谓始祖亚当因偷吃禁果而犯下原初之罪，其罪性传承，使后世人人生而有罪。"大洪水"神话通过义人挪亚造方舟、避洪水,使人类及各种禽兽得以生存繁衍之事,展示出西亚上古居民对洪水的畏惧心理、制伏洪水的迫切愿望和征服洪水的非凡智慧和意志。

《创世记》第12至50章生动繁详地记载了希伯来早期族长亚伯拉罕、以撒、雅各和约瑟的动人传说。"燔祭献子"描写亚伯拉罕毫不迟疑地将独生子以撒献为燔祭,勾勒出他无条件服从上帝的虔诚性格。雅各以聪颖精明、机敏诡诈著称,少年时曾以一碗红豆汤骗取哥哥的长子继承权,长大后牧养出远远超过舅舅拉班家产的肥壮羊群。约瑟的传说尤为生动曲折:他早年因妄自尊大被哥哥们卖为奴隶,在埃及因拒绝女主人引诱被诬告入狱,为法老圆梦后得以高升,当上宰相,尔后厚待众兄长,又将老父亲雅各接往埃及。其中他与哥哥们相认一幕,心理刻画细腻,抒情色彩浓郁,感人至深。

载于《出埃及记》《民数记》《申命记》等卷的摩西率众出埃及是希伯来人的宏伟史诗。借助紧张曲折的戏剧性情节,诗章记述了以色列人出埃及,过红海,穿越西奈沙漠,最终抵达约旦河东的传奇经历,塑造了民族英雄、军事首领、立法者、宗教活动家、诗人、演说家摩西的英雄形象。在后世,"出埃及"已成为民族独立和社会解放的艺术象征。

在征服迦南,建立王国的漫长年代中,希伯来民族涌现出无数著名人物,如约书亚、以笏、底波拉、基甸、耶弗他、参孙、撒母耳、扫罗、大卫、所罗门、以利亚、以利沙等,他们的事迹经艺术加工后载入《约书亚记》《士师记》《撒母耳记》《列王记》等卷,形成一类风格独特的史传文学。参孙是著名的大力士,能徒手撕裂狮子,用一块驴腮骨杀死1 000非利士人。非利士人设计将他抓获,挖去其双眼,他于非利士人举行宗教祭典时推倒支撑庙宇的双柱,与在场的3 000仇敌同归于尽。参孙与敌人血战到底的英雄气概被后人广为传颂。大卫的故事尤其精彩,在史家笔下,他既宽厚仁慈,又阴险狡诈;既是威震敌胆的一代英豪,又是荒淫的昏君和卑劣的凶犯,具有丰厚复杂的独特个性。

希伯来小说在远古传说、寓言、故事、传记等叙事文学的基础上形成发展起来,公元前5世纪至公元前2世纪一批较成熟的作品相继问世。《路得记》形成于公元前5世纪末,当时希伯来人的宗教领袖为净化民族信仰,禁止与异族通婚,规定已婚者必须离婚,否则就要被驱逐。《路得记》不赞成这种做法,而以士师时代的社会生活为背景,借古讽今地赞扬民族之间的团结互助和联姻。在田园诗般的抒情氛围中,作者以朴素的白描手法勾画了摩押族女子路得的贤惠、忠贞和勤劳,赞许了她与拿俄米的婆媳之情和与波阿斯的恋情。《约拿书》的主题与《路得记》相仿,通过小先知约拿传道的奇异经历,批驳狭隘民族主义观念，主张不同民族间的互谅互爱，宣扬普世博爱的社会理想。《以斯帖记》是著名的爱国主义小说，约成书于公元前2世纪末。中心人物是美貌的犹太女子以斯帖，她被册封为波斯王后，享有荣华富贵，但却处处以民族利益为重；为使同胞免遭屠戮，她冒险闯宫，说服国王收回成命，并将仇敌哈曼处死。全卷文字清新，没有一次提到神，没有一点宗教意味，在希伯来文学遗产中极为少见。

希伯来人富于宗教感情，千百年中创作了大量情真意挚的抒情诗，其中规模最大的诗集是《诗篇》。《诗篇》收入150首作品，大多表现希伯来人的宗教生活和情感，如虔诚信徒对上帝的赞美和呼求，对罪过的忏悔与反省；也有一些抒发其他方面的人生体验，如第129篇2、3节叙写诗人对仇敌的无比憎恨：

> 从我幼年到现在，仇敌残酷地迫害我，
>   但他们没有胜过我。
> 他们在我背上留下了深深的伤痕，
>   像农夫挖了一条又深又长的犁沟。

又如第1篇述说弃恶从善的哲理，第45篇渲染新婚的喜乐，第137篇抒发囚居异国的诗人对故都的深切怀念。

《耶利米哀歌》是《旧约》中描写最凄惨、情调最悲切的抒情诗，分为5章，据传由大先知耶利米写成。作品以公元前586年耶路撒冷被攻陷、众民遭掳掠的历史惨剧为背景，淋漓尽致地抒发了诗人的亡国之恨与忧民之情。它的前4章用严格的贯顶体写成，艺术技巧达到炉火纯青的程度。贯顶体是一种独特的希伯来字母序诗，一般由22节组成，每节的头一个字母依次使用希伯来文的22个字母。在原著中，这种精雕细刻的诗作给人严密工整的视觉感受，为阅读和记忆提供了极大方便。诗章还成功地运用了气纳体韵律：每行5个强音，前段3个，后段2个，前后之间有一示意哭泣吞声的短暂停顿，用以造成悲哀不已、泣不成声的艺术效果。

《雅歌》是极负盛名的希伯来爱情诗歌集。据考，古时西亚某些地区的新婚庆典要连续举行7天（或14天），这期间新婚夫妇把自己装扮成国王和王后，载歌载舞；祝贺的亲友也都高唱赞美新人的情歌。《雅歌》最初很可能是这类婚礼庆典中演唱的诗歌，它通篇没有宗教气息，而以美丽的意象、优雅的语句，细腻地抒发出男女恋人彼此慕悦、依恋、挚爱、相思的感情，读后令人回味再三。比如情郎对其恋人的赞美：

> 我的爱人,我的新娘,
> 　你眼睛的顾盼,你项链的摇动,
> 　把我的神魂夺走了!
> 我的爱人,我的新娘,
> 　你的爱情多么甜蜜,胜似美酒,
> 　你散发的香气胜过任何香料。
> 亲爱的,你的嘴唇甘甜如蜜,
> 　你的舌头有蜜有奶,
> 　你衣裳的芬芳正像黎巴嫩的香气。

以饱含感情的诗句将妩媚少女描绘得甜美动人。

希伯来人善于总结人生和历史的经验,千百年中创作了大量智慧文学作品,代表作是《箴言》《约伯记》和《传道书》。《箴言》是一部由数百首短诗汇编而成的哲理诗集。全书从推崇智慧和智者,针砭愚昧和愚人开始,以主要篇幅论述希伯来人的各种伦理道德准则,认为善良的含义是敬神、公义、仁爱、诚实、贞洁、谦卑、勤勉、慷慨等,邪恶的表现则是渎神、不义、仇恨、奸诈、放荡、傲慢、怠惰、悭吝等。如"慷慨好施,日益富裕;一毛不拔,反更穷困","出言不慎如利剑伤人,言语明智如济世良药"。此类短诗讲究前后两行间的对称和谐与表意的相对完整,被人称为"平行体",是智慧文学也是全部希伯来诗歌的基本诗体。

《约伯记》的主题是探索人类悲剧命运的根源。全书从一个好人受难的故事开始:撒旦得到上帝的允许,对义人约伯进行极为残忍的考验,使他丧失所有儿女和全部家产,并从头到脚长满毒疮。面对人生际遇的突变,约伯严峻地思考义人受难的原因,对"上帝的公义"提出质疑。他的朋友以利法、比勒达、琐法和年轻人以利户试图用正统的"神义论"说服他:上帝的公义是不容置疑的,遭受惩罚是因为犯有罪孽。但约伯据理力争,拒而不纳。后来上帝从旋风中回答:任何寻找受难原因的企图都是徒劳的,因为上帝的意志是人类无法把握的。约伯最后再蒙神恩,长寿而终。除内容的深湛外,《约伯记》在艺术上也达到很高水平。全书采用了完整而宏伟的戏剧体结构,分为开端(1、2章)、发展(3—37章)、高潮(38—41章)、结局(42章)4阶段,发展阶段又分为4场(3—14章,15—21章,22—31章,32—37章),起承转合,脉络明晰。它的场景极其壮阔,上至上帝与撒旦的交谈,下及人间约伯和朋友们的论辩;开端时天上密谋和人间灾难交替出现,高潮中上帝又与约伯直接对话，天与地、神与人浑为一体。这种艺术构思毫不逊色于典范的古希腊悲剧。

《传道书》是一部流露出浓重虚无悲观情绪的哲理诗集，核心概念是"虚空"：

> 虚空的虚空，虚空的虚空，凡事都是虚空。……万事令人厌烦，不能说尽。眼看，看不饱；耳听，听不足。已有的事，后必再有；已行的事，后必再行。日光之下，并无新事。……我见日光之下所作的一切事，都是虚空，都是捕风。弯曲的不能变直，缺少的不能足数。

传道者认为，一切都是暂时的，万事万物都在沿着一个既定的轨道循环往复；人生毫无意义，才智与劳碌徒然无用；生命如过眼云烟，唯一的归宿就是死亡；因此活着就要享受，就应追逐各种口腹声色之乐。这是一些希伯来哲人在"巴比伦之囚"以后数百年中对磨难的沉重叹息。有学者指出，书中明显留有古希腊人本主义哲学浸润的印迹。

先知文学是最能体现希伯来文学民族特色的文类之一。按照犹太传统，"先知"是最先领受上帝旨意的人，是上帝在人间的代言人。实际上他们是一批热诚的爱国者、目光敏锐的思想家和无所畏惧的斗士。在内忧外患的年代，他们目睹各种社会罪恶，深感民族危机的严重，便吟诗撰文，抨击当权者，告诫国民明辨时局，弃恶扬善，聚集于民族宗教的旗帜之下，共渡难关。他们的言论被后人辑录成册，收入《旧约》，即流传迄今的《以赛亚书》《耶利米书》《以西结书》《何西阿书》《阿摩司书》《弥迦书》等14卷先知书。《阿摩司书》是最早产生的先知作品，约成书于公元前8世纪中叶。阿摩司原是南国伯利恒附近一个小村庄的村民，以牧羊和修剪桑树为生，后来才到北国以色列传道。面对腐败的现实，他愤怒揭露王公贵族的淫靡奢侈，指出他们纵情挥霍的财富无不来自欺诈和掠夺。阿摩司以刚直不阿的品格、疾恶如仇的精神被誉为"以色列的良心"，他的言论因见解精辟、风格犀利而博得后人的普遍赞誉。

启示文学是希伯来文学中出现较晚的文类，发展、繁盛于公元前2世纪至公元1世纪。"启示"的原意是"以神谕方式揭开隐蔽的真理"。启示作品的基本观念是论述世界末日情状和世人最终结局，谓现世的末日已指日可待，届时上帝将实行最后的审判，使义人享永福，恶人受永罚，并制伏魔鬼，建立由弥赛亚永远统治的新天新地。启示文学作者热衷于描写各种奇特怪诞的异象，在"传达上帝启示"的名义下隐蔽地表达自己的政治见解和社会主张。《但以理书》的后6章是《旧约》中最重要的启示作品，作者以隐喻手法说明巴比伦等帝国的兴衰和世界的最后结局，预言"以色列人会克服一切困难，终将胜利"。

三、新约文学

《新约》共27卷,用希腊文写成。新约文学可分为福音书文学、纪事文学、书信文学和启示文学4种类型。

福音书文学见于《新约》开头的4卷书:《马太福音》《马可福音》《路加福音》《约翰福音》,中心内容是基督教创始人耶稣的生平和学说。在作者笔下,耶稣乃上帝圣子,受圣父的派遣降生于世,传道宣讲,召选门徒,行施神迹,治病禳灾,救赎罪人,为世人受过,被钉死在十字架上,尔后复活并升天。福音书的文体别具特色,基本构成单位是流行于初期教会中有关耶稣的片断传说。这些传说可分成纪事和讲演词两大类,纪事类有的富于神话色彩,异象迭起,奇观纷呈,有的用写实手法,平铺直叙,质朴无华;讲演词可分为宣示型、比喻型、直陈型、象征型和诗体讲道几种情况,有的借喻言志、循循善诱,有的直抒胸臆、开门见山。它们经福音书作者的精心筛选、整理、加工和编排,形成一种独特的宗教性纪传文学,蕴有多重美学内涵,以神秘、崇高为主导色调。

福音书记载了许多关于耶稣生平的神奇经历,如马利亚因感受圣灵而怀孕,生下耶稣,耶稣降生时天兵与天使同声赞美上帝,耶稣战胜撒旦的引诱和试探、登山变容、死后复活、向门徒显现、最后升天等。书中还不时记述耶稣的"治病奇迹"和"自然奇迹"。这些事迹具有神话传说性质,充满神异的想象和夸张,风格奇幻,耶稣形象中的神性因素主要靠它们表现。同时,福音书也记载了耶稣生平的现实性经历,如召选门徒,教训众人,与法利赛人辩论,被犹大出卖,在十字架上受死,死后按普通人的习俗安葬等。这类纪事的手法是写实的,不乏生动、具体、逼真的细节(如犹大以亲吻为暗号出卖耶稣),塑造的耶稣全然是现实生活中的普通人——他有伟大之处,在于头脑清醒、意志顽强、谈吐犀利、有远见卓识和非凡的组织能力,也有平凡之处,表现为一如世间凡人,他也有血肉之躯和喜怒哀乐。这类描写显示出耶稣的人性因素。

在福音书中,耶稣以多种方式向众人讲演,常见的有:宣示型——先讲一个故事,再引出(或宣示)一句论断,故事的存在只是为了引出最后的论断,并使听众更深刻地理解这句论断;比喻型——将形象化的比喻融于讲演之中,使听众由喜闻乐见的形象产生联想,深入浅出地理解某一道理,如"财主想进上帝的国,比骆驼穿过针眼还难";直陈型——直截了当地陈述见解,如"凡看见妇女就动淫念的,这人心里已经与她犯了奸淫罪",这类语句往往言简意赅,词锋犀利;象征型——多见于《约翰福音》,赋予某些日常术语(如光、暗、水、生命等）以特定含义，从平凡事物中阐发出深奥的神学意蕴；诗体讲道——以音韵铿锵、朗朗上口的诗句讲演，如"登山训众"开头的"论福"，《约翰福音》中的"好牧人"、"真葡萄树"等，它们常有比散文更强烈的感召力。

纪事文学的代表作是《使徒行传》，记载了耶稣升天后使徒们四处传道、初期教会不断发展的历程，著名使徒有司提反、腓利、彼得、巴拿巴、保罗等。

书信文学指 21 卷被称为"使徒书信"的作品，包括《罗马人书》《哥林多前书》《哥林多后书》《加拉太书》《以弗所书》等"保罗书信"13 卷，无名氏的神学论文《希伯来书》1 卷和《雅各书》《彼得前书》《彼得后书》等"公普书信"7 卷。它们是初期使徒在传教过程中彼此往来的信件，信中反映了各地教会的情况，表达了写信人对收信人的希望和要求，尤其探讨并阐述了初期基督教的信条和教义，实质上是一批"教义著作"。纪元前后，罗马帝国为适应内外联络的需要，陆续建立起先进的邮政通讯网络，境内各省之间常有信使奔波往来。使徒书信是一批真实的信函，行文大都符合希腊罗马信件的格式。

保罗是初期教会最著名的传道者、卓越的神学思想家、书信文学作者的杰出代表。他原名扫罗，是狂热的犹太教徒，曾积极参与迫害基督徒的活动。后来经过一次奇特的宗教体验，改变信仰，皈依基督，易名保罗，全力投入传播新教的事业。针对教会遇到的现实问题，他在书信中提出一系列新的神学理论，如"因信称义"：人能否得救，能否与神保持正当关系，不在于是否恪守传统的摩西律法，而在于是否真正信仰上帝或耶稣基督。基督教能冲出犹太教的樊篱而迅速传遍希腊、罗马世界，与保罗在理论及实践上的贡献密不可分。保罗富有论辩之才，擅长以层层推论征服读者。他的书信充满热烈的宗教激情，总体上给人以文笔峻急，一蹴而就的印象。

《新约》的末卷《启示录》是《圣经》中最典范的启示文学作品，主体部分以 7 印、7 号角、7 异兆、7 碗等异象详述世界末日的灾变和上帝的审判，以及基督与魔鬼的争战和基督的最后胜利。全书以象征手法写成，色彩斑斓，想象奇妙，场景壮阔，情节迷幻，是世界古典文学中不可多得的精品。

四、圣经文学的特征

圣经文学体现了民族性和世界性的统一。旧约文学是希伯来人的民族文学，新约文学既是初期基督教的教派文学，也是古代后期希伯来文学的重要分支，二者都有鲜明的民族内容、民族气质、民族形式和民族风格。它们形象地展示出一幅民族历史的宏伟画卷。《圣经》的作者们常用独特样式进行创作，如大型诗剧、先知文学、启示文学和福音书文学，在表现手法上也有不少民族的独特性，如诗歌中的平行体和贯顶体，散文中的启示体和异象体。圣经文学的世界性表现为，旧约文学是上古中东文学的代表作，形成时曾从古埃及、巴比伦、亚述、腓尼基文学中吸取精华而集其大成；新约文学则是"希腊化"时代东西方文化大冲击、大交融的产物，是二希（希腊和希伯来）文化交流的结晶。

圣经文学体现了宗教性和理想主义的统一。作为犹太教和基督教的经典，《圣经》的基本内容是宗教性的：《旧约》的主线是上帝与其子民希伯来人的相互关系，《新约》意在说明上帝如何借圣子耶稣实现其拯救世人的计划。但在较深的层次上，圣经文学又有显见的理想主义特质：就文化意义而言，上帝可视为一个理想主义的精神实体，他集真理、善良、完美、正义、力量、永恒、无限、超越于一身，是古希伯来人和初期基督徒社会理想和人生理想的最高体现。《圣经》多次记载神与人的立约，一再述说神对人的应许，立约和应许的内容，便是以神圣化的形式出现的希伯来人现实理想的本身——从族长时期的人丁兴旺、牲畜增殖，到摩西时期的斗败法老、出走埃及，士师时期的惩罚敌族、占领迦南，王国时期的国家强盛、王位稳固，分国时期的弘扬公义、完善道德，直到亡国以后的民族复兴和初期教会时期的普世博爱。圣经文学从创世之初的伊甸乐园到《启示录》末尾的新天新地，可谓对理想世界的憧憬纵贯始终。

圣经文学具有优美的情致、崇高的风格和浓郁的抒情色彩。它的许多作品源于人民口耳相传，富于民间文学清新、质朴、优美、健康的艺术情致。另一些作品出自文人手笔，辞章精巧，语言犀利，论证雄辩，表现出作者不同凡响的文学素养。因上帝形象几乎遍布所有作品，追求圣洁的呼声几乎响彻全书始终，圣经文学又从整体上显示出某种崇高、神圣的美学风格。与尊重理性、表现出较多客观倾向的希腊思潮相比，希伯来文化更尊重感情，具有更多的主观倾向。如果说古希腊人擅长创作史诗、戏剧等叙事性作品，那么可以说，希伯来人更长于吟诵抒情作品。他们是一个富于宗教感情的种族，惯于向神灵敞开心扉，倾诉其心底的爱、憎、欢乐、哀伤、忧愁和期待。《诗篇》中大量的祈祷诗、赞美诗、忏悔诗、咒诅诗、朝拜诗，《耶利米哀歌》中的哀悼诗，《雅歌》中的爱情诗，以及福音书中的《尊主颂》《撒迦利亚的颂歌》等，便是其中的典范之作。

圣经文学在世界文学史上占有十分显著的地位。以它为代表的希伯来文学与古代中国文学、印度文学和希腊文学比肩而立，共同构成世界文学大厦的4

根支柱。它吸取西亚、北非、南欧古典文学的成果并予以改造，创造出体制庞大、观念新颖的新一代文学；其体系一旦形成，又通过两个主要渠道深刻影响了后来的世界：第一，借助基督教的传播，在中世纪与基督教神学融为一体，成为欧洲占统治地位的意识形态，在近代又继续渗透欧、美、澳等地区的社会意识，影响力迄今不衰。第二，通过世界各地的犹太作家，为后世犹太文学的繁荣提供了思想材料和创作素材。由于基督教的广泛传播，可以说，圣经文学的影响已遍及当今世界各大洲。它成为西方文学艺术的宝库和土壤，影响了一代代艺术家和文学家。

第三节　印度两大史诗

印度有两大著名史诗，一是《摩诃婆罗多》，一是《罗摩衍那》，前者被称为"历史传说"，后者被称为"最初的诗"。《摩诃婆罗多》的艺术风格比较简明、朴素，文体上代表了一个比较原始的阶段，而《罗摩衍那》中则有不少精致细腻、彩绘雕饰的诗章，文体上处于从史诗向古典梵语文学发展的过渡阶段。

一、《摩诃婆罗多》

《摩诃婆罗多》的作者是谁，至今没有定论。史诗中说到作者是广博仙人，即毗耶娑，也叫岛生黑仙人。传说他是破灭仙人的儿子，他的母亲是渔家女贞信，破灭仙人被贞信的美色所吸引，与贞信结合，但二人并没有结婚，结果生下了私生子毗耶娑。后来，贞信正式和般度的祖父福身王成了亲，她生下了花钏和奇武两个儿子，二人先后继承了王位，但都没有留下子嗣就去世了。应母亲贞信的要求，毗耶娑与奇武留下的王后同房，生下了持国、般度。此后，毗耶娑像以前一样仍然隐居于森林，而持国有了一百个儿子，这便是俱卢族，般度有五个孩子，这便是般度族，史诗描写的便是般度族与俱卢族之间发生的一场大战。毗耶娑亲眼目睹并参与了这场大战，并在大战后以及般度族五兄弟升天后创作了这部史诗。

从字面上说，"摩诃"的意思是"伟大的"，"婆罗多"既是印度的古称，也是印度古代民族的称号，正如我们把自己称为"炎黄子孙"一样，印度人也称自己为"婆罗多的子孙"。《摩诃婆罗多》这部史诗题目的含义就是伟大的婆罗多族（即般度族和俱卢族）的故事。

《摩诃婆罗多》共18篇，这部史诗的中心内容是描写发生在印度古代的一场大战，战场便在今天印度首都新德里附近，当时叫"俱卢之野"。

这场大战先是由印度北方一个婆罗多族王国的内部斗争展开，而后演变成了牵连整个印度的一场大战争。婆罗多族有两支后裔，一是以难敌为代表的俱卢族，一是以坚战、阿周那、怖军为代表的般度族，为了争夺王位的继承权，双方由猜忌和争吵逐步演变成势不两立的两大阵营，并最终导致了一场可怕的战争。这场大战持续了18天，般度族和俱卢族都广结盟友，使当时印度所有的王国都卷入了这场战争。按史诗的描写，这不仅是人间发生的大战，而且天神、阿修罗（魔）以及健达缚、罗刹等各种精灵和妖魔鬼怪都加入了这场大战。总体来说，般度族一方带着正义的色彩，所以他们最终战胜了俱卢族。不过，"正义"的般度族一方却是通过"非正义"的方式战胜俱卢族一方：站在般度族一方、代表"神"的意志的黑天，以阴谋诡计和违犯印度古代武士行为准则的欺骗手法"教导"般度族消灭了对手。

这部史诗规模宏大，被称为世界上最长的史诗，古希腊两大史诗加在一起，在篇幅上也只相当于《摩诃婆罗多》的八分之一。在这样的鸿篇巨制中，除了中心故事之外，还插入了很多其他故事和传说。"《摩诃婆罗多》中的插话内容包括各种神话、传说、寓言故事以及宗教、哲学、政治、律法和伦理等。……而这些插话数量之多，大约占据了《摩诃婆罗多》全诗的一半篇幅，由此，《摩诃婆罗多》成了一部百科全书式的史诗。"[1]

可以这样来理解插话："《摩诃婆罗多》采用对话体叙述方式。史诗人物在对话中叙述事情经过，或者追忆往事，或者为了说明道理，引用传说和故事，这样就形成故事中套故事、对话中套对话的框架式叙事结构。上述（指《莎维德丽》《那罗传》《投山仙人》《鹿角仙人》等）这些在史诗主体之外能独立成篇的插入部分，我们称之为'插话'。这种插话既有文学性的，也有说教性的。文学性的插话包含神话故事、世俗故事和寓言故事。说教性的插话包含宗教、哲学、政治和伦理。"[2]

《摩诃婆罗多》被称为印度古代文化的集大成者。打个比方来说，这部史诗不仅包含了《史记》或《三国演义》一类的内容，而且将《论语》《道德经》一类的内容也囊括其中了。《摩诃婆罗多》是印度的一部百科全书式的圣典，它以史诗的名义向人们昭示了宗教、哲学、文学、美学、政治、军事、道德、伦理、法律、民俗、历史等丰富、深邃的文化内涵。

实际上，要理解《摩诃婆罗多》，不能忽略的恰恰是这些说教性的插话，这些插话故事看似游离于故事的情节，但却是史诗思想内容方面不可或缺的组

---

[1] 黄宝生：《〈摩诃婆罗多〉导读》，中国社会科学出版社2005年版，第138页。
[2] 黄宝生：《〈摩诃婆罗多〉导读》，中国社会科学出版社2005年版，第53页。

成部分，这些说教性的插话看似枯燥乏味，但却是当时印度社会文化背景中的必然产物，具有强烈的现实针对性，这是这部史诗不同于西方史诗的一个重要特征。"这部史诗并没有耽于神话幻想，而富有直面现实的精神。它将婆罗多大战发生的时间定位在'二分时代和迦利时代之间'，也就是'正法'（即社会公正或社会正义）在人类社会已经不占主导地位的时代。这样，《摩诃婆罗多》充分体现了人类自身矛盾造成的社会苦难和生存困境。"①

《摩诃婆罗多》的成书年代约在公元前4世纪至公元4世纪，这时期印度的社会经济结构正在发生急剧的变化。恒河中下游的一些君主制国家正在逐步形成或是强盛起来。这些国家间的斗争，从部落间的侵袭演变成战争，自由的氏族部落社会正处于解体的状态，印度文明正从森林文明向封建文明过渡，印度社会出现了很多城镇，城镇的出现与印度传统的文明发生了很大的冲突，人们在现实生活的变化中对人生、社会如何发展产生了疑问并进行了探索。这既是列国争雄的时代，又是诸子百家的时代：为什么生产技术方面的进步带来的却是最可怕的人类痛苦和最极端的道德败坏？印度古代的先哲们有的像佛陀或耆那教主那样为人们描绘出一幅虚幻而美好的远景；有的则在痛苦中无法自拔，他们认为当时的世界处于混乱之中，因此，正确与错误、神圣与低下已经没有了什么标准，社会已经失去了道德；有的则沉醉在带有颓废色彩的享乐主义之中。

确切地说，"这是一部史诗时期宗教思想家们的论述汇编。这也表明史诗时期的印度社会处于列国纷争和帝国统一时代，思潮活跃，类似于中国春秋战国时代出现的'百家争鸣'局面。史诗作者无意充当思想判官，而是让思想家们畅所欲言，让听众们各取所需。这也为后人保存了大量比较接近原始面貌的古代思想资料"②。

显然，《摩诃婆罗多》的用意并不在于表现战争的伟大意义，它倡导的也不是英雄主义，相反，它详细描写大战的前因后果，反复讨论人生与社会的各种问题，这与西方史诗在主旨上是大不相同的。史诗的各种插话并非杂乱无章，而是统一于史诗所倡导的"正法"观念之中："史诗作者为如何解除社会苦难和摆脱生存困境煞费苦心，绞尽脑汁。他们设计出各种'入世法'和'出世法'，苦口婆心地宣讲，也将他们的救世思想融入史诗人物和故事中。但他们同时又感到社会矛盾和人际关系实在复杂，'正法'也非万能，有时在

---

① 黄宝生：《〈摩诃婆罗多〉导读》，中国社会科学出版社2005年版，第141页。
② 黄宝生：《〈摩诃婆罗多〉导读》，中国社会科学出版社2005年版，"和平篇"导读。

运用中需要具有非凡的智慧。"①

"正法"一词，音译"达摩"（Dharma），类似于我们今天所说的"正义"，它不仅表现了《摩诃婆罗多》的主题思想，而且也是印度文化中一个至关紧要的核心词汇。在印度文化中，"正法"表现为宗教、真理、道、法、法则、规矩等复杂多变的意义，在《摩诃婆罗多》中，我们不妨将它理解为"正义"。整部《摩诃婆罗多》卷帙浩繁，内容离奇，但其宗旨就是弘扬正义，坚持真理，邪恶无论多么强大、多么得势，但最后的胜利必然属于正义，一定程度上说，《摩诃婆罗多》是人类最早的一部"正义论"。

《摩诃婆罗多》在宣示正义理念时，并不是简单化处理，而是多层次、多色调地展开，它既让人增强正义感，又让人深思有没有正义以及正义到底是什么等问题：正义和非正义不是绝对的，而是随着时间、地点等各种条件的变化而变化。即使正义在身，也不能对非正义一方实施过度打击；正义者的过当防卫是不正义的，非正义者既要接受惩处，又有不受过度惩处的权利。《摩诃婆罗多》宣扬的是以"适度"、"相宜"为标准的正义观，这也正是史诗中一再强调的"正法微妙"原则。"正法"之所以"微妙"，是社会和人生的复杂性所致，"正法"也无法解决问题，这正是这部史诗所隐含的悲天悯人的精神。

由于《摩诃婆罗多》这部史诗的内容博大精深，它常常被誉为印度社会的百科全书，对后世产生了不可估量的影响。由于它的年代古远、内容包罗万象、思想玄奥精深，各国学者对这部史诗常常出现争议，因此有"《摩诃婆罗多》之谜"的说法。

史诗和神话常常是相伴而生，按《摩诃婆罗多》的描写，俱卢之野上发生的婆罗多族的争斗不仅是人间发生的大战，而且是一场神魔大战。俱卢族一方的大多数国王和王子是阿修罗和罗刹转生，而般度族一方的大多数国王和王子则是众天神化身下凡。在《摩诃婆罗多》中，主体故事虽然基本上是按照现实生活展开的，神魔的身份始终隐藏在背后，天神的化身在大地上也都按照人间的方式行事，但从神话背景以及神、魔、人之间的关系上看，印度史诗实际上已与西方史诗有着不同的含义了，印度史诗与神话有着更为密切的联系："《摩诃婆罗多》中神、魔、人关系密切，含有丰富的神话传说，异彩纷呈，错综复杂，是研究史诗神话的一个宝贵的资料库……神话研究是史诗研究的题中之意，两者不可能截然分割，因为这是史诗时代的文化现实，真实反映古人的思维形态。"②

---

① 黄宝生：《〈摩诃婆罗多〉导读》，中国社会科学出版社2005年版，第141页。
② 黄宝生：《〈摩诃婆罗多〉导读》，中国社会科学出版社2005年版，第21—22页。

《摩诃婆罗多》是一部非常独特的史诗作品。大致来说，比起《罗摩衍那》，《摩诃婆罗多》在风格上显得更为粗犷，气势上也更为宏大，神话想象中诞生的《摩诃婆罗多》在魔幻、非现实性的描写上，具有更多的随意性和夸张性，它在古印度原始森林的自然画面中，把读者引向一种梦幻般的意境之中，这是这部史诗"大气"的一面。另一方面，如果我们仔细阅读"莎维德丽"、"蛇国洞府"故事，也会发现《摩诃婆罗多》在具体的描写中又显得非常精致且富于隐喻的意义，它向我们显示人性和宇宙的奥秘，在奇特的想象之中，显得似真似幻，又都合情合理、丝丝入扣，如《摩诃婆罗多》初篇第三"宝沙篇"中的"蛇国洞府"故事：

他（优腾伽）在路上看见一个裸体的出家人忽隐忽现地走着。优腾伽把耳环放在地上，走去找水。这时那出家人匆忙走过来，拿起耳环跑了。优腾伽赶上去把他捉住。优腾伽变了形象，成了蛇王多刹迦，突然钻进了地上裂开的一个洞里。进洞后，优腾伽用这些颂歌赞扬龙蛇……

优腾伽这样歌颂了群蛇，还是得不到耳环。这时，他看见两个女人在织布机上织一块布。织布机上有黑的线和白的线。他又看见六个童子在转一个轮子。他又看见一个容貌俊美的男人。他用这些颂歌赞扬这一切：

此轮永恒不息常回转，
中有三百又加六十分，
且有二十又四分关节，
六名童子推动甚殷勤。

此一包罗万象织布机，
二位少女织布永不息，
黑线白线来回常转动，
一切众生世界共推移……

于是那人对优腾伽说："你的这首颂歌，使我喜欢。你有什么事要我做呢？"他对那人说："我要制伏这些蛇。"那人又对他说："你对这马的肛门吹气吧。"他便对那马的肛门吹气。这马一被吹气，就从全身各窍喷出了烟火。蛇国被烟火充满了。这时多刹迦害怕火烧，慌忙拿着耳环出了自己的官殿，对优腾迦说："请你把耳环拿回去吧。"优腾迦收下了耳环。收回耳环以后，他想："今天正是生母的功德日。我已经离开了这样远，我怎么才能回去向她行礼呢?"他正这样想着,那人对他说:"优腾迦啊!骑上这匹马吧。这马可以使你立刻回到你师父的家里。"……

优腾迦去向师父行礼。师父对他说:"孩子,优腾迦啊!欢迎你。你为什么来迟了?"优腾迦对师父说:"老师啊!蛇王多刹迦阻挠了我的事。他把我带到蛇国去了。在那儿我看见两个女人在织布机上织布。织布机上有黑线和白线。那是什么?我还看见那儿有一个轮子,轮子上有十二个辐。六个童子在转动它。这又是什么?我还看见一个男人。这人又是谁?还有一匹极大的马,这又是谁?在路上我看见一头公牛。一个人骑在牛上。他和气地对我说,'优腾迦啊!吃下这牛的粪吧。你的师父也吃过',随后我就照他的话吃了牛粪。我想请你告诉我,这是怎么回事?"

师父听了他的话,回答道:"那两个女人是陀多和毗陀多(维持者和创造者)。那黑线和白线是黑夜和白昼。六个童子推动着有十二个辐的轮子是六季和年。那个人是雨神。那匹马是火神。你在路上看见的公牛是象王爱罗婆多。骑牛的人是天神因陀罗。你吃的牛粪是令人长生不死的甘露。因此你在蛇国才没有死。因陀罗是我的朋友。你得到他的恩惠,才能拿到耳环回来。现在,好孩子,走吧。我允许你走。你将得到幸福。"优腾迦获得师父允许离开以后,对蛇王很愤怒,一心想报仇,便到象城去。

(金克木译)

"蛇国洞府"的故事,属于"蛇祭"故事中的小插曲,充满了奇特的想象与隐喻。"蛇国"存在于"洞府"中,它是黑夜的象征,但在对黑夜的想象性描写中,"蛇国洞府"也像白昼一样有一年、六季(印度古代将一年分为6季而不是4季)、12个月和360天,黑夜与白昼相互交替,推动着世界不停地旋转。显然,这里的"轮子"象征着太阳,但令人难解的地方却是它的背景即蛇国洞府:如果说这里"轮子"象征着太阳的话,为什么它会出现在黑暗的蛇国洞府?不过,联想到印度古代文化中的"蛇"常常代表着性和性力时,我们也不难理解这则故事了,由太阳的不停运转创造世间的万事万物而联想到人类的性活动使人类繁衍生息,这似乎也是顺理成章的事。在印度古代的雕刻中也常出现蛇吞其尾形成的圆圈,这就像黑夜与白昼相互交替、相互衔接一样,它无始无终,代表了"无限"和"永恒"。蛇吞其尾形成的圆圈,既象征着时间(太阳)永远在升与降的过程中不停地运转,又象征着人类通过性爱而生生不息的过程。

古印度人在思维上常常是漫无边际的(这是黑格尔在《美学》中的说法),其文学描写常常是夸饰性质的,《摩诃婆罗多》将印度人的思维与表达方式毕现无遗。尽管《摩诃婆罗多》绘声绘色、翻来覆去地描写了牵涉到天上人间的一场大战，但学者们经过多年的研究，并没有发现这场大战存在的真凭实据。或许可以说，所谓的"婆罗多大战"只不过是这部史诗"说话"的由头；或许我们可以说，正是因为《摩诃婆罗多》将战争的可怕与危害说尽说透了，所以印度便再也没有发生类似于"婆罗多大战"这样的历史故事了。

二、《罗摩衍那》

《罗摩衍那》的作者传说是蚁垤仙人，音译是跋弥或瓦尔米基。传说蚁垤仙人原本是一个大盗，有一天他遇到了一位仙人，仙人让他反反复复地吟咏魔鬼"摩罗"的名字，本领便会更加高强。他遵照仙人的指示，站在原地，翻来覆去地念着"摩罗，摩罗"，他越念越沉醉，以至蚂蚁在他身上建造了很多蚁穴他都浑然不知，"蚁垤"的名字便是由此而来。印度古代神话传说中，摩罗（字面意思是"死亡"）本属于魔鬼一类的精灵，而罗摩则是印度教中著名的大神，代表着印度教中的理想。可想而知，"摩罗"念得多了，而且是接连不停地念，"摩罗"便变成了"罗摩"，这样，他便从"魔"（强盗）变成了圣人。

诗的开头说，蚁垤仙人得到神的启示，作诗赞美罗摩的一生；史诗的最后一篇说他收容了被罗摩遗弃的妻子悉多，教育她的两个儿子，创作这部长诗让他们背诵；然后罗摩听到他们诵诗，才重新认妻认子。这些都是附会或后来糅合进史诗的传说。

究竟有没有这样一个作者，无法断定。学者们认为，从结构和文体上看，除了第一篇和第七篇外，全书的风格基本上是一致的，这部史诗应该是由一个作者最后定型的。定型之前的原始材料和写定之后的许多附加成分，当然不会是一个人的手笔。我们只能说，对全书进行一番整理和编纂，使史诗在文体和风格方面得到某种程度统一的这个作者可能就是蚁垤。

由于《罗摩衍那》被称为"最初的诗"，蚁垤也因而被称为"最初的诗人"。

《罗摩衍那》的字面意思是"罗摩的游历"、"罗摩的生平"或"罗摩传"。其主要内容是写英雄罗摩伟大的一生。《罗摩衍那》共分七篇。

第一篇《童年篇》主要讲述十车王举办求子大祭，大祭过后，大神毗湿奴化身为四，生为十车王的四个儿子：罗摩、婆罗多、罗什曼那、设睹卢祗那。罗摩长大后，经过一系列冒险，斩妖除魔，在弥提罗国举行的选婿大典上，罗摩折断神弓，娶了公主悉多为妻。第二篇《阿逾陀篇》主要写年老的十车王想立长子罗摩为太子，但妃子吉迦伊却要立自己的儿子婆罗多为太子，并要求十车王将罗摩流放森林十四年。因受咒语和诺言的约束,十车王只能满足吉迦伊的要求。罗摩为了使父王信守诺言,心甘情愿流放森林,他的妻子悉多以及弟弟罗什曼那随他一起进入森林生活。十车王死后,婆罗多执意请罗摩回来执政,但罗摩信守诺言,婆罗多只好摄政以待罗摩归来。第三篇《森林篇》主要描写罗摩等人与十首魔王罗波那展开斗争。魔王将悉多劫往楞伽城,魔王对悉多百般诱惑,但悉多坚贞不屈,发誓忠于罗摩,与此同时,失去妻子悉多之后,罗摩涕泪涟涟地向树木、小河、山、动物询问悉多的下落,最后从金翅鸟那里知道悉多被劫往楞伽城了。第四篇《猴国篇》写罗摩与猴王结盟,神猴哈奴曼率领猴兵猴将南下,向楞伽城进发。第五篇《美妙篇》写哈奴曼飞越大海,潜入楞伽城,侦探到了悉多,并与悉多联系,将罗摩的信物交给了悉多。哈奴曼回到罗摩身边,将悉多的信物交给了罗摩。第六篇《战斗篇》写罗摩率领猴兵猴将和熊黑大军南征,海神帮助他们在大海上建桥,渡过了大海,他们在楞伽城与魔王展开激烈的战斗,最后,罗摩亲手杀死十首魔王罗波那,救出悉多。与此同时,十四年的流放生活也结束了,罗摩回到阿逾陀,受到举国上下的热烈欢迎,他恢复王位,治理国家。同时立婆罗王为王位继承人。第七篇《后篇》可能是后人加上去的,主要写魔王罗波那的身世与劣迹、哈奴曼的故事以及罗摩和悉多后来的故事,等等。

《罗摩衍那》和《摩诃婆罗多》两部史诗产生的年代和故事的背景大体相同,但两部史诗在诸多方面却有明显的不同。在篇幅上,《罗摩衍那》大约只相当于《摩诃婆罗多》的四分之一;在情节上,《罗摩衍那》显得比较集中和统一;从人物形象上看,《罗摩衍那》比较专注于塑造罗摩的光辉形象,更符合西方英雄史诗的一般特征。

像西方的史诗一样,印度两大史诗中战争的缘起也与女性有密切的关联,《摩诃婆罗多》中黑公主的受辱与《罗摩衍那》中悉多的劫难都是发生战争的一个重要根源,但在对女性、人性、神性的描写以及道德的表现方面,两大史诗却各有千秋。《摩诃婆罗多》中黑公主有五个丈夫,这种现象的出现,更多地带有远古社会的色彩;而在《罗摩衍那》中,悉多则更多代表了封建社会的文明,是贞洁的化身。《摩诃婆罗多》中的女性更多地富于肉欲的色彩,而《罗摩衍那》中,不仅女性贞洁,甚至连魔王罗波那都尊重女性,他出于"爱意"将悉多劫往楞伽城后,他带着悉多遍游后宫,显示自己无与伦比的财富,借以诱惑悉多嫁给他,遭到拒绝后,他只好将悉多幽禁于后宫无忧树园中。显然,《摩诃婆罗多》更多地与远古社会形态联系在一起,属于粗犷型,而《罗摩衍那》则明显带有社会理想主义的色彩,这种理想主义对后来印度社会的发展产生了至为深刻的影响,甚至连圣雄甘地也将自己理想的社会称为"罗摩之治"。《摩诃婆罗多》中的神明,比如黑天,充满了狡黠的智慧,他虽是神的化身,但他的行为方式更多地富于世俗的精神,其人性的一面更为突出;而《罗摩衍那》中,罗摩更多地富于神性的色彩,在后来的印度社会中,他逐步演变成"神"的代名词,印度人见面的礼貌问候语"罗摩罗摩"有似于佛家的习语"阿弥陀佛"。《摩诃婆罗多》虽然强调"正法",但在正义与非正义之间似乎并没有什么界限,而在《罗摩衍那》中,罗摩明显是真理与正义的化身,而魔王罗波那则是邪恶与非正义的代表,因此,《罗摩衍那》的主题思想在印度国内外的学者看来都是比较统一的:善战胜恶,正义战胜非正义,公理战胜强暴。

《摩诃婆罗多》中的"正法"是一个被翻来覆去、反复讨论的问题,而《罗摩衍那》对此则加以简单的理想化。比如,在别的本子里,罗摩也是妻妾成群,但《罗摩衍那》则将罗摩塑造成为一夫一妻制的典范代表,他不仅自己不拈花惹草,而且将悉多的贞洁强调到无以复加的地步。他明知悉多是贞洁的,但当他杀死魔王罗波那、从后宫中救出悉多时,他对悉多痛苦思念之情却好像一下子化为乌有,他不仅对悉多在魔宫中遭受的苦难只字不提,而且极其理性地怀疑悉多的贞操。当悉多痛苦不堪投火自焚时,他也无动于衷,而当火神将悉多从火里托出来,证明了悉多的贞洁之后,罗摩却说:他并不是怀疑悉多,只是想在大庭广众中验明她的清白而已。"正法"在此显然"正"得有点儿过头了,所以,评论家认为,罗摩的形象在这方面有点儿虚伪。再如,《摩诃婆罗多》中,战争使人变得极其残酷、极其狡黠,无论是黑公主的血腥复仇,还是阿周那、怖军在战斗中违犯武士法规,都有点儿不择手段,而《罗摩衍那》则严守战争规范,《美妙篇》中写道:哈奴曼只身深入楞伽城,打探悉多的情况,当他圆满完成任务之后,他本该回去了,但是,他却想试探一下罗波那的力量,于是大闹无忧树园,杀死卫士,惊动了罗刹,结果哈奴曼被俘,但魔王罗波那却遵守战争法则,认为不应该斩杀使者,只能重罚,于是小妖们用破布条和棉絮缠住哈奴曼的尾巴,泡在油中,然后点火烧着,猴王哈奴曼拖着烈火熊熊的尾巴,在楞伽城上蹿下跳,全城陷入一片火海之中。哈奴曼乘机逃脱。这里虽然突出了战争法则,连十恶不赦的魔王都加以遵守,但这样的"正法"观念却使魔王与哈奴曼均显得愚蠢、滑稽。

我们可以这样理解史诗中的正义观念:"在人类社会中绝没有抽象的善、恶,也没有完全的正义、非正义等等。扩而大之,在人类与大自然的关系中也有同样的情况。我们讲'益鸟',杜甫讲'恶竹',都是站在人类的立场讲的。鸟并不知道自己是否是益鸟,竹子也决不会认为自己是恶竹,毒菌决不承认自己有毒。我们平常讲一些正义的行为,比如说正义的战争等,是指顺乎世界潮流、合乎人类社会发展的规律的行动。绝没有完全抽象的正义和非正义的战争。具体讲到《罗摩衍那》，所谓善，所谓正义，由谁来代表呢？他是属于哪一个阶级、哪一个种姓呢？为什么他的行动就是善、就是正义呢？所谓恶、所谓非正义，又由谁来代表呢？他又是属于哪一个阶级、哪一个种姓呢？为什么他的行动就是恶、就是非正义呢？"①

显然，《罗摩衍那》将这些问题简化了，罗摩就是善和正义，罗波那就是邪恶和非正义，《摩诃婆罗多》中复杂的哲学与宗教探讨，在《罗摩衍那》中演变成了社会理想与道德规范，这与当时的社会发展有密切关系。当君主制社会出现以后，当人们无法将复杂的"正法"问题讨论清楚时，人们在习惯心理上会将理想与希望寄托在体现神性的君王身上，罗摩恰恰是这种君王品性的完美体现。正是因为这种完美性，千百年来，罗摩的形象比任何一个神明和英雄都更深入印度人的心灵。

两部史诗都属于伶工文学，由到处漫游的伶工歌唱，代代口耳相传，由于是以传唱的方式演变、流传下来，其重点便落在"唱"上，它并不讲究辞藻的华丽和格律的工整，但有其特殊的韵律，这便是印度古代著名的输洛伽体。两大史诗使用的都是输洛伽体，不过，《摩诃婆罗多》的输洛伽体显得粗糙，其中也夹杂着更为古老的吠陀韵律，而《罗摩衍那》的输洛伽体则比较精致。

关于史诗输洛伽诗体的由来，《罗摩衍那》讲述了一段离奇的故事。说是蚁垤仙人在无边的树林里自由自在地走动，看到一对麻鹬安然地、静悄悄地正在交欢，但忽然间，一个名叫尼沙陀的凶狠的猎人将其中的一只公麻鹬射杀而死，母麻鹬看到自己的配偶被杀死，她伤心地在地上来回翻滚，悲鸣声凄惨动人。仙人见此情景，心生悲悯，谴责猎人说："你永远不会，尼沙陀！享盛名获得善果，一双麻鹬耽乐交欢，你竟杀死其中一只！"蚁垤仙人为什么会对交欢中的麻鹬忽然被射杀而死产生那么悲痛的心情呢？印度人历来主张不杀生，所以杀死麻鹬本身就是一种罪过，而杀死正在交欢的麻鹬更使蚁垤仙人不能忍受，这是因为在古印度人看来性爱是最为神圣的事情，交欢中的麻鹬代表的不仅是欢乐，而且是神圣，尼沙陀一箭下去，将蚁垤仙人心目中的欢乐和神圣一起杀死了。蚁垤仙人当时沉浸于极度的悲伤之中，并没有发现自己创造了一种诗的韵律，只是在反复的回味之中，他才发现他在无意中创造了朗朗上口的输洛伽韵律。

输洛伽韵律属于印度古代的偈颂诗体，它是印度古代最为流行、使用最方便的诗体，印度两大史诗和许多印度古书，包括印度佛教文献甚至是自然科学

---

① 季羡林主编：《印度古代文化》，北京大学出版社 1991 年版，第 107 页。

著作在内，都采用这种诗体。关于这种诗体，我们可以从佛经的汉译上来加以体会和认识。鸠摩罗什说："天竺国俗，甚重文制，其宫商体韵，以入弦为善。凡觐国王，必有赞德，见佛之仪，以歌叹为贵，经中偈颂，皆其式也。"这里，特别引起我们注意的是"入弦"、"歌叹"等字眼，这说明印度古代的偈颂不仅可以诵读，而且可以歌唱。翻译成汉语时，因"宫商体韵"不同，这种韵味便很难传达了，所以鸠摩罗什慨叹："但改梵入秦，失其藻蔚，虽得大意，殊隔文体。"道安在研究佛经的翻译时也说："胡经委悉，至于咏叹，叮咛反复，或三或四，不嫌其烦。"翻译成汉语之后，我们常常删繁就简，其一咏三叹的韵味自然也就失却了。季羡林先生在翻译《罗摩衍那》时，也遇到同样令人困惑的问题，原文是诗，不能译成散文；白话诗又没有定于一尊的体裁或者格律，也不适用于偈颂的翻译；最后季先生决定采用每行字数差不多少的顺口溜似的民歌体，但翻译到史诗第六篇下半部时，季先生最终又决定将史诗的偈颂体译成了七言绝句、五言绝句式的顺口溜。国内有学者对《罗摩衍那》的翻译文体曾有微词，认为这样的翻译不雅。实际上，《法句经》译者之一支谦早就认识到这一问题，他在"译序"中说，《法句经》译出后，他有"为辞不雅"之感，然而正是这种"不雅"恰恰使得偈颂不同于五言七言诗，也就是说顺口溜式的"不雅"成就了汉语佛经的偈颂。同样道理，季羡林先生在《罗摩衍那》的翻译中所选择的文体也是深思熟虑后的选择。《罗摩衍那》一咏三叹、杂沓反复叙事和描写不仅代表了印度史诗典型的艺术风格，而且体现了印度文学一以贯之的风貌。

再者，《罗摩衍那》在艺术上被评论家普遍称道的是景物描写。在印度文学中，真正对大自然十分敏感并且以饱满激情加以描绘的应自《罗摩衍那》始："在整个印度古代文学史上，专就描绘自然景色而论，《罗摩衍那》开创了一个新局面，达到了一个新水平。在这之前，在吠陀中，描绘自然风光的篇章不是太多，仅有的一点也都是简明朴素的，基本上见不到华丽的词藻。到了《罗摩衍那》，情况有了很大的转变。在描绘自然景色方面这部史书开辟了一个新的纪元。"① 综观世界文学史，印度文学对自然景物的描写不仅独特，而且出现得最早。

印度文学中为什么很早就表现出特有的自然情趣？这与印度的自然环境有关。从印度文明的起始，森林就与各种宗教仪式联为一体，后来的婆罗门教、佛教和耆那教的出现与发展也都和森林、自然联系在一起。所以，一定程度上也可以说，印度的文明起源并成熟于森林，是一种森林文明，森林里生活着的

---

① 季羡林主编：《印度古代文学史》，北京大学出版社1991年版，第112页。

托钵僧是印度古代文明的代表和象征。在《罗摩衍那》中，人物活动的场景大多出现在森林、湖泊、山峦等大自然环境之中，因此，对于季节、白天与黑夜的变幻，诗人自然有所感悟、有所描绘。

　　印度两大史诗在印度文化中起到了极其重要的作用，不了解两大史诗，就无法了解印度，因为"在印度这块芬芳的土地上，任何地方都可以嗅到它们的存在"。正如著名诗人泰戈尔所说，多少个世纪过去了，但是《罗摩衍那》和《摩诃婆罗多》的源泉在印度这个国家并没有枯竭。每天，每个村子里的每个家庭，都在朗读其中的诗句。

第二章 中古亚非文学

第一节 概述

一、中古亚非文学的基本特点

中古亚非文学是亚非封建社会的文学。亚非封建社会发展极不平衡,一些早熟的文明古国,如中国、印度等,早在公元前即进入封建社会,而另一些国家,如阿拉伯和日本等,至 10 世纪前后才确立封建制度。15 世纪前后亚非一些国家出现资本主义萌芽,社会文化开始向近代化缓慢演进。由于资本主义制度在欧洲率先实现,西方社会发展步伐加快,亚非社会发展相对停滞,东西方之间产生了较大的时代落差。在欧洲列强的殖民入侵之下,亚非各国逐渐被逐入资本主义世界体系的边缘,封建制度加速崩溃。到 19 世纪初亚非大部分国家进入殖民地半殖民地社会,亚非社会由中古转入近代时期。亚非的中古时代比欧洲的中世纪长得多。

由于亚非文明的早熟和率先进入封建社会,中古亚非成为世界文明的先进地区,创造了人类文明史上的光辉篇章。中古亚非文化的发达以及其间各种文化因素的互动和融合,对中古亚非文学的发展产生了直接的影响。

首先,中古亚非文学是在中古东方文化的自我演进过程中产生和发展的。中古东方文化经历了漫长而复杂的发展演进过程。中古前期,大体上包括公元 1 至 9 世纪,东方文化处于上升阶段,表现出巨大的创造力,形成东方文化的黄金时代。此时中国出现了汉唐盛世。日本经过 7 世纪的大化革新,全方位学习中国,社会文化出现跃进性发展。印度正值古典时期,印度教形成,各种经书、法典及"往世书"问世,同时大乘佛教活跃并大规模向外传播。阿拉伯地区伊斯兰教兴起,阿拉伯人在开疆拓土的同时大规模吸收其他民族的文化成果，出现了8至9世纪的"百年翻译运动"，麦蒙哈里发时的"智慧宫"是当时世界上规模最大的综合性学术机构。中古中期，约10至14世纪，东方文化进入繁荣和鼎盛阶段。各国都在民族文化深沉厚积的基础上出现了普遍繁荣，众多的哲学派别、学术中心纷纷涌现，大量经典著作产生，并且出现了思想文化集大成者，如印度商羯罗的吠檀多哲学，西亚的阿维森纳哲学等，以此为核心，形成博大精深的文化体系，标志着东方文化的发达和恢弘。中古后期，约15至18世纪，东方文化发生演变。这种演变又有几种情况。其一，经过千百年的自然发展，东方文化出现模式化和定型化。文化模式的形成虽然标志着文化的成熟和发达，但同时也容易形成定势，15世纪以后，东方各国程度不同地出现了文化僵化和停滞现象。其二，由于社会动乱，特别是一些生产方式和社会进程落后的游牧民族进攻和入主发达地区，一段时期内，生产力遭到破坏，在这种情况下，文化也相应遭受破坏，从而出现衰落和停滞。其三，一些相对稳定的地区，开始出现文化转型，这是东方文化本身的自然演进现象。这种转型和演进有的表现为启蒙思潮，如中国晚明出现的思想启蒙；有的表现为宗教改革，如印度教的虔诚运动以及阿克巴大帝对伊斯兰教的改革；有的表现为市民文化的上升，如日本江户时期出现的町人文化等。其四是西方文化的影响。13世纪蒙古铁骑的侵袭和横扫，在客观上打通了东西方文化交流之路。西方传教士和商人纷纷东来，带来西方的思想文化和科学技术，形成早期的西学东渐。同时，16世纪以后，欧洲列强开始了对东方的殖民入侵，一些国家先后沦为殖民地，文化也逐渐殖民化。中古亚非文学正是中古东方文化发展演变的产物。

其次，中古亚非文学是随着东方三大文化圈的形成而产生和发展的。亚非封建社会初期，在几个发达的古老文明的带动之下，经过地区内各民族文化的交融互动，形成了三大文化圈。其中中国文化向周边的朝鲜、日本、越南和东南亚地区各国扩散，形成以中国文化为中心的东亚文化圈，印度文化向周边的南亚和东南亚各国扩散，形成以印度文化为中心的南亚文化圈，阿拉伯文化在继承并融会西亚北非几个古老文明的基础上兴起，形成以阿拉伯文化为中心的西亚北非文化圈。每个文化圈都有自己的历史渊源、社会构成和文化特质，具有鲜明而独特的个性。比如，从人生目的和生活方式的追求方面来看，东亚文化圈强调入世，以"修身、齐家、治国、平天下"为人生目标；南亚文化强调出世，印度教法典规定的人生四阶段和印度人普遍认同的人生四大目的，都把出世解脱作为最高目标；西亚北非文化强调来世，从拜火教、犹太教到基督教和伊斯兰教，都把来世天堂作为追求目标。从思想内涵和价值取向方面看，东亚文化注重忠孝节义等人伦关系和人伦道德；南亚文化注重人与自然秩序之间的关系和自然道德；西亚北非文化注重人与最高存在之间的关系和宗教道德。由于三大文化圈在地缘、传承和文化思想方面的独立性，形成中古亚非文化与文学鲜明的地区性，即不同地区的文学在内容形式和审美情趣方面都表现出很大差异。

第三，中古亚非文学又是亚非各种文化交流与融合的产物。东方三大文化圈都不是在孤立封闭的状态中自我生长，而是在更广泛的文化交流中不断发展的。中古亚非有过数次大规模的地区间文化交流。其一是佛教的东传，使南亚和东亚两大文化圈相贯通；其二是阿拉伯文化圈的形成本身即融会了巴比伦、希伯来、古埃及、古希腊、古罗马、波斯和印度诸种文明，起到了承前启后、贯通东西的文化交流作用；其三是伊斯兰教的南传和东传，使西亚和南亚两大文化圈相贯通。另外几大文化圈的互动也形成了一些边缘交叉地带，其一是东南亚一带，中国文化、印度文化和阿拉伯文化都在这里产生过重大影响；其二是西域中亚一带，这里是三大文化圈的交汇处；其三是小亚细亚，这里是东西方文化的结合部；其四是非洲，以本土文化为主，兼有伊斯兰文化和基督教文化的影响。上述各种文化的交流和融合，加之亚非社会共同生产方式的制约，使中古亚非文化具有统一性。这种统一性表现在许多方面。在人的外部社会关系方面，主要表现为政治关系和伦理关系的紧密结合，以阶级为基础的政治关系蒙上了一层温情脉脉的伦理面纱，家国同构，建立在血缘基础上的伦理道德与国家法律融为一体。如东亚儒家的礼教、南亚印度教的正法和西亚的伊斯兰教法等，都具有法律和道德一体的特点。在世界观方面，主要表现为个体小宇宙与本体大宇宙的统一观。这在东亚文化中表现为"天人合一"，在南亚文化中表现为"梵我不二"，在西亚文化中主要表现为苏菲主义的"神人结合"。证悟这种统一性，是宗教修行和人生实践的最高目标。在人生目的方面，追求心灵的宁静与和谐，在生活方式上特别讲求个人的自我修养，要求个人内省以明心见性，要求克己节欲以顺乎天理。这种东方文化的统一性是中古亚非文学统一性的基础。

第四，中古亚非文学是在东方文化互补、并存、互动的格局中产生和发展的。中古东方文化不仅有三大文化圈之别，而且在文化圈内部亦有多种文化的矛盾对立和互动互补。这种对立统一表现在许多方面。首先是文化主体的独尊一统与多元互补。东亚地区以儒家文化为主体，同时儒家、道家、佛家等并立；南亚地区以印度教文化为主体，同时印度教、佛教、耆那教、伊斯兰教、锡克教等并立；西亚北非地区以伊斯兰文化为主体，同时伊斯兰教、拜火教、犹太教、基督教等并立。二是文化形态的多重并存。中古亚非各国文化都具有多重性，一般是既有本土文化，又有外来文化；既有传统文化，又有新兴文化；既有贵族文化，又有平民文化；既有官方文化，又有民间文化；既有宗教文化，又有世俗文化；既有高雅文化，又有通俗文化，各种文化形态、文化群体和文化现象既纷然杂陈又相互交融，表现了中古亚非文化的丰富多彩。三是文化思想方面的矛盾和互动。这种矛盾表现在不同层面，例如：中古亚非三大文化之间的交流碰撞；亚非各国多重文化之间也都存在着矛盾对立关系，彼此既斗争又融合；即使在主体文化内部，也存在着复杂的矛盾方面，每一宗教内部都有主流派和非主流派，正统派和非正统派之间的斗争；在主流和正统文化之外，还存在着各种异端文化现象。比如在宗教思想的严密控制之下，仍出现了许多具有怀疑主义精神的思想家和文学家；在封建道学占统治地位的文化氛围中，也有一些离经叛道的学者和思想家。正是这种多元文化的并存互补和矛盾互动，推动了东方文化不断发展，使中古亚非文化与文学更加丰富多彩而又生生不息。

尽管中古亚非文学多元多重，各地区各国家各民族文学千差万别，但由于中古亚非社会文化的统一性，中古亚非文学在思想内容和艺术追求方面也有许多基本一致的特点。

中古亚非文学的思想特征主要表现在以下几个方面。其一，在宗教思想影响下，表现出超越现实、追求无限的思想倾向。东方自古宗教发达，世界诸大宗教都源于东方。经过不断发展演化，到中古时期，宗教成为亚非各国占统治地位的意识形态，也是各民族文化思想的核心。与中世纪欧洲不同的是，亚非各国大多是多种宗教并存。在此基础上，宗教文学比较发达，是中古亚非文学的重要组成部分。各宗教教派的经典本身都是文学作品，而且往往是各民族文学的奠基之作。当然，这些宗教经典都不是纯文学，而属于文史哲神统一的大文学范畴。同时，在宗教思想支配下，中古亚非产生了大量以宣传宗教思想为宗旨的宗教文学。其中成就较高影响较大的有佛教文学、印度教虔诚文学和伊斯兰苏菲文学。此外，一般文学也或多或少受到宗教思想的影响，表现出超越现实、追求无限和永恒的思想倾向。在对待现实生活方面，只有佛教采取基本否定的态度，其他宗教大多是既肯定其存在，又否定其永恒价值，从而超越有限的现实，去追求无限自由的永恒境界。这种对现实人生的超越有一定积极意义：一方面它基于对人生问题的思考，基于对生命短暂的人生现象的认识，因而能够揭示现实人生的某些本质方面，有助于开启心智；另一方面，作家在创作中常将这种超越性与否定现实的社会批判精神相结合，揭露现实的不平等不合理，从而增强作品的批判力量。但这种超越现实追求无限的思想倾向的消极意义也非常明显：一方面这种对现实的否定出于笼统而抽象的人类悲剧意识，而不是出于对社会阶级关系的分析，从而消解了社会批判意义；另一方面，这种超越和追求带有虚幻性，不是引导人们积极改造世界、干预生活，而是耽于幻想，逃避现实。

其二，主观内省精神的表现。由于东方文化的内向性，中古亚非文学大多不把文学作为认识和把握外部客观世界的手段，而是表现出内向化特点。这种内向化主要是以自我表现、自我观照、自我认知为基本内涵的内省精神。中古亚非文学的内省精神表现在几个方面。一是在文学理念上不以认识客观世界作为文学的目的，而把文学作为表情写意、修身养性的工具，主张诗言志、诗缘情或诗是情味的表现。二是文学创作中不注重对客观事物的真实再现和对客观规律的深刻揭示，而以真情实感的抒发体现文学对真的追求，从而更关注个人的内在体验。这一特点在诗歌一类抒情写意文学样式中表现得最为明显。三是在叙事性文学作品中，主要表现对人生问题的思考和个人的情感体验，而不十分注重对生活现象的真实再现。如迦梨陀娑的名剧《沙恭达罗》对当时的社会生活现象较少涉及，而着重通过一对情人的悲欢离合来表现爱情理想，尤其将离情别绪表现得淋漓尽致，感人至深。而紫式部的《源氏物语》作为一部长篇小说，对当时社会生活面貌的再现也局限在宫廷，其中心是女作家个人生活体验的表现和对妇女命运的反省。

其三，伦理道德观念的突出表现。中古东方文化有着浓厚的伦理色彩，虽然三大文化圈之间伦理道德的内涵不尽相同，而且各地都有宗教道德和社会道德的区分，但整个东方文化却统一于崇德这种强烈的伦理道德意识。这种崇德文化表现在文学中就是对善的追求。古今东西文学都有对善的追求，但中古亚非文学的这一追求首先表现在文学观念上，突出文学载道教化、劝善惩恶的功能。其次表现在具体文学创作中，或充满了伦理道德的说教，或以善有善报恶有恶报的故事内容来劝善惩恶。三是表现在处理个体与群体、个人与社会的关系方面，中古亚非文学的伦理观念比较强调群体利益和社会秩序，从而表现出对自我与个性的压抑。即使反映社会对个人的压抑，表现个人对社会的反抗，结局也往往是通过调整使个人与社会复归统一。四是通过对道德君子、贞妇烈女等正面形象的赞扬，以及对不忠不孝、背信弃义的反面人物的谴责来表现道德理想。

其四，怀疑和叛逆精神的表现。东方文化中常有主流与非主流、正统与非正统之间的对立互动，各种异端思想此起彼伏。这些被视为异端的思想在中古亚非文学中也有所表现。一是对宗教思想的怀疑和批判。如阿拉伯的麦阿里，波斯的哈亚姆，印度的格比尔达斯等，都是在宗教思想占统治地位的地方出现的对宗教思想持怀疑和否定态度的诗人。二是对封建伦理道德的叛逆。许多作家以描写青年男女对爱情自由的追求，来表现对封建伦理道德的反叛和对封建社会秩序的冲击。其中波斯诗人内扎米的叙事长诗《蕾丽与马杰农》最有代表性。三是对市民意识的表现。中古中期以后，随着城市市民阶层的兴起，出现了一些以描写市民生活、表现市民阶层的思想意识为主的作家作品。如中国的明清小说，日本江户时期的町人文学等，阿拉伯民间故事集《一千零一夜》中，也有许多是反映商人市民生活的作品。市民意识具有反封建和反宗教的特点，主要表现为对现世幸福的追求，发财致富的欲望，对冒险精神的赞赏，以及对大神国王等僧俗权威的否定等。这种怀疑和叛逆精神是中古亚非文学民主性的表现，虽然不占主流地位，却是中古亚非文学的思想精华，值得深入挖掘和批判继承。

其五，自然山水情趣的表现。亚非古代文学中便有对自然美的关注，发展到中古时期，形成了具有普遍性的自然山水情趣，这在南亚和东亚文学中表现得尤为突出。印度大诗人迦梨陀娑的《六季杂咏》《云使》和《沙恭达罗》等作品，通过对印度美丽的自然景象的描述和赞美，将印度文学中的自然美表现提高到一个新阶段。中国文学自然山水情趣兴起于晋宋之际，自此一发而不可收。日本民族对四季有独特的敏感，又接受了中国文学自然山水情趣的影响，形成了日本文学注重自然美的倾向。朝鲜文学中山水时调也取得了引人注目的成就。中古亚非文学的自然山水情趣，一方面基于东方文化中人与自然的统一观，这种统一观使人更加热爱亲近自然；另一方面基于亚非社会的农业文明传统，因为在农业文明中人与自然的关系尤为密切。此外，东方宗教的出世精神造就了一批出家人，他们厌弃社会生活，到远离尘世的山水清幽之地结庐建寺，修身养性。这种倾向影响到一些文人学士，他们在仕途失意或生活受挫后，也常常寄情山水，这对自然山水情趣的发展有直接的影响。中古亚非文学这种对自然美的特别关注和独特表现，是其对世界文学的一大贡献。

中古亚非文学的艺术特点主要表现在以下几个方面。

其一，对和谐美的追求。由于东方文化在人际关系、人与自然关系，甚至人神关系方面都注重和谐，从而形成了中古亚非文学以和谐为美的审美理想。这种对和谐美的追求表现在各种类型的文学创作中。首先，在抒情性文学作品中，感情要温柔敦厚，要乐而不淫哀而不伤。男女之情表现要适度，提倡含而不露。其次，在叙事类的故事和小说作品中，要求善有善报，恶有恶报。结局一般是大团圆。第三，在戏剧作品中，不追求强烈的悲喜效果，戏剧冲突比较内向化，结局一般也是大团圆，很少有悲剧结局。比如迦梨陀娑的《沙恭达罗》写沙恭达罗遭遗弃，是悲剧性题材，但作者的艺术处理体现了对和谐美的追求，一方面把遗弃归因于仙人诅咒，另一方面又把这遗弃化为抒写离情别绪的契机和手段，从而保持观众欣赏过程中的心理平衡，实现了审美的和谐。

其二，表现型文学占主导地位。表现和再现是文学求真的两种倾向，代表了文学本质的两个方面。在表现和再现这对矛盾中，中古亚非文学偏重表现。这与中古东方文化思想中的直觉性倾向有关，同时也与文学思想内容方面的超越性和内向性特点相联系。其具体表现首先是中古亚非文学中抒情写意类文学特别发达。几乎所有东方民族都以诗歌为文学正宗，而诗歌又以言志或缘情的表现性为指归。即使在戏剧小说一类叙事性文学中，也有较多的抒情写意成分。其次是在表现性艺术美的创造方面，积累了丰富的创作经验和创作方法，在此基础上，中古亚非文学还建立了一套适于表现型文学的审美范畴，如韵、味、意境、物哀、幽玄等，这是中古亚非文学与欧美文学的重要区别，也是亚非文学对世界文学的一大贡献。

其三，在人物形象塑造方面，主要有两类形象最为突出。一类是道德君子和忠勇之士。如印度古典梵语文学和其后的地方文学，将史诗中的罗摩、黑天、阿周那等形象进行再创造，使其更加鲜明更加深入人心。波斯诗人菲尔多西的《王书》中塑造了以鲁斯塔姆为代表的一批忠勇之士。阿拉伯的《安特拉传奇》中的安特拉，印尼的《杭·杜亚传》中的杭·杜亚等，都是长期流传的著名文学形象。这些形象大都是各国人民爱戴敬仰的民族英雄或道德文化英雄，具有教化作用和典范意义。另一类是妇女形象。其中有些是具有忍辱负重和自我牺牲精神的贤妻良母，如沙恭达罗、紫姬等；有些是大胆追求爱情自由，敢于反抗社会压迫的叛逆女性，如蕾丽、春香等；有些是深受压迫和欺凌的弱女子，如夕颜、空蝉、翠翘等。以上两类形象都体现了东方文化以伦理为中心的道德观，其中有必须批判的封建道德因素，也有值得继承的东方传统美德。

其四，自成一格的文学样式和文学表现形式。中古亚非文学形式多样，许多形式往往既有民族特点，又有亚非文学的普遍性和统一性。其中诗歌形式丰富多彩，各民族文学都有独特的诗体和韵律格式。如日本的和歌、俳谐，印度的大诗、偈颂，泰国的格仑诗，波斯的鲁拜诗，印尼的板顿和沙依尔，朝鲜的"时调"和"歌辞"，越南的六八诗体等。中古亚非戏剧文学在东亚和南亚地区较发达，各国都有自己的民族戏剧形式，同时也表现出一些共同特点，包括表演程式化，角色定型，唱白相间，以及结局大团圆等。散文体叙事性文学包括各种民间故事和文人创作的传奇小说，在中古亚非各国都比较发达，而且表现出一些共同特点。一是故事中套故事的结构形式。这种框架式结构是古代时期首先在印度形成的，在中古通过佛经翻译和民间故事流传分别向东亚和西亚传播，并辗转影响了欧洲文学。二是韵散结合的叙述方式。这种方式一方面与说唱文学有关，特别是后期的传奇小说大多是在民间说唱文学的基础上形成的；另一方面也是文学交流的结果。这种韵散结合的叙述方式也首先流行于古代印度，后来通过文学交流而传遍各地。

其五，创作方法和风格的多样性。这是中古亚非文学普遍繁荣的又一重要标志。与文学的思想内容和审美追求相关联，中古亚非文学中以理性为基础、以写实性和再现性为主导的现实主义文学相对薄弱，而以体验、直觉、感悟为基础的一些创作方法和风格则比较突出。一是魔幻色彩和神秘主义。中古亚非宗教文学发达，其叙事性文学常以神仙魔怪为主要角色，他们神通广大，变幻无穷，超越时空。加之环境虚无缥缈，情节离奇怪诞，从而形成魔幻色彩。其诗歌类作品一般多用象征寓言式的表现手法，或追求对神秘境界的直觉感悟，或将世俗的男女之爱升华为人神关系的表现，从而形成神秘主义倾向。二是传奇色彩和浪漫主义。这种浪漫传奇色彩主要在非宗教性文学中有所表现。在民间故事和传奇小说中，角色大都是非同寻常的人物，包括帝王将相、才子佳人、绿林好汉、传奇英雄等。他们往往具有非同寻常的性格和力量，也具有非同寻常的经历和遭遇，从而形成浪漫传奇色彩。在诗歌类抒情性作品中，这种浪漫主义主要表现为想象的丰富奇特，思想的超然洒脱，情感的豪迈激越等。三是象征主义色彩。这在诗歌和戏剧作品中比较常见。中古亚非诗歌中短小凝练的作品尤其丰富，创作中大多追求情景交融的象征意象，在短小的形式中容纳比较丰富的意义内涵。中古亚非戏剧也具有象征性，其程式、脸谱以及舞台动作等都具有一定的象征意义。在印度还有一种将思想概念人物化的标准的象征剧。

二、中古亚非文学的发展

中古亚非文学走在了世界前列，各国文学普遍繁荣，都出现了自己的古典文学时代。因此对中古亚非文学发展状况只能依据国家和地区来分块把握，中古亚非文学成就突出的国家和地区有中国（在此不介绍中国文学）、印度、日本、波斯和阿拉伯。印度产生了伟大的诗人和剧作家迦梨陀娑；日本出现了诗歌总集《万叶集》（约760），收入诗歌4 500多首，包括4—8世纪的作品，作者包括各阶层人物，内容广泛，体裁多样。流传下来的民间讽刺喜剧"狂言"有200多个。松尾芭蕉（1644—1694）是俳句能手，《俳谐七部集》（1684—1689）反映知识分子高洁孤傲的精神，具有"闲寂"、幽雅的情趣。紫式部创作了亚非文学史上第一部杰出的长篇小说《源氏物语》；波斯迎来了诗歌的黄金时代，出现了鲁达基、菲尔杜西、欧玛尔·哈亚姆、哈菲兹和萨迪等著名诗人；阿拉伯产生了民间故事集《一千零一夜》等。

东亚地区的朝鲜和越南中古文学也取得了较高的成就。朝鲜受中国文化影响较深，15世纪以前没有自己的民族文字，文人以汉文写作。1444年朝鲜文字创立以后，才出现了朝鲜国语文学的书面作品。这种情况造成了中古朝鲜文学中汉文文学与国语文学并存的局面。中古前期朝鲜国语文学主要是口头流传的神话故事和民间故事，另外还有用"乡扎标记法"（一种用汉字标识朝语音义的方法）记录的产生于新罗时期的民间歌谣——乡歌。汉文文学主要是汉诗，著名诗人崔致远（857—?）被视为朝鲜汉文文学的奠基人。他曾留学唐朝并中进士，28岁时以唐使身份回新罗。其作品大多不满现实，感时抒怀，有唐诗风格。中古中期朝鲜汉文文学繁荣，诗歌方面出现了李奎报（1169—1241）、李齐贤（1288—1367）等著名诗人。李奎报的代表作有表现爱国思想的长诗《东明王篇》和揭露批判现实的《代农夫吟》。李齐贤曾长期在元朝居留，写了许多忧时伤世、怀念故国的作品。散文方面出现了金富轼（1075—1151）的《三国史话》和一然（1206—1289）的《三国遗事》。前者模仿司马迁《史记》，后者以记录朝鲜古代神话和传说故事为主。此时朝鲜国语文学也有所发展，出现了"时调"这种文人国语诗歌形式。中古后期民族文字创立使朝鲜国语文学获得较大发展。诗歌方面首先是时调的繁荣，其中以尹善道（1587—1671）的山水时调成就最高。其次是"歌辞"的兴起。这是在时调基础上产生的一种国语长歌形式。小说创作异军突起，出现了描写16世纪末朝鲜抗击日本侵略的小说《壬辰录》。金万重（1637—1692）是朝鲜国语小说的代表作家，著有长篇小说《谢氏南征记》和《九云梦》。另外在民间说唱文学脚本的基础上形成了一批传奇小说，其中《春香传》《沈清传》和《兴夫传》被称为朝鲜中古三大传奇。《春香传》描写艺妓之女春香与翰林之子李梦龙的爱情故事。小说主要塑造了春香这样一个忠于爱情、敢于反抗、坚贞不屈的妇女形象。中古后期朝鲜汉文文学也有进一步发展。诗歌方面出现了丁若镛（1762—1836）等重要诗人。同时也出现了一批汉文小说，其中金时习（1736—1793）的《金鳌新话》是一部富有浪漫传奇色彩的短篇小说集。著名实学派思想家朴趾源（1737—1805）也创作了一些具有现实主义精神的短篇小说。《两班传》着重描写了两班贵族的腐朽没落。

越南在秦汉时期被纳入中国版图，经历了近千年的"北属时期"后，于939年吴权建立吴朝而独立，但历代基本上仍仿汉制，用汉文，因此汉语文学在中古越南文学史上占重要地位。13世纪后越南民族文字——字喃用于文学创作，此后形成了汉语文学与字喃文学长期并存的局面。1010年李公蕴为迁都而作的《迁都升龙诏》是越南现存最早的历史文献和书面文学作品。其后数百年间，越南文学基本以汉语文学为主。从帝王贵族到僧侣文人都喜作汉语诗文，形式上也直接受中国文学影响。中古中期的重要作家有黎文休（1230—

1322）和阮廌（1380—1442）。黎文休的《大越史记》是越南第一部史书，也是一部文学巨著。阮廌号抑斋，是黎朝的开国功臣，有《抑斋诗集》等作品传世。另外黎圣宗思诚（1442—1497）也长于汉诗，曾组织"骚坛会"，推进了汉诗的发展。中古后期越南文学中汉语文学和字喃文学并行发展。阮屿（16世纪）的《传奇漫录》是越南最早的汉语小说集，作品多以鬼狐故事暴露社会黑暗。诗人邓陈琨（1701—1745）创作了长篇乐府诗《征妇吟曲》，谴责不义战争给人民带来的灾难。黎贵惇（1726—1784）以学者作家著称，著有30多部学术著作，并有《桂堂诗集》等文学作品传世。13世纪的陈诠是第一个用字喃写作的作家。15世纪由于黎朝的大力提倡，促进了字喃文学的发展。字喃诗人借用汉诗韵律，结合越南民歌格调，创造出一种新的六八诗体，后来又进一步发展为双七六八诗体。18世纪以后，字喃在越南全面推广，字喃文学也逐渐成熟，出现了一批称为"喃传"的长篇叙事诗，其中以阮攸（1765—1820）的《金云翘传》最为著名。《金云翘传》是一部有3 254行的六八体长诗，取材于中国清初青心才人的同名小说。作品通过女主人公王翠翘的不幸遭遇，揭露了社会黑暗，对被侮辱的妇女寄予同情，表现了民主进步思想。艺术上成功地将借鉴因素与民族形式相结合，成为中古越南文学中最杰出的作品。

东南亚地区中古文学成就较高的国家有印度尼西亚、马来西亚、泰国和缅甸。现在的印尼和马来西亚所处的马来群岛在中古时期形成了爪哇、马来、巽他和巴厘等几种不同的古典文化。其中马来古典文学为印尼和马来西亚所共有。中古前期印尼文学主要是口头流传的神话传说和各种民间故事，另外还有一种叫作"板顿"的马来民歌。中古中期在印度文学影响下出现了文学繁荣，其中以爪哇文学最发达。最初是以翻译和改写印度两大史诗为主。11世纪出现了仿照梵语诗的格律创造的"格卡温"诗体，代表作是恩蒲·甘瓦的叙事长诗《阿周那的姻缘》。作品取材于《摩诃婆罗多》，旨在美化当朝国王。13世纪以后，印度梵语文学影响减弱，爪哇文学的民族性增强，富有民歌特色的"吉冬"诗体取代了格卡温诗体。民间故事也有所发展。著名的班基故事讲述戎牙路王子与达哈公主悲欢离合的爱情经历，在东南亚一带流传很广。中古后期在伊斯兰文化与文学的影响下，马来文学有较大发展，出现了名为"希卡雅特"的传奇小说和叫作"沙依尔"的长篇叙事诗。传奇小说的先驱是帝王传记和一些以王朝兴衰为题材的半历史半传奇的作品。前者以15世纪中叶产生的《巴赛列王传》为代表。后者以敦·斯里·拉囊的《马来由史话》（1615）为代表。作品内容都是历史与传说相结合，对后世传奇小说影响很大。传奇小说的代表作是《杭·杜亚传》，描写14—16世纪马来民族英雄杭·杜亚的一生。长篇叙事诗以爱情题材为主，也融入神话和历史内容。代表作品有《庚·丹布罕》和《猫头鹰之歌》等。泰国于 13 世纪中叶建立了自己独立的统一王朝并创造了民族文字，使民族文学获得较大发展。中古泰国文学以佛教文学和宫廷文学为主。佛教文学的代表是《三界经》（1345），这是素可泰五世王根据 30 部佛经编成的一部包罗万象的著作。另外据巴利文《本生经》改写的《大世赋》（1482）和《大世词》（1627）也很有影响。泰国历朝王室都重视文学，许多国王是文学家，大臣也往往因文才而得到重用，因而宫廷文学发达。如根据《罗摩衍那》改编的大型诗剧《拉马坚》，最初出于吞武里王朝的郑信王之手，后曼谷王朝一世王召集宫廷诗人集体再创作而定型。根据印尼班基故事编成的大型诗剧《伊瑙》，则经曼谷王朝二世王之手而定型。著名宫廷诗人昭披耶帕康（18 世纪后期）曾奉命主持翻译《三国演义》，并由此创立"三国文体"，对泰国文学产生了重大影响。然而代表中古泰国文学最高成就的不是宫廷文学，而是民间文学或与民间有密切联系的作家作品。如长篇叙事诗《昆昌与昆平》原是民间流传的一个爱情悲剧故事，经民间艺人写成诗歌和说唱话本，最后才由国王召集宫廷诗人整理定型。另外，著名诗人西巴拉（约 1658—1693）和顺吞蒲（1786—1855）虽然也曾为宫廷诗人，但都不满于宫廷而面向民众，前者的代表作《西巴拉悲歌》表现了不满现实的反抗精神，后者的代表作长篇叙事诗《帕阿派玛尼》塑造了性格各异的人物，并将泰国的格仑诗体加以完善。缅甸 11 世纪蒲甘王朝时形成统一的封建国家，并确立南传佛教为国教。蒲甘碑铭是现存最早的缅文文学。中古中后期缅甸文学以佛教文学为主，出现了许多著名的僧侣诗人。名家名作有信摩诃蒂拉温达（1453—1518）的四言长诗《修行》，信乌达玛觉（1453—1542）的长诗《林野颂》，信摩诃拉达塔拉（1468—1529）的《九章》等，都是取材于释迦牟尼的生平传说。此外吴奥巴达（约 1758—1798）完成了 8 部取材于巴利文《本生经》的故事集。中古缅甸世俗文学也有很大成就。那信囊（1578—1612）的赞歌《出征》写了出征时对情人的怀念。吴格拉（约 1678—1738）的《大史》是大型编年史。吴金吴（约 1773—1838）是缅甸重要戏剧家，他取材于佛本生故事的《玛蒙塔达》和取材于民间传说的《德瓦贡班》等都是名作。

  中亚和小亚细亚地区历史上文化影响和政治版图变动都比较复杂。古代曾先后受波斯、希腊和罗马的控制，中古时期先后有突厥民族、阿拉伯民族、塞尔柱民族、蒙古民族和奥斯曼民族兴起，18 世纪后又成为俄国的势力范围。中古突厥文学流传最广影响最大的是关于突厥民族英雄乌古斯的传说故事，以及在此基础上编成的英雄史诗《乌古斯可汗的传说》。这部作品经过长期民间流传和不断加工创作，于 13 世纪用回鹘文抄写成书。史诗前半部分描写乌古斯如何战胜自然界的恶魔，后半部分描写乌古斯的征战和建国活动。中亚和小亚细亚地区中古文学成就较高的国家有土耳其、格鲁吉亚、亚美尼亚和乌兹别克斯坦。中古土耳其文学（又叫"迪万文学"）主要受阿拉伯和波斯文学影响，大多采用波斯诗体，内容以表现宗教神秘主义为主，追求典雅华丽。富祖里（1495—1556）是一位用阿塞拜疆语创作的诗人，代表作是取材于波斯传说的叙事长诗《莱伊丽与马季农》，还有《怨诉篇》《心之友》等劝诫诗集。内菲（1572—1635）的诗集《命运之箭》以辛辣的讽刺见长，诗人也因讽刺权贵而遭杀害。格鲁吉亚中古前期文学主要是教会文学。12世纪出现了鲁斯塔维里的叙事长诗《虎皮骑士》（约1180—1210），描写三位武士阿夫坦季尔、塔里埃尔和普里东之间的友谊以及他们各自的爱情经历，表现了进步的社会思想和道德观念。作者汲取民间文学传统，创造了十六行诗体，对格鲁吉亚文学的发展产生了巨大影响。17—18世纪格鲁吉亚人民展开了争取民族独立的斗争，文学创作中也有所反映。达·古拉米什维里（1705—1792）的长诗《格鲁吉亚的灾祸》描写了现实灾难和不幸。维·加巴什维里（1750—1791）的诗作表现了要求民族独立的强烈愿望。亚美尼亚5世纪初民族文字的创立促进了民族文学的发展。9—10世纪出现的英雄史诗《萨逊的大卫》是亚美尼亚民间文学创作的高峰。史诗由4部分组成，分别叙述了萨逊家族4代英雄的业绩，表现了亚美尼亚人民反抗阿拉伯民族压迫的斗争。乌兹别克中古前期文学主要是民间口头文学和劝善惩恶的宗教文学。14世纪后出现了大量描写世俗爱情生活的诗歌，鲁特菲（约1367—1465）的长诗《古利与诺弗鲁兹》是其中的代表。阿利舍尔·纳沃依（1441—1501）曾任宫廷大臣，因反对权贵为富不仁而离职回乡，埋头创作，成为大学者大诗人。他的作品有30卷，其中最负盛名的《五诗集》，包括《正直者的不安》《莱伊丽与马季农》《法尔哈德和希琳》《七行星》和《伊斯坎德尔墙》5部长诗，大部分取材于波斯文学和民间故事，表现了进步的人道主义思想。

　　非洲大陆以撒哈拉沙漠为界分为南北两部分。北非属于阿拉伯文化圈。南部非洲因居民以黑色人种为主，一般又称黑非洲。黑非洲古代文学源远流长，但由于大多数国家没有自己的民族文字或文字使用时间不长，因而书面文学很不发达。中古非洲文学基本是有典无册的口头文学。这些口头文学主要通过一些专门的讲述人保存和流传。这种讲述人在西非被称为"格里奥特"，他们既是诗人、乐师、歌手，又是巫师和祭司，而且常被王公选作顾问。他们讲述的内容非常广泛，有神话传说、童话寓言、历史传记、民间故事等。长篇史诗《松迪亚塔》便是这种讲述文学的代表。作品主要讲述马里帝国的开创者松迪亚塔的宏伟业绩。史诗以历史事实为基础，结合各种神话传说，将松迪亚塔塑造成一位传奇英雄。史诗情节跌宕起伏，想象奇特诡谲，叙述质朴生动，充分体现了黑非洲口述文学的特点。

第二节　迦梨陀娑

一、生平和创作

迦梨陀娑是在印度国内外享有最高声誉的古典梵语诗人和戏剧家。

由于印度古代宗教和神话发达而史学观念薄弱，印度古代作家的生平一般都难以确定。关于迦梨陀娑的生平年代，现代学者也是意见纷繁。按照印度传统说法，迦梨陀娑是超日王宫廷的"九宝"之一。围绕这一点形成两种主要意见：一种认为迦梨陀娑是公元前1世纪人，主要依据是一些古代文学作品中提到的一位超日王；另一种认为迦梨陀娑是四五世纪人，主要依据是钱币上刻有超日王徽号的笈多王朝旃陀罗笈多二世（380—413年在位）或室建陀笈多（455—467年在位）。现在，学术界一般倾向后一种意见，认为迦梨陀娑是旃陀罗笈多二世的宫廷诗人。

关于迦梨陀娑的生平事迹，只有一些难以凭信的传说和推测。在流行的迦梨陀娑传说中，有一个故事说，迦梨陀娑原本是婆罗门孤儿，从小由一位牧人收养，长大后成为青年牧人。当时波罗奈公主是位才女，想找一位比自己更有学问的丈夫。求婚者纷纷前往应试，无一入选。这些落选的求婚者决心报复。他们施展计谋，让这位青年牧人冒充智者，与公主成婚。婚后公主发现真相，但木已成舟。她只得劝这位青年牧人去迦梨女神寺庙祈祷，乞求恩惠。青年牧人照她的话做了，果然获得迦梨女神恩赐，成了大诗人。这也就是迦梨陀娑（意思是"迦梨女神的仆人"）这个名字的由来。

署名迦梨陀娑的作品很多，但大多是伪托的或同名作者的作品。学术界公认的迦梨陀娑作品有7部：抒情诗集《时令之环》，抒情长诗《云使》，叙事诗《鸠摩罗出世》和《罗怙世系》，剧本《摩罗维迦和火友王》《优哩婆湿》和《沙恭达罗》。

《时令之环》（或译《六季杂咏》）包含6组抒情短诗，分别描绘印度6季（夏季、雨季、秋季、霜季、寒季和春季）的自然景色以及男女欢爱和相思之情。一般认为《时令之环》是迦梨陀娑的早期作品。其中不少诗歌表现出诗人对自然景色和情人心理的细致观察，也不乏优美动人的比喻。赞美自然和爱情，向往人和自然的和谐统一，这是迦梨陀娑文学创作中贯穿始终的精神。

《云使》是抒情长诗。诗的内容是：有个谪居南方山林的药叉（财神的侍从），在雨季来临的时刻，看到一片由南往北的雨云，勾起他对远方爱妻的无限眷恋。于是，他献礼致意，托omments雨云带信。他向雨云指点到达他爱人居住地阿罗迦城的路线，对途经的每一处秀丽景色和旖旎风光作了充满感情的生动描绘。他还向雨云描述阿罗迦城里药叉们的欢乐生活，他家在阿罗迦城的方位、标志以及他爱妻的容貌。他想象爱妻在家中满怀离愁的种种情状，委托雨云向爱妻倾诉他的炽烈相思，并请雨云安慰他爱妻，说他的谪期将满，不久便可团圆。

这部抒情长诗感情缠绵，想象丰富，比喻优美，韵律和谐，代表了古典梵语抒情诗的最高成就。从思想内容上看，诗人欣赏夫妻之间相亲相爱，忠贞不贰。只有这样的爱情，才经得住生活的风浪，在患难中愈见纯洁，愈加甜蜜。而且，药叉是个"隶属于他人"的受难者，诗人倾注在他身上的无限同情，也蕴含着对天下一切受难者的关切。

在印度古代，自从《云使》问世后，不断出现后人模仿《云使》的诗作，如《风使》《鹦鹉使》《蜜蜂使》《天鹅使》《月使》《杜鹃使》和《孔雀使》等，形成文学史家统称为"信使诗"的诗体。大约在13世纪，《云使》被译成英文，此后相继出现德、法等其他欧洲文字译本。歌德曾写诗赞美道："这云彩使者，谁不愿意他成为自己心灵的朋友？"歌德还说过："接触到这样的作品，常常是我们生活中的重大事件。"

《鸠摩罗出世》是叙事诗，取材于印度古代神话传说。全诗共有17章。前8章描写大神湿婆和雪山神女波哩婆提的婚姻故事。湿婆失去爱妻萨蒂后，摒弃世俗，在雪山修炼苦行。山神愿将女儿波哩婆提嫁给湿婆，而湿婆毫不为波哩婆提的美色动心。此时，天界受到魔王骚扰。大梵天建议天神设法让湿婆与波哩婆提结成姻缘，因为唯有湿婆的儿子能降服魔王。于是，爱神奉命前去破坏湿婆的苦行。他携带妻子罗蒂和春神来到雪山。当他瞄准湿婆，挽弓欲射之时，湿婆额上的第三只眼喷出烈焰，将他化为灰烬。波哩婆提意识到凭美色不能获取湿婆的爱情，便下决心用苦行来获取。从此，她坚忍不拔地修炼无比严酷的苦行。最后，她感动湿婆，赢得了爱情。后9章描写湿婆的儿子、战神鸠摩罗出世及其降服魔王的故事。但与前8章相比，后9章的艺术性较差。因此，一般认为后9章不是迦梨陀娑的原作，而是后人的续作。

这部叙事诗表现了爱情战胜苦行、入世战胜弃世的主题。湿婆远离尘嚣，隐居在雪山修炼苦行。波哩婆提认定湿婆是救世的英雄，一心要与他结成良缘。波哩婆提终于凭着一片真情和顽强毅力，感动湿婆，实现了自己的心愿。他俩结合产生的儿子——战神鸠摩罗——降服魔王，保障了天界的安宁。印度现代诗人泰戈尔认为大神代表善的精神，波哩婆提代表现实的精神。波哩婆提

"作为现实的精神,通过谦卑、忍辱和苦行赢得湿婆的心——善的精神。由此,真的自由和善的制约相结合,产生英雄主义,使天国乐园摆脱非法的恶魔侵扰"。

《罗怙世系》也是叙事诗,共有 19 章,取材于印度史诗和往世书中的帝王传说。罗怙世系属于太阳族,他们的祖先可以追溯到吠陀时代的甘蔗王。但迦梨陀娑的《罗怙世系》是以罗摩故事为重点,描写一些帝王在位前后的传说。

由于《罗怙世系》采用帝王谱系的形式,全诗不存在统一的情节。但迦梨陀娑凭借他的卓越才能,弥补了这一天然缺陷。他以诗人的眼光提炼和剪裁历史传说,着重描写罗怙世系中一些著名帝王的主要事迹。而在这些事迹中,又突出某一侧面,或重彩描绘,或充分抒情。受史诗和往世书传说的影响,《罗怙世系》中的一些帝王形象难免带有神性。但迦梨陀娑着重刻画的是他们的人性。他借助这些帝王传说,表达自己的社会和道德理想。他认为国王应该恪守正道为臣民谋利益,应该有自制力,享乐适度,一旦年迈就退位隐居。在婚姻方面,他特别崇尚夫妻之间真诚相爱。长期以来,《罗怙世系》以它绚丽多彩的画面和人情味,优美的语言和韵律,温和的教诲,被奉为古典梵语叙事诗的典范,至今仍是印度人学习梵语的基本读物。

迦梨陀娑不仅在梵语诗歌领域,而且在梵语戏剧领域取得了杰出的成就。古典梵语戏剧本质上是诗剧,因而作为一个戏剧家,必须具备诗歌和戏剧两方面的艺术才能。迦梨陀娑善于安排情节,设计戏剧性场面,塑造人物性格,揭示人物心理。同时,他充分发挥自己的诗歌才能。他善于描绘景色和抒发感情,又严格切合剧中人物所处的环境和心理;善于驰骋想象,又完全根据剧情的需要;善于修辞炼句,又不故意卖弄诗才。总之,他能掌握艺术"火候",使他的诗剧,尤其是《沙恭达罗》,达到"炉火纯青"的境界。

迦梨陀娑传世的三部戏剧《摩罗维迦和火友王》《优哩婆湿》和《沙恭达罗》都以宫廷生活为背景,以爱情为主题,而且男主角都是国王。这显然与迦梨陀娑作为宫廷诗人的身份有关。

《摩罗维迦和火友王》是 5 幕剧,描写火友王爱上宫娥摩罗维迦,弄臣为他牵线搭桥,而大小王后则竭力阻挠,最后发现这位宫娥原来是一位逃难的公主,于是皆大欢喜,火友王和摩罗维迦成婚。这部戏剧境界不高,但结构严谨,情节生动,戏剧性强。一般认为它是迦梨陀娑初露戏剧才华的早期作品。

《优哩婆湿》也是 5 幕剧,描写人间国王补卢罗婆娑在一次礼拜太阳的归途中,从一个恶魔手中救出天国歌伎优哩婆湿,由此两人产生爱情。其间,优哩婆湿曾偷偷来到人间看望国王,投递情诗。后来,优哩婆湿在天宫演戏,把剧中人物名字错念成自己心上人的名字，招致师傅恼怒，被罚下凡间。天神因陀罗告诉她，一旦见到亲生儿子，即可重返天国。她下凡后，与补卢罗婆娑结成良缘。她害怕重返天国，故而一生下儿子，就把他寄养在一个女苦行者家里。儿子长成少年后，女苦行者把他送回。优哩婆湿又喜又悲，喜的是见到亲生儿子，悲的是就要重返天国。这时，传来佳音，因陀罗恩准她与国王白首偕老。

优哩婆湿的故事是印度最古老的神话之一。迦梨陀娑赋予这个古老的神话以全新的意义。他着重歌颂优哩婆湿冲破天国罗网，大胆追求自由恋爱和世俗幸福的叛逆精神。

二、《沙恭达罗》

《沙恭达罗》是7幕剧，描写净修女郎沙恭达罗和国王豆扇陀的恋爱故事。国王豆扇陀外出行猎，在一处净修林遇见沙恭达罗。两人相爱，自主结婚。后来，沙恭达罗怀着身孕，上京城去找国王。但由于她曾经得罪一位仙人，遭到诅咒，结果在途中失落了国王赠给她作为信物的戒指，国王也因此完全忘却往事，拒绝接纳沙恭达罗。最后，国王重新获得沙恭达罗遗失的戒指，诅咒的魔力随之消除，他记起旧日的爱人，两人终于破镜重圆。

关于豆扇陀和沙恭达罗的恋爱故事，最早见于史诗《摩诃婆罗多》中的插话《沙恭达罗传》和巴利文《佛本生故事》中的《捡柴女本生》。它们的故事情节与迦梨陀娑的《沙恭达罗》大体一致，主要的不同是《沙恭达罗传》中没有仙人诅咒和失落戒指之事；《捡柴女本生》中虽有以戒指作信物这一细节，但也没有仙人诅咒和失落戒指之事。一般认为迦梨陀娑的《沙恭达罗》主要取材于《摩诃婆罗多》中的《沙恭达罗传》，而仙人诅咒和失落戒指可能是迦梨陀娑的创新。

迦梨陀娑的杰出之处在于他具有"点铁成金"的本领，能将古已有之的平凡故事改造成独具匠心的非凡诗篇。在《摩诃婆罗多》中，沙恭达罗的性格比较粗犷。豆扇陀在净修林里遇见她时，她亲口向豆扇陀讲述自己的身世；豆扇陀向她求爱时，她又提出条件——将来由她生下的儿子当王位继承人。而迦梨陀娑在《沙恭达罗》的前4幕中，着重刻画沙恭达罗在平和清净的净修林里长大，生性天真、善良而温柔。在第一幕中，她最初见到豆扇陀，先是惊恐不安，后又含情脉脉，当她的女友向豆扇陀介绍她的身世时，她羞红了脸，低头站在一旁，还佯装生女友的气。第三幕中，她向女友吐露了自己对豆扇陀的相思之情，而豆扇陀当面向她表白爱情时，她又"害起羞来"，"竟然窘得没话可说了"。她的女友故意撇下她，让她与豆扇陀谈情说爱。豆扇陀步步紧逼，而她生怕做出越轨之事，处于一种进退两难的复杂心理状态。后来，她与豆扇陀按照婆罗门教法典所允许的乾达婆方式自主结婚。

在第4幕中，沙恭达罗怀有身孕。她离别净修林，准备前去京城与豆扇陀相会。她对养父、众女友、净修林中的蔓藤和小鹿怀有无限深情，依依难舍。这一幕充满哀婉动人的离情别意，一向被认为是《沙恭达罗》中最美的一幕。一首流行的梵语诗歌说道："《沙恭达罗》是迦梨陀娑的精华，而沙恭达罗离别的第4幕是《沙恭达罗》的精华。"

第5幕是全剧的高潮。沙恭达罗尽管天真、善良、温柔，但面对豆扇陀的忘情，她敢于抗争。她先是机智地追述与豆扇陀共同生活的细节，见豆扇陀仍不相认，便愤怒谴责豆扇陀"卑鄙无耻"。沙恭达罗性格中的这一面，既是对《摩诃婆罗多》中的沙恭达罗性格的继承，也是合乎生活逻辑的发展。沙恭达罗遭遗弃后，被生母——天女弥那迦一接回天国。她虽然身在天国，仍没有弃绝尘世旧情。在第6幕中，她委托天女察看豆扇陀的情况。最后，在第7幕中，豆扇陀向沙恭达罗认错，沙恭达罗尽管饱尝辛酸，但宽容大度，不咎既往，与豆扇陀重归于好。

总之，在迦梨陀娑的笔下，沙恭达罗的形象是丰满的，性格是完整的。他成功地塑造了一个具有不可企及的印度古典美的女性形象。她生长在大自然中，和大自然融为一体，具有自然质朴的美，没有世俗的虚伪，也不知人心的险恶和国王的朝三暮四。她天真无邪、温柔多情、敦厚善良。然而，一旦受到不公正的对待，她又表现出疾恶如仇，敢于犯上的刚强性格。席勒赞赏说："在古代希腊，竟没有一部书能够在美妙的女性温柔方面或者在美妙的爱情方面与《沙恭达罗》相比于万一。"豆扇陀是一个有褒有贬的人物。他喜新厌旧，宫女甚至王后都受到他的厌弃，她们哀声不绝。但他对沙恭达罗则一往情深，他对她的拒绝只是由于魔法的作用。一旦他恢复记忆，便追悔莫及。作者在他身上寄托了真挚爱情的理想。

就这部戏剧的情节而言，沙恭达罗的这场爱情波折是由于仙人的诅咒，具有很大的虚幻性。然而，迦梨陀娑正是巧妙地利用了在印度古代特定历史条件下所允许的这种虚幻性，高度真实地反映社会现实。迦梨陀娑深切同情被损害、被侮辱的女性。但作为一个宫廷诗人，他不可能对这种不合理的社会现象予以直接的揭露和抨击。而仙人的诅咒恰好为他提供了一个艺术手段，使他能在虚幻性的掩护下，揭示真实，抒发胸臆。他不仅借沙恭达罗之口，痛斥国王"口蜜腹剑"、"卑鄙无耻"，而且还借护送沙恭达罗的苦行者之口，警告国王说：骗子的下场是"灭亡"！

《沙恭达罗》全剧闪烁着迦梨陀娑进步思想的光辉。他欣赏人和自然和谐融洽的净修林生活,赞美纯洁真挚的爱情和正直善良的人格,并以婉转曲折的方式批评统治阶级的荒淫。同时,迦梨陀娑充分施展自己的诗歌和戏剧才能,全剧诗意盎然,情节波澜起伏,人物性格鲜明,心理刻画细腻。

《沙恭达罗》为迦梨陀娑赢得了世界声誉。英国梵文学者威廉·琼斯率先于1789年将《沙恭达罗》译成英文出版,并称颂迦梨陀娑为"印度的莎士比亚"。随后,《沙恭达罗》相继被译成其他欧洲文字,在欧洲文学界,尤其在德国,引起巨大反响。歌德在1791年写诗赞美《沙恭达罗》道:"倘若要用一言说尽——春华秋实,大地天国,心醉神迷,惬意满足,那我就说:沙恭达罗!"

歌德的名著《浮士德》开头的"舞台序曲"就是有意模仿《沙恭达罗》的序幕。18世纪末和19世纪初,欧洲正值浪漫主义文学思潮兴起时期,对遥远的东方怀有强烈的好奇心和朦胧的美好感。《沙恭达罗》恰在这时翻译出版,大大激发了欧洲学者进一步研究和翻译介绍印度和东方文学的热情。

第三节 紫式部

一、生平和创作

11世纪初,日本出现了女性作家的巨著《源氏物语》,一部约百万字的长篇小说。所谓"物语"是日本文学特有的名词,意思相当于故事或杂谈。这种创作的形式产生于公元10世纪初的平安朝时期,《源氏物语》则代表其艺术成就的最高峰。全书54卷,大约作于1001—1014年之间。"卷"在原书中称"帖",丰子恺的中译本改用汉语章回小说的"回"。这是一部真实反映古代贵族社会生活面貌的长篇物语,是日本古典文学的杰作。

作者紫式部,生卒年不详,一般认为她生于天禄元年(970年),卒于长和三年(1014年)。紫式部本姓藤原,因其长兄担任式部丞,当时宫中女官往往以父兄的官衔为名;后来她写成《源氏物语》,书中有一个名叫紫姬的人物被广为传诵,世人遂称之为紫式部。

紫式部出身于中层贵族的家庭,曾祖父、祖父、伯父和兄长都是有名的歌人,其父藤原为时,曾做过地方官吏,擅长汉诗与和歌。紫式部自幼才分过人,随父学习汉诗,熟读《史记》等中国古代文献,对白居易的诗颇为推崇。此外,她还十分熟悉音乐和佛经。其父曾叹息说:"可惜她没生为男子,这是最大的不幸。"成年后紫式部曾随父离京,父亲去越前任太守,这使他们得以饱览偏僻渔村的风光,目睹渔民劳动的情景,并感受背井离乡的滋味。紫式部约于20岁时嫁给比她大20岁的地方官藤原宣孝，次年生下女儿贤子。当时藤原宣孝已有三个妻子，他颇为赏识紫式部的才艺，亦堪为精神的知己，不幸的是婚后不久他便逝去，留下紫式部独自抚养女儿，过着矢志自守的孀居生活。就在丈夫逝世的天皇长保三年（1001年），她开始写作这部物语。其中的一些篇章在外界流传开来，受到好评，引起了太政大臣藤原道长的重视。于是藤原道长令其入宫，做他的女儿一条彰子皇后的女官，为其讲读《白氏文集》（白居易的《长庆集》）以及《日本书纪》等典籍。一条天皇对于紫式部的才智赞不绝口，说"她精通《日本书纪》，真有才华"。宫廷里的人都尊称她为"日本纪局"。此段经历使得紫式部有机会直接接触宫廷生活，对于宫中的典仪和权势的内幕有了更全面的了解。作者约于1010年夏在宫中完成《源氏物语》全书，前后历时十多年。

《源氏物语》是世界上最早的一部长篇写实小说，比中国的第一批长篇小说《三国演义》《水浒传》和欧洲的长篇小说先驱《十日谈》都早约300年，比曹雪芹的《石头记》更要早700多年。文学史家关于此书的创作另有几种不同的说法。一说前40回是紫式部所作，后10回由其女贤子续补。另一种说法是由其父创作大纲，紫式部完成写作。还有一种说法是此书在紫式部之前已有，紫式部做了一番修订的工作。但是这些说法都缺乏充足的依据。

除《源氏物语》外，作者另有《紫式部集》和《紫式部日记》两部作品传世。《紫式部集》是一部自选的和歌集，共选入作者自少女时代至晚年的128首和歌，大多是与友人的赠答歌。这些诗作是了解她生平、思想及诗风的珍贵资料。《紫式部日记》一卷作于宽弘五年（1008年）7月到宽弘七年（1010年）一月，内容是以中宫彰子在土御门殿（其父藤原道长的宅邸）的分娩为中心，详细地记下宫廷的仪式和所见所闻种种。作者冷静凝视的对象并不限于宫闱秘事，她还在书中对和泉式部、清少纳言、斋院等人的写作提出了特别尖锐的批评。她不满意同辈的女性作者，认为她们总是以一己的感受为中心，秉性孤洁而自寻苦恼；而她认为自己需要的则是对于观察对象的一种冷静剖析。值得注意的是，这种由严肃的自我反思带来的理性意识的觉醒，在后来的巨著《源氏物语》中有着深刻的表现。

紫式部生活的时期，是由藤原氏家族世代摄政揽权的年代。这个时期的宫廷是文化中心，其自身的传统已经融合了汉文化的精髓与佛教观念的力量。尤其是后宫，成了礼乐典雅的渊薮。由于藤原氏这一族是天皇的外戚，他们都一心想把自家的女儿拥立为皇后，于是一度形成了藤原道隆的女儿定子和藤原道长的女儿彰子在后宫对立的局面。为了获得君宠，两派势力争奇斗艳，汇聚了许多名门才女，使后宫变成了文化和社交的沙龙。例如，定子所在的后宫任用的才女有清少纳言、马典侍等；彰子的宫中则任用了紫式部、和泉式部等。这些女官与趋附于两宫的贵族们之间，不断举行豪华的歌合、绘合等比赛，或者举行种种节日的庆典，可谓盛极一时。因此，一般属于受领阶层的那些中下层贵族的女儿们都憧憬着与上层社会发生联系。清少纳言在《枕草子》中也说："具有相当身份人家的女儿，还是让她们到宫廷里去与女官为伍，使之熟习世间的情况为妙。最好能暂时担任内侍之类的职务。"为了保障地位的稳固，做父母的或是将女儿送到有权势的贵族家里，以便进而寻找机会入宫做女官，或是强迫女儿缔结政治婚姻，这在当时是司空见惯的现象，也是《源氏物语》所要反映的一个背景。

所谓的宫中女官，和嫔妃女仆一样，不过是贵族一夫多妻制之下男性的玩物；妇女只能于夜间苦等男人来相会，并受其喜怒无常的支配。她们虽有才华，但所处的地位卑下，这就注定了她们在宫中的体验是不会平淡的。一方面她们参与当时最豪华的宫廷贵族的文化活动，培养高雅的鉴赏力和思想情趣，衣食无虞，是令人羡慕的对象；另一方面又会时时意识到卑躬屈膝的苦楚境地，意识到现实与梦想的对立引起的内心冲突和痛苦体验，由此而产生一种内省的精神。她们对于音乐、古代诗歌和佛经教义的种种认识，通常是深刻而微妙的，这是基于宫廷的权力和荣耀沉浮的见闻，加入个人的现实体验，在人生的观念上得到深化的结果。因此，能够去感受贵族阶级的矛盾，并以清醒而略带哀愁的目光观察其矛盾的本质的，也只有这些拥有高级文化的女官。以紫式部为代表的这个阶层的妇女，正是在这些现实条件的催化之下进行创作的。这样，平安朝时期的散文以《浮游日记》为开端，产生了日记文学和《枕草子》之类的作品，最终出现了描绘这个时代和生活本质的《源氏物语》。作为一部内涵丰富的长篇物语文学，紫式部的这个作品是她经历的时代和宫中生活的产物，承载了当时的物质生活与精神生活的总体成就。

二、《源氏物语》

《源氏物语》的故事涉及三朝四代，经历70余年，出场人物400余人，历历展示出平安朝优雅奢靡的生活场景：上层人士恣意享乐，皇室外戚统摄朝政，宫廷文化有声有色，铺写了全盛时期的世态风貌。其叙事规模庞大，描写焦点集中，人物谱系繁缛，文化内涵典雅美丽。它所截取的这一段奴隶制宫廷贵族的生活，反映了人们在文化生活中尚未屈服于市民的趣味，价值观相对自足的历史时期，也包含了作者在描写贵族男女情爱生活的基础上，对于人生问题所作的深刻研究。因此，在情色的天真享乐与烦恼蚀骨的中心，主人公光源氏的长篇故事以一种流畅的笔调娓娓道来，使故事展开的同时能够围绕和贴近这个中心，并且笼罩着一层梦幻般的哀愁华美的朦胧光晕。

小说的梗概如下：桐壶天皇最为得宠的更衣不幸病逝，死后遗下一子，由于俊美无比，聪明绝世，人们将他称作光君。父皇对他宠爱有加，考虑到儿子没有可以做他后援的权势之家，故将他降为臣籍，赐姓源氏。光源氏12岁那年，举行了"元服"仪式，并与左大臣的女儿葵上结了婚。葵上容貌美丽，但是冷漠高傲，遂为光源氏所冷落。此时，皇帝新召入宫的藤壶女御由于长得和故世的桐壶更衣非常相像，引起了少年源氏对她的思慕（以上《桐壶》卷梗概），于是两人有了恋情，源氏趁藤壶女御因病回娘家去疗养期间与她发生了乱伦关系。藤壶不久就怀了孕，生下了后来的冷泉帝，这使得两人的生活一直怀着隐秘而可怕的负罪感。（以上《若紫》卷至《红叶贺》卷梗概）后来，正夫人葵上生下儿子夕雾之后死去，而源氏在一所寺院里发现了一个叫紫上的女孩与藤壶女御有亲属关系，便把这个幼女养在家里，耳鬓厮磨，加以调教，使之成为一个光彩夺目的女性，并将她立为正室。不久之后桐壶帝驾崩，源氏失去了有力的庇护。一向对源氏嫉恨有加的弘徽殿女御，得知源氏与她准备进宫作内侍的妹妹胧月夜暗中有染，便利用这个机会打击政敌，联合自己的势力迫使源氏离开京城到海边的须磨去隐居。在须磨，他与明石国守的女儿明石姬结合，使他在凄凉的放逐生活中有所慰藉。自从源氏被流放之后，宫廷里不断发生灾难异象。深感愧疚的朱雀帝于是将源氏召回京城。后来冷泉帝即位，源氏被封为内大臣，使他取得了辅佐皇帝的地位，此后他在政坛上已经没有敌手，官职一直做到太政大臣。他营建了一座名叫六条院的大宅第，将过去与他有过恋爱关系的女人都召到一起，共享锦衣玉食的生活。（至《少女》卷为止的梗概）然而随着时间的流逝，源氏的生活也逐渐笼罩上阴影。他受托于朱雀帝，将其女儿三宫娶过来并加以庇护，孰知三宫却与头中将的儿子柏木私通，生下了薰君。源氏出于无奈，不得不佯作自己的儿子来抚养。因私通而犯下罪孽的柏木抑郁而死，三宫也削发为尼。后来，源氏最钟爱的夫人紫姬也得病死去了，晚年的源氏逐渐对生活感到幻灭，沉浸在人世无常的悲哀之中，屡屡想要出家为僧。（至《幻》卷为止的梗概）以上所述便是被称为《源氏物语》的前篇的部分。前篇是以叙述光源氏的荣华富贵的生活为中心的。小说题为《云隐》的第41回只有标题没有正文，这是暗示主人公光源氏之死。

《源氏物语》的后篇是以私生子薰君为主人公，这便是后世所谓的《宇治十卷》。故事是写桐壶帝的第八皇子由于政治上失势，长年隐居在宇治的山乡精修佛道，临终前他将两个妙龄女儿托付给薰君。薰君以保护人的身份与姐妹俩接触，对其中的姐姐怀有爱情，但是遭到拒绝，不久姐姐抑郁而死。另一个女儿则被他的朋友、明石女御的儿子夺走。薰君在失望和懊丧之余，得知另有一个酷肖姐姐的异母妹浮舟,是八皇子从前抛弃的私生女。他设法找到浮舟,并把她接到宇治山庄加以宠爱。不料明石女御的儿子又来横插一手,他假装薰君的声音,深夜闯入浮舟的闺房与之相会,并占有了她。浮舟夹在两个求爱的贵公子之间,不堪烦恼,终于跳进宇治川自杀。后被横川的僧都等人救起,随后便在小野这个地方出家为尼了。在物语的最后一卷《梦之浮桥》中,为死去的恋人哀悼不已的薰君终于得知浮舟自杀未遂的真相,于是派人到小野与浮舟见面,结果未能如愿。自幼饱尝人世辛酸的浮舟,已经心如死灰,遁入空门了。至此,全篇故事结束。

小说的前篇与后篇的线索暗含着一种呼应。光源氏与后母乱伦是前半篇故事的主眼,也是人物内心罪孽感的一个根源。而柏木与三宫私通,生下私生子薰君则又成了主人公晚年生活中的苦果,分明是现世的报应。小说后篇的主角薰君对自己的身世抱有强烈的疑惑与苦闷,他的精神大抵上是被上辈人隐秘的孽债所毒化。最后,作为私生子的薰君与作为私生女的浮舟,他们俩的恋情是以失败空虚而告终。

《源氏物语》的创作观念是以写实精神为根底的。作者的意图无非是借虚构的故事来阐明人生的真实,以使小说发挥其"知世相"的功能。这种早熟而又理性的创作观念在《紫式部日记》里已经有了点滴的阐述,而在《源氏物语》中又借人物之口说明:"原来故事小说,虽然并非如实记载某一人的事迹,但不论善恶,都是世间真人真事。观之不足,听之不足,但觉此种情节不能笼闭在一人心中,必须传告后世之人,于是执笔写作。因此欲写一善人时,则专选其人之善事,而突出善的一方;在写恶的一方时,则又专选稀世少见的恶事,使两者互相对比。这些都是真情实事,并非世外之谈。"(第 25 回《萤》)

作者强调要从善恶两个方面作典型的概括,使之加以对比,互为呈现。从这样的原则出发进行创作,作者能将现实世界的善恶矛盾一并纳入其洞察世相的法眼之中,从而使长篇小说在人物塑造和主题思想上能够兼容挥洒,大胆择取,不为个人的好恶所拘泥,这是《源氏物语》在创作观念上显得颇为高超的地方。其精神与现代小说的某些主张已经比较接近,反映了写实文学所具备的内在而又永恒的一种诉求。

首先,从人物塑造来看,该小说体现的成就与特色十分鲜明。在 400 余位出场人物中,主要角色就有二三十人之多,其中尤以女性形象的多姿多彩而著称。诸如空蝉,夕颜,葵姬,藤壶,末摘花,胧月夜,浮舟,等等,这些人物各有其心理和情感的表现,在作者的笔下显得栩栩如生。身为地方官夫人的空蝉是好色之徒源氏的一块心病,她始终拒绝后者的求爱,几乎到了冷酷的程度，其刚毅不屈的态度堪称一绝。但是意味深长的是，空蝉并非不重视源氏的求爱，她也并非心如顽石；她的坚贞不屈的态度中实际隐藏着复杂的心理，可以说她是一个不愿被人窥见真相的女性。这种性格在另一个人物槿姬身上也有体现。相比之下，夕颜和浮舟都是不通世故、弱小忧伤的类型。尤其是夕颜这个人物的塑造带有主观的浪漫气息，在众多角色中显得别具一格。夕颜说："我是一个无家可归的流浪儿。"她曾与头中将同居，被抛弃之后过着隐姓埋名的生活。此人身世不幸，但天真烂漫，轻信于爱情。后来与源氏幽会，还没来得及公开自己的真实身份就暴死于深夜的荒宅，这个突如其来的结局令人骇异，也让人感受到作者笔触的震撼力。可以说这是一个为爱情而生、超脱于人世、不知怨恨嫉妒为何物的奇异女子。无论是从想象的角度还是从现实的角度，都能意识到她那一闪而逝的形象留下的强烈烙印。夕颜宿命而悲剧性的生涯似乎带有虚幻的色彩，但从爱情的本质讲，却丝毫没有虚幻厌世的成分。这个人物的塑造是很可贵的，尤其是与书中众多女性落发为尼的结局相比，她的生与死的插曲无疑代表了作者心灵的一个侧面。

　　作者不仅熟悉各种类型的女性，而且善于刻画出丰富的形象及其变化，流露出对于世态掌故的悉心体察。高傲幼稚的葵姬，轻佻随和的胧月夜，洒脱有趣的轩端荻，嫉妒成性的六条妃子，滑稽古板的末摘花，等等，虽都是陪衬的角色，有些也只是一笔带过，却并非是可有可无的点缀。比如，末摘花这个人物在书中就有着十分精彩的描写。在全篇弥漫着"物哀"之感的幽情色欲之中，尤其是在幽默感尚未成为一种美学主导观念的平安朝，这个人物的身上却闪耀着一抹诙谐而感人的光彩。末摘花的身世凄凉，长相丑陋，而且鼻尖发红，其实是主人公源氏猎艳生活中的败兴之作，也是他暗中加以嘲笑的对象。但是末摘花的性格是奇特的，她虽自惭形秽，可又像一个忠贞的武士；衣着寒酸，性格古板得滑稽可笑，但她却是书中唯一不计较个人得失的贵族女性；她的落魄和宽宏大量都带有一种生动的喜剧性。在这部小说中，末摘花是一位个性相当突出的边缘人物。

　　紫式部对于女性世界多层次的描绘是从一个男权为中心的视点导入的，这在总体上符合写实精神的需要。从男女情爱的纠葛之中鉴别人物的性格，捕捉现实生活的矛盾，挖掘心理的真实，这就要求作者必须在创作上遵循一个常规的视点来判断事物。作者不但成功地描绘出众多的女性角色，而且也习惯于通过对比手法来塑造男性主角。比如，源氏公子与头中将是前篇中的对比，后篇的薰君与明石女御的儿子又是一组对比，目的在于衬托出主人公的形象。

　　作为后篇《宇治十卷》的主角，薰君这个形象缺乏源氏公子的光彩，而且在源氏辉煌的典型之后再来处理一个看似类同的典型，似乎有续貂之嫌。但是，薰君的性格仍然写得颇有深意。与少年源氏相比，他早熟稳重，老气横秋，善于自我节制，是一个性情比较可靠、出类拔萃的人物。然而，在受托为两姐妹的保护人并与之发生接触之后，此人的所作所为虽说无可指责，却也很难与他明哲超然的追求相称。他是情爱生活的失败者，犹豫不决，屡屡错失良机，却一样暴露出欲念的卑劣。作者对于这个人物的身世是同情的，对他的人格颇为肯定，对于他与众不同的追求也有所渲染，但是，恰恰是薰君这个形象反映了作者对于男性本质的更为尖锐而透彻的看法，这是相当耐人寻味的。归结起来，《源氏物语》通过对两性心理的大量刻画和细微揭示，体现了它早熟与高度写实的特点。

其次，是有关这部小说的主题。日本权威的文学史家也有不同的说法，对此颇有争议。江户时代的大学者本居宣长在他的《玉小栉》中指出，《源氏物语》的主题是"物哀"。概括地讲，贯穿于整篇物语的基本主题是人物内心深处的哀伤与幽情。所谓"物哀"，是日本文学特有的一种审美情感，在《源氏物语》中蔚为大观。这是历来影响最大、被引用最多的一种说法，而现代学者西乡信纲在他的《日本文学史》中认为，所谓"物哀"，应该是小说中气氛和基调的具体表现，本篇的主题则是"从人的精神史的角度来描写贵族社会的矛盾及其没落的历史"。以上两种意见均可作为阅读和理解这部小说的重要参照。其他文学史在谈到本篇的主题时，一般都不出上述两种论断。

《源氏物语》的主题实为通常所言的"情色"。这也是发达的宫廷文学常见的一个主题取向。正如奥克塔维欧·帕斯在其《双重火焰：爱与欲》中比较东西方的爱情文学时所说："哪里有兴盛的高层宫廷文化，哪里就产生爱的哲学。"《源氏物语》约百万字的故事，通篇贯穿的是男性主人公猎取情色的历史及其情爱的哲学。书中凡涉及权力斗争和政治内幕的方面，多为故事的背景和交代，其实都未作近距离展开式的描写；宫廷人物之执政为官也几乎形同副业。而小说出场的400余位人物中，从皇帝到仆役，却没有一个当作典型来刻画的恶人或是坏人。作为一部偏重于写实的小说，这是一个颇有意思的特点。探究紫式部写作的旨趣，她似乎不在于写出有政治寓意或预示历史走向的社会小说，而是强调在"有心"、有体验的基础上描绘爱欲本身的矛盾善恶与诸种现世形相，这是通篇聚焦的中心点。

主人公源氏的情爱哲学，从他对妓女的态度中或可窥见一斑。第14回《航标》中有一段写道："（源氏）回京时一路上逍遥游览，但心中念念不忘明石姬。地方上的妓女都集拢来逢迎。那些虽为公卿而年轻好事之人，对这些妓女颇感兴趣。但源氏公子想道：'风月之事，情感之发，亦须对方人品可敬可爱，方有意趣。即使逢场作戏，倘对方略有轻薄之态，也就失却牵惹心目的价值了.'因此那些妓女人人装模作样,撒娇撒痴,而源氏公子只觉得讨厌。"由此可见主人公在滥情与所谓的品位之间维持平衡的一种观念。而此书开篇第二回《帚木》中,少年源氏公子与朋友头中将、左马头等人长篇累牍讨论"世间女子"的种种品相,更可视为提示全书情爱哲学的一个纲领,其中包含着日本文化所独有的、对于后世(江户时代)文学产生深远影响的一种好色审美学。

有一种流行的观点认为,本书的男女主人公源氏与紫姬的形象都塑造得过于理想化,是小说的一个缺陷。源氏本人不仅相貌超群绝伦,而且品性也十分完美,琴棋书画诗赋无一不精,简直是令人难以置信的天赋神佑的绝世人物。作家对于主人公的这种偏于理想化的描写,其实正是与小说的主题表达密不可分的。(所以本节没有把他放在人物性格中去讲,而是把他放在了主题的层面上来看待。)作者仅就主人公的美貌,便从不同的角度作了反复渲染,以见其作为情色之化身所具有的非凡力量。第七回《红叶贺》中写源氏公子在清凉殿试演舞蹈,达到了一个高潮:"高高的红叶林荫下,40名乐人绕成圆阵。嘹亮的笛声响彻云霄,美不可言。和着松风之声,宛如深山中狂飙的咆哮。红叶缤纷,随风飞舞。《青海波》舞人源氏中将的辉煌姿态出现于其间,美丽之极,令人恐怖!插在源氏中将冠上的红叶,尽行散落了,仿佛是比不过源氏中将的美貌而退避三舍的。……"这种能使观者"感动流泪"的感官对象,仿佛是古代祭祀活动中某种迷狂信念的残余,呈现为一种神灵般的魅惑力。作者借助中心人物的情色秉性与小说的主题直接沟通,从而绘制出一个时代贵族情爱生活的集大成。

源氏一生情爱无度,是勾引和玩弄女性的老手,几乎与篇中出现的每一个贵族女子都不同程度发生关系;加之他与后母乱伦,蓄养幼女,而且还与年近60岁的宫女通奸,等等,其情欲之泛滥乃至于秽乱,真可谓是无恶不作了。只是作者并未从批评的角度去写他,而是全盘写出主人公沉溺于此的一生,并且把他对女子的占有欲当作一种奇癖来解释。从文化背景上讲,这种描写与当时贵族的道德观并无冲突。而且爱情在古代东方的宫廷生活中并非一种独立自由的价值和思想,而是此岸世界有闲无常的一种喜怒哀乐的体验,除此之外别无其他意义。因此,源氏的个人生活缺乏历史性的线索和意义,也缺乏空间的价值(即个人与世界的关联);表面上固然是辉煌夺目的美与色,底子里实为人生别无依托的一种惨淡经营,因此,对其个人理想化的描述恰恰包含着无法理想化的大量现实。

作者的意图也正是从对于情色的重复描写之中逐步展示出它的反面教训,即人生不可忍受的悲观与虚无特质。因此在一定程度上,佛教的观念与情色的主题在书中互为表里。情色的体验如同羊肠小道，充满曲折的迷误与烦恼，甚至还有摆脱不了的罪孽不幸，而僧尼的修行活动则被赋予一种刚健有力的清新格调，彼此对照，着意渲染。这种二分法的切割与昭示，无疑流露出佛教思想根深蒂固的教诲，这对于主题的理解有着不可忽视的作用。此书的后篇《宇治十卷》即是以浮舟的生父修行佛事为主线切入的，最后又以浮舟本人落发为尼的故事收场。凡此种种都可以说明外来佛教的理念对于该书创作的重要影响。作者也正是借助佛教的比喻进一步道出了她创作观念的实质："同是日本小说，古代与现代亦不同。内容之深浅各有差别，若一概斥为空言，则亦不符合事实。佛怀慈悲之心而说的教义中，也有所谓方便之道。愚昧之人看见两处说法不同，心中便生疑惑。须知《方等经》中，此种方便说教之例甚多。归根结底，同一旨趣。菩提与烦恼的差别，犹如小说中善人与恶人的差别。所以无论何事，从善的方面来说，都不是空洞无益的吧。"（第25回《萤》）

这并不等于是说，小说便是宣扬佛教教义的一种"方便之道"。但是从以上作者提示的道理来看，主人公源氏一生的故事的确不是空洞无益的。透过其一切皆为情色而劳碌的主题，小说也达到了逼近人生善恶界限的综观写实的境界，并且对爱之激情的真实及虚幻的本质做了鞭辟入里的分析。这是作者理性自觉意识的一种体现，也是《源氏物语》在艺术和思想上取得高度成就的地方。

《源氏物语》的结构从整体上看颇具特色，前篇44回以源氏为主人公，后篇10回以薰君为主人公；前后两部分既可以单独成篇，合在一起又构成循环交流的序列。这种断而有续的二重组合以及前后不匀称的比例分割也是这部小说的一个独创。叙述主人公源氏之死的《云隐》那一卷，仅有标题而无正文，在小说的内部大开"天窗"以留下暗示，这种处理方法大胆泼辣。另外，它在体裁上采取散文和韵文配合的形式，以散文为主体，织入近800首和歌，使歌与文融为一体，不仅表现了宫廷文化高雅精致的气氛，而且对故事的进展和人物内心世界的刻画都起到了相辅相成的作用。日本文学特有的真切优婉、多愁善感的格调，包括他们对于四季变化的敏感，对于自然的纤细而多彩的感受力，在这些和歌的对答之中均有十分生动的流露。可以说，日本古代文艺思潮中有关"哀"与"物哀"的情感范畴的演变，在紫式部这部小说中有了凝练而出色的汇聚。作者对汉学、诗赋和《万叶集》以来的和歌等的成功运用，也使作品的语言艺术独具特色。其中，作者引用中国唐朝白居易的诗句最多，从开篇第一回的《桐壶》直到卷末，共引用约90处；《桐壶》的情节更是有赖于《长恨歌》而形成。此外，作者还大量引用《礼记》《战国策》《史记》和《汉书》等中国古籍中的史实与典故，结合在故事情节之中，使小说具有织锦般的异彩辉映。从某种意义上讲，这也是一部很有欣赏价值的文化小说。无论是和歌的创作还是文事的渲染，都反映了作者丰富全面的学术和美学修养，也极好地反映了日本平安朝时期灿烂成熟的贵族文化的风貌。

当然，小说也有一些技巧上的缺陷。比如，相同的心理和场面重复较多，在叙述人事关系时常有交代不清的地方，这些对阅读会有一定的影响。而小说对于宫廷政治显然缺乏积极的展开与描绘，这一点虽说与技巧无关，但作为一部反映时代的鸿篇巨制，这终究是视野和表现上的一种局限。作者本人也意识到了这种局限，她在书中表白道："作者女流之辈，不敢侈谈天下大事。"这种在其艺术表现的范围上支起屏障的做法，可能也有意识地反映了作者对于主题的一种认知和处理。

《源氏物语》问世已有千年了，这部小说对后世的文学产生了重大影响。日本的抒情文学，主要是继承了它的传统加以发展的。晚于《源氏物语》约半个世纪的《狭衣物语》（1080年），其作者也是匿名的女性，在创作上多半是模仿前者而加以铺陈。由此可见紫式部的创作所施予的润泽。近现代的日本诗人、小说家纷纷从《源氏物语》中汲取营养，同时出现了大量研究此书的专家学者，并且有人尝试将小说翻译成现代的口语体作品。例如著名作家谷崎润一郎，他就用通俗化的大众语言译出了全书（1964年修订再版），丰子恺的中译本主要便是依据他的再版本译出的。在国外，此书早已译成英、法、德、意等多国文字，已经成为世界文库中一个不朽的名篇，并且在世界范围内得到越来越多的介绍和研究。

第四节　波斯文学与萨迪

一、波斯文学

前伊斯兰时期的古波斯文学，少说也有上千年的发展历史。从流传至今的古籍经文看，几乎全是用萨珊帕拉维语著述，按内容可分为富于哲理的宗教神话、歌功颂德的帝王英雄传说和劝善惩恶的箴言故事。这些神话、传说和故事，连同波斯古经《阿维斯塔》一起，旨在阐扬琐罗亚斯德教以"善恶二元"论为核心的教义、教法和规仪，具有浓厚的道德训谕色彩，泽被后世，影响颇为深远。

7世纪中叶笃信伊斯兰教的阿拉伯人入主波斯，灭萨珊王朝（226—651）。推行民族歧视政策的阿拉伯倭马亚王朝（661—750）统治不足百年，就被以波斯释奴为主要力量的人民起义所推翻。阿巴斯王朝前期（750—847）诸哈里发汲取以往的经验教训，改而启用波斯显贵，效仿和实行昔日萨珊王朝的行政制度，支持和赞助"百年翻译运动"，全面借鉴吸收波斯、希腊和印度的优秀文化遗产；受"舒欧比"思潮影响，赞同伊斯兰教旗帜下各穆斯林民族一律平等的主张，因而促进了阿拉伯帝国范围内各民族文化的交流融合，出现空前繁荣的景象。这当中，以阿拉伯语进行写作的波斯作家和诗人，如伊本·穆加法（724—759）和阿布·努瓦斯（762—813）等人，作出了宝贵贡献：前者赢得"阿拉伯艺术散文鼻祖"的美称，后者被誉为"阿拉伯诗歌革新派的代表"。至阿巴斯王朝中期（847—945），彼此对立的逊尼派和什叶派相继形成，苏菲派获得发展；此时哈里发大权旁落，各地异族政权纷纷独立，称霸一方，只在形式上承认中央的宗主权。波斯语文学的崛起，正是在伊朗各地方王朝的扶植和赞助下得以实现的。

中古波斯文学（9世纪中叶—18世纪）历时800余年，取得举世瞩目的辉煌成果，构成整个古代伊斯兰文学的重要部分，按阶段划分，它大致可分为崛起、发展、鼎盛和衰落四个时期。

崛起时期（9世纪中叶—11世纪中叶）。随着伊朗地方王朝的建立，发轫于霍拉桑和阿姆河以北地区的达里波斯语（新波斯，简称波斯语）逐渐取代帕拉维语（中波斯语）而成为通用的书面语言。9世纪中叶陆续出现波斯语诗歌创作，并于萨曼王朝时期（874—999）形成初步的繁荣局面。作为萨曼宫廷诗人的代表，鲁达基（850—941）以其内容丰富、体裁多样的古典格律诗创作，赢得"波斯语诗歌之父"的赞誉。他的"伽西尔"抒情诗《劝说君主返回布哈拉》，"玛斯纳维"叙事诗《卡里莱与迪木乃》（只残存百余行）等堪称佳作。据传鲁达基还是短小精悍的"鲁拜"和"杜·贝蒂"诗体的创始人。与鲁达基同时代的拉贝埃（生卒年月不详），是波斯诗歌史上第一位女诗人，她的爱情诗感情沛然，流丽纤巧，值得称道。

菲尔杜西（940—1020）以他里程碑式的巨著《王书》（又译《列王纪》），不仅为后世的诗歌创作提供了大量原始素材，而且为波斯语和波斯语文学的健康发展打下了坚实的基础。长达10万余行的史诗《王书》，以纯正朴实、自然流畅的语言，成功塑造了鲁斯塔姆的光辉形象。他身披虎皮战袍，手持狼牙大棒，举长弓箭无虚发，掷套索百发百中，胯下的坐骑行走如飞，驰骋疆场，所向无敌。他接连3次过关斩将，保驾救主，先后7次力挽狂澜，捍卫社稷，可谓劳苦功高。不幸的是，这位"盖世英雄"屡遭国王刁难、诽谤和暗算，给他带来莫大的痛苦和灾难：阴错阳差，战场上误杀爱子苏赫拉布；被迫无奈，举箭射死屡立战功的王子埃斯梵迪亚尔；最后应验了神鸟大鹏的预言——英雄倒在同父异母兄弟设置的陷阱中。鲁斯塔姆及其世家的败落，绝不只是他个人和家族的不幸,而是整个伊朗民族的悲剧。联系诗人所处的时代,英雄形象的悲剧意义,正在于激起人们的"悲悯和畏惧",从而避免自相残杀的历史重演。菲尔杜西将呕心沥血30余年写成的《王书》按惯例奉献给伽色尼的富厥君主,非但没有得到赞许和奖赏,反而遭到朝廷的追捕和迫害,死后遗体不准葬入穆斯林公墓;然而,千百年来诗人却赢得广大民众的爱戴。恰如诗人所言:"谁若有理智、见识和信念,我死后完全把我热情颂赞。不,我是不死的,我将永生!因为我把语言在大地播种。"

这一时期波斯文学迅速崛起,后来居上,取代阿拉伯文学而占据伊斯兰文学的主导地位。在借鉴和改造阿拉伯诗歌韵律基础上形成的波斯古典格律诗,特点为语言质朴,不尚雕琢,叙事简明,通俗晓畅,史称"霍拉桑体",其代表诗人为鲁达基和菲尔杜西。以英雄史诗《王书》的问世为标志,日渐形成表现民族主义和英雄主义的文学潮流,与当时的时代精神相适应,带有悲壮、崇高的美学特征。

发展时期(11世纪中叶—13世纪中叶)。这一时期波斯诗歌和散文从内容到形式均发生了极大变化,与崛起时期迥然不同,赞颂古波斯帝王英雄的诗文创作,数目明显减少。代之而起的是饱含人生哲理,宣扬伦理道德的宗教诗歌和散文著作。尤其是苏菲派神秘主义文学的勃兴,改变了波斯文学乃至整个伊斯兰文学的发展方向,使其在宗教与文学的结合上独辟蹊径,并以别具一格的诗文佳作,丰富了世界古典文学的宝库。

阿巴斯王朝后期(945—1258),内忧外患的阿拉伯帝国四分五裂,哈里发统治名存实亡。控制中央政府的塞尔柱王朝(1037—1194)推崇逊尼派,压制什叶派。什叶派激进诗人纳赛尔·霍斯鲁(1004—1088)的作品具有强烈的反叛精神:"国王从不为百姓着想,主持公道,恐惧和忧愁常在黎民心头笼罩。"他愤然写道:"霍拉桑,如今是歹徒横行之地,正直人绝不同小人共居一堂!"颂扬理智是诗人创作的另一个主题:"没有理智,纵然自由仍受束缚,若有理智,虽被束缚也会感到自由。"作为科学家和哲学家的诗人欧玛尔·哈亚姆(1048—1122)对传统神学的说教不肯盲从,敢于对真主创世提出质疑:"我们来去匆匆的宇宙,上不见渊源,下不见尽头。""这亘古之谜你我皆茫然不懂,谜样的天书谁人也解读不通。"他认为,人的生死不过是物质形式的转化。哈亚姆借酒浇愁,以求得内心的一时宽慰,缓解生活中的苦痛。正因为"常常都不遂心","厄运与日俱增",所以他才"热恋杯中酒,倾心丝竹声"。哈亚姆的传世之作《鲁拜集》,富于哲理,耐人寻味。

这一时期的长篇故事诗创作成绩斐然,代表作为内扎米(1141—1209)的《五卷诗》,包括阐发苏菲教义的《秘密宝库》,宣扬人生哲理的《亚历山大传》，爱情故事诗《七美人》（又称《七宝殿》）、《霍斯鲁与希琳》和《蕾莉与马杰农》。内扎米的爱情故事诗典雅凝练，委婉细腻，感情充沛，成为后世诗人效仿的楷模。他和哈冈尼被誉为"伊拉克体"新诗风的代表，这种新诗体因阿拉伯语汇和科学术语入诗，显得艰涩深奥，令人费解。

波斯文学的发展另一个重要标志是苏菲文学的兴起。所谓苏菲文学，约产生于7、8世纪之交，主张克己守贫、顺从虔信和自律行善。9、10世纪相继出现的"神爱论"、"神智论"和"泛神论"，为苏菲主义奠定了基础。塞尔柱时期由安萨里（1058—1111）将苏菲教义纳入正统信仰，成为12至18世纪伊斯兰世界精神生活的统治思想。苏菲文学的勃兴，进而发展为波斯文学乃至整个伊斯兰文学的主流，正是在这种历史背景下形成的。欧里扬（？—1019）以"伽特埃"和"鲁拜体"抒情诗宣扬苏菲教义，阿比哈伊尔（967—1048）在讲经布道时喜欢吟咏诗歌，表达自己对真主的一往情深。步其后尘的阿布杜拉·安沙里（1006—1088）率先采用诗文相间的格式，用韵文写成《默祷录》，为后来萨迪创作《蔷薇园》提供了模式。随着苏菲派在民间的深入发展，神秘主义诗文创作的内容和形式日趋丰富多彩。萨纳伊（1080—1140）的"伽扎尔"苏菲抒情诗增强了道德训谕的主题，其代表作《真理之园》引述简短生动的故事和寓言，或劝人虔诚敬主，专心修炼，或阐明神秘主义哲理。在苏菲叙事诗创作上，阿培尔（1145—1221）更是技高一筹，他的名著《鸟的逻辑》构思奇巧，以隐喻和象征的艺术手法，把趣味盎然的寓言故事与艰涩深奥的苏菲哲理熔为一炉，显示出超人的文学功底。阿培尔的"伽扎尔"抒情诗立意高深，气度不凡，表现出修道者与主沟通的强烈愿望。他的《圣徒列传》被认为是苏菲派散文的经典之作。

鼎盛时期（13世纪中叶—15世纪末）。阿巴斯王朝倾覆之后，各地苏菲教团异常活跃，苏菲传教士（托钵僧）云游四方，宣经布道，使苏菲信徒人数大增，苏菲思想更加深入民心。此时波斯文学以苏菲文学的高度发展和繁荣昌盛为基本特征，涌现出毛拉维、萨迪和哈菲兹等享誉世界的文学巨匠，还有一大批苏菲派或深受苏菲思想影响的诗人和作家。他们的诗文著述题材广泛，形式多样，内涵丰富，为伊斯兰文学的发展作出了宝贵的贡献。文学史上称这个时期的诗歌为后期"伊拉克体"，其艺术风格为富于想象，蕴藉隽永，语言精美，惯用比拟、隐喻、暗示和象征等表现手法，因饱含苏菲神秘主义教理，故有时显得晦涩艰深。

曾任苏菲教团首领的毛拉维（1207—1273），被公认为波斯苏菲神秘诗歌的集大成者。享有"波斯文《古兰经》"美誉的《玛斯纳维》，系6卷本"玛斯纳维"叙事诗集。除援引经训之外，诗中还大量采用寓言、民间故事和传闻轶事等，借以阐发深奥的苏菲教义和神秘主义哲理，宣讲各种道德修养问题。以《沙姆斯丁·大不里士诗集》题名的"伽扎尔"抒情诗集，通过对"情人"、"挚友"的思念、爱恋和追求，委婉含蓄地表达出苏菲教徒对真主的虔诚和敬仰，进而阐发"人主合一"的神秘观点。"欲求那无影无形的真主，主仆一体，天房就是自己。若想朝拜心目中的天房，先要拂去心镜上的尘迹。"强调净化心灵，要摆脱尘世物欲的困扰，以对主的无限热恋和向往洗涤内心的污垢，克服个人杂念，使自己日臻完善，为与主沟通创造条件。毛拉维的苏菲抒情诗不大注重形式完美、词藻华丽和音调和谐，但内涵深邃，感情充沛，颇有韵味。此外，他还有《无价之宝》和《书信集》等散文作品传世。

作为苏菲神秘主义学者，哈菲兹（1327—1390）的"伽扎尔"抒情诗艺术水平之高，令人望尘莫及。他的抒情诗内容丰富，巧妙地运用苏菲术语、典故、史语、象征、隐喻、谐音词和双关语，造成朦胧的诗意和模糊的旨趣，给人留下无限回味的余地。

贾米（1414—1492）是鼎盛时期最后一位著名的苏菲诗人和学者，他的诗文著述不下 54 种，以叙事诗集《七宝座》名气最大，其中《尤素福与佐莱哈》为代表作。故事取材于《古兰经》，诗人作了艺术加工，突出男女主人公的爱情纠葛，富于浪漫色彩的喜剧性结尾，含有苏菲神秘主义的寓意。《近主亲密的气息》和《春园》等，是他的散文佳作。

衰落时期（16—18 世纪）。以什叶派立国的沙法维王朝（1502—1722，1730—1736）因对内推广什叶派教义，对外与奥斯曼帝国争夺伊斯兰教霸主地位，致使大批波斯诗人出走，投靠文学氛围较浓的印度莫卧儿宫廷，从而导致国内文坛萧条。

二、萨迪

谢赫·莫什莱夫·本·莫斯莱赫（1208—1292）以笔名"萨迪"享誉世界。在波斯文学史上，他被称为"语言巨匠"和诲人不倦的导师，其诗文著作是波斯文学的最高典范，成为后世效仿的楷模。

萨迪生于设拉子，传教士家庭出身。他幼年丧父，饱尝生活的艰辛。青年时代前往巴格达，入闻名遐迩的内扎米耶学院，刻苦钻研文学和伊斯兰教神学，师从苏菲学者谢哈布丁·苏哈拉瓦迪（？—1235）。由于蒙古大军入侵、地方王朝之间的混战和社会的动荡不安，萨迪的前半生几乎是在颠沛流离中度过的。在长达数十年的漂泊生涯中，作为"达尔维什"（苏菲托钵僧）的他，足迹遍布叙利亚、埃及、摩洛哥、埃塞俄比亚、印度、阿富汗和中国新疆等地，并先后 14 次赴麦加朝觐，待到返回故乡时（1256），已经两鬓斑白。这段云游四方的经历，使他广泛接触到各地不同社会阶层的各种人物，对劳苦大众及其悲惨生活有了切身的感受和体验，对他的世界观的形成以及日后的文学创作产生了极为深刻的影响。当时的设拉子被地方统治者以重金赎买下来，因而未遭到蒙古侵略军的破坏，社会秩序也比较安定。于是，萨迪隐居故里，埋头写作，把自己从现实生活中悟出的人生哲理和处世哲学诉诸文字，作为奉献给家乡亲人和穷苦百姓的一份厚礼。

流传至今的《萨迪全集》，包括"玛斯纳维"叙事诗集《果园》（1257），诗文相间的故事集《蔷薇园》（1258），"伽扎尔"《抒情诗集》，以及"伽西代"颂诗、"伽特埃"短诗和"鲁拜"诗等。萨迪的散文著述，如《论文五篇》《帝王的规劝》《论理智与爱情》等，也是传世的佳作。

《果园》和《蔷薇园》是萨迪的代表作，比较起来，后者内容更为重要，艺术成就也更高。从思想性看，两部作品的侧重面有所不同。《果园》着重表现诗人心目中的"理想王国"，是对纯洁、善良、正义和公道等美德的礼赞；《蔷薇园》多着眼于现实，意在揭示生活中的善与恶，美与丑，光明与黑暗。就"旨在育人"的写书目的而言，两者是完全一致的，而且都是萨迪对自己长期云游布道生活的思考和总结。《蔷薇园》分为8篇：论帝王言行，论僧侣言行，论知足常乐，论寡言，论青春与爱情，论老年昏愦，论教育的功效，论交往之道，包括171个长短不一的故事。《果园》除序诗外共分10章：正义和治国之道、善行，真正的爱、陶醉与激情、谦虚、乐天知命、知足常乐，论教育，感恩、悔过与正道、祈祷与结束语，由160个小故事组成。通过讲故事达到醒世育人之目的，是鼎盛时期苏菲诗人和作家的拿手好戏，也是萨迪文学创作的主旨。将生动有趣的各类故事与亲切感人的道德说教结合起来，动之以情，晓之以理，使读者在不觉枯燥乏味的氛围中，欣然接受劝善惩恶的教诲，这正是萨迪匠心独运之处。

仁爱慈善是萨迪思想的核心，劝善惩恶是萨迪作品的主题。上述两部传世之作，洋溢着深厚的人道主义精神。"亚当子孙皆兄弟，兄弟犹如手足亲。造物之初本一体，一肢罹病染全身。为人不恤他人苦，不配世上妄为人。"《蔷薇园》中这首诗的起句"亚当子孙皆兄弟"，已被联合国采录为阐述其宗旨的箴言。萨迪关心民众的疾苦，对无依无靠的孤儿寡母更是寄予怜悯之情。他在《果园》中写道："持刀行凶的男人并不可惧，倒是孤儿寡母的叹息令人心悸。寡妇点燃的一盏孤灯，往往会烧毁一座大城。"出于对普通百姓的热爱和同情，萨迪对横行霸道的暴君酷吏深恶痛绝："豺狼不能牧羊，暴君不能为王。"他斥责暴君是"人民的灾难"，"国家的敌人"。作为封建社会的文人，萨迪也主张忠君，赞赏历史上的有道明君。但萨迪明确地指出："平民百姓是国王的靠山和后盾","天下的得失在于民心的向背"。与忠君爱民的思想相联系的，是萨迪"敬主行善"的宗教观。作为一个伊斯兰苏菲派信徒，萨迪同样主张虔诚敬主，勤于祈祷。他反对貌合神离的信仰，无情地揭露和讽刺伪善的神职人员。他强烈谴责口是心非的假善人。

《蔷薇园》中唯一带标题而且最长的故事是《萨迪和一个诡辩之徒论富人和穷人的优劣》，两人唇枪舌剑，互不相让，只好请求法官裁判。结论是："主所喜欢的人正是那些像穷人一样谦恭的富人，像富人一样高尚的穷人。怜悯穷人的富人，才是最好的富人；回避富人的穷人，才是最好的穷人。"这段话意在表明富人和穷人的优劣不在于财产的多寡，而在于道德的好坏；以道德善恶为标尺去衡量，富人和穷人皆有优劣之分。他蔑视"狂妄自大"、"飞扬跋扈"、"穷奢极欲"的为富不仁者，嘲弄那些爱财如命的吝啬鬼和贪得无厌的守财奴；他赞扬"慈祥和善"、富于同情心的乐善好施者，但他对穷人带有偏见，希望穷人不要怨命，认为穷人中有"自甘堕落"、"偷盗抢劫"、"不顾廉耻"、"为非作歹"等丑恶现象。他认为穷人也有优劣之分，他赞赏安分守己、安贫乐道的穷人。

被誉为波斯古典诗歌四大支柱之一的萨迪，不仅是"玛斯纳维"道德训谕诗的巨匠，而且对"伽扎尔"抒情诗的发展做出了巨大贡献。在他之前，这类抒情诗还算不上波斯古典诗歌的正宗，其地位在"伽西代"颂诗和"玛斯纳维"叙事诗之下。萨迪以他清新典雅、独具风采的"伽扎尔"诗作，开创了新局面，提高了抒情诗的声望。

萨迪的诗文创作"旨在育人"。为取得良好效果，他十分重视内容与形式的完美结合，"免得枯燥无味，使人错过了从中获益的机会"。《蔷薇园》采用诗文相间的形式，把讲故事与道德训谕结合起来，通俗易懂。笔法时而庄严，时而诙谐，时而劝诫，时而讽刺，不拘一格，加上语言准确、生动，使人在聆听教诲的同时获得艺术美的享受。哈菲兹曾盛赞萨迪"文词优美，是一代宗师"。萨迪的语言平易而新奇，凝练而畅达，朴实而优雅，后人常把波斯语指称为"萨迪的语言"。他的诗文佳作，尤其是《蔷薇园》，数百年来不仅是学习波斯语的最理想范本，而且是穆斯林提高道德修养的必读经典，是"用绚丽的五彩缤纷的长线串起的箴言的明珠"。

第五节 《一千零一夜》

中世纪阿拉伯，不仅文人文学取得很高成就，民间文学也以它绚丽多姿的风格引人注目。《一千零一夜》便是它献给世界文苑的一株放射异彩的奇葩。

它汇集了古代近东、中亚和其他地区诸民族的神话传说、寓言故事，诡谲怪异、变幻莫测、优美动人，世代以来拨动着世界各国读者的心弦，散发出经久不衰的魅力。它被高尔基称作民间文学史上"最壮丽的一座丰碑"。

《一千零一夜》并非出自一人之手。它是历代阿拉伯市井说书艺人反复加工创作的结晶。据现存资料考证，它的故事最早在阿拉伯流传，大约是在公元8世纪末。其定型成书则在公元16世纪。它的故事的最早来源，是一部名叫《赫扎尔·艾福萨那》（即《一千个故事》）的波斯故事集。8、9世纪之交，这部故事集被翻译成阿拉伯文。关于此，阿拉伯古代历史学家如麦斯欧迪（卒于957年）在其《黄金草原》、伊本·纳迪姆（卒于995年）在其《索引之书》中均有记载。一般认为，这部集子中的故事主要是印度故事。

除《赫扎尔·艾福萨那》外，《一千零一夜》中还有许多重要故事产生于阿拉伯阿巴斯王朝的繁荣时期，以及后来的阿拉伯埃及时期。阿拉伯人在伊斯兰教的旗帜下完成开疆辟土以后，建立了地跨亚非以至西班牙的阿拉伯大帝国。661年建立的伍麦叶王朝定都大马士革。阿拉伯政治、经济、文化重心由阿拉伯半岛沙漠地区转入城市。750年建立的阿巴斯王朝定都巴格达。这时，阿拉伯人与具有悠久文明传统的各民族的接触和交流更加广泛。尤其在哈伦·拉希德哈里发、麦蒙哈里发时期，文化繁荣，学术昌盛。

伊斯兰教产生前，阿拉伯人在诗歌创作上就达到很高成就，以后诗歌得到进一步发展。游牧阿拉伯人自古有在夜晚篝火旁讲述故事的传统。当他们接触到波斯、印度文化后，当时广为流传的故事文学便被他们继承、吸收和融汇。印度《五卷书》的巴列维文译本于8世纪被译成阿拉伯文，以《卡里莱和笛木乃》之名问世，给阿拉伯文学带来了新的品种和活力。

故事文学或民间文学在阿拉伯兴起、发展，还有一个重要原因，即城市商人和市民阶层对它的兴趣。与东、西方的海陆贸易促进了阿拉伯的经济发展。首都巴格达是当时最大的商贸中心，商贾云集，万方辐辏。城市商品经济繁荣，广大商人、市民阶层兴起。城市手工业异常发达。当时，民间艺术如皮影戏、木偶戏和街头巷尾以说唱谋生的民间艺人应运而生。

《赫扎尔·艾福萨那》中的故事大都短小、朴直。说书人以其为蓝本，对其不断进行增删、淘汰、加工、润饰，同时吸收新的传说和故事。在巴格达时期产生的故事，是《一千零一夜》中最优美动人、最具有艺术魅力的故事。10世纪，伊拉克人哲赫舍雅里从说书人那里，从神话和寓言中搜集了一千个阿拉伯、波斯、印度、罗马等民族的大小故事，打算编纂一部故事集。他以夜为单位，每夜写一个完整的故事。但他只编写到第480夜便去世了。一般认为，这便是《一千零一夜》的雏形。

1258 年，巴格达陷入蒙古人之手。阿拉伯社会的重心转至埃及。从法特梅王朝、阿尤比王朝，至马木鲁克王朝初期，埃及作为东西方贸易的转运站，开罗、亚历山大等城市的商业、手工业均十分发达和繁荣。《一千零一夜》的故事不仅在埃及得以保存和讲述，而且在新的环境中产生了许多新的故事，直至 16 世纪形成抄本初步定型。

　　《一千零一夜》的成书过程，是一个对不同地区、不同民族的神话、传说、故事不断吸收、融汇的过程。更重要的是在吸收、融汇的同时，不断再创作，继续产生新故事。《一千零一夜》故事套故事的框架结构形式，为它的兼容并蓄提供了无限的包容性。不仅一个大故事可以套数个小故事，故事本身可以增长、延展，而且对当时独立流传的大故事亦可包而涵之，用移植、融合、借取等方式加大本身的故事量。《辛伯达航海旅行记》《国王太子和将相嫔妃的故事》等重要故事，当时独立流传在阿拉伯地区，后来被收进《一千零一夜》中，前者被收进《一千零一夜》后才逐渐发展成现在的规模。《巴士拉银匠哈桑》以哈桑和羽衣姑娘的爱情故事为线索，最早源于印度或中国。在《一千零一夜》中该故事的背景是巴格达市区。这是一篇典型的合成故事。《阿里巴巴和四十大盗》《阿拉丁和神灯》这些著名故事甚至并不包含在《一千零一夜》的定型本中，今天也被当作《一千零一夜》中最富魅力的故事。而《洗染匠和理发师》则是一篇产生于埃及商品经济环境中的晚期故事。

　　《一千零一夜》成书过程长达八九个世纪。它的产生、发展、定型，经历了阿拉伯社会的不同发展时期，深深植根于阿拉伯土壤。因此，其故事不论何种类型和篇幅大小，都打上了浓重的阿拉伯烙印，具有鲜明的阿拉伯色彩。大约在 12 世纪，《一千零一夜》的书名正式出现。但这并不排除在定名为《一千零一夜》之后，其内容仍有增删。各种不同的抄本中故事内容不尽相同即是证明。

　　《一千零一夜》故事开始，讲古代一位暴君因王后与人私通，胸中愤恨，便每夜娶一女子，翌晨即杀死，以此报复。宰相女儿为拯救无辜姐妹，毅然前往王宫，每夜讲故事吸引国王，共讲了一千零一夜，终于使国王感悟。一千零一夜是极言其多，全书故事约 200 个。故事集是按夜分的，在故事的精彩处打住。每夜可以包含数个小故事，每个大故事可以包含若干夜。中国古代将阿拉伯国家称作"大食国"，后又称"天房之国"、"天方之国"，意指阿拉伯半岛之"克尔白"圣殿。西方国家有时将《一千零一夜》译作《阿拉伯之夜》。因此，20 世纪初，我国在介绍《一千零一夜》时，有人亦译作《天方夜谭》。

　　《一千零一夜》的故事种类繁多，色彩斑斓。有爱情故事、冒险故事、神魔故事、幻想故事、谐趣故事、机智故事、寓言故事、教诲故事、历史故事……出场人物除各种神魔、精灵外，几乎涉及社会上的各个阶层和各种职业，如帝王将相、太子嫔妃、商贾、渔夫、木匠、脚夫、裁缝、理发匠、托钵僧、手艺人、奴隶、婢女等。多数故事具有神幻色彩。精魔飞翔于千万里高的九天之上，飞毯驰骋在山壑林莽之间，神灯、神戒指中迸出无所不能的巨怪，陆地居民漫游在神奇的海底世界。神话，在这里成了表现社会生活的某种特殊艺术形式和手段。透过故事的神秘外衣，可以窥见古代阿拉伯社会生活的种种场景，特别是广大人民群众在其中寄托的美好思想感情、愿望和追求。

第一，歌颂美好纯真的爱情、婚姻，是《一千零一夜》的一个重要内容。《巴士拉银匠哈桑》写哈桑和羽衣姑娘（七仙女）相爱成婚、生儿育女，过着幸福的生活。但因神人相隔，七仙女被迫返回她居住的瓦格岛。哈桑为了寻回爱妻娇儿，不畏艰险，长途跋涉，终于来到瓦格岛，七仙女虽然回到瓦格岛，但她对哈桑的爱忠贞不渝，对拆散她与哈桑婚姻的大姐——女王——心中充满怨恨。虽遭种种折磨，她仍不改初衷。经过一番激烈的较量，哈桑终于打败女王，带着妻子儿女逃出瓦格岛，回到他们曾经拥有的家。哈桑的勇敢执着使女王感到惊诧，她问道："妹妹，他经历的各种艰难困苦实在惊险离奇。莫非他是为了你才找这种苦头吃的吗？"七仙女不无自豪地回答："不错，一切都是为了我！"

《阿里·沙琳和祖曼绿蒂》写阿里与祖曼绿蒂相爱。祖曼绿蒂被盗匪劫持骗卖，逃出后女扮男装，被奉为某地的国王。阿里不远万里寻觅至此，终于与祖曼绿蒂相逢。为了幸福的爱情，祖曼绿蒂抛弃王位，与阿里双双返回故乡。

无论是平民百姓，还是王子、公主、仙女，他们对美好爱情热烈向往、执着追求，始终是被赞扬、歌颂的。《一千零一夜》中的爱情故事大致有三种类型：人与人的爱，有神魔介入的人与人的爱，人与神的爱。在存在强大的恶势力的社会中，青年男女要实现自由的美好婚恋并非易事。于是便产生了借助神奇物去实现这一理想的故事。哈桑借助神杖和隐身帽打败了凶残的女王。戛梅禄和白都伦借助精魔帮助，跨越时空，双双找到意中人。《一千零一夜》中此类故事不胜枚举，如《乌木马的故事》《赛义府·姆鲁可和白狄尔图·赭曼丽》等。神奇物的出现，神魔的介入，一方面反映出纯真的爱必然战胜邪恶险阻，另一方面也表现了爱情的实现必须经历重重艰苦和磨难，故事也因而具有了跌宕起伏、曲折动人的艺术魅力。无论哪一种爱，最终，幸福还是存在于人间。

另一种类型的爱情故事与城市商品社会有着紧密关系。《麦斯鲁尔和载玉妮·穆娃绥福》写商人麦斯鲁尔与载玉妮一见钟情。载玉妮的丈夫归来后发现隐情，带载玉妮移居他乡。麦斯鲁尔尾随其后。二人诗书传情，互诉衷肠。载玉妮用计谋战胜重重困难，终于摆脱丈夫，与麦斯鲁尔结合在一起。原来，载玉妮的丈夫在生意上曾欺骗了载玉妮的父亲，在她父亲死后，又强娶了她。载玉妮冲破樊篱，追求自由、幸福，在故事中得到正面表现。这篇故事并无神奇色彩，现实主义倾向较强，是较晚产生的作品。它说明当时人们对爱情、婚姻、家庭的观念已经有了新的变化。

第二，形形色色的冒险故事是《一千零一夜》中最动人心魄的篇章。大体说，这里有几种不同类型的冒险：航海旅行的冒险、为获取某种宝藏的冒险、为爱情所经历的冒险。其中，航海旅行尤为引人入胜。《辛伯达航海旅行记》是一篇最有代表性的故事。辛伯达前后 7 次出海，每次都九死一生，经历了种种难以想象的灾难。时而船只被飓风打翻、漂落荒岛，时而被巨人抓获、险些丧命，时而被裹在羊皮里并被巨鹰攫在高空抛入深谷，时而又遇到裸身的野蛮人，差点被吃掉。此类故事反映了当时商人在国际经商贸易，特别是在海上贸易中遇到的种种险情，同时将道听途说的各种传说和奇闻艺术地融入其中。它以其奇幻的想象和情节扣人心弦。辛伯达所乘的船靠在一座岛上，岛突然沉入海底，原来那是一条大鱼；他们看见一幢巍峨的白色建筑，想要攀登上去，才发现那是一枚大鸟蛋；为了活命，辛伯达等人抬起烧红的铁叉刺向巨人的眼睛……诸如此类的描写，奇上加奇，令人叫绝。故事表现了商人们在早期聚敛财富的过程中蓬勃向上、奋进勇为的精神。另一方面也反映了他们唯利是图的本性。辛伯达为了活命，毫不犹豫地杀死了洞中的陪葬人。《一千零一夜》中的冒险故事，同时也反映了古代人们对未知事物的好奇和探求，在好奇和探求中得到精神的满足和享受。

第三，《一千零一夜》中的许多故事表现正义战胜邪恶，歌颂真善美，表达人们对美好生活的追求。《阿拉丁和神灯》中阿拉丁出身贫苦。借助神灯，他与公主结为夫妻。但他却遭到宰相和魔法师的嫉妒和仇恨。他们千方百计要拆散这对幸福夫妻，但阿拉丁终于战胜了他们，谱写了一曲善战胜恶的颂歌。《阿里巴巴和四十大盗》中阿里巴巴和使女马尔基娜心地善良，疾恶如仇。他们机智地与四十大盗较量，铲除了这批为非作歹之徒，使他们劫掠来的不义之财回归应该享受它的人。《米德尔和两个哥哥》中米德尔母子一贫如洗，为获取宝鞍袋，米德尔经历了生死冒险，闯过重重关隘，终于成功。从此母子不愁吃穿，还把宝鞍袋变出的食物分给穷人。不少故事正是通过男女爱情、家庭幸福、生存温饱这些最基本、普通的情感和需要，表现了人们的追求。《一千零一夜》中有一篇《终身不笑者》的故事。它写主人公来到一个山林茂密、景致幽雅的去处。这里女人们管理国家大事，"男子耕田种地"，一派升平景象。他在这里享了 7 年福。因好奇走出一门，遂失所在。有意义的是故事写了在他之前还有不少像他一样因懊悔而终身不笑的人。这就朦胧地展现了一幅多少世纪以来人们所追求的"理想国"图画。

第四，在《一千零一夜》中，统治者的骄奢淫逸、恣睢暴戾得到暴露，人民大众的怨愤之声和反抗意识也有所表现。在《窝尼姆和姑图·谷鲁彼》中，哈里发宠爱一婢女，王后与之争风吃醋，最后竟将婢女活埋，哈里发也听之任之。《尔辽温丁·艾彼·沙蒙特》中，省长儿子企图霸占尔辽温丁美丽的妻子，诬陷尔辽温丁偷盗，把他的妻子强抢回家。《一对牧民夫妇》中，哈里发、宰相和地方官垂涎民女美貌，互相勾结，欲图霸占。在《死神的故事》和《艾彼·顾辽伯和金银城堡》中，一个国王为建人间天堂，花了数十年时间在人民尸骨上建起一座金银城堡；某国王的行宫有40间居室，每间屋内有10名歌女侍候。他们的挥霍享受是建立在"横征暴敛"、"刮削民脂民膏上"。国王的宫廷雕梁画栋、金碧辉煌，水榭楼台昼夜通明，树上点缀着金银雀鸟，空中丝竹管弦之音不断，水晶器皿中盛满美味佳肴，而人民大众却在贫困中挣扎。哈里发私访遇一渔翁，衣服"补着百多个补丁"、"缠头……烂成条条"，对比何等鲜明。一个乡下人抱怨："好景不长，碰到荒年，再说时疫流行，牲口害瘟疫而死。从此两手空空，情景非常凄惨可怜。"脚夫辛伯达慨然吟咏道："人世间有多少可怜人，/没有立足的地方，/只能寄人篱下偷享余荫。/终日出卖劳动力，/生活越来越离奇，/压在身上的重担，/只是有增无减。"人民群众对施于自己身上的横暴并非逆来顺受，而是表现出斗争和反抗。牧民夫妇拒绝了统治者的利诱并予以无情揭露和痛斥。尔辽温丁的妻子亚瑟美娜面对省长儿子的欺凌，拔出匕首说："你敢碰我，我先杀了你，再自刎而死。"《聂尔曼和诺尔美》中，诺尔美被卖进宫中，面对哈里发的垂青，却终日"忧愁苦恼"，"不吃不喝"，始终惦念着自己的情人，表现了毫不屈服的抗争精神。《女人和她的五个追求者》中，那个聪明的女人把企图调戏她的国王、宰相、法官、省长等分别骗进5层木箱中，整整3天让他们没吃没喝，狼狈不堪。宰相无可奈何地说："我们国家的重要首脑都让她侮辱愚弄够了。"智者都班用浸毒的书页杀死暴君。乡下老人和牧童对最高统治者表示出极度的轻蔑。《真假哈里发》和《睡着的人和醒着的人》这两篇故事，则在一定程度上体现了君轻民贵、君王人人皆可为之的思想。

《一千零一夜》中有两篇行骗的故事：《戴莉兰和宰玉纳白母女》《阿里·载依白谷·米斯里》。两篇故事人物相通，可视作姐妹篇。这是埃及时期产生的作品，故事发生时间放在哈伦·拉希德统治时期。此类故事是阿拉伯某个时期赋税沉重、民生凋敝、社会上盛行偷盗行骗的反映。戴莉兰母女虽然也骗贩夫、商贾、乡下佬，但她们的矛头更多的是指向统治者，戏耍和愚弄官老爷、官太太。她们不满自身的处境,特别嫉恨哈桑·舒曼和戴乃孚被封为左右近卫军首领,每月领取高额俸薪。母女俩决心向他们挑战。戴莉兰将贪财的总监太太骗出,使她脱光衣服当众出丑,拿走了她的金银财宝。她被省长抓获后,骗得省长夫人信任,获得 1 000 金币逃跑。哈里发派戴乃孚带兵追捕她。她女儿化装成老板娘,用酒将戴乃孚和手下人灌醉,扒光他们的衣服,使他们威风扫地。哈里发和哈桑·舒曼不得不采取怀柔手段,任用她们母女俩掌管旅店了事。阿里·载依白谷·米斯里也是通过行骗达到了自己的目的。主人公的行骗是为了自己的生存,是对严酷的现实的抗争。他们利用不正当手段去获取用正当手段不能得到的东西,这使他们的行为具有向社会挑战的意义。故事并不是在褒奖盗骗行为,而是将这一现象调侃地反映在文学中。笔调诙谐有趣,又有认识价值。

《一千零一夜》中还有两个长篇故事:《阿基布·艾里布和赛西睦》《叔尔康、臧吾·马康昆仲和鲁谟宗、孔马康》。两篇故事约占了《一千零一夜》六分之一的篇幅。前者表现伊斯兰扩大版图,后者主要表现伊斯兰国家和欧洲诸国的关系——战争与和平。前者的故事开始表现了阿拉伯各部落间的争斗和残杀。自从艾里布王子信奉伊斯兰教后,带领军队开疆辟界,足迹所至,遍及近东、中亚诸国。后者的故事以伊斯兰王子叔尔康与基督教公主伊彼丽簪的爱情为线索,展现了伊斯兰国家和基督教国家在海上、陆地的较量和争夺。两篇故事情节延绵,波澜起伏,时空广泛,人物众多。既有曲折动人的爱情故事,又有形形色色的神奇冒险,既有宫廷中的阴谋权术,又有威武雄壮的战争场面。后一篇故事中伊斯兰国家对欧洲诸国的胜利,无疑带有反十字军侵略的色彩。更重要的是,透过故事内容,以及结尾对"战火熄灭"、"国定邦安"的描写,在一定程度上表现了人民大众希望"化干戈为玉帛"、各民族间和睦相处、友好交往的愿望。

此外,《一千零一夜》中有不少惩恶扬善、充满道德伦理教诲的故事,值得一提的是,其中以女奴为主人公的故事,无不特别焕发出动人的艺术魅力和光彩,令人久久难忘。

由于在漫长的岁月中不同阶层的人物参加了这部巨著的创作,所以《一千零一夜》的故事内容驳杂,旨趣各异。全书多数故事是积极健康的。像任何民间文学一样,它也有明显的不足,如浓重的宗教色彩随处可见,鼓吹"安于命运",相信"因果报应"。有的故事表现了一切为了来世的消极避世思想。有的故事过分看重金钱和财富。不少故事对国王歌功颂德。有的故事本来具有很强的揭露性,却偏偏安上一个大团圆的结尾,如哈里发的儿子骗娶了一个美貌少女,后又将她无情抛弃,哈里发却让他们和好如初。还有一些故事对妇女表示出歧视和偏见。也有不少色情描写。在《一千零一夜》的成书过程中,阿拉伯社会不断发展,人们的思想观念、审美情趣也随之发生变化。因此,在这部著作中,新旧相交,鱼龙混杂,积极因素和固有传统并存,也就不足为奇。但瑕不掩瑜,《一千零一夜》作为一部绚丽辉煌的民间神话故事集,具有经久不衰的动人魅力。

《一千零一夜》在艺术上颇有特色,在某些方面达到了很高成就。

朴素的现实主义和奇幻的浪漫主义相结合是《一千零一夜》的一大艺术特色。它的形形色色的神奇故事,无不以现实生活为基础。二者彼此交融,相得益彰。古代东方民族和阿拉伯民族的丰富想象力和智慧在这里得到最充分的表现。特别是那些为人利用的神奇事物:腾空而起的飞毯、木马、可以登天的魔绳、一搓即有巨人奴仆出现的神灯、神戒指、取之不竭的宝鞍袋、可对天下大事了如指掌的观象仪、可探知地下宝藏的眼药膏、吃后能长生不死的生命草,还有隐身帽、可带人飞翔的神杖。在《渔夫和雄人鱼》中,渔夫涂抹一种油膏便可遨游于江河湖海之中。在这里,艺术的虚构发挥到最大限度,丰富的想象在广阔的空间自由驰骋。当这些神奇事物与主人公的命运结合在一起时,一个个具有巨大吸引力的故事便呈现在听众和读者面前。神奇物和精魔既是人民群众借以和恶势力作斗争、实现自己美好愿望的手段,又是他们力图征服自然、驾驭某种超人力量的思想反映。

故事套故事的框架结构,是《一千零一夜》的又一艺术特点。它的整个故事是以宰相女儿山鲁佐德给国王山鲁亚尔讲故事的形式展开的。其中的许多故事本身又套故事,形成纵向的或横向的"连环套"。故事套故事的形式,能尽可能地吸收和创作新的故事,不仅不影响原来结构,反而使它不断丰富和完美。它的欲言又止和悬念,紧紧扣住听众和读者的心弦。它使故事内容跌宕起伏,变化多姿,对主干故事的层层展开、矛盾冲突的发展和解决起了很好的铺垫和烘托。以《商人和魔鬼》为例。一个商人吃完一粒枣子,随手将枣核一扔,竟打死了魔鬼的儿子。魔鬼怒不可遏,定要杀死商人。这时先后来了三个牵着羚羊、黑犬和骡子的老人。老人同情商人,决心搭救他。他们向魔鬼提出,每人将自己的亲身经历讲出,如能打动魔鬼,便免商人一死。这样,焦点就集中在能不能用三个故事换取一条人命,不仅魔鬼、商人在焦急地等待,听众和读者也都敛声屏息,急不可待地想要知道故事的结局,以及三个老人到底讲了什么故事。《驼背的故事》中,裁缝匠的故事套青年的故事,青年的故事套理发匠的故事,继而理发匠又讲了他本人和5个兄弟的故事。一个故事连套三四个故事,布局和叙述有条不紊,这在框架结构型的故事中是绝无仅有的。可以说,故事套故事的框架结构形式是《一千零一夜》艺术生命力经久不衰的奥秘所在。它是民间文学所能找到的最好外壳,是内容与形式高度统一和谐的体现,是人类理性和感情所焕发的智慧的结晶。

《一千零一夜》的另一个艺术特色是诗文并茂、语言大众化。作品不仅叙事状物朴直流畅,而且诗歌也通俗易懂。所引诗歌有的是古代诗人之作,更多的是市井艺人所作。有学者统计过,《一千零一夜》中约有1 400首诗歌,其中170首可以查明作者。众多诗歌时而用以烘托气氛,点化主题,时而借以剖析内心,抒发情怀。《努伦丁和玛丽娅》中,二人逃脱危险后,诗歌吟咏道:"河谷上空飘浮着密层层的浮云,/保护我们不受酷热的狂风袭击。/我们在树荫下乘凉、歇息,/像婴儿在保姆怀中那样安逸。"把一对沉浸在幸福中的恋人所处环境和心境烘托得恰到好处。麦斯鲁尔和载玉妮·穆娃绥福二人始用诗歌传情说爱,继而则用以传递消息,互诉衷肠,缠绵悱恻,在这里,诗歌已经成为故事不可分割的组成部分。

《一千零一夜》中还有一些艺术手法运用得颇为成功,如细节的描写:米德尔获得宝鞍袋后,让母亲说出她想吃的食物,以便给她变出来。但母亲嗫嚅着只说出一些最普通的食物。几经儿子诱导,才说出几样较好的菜肴。这里,把一个贫穷老人此时的心态表现得非常真实。突发性场面的运用:戛梅禄和白都伦经过危难结为夫妻后,一天,二人正玩弄一粒宝石,突然被一只大鸟叼走,戛梅禄前去追赶,引发出后来更为精彩曲折的情节。强烈的对比:国王哈里发和渔夫哈里发、富商辛伯达和脚夫辛伯达处境的鲜明不同,强烈反差,使故事具有无穷韵味和独特旨趣。成功的心理刻画:《睡着的人和醒着的人》中艾博·哈桑在做"真假"哈里发期间"庄周梦蝴蝶"式的心理错位,给读者留下很深印象。而穆娃绥福对好色法官和僧侣们的揶揄,奴隶白候图对主人的戏弄既夸张又富有喜剧色彩,令人忍俊不禁。理发匠6兄弟的故事分别写尽社会世态炎凉。生动的长篇独白,颇有近代小说风格,即使单独成篇也堪称佳作。

同时也要指出,《一千零一夜》主要依靠讲述流传,因此,在艺术上它也存在某些明显的缺陷。在描写和叙述上有时显得单调、刻板,对女性的描绘多为"如十四的月亮般美貌",对宫廷、花园的状写也千篇一律;不少故事结构不够严谨、简练,显得拖沓、繁冗;同类故事也多有重复;有的故事的复合组成,前后欠统一,破坏了内容的完整;有时诗歌过多,喧宾夺主;不少爱情故事中用昏厥来表现主人公的激动,甚至一个故事就多达十余次;此外,还有一些历史性和时间上的错误。

《一千零一夜》对世界文学产生过巨大影响。在其编纂成书前,其故事就流传欧洲,对薄伽丘的《十日谈》、乔叟的《坎特伯雷故事集》产生过影响。

自1704年迦兰的法译本首次在欧洲问世以来，各种文字的译本相继出现。不少作家从中获取灵感。莎士比亚的《终成眷属》、塞万提斯的《堂吉诃德》、莱辛的《智者纳旦》、孟德斯鸠的《波斯人信札》、笛福的《鲁滨逊漂流记》、大仲马的《基度山伯爵》、凡尔纳的科幻小说，以及伏尔泰、格林、豪夫、安徒生、歌德、斯丹达尔、托尔斯泰、迪伦马特、马尔克斯、马哈福兹……一大批古代和近现代作家都不同程度地受到过《一千零一夜》的影响。其影响不仅表现在文学上，在歌舞、音乐、绘画、雕塑、电影等艺术领域内，同样广泛而深刻。

1. 中古亚非文学有哪些特点？
2. 《沙恭达罗》的人物形象塑造和结构有什么特点？
3. 怎样理解《源氏物语》的主题？
4. 怎样分析源氏这个形象？
5. 《蔷薇园》的内容和艺术特点。
6. 《一千零一夜》的内容和结构特点。
7. 辛伯达形象分析。

第三章　近现代亚非文学

第一节　概述

一、近现代亚非文学的基本特点

近现代亚非文学，指的是从 19 世纪下半叶到 20 世纪下半叶一百多年间，地处亚非两大洲的各个国家的文学。

自 15 世纪以来，欧洲列强不断入侵亚非，到 19 世纪中叶，亚非地区绝大多数国家沦为殖民地半殖民地，只有日本明治维新以后走上发展资本主义的道路。因此对大多数国家来说，本时期都面临两大政治任务：一是救亡，即反抗资本主义国家的侵略和殖民主义统治，争取民族独立和解放；二是启蒙，即借鉴欧美国家现代化的经验，汲取西方先进思想，反对封建专制和宗教迷信，求得社会的进步和发展。因此，近现代亚非社会矛盾错综复杂：既有民族矛盾，又有阶级矛盾；既有人民大众与统治阶级的斗争，也有殖民主义、封建势力和新兴资产阶级之间的较量。在不同历史条件下各阶级之间不断出现斗争、妥协或联合的不同格局。在思想文化领域，欧美文化的输入引进与亚非近现代知识分子救国救民的思想探索相结合，形成了东西方文化冲突与融合的总体文化格局。亚非各国都出现了前所未有的多元并举和众声喧哗的局面。举其大者有民族传统文化思想，有近代欧美人文主义思想，有马克思列宁主义，有现代西方各种非理性主义，有亚非近代民族觉醒的文化复兴意识，还有殖民主义者热衷传播的基督教，等等，它们之间的互相斗争、不同组合形成亚非近现代各种社会文化思潮。正是这样动荡变革的社会现实以及由此激发出来的亚非各民族不屈不挠的斗志和奋发图强的昂扬精神，奠定了近现代亚非文学蓬勃发展的基础。

亚非近现代文学史体现的既是亚非各民族独立斗争和亚非各国走向现代化的历史,又是亚非文学自身转型更新和不断现代化的历史。由于亚非社会现代化具有外发性,因此在其发展过程中始终伴随着异常复杂的矛盾现象。首先,新文学的发展受到守旧势力的重重阻碍,每一项革新、每一个进步,都经过长期斗争和反复较量才取得胜利,新旧之争始终伴随着亚非近现代文学的发展过程。其次,亚非文学在转型过程中,更多地接受了欧美近现代文学的影响,从文学观念、创作方法到体裁形式全方位吸纳,从而形成借鉴欧美和继承传统之间的矛盾。其三,亚非近现代文学与欧美文学发展不平衡。近代亚非文学起步之时,欧美近代文学已有数百年的发展史。亚非文学在短短数十年中,将欧美各种文学思潮搬演了一遍,因而各种思潮流派都没有从容发展的机会。尽管如此,亚非近现代文学经过了历史转型,经过长期自觉向欧美文学学习,经过了将外来因素与民族传统相结合的融会过程,在百余年间取得了飞速发展,基本完成了自身的现代化过程,在第二次世界大战前后,至少在部分国家,实现了与欧美文学的同步发展。

近现代亚非文学时间不长,但历史跨度大,发展迅速,变化剧烈,因此一般又分为近代(19世纪后期至20世纪初)、现代(20世纪20至40年代)和当代(50年代以后)三个阶段,由于每个阶段的历史条件、社会状况和文化思潮不尽相同,文学的潮流和面貌也有很大差异。

近代是亚非文学新旧交替的转型时期,首先代表这种转换的是启蒙主义文学。随着资本主义的发展和资产阶级的形成,19世纪中后期亚非各国先后发生了近代化的启蒙运动。亚非启蒙文学便是随着启蒙运动的兴起而出现的一种文学思潮。欧美文学的翻译引进,是亚非启蒙文学的催化剂和先导。启蒙运动之初创办的报刊,是启蒙文学发轫之地,因而启蒙文学首先从政论散文和政治小说起步,启蒙文学家同时也是启蒙思想家。他们批判宗教迷信和封建专制主义,宣传民主、自由和人道,起到了唤醒民众,改良社会的作用。启蒙文学抛弃了旧的载道文学和形式主义,以为人生、为大众的新的文学观念实现了亚非文学向现代的转折,同时长短篇小说、话剧、自由体诗等新的文学样式也相继出现。当然,作为新文学初生期的启蒙文学,也有其幼稚粗糙的缺点和模仿的痕迹。作为文学思潮的启蒙主义随启蒙运动的衰落而结束,但作为现代化方向的启蒙精神在亚非不断深入和发展,影响和培育了几代作家。

近代亚非文学的另一主导潮流是民族主义文学。随着资本主义国家不断加强对亚非的掠夺,亚非人民的民族意识也不断高涨,民族主义文学思潮也随之兴起。民族主义文学在印度声势最大,在东南亚和西亚北非地区也颇具规模,几乎所有近现代作家创作中都渗入了民族主义因素。民族主义文学一方面揭露垄断资本主义和殖民主义暴行，另一方面歌颂反抗侵略的民族英雄，讴歌民族优秀文化传统，激发民族自豪感和自信心。民族主义文学推动了民族独立斗争，符合时代潮流，因而具有积极的进步意义。但也有某种走极端、盲目排外的倾向，而且往往以民族群体意识压倒个人意识，大都缺乏个性色彩，艺术上也显得粗糙。

除上述两大主流之外，近代亚非还有许多值得注意的文学现象。首先是现实主义和浪漫主义文学的不断发展。最初它们是以写实的或理想的倾向体现在某些作家的创作之中，随着亚非文学的发展，一些具有现实主义或浪漫主义特征的社团流派先后产生，这是近代亚非文学发展成熟的标志。其次，本阶段亚非文学中也出现了新古典主义、自然主义和唯美主义等文学思潮和流派，其中也产生了一些优秀的作家作品，丰富了近代亚非文学园地。

现代时期亚非文学沿着近代开辟的方向继续前进。十月革命后马列主义广泛传播，为亚非人民的斗争增添了新的动力，同时西方各种现代主义思想的引进，也使思想文化领域出现了更加多元化的局面。在这样的社会文化基础上，亚非现代文学一方面以浪漫主义和现实主义繁荣标志其成熟；另一方面以社会主义文学和现代主义文学的发生显示其新的发展方向。

亚非浪漫主义文学是启蒙文学的继续和发展，浪漫主义所表现的个性解放思想和文学主体意识是启蒙的成果之一。二者区别在于启蒙主义更崇尚理性，浪漫主义更崇尚情感；启蒙主义重视社会进步，强调群体精神，浪漫主义重视自我觉醒，关注个体意识。亚非浪漫主义文学思潮萌生于近代时期，印度的泰戈尔、日本的北村透谷等诗人已开先河；勃发于20至30年代，以印度"阴影主义"诗歌和阿拉伯"笛旺派"、"阿波罗诗社"为代表。亚非浪漫主义总的特点是张扬个性，崇尚情感，反抗压迫，追求自由。文体方面以诗歌为主，主张打破传统格律，代之以自由诗体。亚非浪漫主义的产生基于亚非社会的理想主义精神，也有欧美浪漫主义文学的影响。然而由于亚非社会处于强大的封建势力和西方列强的双重压迫下，理想主义在黑暗现实面前一触即破，使亚非浪漫主义不能持久，而且与欧美浪漫主义相比，较少摧枯拉朽的澎湃激情，更多一些悲观色彩和感伤情调。

亚非现实主义文学虽然没有鲜明的运动和流派为标志，但以其持续发展和辉煌实绩显示了亚非文学的成熟和深化。亚非现实主义文学自近代启蒙文学开始便以写实性与传统文学相区别，然而作为普遍的、占主导地位的文学思潮，它的兴起是在20年代前后。20至30年代，各国都出现了现实主义文学的繁荣，其主导地位一直持续到第二次世界大战以后。亚非现实主义的兴起，是近代文学理性主义和现实主义的自然发展，也是作家面对冷酷现实冷静观察和思考的结果，另外也有欧美批判现实主义文学的直接影响。亚非现实主义文学的特点是更注重文学的客观性和社会性；相对于欧美文学更多一些忧患意识；在体裁形式上，以长短篇小说为主；在人物形象方面比较突出的是遭受不幸的小人物和具有叛逆精神的社会改革家。

社会主义文学（亦称无产阶级文学或左翼文学）的兴起，得力于马列主义的传播和无产阶级政党或组织的领导。1921年日本无产阶级文学运动以《播种人》杂志创刊为兴起的标志，作为日本文学主导潮流一直持续到30年代中期。其他如印尼的无产阶级反帝文学，朝鲜的新倾向派和"卡普"，印度的进步主义文学，缅甸的"红龙书社"等，都是在马列主义影响下的左翼文学运动。左翼文学在西亚北非地区也有不同程度的反响，形成一种遍及亚非各国的文学新潮。这种新型文学与蓬勃发展的社会主义运动相结合，显示了强劲的发展势头。

欧美各种现代主义文学思潮的引进，催生了亚非现代主义文学。20至40年代亚非各国先后出现了具有现代主义特色的文学流派。包括日本的新感觉派和新心理主义，印度的"超现代派"和"实验主义"，土耳其的"怪异派"以及埃及的"艺术与自由社"等。作为一种以移植为主要动力的文学现象，亚非现代主义缺乏现实基础，上述流派大都短命夭折。但其中也涌现了一些杰出作家，他们能够克服盲目模仿的幼稚病，创作出一些优秀作品，显示了亚非现代主义的发展潜力。

第二次世界大战以后，亚非文学在新形势下全面发展，呈现出百舸争流而又主次分明的局面。战后初期民族独立带来的民族精神的高涨，曾引发了新一轮民族主义文学思潮，但由于独立后民族矛盾已降为次要矛盾，民族主义的主要内容也从反抗斗争转向奋发图强。奋发图强的豪迈激情又引发了浪漫主义的再度勃兴。但人们很快发现民族独立和革命胜利后的现实并不尽如人意，社会矛盾不但没有消除，反而更加尖锐突出，这对理想化的浪漫主义热情起了冷却作用。50年代前后现实主义文学成就辉煌，具有现实主义特征的文学流派十分活跃，如日本的"战后派"，印度的区域文学，阿拉伯的"道路派"等，产生了一批杰出的作家作品。这一方面是亚非近现代文学持续发展的结果，另一方面是由于现实生活的作用。错综复杂的社会矛盾和新产生的各种社会问题，要求作家必须以清醒的头脑作冷静的观察和理智的分析，从而形成适宜现实主义发展的时代氛围。尽管如此，代表亚非当代文学主导潮流的是两类新兴文学，即社会主义和现代主义文学，它们发生于战前，又在战后找到了合适的生长土壤和发展途径。

战后亚非左翼文学在一些国家得到持续的发展。亚非左翼文学植根于亚非近现代文学的进步传统，旗帜鲜明地反帝反封建，与近代启蒙文学和民族主义文学血脉相通，同时以否定和批判资本主义，描写歌颂无产阶级的不屈斗争和无私境界，与各种资产阶级文学划清了界限，而且对资本主义社会的批判超越了近代以来的民族主义和文化复兴意识，表现出更高的思想境界和理论深度。在创作方法上，左翼文学并不标新立异，而是直接采用历经数代发展成熟的现实主义创作方法（亦可称之为"社会主义现实主义"）。艺术形式也不追求花样翻新，而是直接借用近代以来新文学的发展成果并加以完善。因此这一文学在战后50年中不断持续发展，尤其在社会主义国家始终保持主流和正统地位。然而由于一段时期内忽视了文学的自律性和开放性，它一度出现封闭和僵化。20世纪后期伴随着社会主义改革浪潮，亚非社会主义文学也在改革开放中出现新的生机和活力。

战后亚非现代主义文学经过一段酝酿之后于50至60年代首先在非社会主义国家获得迅猛发展。70年代以后波及社会主义国家，成为一种普遍性的文学思潮。印度的新诗派和新小说派，韩国的新感觉派，日本的"现代派"、"第三新人"和"战后一代"，阿拉伯新诗运动中的先锋派等，都是战后亚非现代主义的代表。战后的亚非现代主义文学基本上摆脱了初生时对西方现代派的盲目模仿和对民族传统的简单否定，一方面从对现代生活的感受出发关注人的现实存在状态和人性异化问题，使其植根于现实生活而不再是无源之水无本之花；另一方面在艺术表现形式上求新与民族性相结合，从而接通了亚非现代主义与传统文化的血脉，使其有别于欧美现代主义。同时，亚非现代主义又以对人的主观内心世界的深刻揭示和独特表现，与亚非近现代其他文学划清了界限。亚非现代主义虽然是欧美现代主义的余波，却以其综合优势和民族精神实现了对后者的超越，显示了自身的存在价值和活力。

尽管近现代亚非文学思潮繁多，流派纷呈，各国文学亦不尽相同，但由于相似的社会现实基础和文化背景，仍表现出一些相近的基本特征，从而显示出亚非近现代文学的统一性。

其一，在复调语境中高扬反帝反封建的主旋律。从近代启蒙文学和民族主义文学开始，各种文学流派尽管文学观念、创作方法和艺术追求不同，但都不能越过反帝反封建的社会政治主题。这一方面是由社会现实所决定的，现实的民族斗争和阶级斗争不仅反映为文学的内容，而且要求文学参与其中；另一方面取决于作家的民族感和社会责任感，他们志在以文学推动社会进步和民族振兴，而很少以纯文学相标榜。反帝反封建在不同国家不同流派不同作家中有着各式各样的变奏，并不显单调。另外，在两大主题之间关系也复杂多变，既有总体上的相辅相成，又有此消彼长的相反效应。大多数亚非近现代作家承担起了历史赋予的启蒙与救亡的双重任务。

其二，潮起潮落中凸显现实主义文学的主流地位。如前所述，近现代亚非文学中曾出现五花八门名目繁多的思潮流派，其中古典主义和唯美主义与如火如荼的社会现实格格不入，昙花一现便被淘汰；浪漫主义在自由理想的追求和个性情感的张扬方面功不可没，然而始终不能与现实主义并驾齐驱；现代主义一度强盛，但也只能与现实主义并存，并不能取而代之。

其三，以矛盾心态寻求世界性与民族性的结合点。亚非近现代文学是在东西文化冲突与融合的大背景上展开的，因此每个流派每个作家都面临文化选择问题，都不能超脱民族意识与世界意识的矛盾。从世界意识出发，作家们自觉地全方位地学习欧美文学，以求赶上世界文学潮流；从民族意识出发，作家们以民族独立和文化复兴为己任，创作中注意继承民族文学传统，追求文学的民族性。这种矛盾常令亚非作家处于两难的境地。然而杰出作家总是能够正确处理这种矛盾，既能超越狭隘的民族主义，求利器于异邦，推动民族文学现代化；又能将外来因素与民族传统相结合，使之民族化，从而实现民族性与世界性的统一。

二、近现代亚非文学的发展

亚非近现代文学发展极不平衡。其中日本和印度成就最突出。二叶亭四迷（1864—1909）的《浮云》（1887）揭露明治社会的腐败与丑恶，标志日本近代文学的产生。森鸥外（1862—1922）是浪漫主义文学的开拓者，短篇《舞姬》（1890）描写了爱情悲剧。夏目漱石是日本近代文学的代表。谷崎润一郎（1866—1965）的《春琴抄》（1933）描写"纯洁爱情"，技巧圆熟，文笔生动。樋口一叶（1872—1896）的《青梅竹马》（1895）控诉社会对人的才智和理想的摧残。岛崎藤村（1872—1943）的《破戒》（1906）抨击封建等级制度和教育界的腐败。志贺直哉（1883—1971）的《暗夜行路》（1921—1937）细致地描写日常生活。芥川龙之介（1892—1927）以短篇小说闻名。小林多喜二（1903—1933）是无产阶级作家，《蟹工船》（1929）、《为党生活的人》（1933）描写工人阶级可歌可泣的斗争。三岛由纪夫（1925—1970）善写多卷本长篇，反映了日本战后的动荡不安和畸形心理，如《金阁寺》（1956）、《丰饶之海》（1970）。大江健三郎（1935—　）受存在主义影响，表现现实的荒诞和战争的悲剧，获得诺贝尔文学奖。他的作品有《万延元年的足球队》（1967）、《燃烧的绿树》（1994—1995）。村上春树（1949—　）的《挪威的森林》（1987）融合了离奇的情节、唯美色彩和现实主义。印度近现代文学由多种语言组成。普列姆昌德（1880—1936）是印度现代进步文学的奠基人，

《戈丹》(1936)描写何利一家的苦难史,反映地主和高利贷者对农民的残酷剥削以及农民不满情绪的增长。般吉姆·钱德拉·查特吉(1838—1894)的《阿难陀寺院》(1882)描写反抗英国侵略者的爱国者。孟加拉语诗人杰帕纳南达·达斯(1899—1954)善用象征,写人的痛苦和命运,寻找美的真正意义。萨拉特·钱德拉·查特吉(1876—1938)也是孟加拉语作家,《斯里甘特》(1917—1933)表现民主思潮和封建意识的冲突,反映印度妇女的不幸遭遇。乌尔都语诗人伊克巴尔(1877—1938)和孟加拉语诗人伊斯拉姆(1899—1976)都是爱国诗人。乌尔都语小说家克里山·钱达尔(1912—1977)擅长短篇小说,反映了广阔的社会生活。泰戈尔是印度近现代文学的杰出代表。

朝鲜近现代文学是在反抗民族压迫和开展无产阶级革命的斗争中成长起来的。近代时期以"新小说"、"翻译政治小说"和"新体诗"为代表的启蒙文学和以英雄传记为代表的民族爱国主义文学实现了文学转型。1919年的"三一反日运动"标志朝鲜现代史的开端,在此前后分别出现了资产阶级的"无倾向性"纯文学和无产阶级的"新倾向派"文学,二者的斗争和各自发展构成了朝鲜现代文学景观。前者有以金东仁(1900—1951)为代表的"创造派",以廉想涉(1893—1963)为代表的"废墟派",以洪思容为代表的"白潮派"等。他们引进欧美唯美主义、自然主义和各种现代主义思潮,提倡纯文学,标榜"无倾向性",偏重形式技巧创新。后者以宋影(1903—1979)、崔曙海(1901—1932)和李箕永(1895—1984)为代表。他们于1922年成立"焰群社",提倡文学的阶级倾向性,被称为"新倾向派",是初期的无产阶级文学。1925年"卡普"(朝鲜无产阶级艺术同盟)成立,标志无产阶级文学的进一步发展,直到1935年,"卡普"被迫解散。无产阶级文学揭露社会矛盾,反映下层人民的悲惨命运和反抗精神,代表了朝鲜现代文学的主流。其中崔曙海的《出走记》(1925)、宋影的《石工组合代表》(1926)和李箕永的《故乡》(1933)是朝鲜无产阶级文学的基石。长篇小说《故乡》以20年代日本殖民统治下朝鲜农村为背景,以工人、农民阶级意识的觉醒和他们的斗争为主题,成功地塑造了金喜俊等无产阶级革命者形象,是朝鲜文学最杰出的作品之一。第二次世界大战以后随着南北分裂出现了韩国文学和朝鲜文学的并立。前者以50年代的"战后文学派"和60年代的"新感觉派"影响最大,走的是现代主义为主导的文学发展之路,同时伴随着"参与文学"与"纯文学"的斗争。后者以社会主义文学为正统,以歌颂民族解放斗争、反映社会主义建设成就为基本主题。代表作品有赵基天(1913—1951)的长篇叙事诗《白头山》(1947)。韩国文学中值得注意的有:崔仁勋(1936—)描写民族分裂的《广场》(1960)，朴景利(1927—)描写农村变革的《土地》(1972)，赵廷来描写民族分裂悲剧的《太白山脉》(1988)。

东南亚地区的越南、印度尼西亚、缅甸、泰国等国家现代文学比较发达。抗法和抗美斗争给越南文学提供了题材。诗人素友(1920—)的《越北》《从那时起》《风暴》等内容丰富，多采用民歌民谣。20年代，随着印尼民族解放运动的高涨，反帝反封建的新文学运动兴起。耶明(1903—1962)是印尼新诗的开拓者。马斯·马尔戈(1878—1930)是无产阶级反帝文学的旗手，代表作《自由的激情》(1924)在印尼文学史上占有突出地位。阿卜杜尔·慕伊斯(1906—1959)是伊斯兰民族主义的代表，《错误的教育》(1928)被认为是20年代最优秀的长篇小说。三四十年代出现了以《新作家》杂志为核心的"新作家派"，达梯尔·阿里夏班纳(1908—1994)、尔敏·巴奈(1908—1970)、阿米尔·哈姆扎(1911—1946)是该派代表，被称为"新作家派"三杰。其中尔敏·巴奈的《枷锁》(1940)被誉为印尼现代小说的里程碑。1946年印尼爆发了武装反抗荷兰殖民主义的"八月革命"，爱国主义文学再度高涨。此时出现的"四五年派"是一个颇有争议的流派，该派的成员是以凯里尔(1922—1949)为代表的一些青年作家，以1946年建立"文坛社"为标志，所以也称"文坛派"。该派成立之初以歌颂八月革命为主，后来转向"普遍性文学"。1950年成立的"人民文化协会"是受马克思主义影响的进步作家团体，团结了一大批进步和民主主义作家，是五六十年代印尼最重要的文学流派。普拉姆迪亚·阿南达·杜尔(1925—)是印尼现代最杰出的作家。他曾参加八月革命并因此入狱，前期代表作《游击队之家》(1950)表现了战争的残酷性和印尼人民为民族独立付出的重大牺牲。他1959年加入人民文协，1965年再度入狱，直到1979年才获释，他在拘禁期间完成了11部著作，其中被称为"布鲁岛四部曲"的《人世间》《万国之子》《足迹》和《玻璃屋》(1980—1988)等四部长篇小说，一出版便轰动文坛，使普拉姆迪亚成为世界知名作家。

缅甸于20年代前后兴起反帝反封建的现代文学。德钦哥都迈(1875—1964)是独立斗争中最杰出的作家，主要作品有《洋大人注》(1914)、《猴子注》(1922)。30年代的"实验文学"运动，扫除了缅甸文坛消闲文学的不良倾向，创作出一些清新而富有生活气息的新诗和短篇小说。1937年成立的"红龙书社"是左翼进步文学社团，代表作家有吴登佩敏(1914—1978)，他的《旭日冉冉》(1958)描写一个大学生在争取民族独立的斗争中成长为革命者的故事。战后现实主义小说成就突出，貌廷(1910—)的代表作《鄂巴》(1945)描述农民鄂巴一家的悲惨遭遇，谴责日本法西斯暴行。50年代兴起的

"新文学运动"是一种进步文学思潮,代表作家有八莫丁昂(1920—1978),其代表作《母亲》(1953)描写为民族独立默默奉献的普通妇女。

泰国文学是在欧美文学影响下渐进发展的,20世纪初由一批归国留学生掀起翻译文学高潮,国王拉玛六世(1880—1925)曾翻译莎士比亚的作品并创作剧本,成为泰国现代戏剧的创始人。西巫拉帕(1905—1974)是泰国新文学的奠基人,曾于1929年创办《君子》杂志,团结培养了一批作家。"二战"后又发起无产阶级文学运动,晚年流亡中国。代表作长篇小说《向前看》(1955—1957)真实再现了30年代前后泰国社会生活和人物风貌。社尼·绍瓦蓬(1918—   )是无产阶级文学运动的中坚,代表作是长篇小说《魔鬼》(1957)。前总理克立·巴莫(1918—1995)也是著名小说家,代表作《四朝代》(1953)是一部史诗性的作品,通过描写贵族妇女帕瑞的一生,展现了曼谷王朝五世到八世半个世纪里泰国社会生活的变迁。

菲律宾近现代文学的奠基人是何塞·黎萨尔(1861—1896),他在留欧期间积极从事民族独立活动,并进行反殖民主义的文学创作,代表作是长篇小说《不许犯我》(1887)和《起义者》(1891),描写了主人公伊瓦腊(席蒙)探索民族解放道路的过程。

阿拉伯地区近现代文学成就突出的国家是埃及、黎巴嫩、伊拉克和马格里布诸国。19世纪末以政论散文、翻译小说和复兴派诗歌开始了阿拉伯文学的近代化。埃及民族主义斗士巴鲁迪(1839—1904)是复兴派诗歌的先驱,邵基(1868—1932)和哈菲兹·易卜拉欣(1871—1932)是复兴诗人的代表。复兴派诗歌具有新的爱国主义的内容,但采用古典颂诗形式,具有新古典主义性质。20年代浪漫主义诗歌取代复兴派而兴起,以埃及的"笛旺派"和美洲侨民中的"旅美派"为代表。笛旺派以1921年埃及诗人阿卡德(1889—1964)和马齐尼(1890—1949)联合出版诗文集(作品名的音译为"笛旺")为标志,他们反对复兴派的复古和雕饰,主张表达真情实感,突破旧格律。继笛旺派之后,1932年成立的阿波罗诗社进一步推动了浪漫主义诗歌的发展。该派发起人和代表诗人是阿布·夏迪(1892—1955)。"旅美派"由旅居美洲的阿拉伯侨民中的文学家组成,其中有纪伯伦、努埃曼(1889—1988)和雷哈尼(1876—1940)等著名作家。20至30年代,埃及文学界发生了新旧文学之争。新文学在与保守派的斗争中不断发展壮大,形成"埃及现代派"(又称埃及现代主义派),代表作家有塔哈·侯赛因(1889—1973),迈哈默德·台木尔(1894—1973),陶菲格·哈基姆(1898—1987),以及原笛旺派的阿卡德和马齐尼。塔哈·侯赛因是新旧论战中新派的领袖,在文学批评和小说创作方面成就突出,被称为"阿拉伯文学之柱",其自传性长篇小说《日子》

(1929—1972)广泛反映了19世纪末20世纪初的埃及社会生活,描写了新与旧、先进与落后的矛盾,塑造了不畏艰辛勇于攀登的学者阿里的形象。台木尔是现代阿拉伯短篇小说的先驱和巨匠之一。他的创作表现出较强的人道主义。陶菲格·哈基姆的《灵魂归来》(1933)是阿拉伯长篇小说奠基作之一,他又被称为"阿拉伯现代戏剧之父",三四十年代创作了哲理剧《洞中人》(1933)、《山鲁佐德》(1934)等,战后继续进行新的戏剧探索。1945年之后阿拉伯文学有了新发展。首先是新诗运动的兴起,代表诗人有伊拉克的塞亚布(1926—)和白雅帖(1926—1999)。新诗运动的先锋派主要在黎巴嫩,代表诗人艾杜尼斯(1930—)被称为"诗坛怪杰"。黎巴嫩也是"道路派"的大本营。"道路派"是40年代形成的一个左翼文学流派,代表作家乔治·汉纳(1893—?)的小说《教堂的祭司》描写了乡村农民、城市贫民和无产阶级的生活图景,指出了革命的必要性。战后阿拉伯社会主义文学也进一步发展,代表作家有埃及的舍尔卡维(1920—1987)等。纳吉布·马哈福兹继承了埃及现代派的现实主义传统,创作出著名的《三部曲》(1956—1957),《宫间街》《思宫街》《甘露街》)。

此外,还要提到以色列作家施穆尔·约瑟夫·阿格农(1888—1970),《新娘的华盖》(1931)描述一个犹太教信徒的故事。他还有大量的优秀短篇小说。

西亚地区的伊朗和土耳其现代文学也取得了一定成就。20世纪初伊朗立宪运动时期出现的立宪派诗歌,以反帝反封建的内容拉开了伊朗近现代文学的序幕。20年代以后随着民族民主运动的高涨和西方文学形式的引进,伊朗文学进入新时期。萨迪克·赫达亚特(1903—1951)是现代伊朗最杰出的小说家。他30年代初留法归国,创办"拉贝"文学小组,推动了新文学的发展。中篇小说《瞎猫头鹰》(1937)具有象征荒诞色彩,《哈支老爷》(1945)塑造了亦官亦商的"哈支老爷"这一典型形象。尼玛·尤什吉(1897—1960)是诗人和理论家,他创立的尼玛体自由诗是伊朗诗歌现代化的标志。诗人阿赫玛德·夏姆鲁(1925—)的诗歌反映社会现实,呼唤出现新的人格理想,有象征主义色彩。

土耳其19世纪后期立宪运动期间兴起了宣传爱国主义和自由主义的新文学。20世纪20年代在"突厥主义"影响下出现了"民族文学"的繁荣,倡导者和代表诗人是齐亚·戈卡尔普(1876—1924)。30年代以后在苏联文学影响下,以大诗人希克梅特(1902—1963)为代表的、具有社会主义性质的现实主义文学取得巨大成就,同时也出现了受欧美现代主义影响的"怪异派"诗歌。1945年之后反映农村生活的"乡村文学"影响最大,代表作家是雅夏尔·凯马尔（1922— ），其长篇小说《瘦子麦麦德》（1955）描述了共和国初期农民与地主的斗争，是一部具有世界影响的杰作。奥尔罕·帕慕克（1952— ）的《我的名字叫红》通过一个爱情故事，描写伊斯坦布尔人的生活。

非洲地域广阔，一般以撒哈拉沙漠为界分为南北两部分。从15世纪开始非洲遭受欧洲列强的殖民入侵，到19世纪先后沦为殖民地，民族传统文化受到破坏，语言，尤其是书面语言多用宗主国的语言。黑非洲现代文学具有基本一致性，即始终贯穿着表现民族觉醒，宣扬民族独立，揭露殖民暴行的反帝爱国精神。黑非洲文学比较发达的国家有塞内加尔、喀麦隆、尼日利亚和南非共和国等。黑非洲现代文学起步于20世纪20至30年代，主要表现为非洲民族意识的觉醒，以及受过西方式教育的非洲知识分子对自我文化归属的寻求。其中有代表性的是塞内加尔诗人桑戈尔（1906—1993）提出的"黑人性"理论。50至60年代非洲国家纷纷开展独立斗争，民族主义文学也出现了繁荣局面。南非著名作家彼得·阿伯拉罕姆斯（1919— ）的代表作长篇小说《怒吼》（1948）描写南非黑人和有色人种的苦难和仇恨。喀麦隆作家费迪南·奥约诺（1929— ）的中篇小说《老黑人和奖章》（1956）揭示了非洲被压迫人民与殖民主义者之间不可调和的矛盾，寓意深刻，描写生动，具有强烈的讽刺批判精神。阿尔及利亚作家穆罕默德·狄布（1920— ）的三部曲《阿尔及利亚》（1952—1957）描写与殖民者的艰苦斗争。塞内加尔小说家桑贝内·乌斯曼（1923— ）的代表作《祖国，我可爱的人民》（1957）表现了非洲人民反抗殖民统治的艰苦斗争，塑造了献身于非洲人民解放事业的青年知识分子乌玛尔的形象。独立以后的非洲文学进入一个新的发展阶段。作家们着眼于非洲社会内部问题进行新的探索。尼日利亚作家沃莱·索因卡创作了反殖民主义的戏剧《沼泽地居民》（1958），后期创作转向现代主义，代表作是长篇小说《解释者》（1965）和戏剧《路》（1965）。南非女作家纳丁·戈迪默（1923— ）主要表现南非白人与黑人之间错综复杂的关系，其代表作《朱莱的人们》（1981）以幻想的方式预言在南非爆发全面战争的情况下，白人只有依靠黑人才能生存。长篇小说《大自然的运动》（1987）则构想了废除种族隔离制度后南非未来的发展前景。南非作家库切（1940— ）的《等待野蛮人》（1980）、《迈克尔·K的生活和时代》（1983）、《福》（1986）、《耻》（1999），都是对殖民主义和种族主义的针砭。

第二节 夏目漱石

夏目漱石是日本近代文学史上最杰出的代表作家之一。他不仅在日本享有盛名,几乎家喻户晓,而且也是 20 世纪世界上最为人熟知的日本作家之一。

一、生平和创作

夏目漱石(1867—1916),原名夏目金之助,"漱石"是他的笔名。1867年 2 月 9 日(旧历正月初五),即日本明治维新开始的前一年,夏目漱石出生于江户城(今为东京)一个在当时具有相当权力、财富和社会地位的"名主"家庭。不过祖业的辉煌,对于夏目漱石来说只是一个淡淡的记忆,因为自明治维新开始后不久,"名主"制度被废除了,其家境自然每况愈下,特别是作为家里 8 个兄弟姐妹(父亲的前妻留下两个女儿,夏目漱石的亲生母亲千枝又生了五男一女)中最小的他,夏目漱石在出生后不久便被送到别人家当养子,9 岁时,养父母离婚分居了,他又被送回到亲生父母身边,生父与养父后来又为争夺他而差一点闹到要打官司。幼小的夏目漱石深深地感到,自己无论在生父还是在养父等大人眼里,"毋宁说是一件物品"。

夏目漱石开始接受学校教育时适逢日本新教育制度的诞生。他在东京一所条件比较优越的户田学校里用两年时间完成了初小第四级的学业,又在市谷学校读完高小第八级,后来从锦华学校升入东京府第一中学。夏目漱石最初对汉学颇有兴趣,为此转入私塾性质的二松学校,然而当时日本西学盛行,汉学日渐衰落,他为了将来的发展,也只得来到成立学舍以转向西学。1888 年夏目漱石从东京大学预备学校升入高中本科,并选定了西方文学专业。1890 年作为文部省的"贷款生"进入东京大学文学院英文科,翌年便因其学业优异而得以免交学费,并担任了东京专门学校的讲师。1893 年,夏目漱石从英文科毕业,旋即进入大学院,即研究生院。

夏目漱石大学毕业后,成了东京高等师范学校的英语教师,然而却一度陷入精神的彷徨,其中固然有身患疾病的原因,更主要的还是因为教师职业与自己文学志向间的矛盾,他一时无法为自己的文学志向找到恰当的定位。为此他曾一度去参禅,却也无济于事,为了调整自己,他辞去了高等师范学校教师之职,去中学任教,不久他结婚了。1900 年,夏目漱石作为第一批留学生被文部省派往英国留学。在伦敦的两年时间里,他只是在前两个月以旁听生身份在伦敦大学听课,此后便自个待在居室闭门读书,专心致志撰写他的《文学论》,意在探索处于强大的西方,特别是英国文学影响之下的日本民族文学生存与发展问题，当然也包括为自己以后的文学之路厘定方向。两年后夏目漱石回国，同时在东京第一高中教授英语课，在东京大学讲英国文学课，包括自己在英国写作的《文学论》。1904 年底他应《子规》杂志主编之约，写了一个短篇，即《我是猫》的第一节，不意读者反响热烈，他便续写连载，直至第十一节。其间他还撰写并发表了小说《哥儿》（1906）、《旅宿》（1906）等名篇。1907 年，夏目漱石辞去教师一职，应邀加入《朝日新闻》，正式成为专业作家。

就小说创作而言，夏目漱石直到 37 岁才发表处女作，可谓大器晚成。实际上他早就显露了不凡的文学才华，1878 年他曾在一个巡回杂志上发表过汉文调文章，高中本科时又在同窗和文学好友正冈子规激励下写过许多俳句和汉文汉诗。署名为"漱石顽夫"的纪行汉诗文集《木屑录》（1889）是他最早汇集成册的作品，"漱石"一词出自"漱石枕流"之语（《世说新语》），有顽强、顽固之义，其正式笔名"夏目漱石"来源于此。可以说，夏目漱石一生都没有放弃过俳句和汉文汉诗的写作，即使在生命的最后岁月里，他仍然坚持着经常进行汉诗的创作。当然，夏目漱石后来文学上的成功，主要还是在对早年那些属于日本传统的正统文学范畴的创作进行彻底的突破和清算的基础上实现的，如果说《文学论》的研究帮助他建立了具有现代意味的文学观，那么《我是猫》等作品的成功，则使他明确了符合明治时期日本社会之发展的文学方式，他也因此成为日本近代文学史上伟大的批判现实主义小说家。

夏目漱石在最后的十一二年里总共写作了 15 部中长篇小说和一系列短篇作品，一般被分为三个时期。早期创作除了《我是猫》，还有中篇小说《哥儿》《旅宿》等名篇，其中《哥儿》是根据作者多年的中学教员生活体验写成，通过一个刚从东京物理学校毕业的青年在四国一所初级中学担任数学教师一年间所经历的故事，无情地暴露了明治社会教育界普遍存在着的各种阴暗面；《旅宿》则以一个作为文艺家的主人公形象，表现作家思想性格的另一个侧面，即为了摆脱严酷的现实生活所带来的烦恼，而想做一个超然物外的"余裕的第三者"。当然，直面社会现实，并予以坚决的抗争和犀利的批判，始终是他小说创作的基调，这也充分体现在他当时的另外两个中篇《二百十日》（1906）和《疾风》（1906）等作品里。所以他也被公认为是一个能够直面现实，体验人生的"余裕派"代表作家。

1907 年他辞去教师职务成为专业作家后的 4 年，是他小说创作的第二个阶段。长篇小说《虞美人草》不仅在艺术形式（包括那种"俳句连缀式的"文体）上，而且在思想内容上都表达了作家对于理想美的追求，作品通过对纯粹的善和绝对的恶鲜明对立的两组人物形象的描绘，充分肯定了理性和道义对于极端利己主义者的胜利，其形象尽管有些抽象和观念化，但作家的诗人才气和他那与丑恶的现实社会截然对立的道德理念，使得小说产生了巨大的影响。夏目漱石这一时期更重要的创作，是3部以中青年知识分子恋爱问题为中心的长篇小说《三四郎》（1908）、《从此以后》（1909）和《门》（1910），这三个作品的故事情节并无关联，人物各不相同，但是它们所描写的生活内容和思想意蕴却具有内在的逻辑联系，故而被称为"三部曲"。《三四郎》以对由乡村进入到东京一所大学里学习的三四郎一段失败的恋爱生活的描写为中心，概括了处于动荡变革岁月中的日本一代青年知识分子在追求新生活过程中的迷惘与困惑。《从此以后》是这一时期最重要的作品，小说描写了大学毕业以后已经游荡了三四年的代助的一个三角恋爱故事。代助曾与同学平冈同时爱上了三千代，出于朋友的义气，代助退出了竞争，并撮合他们俩结成夫妻。3年后，代助发现自己仍然还在深爱着三千代，而且与平冈在一起的三千代生活得也不幸福。经过一番痛苦的自我挣扎之后，代助终于决定冲破强大的社会习俗的压力，听从自己心灵的呼唤，选择了夺回已经成了友人之妻，但实际上一直深爱着自己的三千代，并与之重新结合的生活道路。为此，这对重新聚首的鸳鸯也受到了来自家人和社会的各种巨大的压力。整个作品呈现出鲜明的社会批判的思想倾向。最后一部《门》中的宗助与代助一样，夺得了好友的情人阿米，尽管他们真情相爱和睦相敬，然而由于社会舆论环境的压力，6年来他们俩人，特别是宗助，一直孤独地生活在沉重的道德罪恶感之中，久久无从摆脱。

1910年夏目漱石的小说创作进入了后期，主要创作了《过了春分时节》（1912）、《行人》（1912）和《心》（1914）这三部被称为"后三部曲"的长篇小说，其共同的主题都是知识分子主人公（须永、一郎和"先生"等），由于他们利己主义的自私嫉妒心理作祟而导致了爱情和婚姻的彻底失败，有的甚至只能以自杀来寻求灵魂的解脱。从表面上看，这些作品的社会批判力度确实大大地减弱了，作家似乎更关注主人公们孤独心理的解剖。夏目漱石创作中的这些变化，一方面是由于明治末年日本封建军事帝国主义在国内的反动统治更加严酷，特别是在思想舆论方面，采取了严厉的高压政策，当时发生的"幸德秋水事件"便是一个明证；另一方面则是因为他在修善寺疗养期刚刚经历了九死一生的一场大病，再加上爱女雏子的夭折，这使得他对现实和人生的认识和体悟也更为深邃了，所以他这一时期小说作品的社会批判色彩似乎显得减弱了，其实他是在着力于从更深层次的社会文化心理上，施展他更为犀利的剖析与批判。与此同时，夏目漱石对抗污浊的社会现实，和统治当局绝不妥协的铮铮傲骨却没有丝毫的改变，所以他毅然拒绝了天皇政府授予他的博士称号。

《明暗》是夏目漱石最后一个长篇小说，基本上延续了"后三部曲"的主题，通过男女爱情纠葛来揭露人物心灵深处的利己主义，不过其中出现了一些积极因素，使小说平添了几许亮色。令人遗憾的是这部小说并未完成，夏目漱石因长年患有的胃溃疡突然严重发作，导致内部大出血，救治无效，于 1916 年 12 月 9 日不幸去世，享年 49 岁。

在 20 世纪初期自然主义文学风靡一时的日本文坛上，夏目漱石的小说创作异军突起，独树一帜，进而形成了一个"漱石门派"，有力地推动了日本近代批判现实主义文学的迅猛发展和繁荣。这是因为在进行小说创作之前，他已经历了痛苦的精神探索，并达到了文学的自觉。夏目漱石自小酷爱文学，但最初只是迷恋于传统的汉文汉诗与俳句。明治时代激烈动荡变化的社会现实，特别是西学兴盛，受到西方资产阶级民主思想影响的他，也开始主动学习和接受西方文化，特别是英国文学。在东方与西方、传统与现代诸文学和文化因素的比较中，夏目漱石既不抱残守缺、盲目排外，也不崇洋媚外、唯西方（英国）文学马首是瞻，而是首先着力于"从根本上解释文学为何物之问题"，以此建立了一种适合现代社会之发展的日本文学观。所以他的"文学论"并未以西方（英国）文学为唯一标准，而是强调"发挥日本文学的固有特色"，同时认为传统的以清雅闲适为旨趣的日本文学也必须脱胎换骨了，其方法就是学习借鉴西方文学，"买其利器"。当然，在他看来，"采纳西方文学，必须是为了发展自己的特色"，从而建立一种"三为"（为自己、为日本、为社会）的文学。为此，他提出了一个著名的公式：文学内容与形式 = F + f，即认识要素 + 情绪要素，文学艺术实现的是情绪，但并不排除认识要素。对于日本文学来说，情绪要素自然也包括东方传统的"为人生、为社会"的文学精神，而西方现代的包括人道主义思想在内的哲学、美学和心理学等，则均可作为认识要素进入日本的民族文学，其文学价值就在于帮助人们认识社会与世界，探求并解释人生的意义。夏目漱石这一文学观既具独创性，又富前瞻性，不仅为日本民族近现代文学的发展奠定了思想和理论基础，同时也决定了他所开创的日本近代的批判现实主义文学天然地具有不同于西方传统的东方（日本）特色。

具有理性自觉的文学意识的夏目漱石，其小说创作从一开始就密切地注视着现实的社会生活。作为日本明治社会的同龄人，他以细腻的笔触和生动的形象，向人们展示了明治时代最后十几年间社会生活的方方面面，诸如乡村青年进城生活的艰难、都市知识青年的工作学习和恋爱婚姻、家庭生活的各种矛盾、旧式家庭的衰败、市民生活的平庸、工人生活的贫困、学校教育体制的问题，等等。在客观真实的描写中，作家不仅广泛揭露现实生活中所存在的各种日益严重的社会问题，而且旗帜鲜明地批判地主资产阶级联合的专制统治下整个明治社会的黑暗与罪恶。《从此以后》在讲述代助等人的三角恋爱故事的同时，也真实地描写了当时日本资产阶级经济剥削的残酷性和明治政府所推行的强权政治、为压制民众的自由思想而大搞白色恐怖。《疾风》严厉抨击了社会上盛行的"金钱万能"的拜金主义的生活现象。《三四郎》则通过人物之口，有力地批判了日本社会当时正愈演愈烈的盲目崇洋欧化的社会风气。《哥儿》揭露教育界肮脏的内幕，认为学校教育正由一批"时髦的坏蛋、骗子手、冒牌货、伪君子"所把持着。《虞美人草》从根本上否定了某些人所奉行的极端利己主义的生活原则。《矿工》（1908）更是真实地描写了矿山就是地狱、工人是牛马的悲惨情景。可以说，夏目漱石小说的社会批判性所达到的深度与广度，在日本近代文学中是无人能企及的。

夏目漱石小说的社会批判的深刻性，集中体现在他对处于转型过程中的日本近代知识分子群体生活状况的生动描写和思想性格的深入剖析之中。在早期的《我是猫》和《哥儿》等作品中，作家描写了恪守传统生活理想和道德准则的苦沙弥、迷亭和哥儿等，在拜金主义和利己主义日益盛行的现实社会环境中生活的艰难性。他在为这些成了生活失败者的传统知识分子低吟挽歌的同时，也不无善意地揶揄了他们的固执与迂腐。在中期的"三部曲"等作品里，夏目漱石通过一系列三角恋的故事，开始把他细致入微的笔触深入随着社会变革而开始接受西方个性主义思想价值的知识分子群体的内心世界，深刻地揭示了他们的思想和生活正在面临着无法克服的两难困境。在后期小说里，他所描写的是一些完全接受了个性主义思想的知识分子形象，作家通过细致的心理描写，揭露了利己主义生活原则在他们的精神上所造成的沉重负罪感，并以"则天去私"的思想予以批判。夏目漱石对于这一系列发展变化的知识分子形象的描绘，不仅是对于日本近代知识分子群体的一种自我反思，也是对日本社会自明治维新开始以来的近代化进程及其后果的批判性质疑。

夏目漱石自觉的文学意识，也充分表现在他小说创作的艺术上，其小说具有鲜明的漱石风格。首先，他在自己的小说创作中自觉继承了日本古典和民间的文学传统，特别是从"俳谐"文学和江户时代"落语"文学等日本古典文学和民间滑稽小说艺术中汲取了有益的养分，并且能够非常自如地驾驭使用诸如俗语、汉语、佛语和雅语等各类语言中的习语、俚语和套话，使得他的小说形成了一种嬉笑怒骂、幽默风趣，又无往而不利的讽刺艺术，其早期小说表现得尤为突出。如中篇小说《哥儿》的语言自始至终诙谐幽默，富于情趣，许多人物的绰号形象滑稽，又富有讽刺意味。

其次，作家也非常自觉地从西方文学中汲取了许多有用的艺术要素，以丰富自己的文学手段。如果说，在他早期那些具有明显讽刺幽默文学特征的创作中，可以看到西欧讽刺文学的影响，诸如机智犀利的语言方式和夸张得甚至有些变形的描写手法等，那么他中后期的小说创作更多是借用了西欧文学惯用的心理描写与心理分析的方法，并把它与日本本土当时风行一时的"私小说"的描写艺术有机地结合起来，从而使得他相当一部分作品呈现出明显的心理小说的特征。自《从此以后》始，作家越来越关注知识分子普遍陷于困顿之中的精神状态，通过娴熟的心理分析和心理描写的艺术手法，把生活于动荡不安的社会环境中的知识分子在面对情与理、私欲与道义的抉择时所必然产生的隐秘而又微妙的心理变化过程，向读者展示得淋漓尽致。譬如《行人》中一郎在怀疑自己的妻子与兄弟二郎可能会有暧昧关系时那种痛苦得近乎疯狂的心理过程，非常清晰地被展现在读者面前。长篇小说《心》的"先生与遗书"中，先生对于隐藏在自己内心深处的那段秘密的吐露，与莎士比亚悲剧中主人公那些大段的"内心独白"非常相似。另外，作家对于《过了春分时节》中须永的嫉妒心理，《明暗》中津田的自私心理，都进行了非常细致而精到的分析。

再次，平淡自然、非常生活化的艺术结构。纵观夏目漱石的全部小说作品，我们可以看到，他所创作的小说并没有一种固定的结构模式，几乎每一个作品都是自成一格。如长篇小说《心》似乎就是由三个各自相对独立的短篇所构成的；有的小说甚至没有一个完整的故事；除了《我是猫》由于特殊的原因而形成一种松散自然的结构外，著名的《旅宿》同样也只是描写了一个青年画家"我"在春天里一次外出旅行过程中的所见所闻和所思所感；相较之下，《哥儿》算是有一个比较紧凑的情节结构，而其他的作品几乎都显得很平实，没有悬念铺垫，也无所谓高潮起伏，像《三四郎》和《从此以后》等甚至都没有一个严格意义上的结局，似乎这些小说都是作家很不经意地从自己身边的现实生活中截取了一个片断，然后稍稍加以修整，便敷衍成章呈示给读者了。其实夏目漱石的小说创作态度从来都是非常审慎和严谨的，他的小说都有非常详尽的写作提纲，《从此以后》的写作纲目就经过多次很大的调整。所以，他的平实自然而又多样化的小说结构，不仅体现了作家严肃的艺术态度和高妙的艺术才华，更是凸显出作家深刻的现实主义艺术精神，即让浑然天成的小说作品成为现实生活的直接投影，从而使读者在阅读中非常自然地引发出对自己置身其中的社会现实的深入理解和思考。事实上，夏目漱石作为日本近代最大的小说家的最为成功、影响最大的作品，恰恰就是他的《我是猫》《旅宿》和《从此以后》这类艺术结构上很不像小说的小说。

二、《我是猫》

《我是猫》（1905）是夏目漱石小说创作的处女作，也是他的代表作之一，小说以独特的艺术风格，强烈的讽刺和批判精神，惊动了日本文坛，为他赢得了不朽的文学声誉。1904 年底，《子规》杂志主编虚子让夏目漱石写点东西，他便写了一个半是杂文半是小说、标题为《我是猫》的短篇文章交给了虚子。文章在该杂志 1905 年 1 月号上刊出，这便是后来长篇小说的第一节，不曾想读者反响非常热烈。在朋友们的鼓动下，夏目漱石就开始往下续写，起初他并没有写成长篇小说的意图，所以第二、三节的标题分别还是"续篇"和"续续篇"，直到第四节才开始标为数字，一直写到第十一节，当时他还在创作另外两个小说《哥儿》和《旅宿》，所以也就匆匆地把《我是猫》结束了。

《我是猫》是作家一个悠然自得的佳作，不仅文笔轻松幽默、自然洒脱，而且连一个能够贯串始终的情节结构也没有。小说一开始就讲述一只被遗弃的猫，被中学教师珍野苦沙弥先生捡回家里喂养，由此开始了它在苦沙弥家里两年的生活。整个作品所写的那些诙谐风趣的事情，就是这只猫的所见所闻。小说的场面描写几乎都集中在苦沙弥的家里，包括他们一家人的言谈举止和日常生活琐事，以及诸如与他人所发生的生活纠纷、小偷的入室偷盗、警察的询问查案等，其中最重要的就是苦沙弥那些以"高等游民"自居的知识分子朋友，包括美学家迷亭、理学士水岛寒月、诗人越智东风、哲学家八木独仙等人的经常造访，他们聚集在苦沙弥家的客厅里，时而高谈阔论，自我卖弄，时而吟诗诵文，聊以自娱，时而嬉笑怒骂，贬斥社会，评点人生，所有这些构成了小说的主要内容。如果说其中还有什么特别重大的风波或事件，那就是苦沙弥的邻居、资本家金田家小姐的婚嫁之事，引发了两家人的正面冲突。金田家的"鼻子"夫人打算把女儿富子嫁给有可能马上就要获得博士学位的寒月，所以特意来向苦沙弥了解寒月的情况。苦沙弥和迷亭对浑身充满铜臭味的金田家非常反感，不仅当场奚落"鼻子"夫人，后来还竭力劝寒月拒绝此事。金田家不肯善罢甘休，便让苦沙弥过去的同学、此时已经成了小商人的铃木藤十郎前来说项，结果也被回绝了。金田家恼羞成怒，便不惜花费重金，雇佣他人上门前来侮辱谩骂，唆使苦沙弥的同事寻衅报复，鼓动附近落云馆的学生不断闯进其家门进行骚扰。与此同时，寒月其实已经回老家与别人成婚了。最后是苦沙弥过去的一个学生多多良三平，趁机向富子小姐求婚。求婚成功，他于婚礼前夕带了一箱啤酒来到苦沙弥家，迷亭、寒月等人借机饮酒寻乐。深夜，他们散去后，猫也酒兴大发地畅饮起来，结果在醉意朦胧中掉进水缸而爬不出来了，只能念诵着"南无阿弥陀佛"，悄然死去。

日本评论家把创作《我是猫》时的作者称为"愤怒的漱石"，这主要是因为小说对于明治社会的黑暗和罪恶进行了广泛揭露和讽刺。作品中描写了苦沙弥与朋友们聚会聊天时对当时社会上各种不合理现象所进行的嘲讽与谴责，譬如他们揭露了官吏依仗权势欺压百姓的反人民性,"他们办事的时候,凭借了别人给他们的职权,就耀武扬威起来……狂傲地认为对于他们的活动,人民丝毫没有置喙的余地"。作品特别抨击了日本警察机构的反动性,由于日本当时正在走向军国主义,所以在国内也采取了高压统治,广布密探和警察,禁锢自由思想,钳制人民的行动,所以作品中的这群知识分子对于明治政府的暴力工具——警察和侦探,十分鄙视和反感,认为他们"是和小偷、强盗一个族类的东西,奇臭无比","他们甚至罗织虚构,陷害良民",迷亭还对此作了进一步的推想,将来"警察要提了棍棒在街上巡逻,和打野狗一样扑杀天下的公民了"。

小说对于社会现实的严厉批判,更为集中地表现在通过对资本家金田等人的形象的描写,深刻地批判了日本近代社会正在兴起的金钱势力的罪恶。金田老爷是靠高利贷盘剥起家的大资本家,他拥有巨额资产,享受着奢华的生活。小说揭露了他发财致富的根本秘诀,那就是首先要"精通三角(三缺)",即缺义理、缺人情和缺廉耻,他们不仅整天"把鼻子、眼睛都盯在钞票上",而且"只要能赚钱,什么事也干得来"。金田就是这样昧着良心赚了大钱,反过来又依仗自己的富有,摇身一变,成了社会的名流,是社会的"无冕之王",可以随心所欲地仗势欺人。苦沙弥只是不愿意搭理他的"鼻子"夫人,金田便大动干戈,三番五次唆使他人上门寻衅闹事,致使苦沙弥身心备受折磨,全家人的生活都过不安稳了,而且还无处申诉抱怨。对于金田老爷的做派,连猫也看不下去了,觉得金田是"最坏的人类"。正是由于金田老爷所代表的金钱势力在当时能够大行其道,所以整个社会流行着拜金主义风气,有些人便自动放弃了起码的做人的道德,卖身投靠这种金钱势力,苦沙弥过去的同学铃木藤十郎就是这样一个典型的卑鄙小人。作为一个小商人,他所奉行的就是唯利是图的人生哲学,并且一心想做个跟金田老爷一样的大资本家,所以在苦沙弥与金田家的冲突中,他完全背弃了当年同窗的珍贵情分,甘当金田家的走狗。因此猫也从中悟出了这个世界根本的门道:"我现在明白了使得世间一切事物运动的,确确实实是金钱。"

小说生动地描写了明治时期一个个性各异的日本知识分子群体。他们正直、善良、愤世嫉俗,虽然生活清贫,遭受着现代资本主义经济体制和天皇极权政治的双重压迫,但是他们在有限地接受西方个人主义影响的同时,仍然坚持着知识分子的基本品性和传统操守,坚决不与以拜金主义和利己主义为时尚的污浊社会现状同流合污。苦沙弥虽然只是个穷教师,却天性率直,敢于当面与财大气粗的金田老爷相抗争;美学家迷亭既玩世不恭、又机敏多智,语锋犀利,经常畅快淋漓地嘲讽霸道横行的世界;理学士寒月虽耽溺于个人情趣，却也不慕时尚，不愿作财主的乘龙快婿；另外还有独仙和东风的骄矜自恃以求洁身自好，等等。作家在肯定他们的基本价值取向、欣赏他们愤世嫉俗的高论趣谈的同时，也无可奈何地写出了这个知识分子群体在现实世界中生存的艰难与困境，他们的优雅姿态与清高个性，也只是局限在苦沙弥家那个简陋破旧的客厅里，一旦走出去，与现实世界"一交锋就成了银样的蜡枪"了。面对金田家嚣张的挑衅，苦沙弥等人只能软弱无力地听凭捉弄。所以作家也对他们这样自视清高的生活习性和不谙世道的处世方式进行了善意的嘲讽，指出他们这种看似傲视浊世和儒雅豁达的生活姿态，实质上掩盖不了他们的空虚与迂腐：他们的高谈阔论的背后却是一种空虚无聊、无所事事；他们的玩世不恭、愤世嫉俗同时也表现了他们的故作风雅、故弄玄虚；他们的吟诗诵文卖弄知识则是他们在竭力地寻求精神的刺激，以填补生活的无聊与失意，以遮掩自身的庸俗与难堪。由于作家自己就隶属于这个群体，所以作品中所表现出来的对于这个知识分子群体既肯定又嘲讽的复杂情绪里，既表现出他对于传统的文化价值在日本社会历史转型时期的尴尬处境的一种焦虑，也体现了他对于日本知识分子未来精神出路的一种思考与探索。这样的思考与探索由此也一直贯穿于夏目漱石的整个小说创作。所以说，《我是猫》的创作，实际上也为作家后来的小说创作奠定了一个基本的思想主题。从更广的层面上看，夏目漱石通过这群知识分子的思想性格和生存境况的描述，实际上不仅表达了他对于日本明治社会黑暗社会现实的严厉批判，同时反映了他这个接受了西方现代文化影响，并具有了自觉意识的日本近代知识分子对于明治维新的近代历史进程的未来走向的一种严肃思考。

《我是猫》是一部通过一只被遗弃的猫的眼睛来观察社会与人生的讽刺小说，由于作品匪夷所思地采用了猫的叙事视角，也使得整个小说获得了非常独特的审美效果。首先，这种猫的视角，使得小说对于现实世界的批判具有了一种反思性特征。应当承认，《我是猫》所描写的内容，与当时日本文坛风行的那些自然主义文学并无根本性的不同，主要也是普通人的日常生活，特别是那些细碎琐屑的家庭生活。然而，由于它采用了一个非人化的猫的视角，自然就能够帮助读者形成与小说所描写的生活现象的一种距离感，从而可以对此进行审视，特别是作为叙述者的还是一只会进行"思考"的猫，对于其所观察到的生活场景，它并不是纯客观地记录，而总是会发表某些感慨和议论，读者或许并不会完全认同它的思索，但是它的思考必然会引起读者更为深入的理性思考，这使得小说本身的批判性进一步得到了理性化的提升。

其次，猫的视角基点的变化，形成了小说内在的逻辑结构。夏目漱石自己曾说：《我是猫》"既无情节，也无结构，像海参一样无头无尾"，由于作家最初确实并没有一个比较完整的长篇小说的构想,所以一般都认为这部小说在结构上比较松散,不严谨。实际上整个小说叙事的展开演进是非常自然流畅的,这是因为它有一个潜在的内在逻辑发展机制,那就是猫的视角基点的层层提升和演进。在第一二节里,它纯粹是以一种异于人类的猫族的视角进行观察的,第三四节里,它开始"以与人同等的心情"来评价人的思想言行了,从第五节开始,它已经超越了普通人,以一种理想的人的理念,来全方位地批评它所观察到的社会生活现象,包括对于苦沙弥,它既同情肯定,也会毫不客气地批评。到第十一节时,由于它对于所观察到的事物,尤其是苦沙弥与金田家的冲突,都有了比较明确的价值判断,它的功能实际上也就完成了,小说就此戛然而止,恰到好处。这种自然天成、不露痕迹的结构艺术,是小说获得巨大成功的一种重要因素。

最后,猫的视角的介入和猫的议论的掺和,进一步强化了小说的讽刺性和幽默感。这个作品本来就有相当多的篇幅是描写一群读书人聚在一起,就周围的社会生活现象,以诙谐风趣的语言,或嬉笑怒骂,或奇谈怪论,这本身就富有讽刺性,具有幽默感。当这些话语或情景经过一只猫的带有嘲讽意味的眼睛折射之后,其讽刺或幽默的意味也就更浓了,尤其这是一只不甘寂寞的猫,对于它所见到或听到的人和事,又总是要从其"猫"的角度来揣度人的心理,从"猫"的立场发表一番见解和议论,观人所不能观,言人所不能言,而它的议论时而稚拙可笑,时而鞭辟入里,并且与作品中的人物及读者的看法常常是不一致的、矛盾的,甚至会形成一种悖谬关系,这就不仅增强了原先的幽默感,而且还会使作品中人物的言辞,或是显得更加尖刻,或者反过来又变成了自嘲。《我是猫》的这种高妙的叙事艺术,使得这部作品无可争议地成了日本近代文学中讽刺文学的典范之作。

第三节 川端康成

川端康成(1899—1972)是日本现代著名小说家,也是日本第一个获得诺贝尔文学奖的作家。

一、生平和创作

1899年6月14日晚9时,大阪府三岛郡丰川村(今茨木市大字宿久庄)一个医生家里,在母胎里仅待了7个月的川端康成匆匆地降临到这个世界。康成祖上曾为殷实世家,到他祖辈起开始衰落,他的父亲是一开业的医生。康成两三岁时,父母便先后去世,体质羸弱的他只能跟着祖父祖母生活,不幸的是他才7岁时,祖母就病逝了,他10岁时,唯一的姐姐又死了,而且刚满14岁(虚岁16)那年,他唯一的亲人、眼睛半盲的与其相依为命的祖父也溘然离世,川端康成至此失去了所有的至亲骨肉,成了一个孤儿。他已没有了自己的家,住进了学校的宿舍,到假期时,则辗转寄居在几个亲戚家中,过起了寄人篱下的生活。关于这一时期他那孤寂的生活体验和伤痛的人生感受,在他《十六岁的日记》里,被真实地记录了下来。在此后的一个短短的时间里,他又作为川端家唯一活着的人,先后参加了好几位亲朋好友和老师的葬礼,因此被称作"参加葬礼的名人"。可以说,早年的川端康成就是在这样一种充满死亡气息的氛围里,孤独而艰难地成长起来的,他那幼弱的心灵早早地饱尝了人生的孤独与悲哀,内心产生了一种对于人生的虚幻感和对于死亡的恐惧感,进而形成了一种固执而孤僻的"孤儿根性",这对川端文学,特别是他早期创作的悲凉风格,产生了直接而深远的影响。

川端康成自幼酷爱读书,在丰村普通小学时就把学校图书馆的藏书几乎通读了一遍,书籍成了他孤寂心灵唯一忠实的伴侣,就是守候在弥留之际的祖父病榻前的那些日子里,他也在细心阅读《源氏物语》,因为他当时内心那哀怨伤感的情绪,恰好与小说的审美意境发生了强烈的共鸣。进入大阪府立茨木初中后,他更是热衷于文学,经常给《文章世界》等刊物写作各种诗文,1916年在大阪《团栾》杂志上发表《肩扛老师的灵柩》;在《文章世界》举办的"十二秀才"评选活动中,他亦榜上有名。1917年考入东京第一高中英文科后,他开始与日本文坛当时正走红的一些作家和流派有了直接的接触,并阅读了大量俄罗斯文学,特别是陀思妥耶夫斯基的作品。1919年在中学《校友会杂志》上发表了他的第一篇习作《千代》。作品以一种质朴淡雅的文笔,真切地描写了他先后与三个同名为"千代"的姑娘的爱恋故事。1920年,川端康成进入东京大学文学院英文科,翌年又转入国文科,可他却很少去教室听课,一心痴迷于文学,积极参与编辑出版同人杂志《新思潮》(第6届),并在这刊物上发表了一些短篇作品,其中《招魂节一景》当时就引起了文坛名家的关注。与此同时,他还写了许多文学评论和文艺时评。1923年《文章俱乐部》把他列为"新晋作家"的第一名,1924年他的名字出现在《文艺年鉴》上,这标志着川端康成正式登上了日本文坛。

1924年大学毕业后,川端康成与横光利一等一批思想比较前卫的文学青年作家共同创办了同人杂志《文艺时代》,由此在日本文坛发起了一场"新感觉派"文学运动,旨在借助西方现代文艺思潮的巨大影响,掀起一场破坏旧文学,改造现存文学的新感觉运动。川端康成不仅为此刊起名,还亲笔写了发刊辞:"我们的责任是革新文艺,从而从根本上革新人生中的文艺和艺术观念。……只有我们才能创作新的文艺，同时创造新的人生。"作为新感觉派的理论家，川端康成后来又撰写了一系列文章，明确表达了新感觉派的思想渊源："可以把表现主义称为我们之父，把达达主义称为我们之母，也可以把俄国文艺的新倾向称作我们之兄，把莫朗称做我们之姐。"他系统表述了新感觉派文学的审美理念，即主张主观即真实，文艺即表现自我；以感性至上来否定理性；表现与感觉即文艺之内容，感觉是表现的方式。应该说，川端康成对新感觉派文学在理论上的建树确实颇有贡献，乃至于长期以来，人们总是倾向于认为，他就是一个地道的新感觉派的代表作家，其实在新感觉派的文学创作中，他的努力并不成功，渐渐地反而成了"新感觉派集团中的异端分子"。后来他从《伊豆的舞女》（1926）开始获得巨大的文学成就，这恰恰是通过对于自己参加新感觉派文学活动的反拨和反思之后才得以实现的。当然，川端康成并不拒绝西方现代文艺思想的影响，他后来又参加了《近代生活》杂志、"十三人俱乐部"和《文学》杂志的各种新潮的文学活动，积极翻译介绍西方现代文学。从那时起，他不仅用西方现代文艺思想来审视本国的文学传统，大胆引进詹姆斯·乔伊斯的意识流和弗洛伊德的精神分析学，从而成为日本最早进行新心理主义小说创作实践的作家之一，同时他更是非常注重立足于本国的文化传统来认识理解西方现代文艺。川端是通过自己的文学创作活动来进行这样的探索的，并且确实取得了显赫的成就。《雪国》（1935—1937，定稿于1948）便是这一探索的重要成果。

20世纪30年代起，日本军国主义在亚洲发动疯狂的侵略战争。战争期间，川端虽然未能表示过批判或反抗的意见，却也不曾有过什么狂热的举动。对于战争，他更多的是采取一种冷漠和超然的态度，过着一种半隐居的生活，写作一些表达"文学良心"的作品，即使不得已应邀访问过中国东北和北京，他也没有写过美化关东军的文字。他反而在战争的最后岁月里，热心地在社会底层做起一些文化的自救和普及工作。用川端自己的话来说，他在战争期间"是最消极的合作，也是最消极的抵抗"。

战后，由于日本战败的深刻影响和他对于战后社会现实的强烈不满，川端康成把自己对于战争的反思，具体地落实为对于日本民族历史文化的重新认识，希冀在古典中发现"民族的故乡"，以寻求日本民族文化的自觉。他说："我把战后的生命作为余生，余生不属于我自己，而是日本美的传统的表现。"在文学实践中，他自觉而充分地汲取西方文学的养分，并将之融化在自己所接受的日本传统（以平安文学为代表）的古典精神和形式中，形成了一种独特的川端康成文学之美。川端在战后创作了《千只鹤》（1945—1951）、《名人》（1951—1954）、《古都》（1961—1962）和《睡美人》（1960—1961）等著名作品，为他赢得了极大的声誉。1948年他出任日本笔会会长，1958年起任国际笔会副会长，1960年获得法国艺术文化勋章，1961年获日本文化勋章，1968年瑞典皇家文学院授予他诺贝尔文学奖，以表彰他"以卓越的感受性"和小说技巧，"表现了日本人内心的精髓"，"以卓越的艺术手法，表现了道德性与伦理性的文化意识"，并"在架设东方与西方的精神桥梁上作出了贡献"。1972年4月16日，也就是他获得诺贝尔文学奖后三年半的日子，川端康成在自己的工作室里自杀，离开了这个世界。

川端康成一生创作成就颇丰，主要集中在小说创作中，从1921年写作《招魂节一景》起，到1972年他自杀止，在半个世纪里，他总共写了500部（篇）小说（包括140多篇小小说），还有上千篇散文、随笔、评论和杂感等，各种类型的体裁都有名篇佳作，中短篇小说尤佳。从其所描写的内容看，他的作品大致可归为三类：描写自己孤儿的生活和初恋的失意，集中表露其孤寂的心灵和悲哀的情绪；描写社会下层，特别是妇女的爱情伤痛和悲惨命运，其中寄予了作家深切的同情；作为其不懈地进行艺术和思想探索的成果，部分作品从人性和性爱的层面上展现一种极致（"烂熟"）的"美"的理念，其中蕴含着某些虚无和颓废的情绪，常被批评为一种病态美。如果从时间上看，他的整个创作又可分为三个时期：战前、战时和战后。早期重要的作品如《十六岁的日记》《参加葬礼的名人》等，如实地记录了作家自己早年作为孤儿的坎坷人生经历；还有不少是描绘生活在社会底层的妇女，包括艺妓、女艺人、女侍者凄惨的生活境况，以《浅草红团》（1929）和《伊豆的舞女》最为著名。《伊豆的舞女》描写了20岁的高中生"我"在伊豆邂逅一个14岁的舞女后产生了朦胧爱情的故事，但小说并没有停留在对自然、纯朴、高洁的爱情的描写上，而是在与"我"的寄人篱下、靠着别人的施舍和怜悯过日子的生活命运的联系中，深入展示了舞女内心的纯洁和美丽，及其受歧视被凌辱的境遇，由此发掘出他们的恋情的社会内涵，即同是属于挣扎于社会底层的小人物的相互尊重彼此关怀的真挚的友谊，从而表现了一种平等博爱的人道主义精神。小说在艺术上继承了平安文学幽雅纤细又不无哀愁伤感的美学传统。作家从此也形成了他基本的艺术风格。

川端康成的中期创作正处于一个非常的社会历史时期，同时他也在深入进行着思想和艺术探索，所以作品内容涉及的生活面比较广泛，当然还是以下层妇女及其生活命运为主题的作品最为成功，其中重要的作品有《花的圆舞曲》《母亲的初恋》等，著名的《雪国》也写于这一时期。他后期的创作情况比较复杂，一方面，他始终在不懈地进行着艺术探索，使得他的创作自然会呈现出多样化特征；另一方面，他的创作思想也呈现出不同的倾向性。这一时期重要的作品有《舞姬》(1950)《千只鹤》《名人》《睡美人》和《古都》等。

　　与其一贯以女性形象为主人公的作品不同，川端的《名人》是关于日本棋坛本因坊秀哉名人在 1938 年举行的告别赛的一个报告小说，描写的是一个男人的世界，突出展示了秀哉名人在对局过程中所表现出来的美的心灵、男性的力量和对于棋道传统的执着，体现了日本传统的"物哀"美学的精神品质。《古都》则是在一幅京都的风俗画面的背景上，描写一对孪生姐妹千重子与苗子悲欢离合的故事。由于当年家境贫寒，千重子被父母遗弃而为一绸缎批发商所收养，由此能够在一个富裕舒适的物质环境中长大，苗子则留在了父母身边，一直过着艰难贫困的生活，却也培育了她刚毅坚强的生活意志。20 年后姐妹俩重逢相聚，却已经无法共同生活在一起了，因为彼此不同的教养，不同的生活方式和成长道路，不同的社会地位和环境，迫使她们只能各奔东西。小说不仅真实地反映了由于贫富悬殊所造成的人情冷暖和世态炎凉的社会现实，更重要的是在对比中细腻地表现了两个人物不同的精神状态和微妙的感情波澜，而这些又是与作品对正在衰败中的京都景物的描写水乳交融般地融为一体，突出表现了传统美、自然美和人情美的旨趣。《千只鹤》的题名来源于小说中一位姑娘手里所拿着的一块千只鹤图饰的包袱皮，这种图案是日本传统美的一种象征。小说主要描写了菊治与太田夫人及其女儿文子等人之间不伦的暧昧关系，作家企图突破道德与淫乱的界限，用以说明无论道德与否，只要是出于自然，出于真心的爱情，就是纯洁的。菊治与太田母女的不伦关系，都是他们两厢情愿的，所以"与道德不相抵触"。显然作家所追求的实际上已经是一种病态的伤感之美，然而尽管有些病态，作家却巧妙地借用茶室和茶具等客观物像来作装饰，从而将这样一种幻想中的美，抒写得韵味十足。这充分表现出作家对于日本传统文化的执着和崇敬。不过到了《睡美人》里，这种病态的美被渲染得似乎有些极端了。小说描写一个已 67 岁且已经丧失了性机能的江口老人，经人介绍，5 次来到一个所谓的"睡美人俱乐部"，通过抚摸 6 个服用了安眠药后已经熟睡的姑娘的肌肤，以慰藉其对性的渴求。小说确实也表现了作家一种独特的美的追求，在江口老人那文静的举止里，在他复苏的生的愿望与自身性无能的失望的矛盾中，涌动着人本能的对于生命的原始渴求和力量，在睡美人纯真的处女的圣洁性中，表现出一种永恒的女性美。然而这样不无荒诞的美，客观上已经散发着些许虚无与颓废的气息。

　　纵观川端康成一生的小说创作，人们感受、印象最为深刻的，就是他始终都在坚持不懈地进行着美的追求，形成了一种风格独异的川端式的美的文学。由于早年孤独悲伤的生活经历和他对于政治的淡漠与超然的态度，川端文学所反映的生活面比较狭窄，而且可以说，他展现在读者眼前的基本上就是他自个的生活、与他自己直接相关的人物的生活，和他自己对于这些生活的主观感受和意识，这使得他的文学具有明显的孤独的主观色彩，并且总是渗透着忧郁伤感凄凉的情绪，这也成了他的小说那种充满抒情色彩的特有之美。川端小说的这种美，首先来自于他对日本传统的文化理念和古典的审美精神的坚守。由于早年悲戚孤独的生活经历而形成了他的"孤儿根性"，川端的思想性格天然地就与佛教禅宗的"虚无"、"幽玄"的理念非常契合，所以他钟情于日本古典文学中以平安时期紫式部的《源氏物语》为代表的"物哀"的审美传统，川端的悲哀主要是对于渺小人物的同情与悲哀，故而他主要是描写生活于社会底层的一些弱女子（艺妓和女艺人等）的形象来传达自己内心深处的悲伤与哀怨，而这些饱含着悲哀情感的女子形象，又总是被抒写得非常纤细、优雅，同时又与人物置身于其中的、具有四季时节特征的自然美的景物相映成趣，从而使人、物、情、意融会一体，形成一种既有古典情韵，又具现代人道精神的川端文学的美。

川端文学独特的美，也与他对于西方现代主义文学精神影响的接受与消化不可分。毋庸讳言，川端在接受西方影响中确实走过弯路，在发起"新感觉派"文学运动时，他所倡导的理论不无偏激，但是正是在自己的文学实践中，他迅速地调整了自己对于西方文化和文学影响的态度和接受方式，在紧紧把握本民族传统的审美精神的基础上，大胆借鉴和汲取西方现代文学艺术中有用的东西，包括西方各种现代主义文学流派和弗洛伊德的精神分析学，从而在东西文化和文学的交汇中走出了自己的路。在他小说作品中的人物的意识流动过程中，总会映显出那些具有东方式的心物交融、物我合一的审美特色的艺术元素，他所描写的人物的心理活动，总是展开得有层次有秩序，相当协调，具有日本古典传统中的严谨与工整，而他那些非常本土化的人物形象的描绘中，又深深地蕴含着具有西方现代意味的人道精神和民主思想。即使在他后期创作的那些经常被批评为病态颓废的小说作品中，同样也包含着作家对于人性和价值的一种大胆探索。

应该说，川端康成文学的价值，更主要的是体现在他在东西方文化和文学交汇的背景下所进行的执着的思想和艺术的探索过程中，以及他在探索中创作的那些作品所带给人们的美的享受和思的启悟，而他本人却始终处于一种痛苦的、几乎是越来越渺茫的探索的困境之中，从未真正寻找到他所梦寐以求的一个最佳的结合点。即使他后期的小说作品，仍然会情不自禁地呈现出两种非常不同的思想倾向，而他最后的悲剧性的自杀无疑与他因这探索的无望所滋生出来的更大的苦恼、孤独与空虚有着内在的联系。

二、《雪国》

《雪国》是川端康成的代表作，也是他最负盛名的一个中篇小说。它问世于战争期间，从 1935 年 1 月到 1937 年 5 月，小说的各章分别被标上《暮景的镜》《白昼的镜》《故事》《徒劳》《芭茅草》《火枕》和《拍球歌》等题名，陆续发表在《文艺春秋》《改造》《中央公认》和《日本评论》等多种刊物上。最初它们只是属于在一个主题下的若干短篇，直到写成第四篇后，作者才有了一个整体构想。1937 年第一次把它们汇集成单行本出版，题名为《雪国》。以后作者又经过多次修改，并补写了《雪中火场》和《银河》两章，分别发表于 1940 年的《中央公认》和 1941 年的《文艺春秋》；战后作者又对补写的两章进行修改，并以《雪国抄》和《续雪国》为标题发表于 1946 年的《晓钟》和 1947 年的《小说新潮》上，1948 年创元社把这些篇什统统汇集在一起，出版了一个完整的新版本，并取消了各章的标题，这基本上就是《雪国》现在的定本。小说的整个创作延续了 14 年，其间川端的创作思想逐渐趋于完整，并且还几度去伊豆旅行，与小说人物的原型进行了深入的交谈。1948 年以后，他还对作品作过一些修补，使其艺术结构更加严谨完整。

小说的基本情节是写一个舞蹈艺术评论家岛村在不到 3 年的时间里，3 次从东京赴雪国旅行，并与山村艺妓驹子交往的故事。岛村初到雪国，在温泉的客栈里结识了舞蹈师傅的女弟子驹子，岛村被这个"洁净得出奇"的山村姑娘弄得有些神魂颠倒。她尽管偶尔也会在宴会上陪陪客人，但还不是正式的艺妓。岛村确实也没有把她看作艺妓，想与她交个清清白白的朋友，驹子因此真心地喜欢上了岛村，两人有了肌肤之欢后，驹子更加热恋于他，而岛村却只把这看作是一种"爱的徒劳"。岛村第二次来雪国的途中，在火车上看到了年轻美貌的叶子姑娘正在全身心地照料一个重病缠身的名叫行男的男子，他是舞蹈师傅的儿子，也是驹子姑娘的未婚夫。此时的驹子已经沦落为艺妓了，为了多挣些钱来给行男看病。这次岛村开始有些迷恋上叶子了。岛村三到雪国时，一面继续与驹子往来，一面则狂热地追求着叶子，此时，他与驹子都开始清醒地意识到，他俩的关系非但不可能有所发展，甚至都难以继续维持下去了。当他们准备分手时，叶子却在一场突如其来的大火中安详地"死"去了。

驹子是小说中最重要的人物。这是一个生活在社会底层，在一种屈辱的环境中成长起来的乡村女子。作家突出描写了她在污浊的生活环境中所散发出来的美的光彩。驹子既没有沉溺于纸醉金迷的世界，也没有被生活的不幸和艰难所压倒，而是始终在执着地追求一种"正正经经的生活"。为此她刻苦地坚持学习文化，勤奋地练习各种技艺，对生活充满了热情与渴望，坚强地承担着生活的压力和责任。尽管她对行男并无感情，然而还是不惜坠落风尘来挣钱为他看病。驹子虽然长期忍受着被人任意践踏的屈辱的生活，但是她依然渴望着纯真的爱情：当她看到岛村并不像其他男人那样玩弄和歧视自己，她便丝毫不计后果地把自己的全部感情都倾注在岛村身上；那是一种坦荡的纯真的爱，其实也是她对于正经而朴素的生活的一种向往和依恋，是对于一个普通女子的正当权利的一种追求，尽管对于她来说，这确实是"一种美的徒劳"。当然作家也真实地写出了由于生活的艰辛与屈辱，她的灵魂已经发生了扭曲，形成了一种复杂而畸形的病态性格：倔强又粗野、纯真又媚俗，清醒时会痛恨自己卖笑生涯的卑贱，麻醉时又纵情于放荡不羁。这个形象因此也更加显得真实饱满，有强烈的艺术感染力。

小说对于另一个女子叶子的形象着墨并不多，只是在岛村的视野里匆匆地闪动过几次身影，却已经表现出她是一个理想化的完美形象。尽管她的身世与驹子一样的凄惨，但是却能够保持着纯洁的品性，她同情驹子，也清楚地看到可怜的驹子内心的美好，所以真诚地希望驹子能够过上好日子。她心地善良，乐于帮助他人，洁身自好，"从没有赴宴陪过客"，即使对于岛村，她也"充满了警惕"。其实这样的女子是很难在这样污浊的社会环境中生存下去的，所以作家不仅把她写得非常虚幻、空灵，而且还让她最后坠身于一场大火。这个形象的完美性，是在与驹子形象的"缺憾"美的对比中实现的：驹子是真实的，代表"肉"；她是虚幻的，代表"灵"；驹子是病态的，她是理想的；驹子是具体精细的工笔画，她是空灵剔透的写意画。两者相辅相成，不仅表明了现实生活中"美的徒劳"——完美的不可能存在，存在的必定是有缺陷的不完美；而且这两个形象叠合在一起，完整地表现了川端康成在古典文学中所继承的"余情美"和"物哀"的美学思想。

岛村这个形象在作品中具有两种功能。首先，从形象自身的思想内涵看，岛村就是两个美的女子形象的反衬。他生活在东京工商业区，拥有父母留下的大笔遗产，终日无所事事，游手好闲，整日价就想着游山玩水。自己已有妻室，却还想着嫖妓寻欢，这边还爱着驹子，那边已经开始移情于叶子了。虽然较之其他的游客，岛村还算是比较文雅，有一定的教养，且也不乏一些同情心，所以驹子才会热切地爱恋着他，然而他却斥之为"单纯的徒劳"。驹子们是真诚的，他却是虚伪的；驹子们是热情的，他却是冷酷的；驹子们在执着地追求生活，他却始终在悲哀着生活的虚无。这个人物反衬了驹子们内心深处的纯洁与美丽，同时也折射出现实世界的黑暗与荒谬。其次，从作品的叙事方式看，岛村这个人物又具有独特的艺术功能：其一，他是整个作品的叙事者，读者正是通过他的视角，来认识和理解驹子们的，作品的整个情节也是通过他的视角逐一展开的；其二，岛村的叙述也蕴含着他的情绪、意识和联想，正是在这种充满主观色彩的叙事中，驹子和叶子两个形象才会构成一种美妙的相辅相成的联系，从而被构建成一种"余情美"的抒情境界。

这部作品在艺术上最为突出的就是抒情味浓郁，富有诗意，这是由于作家运用多种艺术手法，营造出一种优美的具有日本古典文学的"余情美"特征的意境。其中除了上面所说的人物形象的因素外，作家特有的那种简洁、含蓄、凝练的文笔，也是一个重要的原因。这部小说并没有严密的结构和生动的情节，它的艺术魅力主要来自作家看似平淡，实则意味深长的文笔，他善于捕捉人物对于事物刹那间的感觉和印象，既揭示出人物瞬间的心理波动，又暗示了事物自身的象征意味，自然平淡又韵味无穷，譬如作品开头对于雪国景色的描写，历来为人所称道。

小说在继承传统审美价值的同时，又充分借鉴西方现代派艺术技巧，大胆运用意识流手法，将对于人物感觉的描写与象征暗示和自由联想等技法有机地结合起来，让作品的内容根据人物流动的意识和波动的情感而徐徐展开。小说开头描写的是岛村的二次雪国之旅，作家就让他从火车玻璃窗上的幻象而产生联想，通过其朦胧的意识流动，引出了关于他第一次去雪国认识驹子的经历的倒叙。当然这里的意识流动又是与日本传统文学的严谨格调相吻合的，所以整个联想既是跳跃的，又是井然有序的。显然这属于一种日本风格的意识流。与抒情、联想相一致，小说还大量运用了象征与比喻的艺术手法。作品中许多景物描写，都具有象征意味和寓意性质，如镜中的映像和玻璃窗上的幻象，无不与岛村的人生虚幻感有着内在的联系。

如果说，《伊豆的舞女》是川端康成的成名作，那么《雪国》则标志着他的独特的创作风格的成熟，并成为他小说艺术的巅峰之作。因为这个作品意味着他的艺术探索的成功，标志着他积极地消化了西方现代主义文学的影响，并将它有机地融进了他所继承的日本传统的文学精神之中，使得两者高度融合，也更加具有深厚的日本韵味。在《雪国》里，他的创作风格得到了充分的展现：细腻入微的心理刻画、虚实相生的审美意境、自由灵动的人物联想、悲凉伤感的抒情韵味、变化多样的象征手法、简洁含蓄的描写语言。而所有这些艺术元素，又都是与他对于人生价值的执着探求紧密地联系在一起的，正像诺贝尔奖颁奖辞在评价他三部获奖作品时所指出的，"……川端先生热爱纤细的美，并且赞赏那种洋溢着悲哀情调的象征性语言，用它来表现自然的生命和人的宿命的存在。"

第四节 泰戈尔

一、生平和创作

罗宾德拉纳特·泰戈尔（1861—1941）是印度近代杰出的诗人、小说家和戏剧家。他诞生于加尔各答一个富有的地主家庭，祖父是泰戈尔亲王，父亲是热心于印度文化的哲学家和社会改革家，他的家庭是当时加尔各答知识界的中心，经常讨论社会政治问题，诵读新的文艺作品，演出戏剧。在家庭氛围的熏陶下，泰戈尔从小喜爱文学，关心社会问题，童年时代就开始尝试写诗、小说和剧本，14岁发表著名诗篇《献给印度教庙会》，15岁发表第一个短篇小说《女乞丐》，17岁发表长诗《诗人的故事》。1878年，他按照父兄的意愿到英国学习法律，但他对法律不感兴趣，在伦敦大学主修英国文学和西方音乐，由于不满英国社会，没等毕业，就于1880年回国。他的创作大致可分成三个时期。

早期（1880—1901）。这时期的大部分时间，泰戈尔是在父亲的庄园里度过的。他广泛接触了农村社会，亲眼看到地主对农民的残酷剥削和英国殖民统治者的专横暴虐。他同情农民的处境，并对农村的社会问题进行探索，企图寻求解决的方法。在文学上，他边创作边收集，整理民歌、民谣，从民间丰富多彩的口头创作中汲取鲜活的营养和丰富的素材。1881年，泰戈尔出版第一部诗集《黄昏之歌》，此后陆续发表抒情诗集《画与歌》（1884）、《刚与柔》《心灵》（1890）、《收获集》《金帆船》（1894）、《缤纷集》（1896）、《梦幻集》（1899）、《刹那集》（1900），哲理短诗集《微思》（1899），歌剧《瓦尔米基天才》（1881），诗剧《大自然的报复》（1884），话剧《国王与王后》（1899）、《牺牲》（1890），长篇历史小说《王后市场》（1881）、《贤圣国王》（1885）等。这一时期他的抒情诗表达青春欢乐，描绘大自然风光，抒发"自由的，不受拘束的思想"，很受读者欢迎。但最能代表泰戈尔早期创作成就的是故事诗和短篇小说，他先后完成了一部故事诗集和60余篇脍炙人口的短篇小说。

《故事诗》篇幅短小，但思想鲜明，感情丰沛，语言朴实生动，富有韵律，因而长期在读者中流传。它们大都取材于民间故事和宗教、历史传说，经过艺术加工，借古喻今，反映了印度人民的民族自豪感和与殖民统治者斗争到底的决心。其中表达印度人民反抗外族侵略，歌颂民族英雄的故事诗有《被俘的英雄》《更多的给予》等；揭露封建种姓制度罪恶的有《婆罗门》《丈夫的重获》等；反映农民生活贫苦，控诉封建地主的作品有《比丘尼》《两亩地》等。《两亩地》作于 1894 年，最初收在诗集《缤纷集》中，后来编入 1900 年出版的《故事诗》。主人公巫宾是一个贫苦农民，只有 7 代相传的两亩土地。地主（王爷）为了使自己的花园"长宽相等，四四方方"，竟抢走了他的土地。巫宾被赶出家门，在旷野、市场、路边度过 16 个春秋，但日夜不忘那两亩地。一天，他"终于在渴望中回到了故乡的园地"，正当他坐在芒果树下，在痛苦中回忆童年往事时，两只熟透的芒果落在他脚下，他以为是大地母亲的赐予，不料被王爷污蔑为盗贼。作者通过这个现实的故事，深刻地揭露了印度封建地主勾结法庭残酷剥削压迫农民的罪行，对贫苦农民的不幸遭遇表示了深切的同情，诗歌告诉读者，真正的盗贼不是农民巫宾，而是那个"如今"的"圣贤"——王爷：

> 王爷的双手偷去了穷人的所有，
> 唉，在这世界，谁越贪得无厌谁就越富裕。

这期间的短篇小说结构单纯，形象生动，具有抒情与叙事相结合的清新朴素的风格，其主题是反殖民和反封建，以后者占多数，集中批判封建婚姻制度和种姓制度。小说的主人公多为受苦难的底层妇女，表现她们在封建婚姻制度下的种种不幸，其中著名的有《摩诃摩耶》。作品写一个 24 岁的姑娘和青年罗耆波热诚相爱，但她的家庭强迫她同一个垂死的老婆罗门在火葬场上举行婚礼。婚后第二天她便成了寡妇，又被迫和丈夫一起火葬，只因突然出现狂风暴雨才没被烧死，可是脸已烧坏。她逃到情人家里，要他发誓永不拉开她的面纱。后来，在一个月夜，她的爱人终于看到了她真实的容貌。她没有回答一个字，头也不回地走了。作者通过这场爱情悲剧，愤怒谴责了封建包办婚姻的危害和寡妇殉葬制度的野蛮。

1901 年，泰戈尔为进行民族传统教育，离开父亲的庄园，到圣地尼克坦创办了一所学校，这所学校在 20 世纪 20 年代初发展成著名的国际大学。

中期（1901—1919）。这时期是印度民族解放运动高涨的时期，也是泰戈尔一生创作最丰富最重要的时期。从 1902 年到 1905 年，泰戈尔先后经历了丧偶、丧女、亡父等巨大悲痛，诗集《回忆》（1903）、《儿童》（1903）、《渡船》（1905）便是这种个人生活悲剧的记录。但是，泰戈尔并未因个人的不幸而一蹶不振。当 1905 年英国殖民主义者推行分裂孟加拉省的政策时，泰戈尔毅然离开乡村，去加尔各答投身于火热的民族解放运动。他高唱自己谱写的爱国歌曲参加游行，并在集会上发表充满爱国主义激情的演讲。1909 年泰戈尔在民族解放运动遭到失败、革命转入低潮时回到圣地尼克坦过半隐居生活，从事文学创作和教育工作以及农业改造活动。

这时期泰戈尔为配合民族解放运动写了许多政治抒情诗，其中不少是爱国诗篇。同时他继续创作表达内心复杂矛盾思想的诗歌，如《吉檀迦利》（1912）、《新月集》（1913）、《园丁集》（1913）、《飞鸟集》（1916）等，这些诗篇集中表现了诗人的人道主义和泛神论思想。泰戈尔还致力于长篇和中篇小说创作，著名长篇小说有《小沙子》（1903）、《沉船》（1906）、《戈拉》（1910）等，这些小说反映印度现实最迫切的社会问题，为现实主义文学在印度的发展作出了重大贡献。此外还有戏剧《暗室之王》（1909）、《顽固堡垒》（1911）、《邮局》（1911）等。

《沉船》是泰戈尔的代表作之一。小说的故事充满传奇色彩，曲折动人，内容是包办婚姻所造成的悲剧。青年大学生罗梅西是学校为数不多的高材生之一，他为人正直、善良，对人富有同情心，不满封建礼教，但在行动上却显得软弱无力。在大学读书时，他热恋着同学的妹妹汉娜丽尼，而他父亲却要他和一个不相识的远方姑娘撒西娜结婚。罗梅西为此感到痛苦，但还是屈从了父亲的意志回家成亲。在迎亲船队归来的水路上，遇风船沉，人多淹死，罗梅西漂流到一个荒岛上，与另一位也是刚结婚的新娘卡玛娜相遇，彼此误以为夫妻，共同生活了三个多月。后来罗梅西发现卡玛娜并非其妻子，内心产生矛盾，一方面想和汉娜丽尼结婚，另一方面又同情卡玛娜的不幸遭遇，始终处于进退维谷中。卡玛娜偶然看到罗梅西写给汉娜丽尼的信，得知其中的真情。她毅然离开罗梅西，几经周折找到自己真正的丈夫纳里纳克夏。而罗梅西最后只能在悲痛中度过一生，汉娜丽尼也伤心地离开了他。小说同情受封建包办婚姻制度迫害的青年男女，显示了强烈的反封建性。作品还通过罗梅西的形象对当时印度民族资产阶级知识分子进行剖析，肯定了他们反封建、反礼教的民主情绪，也批判了他们的软弱性、妥协性和反封建的不彻底性。主人公罗梅西既是一个具有民主主义思想的道德高尚的人，又是一个不会战斗的弱者。这样的人其结果只能是一事无成，悲观绝望，沉没于恶浪滔滔的人生海洋之中。

《戈拉》是泰戈尔最重要的长篇小说。作品充满政治色彩，以19、20世纪之交的印度社会生活为背景，涉及反殖民主义的政治斗争、教派之争等，同时又包含动人的爱情故事，被称为"近代印度的史诗"。当时印度人民反对殖民主义的斗争进入高潮，广大人民特别是爱国知识分子认识到殖民主义的危害和罪恶，但对如何开展斗争，如何看待古老的印度文化和以种姓制度为特征的封建制度，认识却不一致，各执己见，争论不休。这种争论又和教派偏见纠缠在一起，更增加了思想分歧的尖锐性和复杂性。当时两个主要教派"梵社"

和"新印度教"在对待殖民主义的态度上针锋相对：前者崇拜西方文明，走上媚外投降之路；后者主张用暴力推翻殖民统治，但走上了民粹主义之路。小说主人公戈拉是在印度的爱尔兰人所生，但亲生父母却在印度民族大起义中去世，由印度一个中产家庭抚养长大，成了一名爱国主义青年，担任印度爱国者协会主席，"爱印度甚于爱自己的生命"。但他同时又是"新印度教"的虔诚教徒，行触脚礼，不让养母留用信基督教的女佣，不准好友爱"梵社"姑娘，认为"祖国的一切都是好的"。可是在生活中他却爱上了一个"梵社"姑娘。教派的偏见使他与同窗好友感情疏远，还使他压抑内心对所爱之人的感情，甚至走上了复古主义的道路，竭力维护印度教的一切陋习和落后的种姓制度，这就使他陷入孤独可悲的境地。为了摆脱困境，他到乡下旅行，在同农民接触中，他进一步看到殖民主义的罪恶和农民的苦难，也耳闻目睹了印度教和种姓制度的危害，从而清醒地认识到过去自己是把"进步的障碍"当作"崇高的信仰"，是一种自欺欺人的"迷妄"。此后，他逐渐把爱国主义思想融化到维护人民利益的实际行动中，愤怒谴责殖民当局镇压农民的野蛮罪行，同情和支持爱国学生的正义斗争，在殖民主义者的法庭上表现出威武不屈的民族气节，并彻底抛弃了宗教和种姓制的偏见，与早已反目的挚友言归于好。现实使他成了为"三万万印度儿女谋福利"的民族主义和民主主义战士。戈拉是印度爱国知识分子的典型，通过这个生动的艺术形象，泰戈尔为我们真实地展现了20世纪初印度资产阶级民族主义者的心路历程。

后期（1920—1941）。在俄国十月革命的影响下，二三十年代印度的政治形势发生急剧变化，民族解放运动不断掀起高潮。时代感召和斗争的呼唤，进一步激发了泰戈尔的爱国政治热情。他彻底结束了半隐居生活，再次投入伟大的民族解放运动，积极从事社会改革。这一时期他还积极关心国际政治，频频出国，先后访问了日本、美国、法国、丹麦、瑞典、奥地利、中国、苏联等国家。1924年，泰戈尔访问中国，对中国人民的苦难和反帝反封建的斗争表示深切的同情和关注，回国后即发表了《在中国的谈话》。在这样的背景下，泰戈尔写了一系列格调明朗、情绪激昂的作品，其中主要是散文和政治抒情诗。散文最著名的除《在中国的谈话》外，还有访问日本、美国的演讲集《民族主义》和访问苏联归来后发表的《俄罗斯书简》。但诗歌最能表现泰戈尔后期的思想倾向，他后期的诗歌充满了昂扬的激情和战斗的号召，此外他还写了许多剧本，其中重要的有《摩克多塔拉》（1922）、《红夹竹桃》（1926）等。《摩克多塔拉》通过巫多尔古特的统治者和异族西布特拉伊人之间的矛盾冲突，表现了反对殖民主义的主题。作品的结局是正义战胜邪恶，人民战胜了外族统治者。这部戏采用象征手法，以国王和水闸象征殖民主义者妄图利用机器文明对异族人民实行殖民统治的野心；而被封锁的瀑布则象征印度人民的民族解放斗争，它浪涛滚滚，一泻千里，一切企图堵住这洪流的人都将被它淹没。泰戈尔后期的戏剧创作在艺术上别具一格，他善于在浪漫多姿的幻想、寓意深刻的象征和富于音乐旋律的语言的完美结合中展开情节，给人以余味无穷之感。

1941年8月7日，泰戈尔在加尔各答逝世，享年80岁。

泰戈尔不仅是一位作家，也是一位思想家，他的思想核心是"泛神论"，强调"人格的真理"。在《诗人与宗教》一文中他说："诗与艺术培养的最后真理就是人格的真理，这种信仰是一种宗教而能使人直接理解，并不是一种供分析论辩的玄学学说。"也就是说，他所信仰的神存在于万物之中，人与万物都是神的表象。他否认超自然的神的存在，而最后归结为人格的真理。他宣扬"泛神论"在当时具有进步意义：首先表现在反对"一神教"，反对宗教迷信，对当时教派的不和表示不满，认为这阻碍了民族解放运动的发展；其次，他宣扬"泛神论"是与反对不合理的种姓制度结合在一起的，表现了民主的思想。神无所不在，在贫贱的人群中，神穿着破衣烂衫行走、劳作。"泛神论"思想也使他对劳动和劳动人民有一种亲切的感情，正如他在《生辰集》（1941）中写的：

农民在田间挥锄
纺织工人在纺织机上织布
渔民在撒网
他们形形色色的劳动散布在四方
是他们促使整个世界在前进
如果一位诗人不能走进他们的生活
他的诗歌的篮子里装的全是无用的假货

当然，他的"泛神论"思想也有消极的方面，与民主精神和爱国主义相冲突。他追求与"神"的和谐与融合，表达了某些脱离现实的神秘朦胧的思想情绪。由于诗人把信仰归结为人格的真理，所以在他的作品中就有忏悔式的追求和道德自我完善的说教。

泰戈尔是印度文学中最多产的作家，在长达60多年的创作生涯中，总共写了50多部诗集，30种以上的散文著作，12部长、中篇小说，近百篇短篇小说和30多部剧本。此外，还创作了20多首歌曲和两千多幅美术作品，出版了有关语言、文学、哲学、政治、历史、宗教和化学等方面的论著。他把印度文学真正推向了世界。他的作品为印度文学反映现实生活、服务于现实斗争开辟了正确的道路。他也为印度近代文学继承和发扬优秀的民族传统作出了榜样：泰戈尔重视发扬民族传统，但不排斥对西方优秀文化的借鉴和学习。他说，只有"切实了解欧洲的伟大与美丽的方面，然后方能保护自己不受坏的贪婪的欧洲祸害"。他的一些创作，如《家庭与世界》等，在结构与形式上明显受欧洲小说影响，但占主要地位还是印度民族传统。在对待传统上，他不主张复古，而是善于吸取精华，精心创作。

二、《吉檀迦利》

《吉檀迦利》是泰戈尔最著名的一部诗集，是诗人从他的孟加拉文本《吉檀迦利》《奉献集》《渡口集》等诗集中亲自选译成英语的一部诗集，共收诗103首。1912年出版，在欧洲引起轰动。叶芝为诗集作序时写道，"这些诗的感情显示了我梦寐以求的世界"，并称泰戈尔为"一个比我们中间任何一个都伟大的诗人"；而庞德则说："我们发现了我们的新希腊，在泰戈尔面前我好像是一个手持石棒、身披兽皮的野人"。当时泰戈尔的大多数作品尚未介绍给世界，单凭《吉檀迦利》就获得了1913年诺贝尔文学奖。

这是一部集中体现泰戈尔以泛神论为核心的哲学思想的哲理抒情诗集。诗集题名为"吉檀迦利"，意为"献诗"，即献给神的诗篇，以敬仰、渴求与神结合为主题的诗。诗中歌颂了神无限的恩赐、无限的爱、无限的意志；表达了诗人渴望与神结合的心情，因为与神分离，会给人生带来痛苦，使现实变得黑暗，一旦与神会合，黑暗就会过去，镣铐就会被打碎，诗人和他的祖国将会永远享有自由和幸福。

值得注意的是，诗人笔下的"神"不是上帝，不是真主，也不是印度教的大神梵天、湿婆或毗湿奴，不是至高无上，高坐天庭，制约一切的偶像。那么，究竟"他是谁"呢？诗人说，"真的，我说不出来"，但诗人能感到他的存在，受到他的恩赐，得到他的启示。"他"无所不在，在火中，在水中，在植物中，在人类社会中，"穿着破敝的衣服"，"在最贫贱最失宠的人群中行走"，"他"和那"最贫贱最失宠的人们当中没有朋友的人做伴"，"他"是在"锄着枯地的农夫那里，在敲石的造路工人那里，太阳下、阴雨里，他和他们同在，衣袍上蒙着尘土"。所以，"他"是主人，是"万物之王"，但又是朋友、兄弟、亲人。由此看来，诗中的神绝不是宗教的神，而是与万物、宇宙化为一体的泛神。

在这部诗集中，表达泛神观点，并非作者的终极目的。诗人说过："神学家可以追随学者，认为我写的一切都是泛神论，但是我们不会崇拜这个术语，不会为保护它而抛弃活生生的真理"。因此，诗集中对泛神的歌颂，目的是要表现诗人自己所理解的生活真理。诗中的神，实际上就是诗人所追求的理想和真理的象征。也就是说，诗人企图通过对神的歌颂，来寄托自己的理想追求。诗人写道，在神的天国里，"没有被狭小的家园的墙隔成片断"，人与人的关系是真诚的，人们的不懈努力，不是为了私利，而是向着"完美伸臂"：

在那里，心是无畏的，头也抬得高昂；
在那里，知识是自由的；
在那里，世界还没有被狭小的家园的墙隔成片断；
在那里，话是从真理的深处说出；
在那里，不懈的努力向着完美伸臂；
在那里，理智的清泉没有沉没在积雪的荒漠之中；
在那里，心灵是你的指引，走向那不断
　　放宽的思想与行为——
　　进入那自由的天国，我的父啊，让我的祖国觉醒起来吧。

怎样才能实现这一理想境界呢？诗人提出"人神合一"的道路。泰戈尔认为，人分为两种，一种是没有人性的物质的人，一种是有人性的"人格"的人。而神的世界也就是"无限人格"的世界。当一个有"人格"的人与"无限人格"结合的时候，就达到了理想的最高境界，就是印度传统文化中的"圆满"。这时，人就从"那狭窄自私的世界解放了"。在诗中，诗人追求同神的结合，渴望与神"完全合一的形象的显现"。

那么，人与神或"人格"的人与"无限人格"怎样才能结合呢？诗人指出，"这个人格的我，应当和无穷人格有完全的交情。……因为我们曾爱，并在爱中找出我们的人格的无穷满足，所以我们晓得我们和无穷人格的交情是爱的交情。"在诗集第17首诗中，诗人说："我只等候着爱，要最终把我交在他手里。"所以说，泰戈尔是以爱为出发点求得人与神的结合，求得一个"人格"的人与"无限人格"的结合。

诗集中写道，神赐予穷人无限的爱，经常与最贫贱的人在一起。诗人为求得与神的结合，就要求神赐予力量，"使我永远不抛弃穷人，也永不向淫威屈膝"，要求自己到农夫和工人中去，"在劳动里，流汗里"和神在一起，在爱穷人中和神结合。为了求得与神在爱中结合，诗人要求自己"人格"的完美，驱除非爱的因素，要从自己的"思想中抛除虚伪"，要从"心中驱除一切丑恶"，要把自己从"极欲的危险中拯救出来"。诗人还要求"自己的爱在服务中得到果实"。同时诗人又感到要从爱中与神结合,要达到理想的"道路是遥远的",这一切的"努力又是艰苦的"。可是诗人又不想"退隐在静默的鸿蒙中",并因希望的渺茫而放弃追求。

从这里可以看出,泰戈尔的泛神论思想是与他的人生理想相联系的。而他的人生理想实际上主要在道德范畴。因而实现理想的途径是爱和道德的自我完善。所以泛神论思想是泰戈尔和平、博爱思想的哲学基础。

《吉檀迦利》集中体现了泰戈尔抒情诗歌的艺术特色。首先是哲理性与抒情性的完美交融。诗集充满哲理,但又具有高度的抒情性。诗人对理想的追求,对人生道路的探索,都是通过内心的感受来表达的。诗人从不回避内心的矛盾和弱点,注重叙述心灵细微的感情体验,处处流露出真情实感。其次是朴实的意象和语言风格。诗人说:"只有经受最高深复杂的训练才能谱写出最简单朴实的曲调。"诗集的朴实性是通过诗与日常生活中最基本的东西相结合表现出来的,如习以为常的印度妇女的提灯顶罐,印度农民在枯地上劳动,迷人的春日、夏夜,秀丽的风光,使人感到一种朴素美。还表现在通过各种比喻,使抽象的事物具象化,如描写死亡的一组诗(第78—103首)中,诗人表述热爱生活的人也能够在死后得到安慰时,用了婴孩吃奶的比喻:"当母亲从婴儿口中拿开右乳的时候,他就啼哭;但他立即又从左乳中得到安慰。"在表述人离开人世时,诗人又用了日常的比喻:"像一群思乡的鹤鸟,日夜飞向他们的山巢","让我全部的生命,启程回到它永久的家乡"。第三是优美的散文诗旋律。泰戈尔的孟加拉文《吉檀迦利》《奉献集》《渡口集》等都是有韵的格律诗,诗人在选译成英文时采用了散文诗形式。他认为,"散文诗应列入真正的诗歌之中",它可以不受诗体格式的限制而自由表达思想。《吉檀迦利》中的散文诗与英语作家王尔德、布朗、佩特、T.S.艾略特的散文诗比较,其韵律更富有变化,更加优美。这是因为泰戈尔吸收了格律诗所特有的重复和音节相同的原则,结合了只有散文诗才有的千变万化的特点,创造了自己富有内在节奏感的散文诗韵律。

第五节　纪伯伦

一、生平和创作

黎巴嫩诗人哈利勒·纪伯伦(1883—1931),是20世纪阿拉伯文学的一座高峰。他是阿拉伯现代文学复兴运动的先驱之一,阿拉伯现代小说和散文的主要奠基者。

1883年1月6日，纪伯伦诞生在黎巴嫩北方美丽的山乡贝什里。他的家庭属天主教马龙派。母亲是虔诚的教徒，心地善良，是纪伯伦心目中爱与美的化身。父亲是个粗犷的山民，兼做山乡牲畜统计工作，因交游不慎，吃了官司，导致全家赤贫。在走投无路的情况下，母亲带着四个孩子，来到美国的波士顿，栖身于最贫穷的华人区，这年纪伯伦12岁。1898年，纪伯伦又背负着全家的希望，回到祖国，进了贝鲁特的"希克玛"（睿智）学院。他利用假期深入社会，记下自己的见闻和感受。这一时期，他对土耳其奥斯曼帝国统治下的政治专制、宗教欺骗和陈腐传统有了本质上的认识，在校内刊物上发表过揭露和批判的文章。

1902年纪伯伦完成学业后再次赴美。他的小妹妹、哥哥和母亲在一年内相继去世，为给他们治病家里欠下大笔债务。从1903年至1908年，纪伯伦一边作画，一边为阿拉伯侨民杂志写稿。女校校长玛丽·哈斯凯尔自此成为他的知音和挚友，对他的创作起过重要作用。

1905年纪伯伦的第一部作品《音乐短章》出版，这是一本论述音乐的发展历史及其与人类关系的小册子，展示了作者的艺术才华。他通过巧妙的联想和比喻，以拟人化的描写，把音乐的本质具体生动地表现出来。他把音乐称作"心灵和爱的女儿"，"盛放爱情苦汁和甘泉的容器"，"人类心灵的幻象"，"悲愁的果实和快乐的花朵"，"从收聚的感情花束中升起的芬芳"。他把抽象的音乐变成了可触摸的具象。他用一连串惊叹句呼唤音乐，从而把音乐对爱情生活、文学艺术、世界历史的作用揭示出来。《音乐短章》的浪漫艺术风格，预示了纪伯伦未来创作的走向。

1906年纪伯伦出版了他的第一个短篇小说集《草原新娘》。第一篇《玛尔塔·巴尼娅》描写一个纯洁无瑕的农村少女，被骗到城市，成为被人践踏的烟花女，最后在贫病中惨死。小说控诉了"躲在人类大厦里的动物"的恶行，表现了对被侮辱被损害的阿拉伯女性的极大同情。《疯人约翰》描写青年牧人因牛群误入修道院领地，惨遭毒打和囚禁，在母亲交出结婚银项链和父亲证明儿子"发疯"后，才得以开释。小说揭露了教会与世俗政权相互勾结和他们实行的愚民政策，借主人公之口宣布，"耶稣为宣扬生活而遭至人间的羔羊已经变成豺狼"，他们"已把教堂变成了毒蛇的洞穴，而把弱者抢劫一空"。

1907年纪伯伦出版了第二部短篇小说集《叛逆的灵魂》，塑造了几个敢于反抗的人物。《瓦丽黛·哈妮》敢于主宰自己的命运，大胆抛弃了囚室一般的家庭，和自己心爱的人结合。她"挣脱了腐朽的人间教规的桎梏，以便按崇高的法则来生活"。这是阿拉伯现代小说中第一个女性反抗形象。《新婚的床》的主人公也是向黑暗社会和陈腐传统进行挑战的女性。为了实现爱情理想，她和爱人双双殉难。《叛教者哈利勒》描写了一个正直青年的觉醒和他所代表的社会力量的胜利。

1908年纪伯伦得到玛丽·哈斯凯尔的资助，去欧洲学习绘画。他在巴黎艺术学院和伦敦等地的艺术画廊汲取西方古典和现代艺术的精华，曾受到罗丹的褒奖和支持。罗丹称他为"20世纪的威廉·布莱克"。

1911年末，纪伯伦发表了中篇小说《折断的翅膀》，反响热烈。故事叙述富家女萨勒玛被大主教的侄子强娶，成为婚姻的牺牲品。尽管她有机会和情人逃出樊笼，但她像折断翅膀的小鸟，难以奋飞。5年后她生下一个孩子，但孩子一降生就夭折了。她也离开了人世。作者把这场爱情悲剧升华为东方民族悲剧的一个象征："那个弱女子不正是受凌辱的民族的象征吗？那个苦苦追求爱情，身体却被牢牢禁锢住的女子，不正像那个受尽统治者和祭司们的折磨的民族吗？……那个女子在一个民族中，如同一盏灯放出的一线光亮，如果灯油充足，灯上的光芒难道会昏暗吗？"而小说中对母亲的歌颂，也包含了对祖国和民族的挚爱和眷恋。作者认为母亲"是人类心中发出的全部慈爱与甘美。母亲，就是生活中的一切"。

纪伯伦的小说具有丰富的社会性和深刻的东方精神。他不以故事情节取胜，不描写复杂的人物纠葛，而着重表达人物的心理感受，抒发内心的丰富感情。大段的倾诉如歌剧中的咏叹调，又如法庭上的辩护词，极富感染力。作者往往以"我"作为主人公之一出现，直接介入故事，使叙述显得真实。弥漫在小说中的悲剧意味和批判意识，把哀怨和愤怒结合起来，更能引出对社会丑恶现实的痛恨与深思。

从20世纪20年代开始，纪伯伦的创作重心由小说转向了散文和散文诗。他从用阿拉伯文写作，变成以英文写作为主。他用阿拉伯文发表的作品有：充满哀伤的散文诗集《泪与笑》（1913），赞美青春和自由的长诗《行列》（1919），富有激情和社会批判意识的诗文集《暴风集》（1920）和《珍趣集》（1923）等。他用英文发表的作品则有寓言、散文诗集《疯人》（1918）、《先驱者》（1920），哲理抒情散文诗集《先知》（1923），箴言集《沙与沫》（1926），福音体传记《人子耶稣》（1928），诗剧《大地之神》（1931）等。遗著有《流浪者》（1932）和《先知园》（1933）。

《泪与笑》包括纪伯伦最早写出和发表的散文和散文诗，展现了青年纪伯伦最关心的社会和文学主题：爱与美、大自然、生命哲学、人道主义、社会公正、诗人使命和孤独寂寥等，它们也预示了纪伯伦一生的创作方向。在《美》《在美神的宝座前》中，作者把美当成宗教，当成主神，美使"智者哲人登上真理宝座的阶梯"。《火写的字》批判了济慈"声名水写就"的消极人生观，表现出用火在天空书写人生的宏大气魄。《致责难者》写道："地球是我的祖国，人类是我的乡亲"，"你是人，我爱你，我的兄弟！"反对狭隘的爱国主义和民族主义。《组歌》中的《浪之歌》《雨之歌》《美之歌》以及《花之歌》诸篇是本集中最优美、最有韵味的，情、景、理融为一体。

《暴风集》收入了纪伯伦最具现实批判性、最有力度的散文和散文诗。《掘墓人》以超现实的手法塑造了一个敢于"亵渎太阳"、"诅咒人类"的"疯狂之神"形象，让他喊出"我是自己的主！"这一形象体现了纪伯伦对陈腐传统及其维护者的藐视和痛恨。《奴性》揭示了人类历史上和现实中普遍存在的奴性，指出奴隶主义是一个"永久性的灾难"，它使人们的岁月"充满屈辱和卑贱"，提出打碎奴性锁链，结束跪拜偶像的历史课题。《麻醉剂和解剖刀》分析了"东方病夫"顽疾久治不愈的原因，指出东方人"爱吃蜜"，又讳疾忌医，而东方的"医生"们则专开只能延缓却不能根治疾病的"麻醉剂"。他强调为了根治东方的痼疾，必须拿起"手术刀"进行彻底治疗。《雄心勃勃的紫罗兰》以寓言的形式，阐释了"存在的目的在于追求存在以外的东西"这一思想。

《珍趣篇》的许多诗文，反映了纪伯伦的爱国主义情怀。《你们有你们的黎巴嫩，我有我的黎巴嫩》以充满诗意的语言描绘了他心中的理想国，企盼祖国的儿女能代表黎巴嫩"岩石中的意志，巍峨中的高贵，流水中的甘美，空气中的芳馨"。《朦胧中的祖国》则以似真亦幻的笔法写出了海外游子对故土的热爱和眷恋。《新时代》表现了近代东方新旧两种思想的斗争，号召同胞响应"生活的号召"，做"属于明天的自由人"。

收入《疯人》《先驱者》和《流浪者》的作品，寓意深刻，富于哲理。《疯人》以隐喻和象征，暴露了人类社会的种种反常现象，指出所谓完美的世界实际上最不完美；所谓正人君子，实际上都是戴着假面具，不敢"赤裸于阳光下"的人；而所谓疯人，却敢于丢掉面具，直视太阳。《先驱者》以历史和进化的观点，证明人类冲破精神牢笼，追寻天空中飞翔的"大我"的必要性。作者借"先驱者"之口，道出了他对人类的爱。《流浪者》抨击了愚昧对文化价值的践踏，展示了文化贫困的可悲和可笑，并肯定了创造者孤独、痛苦的真正价值。

纪伯伦以其丰富的艺术创作成果，成为阿拉伯海外作家的一面旗帜。1920年他和著名作家努埃曼等共同发起，组织了阿拉伯第一个现代文学团体"笔会"，担任会长。这一团体对阿拉伯海外乃至本土文学的发展起到巨大的激励和推动作用。以纪伯伦为代表的"旅美派文学"，成为连接阿拉伯文学和世界文学的一座桥梁，在阿拉伯文学复兴运动史上留下了多彩的篇章。

纪伯伦旅居美国20余载,1931年病逝于美国纽约。同年他的遗体被运回黎巴嫩,诗人最终实现了重返祖国的愿望。

二、《先知》

《先知》是纪伯伦最深刻和最优美的作品,被公认为他的"顶峰之作"。这部抒情哲理性散文诗集,内涵丰富,风格独特,意境深邃,具有教谕性和启示性,是东方现代"先知文学"的一个典范。正是这部作品,给纪伯伦带来世界声誉,使他置身于20世纪东方乃至世界最杰出的散文诗诗人之列。

纪伯伦是一个充满使命感的诗人。他把《先知》的创作视作完成自己诗人使命的最重要的实践。他称《先知》是他"精神孕育的最好的胎儿",是他来到世间想说出的那句最重要的"话"。

《先知》是纪伯伦用多年心血浇灌出的艺术花朵。从青年时代起,纪伯伦就在酝酿这部作品。最早的稿本是用阿拉伯文写下的,当时他才18岁。定居纽约后,他又写出了英文初稿。在正式出版前的5年内,又5易其稿。为写《先知》,纪伯伦不惜付出健康的代价,他曾在病中写信给好友:"我怎么办呢?……难道丢下《先知》吗?……不,我将干到底!即使我的生命随着它的结束而结束也罢!"

《先知》出版后立即引起轰动,在短短几年内便被译成近20种文字。我国作家冰心1927年初次读到《先知》,立即被此书"满含着东方气息的超妙的哲理和流利的文词"所吸引,遂带病将其译为中文,于1931年出版。

《先知》虽然不是小说,但作者却巧妙地为它安排了一个小说式的故事框架:主人公艾勒-穆斯塔法,一个"被选和被爱的"东方智者,滞留海外奥法利斯城12载,一直企盼着回到自己出生的岛上。一个秋日,他登高远眺大海,看见故乡的船正从烟雾中徐徐驶来。他心中充满喜悦和激动,但又不忍离开这度过漫长岁月的地方,也不愿告别那些给予自己更深生命渴求的人们。城中的男女都来送行,在城中圣殿广场,人们请他为他们讲说真理,披露他们的"真我",告诉他们"关于生和死之间的一切"。他怀着诚挚的感情,回答了他们一个又一个提问。发问者有农夫、织工、石匠、商人、店主、富人、法官、律师、教师、学者、隐士、诗人,男女老少,应有尽有;提出的问题涉及爱与美、生与死、善与恶、罪与罚、理性与热情、婚姻与友谊、欢乐与痛苦、法律与自由等个人和社会生活的各个方面。当他回答完所有26个问题,发表了充满祝福和希望的告别辞之后,水手们扬帆起锚,航船向东方驶去。大海——"伟大的母亲"——"再次将她的儿子揽入怀抱"。

在《先知》清新隽永的诗句中,凝结着纪伯伦对人生和社会的深刻哲理思考。他力图站在历史的、可以俯瞰世界的高度，向全人类宣示自己发现的真理。在他看来，人的本质，所谓"真我"，应该是一种"神性"，一种"像海洋"、"像太阳"的"无穷性"；人类的目标是实现这无穷性，成为"巨人"，即"神性的人"。他写道：

> 你们的神性自我像大海；
> 永远不会被玷污。
> 又像天空，它仅仅托举展翼者。
> 你们的神性自我甚至像太阳；
> 它不懂得鼠辈的路径，也不寻迹虫蛇的洞穴。
> 然而你们身上并非只有神性存在。
> 你们身上大部分属于人性，但也有许多不属人性，
> 而是一个未成形的侏儒，梦游于雾中，寻找着自己的觉醒。

在另一处，他告诫人们不要被躯壳束缚，不受屋宇或地界的羁绊，真我要高居于高山之巅，与风遨游四方。摆脱"侏儒性"，发扬"人性"，向着"神性"前进，这就是纪伯伦生命哲学的要义，也是他写《先知》的根本目的。纪伯伦关于人的"向前"和"向上"发展的观点，"神性的人"的理想，曾受到尼采"超人"哲学的影响，但"神性的人"与"超人"有原则不同，前者更相信"爱与美"，更强调"给予"，对芸芸众生也不采取狷傲甚或敌视的态度。

"爱与美"是《先知》的主旋律。"当爱挥手召唤你们时，跟随着他，／尽管他的道路艰难而险峻。"在纪伯伦的心目中，世上只有一种宗教，就是"美"的宗教。美就是"上帝"，上帝就是美。而爱，便是通向美的圣殿的道路。与此同时，纪伯伦又把"生命"当作美的体现——"当生命摘去遮盖她圣洁面容的面纱时，美就是生命"。生命的无限与永恒，体现了美的无限和永恒。纪伯伦提倡的美是生命之美，他提倡的爱是"给予"的爱。

在《先知》的每段议论中，都可以发现与众不同的思想见解。例如，在谈论婚姻时，作者提出婚姻中要保持一定的独立性："彼此相爱，但不要让爱成为束缚。"在谈论孩子时，作者提出："你们可以把你们的爱给予他们，却不能给予思想，／因为他们有自己的思想……你们可努力仿效他们，却不可企图让他们像你。／因为生命不会倒行，也不会滞留于往昔。"在谈到"施与"时，作者提出："先审视一下自己是否配作一个馈赠者，一件施与的工具。／因为一切都是生命对生命的馈赠——而你，将自己视为施主的你，不过是一个见证。"在谈到"居室"时，作者提出："你们的居室不应是锚，而应是

椁。……你们不应居住在死者为生者建造的坟墓中。"在谈到"罪与罚"时，作者提出："就像一片孤叶，不会未经整棵大树的默许就枯黄，作恶者胡作非为的背后并非没有你们大家隐匿的允诺。"在谈到"教育"时，作者提出："走在圣殿阴影下，行于其追随者中的导师，传授的不是他的智慧，而是他的信念和爱。／如果他的确睿智，就不会命令你们进入他智慧的堂奥，而是引导你们走向自己心灵的门户。"所有这些见解，与传统的教诲大相径庭，甚至截然相反，显示了纪伯伦视角的独特性和思考的深刻性。

《先知》不仅具有明晰的哲理性，而且具有浓郁的抒情性。抒情和哲理的结合，使整个作品真切感人。特别是作品的前序和尾声两大部分，无论是主人公的内心独白，还是市民们的送别话语，所反映的依依惜别之情都诗化了，显得充盈而凝重。主人公的离愁别绪以深沉的心语表现出来："我怎能毫无愁绪，平静地告别？不，我无法离开这座城市而不负任何精神创伤。／在这城市中，我度过了多少漫长的痛苦日子，又经历了多少漫长的孤寂夜晚；谁能毫无眷恋地离开他的痛苦和孤寂？"而市民们的恋恋不舍，则以充满温馨和爱戴的坦陈方式表达出来："请不要就这样离开我们。／你一直是我们黄昏中的正午，你的青春引导我们的梦幻进入梦幻。／你并不是我们中间的陌生者，也不是过客，你是我们的儿子，我们爱戴的人。／不要让我们的眼睛因渴望见到你的面容而酸楚。"这段抒情性的独白蕴含着丰富的哲理。

《先知》的语言是独具特色的，既严肃，又温馨；既富有启示性，又富有感染力。这种语言风格被称为"圣经式的语言"，它把严肃的训示、诚挚的关怀、冷静的启迪、热烈的希望完美地结合起来，最大限度地实现了传情达理的功能。

新奇美妙的比喻，是使《先知》产生恒久艺术魅力的重要原因之一。不论是明喻还是隐喻，纪伯伦使用起来都得心应手。他特别擅长通过"A 是 B"这样的句式，直截了当地展示出喻体的本质特点，从而使比喻成为格言或警句，长留读者心中："你们是弓，你们的孩子是被射出的生命的箭头"；"你们的理性与热情，是你们航行中的灵魂的舵与帆"；"思想是一只属于天空的鸟，在语言的牢笼中它或许能展翅，却不能飞翔"；"美是凝视自己镜中身影的永恒。／但你们就是永恒，你们也是明镜。"所有这些比喻，都很新鲜，而且十分贴切、中肯，形象鲜明，内涵丰富，显示了对思考对象的本质特征的深刻把握。

《先知》的另一特色是它的象征性。主人公的形象既是东方智者的象征，又是人类完美的象征。他要返回的那个岛，既是他的祖国、他的故乡的象征，又是"爱与美"的理想世界的象征。奥法利斯城既是西方世界的象征，也是整个人类社会的象征。这种象征的双重性，使《先知》的内蕴具有两个层面，一个是东方的，一个是世界的。至于《先知》中反复出现的大海、云雾、梦幻、明镜、面纱、羽翼等意象，都是人类生存状态和生命表现方式的不同象征。大海象征生命的丰富和永恒，云雾象征生命的朦胧和神秘，梦幻象征人的渴望与憧憬，明镜象征理性和明澈，面纱象征人的真实性被掩盖，羽翼则象征生命的飞翔与自由。

纪伯伦原计划写"先知"三部曲：第一部《先知》，重点写人与人的关系；第二部《先知园》，重点写人与自然的关系；第三部《先知之死》，则写人与"上帝"的关系。但他只完成了前两部，计划中的三部曲只剩下了姐妹篇。《先知园》是纪伯伦逝世后才发表的，主要写智者回到故乡后的感触和他对9位门生的教诲。格调高雅，意境深远，和《先知》有异曲同工之妙，但艺术性稍逊于《先知》。

阿拉伯评论家努埃曼把《先知》比作常青树，说它"深深扎根于人类生活的土壤里，只要人类存在，这棵大树就活着"。西方对《先知》也有很高评价，称《先知》是"伟人的哲学"，"此书的28篇形成了一本小圣经，让那些准备接受真理的人去阅读和爱慕"；《先知》"是数百年来东方送给我们的最美好的礼物"。罗斯福赞扬纪伯伦说："你是东方刮来的第一阵风，从根本上扫荡着西方。但是，你带到我们海岸的只是鲜花。"

第六节 马哈福兹

纳吉布·马哈福兹（1911—2006）是第一位荣膺诺贝尔文学奖的阿拉伯语作家。他的小说创作成就使他成为阿拉伯文学界无可争议的一代宗师。

一、生平和创作

马哈福兹1911年12月11日出生于埃及开罗最古老的嘉玛利亚街区。父亲先是政府职员，后改行经商，是个虔诚的伊斯兰教徒，同时关心政治。马哈福兹受到了宗教思想和关心国家大事、民族命运的思想的双重熏陶。影响他的还有幼年时经常跟随母亲一起去过的各种博物馆，它们培育了他对埃及法老文明的兴趣。童年居住的街区成为他后来大部分作品的背景，而1919年爆发的埃及人民抗英爱国运动则进一步增强了作家的爱国主义信念。

1930至1934年，马哈福兹就读于开罗大学哲学系，欧洲的各种哲学思想滋养了他的科学与民主精神。毕业后，他的兴趣转向文学，并终于在1936年放弃攻读哲学硕士学位，成为职业作家。他当过记者，为几家杂志撰稿。但从

1939年开始,他一直供职于政府部门,先是在宗教基金部,50年代末调入文化部艺术局,1966年出任国家电影委员会主席,1969年又出任埃及文化部电影事务顾问,直到1971年底退休。1972年,他加入《金字塔报》编辑部,并担任专栏作家。1988年,获得诺贝尔文学奖。1994年,他因对英国作家拉什迪采取温和态度而被宗教极端分子刺伤。晚年的马哈福兹双目几乎失明,过着几近隐居的生活。2006年8月30日,马哈福兹辞世。

马哈福兹视写作为生命,对文学艺术如痴如醉。他认为"文学是对现实的革命,而不是简单的描绘";"如果有一天我不能不放弃写作,我希望那是我生命的最后一天"。正是对文学艺术的热爱使他在60多年的艺术生涯里凭借业余时间,创作了32部长篇小说,14部短篇小说集和许多电影剧本,取得举世公认的成就。

马哈福兹的创作历程,大致可以分三个阶段。

早期,从30年代初到40年代中期,主要是历史小说。当时,埃及文学领域发生了新旧文学之争,形成了以塔哈·侯赛因和陶菲格·哈基姆等人为代表的"埃及现代派"。他们的现实主义文学观念和创作极大地影响了马哈福兹。1932年,尚在读大学的马哈福兹从英语翻译了詹姆斯·贝基的《古埃及史》,受这部作品和英国历史小说家沃尔特·司各特的启发,他也想写一套涵盖全部埃及历史的系列小说,并拟定了包括30多部小说的写作计划。这项宏伟的纪念碑式的计划只带来了3部历史小说:《命运的嘲弄》(1939)、《拉杜比丝》(1943)、《底比斯之战》(1944)。

第一部写法老胡夫从祭司处得知神谕,说王位将被一个平民出身的人取代。他恼羞成怒,一路追杀一个刚出生的婴儿,但命运之神却让婴儿达达夫躲过杀身之祸,并成为英俊、智勇双全的禁卫军官。他在竞技、战场、平定叛乱中立下赫赫战功,娶了公主,并成功继承王位。第二部讲述埃及第六王朝的故事。法老想要收回被祭司们占领的土地,于是祭司利用国王与名妓拉杜比丝的风流韵事,煽动百姓反对国王。结果,百姓发动起义,杀死国王。拉杜比丝为表达对国王的忠贞爱情,随后服毒自杀。第三部写埃及在希克索斯人的威逼和蛮横入侵下终于亡国。时隔10年后,国王和大臣们的后裔终于率领国人,一举打败入侵者,重新统一埃及,完成民族统一和振兴的大业。

3部小说都以法老时代为背景,在曲折生动的情节变幻中,使人意识到历史有着不以人的意志为转移的运动轨迹,任何妄想扭转它的人都必定遭到命运的嘲弄;上苍、主的意志是公正的,统治者为所欲为、荒淫无能必遭灭亡;人民和英雄的后代不会甘心丧权辱国,沉沦下去,他们终究会驱逐侵略者,实现民族振兴、国家统一。这三部作品都采用了春秋笔法,以古喻今,既挞伐时弊，又通过历史上的平民起义，全民抗击侵略者的事迹支持国内的民族解放运动，表达了埃及人民渴望独立与自由的强烈愿望。小说虽然都以历史事件为依托，描绘了壮阔的历史画面，但由于都穿插了爱情故事，所以显得惊艳动人，具有浓郁的浪漫色彩。

中期，从40年代中期到50年代末。马哈福兹领悟到"历史已经不能让我说出我想说的话了"。他"对历史的偏爱一下子消失了，就好似一下子死于心肌梗塞似的"。于是他的目光转向现实生活，开始了以时代生活为题材的现实主义小说阶段。

1945年发表的小说《新开罗》是马哈福兹创作转向的标志。这部小说描述了3个年轻大学生在人生道路上的遭遇。贫困的马哈朱卜为摆脱痛苦生活，只好接受屈辱条件，与上司的情妇结婚，为上司遮掩丑行，而他则获得部长办公室主任的职位。正当他梦想着飞黄腾达之时，内幕败露，他被"妻子"赶出家门，一蹶不振。马蒙诚朴笃行地做安拉的信徒，毕业后赴法国留学；相信马克思主义的阿里·塔哈虽言辞激烈，但缺乏行动，面对社会腐败无能为力，迷失在理想与现实的迷宫中。3位主人公所走道路各不相同，但现实让他们，特别是马哈朱卜，领略了金钱与权势的罪恶。

随后几年，马哈福兹连续发表了4部小说，成为战后埃及的一代文学新人。这些现实主义作品主要反映殖民统治下的开罗中小资产阶级和下层贫民的生活。作家集中笔墨以一个街区、一个家庭或一个人物的遭遇描画出两次世界大战之间20多年埃及的黑暗生活图景，表现出强烈的社会责任感和忧患意识。《赫利利市场》（1946）写低级职员阿基夫的生活困境。他性格软弱、善良，对不公正待遇逆来顺受。小说在描写阿基夫不幸的同时，深刻挖掘了人物内心的弱点和矛盾。他虽然憨直善良，对欺诈与不公不满，但又怯懦无能，无力反抗，如同契诃夫笔下的俄罗斯小官员。《梅达格胡同》（1947）写的是英国占领下的开罗老区一条胡同里发生的故事。这条胡同里居住着咖啡馆老板、面包铺夫妇、理发匠、媒婆母女、牙医"博士"、妓女、小贩、失意文人、虔诚的穆斯林以及开店的富商等各色人物。他们构成了一个典型的开罗下层社会。小说以青年阿巴斯、阿米黛的爱情悲剧串联起这群下层人物的生活群像，他们在这光怪陆离的舞台上扮演着自己的悲惨角色。在这部"风俗民情"小说中寓含了对英国殖民统治和社会贫困带来的罪恶与畸形的抨击。《始与末》（1949）写一场家庭悲剧。主人公侯斯尼一家5口因为父亲的突然去世而陷入贫苦的泥沼。母亲为人洗衣服，大哥成了黑道流氓，姐姐成了卖淫女，二哥辍学当了个本分的职员。可是生性爱慕虚荣的侯斯尼首先想到的是父亲的丧事不能寒碜，必须有气派。他为了跻身上流社会，不惜代价进入费用昂贵的军官学校；他抛弃相爱多年的女友,想以婚姻为阶梯进入上流家庭。姐姐为支撑家庭无奈成为妓女被警方逮捕时,他觉得丢尽颜面,逼迫姐姐跳河自杀。只是在他得知自己上学的费用来自她的卖身所得时,他才幡然醒悟,发现自己才是"罪人"。最后,他怀着忏悔的心情投水自尽了。小说借姐弟俩的悲剧说明在封建和殖民政策的双重压迫下,中下层人民无论走什么道路,都难以摆脱悲惨的结局。

在这一阶段中,《海市蜃楼》(1948)显得有点另类。小说是以弗洛伊德的心理分析原理为基础写作的,它是马哈福兹的一次文学尝试。"开罗三部曲"——《宫间街》(1956)、《思慕宫》(1957)和《怡心园》(1957)则是马哈福兹现实主义小说的巅峰之作。

后期,从50年代末到现在。1952年7月,埃及爆发了革命,推翻了法鲁克王朝,赶走了殖民者,建立了共和国。革命后的马哈福兹"处于一个要研究新价值的地位上"。他停笔6年,深入观察埃及现实社会,认真思索新时期的各种问题。另一种说法是,"开罗三部曲"已达到了他所能达到的现实主义的顶峰,他无法超越,正需要一段时间的静默来寻求新的突破。1959年,马哈福兹在《金字塔报》连载新作《我们街区的孩子们》,这标志他的创作又进入一个新的阶段。

60年代,马哈福兹的文学创作较此前发生了本质变化。从题材看,虽然他依旧关注知识分子对道路的探寻,依旧反映当代埃及社会生活和思潮,但在文体风格上,已经超越单一的现实主义手法的运用,而是在开掘阿拉伯文学传统的同时,糅进西方现代派文学的艺术元素,如表现主义、象征主义、内心独白、时空交错、荒诞等。这就是作家所称的"新现实主义":"其写作的动机则是某些思想和感受,面向现实,使其成为表达这些思想和感受的手段","人物近似于一种象征或典型,环境不再详细地交代,而是与布景差不多,情节的选择依赖于主要思想的提炼"。

《我们街区的孩子们》(1960)是部引起争议的作品。时至今日,它在黎巴嫩以外的阿拉伯世界依旧无法正式出版。小说以一条街区的发展变迁隐喻了人类社会的历史进程和渴望自由、平等与公正的理想。小说具有明显的象征意味。老祖父象征造物主、安拉,艾德海姆即亚当,杰拜尔即摩西(穆萨),拉法阿即耶稣,卡西姆即穆罕默德,阿尔法则代表着科学。阿拉伯评论界在阐释老祖父与阿尔法的关系上存在分歧。一说阿尔法闯进大房子,惊慌中杀死女仆,造成老祖父死亡,意味着科学冲击下,神被消灭,神与科学是对立的。一说祖父不是被阿尔法杀死的,而是自然死亡。他死后派仆人向阿尔法传达对他的信任,从而使阿尔法振作起来,这样安排意在说明阿尔法与其先辈一样,都是为民造福。他的炸药配方也正成为后人反抗暴虐的武器。他的所作所为体现了安拉的意志和精神。马哈福兹曾表示赞同后一种说法,但宗教界人士却认为小说损害了安拉和先知们的尊严,严禁该书出版发行。至今,这场争论仍悬而未决。

《小偷与狗》(1961)写刚出狱的小偷萨伊德·马赫兰一心向一群背叛者复仇的故事。他想杀死背叛并抢走自己妻子的前同伙;他想向曾经鼓动自己向富人宣战,而今成为著名记者并与富人同流合污的拉乌弗寻衅;他也无法接受族长忍耐一切与超然的态度。他终于在血腥中迷失方向,一再误杀而成为亡命之徒,走向穷途末路。小说情节有张有弛,并大量运用意识流和自由直接引语,刻画出萨伊德的内心世界,也控诉了导致悲剧的那个社会。

《鹌鹑与秋天》(1962)、《路》(1964)、《乞丐》(1965)等小说力图探索人的存在价值等问题,揭示了埃及革命后知识分子的品格。《鹌鹑与秋天》讲述主人公伊萨面对仕途的突然变故而沉湎酒色,寻求逃避的故事;《乞丐》写律师欧麦尔虽然物质富裕,但精神空虚、生活品位卑下,由于现实与梦幻不分,导致精神分裂的故事;《路》中的主人公萨比尔在母亲临死时得知自己的父亲是个有权有势的头面人物后,下决心寻找父亲。他由于摆脱不了昔日的阴影而人格扭曲,最后因犯罪而被捕入狱。小说中的"路"象征了人类追求自由、体面和尊严的历程,也揭示了"路要靠个人努力去开拓",只有超脱物质和肉欲,才能找到真正的幸福的哲理。

《尼罗河上的絮语》(1966)和《米拉玛尔公寓》(1967)达到了作家对现代主义实验的顶端。前者以尼罗河上的一艘船屋为核心场景,循着艾尼斯的视角和内心活动,通过模糊的人物和情节以及漫无边际的闲聊,描述了埃及知识分子的心理状态:他们不满现状,牢骚满腹,孤芳自赏,脱离大众,内心失落迷惘,只得躲进象牙塔逃避责任。后一篇小说围绕逃婚少女宰哈拉来到公寓做女仆,刻画了革命投机分子萨拉罕、退休记者阿米尔、大地主侯斯尼、共产党员曼苏尔等人物。小说由于采取4个房客的第一人称视角来叙述事件,形成多元聚焦模式,构造了一幅多角度、多层次的立体画面;"四重奏"模式增强了小说整体的广度、深度和力度。

进入70年代后,马哈福兹的小说创作艺术又有一定的发展。在继续使用现代主义文学技法同时,他越来越倾向于回归阿拉伯民族叙事文学的风格,把一些民族文学传统技法移植到长篇小说中去,使长篇小说这一源自西方的文学形式阿拉伯化。在此后出版的10多部作品中,最具代表性的有《卡尔纳克咖啡馆》(1974)、《平民史诗》(1977)、《续东方夜谭》(1982)、《伊本·法图玛游记》(1984)等,它们体现了作家炉火纯青的艺术。这一时期的《往事如烟》(1982)则是《三部曲》的续篇,它围绕女主人公苏尼娅一家三代描写了

1936 至 1980 年期间埃及社会生活的变化。

《卡尔纳克咖啡馆》叙写"我"因修理钟表偶然来到这家咖啡馆,并进而了解到三个大学生在政治恐怖中的悲惨遭遇。他们追求理想、自由和正义,却被无端猜忌,遭到凌辱和酷刑,甚至被迫害致死。小说的叙述不动声色,气氛凝重,给人压抑感。

《平民史诗》记述了纳基家族 11 代人的浮沉生活。第一代人阿舒尔·纳基秉承父训,恪守活着就要为他人谋利益的信条,终于在瘟疫洗劫后的废墟上重建家园。完成伟业后,他依旧赶马车谋生,施舍穷人,过着简朴的生活,实现了人人平等、家家和平的安居乐业的生活。但是他的后代逐渐背弃他的道路,或巧取豪夺,或依靠武力蛮横称霸,或二者兼而有之。到第 11 代小阿舒尔时,他一心要重振基业。在毅力、决心和智慧的支持下,他历经磨难,终于恢复平民的权威和尊严。小说没有确切的地理方位,也没有明确的时代标记,在记录一条街道的盛衰沉浮中总结了人类的历史,指出人类悲剧的原因在于人们爱好"钱欲和统治欲",要重归幸福之路,唯有打败它们。小说运用寓言体风格,用简洁、明快的对话,传奇浪漫的情节与人物,以及富含寓意、哲理的场景,如夜间的广场、高塔等,讲述了惊心动魄的故事,具有荡气回肠的史诗的色彩。它是作家后期作品中的杰出代表。

《续天方夜谭》是马哈福兹巧用《一千零一夜》的人物与情节改造编排而成的小说杰作。小说由 13 个故事组成,仍以国王山鲁佐亚尔为中心人物串接起来。《伊本·法图玛游记》借一位古代穆斯林学者周游列国的故事,探讨了各种社会制度的优劣,思索着埃及以及现代人的前途。

马哈福兹最新的一部作品《自传的回声》于他 85 岁高龄时出版。他将自己卧病在床时的回忆与思索随手写在小纸片上,经过汇集整理后,于 1996 年发表。全书包括 226 个片段,最长的不过 1 页,短的只有几行,出版时加有序号和标题。这部"准自传"以凝练且充满诗意的文字传达了关于人生的遐想,洋溢着智慧与积极进取的人生观,是马哈福兹洞悟人生后的睿智的结晶,是他一生文学思想与艺术的总结。

马哈福兹在短篇小说创作上同样取得了显著成就。诺贝尔奖颁奖辞几次提到他的短篇小说创作,并强调指出:"由于在他所属的文化领域的耕耘,中长篇小说和短篇小说的艺术技巧均已达到国际优秀标准。"这是十分精到公允的。马哈福兹短篇小说写作的时间跨度长,数量众多,内容丰富充实,有的写机关职员的艰辛(《真主的天下》《金字塔高地的爱情》等);有的写知识分子的精神状态(《爱情与面具》);有的讽刺揭露社会上的陈规陋习(《新郎》)。而在处理这些多彩多姿的题材时,作品的结构、情节、文体也同样十分巧妙。

如《车祸》写一老人被车撞倒后死去，警察从他身上找到一封信，上面说，"今天，我实现了一生的最大愿望。"原来他是个职员，一生在艰辛和焦虑不安中度过，今天终于退休，卸下了一生的重负，而车祸却终结了他退休后回乡下安度余年的"最大愿望"！马哈福兹的短篇小说中也有一些着意于文体实验和探索的名篇，如《候车亭下》《蜜月》等。

总之，作家马哈福兹一生的文学创作取得了卓越的成就，具有鲜明的特色。

首先，他始终坚持"政治、信念、人是我作品的三个轴心，而政治又是轴中之轴"。他的小说题材和形式始终紧随着时代的变化，忠实地记录了埃及在20世纪的风云变幻。他的作品，特别是40年代以后的作品不断对社会重大事件做出反映和反思。这些都表明，他是一位有强烈政治责任感的作家，对祖国和人民的未来拥有强烈的忧患意识。

其次，宗教、科学是交织在他的作品中的永恒主题。他说："充实的文化必定有两个支柱，《我们街区的孩子们》介绍的文化，是以科学和宗教为它的支柱的。"在《尼罗河上的絮语》里，他借女记者萨玛拉的笔说："我们已经获得了一种新的语言，那就是科学，大小真理都由它来验证。"安拉创造了世界，但由于人的罪恶使其充斥着不幸和灾祸，这时，仅有信仰，单纯依靠崇拜是不能带来救赎的。必须靠自己的双手去开辟道路，靠艰苦创业去赢得美好未来。

再次，他认为"美的艺术同崇高的理想或目的并不矛盾"。他的作品实践了自己的思想。他不断汲取法老文明、伊斯兰文明、欧洲文明中的养料，使其小说艺术始终处于变化之中，形成自己特殊的风格。他运用过浪漫主义、现实主义、自然主义、象征主义、表现主义、意识流、荒诞、玛卡梅文体等各种文学手法；他阅读并接受托尔斯泰、契诃夫、莫泊桑、普鲁斯特、卡夫卡等人的影响。某种意义上，他的创作是埃及长篇小说艺术成长与发展过程的印证。

二、《三部曲》

《三部曲》是马哈福兹于1952年"七月革命"前夕完成的长篇小说。小说在杂志上连载时称《宫间街》，到1956年正式出版时分为三部：《宫间街》《思慕宫》《怡心园》，一般称《三部曲》。它是马哈福兹现实主义文学的高峰，也是阿拉伯现实主义文学的高峰。

小说聚焦于开罗老区商人艾哈迈德·阿卜杜·嘉瓦德一家三代人的生活和思想变迁，再现了1917至1944年两次世界大战期间埃及社会的宏阔画面，展现了现代埃及的政坛风云、时代变迁以及知识分子的思想历程。

第一代艾哈迈德是富有、健壮、英俊的中年商人，在他身上汇聚了特定时代的多重性格特征，具有很高的可信度。他首先是个精明本分的商人，每天准时去店铺处理业务；对待伙计、邻居、顾客讲究情谊和信誉；迎来送往、乐善好施，是街坊里受人尊敬的谦谦君子和要人。他还是个虔诚的穆斯林和保守冷酷的专制家长。他每日认真履行功课，在家中寡言少语，以严格的家规和绝对的权威统治着妻子和儿女。妻子未经同意到清真寺朝拜，差点被他休掉，二儿子法赫米参加抗英游行，他发现后大发雷霆，女儿的婚事也一定要听凭他的安排。他又是个道貌岸然的伪君子。一到晚上，他就换了另一副面孔，与朋友们一起谈笑风生，花天酒地。他周旋于歌女中，能歌善舞，性好风流，在歌声、鼓声和打情骂俏中寻求刺激和欢乐。同时，他还是个有民族正义感和爱国情怀的爱国者。他关注民族独立事业，慷慨资助爱国运动，但这些只是出自他的本能，因此他强烈反对儿子直接参与革命活动。在艾哈迈德身上体现了当时埃及新兴资产阶级的典型特征。他们靠勤劳善良致富，追求生活享受，但由于传统观念约束，他们在放纵自己的同时，仍坚持以落后的规训对待家人，而政治上的受排挤和压迫，又使他们支持革命。可一旦自己或家人的生命、财产受到威胁时，又会畏葸不前。在《三部曲》里，艾哈迈德一步步放弃对家庭的绝对控制权：妻子艾米娜可以四处走动了；大儿子亚辛娶了他的情妇他也无力干涉；小儿子终究没有听他的话，而按自己的意愿去读法学院。最后，年老体衰的他在一次空袭后死去。

第二代中的大儿子亚辛是邪恶情欲的化身。他满足于做个小公务员，没有人生目标，庸庸碌碌，醉生梦死，在寻花问柳中度过一生。二儿子法赫米积极投身于民族独立和自由的斗争，最后在反英示威游行中牺牲。小儿子凯马勒是这一代的主要人物。他自幼在宗教和父权的压抑气氛中长大，但天真无邪，甚至成为英国占领军的朋友。哥哥的死点燃了他的爱国热情。上大学后，在西方的科学与民主思潮影响下，他博览群书，迅速接纳并传播现代西方的哲学观念。在理想与现实、宗教与科学、传统与革新的重重矛盾中，他渐渐迷失方向，产生精神危机，而爱情的挫折则给了他更沉重的打击。他关注大事但仅限于"思想"的高度，无可依傍的苦恼和迷惘成为他生活的主导。凯马勒的悲剧是埃及一代知识分子精神危机的典型体现，他的身上有作家自己的影子。马哈福兹曾说："凯马勒反映了我的思想危机"，"我就是三部曲中的凯马勒·阿卜杜·嘉瓦德"。

第三代中的3个人表现出更加强烈的时代特征和社会复杂性。外孙艾哈迈德是大女儿海迪洁的儿子，他自幼受舅舅影响，具有爱国精神，读大学期间接受了马克思主义和共产主义思想，成为坚定的革命者。他主办宣扬社会主义思想的杂志，同情人民，反对宗教蒙昧，主张男女平等。在爱情生活上，他抛弃贪图虚荣与享受的上流社会小姐，冲破层层落后观念的束缚，与工人出身的共产主义者苏珊结合，为实现理想而奋斗。他的哥哥蒙伊姆在政治上则走另一条道路。他在法学院时接触到伊斯兰原教旨主义，成为穆斯林兄弟会的骨干，主张复兴伊斯兰教传统，以教律治国。他和弟弟都热衷于自己的信仰，组织并参与各种活动。在三部曲结尾时，他们都遭政府逮捕。拉德旺是亚辛的儿子，他以个人利益为准绳，不惜代价，拜在一位推崇双重价值论的权贵门下，当上部长秘书。他的飞黄腾达立刻就为父亲亚辛谋得利益，不但使他摆脱被迫离职的窘境，甚至还使他得以升迁。他们三人不同的人生道路反映了当时政治生活复杂险恶的状况。作为家族的第三代，他们摆脱了老一代的保守、忧虑与彷徨。虽说未来由于蒙伊姆和艾哈迈德的被捕、拉德旺的政治靠山离职去朝圣而显得扑朔迷离，但他们目标明确、行动果断的特征昭示了埃及新一代人的某些特点。

除上述三代男性人物外，《三部曲》也通过女性人物来表现时代和家庭的变迁，其中尤以艾哈迈德的妻子艾米娜最突出。她是典型的伊斯兰式贤妻良母。艾米娜出生于宗教人士家庭，伊斯兰道德的影响根深蒂固。她长相标致、秀气，生性坦诚、矜持。她因爱心、勤劳、质朴受到所有人的好评。作为妻子，她恪守妇道，凡事逆来顺受，唯丈夫之命是从。自从14岁嫁给艾哈迈德后，她日夜小心伺候丈夫。每天半夜都准时醒来，迎接丈夫夜晚归来，为他提灯照路，宽衣解带，端茶送水，一边还陪丈夫说话。每天早晨她又第一个起床，与女仆一起准备早餐，然后侍候丈夫起床漱洗，穿衣打扮，直到目送他出门去商店工作为止。她明知丈夫夜间在外不外乎寻欢作乐也不敢言语。25年中，她仅有一次出门去拜谒离家不远的侯赛因清真寺，却引发丈夫暴怒，被逐出家门，而她待在娘家也毫无怨言，只待丈夫回心转意。丈夫生病后，她又精心照料，并到处求告真主，让丈夫康复。

作为母亲，艾米娜对子女充满慈爱，用宽厚的胸襟关爱每一个孩子，即使对丈夫的前妻之子亚辛也无微不至。她为一直找不到婆家的海迪洁的出嫁欣喜不已，为亚辛的卑鄙堕落无比愤慨，为法赫米的死悲痛欲绝，为凯马勒孤身一人忧愁焦虑……生活的重压和家庭的几次变故令她疲惫不堪。《三部曲》以她半夜醒来等候丈夫归来开始，以她中风躺在病床昏迷不醒即将死去结束。可以说，她是贯穿《三部曲》始终的核心人物，也是维系这个家庭的核心力量。

《三部曲》体制宏大，布局严谨，结构巧妙。在长达百万言的篇幅里，时间跨度近30年，以第一代人物为主线又不时增添新的人物，场景也随着描写重点的转变而迅速改变。在布局时，作者采取每一部侧重描写一代人，每代人中又有所侧重的方式巧妙处理。《宫间街》以老宅所在的街道命名，重点写艾哈迈德，以法赫米的死和阿伊莎的女儿纳伊曼的出生结束；《思慕宫》以亚辛居住的街道命名，重点写凯马勒，以阿伊莎的丈夫及其两个儿子的死和亚辛的又一个孩子即将出生结束；《怡心园》以小艾哈迈德和蒙伊姆所在的街命名，重点写他俩和拉德旺，以艾米娜的弥留之际和新一代人将出生结束。生与死的并置具有鲜明的象征意味，而它们的重复再现则深化了作者对人类生生不息、亘古不灭的希望与信心。这样的结构安排使《三部曲》整体联系紧密，脉络清晰，重心突出又首尾呼应。

　　《三部曲》运用多种方法来塑造人物。就单个人物而言，对艾哈迈德采用了多层次、多角度的技巧，塑造出性格丰满的人物形象。如前所述，艾哈迈德、凯马勒、艾米娜等都是性格矛盾的人物。就连看似简单的亚辛，作家也赋予他一定的性格深度。他的主导性格是沉溺酒色，不思进取，行为放荡、堕落，但面对弟弟法赫米之死、生母亡故、阿伊莎痛失儿子等，也能流露真情，表现出善良的一面。他虽然玩世不恭，与多个女人鬼混，但在得知宰努芭怀孕时，他还是控制住自己，不顾父亲反对，与这个风月女子结婚。就小说人物群体而言，作家运用对比、映衬等手段呈现他们各自的鲜明特征，使整个人物群体更加生动。海迪洁与阿伊莎是姐妹，但两人在外形、言辞谈吐、婚姻道路、家庭生活等方面却大相径庭：海迪洁相貌的平庸，言辞的好妒忌、挖苦，对家庭的积极态度等，都与妹妹的美丽、善良、软弱，家庭生活的不幸形成极大反差。作者却将她们安排在同一家出生，又嫁给同一家的兄弟俩，其中的互相比照给人异常深刻的印象，取得了极佳的效果。此外艾哈迈德的专横与艾米娜的温顺，艾哈迈德管教子女的古板、苛刻与友人阿夫特对待女儿的宽容、和蔼，凯马勒的彷徨、迟疑与小艾哈迈德的果断坚定，等等，构筑了多彩多姿的社会画卷。哪怕同样是歌女，祖贝黛、嘉丽莱、宰努芭之间的性格命运也迥然不同：祖贝黛生性豪爽，不善操持计议，只知放纵、及时行乐，到老落得流浪街头，靠乞讨为生；嘉丽莱却十分乖巧，善于经营，年轻时就思虑长远，积攒财富，到老时则引诱妇女卖身，成为妓院老鸨，继续过着堕落的生活；宰努芭虽然少年流落风尘，但生性向善，在识透风月场后，一心寻找机会从良，终于嫁给亚辛，脱离污泥浊水。在经过多年的磨折考验后，她终获得艾米娜的信任与好感，成为贤妻良母。

　　《三部曲》还借鉴一些现代主义文学技巧，拓展了艺术空间，增强了作品的艺术表现力。在描绘人物内心世界时，作家借鉴了意识流手法，但他没有大量使用自由联想，而是运用了内心独白和心理分析的手段。它们直接呈现在叙述中，对披露人物内心世界和思想矛盾冲突有重要作用。有时是第一人称的陈述，有时是第二人称的自我反省，有时又是第三人称的描述。有的是零星的几句话，有的是几节，有的则连绵不绝，长达数页。

小说在运用时间法则方面也颇有特色。小说中，艾哈迈德家每天傍晚时分的"家庭咖啡聚会"地点从楼下房间换成楼上的房间，暗合了时间的流逝与人、物的改变；众人对待一家之主的态度、言语、心理等方面发生的微妙改变则映衬了家庭内部关系在时间纬度上的变迁。另外，小说中不断强调指明某事件发生的精确历史时间，以真实历史事件为旁证来记述家庭的各种变化，体现出实录风格。但在实录层面之上的又是虚构的文本，两相交织，在加强作品历史真实感的同时，又给读者以想象的空间和壮阔的史诗感。

《三部曲》还以精巧逼真的细节描绘了一幅幅现代埃及和阿拉伯世界的风物人情画卷。从家庭的饮食起居到长幼关系和兄弟姐妹之情，从男女相对隔离的社会环境到婚丧嫁娶的过程、仪式，从宗教伦理到邻里关系，从建筑布局到房屋装饰等众多方面再现了现代埃及的风土人情，具有醇厚的阿拉伯文化风味，被称誉为"极为真实的历史性作品"。

《三部曲》是埃及文学中里程碑式的作品。它的问世标志着埃及现实主义长篇小说的成熟，作家马哈福兹也因之被誉为"埃及的巴尔扎克"，与托尔斯泰等相提并论。

第七节 索因卡

一、生平和创作

尼日利亚作家奥莱·索因卡（1934— ）是当代非洲最有创新精神的作家之一，是第一个荣获诺贝尔文学奖的非洲作家。他是尼日利亚西部约鲁巴族人，1934年7月13日出生在约鲁巴的阿贝奥库塔城。索因卡的父亲是当地圣公会教会小学的校长，母亲是一个颇有社会活动能力的商业妇女。索因卡早年受过很好的教育，会讲约鲁巴语，英语也很熟练。后来他的作品都是用英文写成的。索因卡18岁考入尼日利亚的最高学府伊巴丹大学。这所大学文学气氛很浓，办有学生刊物《号角》，它为尼日利亚培养了一批优秀的青年作家。两年后，索因卡转入英国利兹大学英文系。这里的学生戏剧活动十分活跃。正是在这里，索因卡对戏剧创作产生了浓厚的兴趣。大学毕业后，索因卡在英国戏剧活动的中心伦敦任皇家剧院的剧本审稿人；在这里，他观摩了许多名剧，开拓和丰富了自己的视野。1958年在伦敦大学戏剧节上，索因卡的第一部剧本《沼泽地的居民》被搬上了舞台，青年索因卡在剧中扮演伊格韦祖。从此以后他便开始了文学创作生涯。1960 年索因卡回到尼日利亚，先在伊巴丹大学任戏剧研究员。他一方面对西非传统戏剧作了大量研究，另一方面先后组建了"1960 年假面具"剧团和"奥里森"剧团，为发展尼日利亚的戏剧事业做了很多工作。1967 年尼日利亚由来已久的民族间的纠纷爆发为内战，索因卡因反对暴力和内战遭到政府逮捕，被关押了两年。这段经历加深了他对暴力的痛恨，对他以后的创作影响极大，促使他写了不少反映内战的作品。出狱后，他一度流亡欧洲，至 1975 年回国，继续进行创作和组织戏剧演出活动。索因卡自 1958 年发表第一部剧本《沼泽地的居民》之后，在近 30 年的创作历程中先后发表了 42 部剧本，4 部诗集，2 部长篇以及自传、散文集、评论集等作品，赢得了"英语非洲现代剧之父"、"卓越的散文大师"等称号。

在索因卡的创作中，戏剧作品占据着相当重要的地位，它们是奠定索因卡文学地位的主要基石。索因卡的创作不仅数量多，而且形式多样，风格独特。他早期的剧本如《沼泽地的居民》、《狮子和宝石》（1959）、《裘罗教士的磨难》（1960）带有明显的写实特征。《沼泽地的居民》不仅表现了当时农村的愚昧落后，而且揭示了由于殖民主义入侵，城市日益资本主义化而产生的种种罪恶，揭示了金钱统治一切、骨肉相残的社会现实。《狮子和宝石》是一部轻松活泼的喜剧，也是索因卡最受欢迎的剧目之一，至今仍被评论家称为他早期的杰作。在这部作品中，作家以幽默的方式处理了三四十年代非洲农村所面临的主要冲突，即源于非洲本土的旧传统与来自欧洲的"新文明"的冲突。剧中传统势力的代表是一个年满花甲、妻妾成群的酋长，而新文明的代表则是一位乡村教师，他反对娶亲要财礼的陈规，鼓吹男女平等。两人都希望娶村中最美貌的姑娘希迪为妻。虽然青年教师无论在年龄和文化上都占有明显的优势，但是由于酋长的老奸巨猾，也由于希迪本人的不觉悟，她以非洲原始的生殖崇拜观点来看待婚姻，因此竟然做了老酋长最年轻的妻子。尽管那位青年教师对新文明的理解是肤浅的，但是在这场冲突中，他仍然代表着进步和真理。正是通过他的失败，索因卡揭示了当时非洲社会发展的滞后性。《裘罗教士的磨难》是一部短小精悍的讽刺喜剧。在索因卡的剧作中，它的上演率最高。剧本表现了在殖民化和资本主义化的过程中，非洲传统宗教与基督教的相互渗透和宗教的异化。剧中人裘罗是一个传教士，他熟谙人情世故，惯于鼓其如簧之舌，迎合社会上各种人的不同心理，以宗教迷信来进行诈骗，把宗教变成了一种谋利的生意经。

60 年代后，在欧美现代戏剧的影响下，索因卡的戏剧风格有了较大的变化。他放弃了纯粹的写实手法，而更多地采取象征寓意的手法来表现某种抽象的哲理，同时他也更注意吸收非洲传统文化的精华，因而创作出一系列既有现代色彩又富于非洲乡土气息的新颖戏剧。最早显示索因卡创作变化的剧本要算《森林之舞》，它创作于 1960 年。这部剧的地点在森林里，那里活跃着树精、鬼魂、精灵，各式各样的神或半人半神，其情节是非现实的。它被称为非洲的《仲夏夜之梦》。剧中主要人物都担负着历史和现实的双重角色，通过他们，作家意味深长地让历史的罪恶和不幸以惊人的相似在现实中重演，例如作为宫廷史学家的阿德奈比曾收受贿赂，致使 60 名奴隶被装在"指头大的船"中运走，而作为议员演说家的阿德奈比又接受贿赂，批准只能乘坐 40 人的汽车坐 70 人，造成惨重的车祸。整部剧虽然仍有对现实社会的批判，但重点是在探讨历史和现实的关系问题，其主题是相当抽象的，显示了索因卡的戏剧创作与欧美戏剧创作的接近。这种倾向在此后的剧本《路》（1965）与《疯子与专家》（1971）中表现得更为显著。《路》的情节相当离奇：一位教授在教堂旁的一个棚子里为司机售票员们开设了一个休息的场所，他白天为司机们伪造驾驶执照，晚上则在教堂的墓地里与鬼魂为伍。哪里发生车祸，他就急忙带了放大镜赶去，想从血肉模糊的尸体中寻找说明生死奥秘的"启示"。一次他救活了戴着假面具游行时被汽车撞倒的穆拉诺，不过穆拉诺丧失了记忆，成了聋哑人。有一天穆拉诺看到了自己当时戴的面具，若有所悟，跳起了死神舞，一些敌视教授的人乘乱杀死了教授。剧本取名为《路》，作者在剧中对尼日利亚山路的崎岖、车祸的频繁作了大量的渲染，但是作者写此剧的用意，显然并不仅仅在于表现这一社会现象。由于剧本的主题表现得相当隐晦，因此评论界对此剧的深层意义众说纷纭：有人认为，《路》探讨的是民族前进路上的生与死、善与恶的问题；有人认为，剧本是以存在主义的方式探索人生的意义，因为剧本原名《人生之路》；也有人认为，剧中的教授是个打着上帝旗号的巫师，他貌似高深莫测，实则胡言乱语，索因卡通过这个人物是要揭示黑非洲落后的文化和思维方式同现代生活方式（公路、汽车）之间的不协调。《疯子和专家》虽然和《路》情节相近，也很荒诞，但是它的含义比较容易理解。这部剧本写于尼日利亚内战之后，索因卡曾说，他写《疯子和专家》是为了"祛魔"，即为了回击那些囚禁他的人。剧本主要写战后父子俩回到家乡，儿子战前是个医生，战后成了情报处长，他派了 4 个复员的残废军人监视自己的父亲，他的父亲在前线宣传各种怪诞的主张，如对 As 神的信仰，鼓吹食人肉合法等，因而被视为疯子。通过这荒诞不经的情节，索因卡揭示了内战带来的人性沦亡并鞭挞了暴力。

70 年代中期，军政府下台后国内尖锐的政治和社会问题占据了索因卡的视野，他开始转向时事讽刺剧的创作。他写了讽刺政治投机家的《回家做窝》（1978），反映经济生活中种种不合理现象的《失去控制的大米》（1981）、《重点工程》(1983)、讽刺非洲独裁统治者的《巨头们》(1984),还写了抨击 70 年代各种社会弊端的《文尧西歌剧》。

索因卡的诗歌内容丰富而且形式多样,在他的诗集中我们可以看到庄严的颂词、辛辣的讽刺诗和含义深刻的哲理诗。他的重要诗集有《狱中诗抄》(1969) 等。

索因卡还著有长篇小说《解释者》《混乱的岁月》(1973),自传性作品《在阿凯的童年生活》《狱中纪实》和文艺论著《神话、文学和非洲世界》。其中《混乱的岁月》,是一部以希腊神话传说中俄耳甫斯和欧律狄克的传说为框架写成的寓言式小说,揭露了专制、残暴和腐化现象。

索因卡是一位成功的非洲作家,他之所以能在众多非洲作家中脱颖而出,取得国际影响,一个重要原因是他的创作深深地植根于非洲土地和非洲文化。他在自己的作品中描写了非洲古朴的风俗习惯、独特的思维方式,记录了这个古老的大陆在更新、发展过程中走过的艰难路程。索因卡不仅善于从非洲生活中选取创作素材,而且善于创造性地运用非洲文化传统,从中提炼出富有魅力的艺术表现方式。他在戏剧中巧妙地运用了许多源于非洲的舞台艺术手段:舞蹈、宗教仪式、假面舞、哑剧、击鼓和音乐,因而他的作品具有浓厚的民族特色。但是索因卡并没有因为注重民族特色而把自己封闭起来:作为一名留学欧洲的非洲知识分子,索因卡对非洲文化的局限性有清醒的认识。因此,他在自己的创作中又借鉴了西方古典戏剧和现代派戏剧的手法,在小说创作中采用了意识流等西方现代小说的写法,在诗歌创作中学习了象征主义的表现手法,创造性地把民族文化和世界文化、传统文化和现代文化融合起来了。

索因卡的创作具有强烈的战斗性。他是一位著名的作家,又是一位杰出的社会活动家。他崇尚自由,反对各种奴役他人的行为。他曾说过:"我只有一个始终不渝的信仰——人类自由。它在我的身体内像一股愤怒的、反叛的力量,使我不息地同人类惯于奴役他人的恶癖作坚决斗争。"而文学创作,便是他为自由而战的武器。他在自己的作品中批判种族的偏见,揭露专制暴政的黑暗,抨击新政治家的腐化,嘲笑当代社会种种荒谬现象。他的创作洋溢着战斗的激情,而且越到后期,这种干预时事政治、批判社会的力量便越强。

二、《解释者》

《解释者》是索因卡的一部重要作品。该书于 1965 年发表后很快被译成法、德、俄多种文字,并于 3 年后获得英国《新政治家》杂志颁发的国际文学奖,这标志着索因卡的创作获得了国际社会的承认,极大地增加了索因卡的国际声望。索因卡曾说过,非洲艺术家从来就是也应该是"社会风习和历史的记录者，时代理想的表达者"。《解释者》便是作家对自己这一信念的成功的实践。它是一部描写尼日利亚1966年内战前的社会现实的全景式的长篇小说，同时又是一部内涵丰富、立意深刻的哲理小说。小说集中描写了几个归国留学生，他们每两周在伊巴丹和拉各斯的俱乐部聚会，在两次聚会中间他们过着普普通通而又杂乱无章的生活。他们同尼日利亚城市的各个方面有广泛的接触。通过他们，作家多侧面展现了内战前尼日利亚社会的种种弊端，迂回地解释了国内种种腐败的症结所在。作者给小说取名为《解释者》，其含义正在于此。

小说中的留学生塞孔尼与传统小说中的正面人物非常接近，他是一个有思想有抱负又有社会责任感的工程师，回国后在一国有企业工作。他有舒适的工作条件，优厚的工作待遇，每天做的无非是签签保证书、批批自行车津贴这类轻松的工作。但是他并未因此满足，他渴望做一些更有意义的工作，雄心勃勃想在发展尼日利亚经济方面一展宏图。他负责建造了一座发电站，这在当时的尼日利亚还是一个新事物。可是他所任职的公司的董事长竟然用重金贿赂了一个外国专家，以捏造的理由把这个发电站报废了，而后以董事长两岁的侄女的名义办起的子公司因此获得了一大笔赔偿金。塞孔尼经受不住这个打击，精神失常，最后惨死在一次交通事故中。

塞孔尼同尼日利亚腐败现实的冲突带有浓重的悲剧色彩，而另一个留学生萨戈同现实的冲突，则是用喜剧的形式展开的。萨戈是《独立见解报》的记者。《独立见解报》的报馆矗立在一条运河边，这里的河水臭气冲天，大量的粪便一堆堆浮在上面，随着水的流动往墙上贴。后院是充当了公共厕所的浅泻湖，湖中布满了沾着屎的报纸的碎片。报社的社长是一个嗜酒如命的酒徒，喝醉了酒尽干荒唐事。董事长是一个利欲熏心之徒，与社长沉瀣一气，利用手中的权力为自己谋利。萨戈求职时便遭到他们的敲诈。萨戈机智地作弄了他们，使他们大出其丑。报社的业务处长对外语一窍不通，却经常利用公费出国旅游，为报社的当权者买来了中国的瓷器、德国的豪华收音机、瑞典的厕所自动净化设备等。报社内等级分明，当权者的办公室有空调，其使用的厕所是豪华型的；而一般工作人员却只能在臭气熏天的环境中工作。报社出版的报纸名曰《独立见解报》，实际上毫无见解，更不要谈独立了。萨戈将塞孔尼的遭遇写成报道，却无法见报，因为董事长与报道中被揭发的机构作了幕后交易，达成了互相护短的协议。萨戈发现，肮脏的不仅仅是报社的环境，他所生活的城市也是臭气熏天，大粪遍地。于是他向政府委员提出了一个修建地下管道和南粪北调的建议，主张给驴子戴上防毒面具，把南方的粪运到北方的沙土地带作肥料。萨戈经常闹肚子，因而对排泄问题十分关注。他撰写了一本有关"排泄哲学"的专著，书名为《启蒙集》，还经常把它当"圣经"一样向报社内的一个通讯员宣读。萨戈与那个世界的喜剧性冲突，显示出萨戈这个人物与黑色幽默的联系。

索因卡认为人性中有着自我冲突的二元性本质。小说的另一个知识分子艾格博便是这一观点的具体体现者。艾格博是一个酋长的外孙，他继承了祖先的暴烈性格，经常做出一些很冲动的行为，但作为一个现代知识分子，他又常常顾虑重重、优柔寡断。与小说中的其他人物不同，他有一个长长的过去，有一部断断续续的前史。他常常触景生情，情不自禁地陷入对过去的回忆。索因卡总是用他的回忆来显现他刚做的事。因此这个人物大部分时间是生活在自己的意识之中，这就使得这个人物与现代意识流小说中的人物具有明显的共同之处。

艾格博对过去的态度是矛盾的。他那年迈的外公希望他回家继承酋长的位置，那个古老的部落需要适应新的社会，需要一个开化的领袖，祖先的生活方式对他也有一定的吸引力，他从外公和他周围的环境中感到有一种大丈夫的气质和残存的富贵的风度。但是，他所受的现代教育又使他对这尊贵的出身和将要成为暴君感到恐惧。他意识到回到部落是没有出路的，回去便意味着死亡。但是不回去，像他现在那样在外交部做一个无权的办事员，支持那些不干实事、只吹嘘将来的人，让自己的一生像河水一样只负载一些蠢人，又使他感到不满足，因此觉得当个美化了的土匪（即酋长）也比当个絮絮叨叨的奴隶好些。

艾格博的父亲是一个基督教教士，因此艾格博也有浓厚的宗教禁欲主义意识，同时一夫多妻制对他影响也很大。这就构成了艾格博内心的另一种冲突。他先后与三个女人发生过关系。在这类描写中可以看到一种类似欧洲文艺复兴时期的倾向，那就是对人的现世幸福的肯定，对人的自然本能的歌颂。

小说中的科拉是一个画家，索因卡把这个人物置于尼日利亚上层知识分子之中。他爱上了一个叫莫尼卡的英国妇女，她蔑视上层社会的种种清规戒律和所谓礼节，如在受大人物接见时必须戴手套，在上层人物相聚时不能喝非洲普通人喝的棕榈酒，在聚会时必须与太太们步调一致，等等。索因卡通过这些细节，一方面显示了莫尼卡自由、独立、率直的性格特点，另一方面又嘲讽了尼日利亚上流社会因盲目崇拜西方文明而形成的虚荣、虚伪和庸俗的不良社会习气。科拉画了一幅名为《众神像》的大型油画，画中囊括了尼日利亚神话传说中的主要神，而那些神的形象又是以科拉周围的人为模特儿而塑造出来的。这幅画具有深刻的象征含义，科拉用这种方式表达了他对社会的解释。

在当代有影响的大作家中，索因卡的作品无疑属于最难读懂之列。瑞典学院诺贝尔奖委员会主席拉尔斯·格伦斯坦曾直言不讳地说，索因卡的小说和诗歌"深奥复杂"，他的戏剧作品"暧昧费解"。《解释者》同样是一部很难读懂的小说。它之所以难以读懂，首先是因为在作品的表层情节之中寄寓着抽象的含义。小说中的人物不断地在谈论着过去与现在的循环与轮回的问题。这个问题在索因卡的创作中曾多次出现，说明他相当关注这一问题。索因卡显然是赞同历史循环论的，他认为过去与现在往往有惊人的相似之处，现实的问题也是过去曾有过的问题，历史就是以这种循环的方式延续着的。因此人们不应否定过去与现在的联系，不能否定传统。《解释者》中的塞孔尼是索因卡这一观点的具体体现者。他反对把生与死对立起来，把过去与现在割裂开来，他认为两者都容纳在同一个苍穹里，如果硬要割裂两者，就会破坏这周而复始的大苍穹。而艾格博则是塞孔尼理论上的对立面，他讨厌循环，主张忘掉过去，希望能中断这种循环。他曾说："人的生命应该是件独立的、不与其他事物相关联的东西。人的一切选择必须出自内心，而不应该受他的过去所左右。"他曾多次抱怨"那些嫉妒我们的死人还要在我们中间待多久啊"。画家科拉用艺术的语言对这两种观点的争论作了评判。科拉画的那幅《众神像》所展现的是上帝创世时的情景。画中科拉以艾格博为模特儿画出了约鲁巴神话中最显赫的神奥贡。奥贡是战争之神，又是火神、匠神，他负有破坏与建设的双重使命。以小说中一个被称为挪亚的小偷为模特儿，科拉画了约鲁巴神话中第一个叛教者的形象。他用石头去砸毫无防范的神祇的脊背，把他砸成碎片，又虔诚地把碎片拾起重新拼好。科拉以萨戈为模特儿塑造了机遇神，以小说中的一个同性恋者为模特儿塑造了动物之神莱拉，还以一个宗教徒为模特儿塑造了彩虹之神，他是连接天上和人间的桥梁。《众神像》揭示了历史与现实的联系，它试图用神话、史前的历史来解释现实，用现实来印证历史，揭示了野蛮和文明、破坏和创造、背叛和继承的辩证关系。索因卡是一位思想很有深度的作家，他一再强调他所关注和表现的不只是某一个具体的社会问题，而是尼日利亚和全世界的命运。在《解释者》中，索因卡通过《众神像》表达的正是他对尼日利亚和人类历史的一种思考。

索因卡总是刻意追求复杂的象征，《解释者》中的一些人和物往往包含着某种隐晦的象征意义。艾格博曾与三个女性发生过关系，第一个女性是一个肥胖的舞女，作家明确地说她是母系社会的象征，第二个女性是一个美丽的舞女，她使艾格博摆脱了性蒙昧，第三个女性是一个聪明而理智的大学生，她象征着知识，与这三个女性的关系象征性地表现了艾格博这个贵族出身的知识分子的精神历程。由于象征不是直述其意，形象与意义间跳跃性非常大，因此要确切地把握他作品中的深层意义难度较大，这种现象在《解释者》中也大量存在。

《解释者》比较难读的另一个原因，是它的结构比较复杂。传统小说结构上最明显、最稳定的特点便是时序，而《解释者》在结构上最主要的特色便是抛弃了时序。作者吸取了意识流小说、法国新小说等现代小说流派的写法，用联想、回忆、梦幻、穿插把现在、过去和未来交织在一起，构成了一个令人眼花缭乱的小说世界。索因卡是一个善于创新的作家，即使在借鉴学习时他也总能别出心裁，独辟蹊径。一般反时序的现代小说中只有过去、现在、未来三个时段，而在《解释者》中出现了过去的过去这样一种更复杂的时段。小说一开始，艾格博在与朋友聚会时睹物生情，因雨水中的水洼而想起了他与朋友一起坐船去家乡的情景。在闪回的情景中，又出现了一个激起其联想的刺激物。那是一个半裸的粗矮的船家，与其外公身边的侏儒有相似之处。这个人再次打破了时间的外壳，使他的思绪回到了过去的过去，他想起了14岁时第一次见到外公的情景。同样的例子在萨戈身上也有，萨戈在酒后意识模糊之时，回想起归国求职时《独立见解报》社长到旅馆向他敲诈之事，当时他推说要回房拿钱，便跑回房间，喝了一杯酒和一杯柠檬水在床上睡着了，柠檬水使他在睡梦中梦见了儿时母亲要他喝泻药并不准同时喝柠檬水的情景。索因卡为什么刻意追求复杂的小说结构，是出于创新的需要，还是如法国新小说派一样是由于对传统小说理性结构的不满，或者是因为内容表达上的需要，人们一时还难以下结论。但有一点是可以肯定的，那就是这种复杂的结构，这种毫无语言标志的时间的转换，大大增加了阅读的难度。俄国形式主义理论家什克洛夫斯基曾说："艺术的技巧是使对象陌生，使形式变得困难，增加感觉的难度和时间的长度，因为感觉本身就是审美目的，必须设法延长。"索因卡在小说创作上的实验所产生的正是这样一种效果。

 思考题

1. 近现代亚非文学有哪些基本特点？
2. 亚非近现代各国文学的特点。
3. 试析《我是猫》的讽刺艺术。
4. 川端康成创作的主要特点是什么？
5. 试析《雪国》的艺术手法。
6. 《吉檀迦利》的艺术特点是什么？
7. 《先知》的艺术特点是什么？
8. 试析《宫间街》三部曲的主题。
9. 试析索因卡的创作倾向。

讨论题（任选）

1. 圣经对西方文学的影响。
2. 近现代西方文学对东方文学的影响。
3. 20世纪东方散文诗与西方散文诗的异同。

三 版 后 记

1994年底，教育部高教司文科处将重新编写《外国文学史》（原定为全国统编教材）的任务下达给上海师范大学中文系的郑克鲁教授，指定由他担任此书的主编，组织全国高校有关教师和专家进行编写。

1995年初，在上海师范大学召开了编写预备会。这次会议确定了主编提出的编写原则、体例和其他具体要求，并对一些作为样章的"概述"和重要章节的初稿进行讨论。会上大家统一了认识，并提出修改意见。根据大家的决议，决定增加4篇"导论"，论述"概述"未能谈及的重要问题。全书基本上按照新编大纲的思路去写，但某些部分可酌情改变。会后，编写工作全面铺开。为了保证编写质量，会后确定了编委名单。

1995年10月，在杭州举行了部分编委参加的讨论会。会议讨论全部"导论"、"概述"和三位重要作家（莎士比亚、歌德和巴尔扎克）的初稿，提出修改意见。

1996年8月，在珠海召开了第三次讨论会。此次会议除部分编委以外，还邀请了北京师范大学的陈惇和中国人民大学的黄晋凯参加。会议讨论了大部分章节。大家对编写内容持肯定态度，认为书稿在观念、内容、体例上都有所突破；从思潮和流派着手，能解决结构松散、文学史演变线索不清楚的难题；将重点移至19世纪和20世纪是妥当的，符合时代发展和学生的兴趣要求；加强"导论"和"概述"部分，理论阐述便获得有效的加强，从而形成多层次、多角度审视外国文学的新方法；缺点是个别章节弱了一些。

全书于1998年初大体完稿。同年3至5月，书稿提交给中国社会科学院外国文学研究所所长吴元迈和华中师范大学教授王忠祥审阅，他们写出了书面评审意见。全书于1998年9月最后定稿。《外国文学史》的编写自始至终得到高教司文科处负责同志的关心和支持。

经过5年的使用，此书获得广大师生的欢迎。从2004年至2005年8月，主编根据搜集到的意见进行修改,删去和增加一些章节。从 2013 年至 2014 年,再次进行修订,改写和删去了一些章节。编写人员和编委也作了一些调整。在此,感谢曾经参加本书编写的王秋荣、卢永茂、朱碧恒、华宇清、李琛、孙美玲、许光华、高慧琴、陈慧、陈伯通、余匡复、夏仲翼、张弘、张家平、杨国华、高万隆、曾方等老师对第一、二版做出的贡献。修订版的统编和组织工作仍由主编完成。

2014 年 3 月

郑重声明

高等教育出版社依法对本书享有专有出版权。任何未经许可的复制、销售行为均违反《中华人民共和国著作权法》，其行为人将承担相应的民事责任和行政责任；构成犯罪的，将被依法追究刑事责任。为了维护市场秩序，保护读者的合法权益，避免读者误用盗版书造成不良后果，我社将配合行政执法部门和司法机关对违法犯罪的单位和个人进行严厉打击。社会各界人士如发现上述侵权行为，希望及时举报，本社将奖励举报有功人员。

反盗版举报电话　（010）58581897　58582371　58581879
反盗版举报传真　（010）82086060
反盗版举报邮箱　dd@hep.com.cn
通信地址　北京市西城区德外大街4号　高等教育出版社法务部
邮政编码　100120